Stella Gemmell est diplômée en journalisme et sciences politiques. Elle est la veuve de l'auteur légendaire David Gemmell, dont les romans de Fantasy sont lus dans le monde entier. Elle a travaillé avec lui sur sa trilogie *Troie* et a achevé le dernier tome, *La Chute des rois*, à la disparition de son mari en 2006. Elle vit dans le Sussex de l'Est et écrit dans une ancienne laiterie du xve siècle. *La Cité* est son premier roman en solo.

Stella Gemmell

La Cité

Traduit de l'anglais (Grande-Bretagne) par Leslie Damant-Jeandel

Bragelonne

Milady est un label des éditions Bragelonne

Cet ouvrage a été originellement publié en France par Bragelonne

Titre original : *The City*

ISBN : 978-2-8112-1712-9

Bragelonne – Milady
60-62, rue d'Hauteville – 75010 Paris

E-mail : info@milady.fr
Site Internet : www.milady.fr

Pour Dave, évidemment.

Remerciements

Un grand merci à James Barclay et à Howard Morhaim.

Première partie

Un noir d'encre

Chapitre premier

D'abord, il y avait les ténèbres : lourdes et oppressantes, d'un bleu-noir épais, emplissant la bouche, les oreilles et l'esprit. Puis l'odeur : puissante, solide comme la pierre sous les pieds nus – un oreiller pressé sur un visage, étouffant la pensée. Enfin, il y avait le bruit des égouts : les soupirs incessants du ruisseau, le goutte-à-goutte, les éclaboussures, les jaillissements.

Et le cliquetis des griffes pointues sur la brique mouillée.

Le rat était gros, vieux et rusé. Il n'avait pas besoin de lumière pour suivre les détours du labyrinthe où il passait sa vie. Sous ses pattes, il détectait le moindre changement de texture des briques sur lesquelles il courait, perché au-dessus de l'interminable flux vivant le museau frémissant. Son flair incroyable lui indiquait le niveau du cours d'eau, ainsi que son contenu : un débit haut et léger apportait des végétaux, des cadavres de petits animaux – parfois des gros. Un écoulement bas et dense était promesse de gâteries pour un rongeur habile. Son odorat lui indiquait aussi la qualité de l'air : parfois, elle arrivait à rendre malades même les rats. Par la pression exercée sur ses oreilles sensibles, il savait s'il courait à travers un petit tunnel étroit, ou s'il débouchait dans l'une des salles voûtées dont le plafond atteignait des hauteurs vertigineuses, conçues par un maître architecte ayant depuis longtemps sombré dans l'oubli, élevées par une équipe de bâtisseurs de la Cité. Une merveille de calculs, invisible depuis des siècles, ignorée de tous.

Le rat entendait ses congénères progresser de l'autre côté du mur de briques qu'il longeait, le bruit ténu de leurs pattes se dirigeant vers le prochain tunnel humide au-dessus de lui. Toutefois, pendant un moment, il les avait tous dépassés, soumis aux exigences perpétuelles de son flair.

Le corps encore frais était à peine gonflé. La rigidité cadavérique venait juste de le quitter. Hormis le chiffon qui flottait autour de son cou, il était nu, la peau pâle et froide comme un lever de soleil en hiver. Il était allé se coincer contre les barreaux usés d'une grille en métal cassée qui, un court instant, avait retrouvé son rôle : celui d'empêcher les gros objets de poursuivre leur descente dans les profondeurs des égouts.

Un peu plus tard ce jour-là, le ruisseau serait en crue, et le cadavre de l'homme reprendrait son chemin, seul. Mais le rat lui tiendrait compagnie un moment.

Le garçon se réveilla en sursaut sur l'étroite margelle où il dormait. Il donna un coup de pied. Un réflexe musculaire, peut-être, ou la fin d'un cauchemar, mais à peine un petit mouvement. Ce rebord lui servait de lit depuis assez longtemps pour qu'il sache que, même dans son sommeil, il ne pouvait s'autoriser aucun geste brusque, et encore moins un retournement : celui-ci l'enverrait directement dans le flot des eaux usées qui s'écoulait en permanence en contrebas. Mais, quand il se couchait le soir, toujours épuisé, il sombrait dans un sommeil de mort – ce qu'il était certainement pour le monde extérieur –, et il restait allongé sans bouger, inconscient, jusqu'à ce qu'il soit l'heure de se réveiller.

Elija avait dix ans et vivait depuis quatre ans dans les égouts.

Il se savait privilégié. Quand sa sœur et lui s'étaient réfugiés ici, leur protecteur, un garçon roux plus âgé du nom de Rubin, avait dû se battre pour qu'ils aient le droit de rester au chaud et en sécurité en ces lieux. Puis, des nuits durant, l'un d'entre eux avait dû monter la garde, de crainte d'être jeté dans le ruisseau par ceux qui jalousaient leur territoire. Mais ça, c'était il y a longtemps : Em, sa petite sœur, ne gardait aucun souvenir de cette époque lointaine. À présent, ils étaient dans les égouts depuis plus longtemps que la plupart des Habitants et leur position était, pour le moment, assurée.

Elija remua prudemment. De son pied nu, il tâta les changements de texture sur les briques jusqu'à rencontrer une aspérité dans le ciment fendu, dont les contours lui étaient plus familiers que ceux de sa paume. Il se redressa pour s'asseoir. Là-haut, au-dessus de sa tête, une lumière aqueuse filtrait par les fentes du plafond. Ce n'était pas suffisant pour y voir clair, mais elle rendait l'air moins oppressant et faisait apparaître des grains de poussière qu'Elija pensait pouvoir attraper et garder pour plus tard, dans les profondeurs des égouts, où il en aurait peut-être besoin.

Il se rappelait surtout une femme en pleurs et un homme tyrannique, au visage rouge et au poing constamment brandi. Puis il y avait l'époque où Em et lui étaient seuls, sans cesse apeurés, fuyant pour se cacher. Ses rêves étaient souvent sanglants, même s'il ne s'en souvenait pas. La peur ne l'avait jamais vraiment quitté, mais il n'en avait pas conscience : il était heureux d'être en sécurité.

Rubin leur avait expliqué pour le ruisseau. C'était une petite rivière qui s'écoulait dans le Sud, sur les hauteurs, au-dessus de la Cité, dans un endroit où le soleil brillait toujours sur des collines bleues et des arbres argentés. Là-bas, on l'appelait le Lave-Mouton. Elle plongeait en sous-sol pour se transformer en égout, plusieurs dizaines de lieues avant la Cité. Dans un dernier hommage, des chèvres y trempaient leurs pattes avant qu'elle ne quitte à jamais la lumière du jour.

Désormais, la lumière était plus vive. Depuis son réveil, Elija avait conscience de la présence de sa sœur. Il se tourna avec prudence et vit l'arrondi de sa tête noire au-dessus de son corps ramassé.

— Debout, feignante, dit-il à voix basse, sans véritable intention de la réveiller.

Elle avait davantage besoin de sommeil que lui. Elle ne cilla pas, même s'il entendait bouger autour d'eux : les Habitants se levaient pour affronter une journée de plus dans les ténèbres. Il perçut des bruits d'étirement, quelques murmures échangés, un cri qui résonnait soudain ou une imprécation aux dieux des Halls.

Elija se leva et se soulagea dans le ruisseau qui, sous la margelle, atteignait à présent la hauteur d'un homme. Il marcha d'un pas assuré le long de l'étroite bordure et ramassa le petit sac d'effets personnels qui, la nuit, était posé entre Em et lui. Il s'assit, l'ouvrit et en sortit le précieux morceau de mousse saphir qu'ils avaient trouvé par-delà la Porte Dévoreuse. La mousse sentait encore le frais. Il en déchira un bout qu'il frotta sur son visage et ses mains, appréciant sa douceur éphémère et son odeur piquante qui, selon Rubin, était « citronnée ». Il savait qu'il était censé l'utiliser sur ses pieds pour les protéger de la pourriture, dont nombre d'Habitants souffraient. Mais il leur en restait très peu et il ne voulait pas la gaspiller sur ses pieds. En revanche, il veillerait à ce qu'Em le fasse.

Les mains propres, il fouilla une fois de plus dans son sac et en sortit des bandes de viande séchée qu'il avait achetées au vieux Hal. Il les mâcha longuement, avec lenteur, affrontant stoïquement ses habituelles crampes d'estomac qui allaient et venaient.

Il appela à nouveau.

— Debout, Em. C'est l'heure de manger.

Sachant qu'elle était réveillée, même si elle ne bougeait pas, il la poussa du pied. Du sac dont il se servait comme oreiller, il tira les chiffons qu'il utilisait pour ses pieds et passa les quelques minutes suivantes à se bander les chevilles et les talons, en faisant surtout attention aux os de la cheville, à son cou-de-pied et à ses orteils. Au cours de ses années passées dans les Halls, il avait connu trop de gens morts d'une maladie provenant des pieds.

Em remua enfin et, à moitié endormie, entreprit son rituel du matin. Son frère ne lui parlait pas et, pour lui donner de l'intimité, il concentra son regard sur les murs à distance et sur les mouvements des Habitants, un peu plus loin.

Il ne ferait pas plus clair, à présent. Au-dessus de lui, le dôme voûté était empli d'une brume d'argent chatoyante qui ne se dissipait jamais, mais qui parfois s'affinait et s'amoncelait pour former des nuages. Des centaines de margelles couraient le long des murs incurvés, presque toutes au-dessus de celle d'Elija, pour la plupart inaccessibles et vacantes. Les Habitants avaient baptisé l'endroit le Hall de Lumière bleue. Pour Elija et Emly, c'était « chez eux ».

La rivière entrait par trois arches en briques à la base du dôme, et se réunissait en un maelström d'eau au centre avant de s'échapper dans une gueule d'un noir épais vers les périls de la Porte Dévoreuse, les petites Dardanelles, les Eaux Noires et, pour finir, l'océan lui-même, à des lieues de là.

Une voix dure derrière Elija l'incita à se lever d'un bond.

— Elija. Em. Allons-y.

Et la journée commença.

Le chef du groupe des fouilles du jour s'appelait Malvenny. Il était grand – ce qui, dans les Halls, était plutôt un handicap –, avec un visage long et fin doté d'un nez crochu et tordu. D'après Em, ses yeux étaient verts. Elle avait l'habitude déconcertante de regarder les gens en face, tandis qu'Elija s'adressait toujours au torse de Malvenny.

Il suivait de près l'homme de haute taille, Em à sa droite, bien éclairée par la torche de Malvenny qui grésillait. Le groupe comprenait sept membres ; seul celui qui fermait la marche tenait aussi un brandon. Évidemment, ils en emportaient beaucoup, mais les utilisaient avec parcimonie dans les Halls qu'ils connaissaient bien à force d'allées et venues.

La Porte Dévoreuse était située à plus d'une heure de marche, et leur terrain de fouilles du jour plus loin encore. Malvenny ne leur avait pas dit où ils allaient. C'était son privilège ; il était le chef et détenait la nourriture, mais Elija savait qu'ils ne trouveraient pas grand-chose dans les parages. Il faisait confiance à Malvenny. Elija avançait d'un pas vif dans l'obscurité, observant les petits pieds d'Emly et sentant sa main chaude dans la sienne.

Ils atteignirent la Croix des Scélérats, un pont robuste fait de corde goudronnée et de planches qui conduisait à l'axe principal. Ils le franchirent « respectueusement », comme disait Rubin.

Comme toujours, Elija s'arrêta un instant à mi-chemin pour se pencher sur les épaisses cordes et regarder le Oùyva. Comme chacun le savait, ce défluent du cours d'eau principal plongeait peu après dans un grand trou profond, droit vers les entrailles secrètes de la terre. Personne ne s'aventurait dans le tunnel du Oùyva. Il ne menait qu'aux ténèbres et à la mort.

— Avance, gamin, dit une voix bourrue dans son dos.

Elle venait de la fin du cortège.

Elija se remit en marche, les yeux rivés sur ses pieds. Il pensait à la nourriture, ce qu'il faisait en général quand il n'avait rien d'autre pour s'occuper l'esprit. Il devina ce que portait Malvenny : des gâteaux de maïs et de la viande séchée – peut-être des fruits secs, avec un peu de chance. Un jour, l'homme de haute taille leur avait donné des œufs aussi durs que la roche, marinés dans du vinaigre piquant, sur lesquels ils s'étaient tous rués, ravis d'avoir quelque chose de nouveau à se mettre sous la dent. Ce jour-là, malheureusement, le sac de Malvenny avait l'air bien plat.

Ils firent une halte pour se reposer au Dernier Point de Discussion. Au-delà, le rugissement paralysant de la Porte Dévoreuse rendait toute conversation impossible. Chacun s'assit ; Malvenny ôta le sac de son dos et distribua de l'eau fraîche et de modestes gâteaux de maïs, qui furent engloutis férocement, en silence. Elija sentit son estomac se refermer sur les biscuits et frotta doucement le dos d'Emly tandis qu'elle mangeait les siens.

Malvenny remit son gobelet dans son sac, se racla la gorge et cracha dans le ruisseau.

— Nous allons sur les Rivages de l'Ouest.

Les autres accueillirent la nouvelle sans commentaires, sauf l'homme à la voix bourrue – un nouveau venu dont Elija ignorait le nom.

— Où est-ce ? À quelle distance ?

— C'est loin. On y fait de bonnes trouvailles. Des trésors, parfois.

— C'est loin comment ?

— On traverse la Porte Dévoreuse, expliqua Malvenny, puis on prend le Hall qui monte à l'autre bout. Ça fait une trotte, mais c'est au sec.

Il se remit à fouiller dans son sac comme pour mettre fin à la discussion.

Tout ce qu'il avait dit était vrai. Les rivages montaient longuement avant de redescendre. Par conséquent, ils étaient souvent plus au sec que partout ailleurs et les trouvailles en étaient facilitées. On pouvait même tomber sur des trésors, comme avait dit Malvenny. Em y avait trouvé une pièce d'argent et un morceau de verre citrin. Mais il était également vrai que l'endroit était plus dangereux. S'il y avait une inondation à la suite d'une grosse tempête dehors, au loin, alors ils seraient pris au piège sur les Rivages de l'Ouest. Le temps qu'un Habitant se rende compte de la montée des eaux, il serait trop tard.

Le bourru, qui désormais répondait au nom de Bartellus, avait eu de nombreuses identités dans le monde extérieur. On l'avait appelé Shuskara, mais aussi père, fils, mari, et général. Et criminel, et traître. À présent, on l'appelait défunt.

Il se disait que le monde avait sans doute raison, tandis qu'il suivait les deux enfants crasseux le long d'une bordure étroite et glissante, à travers les égouts sombres qui couraient sous la Cité. Le garçon tenait fermement la fillette par la main, mais elle marchait le long de la bordure côté canal. Bartellus l'observait avec inquiétude quand ses pas la portaient vers le ruisseau avant de la ramener en terrain sûr. Il n'était pas certain que le petit garçon maigrelet aurait la force de la retenir si elle glissait et tombait. Il se demandait si lui-même l'aurait.

Les pertes étaient telles parmi les soldats de la Cité, dans la guerre interminable qu'elle menait contre le monde au-delà de ses remparts, que le taux de natalité s'effondrait. Il devenait de plus en plus rare de voir des enfants. Chacun d'eux était donc précieux, se dit le vieil homme. Il fallait veiller sur eux comme sur des bijoux, les préserver et les nourrir, et non s'en débarrasser en les envoyant à grandes eaux dans les égouts, ou les laisser en pâture à des hommes malintentionnés. Par réflexe, il porta sa main à sa poitrine et pria les dieux de la glace et du feu de veiller sur ces deux enfants si petits dans ce terrible endroit.

Elija n'aimait pas la Porte Dévoreuse : elle était dangereuse à franchir, et il y régnait un tel vacarme que l'esprit se mettait en veille. De plus, la puanteur ici était, si possible, pire que partout ailleurs dans les Halls, mais il la trouvait rassurante. Cette porte constituait un point de repère dans son univers. C'était à partir de cette monstrueuse structure que l'on mesurait les distances de tous les autres lieux sous la Cité. Où qu'il se trouvât depuis qu'il était un Habitant, il percevait sa cacophonie, et savait à quelle distance de chez lui il se situait. Elija savait que grâce à la porte il ne se perdrait jamais dans les Halls. D'ailleurs, il ne s'aventurait nulle part, sauf lorsqu'il faisait partie d'un groupe de fouilleurs. Il ne risquait donc pas de se perdre. De se noyer, si, pris au piège par une marée. Il pouvait aussi être écrasé par une chute de plafond, assassiné par une bande d'écumeurs qui le dépouilleraient de ses trouvailles, tué par les patrouilles de l'empereur, mais se perdre tout bêtement, ça, non. Les expéditions ne se perdaient jamais, et certainement pas celles menées par Malvenny.

La Porte Dévoreuse était un barrage élevé fait de bois et de métal, ruisselant d'eau et couvert d'algues glissantes. Il s'élevait à hauteur de trois grands hommes au-dessus du rebord qui constituait le chemin, et couvrait la largeur du ruisseau, qui à cet endroit s'étendait sur près de trente empans. Elija distinguait à peine l'autre rive. Le cours d'eau était haut ce jour-là : Elija ne voyait pas les vingt imposants tonneaux roulants qui formaient la machinerie de la porte, mais ils n'étaient pas loin sous la surface, car les eaux bouillonnaient violemment, se soulevant en gros tourbillons. Les tonneaux aspiraient le flux sur les hauteurs du côté sud, pulvérisant tous les débris qui flottaient, puis les recrachaient plus bas. De part et d'autre de la porte, en altitude, se trouvaient de simples filtres qui permettaient aux eaux de s'écouler en continu si leur niveau était au plus haut.

À la lumière de la torche, Elija vit que le nouveau avait plaqué sa main libre sur son oreille.

— Vous vous y ferez, déclara le garçon.

Il savait que, sans l'avoir entendu, l'homme l'avait compris. C'était quelque chose qui se disait tous les jours dans les Halls. « Vous vous y ferez. »

Franchir la Porte Dévoreuse n'était pas plus périlleux que la plupart des exploits accomplis dans les Halls. Un chemin de bois traversait la structure sous le sommet, à hauteur d'homme. Un escalier en colimaçon le desservait de chaque côté. Les marches étaient glissantes à cause de l'eau, des crottes de rats et des algues claires et traîtresses qui prospéraient mystérieusement dans l'obscurité et l'humidité. Il fallait avancer avec prudence. Elija avait déjà vu une femme chuter du haut de la Porte Dévoreuse. Une mort affreuse, mais rapide. Les tonneaux roulants l'avaient broyée en quelques secondes. Il n'était pas dans les projets d'Elija de tomber.

Une petite main tira sur sa manche ; il se tourna et vit Em qui regardait le haut de la porte, un de ses rares sourires sur son visage en forme de cœur. Elija aperçut l'objet de son attention.

C'était un gulon. On en voyait rarement dans les Halls, à cette profondeur. La créature cheminait tranquillement sur le haut de la porte et s'arrêta pour les regarder, museau frémissant. Puis elle reprit sa route, la queue en l'air. Le groupe la vit atteindre l'extrémité de la porte puis descendre les marches d'un pas léger. C'était un animal imposant, aussi gros qu'un cochon, et aussi sombre que les Halls. Il avait un museau pointu et moustachu, les oreilles dentelées et les yeux dorés. Sa gueule était allongée, comme celle d'un renard, et son corps avait une grâce féline. Le gulon s'assit et enroula avec élégance sa queue touffue autour de ses pattes avant de fixer à nouveau le regard sur le groupe.

Em courut s'accroupir devant la bête, une main sale tendue devant elle. Le gulon se remit sur ses pattes. Délibérément, il recula de deux pas puis tendit le cou et siffla, découvrant une rangée de crocs jaunes et puissants. Elija s'apprêtait à dire à sa sœur de ne pas trop s'approcher – ici, une simple égratignure pouvait se révéler mortelle –, mais le nouveau aux cheveux gris s'avança, attrapa la petite et la reposa aux côtés d'Elija. Surprise, Em paraissait au bord des larmes, mais elle ne tarda pas à retrouver son air habituel, mêlant lassitude et résignation. Elle se cramponna à la main de son frère quand le groupe contourna largement la créature qui les observait toujours, puis entreprit l'ascension de l'escalier en colimaçon.

Le gulon se rassit dans une flaque crasseuse et entreprit de se nettoyer délicatement les pattes.

La petite expédition avait passé la Porte Dévoreuse depuis plus d'une lieue quand le vacarme de sa machinerie fut suffisamment lointain pour rendre la conversation possible. La route grimpait ; levant sa torche, Malvenny fit signe de s'arrêter. Reconnaissants, tous s'exécutèrent et s'apprêtaient à s'asseoir quand Emly s'avança au bord du ruisseau pour le contempler. Elle se tourna vers son frère et tira sur sa manche en montrant l'autre rive.

Bartellus brandit sa torche. Plissant les yeux dans l'air épais, il crut voir une forme pâle en amont. Il baissa la torche, battit des paupières et promena son regard d'avant en arrière pour ajuster sa vision.

— Un cadavre, dit un vieil Habitant voûté, non sans plaisir. Oui, c'est bien ça.

Il hocha la tête et observa les autres autour de lui, guettant leur approbation.

Bartellus plissa à nouveau les paupières. Il avait du mal à discerner ce que le vétéran et la jeune Emly, avec ses bons yeux, avaient découvert. De l'autre côté du ruisseau, un autre canal, plus étroit, rejoignait le tunnel d'un noir d'encre. À sa jonction se trouvait une grille cassée en deux, dont une moitié était tombée vers l'extérieur. Un corps était coincé entre les deux. Bartellus ne distinguait rien, hormis un bras ou peut-être une jambe tendue, qui apparaissait et disparaissait dans les flots.

— Bien, dit Malvenny, on va sûrement faire des trouvailles. (Il passa en revue son équipe.) Toi, le nouveau, viens avec moi. (Il fit un petit signe de tête.) Vous autres, restez ici.

Il se mit en marche sans se retourner.

Bartellus lui emboîtait le pas quand il se rendit compte qu'ils portaient tous deux les torches. Il rebroussa chemin et fourra le brandon dans la main d'Anny-Mae. Quand il se retourna, Malvenny était déjà loin devant, réduit à un point lumineux mouvant dans les ténèbres. Bartellus le rattrapa ; ils poursuivirent leur route, le nouveau se demandant si le chef savait où il allait. Il ne doutait pas de la valeur potentielle d'un cadavre dans les Halls. Quand une pante de cuivre pouvait provoquer une lutte à mort, l'occasion de trouver une dent en or – voire plusieurs – justifiait la prise de gros risques.

Ils arrivèrent à un endroit où le ruisseau s'interrompait : un tremblement de terre puissant avait brisé le tunnel, désormais en oblique. Ainsi, la rive gauche et la rive droite s'étaient rapprochées. Le trou était facile à franchir d'un bond – s'il n'avait pas fait si noir, et si le sol n'était pas si mouillé et si glissant. Et une glissade n'était pas forcément synonyme d'une mort affreuse.

Malvenny lui tendit la torche. Le chef recula de trois pas, avança et sauta avec légèreté avant de se réceptionner, solide comme un roc, son poids parfaitement réparti. Il se tourna vers Bartellus et lui fit signe de lui jeter le brandon. Bartellus s'exécuta avec soin et l'autre l'attrapa nonchalamment. Il recula.

Bartellus gomma l'image du flot d'eaux usées qui s'écoulait sous ses pieds pour la remplacer par une prairie luxuriante. Il bondit sans difficulté au-dessus du ruisseau ; le temps qu'il atterrisse, Malvenny s'était retourné et regagnait déjà la bordure du cours d'eau.

Le cadavre était celui d'un homme. Il était boursouflé ; on pouvait donc difficilement juger de sa corpulence de son vivant. Il avait le crâne rasé et sa peau était ornée de tatouages aux lignes vert et bleu clair. Il était nu. Un malheureux chiffon lui entourait encore le cou. Bartellus vit que les rats s'étaient occupés de lui.

Malvenny se faufila par la grille cassée et se pencha sur la tête de l'homme, l'eau à hauteur de taille. Il lui ouvrit la bouche et y jeta un rapide coup d'œil avant de se redresser.

— On lui a tranché la langue. Il n'y a pas d'or. (Il cracha son fiel dans le ruisseau.) Partons.

Bartellus contempla le corps. C'était un bras, plus léger que le reste, qui s'agitait dans le courant, comme s'il faisait signe au petit groupe que Bartellus voyait à présent réuni sur la rive opposée du ruisseau principal. Tout comme sa carnation, les tatouages sur son dos et sa poitrine s'étaient estompés, jusqu'à ressembler au dessin d'un plan – *un plan de bataille*, songea le vieux militaire.

Juste au moment où Malvenny s'apprêtait à repasser par l'ouverture dans la grille, Bartellus s'avança et s'y glissa à son tour, obligeant le chef à lui faire de la place.

Les tatouages étaient répandus, surtout chez les soldats. Certains arboraient des araignées ou des panthères – la marque de leur tribu. Cet homme était un imagier à lui tout seul : sur son torse, des oiseaux, des bêtes et des signes obscurs étaient dessinés à l'encre. Même son crâne était tatoué. Bartellus vit que les cheveux denses de l'homme avaient commencé à repousser.

— Passe-moi la torche.

Il tendit la main, mais Malvenny répondit :

— Il est temps d'y aller.

Bartellus leva les yeux.

— Passe-moi la torche !

Malvenny s'arrêta. Il vivait ici depuis tant d'années qu'il en avait perdu le compte ; il connaissait les courants du ruisseau et les heures des marées mieux que personne. Sans montre ni compas, il était capable d'évaluer précisément le trajet aller et retour jusqu'aux Rivages de l'Ouest. Quand il disait qu'il était temps d'y aller, il était temps – point final.

Toutefois, il se rendit compte qu'en cas de désaccord le nouveau peu causant pouvait lui briser la nuque. Rompu depuis longtemps aux vertus du pragmatisme, il tendit la torche à son aîné et le regarda se pencher à nouveau sur le corps.

En haut de l'épaule droite, on distinguait une vieille cicatrice en forme de S, blanche et épaisse, qui rappela quelque chose à Bartellus. Il l'examina, les sourcils froncés.

— Il faut y aller, insista la voix derrière lui.

C'est une marque, comprit Bartellus. Un souvenir l'effleura de nouveau et disparut avant de pouvoir être identifié. Sa mémoire lui faisait défaut. Ces trous avaient englouti des pans entiers de son passé, et il s'en inquiétait. Le vieux soldat fouilla dans le sac à sa taille et en sortit un petit couteau affûté. Il leva les yeux.

— Est-ce qu'on reviendra par le même chemin ?

— Si les dieux le veulent bien.

Hésitant, Bartellus s'arrêta, rangea son arme et se redressa. Il jeta un ultime coup d'œil aux tatouages à demi effacés, essayant de les graver dans sa mémoire défaillante. Puis, au dernier moment, il se pencha et arracha le morceau d'étoffe qui flottait autour du cou du cadavre. Malvenny le regarda d'un air curieux, mais Bartellus lui fit un signe de tête et tous deux remontèrent par la grille cassée. Le chef leva la main vers le groupe qui attendait, de l'autre côté du ruisseau, puis s'engagea à nouveau dans la montée. Bartellus, pensif, marchait derrière lui en serrant dans son poing le chiffon dégoulinant.

Chapitre 2

Une longue saison avait passé depuis que Bartellus avait été contraint de se retirer dans les égouts, et il s'émerveillait de la résilience des Habitants qui vivaient ici depuis des mois, voire des années. Il marchait d'un pas lent en queue de file, les deux enfants devant lui, la petite femme Anny-Mae à ses côtés, toujours munie de la torche. Le tunnel était haut à cet endroit, avec des murs droits, et le ruisseau fétide s'écoulait dans un profond canal. Quelques jours à peine avaient suffi à Bartellus pour qu'il trouve l'odeur supportable ; la nausée qui le tenaillait en permanence les premiers temps s'était peu à peu estompée.

Anny-Mae s'arrêta pour lui parler ; il pencha poliment l'oreille vers elle.

— On y est presque, lui dit-elle d'un ton enjoué, le visage rayonnant comme si elle était personnellement responsable de la proximité de leur objectif.

Bartellus ne tarda pas à sentir l'air autour de lui s'alléger. Le tunnel s'ouvrit, le plafond s'envolant loin au-dessus de leurs têtes et les bords s'écartant tout autour. La lumière des torches faiblit et se perdit dans l'étendue profonde des ténèbres. Bartellus vit qu'ils se trouvaient au bord d'un grand bassin plat, au milieu duquel le ruisseau principal se déversait, dessinant de part et d'autre des berges de vase aux formes rondes. Le vieux soldat regarda tout en haut. Pendant un instant, il fut terrorisé à l'idée que cette coquille qui servait d'égouts supportait le poids monumental de l'immense Cité.

Il entendit un petit cri aigu et vit un groupe de rats énormes traverser précipitamment les berges vaseuses, fuyant la lumière inhabituelle. Il voyait des rats tous les jours. C'étaient des compagnons constants dans les Halls, mais il n'en avait jamais vu de si gros, ni en telle quantité.

« Ils sont à moitié aveugles, lui avait-on dit. Ils font juste la différence entre l'obscurité et la lumière, et ils fuient toujours la lumière. »

En un sens, les rats aveugles lui paraissaient encore plus sinistres.

Il prêta l'oreille aux instructions de Malvenny.

— Allumez vos torches et pressez-vous, on n'a plus beaucoup de temps. (Le chef jeta un coup d'œil lourd de sens à Bartellus.) Le nouveau, tu restes avec Anny-Mae. Elle t'indiquera les endroits à éviter. N'allez pas dans les chambres basses.

Il agita une main vers le coin le plus sombre des rivages, congédiant le groupe.

— Les chambres basses ? Qu'est-ce que c'est ? demanda Bartellus à la femme.

Elle avait déjà les yeux rivés sur la vase à ses pieds.

— Par là-bas, expliqua-t-elle, le doigt pointé. Les chambres là-dessous s'effritent comme des gâteaux secs. Tu passerais au travers en un rien de temps.

Elle lui adressa un grand sourire.

Il regarda le lieu qu'elle désignait.

— Mais les enfants…

Il voyait le frère et la sœur qui couraient déjà d'une berge boueuse à l'autre en quête de « trouvailles ». Une image d'un autre monde lui apparut brièvement : celle de deux enfants blonds, sur une plage dans le soleil levant, qui cherchaient des crabes et des crevettes dans les flaques entre les rochers.

— Elija sait ce qu'il fait, répondit la petite femme. Ils sont plus légers que nous, ils ne craignent rien. Tout le monde redoute cet endroit, donc on y trouve plein de choses.

De son regard noir et vif, elle remarqua la douleur sur son visage et, se méprenant, elle reprit avec gentillesse :

— Le jeune Elija sait ce qu'il fait.

Bartellus se retrouva sans avoir grand-chose à faire. Il tenait la torche, la bougeant selon les consignes de la femme, tandis que celle-ci, à l'aide d'un petit râteau, raclait la vase qui s'étendait en berges ondoyantes autour d'eux. De l'attirail qui lui enserrait la taille, elle détacha un tamis plat et filtra la boue, triant les petits objets mis au jour.

Une fois, elle tendit la main pour lui montrer une pièce. Il eut beau approcher sa torche, il ne distinguait aucun détail. La femme fit courir ses doigts expérimentés sur la surface terne.

— Troisième Empire, déclara-t-elle d'un ton triomphant en lui mettant la pièce sous le nez. C'est de l'or !

Puis elle se remit au travail, courbée, tandis qu'il rangeait la précieuse pièce dans un sac. Il se demanda de quelle manière ils allaient se partager le butin.

Anny-Mae se déplaçait rapidement, s'arrêtant de temps à autre pour donner de petits coups avec le manche de son râteau sur les berges devant elle, sondant la profondeur, la fermeté de la vase. Elle se jetait avec plaisir sur de petits objets que Bartellus n'aurait jamais remarqués. Elle trouva plusieurs pièces – mais plus d'or –, une demi-charnière cassée, qu'elle lui dit de garder, et le manche d'un couteau. Elle dénicha une boîte de métal – vide – qu'elle jeta, et la reliure en cuir d'un livre qu'elle tendit à Bartellus, le prenant peut-être pour un homme de lettres.

Il y avait des cadavres de rats et de chats, de chiens à moitié mangés, rejetés sur les berges. Mais ils ne trouvèrent pas d'autres dépouilles humaines. Bartellus se dit que les grilles successives devaient empêcher les grands corps de flotter dans cette direction. Il repensa au cadavre tatoué. À nouveau, un souvenir monta du fond de son esprit, mais le vieux militaire ne parvint pas à le saisir avant qu'il ne s'envole.

Ses pensées vagabondaient dans le passé quand il se rendit compte que les Habitants s'étaient tous redressés, l'oreille tendue. Lui ne percevait presque rien hormis le bruit du courant. Puis il entendit à son tour : des coups violents résonnaient au loin, comme si l'on frappait sur des centaines de casseroles en guise de gongs.

— La pluie ! hurla Malvenny.

Aussitôt, les Habitants se ruèrent vers le chemin qu'ils avaient emprunté pour venir, abandonnant dans leur hâte leurs précieux tamis, râteaux et truelles, et n'emportant que leurs torches.

Anny-Mae saisit Bartellus par le bras. Elle avait l'air tendue.

— Ces rivages vont être inondés en un rien de temps, l'informa-t-elle. Il faut se dépêcher.

Bartellus vit les enfants devant eux tandis que le groupe reprenait le chemin qui se désagrégeait, courant avec prudence sur le sol traître.

— C'était quoi, ce bruit ? demanda-t-il au dos d'Anny-Mae.

— Les Habitants tout en haut, répondit la femme en regardant où elle marchait, allant aussi vite que ses minuscules pieds le lui permettaient. Ils tapent sur les plaques d'égout quand il pleut. Pour nous prévenir.

Bartellus se rendit compte que le niveau du ruisseau qu'ils suivaient montait à vue d'œil. Quand ils étaient venus par là un peu plus tôt, il était bien plus bas. À présent, il déferlait juste sous la bordure du chemin, sa surface bouillonnant et tourbillonnant d'écume grise et de grosses bulles grasses qui éclataient lentement. Il prit aussi conscience que le groupe continuait à descendre.

— On va vers le bas ! cria-t-il, mais Anny-Mae était trop occupée à se dépêcher et à regarder ses pieds pour réagir.

Les enfants se laissèrent rapidement distancer par les autres, dont les torches vacillaient loin devant eux. Soudain, la fillette glissa en posant le pied sur une flaque de vase. Ses jambes cédèrent sous elle ; elle bascula tête la première en direction du ruisseau. Elija tendit un bras vers elle, mais était gêné par le brandon qu'il portait. Il la rata et tomba à son tour. Au dernier moment, alors que la petite fille glissait inexorablement vers le bord, Bartellus agrippa son bras aussi frêle qu'une brindille et la tira vers le haut, la ramenant contre sa poitrine. Elle était minuscule et plus légère qu'une bonne épée. Il regarda son visage blanc. Ses yeux écarquillés ne voyaient rien, mais on y lisait une émotion qui allait au-delà de la terreur et de l'épuisement.

Le garçon se remit debout et se plaça devant eux, obligeant Bartellus à s'arrêter. Anny-Mae les dépassa en les bousculant, lancée à la poursuite des autres, qui avaient à présent disparu. Elija adressa un regard noir à Bartellus. Le vieux soldat baissa les yeux vers lui, l'air calme.

— Je vais la porter, proposa-t-il. Laisse-moi vous aider. (Elija ne broncha pas, déterminé. Bartellus fit un signe de tête en direction de l'endroit où ils allaient.) Allez, avance, gamin, gronda-t-il.

Elija tourna les talons et reprit sa course, plus vite. Bartellus se pressa pour le rattraper, car le garçon tenait toujours la torche.

Quand ils rejoignirent le groupe, Bartellus eut un coup au cœur. Ils étaient arrivés à la jonction de deux gigantesques tunnels. De l'eau fraîche – il la reconnaissait à l'odeur – se déversait dans un bruit de tonnerre le long d'une seconde canalisation, transportant son chargement de branches et débris divers. Elle rejoignait le canal dont le niveau montait dans un fracas d'eaux tourmentées, où flottaient quantité de déchets.

Un frêle pont de corde et de planches enjambait le maelström. C'était la seule issue. À la lumière agitée de la torche, Bart voyait que l'eau bouillonnait autour du pont, dont le centre affaissé se trouvait immergé. Pourtant, le premier homme de la file avait déjà entrepris de le traverser, s'agrippant aux cordes, tirant sur ses bras, à moitié noyé par les flots. Les autres s'apprêtaient à le suivre.

Quand Elija arriva en courant, Malvenny poussa le garçon sur la passerelle en lui prenant le brandon.

— Vas-y, gamin ! hurla-t-il.

Elija regarda sa sœur, hésita, puis un autre homme se rua devant lui et sauta sur la structure, jetant sa torche. Anny-Mae poussa l'enfant sur le pont, puis le suivit en le bousculant rudement. Elija jeta un coup d'œil à sa sœur puis saisit les cordes submergées et commença à tirer sur ses bras pour rejoindre l'autre côté.

Muni de la dernière torche, Malvenny cria à l'oreille de Bartellus :

— Le pont va céder d'un instant à l'autre ! Quand ce sera le moment, accroche-toi à la corde ou au bois. Ne lâche pas !

Bartellus s'engagea sur la fragile passerelle, qui se balançait et se cabrait comme une monture de cavalerie affolée. Sentant la petite fille lui serrer le cou avec ses bras, il attrapa les cordes à deux mains. Puis il fut englouti par les eaux écumantes. En une seconde, toutes ses sensations le désertèrent. Il ne pouvait plus respirer, ni dire de quel côté il devait aller. Il ne sentait plus rien sous ses pieds, ni même le corps de la fillette contre sa poitrine – seulement les cordes rêches dans ses paumes.

Le pont céda alors : Bartellus eut l'impression d'être englouti par les ténèbres. Il n'était plus qu'un débris dans les eaux déchaînées. Il s'agrippa à la corde et aux planches puis serra fort les paupières, priant pour la vie de la petite fille.

Dans ses rêves, il se retrouvait souvent dans une vallée verte et luxuriante. Des montagnes grises couronnées d'une neige étincelante se découpaient au loin sur l'horizon. Il était à genoux dans l'herbe grasse et humide, gorgée de rosée, laissant courir ses mains dans leur fraîcheur. Alors, il portait ses paumes mouillées à son visage et nettoyait la sueur, le sang et la douleur. Ensuite, il se mettait debout et regardait autour de lui. Il n'y avait personne en vue, pas d'animaux, pas d'oiseaux. L'air était pur, comme s'il n'avait jamais été respiré. Il se demandait s'il assistait à la naissance du monde.

Un jour, il avait interrogé un diseur de bonne aventure sur le sens de son rêve. Le vieil homme flétri, petit comme un enfant, avait planté sa tente à l'arrière d'une armée qui attendait le combat, même si Bartellus ne se souvenait plus ni du régiment ni de la bataille. L'homme avait fait des affaires toute la nuit grâce aux soldats qui, effrayés, cherchaient un peu de réconfort avant d'affronter le jour suivant.

— La vallée, c'est l'endroit où tu es né, général, lui avait dit le vieil homme en dévoilant ses dents pourries dans un sourire. C'est très clair. Le vert, c'est la fertilité, et la vallée représente une femme. Ta naissance a été bénie des dieux. Tu vivras longtemps, tu auras de nombreux fils et tu retourneras dans cette vallée avant ta mort.

Il avait jeté un coup d'œil par-dessus l'épaule de Bartellus, déjà à l'affût de la pièce de cuivre du prochain client.

Mais le général n'avait pas bougé de son siège et l'avait scruté d'un air sévère.

— Tes paroles ne sont pas claires pour moi, l'ancien, avait-il déclaré. La vallée, est-ce ma mère ou mon lieu de naissance ?

— Les deux, avait répliqué le vieux à voix basse. La vallée verte…

— Parce que, l'avait interrompu Bartellus, je suis né sur la plaine désolée de Garan-Tse, au milieu de la Troisième Bataille du Vorago. Aux cris de ma mère se mêlaient ceux des mourants et, où que l'on regardât, il n'y avait que de la boue et du sang à perte de vue.

Le vieil homme avait plissé les yeux d'un air irrité.

— C'est une métaphore, avait-il expliqué. Tous les hommes naissent dans le sang et la douleur. Mais toi, tu es entouré par la fertilité. As-tu des fils ? (Bartellus avait acquiescé.) Et es-tu riche ? (Quand Bartellus avait de nouveau hoché la tête, le vieil homme avait haussé les épaules.) Dans ce cas, tu as de la chance.

— La plupart des hommes ne diraient pas ça de moi, avait grondé Bartellus.

— Tu es un général, général, avait objecté le diseur de bonne aventure avec douceur. La plupart des hommes ne diraient pas de toi que tu es malchanceux.

Un million de canalisations aspiraient les eaux de pluie, les dirigeant à travers les anciens conduits, canaux, caniveaux et tuyauteries, les entraînant dans les profondeurs, sous la Cité.

Presque toute l'eau entrait par les grosses canalisations qui débouchaient dans le Menander. Ce grand fleuve traversait les entrailles de la ville. Une partie de la pluie était filtrée par les couches historiques successives de la Cité et s'enfonçait là où les égouts étaient cassés, écrasés par le poids du temps. Un millier de branches, emportées dans les caniveaux puis à travers les grilles brisées, frottaient contre les parois des canalisations, les lavant au passage de la saleté et des débris accumulés depuis des années. Pendant un moment – quelques jours –, les Halls étaient débarrassés de la crasse ; il y régnait une odeur d'herbe et de bonne terre.

De son perchoir, en haut de la Porte Dévoreuse, le gulon étira ses pattes et allongea son corps maigre sur un morceau de bois. Les yeux mi-clos, il regardait des dizaines d'Habitants emportés sous les tonneaux roulants de la porte avant d'être pulvérisés. La créature ferma les paupières et s'endormit.

Elija avançait péniblement pas à pas sur la passerelle instable quand celle-ci céda sous les flots. Il n'avait peur que pour sa sœur. *Je ne pourrai pas la sauver si je meurs*, pensa-t-il. Il s'accrocha désespérément à une planche de bois et essaya de survivre. Les eaux déchaînées le secouèrent et le fouettèrent un long moment puis, enfin, il s'immobilisa et se rendit compte qu'il parvenait à respirer. Reconnaissant, il gonfla ses poumons, sa frêle poitrine endolorie et couverte de bleus. Lorsqu'il ouvrit les yeux, il se retrouva dans le noir complet. La tête en bas, il était emmêlé dans des cordes – peut-être celles du pont. Il entendait encore non loin le fracas des eaux. Inquiet, il tenta de remuer les bras et les jambes. Il avait mal partout ; toutefois, il semblait n'avoir rien de cassé. Il pouvait bouger, mais ne parvenait pas à se libérer. *Et si j'y arrive,* songea-t-il, *où irai-je dans le noir ?*

Troussé comme une chèvre offerte en sacrifice, suspendu contre la paroi d'une canalisation, impuissant, dans le noir total, au plus profond des entrailles de la Cité, le petit garçon se mit à pleurer.

Dès que Bartellus reprit conscience, il sut aussitôt que l'atmosphère avait changé. L'odeur fétide et étouffante qui avait écrasé ses sens des jours durant avait disparu. À présent, l'air était plus léger et sentait le foin mouillé, le fruit pourri, la fumée et, faiblement, les fleurs. Allongé sur le dos, son corps n'était qu'un vieux tas de bois flottant avec peine sur un océan de douleur. Un poids lui comprimait la poitrine. Quand il ouvrit les yeux et redressa la tête, il vit que c'était la petite fille, immobile. Il la crut morte, mais, lorsqu'il essaya de s'asseoir, le grognement qui lui échappa la réveilla et elle s'écarta de lui. Ses grands yeux mangeaient son visage blanc aux traits tirés.

Puis la fillette leva la tête et observa les alentours. Pour la première fois, Bartellus se rendit compte qu'il pouvait voir. Ils se trouvaient dans une chambre circulaire en pierre. Depuis leurs appliques, des torches projetaient des ombres mouvantes sur des murs où suintait l'humidité. Ils étaient décorés d'images en noir et blanc, à demi effacées, représentant des oiseaux prenant leur envol et des plumes flottant dans l'air. Bartellus et la fillette se trouvaient sur un rebord solide au-dessus du ruisseau, qui coulait dans un profond canal jusqu'au centre de la chambre. Bartellus reposa sa tête et récupéra un moment, contemplant les oiseaux qui vacillaient de sinistre manière dans la lumière des torches. Il n'en pouvait plus.

Il entendit alors un murmure et releva la tête. Flottant comme un mirage dans les déserts du Sud, une silhouette vêtue d'une cape à la capuche relevée s'avança vers eux dans la lumière jaune. Ses instincts de soldat oubliés, Bartellus gisait, vulnérable, laissant l'ombre s'approcher. Elle s'arrêta devant eux. Le vieil homme aperçut la pointe d'une épée sous le bord de la cape. Il se dit qu'il devait bouger, les défendre l'enfant et lui, mais il n'avait plus d'énergie.

— Tu n'es pas mort, dit la femme d'une voix impassible qui se répercuta légèrement contre la pierre mouillée.

Bartellus ignorait si son intention était de le rassurer ou d'énoncer un simple fait.

— Nous avons été piégés par une inondation, l'informa-t-il, remarquant tout en parlant qu'une explication n'était pas franchement nécessaire.

Naturellement, la femme ne répliqua pas. Elle se dressa en silence au-dessus de lui. Sa présence était troublante. Il s'assit avec difficulté. Son corps entier semblait couvert de bleus et son dos était affreusement douloureux.

— Cette petite a besoin de vêtements secs, de nourriture et d'eau fraîche, dit-il à la femme.

Elle prit son temps pour répondre.

— Tu as raison, je n'en doute pas, rétorqua-t-elle froidement. Mais pourquoi t'adresser à moi ?

La frustration prit le pas sur son épuisement, et une étincelle se raviva dans sa poitrine.

— Les malheureux qui vivent ici sont les déchets de la Cité, déclara-t-il. Pourtant, jeune femme, d'après mon expérience, aucun d'eux n'a besoin qu'on lui explique pourquoi une enfant à demi noyée a besoin d'être nourrie et réconfortée ! Si tu ne peux pas venir en aide à cette gamine, conduis-nous jusqu'à quelqu'un qui le puisse.

Même à ses propres oreilles, son discours lui parut ampoulé, et l'enfant se mit à pleurer. Bartellus comprit, impuissant, qu'il l'avait effrayée.

La femme le contempla avec indifférence.

— Nous ne sommes ni sur un marché, ni dans un orphelinat, ni dans un hôpital, *l'ancien*.

Cette fois, il contint sa colère.

— Non, mais tu me sembles bien nourrie, et il existe clairement une certaine organisation, ici, rétorqua-t-il en tentant de garder son calme. Je ne peux croire que tu sois dans l'impossibilité d'apporter à cette enfant une assiette de nourriture. Est-ce trop demander ?

— Qu'est-ce qui te fait croire qu'il y a une organisation, ici ? s'enquit la femme.

Il fit un signe de tête en direction des torches.

— Partout ailleurs dans les Halls, des torches sans surveillance seraient volées au bout de trois minutes. Il y a une figure d'autorité dans cet endroit, qui inspire le respect.

Elle hocha la tête dans l'ombre de sa capuche.

— Fort bien. Viens, mon enfant, dit-elle en se retournant pour traverser à nouveau la chambre hantée d'oiseaux.

La fillette regarda Bartellus, qui lui adressa un sourire rassurant. Elle suivit l'inconnue à contrecœur, lançant souvent des coups d'œil en arrière pour s'assurer que le vieil homme était toujours là.

Une fois qu'elles eurent toutes deux disparu, Bartellus se leva péniblement, s'émerveillant de n'avoir rien de cassé. Il s'avança jusqu'au bord du ruisseau, où il se soulagea longtemps et avec bonheur. Cette simple action le rendit de bien meilleure humeur ; il suivit la femme et l'enfant.

Après qu'il fut sorti du cercle de torches, les ténèbres se refermèrent sur lui. Il cligna des yeux pour en chasser la crasse jusqu'à discerner une lueur ténue. De la lumière filtrait à sa droite, sous une voûte. Il avisa une porte laissée ouverte. Il la franchit, suivant la faible clarté, jusqu'à parvenir à une chambre éclairée non plus par la lumière âcre des torches, mais par la lueur douce de dizaines de bougies. Il plissa les yeux. Tout autour de lui se dressaient des piliers de pierre, dont les chapiteaux étaient sculptés en forme d'oiseaux perchés veillant sur les lieux. La pièce était très ancienne; les regards de pierre des sculptures pesaient sur lui.

La fillette n'était visible nulle part, mais la femme était assise au bord d'une grande table en bois. Elle avait ôté sa capuche, et ses cheveux étaient d'un roux foncé dans la lumière. Il vit que, malgré son visage jeune, des rides d'expérience apparaissaient déjà au coin de ses yeux, de la même teinte violette que les fleurs. Une épée nue était posée sur ses genoux.

— Où sommes-nous? s'enquit-il.

— Les Habitants ont baptisé ces lieux le Hall des Veilleurs. Ils ont peur de venir ici. Ils nous craignent, mes équipières et moi.

Elle posa une main distraite sur la poignée de l'épée. Il sentit à nouveau monter en lui l'aversion qu'elle lui inspirait.

— Si tes collègues te ressemblent un tant soit peu, dit-il, les Habitants ont sans doute plus peur des langues acérées que des épées affûtées.

Elle lui jeta un regard mauvais.

— D'abord, tu me demandes l'hospitalité, et ensuite tu m'insultes?

Il observa la pièce autour de lui, comme s'il se moquait aussi bien de ses paroles que de son épée. Sur une autre table étaient posés une carafe d'eau et un plat de viande et de biscuits. Son ventre affamé se crispa tant cette vision lui faisait envie. Il laissa son regard glisser distraitement sur la nourriture. Il préférait crever de faim plutôt que de dévoiler ses besoins à cette fille odieuse.

— Tu prends la mouche facilement, répliqua-t-il d'un ton modéré, comme si cela était sans importance. Si tu étais l'un de mes soldats, je ne te laisserais pas tenir un couteau à fruit, encore moins une épée.

La femme jaillit de la table, son arme au poing, mais une voix douce l'interpella :

— Indaro.

Bartellus regarda autour de lui. Une nouvelle venue se tenait sous une étroite voûte à demi dissimulée par une tenture. Ses longs cheveux avaient la blancheur de la glace, et son visage était marqué. Comme Indaro, elle portait une tunique cintrée en cuir. Mais, alors que la jeune femme portait des chausses de cuir, pareilles à celles d'un officier de cavalerie, la plus âgée était vêtue d'une longue jupe bleu nuit tombant sur des bottes luisantes. Une houppelande marron entourait ses épaules. Sur sa poitrine brillait de l'argent.

— Il a raison, jeune fille, poursuivit-elle. Tu es trop impatiente pour t'estimer offensée. (Indaro ne répondit pas. Sur un signe de tête de la femme, elle quitta la pièce d'un pas furieux.) Si elle était l'un de vos soldats, général, elle serait morte depuis longtemps, ajouta la femme après qu'Indaro eut disparu.

Bartellus sentit sa poitrine se serrer. Il avait vécu l'horreur et la privation dans les Halls, mais il s'était habitué à l'anonymat, et appréciait de n'être plus harcelé ni pourchassé.

Elle s'avança jusqu'à la table et versa de l'eau dans un verre, qu'elle lui donna. Elle était grande et gracieuse. Il se demanda, au nom des dieux de la glace et du feu, qui elle pouvait bien être.

— Je vous connais ? demanda-t-il.

Elle le regarda d'un air curieux.

— Vous ne me connaissez pas ? répliqua-t-elle. Je suis Archange Vincerus. Et vous, comment doit-on vous appeler ?

Il hésita.

— Bartellus, finit-il par dire.

— C'est un bon choix. Ce nom est assez courant – surtout parmi nos hommes d'armes.

Elle se tourna, souleva le plat de nourriture et le lui tendit. Il prit un biscuit et mordit dedans. Le déferlement de saveur et de douceur dans sa bouche lui fit tourner la tête. Il but lentement une gorgée d'eau.

— Archange. Ce nom m'est familier.

Il maudit sa mémoire défaillante, dans laquelle ses expériences tournoyaient et partaient à la dérive, allant et venant, comme la brume sur la glace.

— Qui êtes-vous, ma dame, et pourquoi vivez-vous dans les égouts ?

— Je ne vis pas ici. Je ne fais que passer, répondit-elle d'un ton sec.

Bartellus se sentit soudain lassé par ces femmes dédaigneuses. Il n'avait que faire de ce qu'elles pensaient de lui. Il prit le plat de nourriture, s'attabla et commença à manger sans complexes. Elle s'assit à son tour. Tous deux restèrent silencieux tandis qu'il dévorait la viande et reprenait des biscuits. Il avala deux grands verres d'eau fraîche. Elle avait le goût de la rosée matinale.

Puis, comme s'il était seul, il ferma les yeux et laissa reposer sa tête contre le haut dossier du siège. Il avait l'esprit moins embrumé.

Il s'autorisa à penser à ces deux autres enfants, ses fils, qu'il avait vus lui dire au revoir de la main dans un jardin ensoleillé alors qu'il les quittait pour toujours. Joron, l'aîné, agitait au-dessus de sa tête une épée de bois que Bartellus lui avait fabriquée le jour même. Karel, le bébé qui marchait à peine, imitait son frère et faisait lui aussi de grands gestes exagérés, mais il était trop jeune pour comprendre la situation. Il s'était interrompu en apercevant les chiots qui venaient de naître. Le voyant s'approcher d'eux d'un pas chancelant, Boule de Neige, la chienne de chasse blanche, avait traversé le jardin pour veiller sur sa portée. La dernière image que Bartellus garda de son plus jeune fils fut celle où, de ses bras potelés, il enserrait le cou de la chienne patiente, son père déjà oublié.

Des larmes ruisselèrent sur ses joues.

Sa femme Marta n'était pas sortie pour le voir partir. Elle était alitée, épuisée par les dernières semaines d'une grossesse pénible. Il l'avait embrassée pour lui dire au revoir, lui promettant d'être de retour pour l'hiver. Il ne s'inquiétait pas vraiment pour elle : ses deux accouchements précédents avaient été difficiles, mais leurs fils étaient nés en pleine santé, et Marta avait recouvré ses forces en quelques jours. Il était désolé de ne pouvoir être là pour la naissance de sa fille. Il était sûr que, cette fois, ce serait une fille.

Il ne se souvenait pas d'avoir embrassé Marta. Il était certain de l'avoir fait, car c'était son habitude. Mais, préoccupé par la bataille qui l'attendait, il avait embrassé sa femme machinalement, sans y penser. Un simple baiser sur la joue. Le dernier baiser.

Puis, perché sur sa monture, il s'était éloigné aux côtés de son vieil ami Astinor Rougefeuille, venu le chercher. Par cette matinée ensoleillée, il ne savait pas qu'on l'emmenait vers un horrible châtiment, après un bref procès. Il ignorait alors, et même plus d'un an après, que dans l'heure qui avait suivi son départ toute sa famille avait été massacrée, sa fille tant attendue gisant à demi hors du ventre sauvagement lacéré de Marta.

Chapitre 3

Quand Bartellus rouvrit les yeux, la femme était attablée avec lui, un verre d'eau à la main, le regard dans le vide. Elle avait vu ses larmes, mais il s'en moquait. Il se demanda combien de temps s'était écoulé.

— Nous sommes-nous déjà rencontrés ? s'enquit-il.

— Une fois seulement. Il y a longtemps.

— Pourquoi nous avoir sauvés ?

— Peut-être que ce sont les flots qui vous ont rejetés ici.

— Ces mêmes flots qui, avec égards, ne nous ont pas séparés, l'enfant en sécurité auprès de moi, dans votre antichambre ?

Elle soupira.

— Votre vie doit être bien triste pour que vous vous interrogiez sur les motivations qui poussent une personne à en sauver une autre de la noyade.

Il savait qu'ils se connaissaient. Il avait beau fouiller dans son esprit, rien ne venait. Tant d'épisodes de sa vie avaient été effacés par le sang et la douleur ! Sa mémoire vacillante n'était plus qu'une amie sournoise. Parfois, il ne supportait plus la vision de son épouse lui souriant, de ses garçons agitant leur main sous le soleil, mais ce souvenir-là le poursuivait sans répit et demeurait limpide. Pourtant, ses moments de gloire – des instants qu'il aurait aimé savourer, car ils étaient inaltérables –, ces souvenirs-là se troublaient, changeaient, devenaient des grains de sable dans son cerveau fatigué.

— Y a-t-il d'autres femmes ici comme Indaro ? demanda-t-il à Archange.

— Pourquoi ?

— Parce qu'elle est forte, en bonne santé, et qu'elle se prétend guerrière. Pourquoi n'est-elle pas à l'armée ? Cet endroit n'est-il qu'un sanctuaire pour les lâches qui refusent de se battre pour leur Cité ?

— Les gens trouvent refuge dans les égouts pour de nombreuses raisons. Tous ne sont pas des lâches, répliqua-t-elle avec force. Mais, pour les femmes, il y a des moyens plus simples d'échapper au service militaire. Elles peuvent tomber enceintes. Aucune femme portant une précieuse vie n'a le droit de combattre – mais je ne vous apprends rien, général.

Il ne pouvait pas se permettre de laisser passer cela une deuxième fois.

— Je ne suis pas général.

Elle secoua la tête avec impatience.

— Dans ce cas, vous devriez éviter de parler de *vos* soldats avec une telle désinvolture. Difficile de vous prendre pour un copiste ou un aubergiste. De plus, ajouta-t-elle avec un sourire, vous avez l'air d'un général.

Elle lui parut plus jeune.

Pour la première fois depuis des jours, il se rendit compte qu'il devait puer. Pourtant, il se sentait à l'aise, assis sur un siège, le ventre plein, et – il fallait l'avouer – en plaisante compagnie. Il faisait bon et ses vêtements étaient secs pour la première fois depuis longtemps. Il se renversa sur sa chaise et regarda autour de lui. La pièce était faite de pierre froide ; les tables et les chaises de bois étaient simples, mais fabriquées dans des essences raffinées, et la tenture sur le mur était richement brodée de bêtes féroces et d'étranges fleurs. Dans un coin, en bas, un gulon fixait sur lui ses yeux sinistres.

— Nous sommes toujours dans les égouts ici. Dans les Halls, précisa-t-il, mais vous n'utilisez pas les tunnels pour aller et venir. J'en conclus qu'il doit y avoir une sortie directe vers l'air frais ?

Elle secoua la tête.

— Cet endroit se nomme le Hall des Veilleurs, expliqua-t-elle. Il y a des siècles de cela, et peut-être même des milliers d'années, il faisait partie d'un grand palais. Puis ce palais est tombé en ruine, ou bien il a été détruit par une invasion, ou encore par un tremblement de terre, je ne m'en souviens plus. L'ancien palais a disparu sous un nouveau. Puis sous un autre encore. Nombreuses sont les traces des anciennes cités successives. La plupart ont été détruites. Mais certains bâtiments sont restés intacts, comme celui-ci, profondément enfoui sous terre. Nous nous situons très en dessous de la Cité actuelle.

— C'est la première fois que vous daignez répondre à l'une de mes questions.

— Je ne suis pas là pour ça.

— Pourquoi êtes-vous là ?

Il la regarda dans les yeux ; tous deux sourirent.

— Vous et moi sommes trop âgés pour jouer à ce jeu-là, rétorqua-t-elle.

Elle soupira de nouveau et, d'un coup d'épaule, ôta sa houppelande. C'était un croissant de lune en argent qui brillait sur sa poitrine.

— Je ne vous ferai rien de plus que ce que le monde vous a déjà fait subir, poursuivit-elle.

Ils restèrent silencieux un moment, puis elle reprit :

— Vous m'avez interrogée au sujet de mon amie Indaro. Elle a participé à la Première Bataille d'Araz.

De mauvais souvenirs affluèrent dans l'esprit de Bartellus.

— Comme des milliers d'autres, répondit-il. Des dizaines de milliers.

Moi y compris, aurait-il pu ajouter.

— À dire vrai, ce n'était qu'une enfant, élevée avec bienveillance. (Elle le regarda.) Beaucoup de gens pensent que les femmes ne devraient pas combattre dans cette guerre.

— Je n'en fais pas partie, répliqua-t-il sans être tout à fait sincère. La Cité aurait été perdue depuis longtemps sans ses guerrières.

Elle secoua la tête d'un air triste.

— Les hommes veillent sur le passé de notre Cité, déclara-t-elle. Les femmes veillent sur notre avenir.

L'argument était éculé.

— Si la Cité tombe, alors peu importe le nombre d'enfants et de bébés qui pourront nous aider, lui objecta-t-il.

— La Cité va tomber. Elle est perdue depuis longtemps.

— Pas tant que nos armées la défendent.

Au fond de lui, il savait que la Cité en était à un point de non-retour. Les villes ennemies étaient assujetties, leurs forteresses prises, leurs armées conquises, et pourtant ils continuaient à se battre. La Cité était assiégée, même à distance. Et, dans un ultime espoir de l'emporter, elle envoyait ses femmes dans la machine de guerre, au risque de provoquer une catastrophe démographique dans le futur.

— La Cité est grande, s'acharna-t-il, même s'il savait que c'était faux.

Ses paroles résonnèrent de manière creuse dans la chambre de pierre.

— La Cité se meurt, Bartellus. Après avoir vécu ici, dans les Halls, avec les autres Habitants, et les avoir vus vivre dans cet état de pauvreté absolue, comment pouvez-vous proclamer que la Cité est grande ?

Son ton était calme ; son visage grave.

— La Cité, c'est tout son peuple, y compris les Habitants, la contra-t-il. Alors que vous passez du temps auprès d'eux, ma dame, comment faites-vous pour ne pas voir leur force, leur endurance, leur esprit inflexible – ces mêmes qualités qui ont aidé la Cité à survivre à des siècles de guerre ?

— Je n'arrive pas à croire que les Habitants puissent servir vos propos sur la grandeur de la Cité, dit Archange. Aucune « grande » cité, par définition, ne devrait voir son peuple vivre dans les égouts. Toute cité devrait être jugée, du moins en partie, sur la façon dont elle s'occupe de ses pauvres, des plus fragiles, de ceux qui n'ont plus rien.

Comme souvent par le passé, il se retrouvait à défendre une idée à laquelle il n'adhérait pas entièrement. Ils abordaient là un sujet qu'on évitait si l'on était prudent. Pourtant, dans cet endroit secret, il se résolut à en parler.

— C'est l'Immortel qui poursuit la guerre. Elle s'achèvera seulement si l'empereur le désire.

Elle le regarda d'un air grave.

— Ceux qui lui ont tenu ce discours ont été cruellement punis. (Elle prit une gorgée d'eau.) Nous parlons de deux choses différentes. Si la Cité est grande, c'est grâce au courage et à la résilience de son peuple. Mais la guerre l'a poussée au bord de la ruine. Comme vous le dites, l'empereur est le responsable de ce conflit. Mais jamais il n'y mettra un terme.

— Comment pouvez-vous en être si sûre ? Si Araeon lui-même s'y refuse, alors Marcellus pourra le faire.

Elle fronça les sourcils.

— Marcellus est loyal. Jamais il ne se retournera contre son empereur.

Il ne répondit pas, conscient que leurs échanges se situaient au-delà de la trahison. Mais cela lui fit du bien de converser à nouveau, de penser à autre chose qu'à l'endroit où il allait trouver son prochain repas, aux morsures des poux qui lui irritaient tant la peau, se demandant s'il allait tenir un jour de plus sans sombrer dans la folie ou se jeter dans le ruisseau de mort.

Elle finit par dire :

— Quand ma fille était petite, je lui racontais l'histoire du gulon et de la souris. La connaissez-vous ?

— Bien entendu. C'est un conte pour enfants.

— Le gulon et la souris entreprennent ensemble un long voyage. Une fois qu'ils sont arrivés dans une lointaine cité, la souris dit au gulon : « Laisse-moi m'asseoir sur ton épaule, que je voie cette cité sans me faire écraser par ses habitants. » Alors le gulon prend la souris et la pose sur son épaule. Mais, en les voyant, les citoyens pensent que la souris est le maître et que le gulon n'est que le domestique, et on les montre du doigt en riant. Furieux, le gulon descend la souris de son épaule et la remet par terre. Aussitôt, la souris se fait écraser sous un grand pied. Voilà comment le gulon, par orgueil, a perdu sa meilleure amie.

» Et savez-vous ce que ma fille de sept ans me demandait après avoir entendu cette histoire ?

— Je vous écoute.

— Elle disait : « C'est quoi, une lointaine cité ? » Quand je lui répondais que c'était une autre ville, très loin d'ici, elle était perplexe, car pour elle le monde entier se résumait à la Cité.

— Votre fille n'était pas la seule à le croire. Beaucoup pensent comme elle. Pour bien comprendre, il faut voir la Cité de l'extérieur. Hormis les soldats, peu de gens en ont l'occasion.

— Pourtant, tout le monde sait que nous sommes en guerre.

Il haussa les épaules.

— Les ennemis – les Bleus – ont été diabolisés par nécessité. Les gens ne peuvent mener une guerre et souffrir si longtemps de ses privations s'ils pensent que leurs ennemis sont des êtres humains semblables à eux. Il faut qu'ils les considèrent comme des sous-êtres, incapables de bâtir des cités.

Elle secoua la tête sans rien dire. Il finit par demander :

— Quel âge a votre fille, aujourd'hui ?

Elle ne répondit pas et contempla seulement le verre qu'elle tenait.

— Nous avons vu un gulon dans les Halls, reprit-il, peu de temps avant la tempête.

— Où ça ?

— Là où se trouve ce qu'ils appellent la Porte Dévoreuse. Vous en avez entendu parler ?

— Bien sûr. C'est un rouage capital dans les machineries souterraines. On n'avait pas vu de gulon depuis bien longtemps à de telles profondeurs. Pour certains, c'est un symbole de la Cité. En voir un est considéré comme un bon présage.

Il ricana.

— Il faudrait le dire au gulon. Aujourd'hui, c'était plutôt un présage de mort et de désespoir pour de nombreux Habitants.

Il songea à leur expédition avortée, après le haut barrage. Ses pensées revinrent au cadavre qu'ils avaient découvert. De grosses miettes de biscuit étaient tombées devant lui, sur la table. Il les rassembla, puis les étala et y dessina un signe.

— Connaissez-vous cette marque ? demanda-t-il à la femme.

Elle le regarda avec curiosité.

— Un S ? Et alors ?

— Un S à l'envers. Je l'ai vu sur l'épaule d'un cadavre tout à l'heure.

— Celui d'un soldat ? Les tatouages sont monnaie courante dans l'armée.

— Oui. Le corps en était couvert. Comme un livre de contes pour enfants. (Elle sourit.) Le S n'était pas un tatouage, mais une marque, une brûlure profonde sur sa peau.

— Il arrive que les esclaves étrangers soient marqués de la sorte.

— Mais il en reste peu dans la Cité, de nos jours. De plus, ce sont surtout de jeunes femmes en provenance de l'est. Là, c'était un homme d'âge moyen à la peau blanche. Bien portant.

— Les noyés ont toujours l'air bien portants, répliqua-t-elle. Est-ce essentiel ?

— Sans doute pas. Mais une part de moi pense que oui. Ma mémoire n'est plus ce qu'elle était. Pourtant, j'ai déjà vu cette marque. Même son crâne était tatoué, précisa-t-il.

— De dessins ?

— Non. De petites marques. Par centaines. Elles semblaient étrangères. Vous avez peut-être raison. Je n'ai rien pu en tirer.

— Où l'avez-vous découvert ?

Bartellus haussa les épaules.

— Aucune idée. Je faisais partie d'une expédition de fouilles menée par d'autres. Je ne sais pas où je me trouvais alors. Et je ne sais pas où je suis maintenant.

Il soupira. Quelques minutes plus tôt, il avait cru qu'il pourrait rester ici pour toujours, mais son esprit – son esprit de soldat – le ramenait sans cesse à son devoir. Il sentait son poids peser insidieusement sur ses vieilles épaules.

— Si l'enfant a eu à manger, je vais la récupérer et partir, dit-il à la femme. Nous devons chercher son frère. Si nous avons survécu à l'inondation, il est peut-être en vie, lui aussi.

La fillette fourrait sa cuillère dans sa bouche aussi vite que possible, ses yeux noirs allant régulièrement de la porte à l'assiette et inversement. Elle craignait qu'on vienne lui retirer son repas.

Au bout d'un moment, elle prit conscience du goût et de la texture des aliments : sucré et collant. Il y avait des morceaux durs dedans. Elle cracha un peu de mixture dans sa paume et, reposant la cuillère, l'examina en la tâtant d'un doigt. Les morceaux durs étaient noirs et ridés. Elle en mangea un. C'était si sucré qu'elle en eut mal aux dents. Ça sentait comme les poires pourries.

Elle s'apprêtait à remettre le reste dans sa bouche quand elle se souvint de la dernière fois où elle s'était retrouvée attablée avec une cuillère. Une voix lui avait ordonné avec dureté de se laver les mains avant de s'asseoir. Elle regarda ses paumes crasseuses et les essuya sur sa robe – autrefois sa plus jolie robe rose, songea-t-elle avec tristesse. Ses mains lui parurent un peu plus propres, mais il y avait désormais des morceaux de nourriture par terre. Elle se laissa glisser de sa chaise pour les cacher sous le tapis. Ensuite, elle frotta encore ses deux paumes sur sa robe jusqu'à ce qu'elles soient à peu près propres.

Emly grimpa à nouveau sur la chaise et continua à manger, savourant à présent le goût. Elle avait très soif. La femme rousse avait posé devant elle un verre et un grand pichet d'eau fraîche, qu'elle contemplait avec envie. Mais elle se savait trop faible pour verser l'eau sans tout répandre sur la table propre.

Ses crampes d'estomac se firent plus violentes que d'habitude ; elle se balança d'avant en arrière et gémit un peu jusqu'à ce qu'elles passent. Puis elle se remit à manger.

Enfin, elle regarda autour d'elle. Elle se trouvait dans une pièce gigantesque dont on ne voyait pas le fond. Sur le sol de pierre étaient posés des tapis colorés. Elle descendit de la chaise et tâta le tapis bleu de ses orteils nus. Il était aussi doux que la fourrure d'un chaton.

Elle observa à nouveau la porte avec crainte et s'avança jusqu'au mur le plus proche. Il était couvert d'étagères en bois, jusqu'au plafond. Elle sentit une odeur forte, comme celle de la fumée. Elle tendit la main et perçut une douce chaleur sous ses doigts. Quelque chose tomba avec un bruit mat, ce qui la fit sursauter, puis elle vit qu'il s'agissait de livres. Chaque étagère en était couverte. Elle en avait déjà vu, mais jamais autant. Elle passa les doigts sur les lettres en relief dorées. Elle ne savait pas lire, mais Elija si. Penser à son frère lui noua à nouveau le ventre. Des larmes affluèrent sous ses paupières.

— Bas les pattes, petite !

La fillette fit volte-face et vit la femme rousse dans l'encadrement de la porte, le visage sévère. On aurait presque dit qu'elle projetait des étincelles. Emly essuya à nouveau ses mains sur sa robe et songea à la nourriture cachée sous le tapis. Elle se demanda, coupable, si la femme l'avait vue faire.

— Tiens, enfile ça, ordonna l'inconnue.

Elle lui tendit des vêtements sombres.

Emly alla docilement vers elle. Sans hésiter, la femme ôta la robe de la petite par la tête. Pétrifiée de gêne, Em resta plantée sous le regard froid de l'inconnue. Elle avait perdu sa culotte depuis longtemps, mais ne l'avait jamais dit à personne de crainte de s'attirer des ennuis. Et voilà que cette femme allait la gronder.

Toutefois, les étincelles parurent faiblir, et la femme lui parla plus gentiment.

— Ces vêtements sont trop grands pour toi. Mets-les quand même et je les couperai à ta taille.

Emly enfila maladroitement la longue tunique, qui lui arrivait sous les genoux, et le pantalon, qui tire-bouchonnait sur ses chevilles. Munie d'une paire de ciseaux, la femme coupa les jambes du pantalon. Elle tressa avec dextérité les chutes de tissu pour en faire une ceinture. L'enfant se tortilla dans ses nouveaux habits. Le tissu était doux et sec sur sa peau. Elle regarda avec regrets sa robe au sol. De rose, elle était devenue gris foncé.

La femme agenouillée plongea ses yeux dans ceux d'Emly. La fillette trouvait qu'on aurait dit des fleurs.

— Voilà qui est mieux, dit la femme d'une voix douce.

Puis elle se redressa, retrouvant son ton brusque.

— As-tu assez mangé ? (Elle avisa le pichet d'eau encore plein.) Tu n'as pas soif ?

Emly la regarda en silence. La femme haussa les épaules, la prit par la main et la conduisit hors de la pièce. Elles descendirent un escalier aux hautes marches, Emly les sautant une par une, puis la femme ouvrit une étroite porte en bois. Elle donnait sur un autre escalier en colimaçon, qui tourna si longtemps qu'Emly en fut étourdie. Enfin, elles débouchèrent dans un couloir éclairé par des torches. À son extrémité se trouvait la pièce où le vieil homme discutait avec une autre inconnue. Emly se demanda si c'était sa femme. Elle était contente de le revoir. Peut-être qu'il la ramènerait auprès d'Elija.

— Si l'enfant a eu à manger, je vais la récupérer et partir, disait-il. Nous devons chercher son frère. Si nous avons survécu à l'inondation, il est peut-être en vie, lui aussi.

Puis il se tourna vers elle. Emly lui trouva l'air encore plus vieux. Il sourit, mais son visage exprimait la douleur, comme si lui aussi avait mal au ventre.

— Indaro l'a dit elle-même, répliqua la femme âgée, nous ne sommes pas un orphelinat. Mais peut-être vaudrait-il mieux me laisser l'enfant plutôt que la reconduire dans les égouts.

— Et pourquoi ça ? J'ignore tout de vous. Vous avez à peine répondu à mes questions. Pourquoi vous ferais-je confiance ?

— Êtes-vous le père de l'enfant ? son grand-père, peut-être ?

— Non. Mais je lui ai sauvé la vie. Dans l'armée, quand on sauve la vie d'un camarade, on en prend l'entière responsabilité. C'est la même chose avec cette enfant. Et je lui dois de trouver son frère.

— Vous n'êtes pas dans l'armée, et cette petite n'est pas un soldat. (La vieille femme se tourna vers Em.) Que préfères-tu, mon enfant ? Rester avec nous, ou partir avec cet homme ?

Aussitôt, Em s'avança vers Bartellus et fourra son poing menu dans sa grosse main.

— D'abord, nous retrouverons son frère, déclara le vieil homme, puis nous quitterons ces lieux – tous les trois.

Ensemble, ils sortirent de la pièce pour regagner les ténèbres.

Chapitre 4

Le garçon rêvait d'obscurité et de peur. Il n'y avait ni vallées vertes ni cieux bleus pour Elija. Il rêvait du monde qu'il connaissait, et gémissait dans son sommeil.

À son réveil, il était toujours dans son cauchemar. Dans le noir complet. Il ouvrit et ferma les paupières à plusieurs reprises, mais ne vit aucune différence. L'une de ses jambes, qu'il ne sentait plus, était coincée dans un enchevêtrement de cordages et de planches. Il tira sur la corde au-dessus de lui pour s'alléger et libérer sa jambe. Les cordes craquèrent et le bois grinça, mais il s'en moquait. La mort l'attendait dans le ruisseau qui s'écoulait sous lui, invisible, et mettrait un terme à sa souffrance et à ses craintes. Mais le pont tint bon. Elija plaça sa jambe dans une autre position. Au bout d'un moment, le sang se remit à y circuler et il la sentit palpiter.

D'un pied, il sonda les alentours jusqu'à trouver une boucle de corde qui lui parût sûre. Il essaya d'y faire peser tout son poids, mais elle vacilla sur le côté. Ce ne fut qu'à cet instant qu'il comprit qu'il avait la tête en bas dans le filet de cordages. Son corps était si meurtri qu'il avait perdu tout sens de l'orientation. Il tendit la main et rencontra une pièce de bois brut. Il tira dessus, parvint à la déloger et l'écouta tomber dans l'eau. Sans hésiter, il tendit à nouveau la main et trouva un autre morceau. Il y porta son poids ; la planche resta en place. Reprenant un peu courage, il tenta de se redresser. Mais son corps était bloqué et malgré tous ses efforts il ne parvenait pas à bouger. Son cœur battait la chamade. Il trouva une épaisse aussière appuyée contre lui. Elle était maintenue fermement en place par un enchevêtrement de cordages. Le garçon avait beau se tortiller, rien ne bougeait.

Elija pleura un moment, puis s'assoupit.

Il se souvint que, tout petit, il dormait dans un lit chaud. La chambre se trouvait à côté d'un poulailler. Une femme aux yeux rougis et aux mains rêches lui chantait une berceuse dont il ne comprenait pas les paroles, mais qui lui évoquait le soleil et la brise tiède. Tous les matins, il se réveillait au caquètement des poules.

Il pensa à Emly et se demanda où elle était. Il la savait à l'abri quelque part. Elle se cacherait jusqu'à ce qu'il la retrouve. Elle était très forte pour ça. Quand ils étaient petits, elle se recroquevillait dans des recoins où il n'aurait jamais eu l'idée de chercher. Mais elle détestait la solitude, et il fallait toujours qu'elle se trahisse. « Je suis là ! » criait-elle avant de courir jusqu'à Elija pour lui montrer sa bonne cachette. Ensuite, elle avait appris à se taire pour qu'ils ne soient pas découverts. Plus tard encore, elle avait fini par se taire constamment. Cela faisait plus d'un an qu'elle n'avait pas dit un mot à Elija. Il avait beau y réfléchir, il ne se souvenait pas de ses dernières paroles.

Il se demanda où était Rubin. Il l'imagina le découvrant et lui portant secours comme il l'avait fait auparavant, lui donnant eau fraîche et nourriture, lui racontant toutes les aventures qu'il avait vécues depuis leur dernière rencontre.

Ils s'étaient connus dans le Hall de Pedlar, un vaste endroit qui grouillait de monde où les deux petits enfants avaient erré les premiers temps, dans l'espoir de trouver de quoi manger.

Elija découvrit plus tard que ces lieux étaient dangereux : on y achetait et vendait les enfants, et souvent on les enlevait, tout simplement.

Un homme borgne, robuste et aux bras replets s'était approché d'eux dans la semi-pénombre.

— Vous voulez manger, petits ? avait-il demandé.

Dans sa voix, une intonation particulière avait incité Elija à serrer Emly contre lui et à s'éloigner, sans rien dire et sans regarder l'inconnu.

— Ils sont déjà pris, mon bon monsieur, avait déclaré quelqu'un d'autre.

Elija s'était retourné et avait vu un garçon plus âgé marcher d'un pas rapide vers eux, ses cheveux roux brillant comme du feu dans la lumière des torches.

L'homme robuste l'avait observé d'un air mauvais.

— Tu as leurs papiers ?

— Mais bien sûr, monsieur. Voyez vous-même.

Le gamin avait tendu une grosse liasse de feuilles à l'importun et chuchoté à Elija :

— Ne pars pas avec lui, mon ami. Il est méchant. Viens avec moi.

Avant qu'Elija n'ait pu se décider, le garçon aux cheveux roux avait pris Em dans ses bras et traversé le Hall en courant, se faufilant dans la foule, Elija à sa poursuite. Trop tard : l'homme avait jeté les papiers inutiles en hurlant et s'était lancé à leurs trousses. Mais ils étaient rapides et lui était trop gros.

Rubin les avait guidés dans un labyrinthe de tunnels avant de déboucher dans un Hall bien éclairé où l'on avait dressé des tables garnies de nourriture. Aucune rétribution ne leur avait été réclamée, personne ne leur avait crié après quand ils s'étaient servis, et ils avaient pu manger à loisir. Après la disparition de Rubin, Elija n'avait jamais pu retrouver le Hall de Pedlar. Lorsqu'il en avait parlé aux autres Habitants, ceux-ci s'étaient moqués de lui ou l'avaient traité de fou.

Rubin les avait regardés se remplir le ventre avec une patience mêlée d'amusement. Enfin, une fois les enfants rassasiés, il leur avait dit :

— Je m'appelle Rubin et je viens du Paradis.

Elija avait avalé sa dernière bouchée à regret : il aurait aimé garder le goût pour toujours – même s'il avait mangé jusqu'à satiété, et même plus.

Le garçon roux avait souri.

— Maintenant, à vous de vous présenter et nous pourrons être amis.

— Je m'appelle Elija, et voici Em. Emly.

Sentant que c'était insuffisant, il avait ajouté :

— Je ne sais pas d'où nous venons.

En voyant Rubin hocher la tête avec compassion, il avait demandé :

— Et où c'est, le Paradis ?

— Tout à l'est de la Cité, avait répondu Rubin. C'est vraiment très beau, là-bas. Tous les hommes sont grands et les femmes gentilles. Ils vivent dans de hautes tours dorées. Le soleil y brille en permanence, même la nuit, et tous les garçons ont un chien. C'est la loi.

Elija l'avait regardé d'un air suspect, craignant qu'il ne se moque de lui.

— Dans ce cas, pourquoi tu es ici ? s'était-il enquis.

— Pour te sauver de cet homme.

Elija avait froncé les sourcils. La digestion amoindrissait ses capacités de réflexion.

Le garçon plus âgé avait poursuivi :

— Je sais à quoi tu penses, Elija, et tu es quelqu'un d'intelligent, c'est sûr. Tu te demandes pourquoi tu devrais me faire confiance. Tu ne me connais pas – pas plus que le borgne aux petits bras. Si ça se trouve, j'ai dans l'idée de vous vendre aux écumeurs.

Mais il ne les avait pas vendus aux méchants. Il leur avait montré où trouver de la nourriture et de l'eau fraîche, de la mousse saphir, qui aller voir pour obtenir du travail et qui éviter, quels étaient les endroits les plus sûrs pour dormir et les quartiers des Halls dont il valait mieux se tenir à l'écart. Pour finir, ils avaient trouvé les précieux rebords du Hall de Lumière bleue. Et, pendant un moment, ils avaient été en sécurité.

Puis, un jour, Rubin disparut. Elija aimait croire qu'il était retourné sur les terres imaginaires du Paradis, où il espérait le rejoindre un jour. Il se souvenait seulement que c'était à l'est de la Cité. Mais on lui apprit que les Halls et les rivages de l'Est étaient les plus dangereux de tous, et que seuls les désespérés et ceux qui pourchassaient les dieux de la mort s'y aventuraient.

Dans l'obscurité des égouts, Elija se réveilla à nouveau. Il n'entendait que le soupir du ruisseau, le craquement des cordes et sa propre respiration. Puis il retint son souffle et écouta. Enfin, au-delà de son pouls qui lui martelait les oreilles, il perçut des voix : le grognement d'un homme, une voix féminine plus aiguë. Puis une troisième, rauque et dure, se joignit aux deux autres. Elles étaient loin, Elija les percevait à peine, mais il était sûr de lui. Faisant fi de ses terreurs, il s'empressa d'inspirer une grande bouffée d'air.

— Au secours ! hurla-t-il. Aidez-moi ! Je suis là, en bas ! Je vous en supplie, aidez-moi !

Pendant un instant, le silence se fit, puis les voix se rapprochèrent. Il distingua une faible tache de lumière.

Il lui sembla qu'une éternité s'était écoulée quand les vestiges du pont furent dégagés. Durant quelques secondes, il crut qu'il allait glisser de sa prison de cordes et de bois et tomber. Il s'agrippa fermement et poussa un cri quand l'onde de choc gagna ses côtes meurtries.

— C'est un gamin, dit une femme. À moitié mort.

Elija sentit une main lui empoigner le bras avec rudesse. On le tira vers le haut avant de le lâcher sur le chemin. N'ayant plus aucune force dans les jambes, il s'effondra comme une poupée de chiffon. La lumière vive de la torche l'éblouit, mais, les yeux plissés, il distingua plusieurs visages qui l'observaient.

— Merci, dit-il. J'ai cru que j'allais mourir.

Les visages se tournèrent les uns vers les autres. Puis la femme déclara :

— C'est qu'on est poli ! Ta maman t'a appris à dire « merci » ! (Elle éclata de rire et les autres sourirent.) Allez, mon gars, ajouta-t-elle en l'aidant à se mettre debout. Ne restons pas là. Tu peux te joindre à nous.

Elija tenta de leur expliquer qu'il était trop épuisé pour marcher, mais ils firent mine de ne pas l'entendre. Quand le groupe reprit son chemin, le garçon emboîta maladroitement le pas à la femme.

— Je m'appelle Elija, déclara-t-il.

Mais personne ne lui répondit.

Ils marchèrent longtemps, empruntant des tunnels larges puis étroits. Ils se dirigeaient surtout vers le bas, le long du ruisseau, en gardant l'eau sur leur droite et le mur rêche et ruisselant sur leur gauche. Elija ne reconnaissait pas les lieux, même si, une fois, il entendit un faible bruit semblable au rugissement de la Porte Dévoreuse. Mais il était si éloigné qu'il n'aurait pu le jurer. Ils grimpèrent un moment avant de redescendre un long escalier branlant, aux marches traîtresses et glissantes, un gouffre sombre sur leur droite. Ils ne cessèrent de descendre ; Elija se dit qu'il ne s'était jamais tant enfoncé dans les Halls. Au bout d'un moment, l'esprit embrumé et les jambes en coton, il se demanda s'ils se trouvaient encore dans les égouts, ou dans un pays étranger dont il ignorait tout. Il essaya de se rappeler les paroles de Rubin sur les Halls plus éloignés, car Rubin était une mine d'informations, une source jaillissante et intarissable. Le garçon n'avait pas retenu grand-chose de tout ce que son ami lui avait dit au cours de ces longues journées.

Elija et la femme – munie d'une torche – étaient en tête du groupe. Il lui jetait des coups d'œil réguliers. Elle portait plusieurs couches de haillons, comme tous les autres Habitants, mais ses pieds étaient chaussés de lourdes bottes – une rareté précieuse dans les Halls. Elija en conclut que ce devait être quelqu'un d'important. Il essaya de regarder autour de lui pour évaluer le nombre de personnes qui les suivaient. Il aperçut plusieurs brandons et estima qu'ils devaient être vingt. Il lui arrivait d'entendre le cri aigu d'un enfant, ou un grognement. La femme se tournait alors vers lui avec un sourire. Elija n'avait pas la moindre idée de sa signification.

Enfin, quand il se crut incapable de faire un pas de plus, la femme s'arrêta et l'autorisa à se reposer. Ils se trouvaient dans un couloir étroit, sec et creusé grossièrement. Le garçon, épuisé, s'écroula au sol. Il somnola un moment puis, quand il rouvrit les yeux, il vit que plusieurs personnes mangeaient, assises autour de lui. Sentant son estomac se contracter douloureusement, il passa sa langue sur ses lèvres sèches.

— S'il vous plaît... Je peux avoir quelque chose à manger ?

Tous jetèrent un coup d'œil à la femme, qui acquiesça. Un homme donna à Elija une miche de pain gris. Il l'engloutit avec avidité tout en regardant ses compagnons. La femme était grande et robuste. Elle avait de longs cheveux gris, le teint rougeaud et la mine sévère. Elle s'appelait la Blairelle. L'homme à la voix caverneuse était un géant. Jamais Elija n'avait vu quelqu'un de si grand dans les Halls, avec de vrais jambons à la place des bras et des épaules. Il n'arrêtait pas d'observer le garçon avec un sourire qui découvrait de rares dents grises.

— S'il vous plaît, dit le garçon d'un ton nerveux, j'aimerais retourner dans le Hall de Lumière bleue. Je voudrais retrouver ma sœur. Elle s'est perdue après la tempête.

Il y eut un long silence ; Elija crut qu'on allait à nouveau l'ignorer. Puis la Blairelle se tourna vers lui, les lèvres retroussées sur les dents. Elle lui rappela le gulon et son grand sourire jaune.

— Le Hall de Lumière bleue, dis-tu ? Il se trouve que nous allons justement là-bas. Dans deux ou trois jours. Nous y avons quelques affaires à régler. Nous te ramènerons auprès de ta sœur, gamin.

Tandis qu'elle parlait, Elija vit un gros pou apparaître à la naissance de ses cheveux, courir sur son visage et plonger dans sa tresse grise. Il se dit que la natte devait être infestée de parasites grouillants. Mais il essaya de lui sourire, reconnaissant de sa gentillesse.

Il se demanda si le vieil homme grognon et Anny-Mae étaient rentrés sans encombre. Et si Em les accompagnait. Pour la première fois depuis la tempête, il dormit tranquillement.

À son réveil, on le tirait pour le mettre debout : il était temps de repartir. Il se demanda jusqu'où ils marcheraient cette fois, mais la nourriture qu'il avait avalée lui avait rendu des forces. Il avança aux côtés de la Blairelle, levant parfois les yeux vers elle, soulagé d'avoir trouvé une alliée. Une fois, ils eurent à se presser les uns contre les autres pour franchir un long tunnel étroit, à demi rempli d'eau, semé de virages, à tel point qu'Elija crut qu'il n'allait jamais finir. C'était bien plus praticable pour lui que pour les adultes, et il se demanda comment le géant avait réussi à passer. Mais il le fit, car Elija entendit le grondement de sa voix derrière lui tandis qu'ils poursuivaient leur chemin.

À la fin de cette longue marche, alors qu'ils ne s'étaient arrêtés qu'une seule fois pour manger et se reposer, ils se faufilèrent par une fente dans la roche et débouchèrent sur une large voie. Elija regarda autour de lui. Le plafond du tunnel était si haut que la lumière de la torche ne l'éclairait pas. Un petit ruisseau s'écoulait au milieu du passage qui, au-delà, était sec et poussiéreux. En aval, Elija distingua une sorte de gigantesque pont en travers de la route. En amont, il n'y avait que les ténèbres.

La Blairelle ordonna une halte. Ses compagnons s'affalèrent par terre. Certains fouillèrent dans leurs haillons, en quête de boisson ou de nourriture, d'autres s'endormirent aussitôt. Elija avait faim. Avec espoir, il regarda le groupe autour de lui mais tous se détournèrent, même la Blairelle. Le ventre gargouillant, il sombra dans un profond sommeil.

— Petit ! Réveille-toi, petit !

Il sentit un souffle chaud dans son oreille. Ça le chatouillait, et il se tortilla dans son sommeil pour s'en écarter.

— Petit !

Des doigts lui pincèrent fortement le lobe ; il se réveilla en sursaut. Il tenta de crier, mais une main lui obstruait la bouche, écrasant ses lèvres contre ses dents. Il ouvrit les yeux et fouilla l'obscurité du regard. Des cheveux emmêlés lui couvraient le visage ; il ne voyait presque rien. Pris de panique, il se débattit pour se libérer.

— Écoute-moi, petit. Il ne faut pas faire de bruit, siffla la voix. Tu promets de te taire ?

Il hocha la tête puis, dès que la pression sur sa bouche se fit moindre, il inspira pour hurler. Mais l'autre ne se laissa pas berner.

— Nous devons nous enfuir, entendit-il.

Peu à peu, il se rendit compte qu'il s'agissait d'un enfant, comme lui. Les cheveux s'écartèrent un peu de son visage. Il jeta un coup d'œil alentour. Les autres dormaient encore à la même place, comme un tas de hardes jetées au sol. Des ronflements irréguliers résonnaient dans le haut tunnel. L'enfant s'écarta, sans ôter sa main de sa bouche. Elija vit que c'était une fille, plus âgée que lui. Elle avait le visage carré, pâle, et de longs cheveux épais et sales.

Elle se pencha vers lui.

— Nous devons nous échapper avant d'arriver à leur campement, lui souffla-t-elle à l'oreille avec ferveur. Ce sont des écumeurs. Ils vont nous tuer et nous manger.

Il secoua la tête. Ce n'était pas vrai. Ces gens l'avaient sauvé, ils veillaient sur lui. Il connaissait les écumeurs, mais il les croyait semblables aux spectres : des créatures maléfiques dont on entendait parler sans jamais les voir pour de bon. Il essaya de répondre ; la fille approcha sa tête de la sienne et, avec précaution, relâcha la pression de sa main sur ses lèvres.

— Ils m'ont sauvé, souffla-t-il.

— Et pourquoi, à ton avis ? chuchota-t-elle. Par pure gentillesse ?

Elija savait qu'il existait des gens gentils dans les Halls, des gens comme Rubin et le vieil homme grognon qu'il avait vu pour la dernière fois avec Em. Mais, au fond de lui, il avait l'intuition que le groupe sur lequel il était tombé n'était pas de ceux-là.

Il regarda à nouveau autour de lui, hésitant. Le calme régnait dans la caverne. Tout le monde dormait profondément. Une seule torche luisait ; le veilleur dormait au-dessous lui aussi, la bouche ouverte. S'échapper discrètement serait facile. Mais l'idée de fuir dans le noir le terrifiait plus encore que le risque de mourir de la main de ces gens. Il secoua la tête.

— Moi, je reste là.

La fille lui fit les gros yeux.

— Alors ils te tueront.

— Nous mourrons, dans le noir.

— Nous mourrons si nous restons ici.

Elija sentit les larmes couler sur ses joues. La fille le regardait, un V creusé entre ses sourcils froncés. Comment faisait-elle pour être si brave ?

— Cette route est très fréquentée, lui expliqua-t-elle. J'ai fait attention aux rats. On n'en a pas vu pendant des heures, mais ici il y en a plein. On ne trouve des rats que là où il y a des gens. Ça veut dire qu'il y a du monde pas loin. Nous pouvons nous cacher dans l'obscurité jusqu'à ce que quelqu'un passe – quelqu'un avec une torche.

— Mais ça pourrait être des méchants.

— Ceux-là sont des méchants. (Elle haussa les épaules en regardant autour d'elle, comme si elle l'excluait déjà de ses plans.) Nous mourrons si nous restons ici, répéta-t-elle.

— Moi, je reste, s'entêta Elija.

Il tourna le dos à la fille, se mit en boule et serra fort les paupières. Il devinait qu'elle était toujours assise à côté de lui, à l'observer. Il essaya de se rendormir. La peur l'envahit peu à peu. Avait-elle raison ? La Blairelle et ses amis projetaient-ils de les tuer ? Finalement, épuisé aussi bien moralement que physiquement, il sombra dans un demi-sommeil.

Un instant plus tard – ce fut du moins ce qu'il lui sembla –, il fut réveillé en sursaut par un hurlement de colère et un cri aigu.

— Cette salope m'a mordu ! dit une voix avec mépris.

Il perçut un bruit de gifle suivi d'un autre cri de douleur. Elija serra les paupières plus fort encore et se fit tout petit. Des bouffées d'air nauséabond lui parvinrent tandis que les autres se tournaient et s'asseyaient. Un cri étranglé retentit alors. Elija ouvrit les yeux.

Dans la lueur de la torche, il vit le veilleur qui tenait la fille. Elle ne touchait pas le sol, mais distribuait force coups de pied et cherchait à frapper l'homme de son bras libre. Le visage de plus en plus rouge, elle faiblissait. Elija observa la scène, les yeux écarquillés.

Les autres riaient du spectacle. La Blairelle se leva, lissa ses haillons, les ajustant comme si de rien n'était, et se dirigea vers celui et celle qui se battaient. La fille lui décocha un coup de son pied nu dans la poitrine. La femme en fut à peine déséquilibrée, mais poussa un grognement.

— Je l'attache ? demanda le veilleur à la Blairelle, qui se frottait les seins en grimaçant.

— On ne va pas s'embêter à la porter, répondit la femme. Tue-la.

Elle se tourna et baissa les yeux vers Elija. Il se recroquevilla sur le sol dur ; elle le survola du regard.

La fille avait cessé de lutter. Elle battait des paupières. Quand le veilleur la reposa, elle s'effondra en avant. Il la retint d'une main et, de l'autre, il sortit un couteau rouillé d'un étui qu'il avait au côté.

Elija inspira à fond, poussa sur ses talons et courut, tête baissée, droit sur le veilleur. Le haut de son crâne s'enfonça dans les chairs molles couvertes d'une veste de cuir. Elija entendit un grognement et sentit que l'homme, le souffle coupé, tombait à la renverse. Le garçon plongea sur le gros corps, rampa sur lui puis perdit l'équilibre quand il voulut se relever. Il regarda autour de lui. Il ne vit que la lumière violente de la torche, et des gesticulations dans le noir. Une main l'attrapa par le bras et le tira pour le remettre debout.

— Je t'ai eu, petit morveux, dit la voix de la Blairelle. Tiens-toi tranquille !

Mais le garçon affolé se débattit entre ses bras et réussit à lui échapper. Il s'élança vers l'endroit d'où provenait selon lui la voix de la fille : droit vers une paroi rocheuse. Il tomba à nouveau puis, apercevant l'ouverture d'un tunnel, il se mit péniblement à genoux et se glissa dans le vide des ténèbres. Il se redressa et marcha d'un pas rapide, les mains tendues devant lui. Du bout des doigts, il effleura un mur qu'il décida de suivre en essayant de se dépêcher et de ne pas tomber. Soudain, le sol se déroba sous lui : il perdit à nouveau l'équilibre, roula en bas d'une courte pente et atterrit dans une flaque peu profonde. Il avait mal au flanc, mais il se leva malgré tout et reprit sa route. Les cris faiblissaient derrière lui.

Il entendit un murmure et n'eut pas le temps de se remettre à courir : une main lui avait saisi le bras. Avec un gémissement de terreur, il tenta de s'enfuir, mais la main qui le retenait était aussi dure que la pierre.

— C'est moi ! s'exclama la fille.

Elija sentit son cœur battre la chamade. Il arrivait tout juste à respirer.

— Tout va bien, c'est moi, répéta-t-elle. Je m'appelle Amita.

Il se calma un peu ; son pouls ralentit légèrement.

— Moi, c'est Elija, murmura-t-il. Comment tu as fait pour me trouver dans le noir ?

— Je t'entendais marcher sur la roche. Tu traînais les pieds comme un vieux.

— Et maintenant, on fait quoi ? demanda-t-il. On va où ?

La peur d'être perdu montait en lui de manière inexorable.

— On rebrousse chemin, répliqua-t-elle.

— Quoi ?

— On y retourne, pour récupérer la torche. Tu avais raison. On ne peut pas rester dans le noir.

— Mais s'ils nous attrapent ?

— Ils ne nous attendront pas. Ils nous croiront trop effrayés pour ça.

Elija était bel et bien trop effrayé, mais sa confiance en Amita grandissait et il n'émit aucune objection.

— Ce sera facile, dit-elle en hochant la tête comme si elle voulait le convaincre – et, peut-être, se convaincre elle-même. Ils se seront sûrement rendormis. Nous arriverons discrètement et nous leur prendrons la torche.

Elija s'imagina la scène, les sourcils froncés.

— Et s'ils ont décidé de ne pas se rendormir ? Peut-être que la Blairelle a voulu reprendre la route.

— Ce serait encore mieux. On pourra les suivre à distance, tranquillement. Ils ne nous verront pas dans le noir, et ils ne nous entendront pas, avec le raffut qu'ils font. Quand ils auront atteint leur destination… Eh bien, on avisera à ce moment-là.

Elija ne trouva aucun argument à opposer à ce plan, mais il rétorqua :

— Il nous faut à boire et à manger.

— Je sais, dit-elle.

Finalement, ce fut aussi facile qu'Amita l'avait prédit. Les écumeurs ne s'étaient pas rendormis : ils se hâtaient vers leur destination inconnue. Les enfants les entendirent de loin ; ils se glissèrent dans une niche profonde, dans la paroi rocheuse, et les laissèrent passer. Le groupe portait deux torches à présent : une en tête de file et une en queue. Il ne fut pas dur de les suivre. L'un d'eux fit même tomber une outre à moitié pleine que les enfants s'empressèrent de ramasser.

Ils marchèrent pendant ce qui leur sembla des heures. Enfin, ils comprirent qu'ils approchaient de leur objectif, car les écumeurs pressèrent le pas. Elija avait du mal à ne pas se laisser distancer. Ses pieds le faisaient souffrir et il titubait de fatigue. Il entendit des cris et des rires, ce qui lui donna un léger regain d'énergie. Les écumeurs s'arrêtèrent. Elija et Amita s'approchèrent doucement, en prenant soin de rester dans l'ombre.

Le groupe avait fait une halte devant une brèche en hauteur sur la paroi rocheuse. Dans leur hâte, ils se bousculaient pour s'y faufiler. Les enfants entendirent la Blairelle les injurier. Le groupe s'éclaircit peu à peu, puis disparut complètement, comme de l'eau dans un tuyau, ne laissant derrière lui que le silence et l'obscurité.

Les enfants avancèrent, attendirent un moment, puis s'engagèrent à leur tour dans l'ouverture. Celle-ci donnait sur le Hall le plus vaste qu'Elija eût jamais vu. La caverne s'élevait très haut au-dessus de leurs têtes, jusqu'à un plafond invisible où perçait la lumière du jour en fins rais à travers les grilles d'aération. Ici, l'air était plus léger. Il pesait moins sur les sens. Elija se rendit compte avec stupeur qu'il voyait.

Au loin, une grande rivière serpentait au centre du Hall. Entre eux et le cours d'eau, un chemin de planches traversait un large rivage. Un pont de bois et de métal rouillé enjambait la rivière. La Blairelle et sa troupe le traversaient à toute allure. La joie les animait à présent, car ils étaient de retour chez eux. Elija les entendait rire et chanter. Ce ne fut qu'à cet instant qu'il aperçut des enfants au milieu du groupe, de petites silhouettes voûtées que l'on poussait sur le pont. À l'autre extrémité, il distinguait un campement de tentes et de cahutes. Même dans la lumière glauque, il mesura l'étendue de la communauté. Sur une place centrale, illuminée par des rais de lumière, des dizaines de personnes se rassemblaient, peut-être pour accueillir les écumeurs de retour au village.

Elija et Amita échangèrent un regard, se demandant ce qu'il allait advenir des autres enfants.

— Et maintenant, où allons-nous ? s'enquit Elija.

— Par là, répondit Amita d'un ton assuré en indiquant la droite. La rivière s'écoule de ce côté. Si on la suit, on finira par se retrouver dehors.

À cette idée, Elija tressaillit.

— Je ne veux pas aller dehors ! dit-il. Je veux juste aller par ici.

Il désigna l'amont de la rivière.

— On ne ferait que revenir sur nos pas, et ça nous ramènerait dans les égouts.

Elle semblait lasse et à bout de patience.

— On rentrerait chez nous !

Elle se mit en colère contre lui.

— Les égouts, c'est peut-être chez toi, mais pas chez moi !

— Je veux retrouver ma sœur, geignit-il.

Soudain, il s'accroupit et remonta les genoux contre sa poitrine.

— Ta sœur a été emportée par la tempête. Elle est sûrement morte, déclara Amita d'un ton brutal. (Puis elle soupira, s'agenouilla à côté du garçon et passa un bras chaud autour de ses épaules.) J'essaie juste de nous mettre à l'abri.

— Je veux rentrer chez moi, pleura-t-il.

— Mais ce n'est pas chez toi, répéta-t-elle. Les égouts, ce n'est chez personne. Chez soi, c'est un endroit où il y a des lits bien chauds, une cuisine bien garnie, et la lumière du jour. Et des gens qui se préoccupent de toi. On doit retrouver une sortie vers la lumière. On ne peut pas rester dans le noir.

— Il ne fait pas noir, ici, lui objecta Elija en resserrant son étreinte autour de ses genoux.

D'affreux souvenirs se réveillèrent en lui. La lumière du jour, c'était la douleur, le désespoir et les humiliations. Elija et Em se sentaient en sécurité dans les recoins sombres, les caves et les placards. La nuit, ils étaient à l'abri.

Amita soupira et se leva. Elle regarda vers la droite et se mit en route sans se retourner. Elija hésita un instant, puis se leva d'un bond et courut la rattraper.

Cette nuit-là, ils dormirent lovés l'un contre l'autre derrière un pilier de pierre profondément enfoncé dans la rive. Ils s'endormirent bien avant la fin du jour. Ils ne virent pas la lueur rouge émerger lentement de l'obscurité. Tandis que le monde tournait, le soleil couchant les effleura puis les trouva. Pendant un moment, jusqu'à ce qu'il disparaisse, les enfants allongés baignèrent dans une lumière de la couleur du sang.

Chapitre 5

— Autrefois, la Cité était sacrée.

» Il y a longtemps, quand les soleils et les mondes tournaient dans un autre univers, un groupe de voyageurs débarqua sur la plage de sable d'une nouvelle terre, sur la côte la plus à l'ouest. Répondant aux exigences de leurs dieux, ils fondèrent une colonie au sommet d'une colline. Elle devint un port de commerce puis, au cours du millénaire, une cité. Lorsqu'elle tomba sous les coups d'épée de cruels envahisseurs, elle fut reconstruite. De nouveaux bâtiments, de nouvelles voies couvrirent la terre gorgée de sang de l'ancienne Cité.

» Dans la nouvelle Cité, les routes étaient en pierre blanche, les hautes tours teintées d'or, et les temples décorés de sculptures à l'effigie de héros, de dieux et d'animaux. Les hommes et les femmes qui arpentaient les rues portaient de riches étoffes brodées d'or, d'argent et de nacre. Des plumes et des perles ornaient leurs cheveux. Ils finirent même par se peindre le visage pour ressembler à leurs dieux qui, devant cette arrogance, en riant, détruisirent la Cité en quelques secondes. Les tours et les hauts palais s'effondrèrent dans un tremblement de terre ; tous moururent et leur sang imbiba la terre. Il n'y eut qu'un seul rescapé : un enfant, bien sûr. Une fillette innocente.

» La Cité resta abandonnée pendant mille ans.

Elija coupa Rubin dans son récit.

— Et l'enfant, que lui est-il arrivé ? demanda-t-il.

Rubin réfléchit un moment.

— Elle a erré pendant longtemps. Elle allait pieds nus, n'ayant pour compagnons que les oiseaux et les animaux. Quand elle dormait, sa tête reposait sur la fourrure chaude d'un renard, et les moineaux la recouvraient de leurs plumes. Elle a fini par rejoindre une haute chaîne de montagnes. Des aigles amicaux sont descendus vers elle et l'ont prise dans leurs serres. Ils l'ont emportée par-delà les montagnes, et plus personne ne l'a jamais revue.

Elija grimaça de déception. Rubin se mit à rire.

— Maintenant, revenons à mon histoire.

» La Cité resta abandonnée pendant mille ans, l'herbe recouvrit les monceaux de cadavres et les rats prirent possession des couloirs. Alors, de nouveaux envahisseurs débarquèrent, munis de boucliers et d'épées luisantes. Ils révéraient les chansons sur les héros des temps anciens, et entreprirent de rebâtir la Cité. Ils érigèrent des temples pour honorer leurs propres dieux, et même des temples pour les anciens dieux de la Cité. C'était un peuple respectueux. Cette époque fut la plus longue période de paix de l'histoire de la Cité. On construisit des bibliothèques, des théâtres, des hôpitaux et des écoles. Au cœur de la ville s'étendaient des parcs verdoyants, avec des fontaines et des pelouses. Puis les habitants entendirent parler de guerres qui faisaient rage loin de la Cité, et commencèrent à partir. Ce furent d'abord les soldats, puis les civils qui gravitaient autour des troupes, et enfin leurs familles. Les nouvelles devinrent très graves ; les politiciens et les administrateurs furent les suivants à partir, puis les marchands peu après. Il ne resta plus que les pauvres et les personnes âgées. Ils n'avaient d'autre choix que de rester. Ils perdirent tout contact avec le monde extérieur et, sans échanges commerciaux, ils avaient à peine de quoi survivre. Pendant de nombreuses générations, ils menèrent une existence misérable. Les parcs et les prairies retournèrent à l'état sauvage. Les bâtiments de pierre tombèrent en ruine, les gens se nourrissaient des rats qui partageaient leur humble demeure. Mais le cœur humain est fort, et la population s'accrut. Peu à peu, la Cité renaquit. Des hommes s'emparèrent d'outils et se mirent à défricher les terres fragiles, à les ensemencer et à prier pour qu'il pleuve. En périphérie de la Cité, de petits troupeaux de moutons, de chèvres et de cochons s'épanouissaient sur l'herbe grasse, et un commerce primitif se remit en place au sein de la communauté.

» Enfin, les gens entreprirent la reconstruction de la ville. Sur les restes des anciens bâtiments, écrasés par le tremblement de terre, renversés par les envahisseurs, effrités par le temps et la négligence, baignés du sang de milliers d'habitants, la Cité actuelle commença peu à peu à s'élever.

» Elle s'étendit comme jamais auparavant, avalant les taudis en périphérie, mangeant les rivières et les collines, les recouvrant d'abord de bois, puis de pierre. Il n'y eut pas de tours dorées, pas de sculptures dans de riches essences, seulement des pierres empilées les unes sur les autres, et une progression implacable vers le nord, le sud et l'est. Des usines et des forges crachaient leur fumée dans les airs. Tous les oiseaux et les animaux prirent la fuite – sauf les rats, bien entendu. On érigea de hauts remparts tout autour de la Cité. Puis, alors que les ouvriers venaient tout juste de les achever et que l'on venait de fermer les portes de bronze lustré, on construisit de nouveaux murs, encore plus élevés, tout autour. De temps à autre, ces cercles de portes s'ouvraient pour laisser sortir nos armées, envoyées pacifier ou piller les terres alentour.

» Sept grandes Familles furent placées à la tête de la Cité. Sept maisons nommées Guillaume, Gaeta, Sarkoy…

Elija interrompit à nouveau Rubin :

— Je connais cette histoire ! C'est celle de l'Immortel et de ses frères.

— Dans ce cas, répondit Rubin en croisant les bras et en se renversant en arrière, je ne t'en dis pas plus. Tu en sais autant que moi sur la Cité.

Ils restèrent silencieux un moment, puis Emly donna un coup de coude dans les côtes de son frère, qui dit d'un air honteux :

— Raconte-moi quand même. Peut-être que ce n'est pas la même histoire.

— Tu en es sûr ?

— Oui. S'il te plaît.

— Les Familles s'appelaient Guillaume, Gaeta, Sarkoy, Vincerus…

— Broglanh, Khan et Kerr, finit Elija d'un ton triomphant.

— Et, dit Rubin en reprenant sa respiration, ils arrivèrent dans la Cité il y a des milliers d'années. Personne ne sait d'où ils venaient…

— Mais ils sont très importants.

— Ils étaient très importants, Elija, pourtant, certaines de ces Familles se sont peu à peu éteintes, ou peut-être se sont-elles effacées derrière leurs frères plus puissants.

— Ils étaient vraiment frères ?

— Possible. Quoi qu'il en soit, ils vécurent très longtemps et eurent beaucoup d'enfants. À ce qu'on dit, même les dieux ne se souviennent plus s'ils ont été frères un jour.

— Ce sont vraiment des dieux, Rubin ?

Rubin secoua la tête.

— Je n'en sais rien. C'est mon père qui m'a raconté ça. Il les connaissait tous. Je lui ai posé la même question, alors il m'a demandé ce qu'était un dieu, pour moi. Je lui ai répondu : « Un être à part, qui n'est pas limité par les lois de la nature. » Il a dit que, dans ce cas, oui, c'étaient bien des dieux. On les appelle les Serafim.

Elija regarda son ami. Il ne voyait pas de quoi il parlait, mais il hocha la tête malgré tout.

— D'après mon père, ils sont venus dans la Cité pour apporter la paix, la justice et la connaissance. Au final, ils ne nous ont rien donné de tout ça. Ils se sont laissé envahir par le vice et l'avidité. Ils se sont emparés de toutes les richesses et n'ont instauré que la corruption en retour. Et l'empereur, que nous surnommons l'Immortel mais qui en réalité s'appelle Araeon, est le pire de tous.

Elija plaqua ses mains sur ses oreilles, effrayé devant ce discours osé.

Rubin lui tapota l'épaule.

— Ne t'en fais pas, Elija. Ici, dans les Halls, il n'y a rien à craindre. On peut mourir n'importe quand, finir noyés dans une inondation soudaine ou tués et mangés par des écumeurs, se perdre dans le Oùyva, être exécuté par une patrouille. Mais, au moins, l'empereur ne peut pas nous entendre. Il ne peut rien contre nous ici.

— Nous sommes perdus !

Les rêveries d'Elija sur les jours passés en compagnie de Rubin avaient laissé place à la réalité du temps présent.

— Nous sommes perdus, répéta-t-il à l'intention d'Amita.

Cela faisait des heures qu'ils marchaient péniblement. La rivière dessinait de grands méandres, ralentissant la progression des enfants. Ils ne pouvaient se cantonner au chemin principal qui longeait la rive, car il était trop abrupt et trop glissant. Aussi décidèrent-ils de rejoindre l'affleurement de roche blanche qui se découpait au loin. Une fois là-bas, proposa Amita, ils pourraient utiliser ce rocher comme point de repère et se diriger vers la source de lumière. Mais celle-ci baissait et Elija distinguait à peine la silhouette d'Amita devant lui. Dans quelques minutes, il ferait à nouveau nuit noire et ils seraient perdus.

— On aurait dû retourner dans les tunnels, se plaignit-il encore.

Il était au bord des larmes.

Amita s'arrêta, de la boue à hauteur des genoux.

— Nous ne sommes pas perdus, répondit-elle avec son assurance coutumière, mais je pense qu'on va dans la mauvaise direction.

— Je vois le rocher juste là, rétorqua Elija en pointant la pierre luisante sur leur gauche.

La fille secoua la tête.

— Ce que je veux dire, c'est que le temps qu'on y arrive, on n'y verra plus rien.

— En plus, nous n'avons rien à manger ni à boire.

Ils s'assirent donc, vaincus et sans espoir, jusqu'à ce que la lumière rose et mystérieuse qui les avait trouvés auparavant apparaisse sur leur droite.

— C'est par là que nous devrions aller, dit Amita, le doigt pointé.

Elija regarda en direction de la lumière. La peur était la seule émotion qui l'habitait. Il secoua la tête.

— C'est un feu, répondit-il. Ça doit être dangereux.

— Si c'est un feu, ça veut dire qu'il y aura à manger, répliqua Amita avec confiance.

À cette pensée, le garçon sentit son estomac se contracter douloureusement. Ils avaient trouvé de l'eau la veille, dans un torrent qui s'écoulait bien au-dessus d'eux. Elle avait un goût de terre, mais ils avaient réussi à ne pas la vomir et en avaient tiré de l'énergie pour quelque temps. Toutefois, cela faisait deux jours ou plus qu'ils n'avaient rien mangé. Elija secoua à nouveau la tête.

— J'ai peur.

— La rivière va par là, j'en suis certaine. Il faut seulement que nous coupions par ici.

Elle désigna l'autre côté des rives boueuses.

Elija avait parcouru ces rivages de nombreuses fois par le passé et, à en juger par l'aspect luisant de la boue, il savait l'entreprise périlleuse.

— C'est trop dangereux, déclara-t-il. Il pourrait y avoir des salles basses. On pourrait y tomber et mourir.

— Je ne vois pas de quoi tu parles. Ce sera dur, mais il y aura peut-être des chemins.

Il n'y avait pas de chemins. Les deux enfants se retrouvèrent à nouveau empêtrés dans la boue. Au bout d'un moment, ils eurent mal aux jambes et à la poitrine. Ils se découvrirent aussi un nouvel ennemi : des nuées d'insectes volants leur tournaient autour en bourdonnant, les piquant et s'engouffrant dans leur bouche et leurs yeux. Aucun d'eux n'avait eu à subir ce genre d'attaque dans les tunnels, et ils trouvèrent insupportable cette persécution incessante.

La lumière rouge avait encore disparu quand Elija s'aperçut qu'il ne voyait plus la fille devant lui.

— Amita ! s'écria-t-il, paniqué. Où es-tu ?

— Ici ! (Il sentit une main l'attraper par le bras. Elle le tira vers elle.) Ici. Accroche-toi à ça. (Il découvrit à tâtons un poteau de bois profondément enfoncé dans la boue et s'y agrippa.) C'est un morceau de clôture, lui souffla-t-elle à l'oreille.

Tandis que les dernières lueurs mouraient, il n'entendit qu'un couinement lointain, pareil aux pleurs de centaines de bébés. Son cœur se serra sous l'effet de la peur.

À son réveil, Elija se sentit étrangement bien. La boue lui arrivait aux genoux, mais elle était suffisamment solide pour supporter le poids de ses cuisses et de son dos. Il avait presque l'impression d'être reposé. Il entendit à nouveau l'espèce de miaulement, mais plus fort. Il ouvrit les yeux et vit, stupéfait, la lumière du jour. Elle était glauque, comme voilée, mais il n'avait pas vu si clair depuis longtemps. Malgré ses peurs, cela lui fit du bien et son moral en fut légèrement remonté. Il leva la tête. À ses côtés, Amita dormait profondément. Elle s'était attachée au poteau de bois de manière à ne pas glisser dans la rivière pendant la nuit. Elija remarqua sa blondeur et ses longs cils épais ombrant sa joue dans son sommeil. Détendu, il se renversa contre la rive boueuse et se demanda comment extirper ses jambes de la vase.

Puis il perçut des voix étouffées. Se raidissant, il tendit le cou et, inquiet, observa les alentours. Au début, il ne vit rien que les rives boueuses serpentant dans la lumière glauque, puis il distingua la lueur de deux torches qui remontaient la rivière dans leur direction. Il tendit le bras et bouscula Amita sans ménagement, avant d'approcher sa bouche de son oreille.

— Ne bouge pas. On vient.

Il la vit se réveiller en sursaut, puis elle leva vers lui des yeux écarquillés. D'un signe de tête, il indiqua l'amont du cours d'eau. Elle regarda derrière lui.

— Un bateau, dit-elle. Tais-toi. Ils ne nous verront pas.

C'était la première fois qu'Elija en voyait un. Il n'y en avait pas dans les flots des égouts, dans les Halls. Il baissa à nouveau la tête tandis qu'Amita le badigeonnait de boue avant d'en faire autant sur elle. Ils étaient déjà bien assez crasseux ; Elija ne craignait pas d'être repéré. Amita et lui n'étaient que deux paquets boueux dans une mer de vase.

Il entendit un léger clapotis, suivi du grincement d'une bande de cuir, de plus en plus fort.

— Nous perdons notre temps, se plaignit une voix rude, résonnant étrangement dans le vaste espace désert.

— Parce que ton temps est précieux, Leel ? s'enquit une autre voix dans un coassement. Qu'avais-tu prévu, par cette belle matinée ? Un petit déjeuner avec l'empereur au palais ?

Une femme ricana. Leel répondit en geignant :

— Je dis ça, je dis rien. On fait ce trajet tous les matins, on se fatigue à ramer des heures, tout ça pour voir le même paysage. Ça fait plus d'un an que le blocus a été établi ici. Je dis ça, je dis rien.

— Et moi je te dis que tu dois obéir, mon garçon, rétorqua l'autre homme. Un jour, tu me remercieras. Il y aura plein de choses à ramasser quand nos gars leur auront fait la peau. Les marins morts, ça recèle quantité de trésors. Les vivants aussi, d'ailleurs. Quand on leur tranche les oreilles, on se retrouve avec des boucles en or à foison. Tu ne voudrais pas rater ça, tout de même ?

Elija releva peu à peu la tête et vit une forme longue et plane flotter sur l'eau. C'était donc ça, un bateau. Des pagaies montaient et s'abaissaient lentement de part et d'autre de l'embarcation. Celle-ci rapetissait à mesure qu'elle s'éloignait vers la lumière, désormais si vive qu'Elija en eut mal aux yeux. La peur l'étreignit à nouveau.

Chapitre 6

Bartellus et l'enfant errèrent longtemps dans les Halls avant de croiser quelqu'un – quelqu'un qui soit en vie. Au début, le chemin qu'ils suivaient ne cessait de descendre. Les Halls rétrécirent jusqu'à devenir de simples tunnels. Bartellus commençait à se dire qu'ils n'allaient pas tarder à sentir la chaleur du noyau terrestre, à force de s'enfoncer ainsi dans les entrailles de la Cité, quand le niveau des Halls se mit à remonter, bien au-delà du halo de sa torche. Il se demanda à quelles profondeurs ils se trouvaient, et quand ces vastes salles avaient été érigées. Il se remémora les paroles d'Archange sur les couches successives de la Cité.

— Sais-tu où nous sommes ? demanda-t-il à la fillette, même s'il se doutait de la réponse.

Elle fit « non » de la tête.

Le Hall était sec et poussiéreux, comme si les sols n'avaient pas été mouillés depuis des siècles. Ils se trouvaient pourtant sous les tunnels collecteurs d'eaux pluviales. Comment un niveau inférieur pouvait-il être si sec ? Dans un haussement d'épaules, Bartellus mit de côté ce mystère. Il n'était ni architecte ni ingénieur. Rien que soldat.

Ils poursuivirent leur route, la petite fille le tenant toujours par la main. L'extrémité d'un grand pont de pierre ne tarda pas à se dessiner devant eux. Il semblait enjamber un lit asséché, peut-être celui d'une rivière. Bartellus eut beau lever sa torche, il ne put voir ni la hauteur de la structure, ni sa longueur. Les premières marches, énormes, étaient situées bien au-dessus de leurs têtes. On aurait dit un pont conçu pour des géants.

— On y va ? demanda-t-il à l'enfant.

Il s'était persuadé que, d'après les chemins qu'ils avaient empruntés, la petite savait d'instinct où leurs pas les menaient. Elle paraissait confiante, même si Bartellus se doutait qu'elle n'était jamais descendue si bas dans les égouts. Il était content de la laisser décider pour eux, ce qui constituait leur unique mode de communication.

Elle regarda autour d'elle d'un air grave, puis acquiesça.

Il se pencha et la prit dans ses bras pour la poser sur la première marche. Ensuite, il lui fit signe de reculer. Tandis qu'elle s'exécutait, il lança la torche embrasée à côté d'elle. L'enfant bondit en avant, la ramassa et donna de la lumière au vieux militaire.

Il observa les alentours. Dans un coin poussiéreux, il avisa un tas de planches brisées et de tronçons de bois, comme poussés là par le balai du géant qui avait érigé le pont. Bartellus tira deux des plus gros blocs au pied du pont, sur lesquels il empila plusieurs morceaux de bois en guise de marches improvisées. S'ils étaient contraints de revenir par ce chemin-là, ils pourraient descendre sans peine.

Les marches du pont étaient si hautes que l'enfant ne pouvait les franchir toute seule. Bartellus la hissa sur chacune d'elles avant de l'escalader à son tour – une entreprise difficile. Une fois qu'ils eurent atteint le sommet, il eut l'impression de faire du surplace. Tous deux tendirent l'oreille dans l'obscurité bruissante. Ils n'entendirent rien, pas même les rats. Depuis la tempête, Bartellus se tenait toujours aux aguets, prêtant l'oreille aux bruits de l'eau. Il imagina un raz-de-marée apparaître dans le noir et se précipiter sur eux, les arrachant au pont comme de vulgaires fétus de paille.

Mais tout était silencieux, et il n'y avait pas d'eau. Rassemblant son énergie pour continuer, Bart vérifia une ultime fois les lieux et aperçut une tache blanche sous eux. Il ajusta avec peine sa vision altérée par l'âge et distingua une forme humaine, un homme vêtu d'une robe pâle qui se tenait au pied du pont. Il ouvrit la bouche pour l'appeler quand il sentit soudain son cœur s'emballer. La silhouette ne portait pas de torche. Personne ne pouvait survivre dans de telles profondeurs sans lumière. Des histoires lui revinrent en mémoire, narrées avec crainte et parfois un certain plaisir par les Habitants, sur les créatures des profondeurs qu'ils nommaient « spectres ». Il secoua la tête au souvenir de telles sornettes.

— Attends, dit-il à la fillette.

Mais, lorsqu'il tourna la tête, la pâle silhouette avait disparu. Il fouilla du regard les ténèbres silencieuses, sous les yeux curieux et attentifs de l'enfant.

— Non, rien.

Ils restèrent assis un moment, à boire l'eau qu'Archange leur avait donnée, puis ils poursuivirent leur route et descendirent l'autre extrémité du pont. Peu après, le chemin commença rapidement à monter. Ils traversèrent d'abord de grands Halls, puis les tunnels se firent étroits, difficiles et humides. Ils se retrouvèrent bientôt à longer un ruisseau, exactement comme avant la tempête. Bartellus ne reconnaissait pas le tunnel, mais la petite semblait savoir où ils se trouvaient. Qu'elle ait encore la force de marcher l'étonnait vraiment : lui-même avait l'impression que ses jambes allaient se dérober à chaque instant. Il gardait les yeux rivés sur la torche prise dans le

Hall des Veilleurs. Une fois qu'elle s'éteindrait, ils mourraient certainement.

Il songeait à faire une pause quand ils entendirent des voix. Ils s'arrêtèrent. Dans l'obscurité apparurent quatre personnes munies d'une torche qui venaient vers eux. Les nouveaux venus s'immobilisèrent en voyant Bartellus et l'enfant.

Les stigmates de la peur et du soupçon s'affichèrent sur le visage du chef, un petit homme âgé à la barbe grise, quand il s'approcha d'eux. Il marchait en crabe, comme prêt à prendre ses jambes à son cou à la moindre menace.

— Où allez-vous comme ça ? s'enquit-il brutalement en scrutant Bartellus de ses petits yeux myopes.

Bartellus se demanda quel danger pouvaient bien représenter pour eux un vieil homme et une fillette avant de se rendre compte que les quatre inconnus étaient tous âgés, que certains d'entre eux paraissaient même blessés, sûrement meurtris par la tempête. Aucun doute : ils craignaient les écumeurs, et toute personne plus forte qu'eux. Un sentiment inhabituel d'amusement le saisit. Il se sentait aussi robuste qu'une souris malade, et pourtant ces gens avaient peur de lui.

Leur montrant ses mains vides, il déclara :

— Nous avons survécu à la tempête. Nous cherchons à retourner au Hall de Lumière bleue.

— Nous avons tous survécu à la tempête, gronda l'homme d'un ton amer. Sinon, nous ne serions pas là.

Il cracha par terre pour marquer son propos.

— Pouvez-vous nous dire si nous en sommes encore loin ? demanda Bartellus.

— Je ne connais pas votre Hall de Lumière bleue. Est-ce après la Porte Dévoreuse ?

Bartellus jeta un coup d'œil à la fillette, qui hocha la tête d'un air assuré.

— Dans ce cas, vous êtes des Lointards. Nous n'allons jamais au-delà de la Porte. C'est trop dangereux. C'est de là que viennent les patrouilles. Et les tempêtes.

— Et vous, où allez-vous ? s'enquit Bartellus.

L'homme le considéra avec méfiance.

— En quoi ça te regarde ?

Bartellus haussa les épaules.

— Peut-être allez-vous dans un lieu sûr. Nous pourrions venir avec vous.

— Ce ne serait peut-être plus un lieu sûr si nous le déballions au premier venu qui nous pose la question ! rétorqua le vieil homme en leur jetant un regard noir en biais.

Les trois autres commencèrent à avancer d'un pas traînant, les yeux baissés. Le vieux secoua la tête.

— On ne veut pas avoir affaire à vous, les Lointards. Vous êtes toujours source d'ennuis. Laissez-nous tranquilles !

Il s'éloigna d'un pas pressé et tous quatre regagnèrent les ténèbres. Bart regarda la fillette et haussa les épaules. Du doigt, elle indiqua le chemin qu'ils empruntaient jusque-là et ils se remirent en route.

Une fois qu'ils entendirent la rumeur de la Porte Dévoreuse, ils se surent enfin revenus en territoire connu. Soulagé, certain à présent que la torche tiendrait jusqu'au bout, Bartellus s'autorisa à prendre un peu de repos. Assis, adossé contre une paroi sèche, paupières closes, il s'interrogea à nouveau sur le long chemin sinueux qu'ils venaient de parcourir. Jamais il ne saurait retourner au Hall des Veilleurs – même s'il pensait que l'enfant le pourrait. Il était désormais persuadé que leur bref séjour dans cette chambre de pierre, où il avait rencontré la guerrière Indaro, ne devait rien au hasard. Ils avaient été sauvés de la tempête et transportés en lieu sûr. Mais pour quelle raison ? Sa conversation avec Archange n'avait apporté aucune réponse – du moins à lui. Il était certain qu'elle le connaissait, mais il se sentait trop épuisé pour y réfléchir davantage. Au lieu de quoi, ses pensées dérivèrent vers les événements de la veille.

Un brusque souvenir l'incita à plonger la main dans le sac posé à côté de lui. Tout au fond, il trouva le chiffon qu'il avait arraché du cou du cadavre. Encore humide, il formait une boule compacte. Il le défroissa et l'étendit avec soin, sous le regard de la fillette, dont les yeux noirs exprimaient le plus grand sérieux.

Il avait pris l'objet pour un mouchoir ou un foulard, mais ce n'était pas le cas. Il s'agissait d'un morceau de tulle fin, de forme arrondie et aux bords délicatement brodés d'un fil jadis coloré. Deux minuscules pièces de métal y étaient attachées. Il en prit une entre ses doigts épais et abîmés et les scruta, les rapprochant de la lumière de la torche. Toutefois, ses yeux d'homme âgé ne distinguèrent rien. Il jeta un coup d'œil interrogateur à Emly, qui tendit la main. Il lui donna le tissu, qu'elle observa. Elle s'empara ensuite de l'autre pièce de métal et les tint ensemble.

Elle leva la tête vers Bartellus, comme si elle avait compris. Elle posa les deux figurines près du sol et fit mine de les faire avancer. Il les lui prit des mains et plissa à nouveau les yeux. Oui, c'étaient bien des animaux : un chien et un cheval, peut-être. Ou encore un âne. Tous deux admirablement façonnés dans l'or.

— Est-ce un âne ? s'enquit-il.

La lèvre de la petite remonta un peu ; il crut reconnaître l'esquisse d'un sourire.

— Ou un cheval ?

Elle acquiesça. Elle leva les mains au-dessus de sa tête puis, d'un geste gracieux, les fit descendre jusqu'à ses épaules.

Elle baissa ensuite la tête et le regarda en battant des cils. C'en était si comique qu'il éclata de rire.

Un voile. Un voile de femme, lesté sur les bords par des animaux en or. La plupart des minuscules poids avaient disparu, emportés par les eaux, et il ne restait que le cheval et le chien. Bartellus sourit à l'enfant et lui rendit le tissu. Elle resta assise un moment à caresser les petites figurines, dessinant de son doigt menu les contours de leur dos et de leur queue.

Bartellus se demanda pourquoi le cadavre tatoué portait un voile de femme autour du cou. Un gage d'amour ? Ou, si on le tordait, le nœud d'un étrangleur ? Il repensa à la marque découverte sur le bras de l'inconnu. Il ramassa un bâton et traça un S dans la poussière.

— Connais-tu ce signe ? demanda-t-il à l'enfant.

Elle l'observa, les sourcils légèrement froncés, puis secoua la tête.

— Moi non plus, poursuivit-il. Mais je l'ai déjà vu quelque part. C'était… dessiné sur le bras du mort que nous avons trouvé.

Son visage en forme de cœur se rembrunit. Il se maudit d'avoir évoqué le sujet. À quoi cela servait-il, de lui rappeler son frère ? de lui rappeler l'époque où il vivait encore ?

Il soupira.

— Il est temps de repartir, déclara-t-il.

Elle noua le voile autour de son cou et flatta les petits animaux. Puis elle se leva d'un bond et lui prit la main.

Il leur fallut presque une demi-journée pour atteindre le Hall de Lumière bleue, avec ses margelles familières et son maelström de flots convergents. La tempête avait opéré de nombreux changements. Ils virent peu de personnes connues et beaucoup de nouveaux venus. Bartellus fut soulagé de voir que le vieux Hal était toujours là. L'homme maigrelet, protégé par ses quatre fils bien charpentés, était le principal fournisseur de nourriture et d'eau fraîche dans les niveaux supérieurs des Halls. Bartellus s'approcha de lui et fouilla à nouveau dans son sac. Il y trouva la pièce d'or qu'Anny-Mae avait déterrée sur les rives. Il la montra à l'un des fils de Hal, qui s'écarta pour le laisser accéder à la margelle de son père.

Le vieil homme était accroupi au sol, entouré de sa réserve de sacs de nourriture, de fûts remplis d'eau et de bière, de paniers pleins de pains et de racines. Levant les yeux, il ricana de plaisir.

— Bartellus, on te croyait mort ! Beaucoup des nôtres ont péri, ces jours derniers.

Il hocha la tête d'un air chagriné. Que ce soit pour les vies perdues ou pour les manques à gagner, Bartellus ne le sut pas.

— J'ai ramené la fillette. (Bartellus se rendit compte pour la première fois qu'il ignorait son nom.) La sœur d'Elija.

— La petite Emly ? dit le vieux Hal. Et Elija ?

Bartellus fit « non » de la tête.

Le vieux Hal fronça les sourcils et fit signe à l'un de ses fils, qui donna à Bartellus deux miches de pain frais, un peu de viande séchée et un grand pichet d'eau. Bartellus lui tendit la pièce d'or. Le vieil homme fouilla dans une boîte en bois et lui rendit cinq couronnes d'argent, que Bartellus contempla. Une couronne d'or en valait cinq d'argent. Il se demanda si le vieux marchand ne s'était pas trompé, et s'il devait le lui signaler, quand celui-ci expliqua :

— Ici, dans les Halls, une couronne d'or, ça vaut bien plus que cinq d'argent. (Il haussa les épaules.) C'est ainsi.

Bartellus rangea les pièces, prit la nourriture et retourna auprès d'Emly.

Il s'écoula plusieurs jours avant que le vieux soldat n'estime nécessaire de rejoindre un autre groupe de fouilles. Em et lui étaient rassasiés et reposés. Il lui restait quatre couronnes d'argent après qu'il eut acheté des vêtements propres pour tous les deux et, pour lui, une dague courbe. Les couronnes d'argent dureraient longtemps, mais il avait déjà reçu des propositions d'emploi, qu'il ne pouvait continuer à décliner. Refusez du travail lorsque vous pouvez vous en passer, et les dieux de la glace et du feu le remarqueront. Vous étiez sûr alors de ne pas en trouver au moment voulu. Telle était sa philosophie.

Le plus difficile fut de choisir d'emmener ou non la fillette. Qu'importait leur destination, la petite serait exposée au danger, sans être davantage en sécurité en restant seule ici. Une vieille sage-femme s'était proposée pour veiller sur l'enfant, mais elle ne pouvait lui garantir aucune protection en cas d'intervention des patrouilles, ou, si les dieux leur en voulaient, en cas d'attaque des écumeurs. Bartellus avait demandé au vieux Hal s'il pouvait s'occuper d'Emly, mais le marchand avait ri en secouant la tête. De plus, la fillette possédait des talents utiles pour un groupe de fouilleurs : elle était dotée d'une excellente vue, sa petite taille lui permettait de faire des trouvailles qui auraient échappé aux autres, et, grâce à sa légèreté, elle pouvait se faufiler dans les endroits les plus inaccessibles.

Ainsi, un matin, tandis qu'une lumière glauque filtrait du haut plafond du Hall de Lumière bleue, Bartellus et Emly se remirent en route. Accompagnés de quatre personnes, ils se dirigeaient vers le Canal du Bien-Réveillé. Il s'agissait d'une importante vanne dont le rôle consistait à filtrer les débordements de la rivière. Quand le niveau était haut, une expédition y était envoyée presque tous les jours. Les eaux pluviales y étaient fraîches et les découvertes faciles. L'endroit faisait également office de lieu de réunion pour les Habitants, qui y échangeaient nouvelles et ragots.

Le groupe de six avança rapidement et ne s'arrêta qu'une seule fois, à la Porte Dévoreuse. Le chef, une femme maigre à la peau parcheminée appelée Ysold, montra le mécanisme de la porte. Bartellus s'aperçut que l'un des grands tonneaux roulants qui broyaient les débris de passage avait disparu.

Une fois la conversation à nouveau possible, Ysold se rapprocha de lui pendant qu'ils marchaient.

Elle lui adressa un clin d'œil.

— Des informations.

Bartellus fronça les sourcils.

— On peut se faire de l'argent avec des informations, expliqua-t-elle.

Voyant qu'il conservait son air perplexe, elle poursuivit d'un ton agacé :

— La Porte Dévoreuse est en train de casser. Elle se fragilise. À la prochaine tempête, un autre tonneau sera peut-être arraché. Bientôt, plus rien n'empêchera les déchets de la Cité de se déverser en quantité dans les Halls. Les tunnels inférieurs commenceront à se boucher, puis ce sera le tour des tunnels supérieurs, et enfin des Halls eux-mêmes. La Cité entière ne va pas tarder à être inondée.

— Personne ne veille donc au bon fonctionnement de la porte ?

Elle secoua la tête.

— Autrefois, ils envoyaient régulièrement des équipes pour la réparer. Puis, il y a de ça de nombreuses années, ils ont cessé de le faire. J'ignore pourquoi.

Bartellus scruta d'un air inquisiteur cette vieille et rude bonne femme aux yeux perçants, enveloppée dans une couverture miteuse trouée pour les bras et les jambes. Depuis combien de temps vivait-elle ici ? Lui poser la question ne servirait à rien. Elle répondrait comme tout le monde : « Je ne m'en souviens même plus. »

— Mais, pour une telle information, les gens paieraient – ceux qui sont au pouvoir, précisa-t-elle.

Elle marqua son propos d'un hochement de tête, mais il haussa les épaules. À l'époque où lui-même occupait une position importante, il n'aurait eu que faire de savoir ce qui se passait sous les rues de la Cité. Si quelqu'un avait rampé hors d'un tunnel pour lui annoncer qu'il manquait un tonneau dans un mécanisme dédié au broyage des détritus, il l'aurait renvoyé *manu militari*, et sans doute avec un bon coup de pied au derrière.

Il répondit toutefois poliment :

— Certes, c'est une information capitale, mais je ne saurais à qui la transmettre.

C'était vrai. Les palais de l'empereur fourmillaient d'administrateurs. Les armées ne pouvaient pas faire le moindre mouvement sans qu'une cohorte de scribes ne remplissent une tonne de paperasse. On construisait de nouveaux ponts et routes uniquement quand un millier de conseillers s'étaient assuré un emploi – et un salaire rondelet. Les lignes – longues et fragiles – d'approvisionnement en nourriture pour la Cité étaient le sujet d'interminables débats entre les fonctionnaires du palais, les administrateurs et, bien sûr, les généraux.

Mais qui se souciait de ce qui se passait dans les entrailles de la ville ? dans cette Cité parallèle qui, jour après jour, continuait à jouer un rôle vital – invisible, méprisé et pourtant essentiel ?

Ysold le regarda en fronçant les sourcils.

— À l'empereur, évidemment, répliqua-t-elle avec impatience. L'Immortel devrait en être informé.

Puis, voyant que les autres se traînaient, elle leur ordonna d'accélérer le pas et se hâta de rejoindre la tête du groupe, tenant sa torche bien haut.

Le souvenir de sa dernière entrevue avec l'empereur revint à Bartellus. Il espérait de tout cœur qu'il n'y en aurait pas d'autres.

Devant, Ysold continuait à avancer rapidement, donnant le rythme de la marche, sur un large chemin de pierre qui longeait un ruisseau au faible débit, sur leur droite. Les six Habitants marchaient assez loin les uns des autres, Em et Bartellus – muni d'une torche – en queue de file.

Soudain, Ysold poussa un cri. Bartellus perçut un bref mouvement sur sa gauche. Il baissa la tête et se retourna : un gourdin lui frôla la joue. Il donna un coup avec son brandon, frappant quelqu'un rudement. Dans la lumière vacillante, il distingua des formes noires. L'homme qui l'avait agressé était large, imposant et... lent. Tandis que ce dernier assenait un nouveau coup de gourdin à Bartellus, le vieux soldat sortit sa dague et, faisant volte-face, tailla l'avant-bras de son agresseur. Le membre engourdi, l'homme lâcha son arme. Avec un grognement, il se rua sur Bartellus, tête baissée. Bart, dos au ruisseau, se jeta sur le côté en se débarrassant de la torche. Il chuta rudement au sol et pesta quand son genou protesta de douleur. Il s'obligea à se relever. Son adversaire, tombé au bord du ruisseau, se mit à quatre pattes. Bartellus lui décocha un violent coup de pied dans les côtes, qui envoya l'homme dans les flots d'eaux usées, où il disparut sans un cri.

Bartellus se retourna pour chercher Emly. Il ne la vit pas et espéra qu'elle avait filé dans le noir. Il entendait des cris, des bruits de coups et de lutte, mais il ne restait qu'une seule torche : elle gisait par terre, loin du groupe. Il aperçut un homme qui, son épée brandie, menaçait une forme recroquevillée au sol. Bartellus prit sa dague par la lame et la lança avec une précision due à des années de pratique dans la tête de son opposant, qui s'effondra comme une pierre. Bartellus accourut auprès de la femme – trop tard.

Un autre membre de leur expédition, une blonde, se faisait enlever dans l'obscurité par un homme armé d'un couteau. Bartellus récupéra sa dague et s'élança à leurs trousses, mais, en le voyant arriver, l'homme égorgea d'un seul geste sa victime avant de la laisser tomber et de s'enfuir par un tunnel derrière lui.

Bartellus jura et se tourna vers l'unique survivant, un jeune garçon qui se défendait avec acharnement contre un homme muni d'une épée. Il se servait gauchement d'un bâton de combat et se voyait contraint de reculer vers le ruisseau. Blessé, il se courbait sous la douleur.

Bartellus cria pour attirer l'attention de l'ennemi, qui se tourna en levant son épée maculée de sang. Mû par la fureur, Bartellus bondit sur lui et visa l'homme à la tête. Ce dernier recula, évitant le coup, et tenta d'éventrer le vieux soldat, qui réussit à esquiver maladroitement.

— Mon épée contre ton couteau, grogna l'attaquant à la barbe noire avec un sourire.

Bartellus ne répondit pas. Il inspira profondément pour rassembler ses talents longtemps délaissés. Tous deux se tournèrent autour ; le barbu risqua un coup d'œil de côté, cherchant ses compagnons.

— Il n'y a plus personne pour t'aider, répliqua Bartellus.

Pour la première fois depuis des lustres, il sentit monter en lui l'excitation de la bataille. Ses forces lui revenaient, puis le temps se mit à ralentir. Il sentit dans sa paume la poignée de la dague, confortable et familière, la fermeté du sol pierreux sous ses pieds, et la puissance de ses épaules et de ses jambes tandis qu'il décrivait des cercles, son poids bien réparti, prêt à attaquer.

Le barbu plongea sur lui, visant la gorge de Bartellus avec son épée. Il était si lent que le vieux soldat faillit éclater de rire. Il eut tout le loisir de s'écarter, puis de choisir où enfoncer sa dague, qui alla se loger avec précision sous l'aisselle de son adversaire, de façon à toucher le cœur.

L'homme s'effondra dans la poussière, aussi immobile qu'un mort peut l'être. Bartellus ramassa l'unique torche et l'approcha d'une fente dans la roche.

— Emly ! appela-t-il.

Toutes ses forces l'avaient soudain déserté. La peur qu'il connaissait si bien l'étreignait à nouveau. Le silence régnait, et il avait du mal à respirer à cause de la douleur qui lui comprimait la poitrine, comme un étau. Il regarda autour de lui. Ysold avait disparu, peut-être dans le ruisseau. Bartellus soupira, le cœur plein de regrets.

Puis, son chagrin s'envola lorsqu'il vit la petite fille surgir des ténèbres. Elle se rua sur lui. Il se baissa et la prit dans ses bras. Il la tint contre lui, envahi par le soulagement. Se sentant faible, il s'appuya contre la paroi du tunnel, portant toujours la fillette.

— Tu vas bien ? lui demanda-t-il. Tu n'es pas blessée ?

Elle le regarda, puis il répéta :

— Tu n'es pas blessée ?

Elle secoua la tête d'un air rassurant. Au bout d'un moment, il la reposa et marcha jusqu'au garçon à demi conscient. Il resta longtemps assis auprès de lui, jusqu'à ce qu'il rende son dernier soupir.

Il se remémora ce jour ensoleillé où il était parti de chez lui pour la dernière fois. Les deux hommes avaient chevauché à une allure tranquille, de manière amicale – du moins l'avait-il cru –, échangeant quelques paroles. Astinor Rougefeuille lui avait paru sombre, songea Bartellus avec la lucidité du recul. À quoi donc pensait son vieux camarade, alors qu'il escortait à son procès son compagnon, qui ne se doutait de rien ?

Le général habitait en lointaine périphérie de la Cité, à l'est, dans la campagne. La plupart des terres qu'ils avaient traversées au cours de leur chevauchée lui appartenaient. Il se demanda qui en était le propriétaire, à présent. *Mon vieil ami, en récompense de sa traîtrise ?* Malgré les événements, alors même que cette pensée se formait dans son esprit, il n'arrivait pas à le croire.

Il leur avait fallu presque un jour entier pour atteindre le palais. Ils étaient passés par le quartier animé de Burman Far, avaient coupé par Lindo, puis par le riche Otaro, avant de pénétrer dans la zone du palais. Ils avaient pris leur temps, et Bartellus aimait à penser que l'homme ne souhaitait pas le précipiter vers son sort. Une fois dans la grande avenue de Clarion, il s'était arrêté, comme toujours, pour contempler le palais. La première fois qu'il l'avait vu, il n'était qu'un enfant. Pourtant, la beauté de l'édifice suscitait toujours en lui le même émerveillement. Sculpté dans une roche d'un rose-rouge dont la provenance restait inconnue, le palais de l'empereur était autant un enchantement pour l'œil qu'une énigme pour l'esprit. Les hommes se disputaient sur le nombre de flèches et de tourelles qui ornaient la construction. Il n'y avait pas de réponse. Bien entendu, on pouvait faire le tour du palais pour les compter, mais la somme obtenue ne correspondrait qu'à ce que l'on voyait de l'extérieur. À l'intérieur, chaque fenêtre donnait sur des minarets, chaque cour était entourée de flèches, chaque étroit escalier grimpait le long d'une tour différente. Aucun plan des lieux n'était connu. Celui qui tenterait d'en établir un deviendrait fou. On lui avait dit que le palais comportait soixante-sept dômes. Pourquoi pas ? Il n'était pas particulièrement versé dans les mathématiques. Des hordes de mathématiciens, de philosophes, d'astronomes et de prophètes fréquentaient l'empereur. Chacun était instruit, à sa manière. Tous pouvaient parler de l'harmonie des étoiles, du mouvement des planètes, de la sagesse des saisons et de la majesté des marées. Pourtant, seuls les oiseaux connaissaient le nombre exact de tours, et ils s'en moquaient.

Les quartiers de l'empereur étaient profondément enfoncés dans le vaste édifice. Une forteresse à l'intérieur même de la forteresse : le Palais Rouge était un véritable bastion. Malgré sa beauté, ses cours fleuries, ses jardins et ses bassins à poissons, il avait été conçu pour servir de protection contre une invasion ennemie. Les murs de la résidence de l'Immortel étaient faits de marbre vert, recouvrant les anciennes pierres du puissant fort bâti sur ce site plus de mille ans auparavant. On l'appelait le Donjon, tout simplement. Rares étaient les portails qui reliaient le Palais Rouge au cœur du Donjon, et même les généraux n'y avaient jamais pénétré.

Les cavaliers firent trotter leur monture dans la cour extérieure de la Porte de la Paix. Là, des arbres à la généreuse ramure accueillaient le voyageur épuisé, qui pouvait étancher sa soif à l'eau fraîche des fontaines. Les gardes du palais, qui connaissaient bien les visiteurs, s'écartèrent pour les laisser entrer dans une cour intérieure appelée cour des Nordiques : ses murs d'albâtre étaient couverts de bas-reliefs représentant des loups et les féroces Vargynjur qui leur tenaient lieu de compagnes.

—Je dois te laisser ici, mon ami, dit Astinor Rougefeuille quand ils mirent pied à terre. (L'homme à la barbe noire avait la carrure puissante.) J'ai des affaires d'approvisionnement à régler avec un Seigneur Lieutenant.

Le général échangea une poignée de main avec son ami.

— À plus tard, répondit le général avec chaleur.

— Oui, c'est ça, à plus tard, répéta Astinor en le regardant dans les yeux.

Le général marcha le long des couloirs familiers qui traversaient la nouvelle aile. On racontait que trois palais entiers, appartenant à des Familles plus modestes, avaient été détruits pour faire place à cette extension du Palais Rouge. Le plafond était plus élevé que dans les parties anciennes, et les corridors élargis. Les fenêtres, également plus imposantes, laissaient entrer plus de lumière. Il traversa une dizaine de cours ; certaines bourdonnaient de vie, d'autres étaient sombres et silencieuses malgré l'après-midi ensoleillé.

Les murs de marbre clair qui les entouraient cédaient soudain la place à l'albâtre orné de riches décorations incrustées d'or des salles publiques. Une large volée de marches menait à d'énormes portes dorées. L'escalier était flanqué de guerriers en livrée noir et argent : l'élite de la garde de l'empereur, appelée les Mille. Les hauts battants s'ouvrirent.

L'Immortel siégeait dans la salle publique du trône, entouré de ses habituels généraux, servantes, conseillers, flagorneurs et lèche-bottes. Bartellus se souvint plus tard d'avoir été flatté qu'un empereur l'attende. Il s'inclina profondément. En relevant la tête, il fut surpris de constater que son seigneur n'était pas venu à sa rencontre pour l'embrasser, ni ne l'avait appelé son « frère », comme de coutume. Au lieu de quoi, l'empereur fronçait les sourcils. Le général sentit son estomac se nouer.

D'âge mûr, Araeon était grand et blond, avec une courte barbe dorée. Ses iris étaient noirs, d'une noirceur absolue et particulière qui contrastait avec son teint pâle. Shuskara savait qu'il avait un œil de verre, mais certains jours ses yeux ressemblaient à deux puits profonds débordant d'expériences douloureuses. Parfois, comme ce jour-là, ils étaient aussi morts que le regard d'un chevreuil abattu, et la lumière vacillante des torches s'y reflétait à peine.

— Es-tu réellement Shuskara ? s'enquit l'empereur.

Shuskara esquissa un sourire, espérant qu'il plaisantait.

— Seigneur ?

Araeon grimaça, comme s'il fouillait dans ses souvenirs.

— Tu ressembles au Shuskara que j'ai toujours connu et aimé – un homme bon, d'âge mûr, au regard franc et à l'esprit dénué de stratagèmes et de compromis.

Il regarda ses sujets autour de lui, son visage n'exprimant que la confusion.

Des stratagèmes et des compromis ? Shuskara avait souvent entendu ce genre de discours elliptique et menaçant dans la bouche de son seigneur, mais il n'en avait jamais été la cible. En présence de l'empereur, il n'était pas armé, évidemment, mais son esprit de général ne put s'empêcher d'envisager tactiques et possibilités de fuite. Il jeta un bref regard vers l'assemblée présente, en quête d'un visage ami. Il vit les Vincerii : Marcellus, Premier Seigneur de la Cité, et son frère Rafael, ainsi que ses collègues, les généraux Boaz et Flavius Randell Kerr. Ces deux-là ne faisaient aucun effort pour dissimuler leur satisfaction. Inutile d'espérer une aide de leur part.

— N'as-tu rien à dire, soldat ?

Je ne me défendrai pas, pensa Shuskara. *C'est ce qu'ils font toujours, et chaque fois cela ressemble à une supplication. De toute façon, le résultat est le même.*

— Je vous suis et vous resterai loyal à jamais, seigneur.

L'empereur le contempla un long moment.

— La loyauté est un concept étrange, finit-il par dire, l'air songeur. Les hommes en parlent comme si c'était une constante, gravée dans la pierre. (Il fit un signe de la main en direction de quelque chose derrière Shuskara.) Comme si c'était aussi immuable qu'un lever de soleil. Puis on découvre que la loyauté peut signifier tout autre chose. Elle dépend de certaines conditions, peut-être même des saisons. Elle peut être synonyme de compromis, d'apaisement, de concessions. Et, si surprenant ceci soit-il, de trahison, ajouta-t-il d'une voix grave totalement dénuée d'étonnement.

De trahison ? Tandis que le monde de Shuskara s'effondrait, ses premières craintes furent pour sa famille. Il s'obligea à répéter :

— Je vous suis et vous resterai loyal à jamais, seigneur.

Il grava ces paroles dans son esprit, se jurant qu'elles seraient les seules qu'il prononcerait ce jour-là et les suivants, les jours remplis de souffrance qui l'attendaient, durant lesquels les inquisiteurs de l'empereur essaieraient de lui soutirer des informations qu'il ne possédait pas sur des événements dont il ignorait tout.

Il était habitué à la douleur. En tant que soldat, il avait enduré moult blessures, graves ou bénignes, et avait stoïquement assisté aux séances de torture pratiquées sur d'autres que lui. La douleur, il pouvait la supporter. Ce qu'il ne toléra pas, ce qui sapa ses forces et sa dignité plus vite qu'il ne l'aurait jamais cru possible, c'étaient les tourments constants de la soif, de la faim et de la privation de sommeil. On lui donna quelques gorgées d'eau, à peine le nécessaire pour qu'il survive. Au bout de quelques jours, il lapait les murs suintants de sa cellule, comme un chien. Il se mordait les lèvres pour en faire jaillir le sang. Quand ses bourreaux venaient le chercher, c'était presque un soulagement pour lui : la souffrance qui lui était infligée le distrayait momentanément de sa soif. Il lui semblait que, dès qu'il s'endormait, on le réveillait pour le soumettre à une nouvelle séance de torture de sorte que son cerveau finit par refuser totalement de se mettre au repos. Il sentit son esprit glisser, se briser sous l'horreur perpétuelle, laissant des brèches dans lesquelles ses bourreaux introduisaient leurs outils. Au bout de quelques jours à peine, il suppliait qu'on l'achève. Ses tortionnaires le regardèrent avec indifférence pleurer et les supplier, utilisant leur longue expérience pour extraire les pépites de la quantité impressionnante d'informations qu'il tenta de leur communiquer. Il ignorait ce qu'ils voulaient. S'il l'avait su, il leur aurait tout avoué dans la seconde.

Ces jours affreux s'écoulèrent lentement, jusqu'à ce qu'on le reconduise devant l'empereur. Cette fois, Araeon n'était pas dans la salle du trône, mais à l'écart dans un petit salon orné de riches tapis. Shuskara, crasseux et couvert de blessures, était maintenu debout sur des jambes tremblantes, encadré de deux grands soldats impassibles. Il regarda l'empereur boire un gobelet d'eau, des gouttes fraîches s'écrasant sur sa poitrine.

— Nous parlions de loyauté, soldat, déclara Araeon d'un ton affable.

Se souvenant de la promesse qu'il s'était faite sans avoir pu la tenir, Shuskara coassa :

— Je vous suis et vous resterai loyal à jamais, seigneur.

L'empereur prit une prune noire, luisante de rosée, et mordit dedans. Du jus en jaillit, giclant sur sa poitrine. Un serviteur se précipita aussitôt pour l'essuyer à l'aide d'un linge d'une blancheur aveuglante.

— Pourquoi les traîtres n'ont-ils que le mot « loyauté » à la bouche ? s'enquit l'empereur. (La question était apparemment rhétorique.) Le héros d'une bataille ne se vante pas de sa lâcheté, tout comme un aveugle ne vante pas la qualité de sa vue. Mais les traîtres… C'est vraiment le monde à l'envers.

Il sourit, content de lui, comme souvent. D'un signe de la main, il le congédia.

Durant son interminable séjour en prison, un démon des ténèbres vint souvent rendre visite à Shuskara. Il lui souffla ce qu'il devait dire à l'empereur lors de sa prochaine présentation. La créature connaissait précisément les mots qui mettraient un terme à l'inévitable torture, au lent démembrement, puis à la mort. Des paroles qui inciteraient l'empereur à lui révéler les actes de trahison supposés et le malentendu qui l'avait conduit à un si funeste destin. Dans sa cellule maculée de sang, il vit l'empereur s'excuser, le prendre dans ses bras, les joues ruisselantes de larmes de remords. Le démon lui montra tout cela, et pendant un moment il se laissa bercer par cette illusion.

Puis la créature lui raconta une autre histoire – un récit auquel il s'accrocha, dont il dépendit comme des quelques gouttes d'eau croupie qu'on le laissait boire chaque jour. Il imaginait qu'Astinor, toujours libre, chevauchait à bride abattue pour rallier sa maison, enlever Marta et les garçons et les conduire en un lieu sûr, où jamais l'empereur ne les trouverait. Shuskara y croyait dur comme fer, même dans les pires moments. Pas une seconde il n'envisagea que sa famille ait pu connaître un autre sort.

Une nuit, il entendit la porte de sa cellule s'ouvrir doucement. Il se leva brusquement pour retrouver la douloureuse réalité, frappé de panique, happé par une terreur qui brisa sans peine la frêle digue qu'il avait érigée pour la contenir. Une silhouette encapuchonnée se dressa au-dessus de lui. Il eut un mouvement de recul. Une main douce se saisit de la sienne et la tira. Il se leva gauchement ; la souffrance causée par ses blessures lui arracha un grognement. La silhouette l'incita à se diriger vers la porte ; il marcha d'un pas chancelant. En silence, dans l'obscurité presque complète, on le mena le long d'une série de couloirs déserts. Le trajet lui parut interminable. Shuskara essaya d'interroger la silhouette, mais celle-ci ne lui répondit pas.

Nombre d'émotions l'agitaient. L'espoir tenta de l'emporter, mais il le repoussa impitoyablement. Il devait s'agir d'une ruse de l'empereur, qui s'amusait à lui faire faire le tour des cachots de Gath, laissant l'espoir renaître en lui pour mieux le renvoyer dans sa cellule, aux mains de ses tortionnaires. Au bout d'un long moment, il sut pourtant qu'il ne tournait pas en rond. Il connaissait bien le vaste labyrinthe de tunnels, de chambres et de cellules qui formait les cachots de l'empereur. Ils l'avaient dépassé et marchaient encore à peu près en ligne droite – *vers l'est*, lui souffla son instinct de soldat. Où allaient-ils donc ? Il l'ignorait totalement, mais il permit enfin à l'espoir de naître en lui.

Ils atteignirent une vieille porte – la dernière d'un grand nombre. Son escorte silencieuse la déverrouilla puis, tandis que le battant s'ouvrait en grinçant, poussa Shuskara au travers. La porte claqua derrière lui. Il se retrouva seul dans une allée enfumée, à l'aube, entouré de montagnes de légumes pourrissants : les déchets puants d'un marché. La porte par laquelle il était sorti était petite et rouillée, à demi cachée dans un recoin sombre. Elle semblait ne pas avoir été ouverte depuis cent ans.

Était-il libre ? Des soldats l'attendaient-ils au coin de la rue pour le reconduire dans sa cellule en riant aux éclats ? Shuskara marcha jusqu'au bout de l'allée et déboucha dans une rue qu'il reconnut. Il se trouvait dans un quartier de l'Est appelé l'Armurerie. Il baissa les yeux pour voir à quoi il ressemblait. Il était sale, en haillons... mais libre.

Transporté de joie, il se mit aussitôt en tête de retrouver sa famille.

Toujours sous le coup de l'émotion provoquée par la bataille souterraine, le cœur de Bartellus battait la chamade. Cependant, il avait tué trois hommes. Pour la première fois depuis cette fatale journée ensoleillée, il avait fait face à ses ennemis et les avait vaincus. Il voyait mieux. Il pensait mieux. Il avait protégé l'enfant, même s'il n'avait pu sauver les siens. Il regarda la fillette. Assise contre la paroi rocheuse, elle jouait avec les animaux du voile, dont elle ne se séparait plus. Les nouveaux vêtements qu'on lui avait donnés étaient déjà crasseux, le pantalon était effiloché et en loques.

Des rouages s'enclenchèrent lentement dans l'esprit du vieil homme. Il prit une décision importante. *Je cesserai de fuir et de me cacher. Je retournerai dans le monde, pour le meilleur et pour le pire, et emmènerai l'enfant. Je trouverai mes ennemis et les tuerai.*

Il pensa à Fell, le seul camarade sur qui il avait toujours pu compter. Il sourit à ce souvenir. Fell était le meilleur guerrier qu'il eût jamais connu. Il était capable de tuer ceux qui semblaient invulnérables. Pourtant, la culpabilité le rongeait. Son besoin de sauver ceux qui ne pouvaient l'être l'écrasait. *Je me mettrai à sa recherche. Je verrai s'il vit toujours.* Soudain, il recouvra la mémoire : il sut où il avait déjà vu la marque du S.

Armé d'une résolution inébranlable, il se redressa.

— Emly, dit-il.

La fillette se leva d'un bond.

Bartellus ne sut que faire des corps des trois victimes. Ne se sentant pas le cœur à les pousser dans le ruisseau, il finit par les abandonner sur place : deux jeunes femmes et un garçon, gisant dans les ténèbres, à plusieurs centaines de mètres sous une Cité indifférente. Il adressa une courte prière aux dieux de la glace et du feu – les dieux des soldats –, leur demandant d'accueillir ces morts comme des guerriers dans les Jardins de pierre. Il n'y croyait guère. Au cours de ses nombreuses années de service en tant que soldat, il en était venu à penser que ces dieux étaient des géants pétris de vices et de cruauté, et que la compassion leur était inconnue.

Puis il ramassa la torche et, tenant la main d'Emly, reprit le chemin des tunnels en direction de la Porte Dévoreuse. Il fallait aller tout droit ; il n'avait pas besoin de l'aide de la fillette.

Une fois la porte atteinte, il surprit l'enfant en la prenant et la serrant dans ses bras. Il entreprit alors de grimper le dangereux escalier en colimaçon et traversa le barrage plus prudemment que jamais. En haut, il s'arrêta un moment et observa le mécanisme en contrebas. Il y avait dix-neuf tonneaux roulants. Le trou à la place de celui qui manquait lui rappelait une bouche édentée. De son perchoir, Bartellus vit de gros débris se déverser dans la porte : des branches, des cageots et des masses informes qui pouvaient être des cadavres de chiens, des sacs vides ou de vieux vêtements. Il redescendit à l'autre extrémité et poursuivit sa route, franchit la limite à partir de laquelle on pouvait à nouveau parler et entendre, puis emprunta le chemin qui menait au Hall de Lumière bleue. Enfin, il reposa la fillette. Il la regarda : elle le tira par la main, croyant qu'il se trompait de direction.

Il s'accroupit et posa les mains sur ses maigres épaules, sentant sous ses doigts des os aussi frêles que ceux d'un moineau, prêts à se briser comme un rien.

— Tu sais, Emly, que nous ne retrouverons sans doute jamais ton frère ?

La bouche de l'enfant se tordit. Devant la dureté de ces paroles, son visage en forme de cœur se plissa en un gémissement silencieux.

— C'est ma faute, poursuivit Bartellus, impitoyable. Je t'ai dit que nous le retrouverions, mais c'était avant de quitter le Hall des Veilleurs. Avant de comprendre à quel point les Halls sont profonds, vastes et complexes. Nous pourrions le chercher pendant des années. C'est impossible. Tu as besoin de sécurité, de lumière, d'eau potable, d'un endroit chaud. Ici, je ne peux rien t'offrir de tout cela.

Elle pleura en silence, son petit corps secoué de sanglots. Il la prit contre sa poitrine et l'y tint serrée contre lui. Puis il l'écarta et contempla sa mine défaite.

— Chaque jour passé ici nous expose à un danger mortel. Je suis venu dans les égouts pour échapper aux malheurs du monde extérieur – comme Elija et toi, je suppose. Je croyais que la vie n'avait plus rien à m'offrir, rien même qui vaille la peine de se battre. Aujourd'hui, je t'ai toi. Jamais je n'aurais cru rencontrer un jour une âme digne de confiance. Pourtant, j'ai confiance en toi. Je crois que tu es la personne la plus courageuse que j'aie jamais rencontrée. Tu as le cœur d'un soldat, et je te confie ma vie.

Elle leva vers lui son visage mouillé de larmes et l'observa avec gravité. Il se demanda si elle avait compris un mot de ce qu'il venait de dire.

— Il est temps de regagner le monde, petit soldat. Nous allons y retourner ensemble.

Il la regarda jusqu'à ce qu'elle acquiesce, ses larmes coulant toujours. Son courage le bouleversa. Il se redressa et la prit par la main. Ensemble, le vieil homme et la fillette s'en retournèrent vers la lumière.

Chapitre 7

Elija et Amita attendirent longtemps après le passage de la barque avant de s'arracher à la boue collante et de marcher dans son sillage. Leur progression pénible sur les rives vaseuses ne dura pas ; ils finirent par atteindre rapidement un sol plus ferme. Une fois sur la roche, ils avancèrent plus vite. Il faisait si clair qu'ils voyaient les alentours. La rivière s'écoulait vers une ouverture, large et basse, par laquelle la lumière du jour entrait à profusion, telle de l'eau tirée d'une pompe. Les cris perçants et inquiétants s'intensifièrent.

Amita donna un coup de coude à Elija et lui indiqua une fine chute d'eau qui, au loin sur leur gauche, plongeait le long d'une falaise rocheuse. Ils se hâtèrent de la rejoindre. Amita tendit la paume sous l'eau scintillante et la goûta. Un sourire illumina son visage. Elle rinça la boue qui maculait ses mains puis les mit en coupe pour boire. Le garçon l'imita. Le goût d'une eau fraîche provenant d'un ruisseau, et non d'un vieux tonneau utilisé des milliers de fois, le grisa. Elija sentit son esprit s'éclairer, comme si la brume pesante qui y régnait depuis des années s'était levée. Il se mit à rire.

Il regarda Amita, celle qui l'avait accompagné à travers tant d'épreuves sans qu'il sût jamais à quoi elle ressemblait. Elle était plus grande que lui, robuste et bien charpentée malgré de longs mois de privations. En dépit de la boue, ses cheveux étaient épais et clairs, plaqués sur son corps jusqu'à la taille. Une profonde fossette creusait son menton. La lumière éclairait tant qu'il put voir le bleu de ses yeux. Amita le considéra d'un air critique tandis qu'il l'observait. Se sentant soudain rougir, il baissa les paupières sous la force de son regard. Il se pencha pour se mettre sous l'eau jaillissante. Amita le rejoignit. Ils lavèrent lentement des années de boue. Ils restèrent là un long moment, se jetant de temps à autre un timide coup d'œil.

Quand ils sortirent de sous la chute et s'ébrouèrent comme des chiens, les cris étaient plus forts et plus fréquents. Ils perçaient les oreilles d'Elija. On aurait dit les hurlements d'une âme tourmentée.

— C'est quoi, ce bruit ? demanda-t-il en regardant autour de lui.

Il ne voyait rien que de la lumière devant eux, l'obscurité derrière et le plafond rocheux au-dessus de leurs têtes.

— Des oiseaux, voilà tout, répondit-elle. Tu en as sûrement déjà entendu.

Pas des comme ça, songea-t-il en pensant aux petits volatiles d'un brun poussiéreux qui, dans son enfance, bondissaient autour des tas d'ordures.

— Viens, dit-elle, on y est presque.

Elle le prit par la main, comme tant de fois auparavant. Mais maintenant qu'Elija pouvait la voir, ce geste lui parut étrange. À Amita aussi, apparemment, car elle le lâcha et marcha devant lui dans la lumière. Il la suivit plus lentement, escaladant parfois la roche irrégulière.

Tous ses sens furent sollicités d'un coup. Un gros fracas résonna, comme si, dans ses oreilles, des milliers d'arbres s'écrasaient en même temps. Une odeur lui chatouilla les narines. Elle ne ressemblait pas du tout à celle qui régnait dans les égouts. Piquante, revigorante, elle lui perçait la tête telle la lame d'un couteau. À quatre pattes, il suivit Amita, la lumière vive l'enveloppant comme une couverture.

Puis, enfin, ils quittèrent les ténèbres. Amita s'arrêta. Elija la percuta puis se mit debout et, les yeux plissés, observa les environs. Ce qu'il vit lui arracha un cri de frayeur. Il se laissa tomber à terre et se couvrit la tête, les genoux remontés contre sa poitrine, essayant de se faire aussi petit que possible. Le fracas et les cris des oiseaux lui martelaient les oreilles. Son esprit n'était plus que terreur.

Malgré sa peur, il perçut un rire. Amita s'agenouilla et l'entoura d'un bras.

— Tout va bien, Elija, souffla-t-elle. Tu n'es pas habitué à la lumière du jour. Ce n'est que le soleil. Il est si brillant ! Et regarde la flotte danser dans ses rayons !

Le visage caché dans une main, Elija regarda entre ses doigts puis se mit lentement à genoux.

Ils étaient arrivés au bout du monde, sur un affleurement rocheux, au bord d'un grand trou dans la terre. Devant eux, il n'y avait rien qu'une étendue d'eau aux reflets argentés, scintillant dans la lumière, si vaste qu'on n'en voyait pas la fin. Elle se fondait dans le ciel avant de disparaître.

Dangereusement près de la limite du monde, de hautes structures de bois flottaient par dizaines, pourvues de grands poteaux ornés de cordages. Elija se demanda si les bateaux se dirigeaient vers le ciel. Des oiseaux blancs gigantesques tournoyaient dans les airs autour d'eux en poussant des cris effrayants.

— Quel est cet endroit affreux ? demanda-t-il à la fille d'une voix tremblante.

Elle le regarda en esquissant un sourire, comme s'il la taquinait.

— C'est la mer, répliqua-t-elle, perplexe. N'as-tu donc jamais vu la mer, petit ?

Elle lui prit la main et, ensemble, ils marchèrent d'un pas chancelant vers l'eau, avançant maladroitement sur les rochers pointus. Il faisait si beau qu'ils ne parvenaient pas à ouvrir les yeux en permanence. Elija sentit des larmes ruisseler sur ses joues.

Puis, couvrant les cris des oiseaux, ils entendirent soudain des bruits de bottes sur les rochers. Elija fit volte-face, manqua de tomber et vit deux hommes en armure légère, munis d'épées, s'approcher d'eux.

— Des écumeurs ! s'écria-t-il.

Ils tentèrent de fuir, mais les rochers déchiquetés entaillaient leurs pieds nus et les deux enfants chutèrent douloureusement. Elija essaya de ramper vers la grotte, mais ses mains et ses genoux le faisaient atrocement souffrir : il saignait abondamment.

— Arrêtez ! S'il vous plaît, arrêtez. Nous ne vous ferons aucun mal ! dit l'un des hommes. Vous êtes en train de vous blesser.

— Ce ne sont que des gamins, déclara l'autre. Ils ne nous seront d'aucune utilité.

Elija lança un regard affolé aux inconnus, qui s'étaient arrêtés à quelques pas de lui. L'un était grand, avec des cheveux noirs, la peau étrangement foncée et un long visage. L'autre, trapu et plus petit que son équipier, avait le teint pâle.

— Venez-vous du village de boue ? s'enquit l'homme à la peau noire.

Elija ne voyait pas du tout de quoi il parlait. Il jeta un coup d'œil à Amita, qui ne répondit pas.

— Le village dans la grotte ? reprit l'homme en indiquant l'ouverture d'où les enfants étaient sortis.

Elija secoua la tête.

— Comprends-tu la langue de la Cité, mon garçon ?

— Oui, répondit Elija d'une petite voix.

— D'où viens-tu ?

Il se demanda ce que cela signifiait. D'où venait-il, à l'origine ? Il se remémora sa première rencontre avec Rubin.

— Je m'appelle Elija, et je viens du Hall de Lumière bleue, répondit-il.

Les hommes échangèrent un regard et sourirent.

— Et où se trouve-t-il, ce Hall de Lumière bleue ? s'enquit l'homme noir.

Il avait un drôle d'accent. Il parlait bizarrement, comme s'il n'avait pas l'habitude d'utiliser ces mots-là.

Devant le mutisme du garçon, l'inconnu s'accroupit.

— Je m'appelle Gil, dit-il. Voici Mason. Nous ne te voulons aucun mal, Elija.

— Tu perds ton temps, intervint l'autre en observant les alentours, comme s'il avait hâte de partir.

— Le Hall de Lumière bleue… Est-il là-dedans ? demanda Gil en désignant la grotte.

Elija acquiesça.

— Est-ce là que tu vis ?

Elija regarda à nouveau Amita. Il avait envie de faire confiance à ces hommes, mais il avait également eu cette réaction avec les écumeurs. Amita resta silencieuse. Pour une fois, elle ne lui donna aucune consigne. Il hocha la tête avec hésitation, sans savoir quelle réponse on attendait de lui.

Gil jeta un coup d'œil à son ami puis demanda :

— Sais-tu retrouver ton chemin dans les égouts ?

Soudain, Elija fut distrait par une odeur de viande rôtie, un fumet gras et appétissant charrié par la brise marine.

Ses narines frémirent et son estomac se contracta. Ces hommes lui donneraient-ils à manger en échange de la bonne réponse ?

— On les appelle les Halls, déclara-t-il en essayant de gagner du temps pour réfléchir.

Gil hocha la tête.

— Sais-tu retrouver ton chemin dans les Halls, Elija ?

Il semblait attendre la réponse avec impatience. À présent, son partenaire, Mason, l'observait lui aussi avec intérêt.

— Oui, répliqua-t-il.

Ce devait être la réponse escomptée, car Gil sourit avant de poursuivre son interrogatoire :

— Et sais-tu comment arriver au palais ?

— Oui, affirma Elija d'un ton plus assuré, même s'il ignorait totalement ce qu'était un palais.

— Avez-vous faim, tous les deux ?

Gil tendit la main. Au bout d'un moment, Elija la saisit et se mit lentement debout. Il regarda autour de lui. Sa vision accommodée, il distingua une plage de sable par-delà les rochers, où deux bateaux avaient accosté. Il aperçut d'autres hommes à la peau noire, ainsi qu'un feu de camp d'où provenaient les odeurs savoureuses. Gil cria à l'intention des hommes ; l'un d'eux lui adressa un signe de la main en retour. Elija ne comprit pas le sens de ses étranges paroles.

Se tournant vers Mason, Gil déclara, dans la langue de la Cité :

— C'est peut-être exactement ce qu'il nous faut. Les enfants savent s'y retrouver dans les égouts bien mieux que les adultes.

Mason acquiesça.

— Saroyan aurait dû y penser. Après tout, c'était son idée de rechercher des arpenteurs des Halls.

Gil fronça les sourcils.

— Ne mentionne pas son nom, même ici, le prévint-il. Nous pouvons davantage leur faire confiance qu'à ces ordures, ajouta-t-il avec un signe de tête vers l'entrée de la grotte.

Il contempla Amita qui, toujours assise sur les rochers, les observait d'un air suspicieux.

— Es-tu la sœur d'Elija ?

— Oui, répondit-elle aussitôt.

Il l'aida à se relever, puis leur demanda à tous les deux :

— Ça vous dirait d'embarquer sur un grand navire ?

Les enfants furent d'abord nourris par les hommes accueillants sur la plage, puis on les fit monter sur une barque pour rejoindre le bateau qui, enfin, les emporta au loin. Elija ne se rendit compte que bien plus tard que le vaisseau n'appartenait pas à la Cité, mais à l'ennemi.

Deuxième partie

La plaine de sang

Chapitre 8

Indaro esquiva un coup d'épée puis, avec un grognement, abattit la lame qu'elle tenait à deux mains sur le cou d'un de ses adversaires. Les os craquèrent comme du vieux bois. Elle retira son arme juste à temps pour parer un coup de taille sur sa droite. Une lance rebondit sur le bord de son bouclier, manquant d'un cheveu son visage. La force du coup la déséquilibra. Elle fit volte-face et plongea son épée à droite, éventrant son ennemi qui s'effondra dans un hurlement. Elle leva son écu pour bloquer une attaque meurtrière sur sa gauche, puis abattit son arme de haut en bas et fracassa le crâne d'un guerrier qui n'avait pas de casque.

À ses côtés, Doon bondit sur le dos d'un cadavre et, d'un geste rapide, égorgea deux assaillants. Elle s'interrompit un instant et adressa un sourire à Indaro avant de redescendre.

Indaro s'écarta du soldat à l'agonie qui se contorsionnait à ses pieds et lui transperça le cœur de son épée.

Elle prit le temps de regarder autour d'elle pour prendre le pouls de la bataille. Toute la matinée, les guerriers de la Cité avaient progressé régulièrement, repoussant pas à pas l'assaut ennemi. Le soleil s'infiltrait sous son armure rouge sang, lui réchauffant la nuque. Ils se battaient depuis l'aube, et il était bientôt midi. Malgré tout, ils ne faiblissaient pas. Elle vit deux camarades passer en courant à côté d'elle. Se dirigeant droit sur l'ennemi, ils plongèrent dans la mêlée en hurlant.

Un peu plus loin, un soldat adverse se libéra d'une secousse et chargea vers eux. Doon fit retentir son cri de bataille – un chant aigu qui donnait la chair de poule aux ennemis – et s'élança vers l'homme. Elle baissa la tête pour esquiver un grand coup et transperça le genou de son opposant. Trois autres guerriers ennemis se ruèrent sur eux. Indaro sauta par-dessus un homme à terre et accourut à son tour. Elle bloqua la fente du premier, qu'elle décapita presque d'un revers. Le deuxième soldat enfonça sa lame dans le flanc d'Indaro tandis que le troisième tentait de lui assener un coup au visage. Une épée levée interrompit sa trajectoire : Doon renversa le soldat.

Elle se tourna vers Indaro, inquiète.

— Ta blessure est grave ?

Indaro haussa les épaules.

— Ce n'est qu'une coupure.

Elle ignorait totalement quel pouvait être le degré de gravité de la plaie. La zone était engourdie, mais elle sentait le sang couler sur sa hanche, sous son kilt de cuir. Ou peut-être était-ce de la sueur.

Elle jeta un regard à la ronde, marcha sur un cadavre et, avec une grimace, se baissa pour ramasser un bouclier peau-bleue abandonné. Elle le soupesa et jeta l'autre, vieux et fendu. Elle enfila son nouvel écu sur son bras gauche afin de protéger son flanc meurtri. Elle se demanda à combien de boucliers elle en était. *Peut-être bien six,* songea-t-elle, *voire sept.* Ceux des Bleus étaient les meilleurs.

À sa droite, un guerrier en armure rouge s'avança d'un pas chancelant, étourdi par un coup d'épée. Indaro se tourna pour lui venir en aide, mais un épéiste ennemi trancha le cou du soldat. Du sang gicla et le Peau-bleue fit face à Indaro, le regard mauvais. Du sang brillait dans sa barbe blonde.

Indaro attaqua. L'ennemi para le coup, et la jeune femme évita de justesse une redoutable riposte qui entailla son surcot de cuir. *En voilà un qui s'y connaît*, songea-t-elle en rassemblant ses forces. Le Bleu l'attaqua de nouveau à une vitesse terrifiante ; elle se retrouva à lutter pour sa vie. Elle para et bloqua les coups avec l'énergie du désespoir, contrainte de reculer pas à pas. L'homme combattait avec des gestes fluides. En regardant son visage calme, elle comprit qu'il jouait avec elle : il pouvait la tuer dans l'instant.

En reculant, son pied heurta un corps dans la poussière. Elle perdit l'équilibre ; le Bleu la visa au cœur. Elle s'écarta maladroitement et tomba sur un genou avant de lever son bouclier. L'homme se dressait au-dessus d'elle. Elle vit dans son regard qu'il la jaugeait.

Une trompette retentit alors, ordonnant à l'ennemi de battre en retraite. L'épéiste s'arrêta, puis recula. Ses camarades et lui se retirèrent de manière disciplinée, en protégeant leurs blessés. À terre, Indaro le regarda partir, son écu toujours levé. Elle se releva péniblement, soudain vidée de toute force, et resta debout en silence, dans l'attente des consignes. Quelques instants plus tard, l'ordre arriva, se répercutant le long des rangs éparpillés :

— Retour au terrassement !

Du regard, elle chercha Doon, sa servante et amie, et la vit aidant un Chat Sauvage blessé. Puis, en jetant de fréquents coups d'œil vers l'armée peau-bleue qui se retirait, elle retourna lentement au terrassement qu'ils avaient quitté à l'aube ce matin-là. Elle regarda à droite et à gauche. De toute part, elle ne vit que de la poussière grise, des cadavres et du sang. Rien n'émergeait. Pas une plante, pas un arbre, pas une colline, pas un monument. Elle avait dû se battre sur ces parcelles de quelques centaines de mètres carrés une dizaine de fois. Rien ne distinguait ce terrain des autres champs de bataille. Chaque fois, elle ressentait le besoin d'apposer une marque, de montrer qu'à cet endroit des femmes et des hommes courageux étaient tombés, offrant leur vie à la Cité. Elle comprenait pourquoi les anciens érigeaient des cairns pour marquer les lieux de bataille. Elle afficha un sourire triste. La bataille durait depuis six mois ; si l'on marquait l'engagement quotidien de chacun, cette plaine grise et poussiéreuse serait jonchée de cairns. Elle se souvint d'avoir lutté ici même au cœur de l'hiver, les membres enveloppés de lainages, les deux armées cherchant coûte que coûte à éviter les engelures. À présent, l'été était arrivé et la sueur ruisselait le long de son corps. Bientôt, il ferait si chaud que les soldats mourraient de soif et d'arrêt du cœur par milliers.

— Indaro !

Elle regarda autour d'elle et se rendit compte qu'elle s'était éloignée de sa compagnie. Un officier accourut vers elle.

— Tu es blessée ? s'enquit-il.

Sa blessure au flanc lui revint en mémoire. Elle se débarrassa d'une partie de son armure. Elle souleva son surcot. L'officier plissa ses yeux myopes pour observer la chair meurtrie.

— Tu as de la chance, conclut-il. Fais-toi recoudre.

Il lui indiqua l'infirmerie. Cependant, dès qu'il eut le dos tourné, elle s'assit dans la poussière. Sa blessure saignait, mais peu, et elle n'avait aucune envie de rejoindre les blessés graves, dont les cris et les grognements résonnaient dans la plaine tandis que les chirurgiens accomplissaient leur sinistre besogne.

Elle resta assise là un long moment, puis Doon s'accroupit à ses côtés, lui tendant une cruche d'eau.

— Tu vas bien ?

— Je me ferai recoudre quand il y aura moins de monde. (Indaro avala la moitié du pichet puis s'allongea sur le dos en soupirant.) Je suis épuisée, expliqua-t-elle.

Elle sentit Doon lui retirer l'épée qu'elle tenait encore. L'arme lui collait à la peau, gluante de sang. Elle entendit la lame glisser dans son fourreau. Doon lui ôta son armure. La poitrine ainsi libérée, la jeune femme inspira de grandes bouffées d'air, malgré l'odeur fétide du sang. Doon lui souleva doucement la tête pour placer dessous quelque chose de mou.

Puis Indaro sombra dans le sommeil. Les cris des blessés, au loin, se muèrent en cris d'oiseaux de mer lorsqu'elle rêva de chez elle.

Sa maison de pierres grises était perchée sur des falaises à pic. Les mouettes tournoyaient en criant dans les rayons du soleil.

— Ne va pas près des falaises, lui disait-on toujours. Ne t'approche pas du bord.

Mais, à seulement trois ans, elle ignorait ce qu'étaient les falaises. Elle trotta vers le bord et observa les grands oiseaux blancs qui montaient comme des flèches dans la lumière bleue. Pour les imiter, elle battit des bras et fit des bonds dans l'herbe. Lorsqu'elle regarda en contrebas, elle ne comprit pas ce qu'elle vit. Il n'y avait plus de terre, plus rien devant ses orteils que des paillettes blanches au loin.

— Daro, arrête-toi ! Ne bouge plus, mon bébé !

En entendant la voix de son père, elle se retourna si vivement qu'elle faillit tomber. Puis des bras puissants l'attrapèrent avec tant de rudesse qu'elle en eut mal. Des larmes brûlantes coulèrent sur ses joues.

Indaro remua dans son sommeil et essaya de rouler sur le côté. La douleur à son flanc la réveilla ; elle se remit sur le dos et observa le ciel qui s'assombrissait.

Après cet épisode, la petite fille fut confinée à la maison grise, aux jardins garnis de fleurs d'ornement bien entretenus et aux sentiers proprets. Quand, des années plus tard, elle s'avança à nouveau jusqu'au bord de la falaise et contempla les vagues en contrebas, les cris des mouettes apaisèrent son cœur en peine. Sa mère était morte au cours de la nuit. Son père, assis à son bureau, fixait sur le mur ses yeux vides. Indaro eut seize ans ce jour-là, et une nouvelle vie commençait pour elle.

La maison grise, qui dominait la Cité depuis les hauteurs, faisait face au soleil couchant. Durant toute sa jeune vie, Indaro n'entendit presque jamais parler de ce lieu et, lorsque ce fut le cas, elle ignorait totalement qu'elle en faisait partie, qu'elle lui appartenait.

Le jour de ses seize ans, deux soldats vinrent chez elle et l'emmenèrent. Ils passèrent devant les gardes silencieux, sous le regard des domestiques, pendant que sa mère reposait toujours sur son lit de mort, et que son père, accablé de chagrin, ne pouvait quitter son siège. Indaro fut conduite à un camp d'entraînement dans le Sud, où elle resta vingt jours. On lui enseigna comment tuer les Peaux-bleues. On lui fit enfiler l'uniforme d'un soldat mort et on lui donna une vieille épée avant de l'envoyer dans la plaine désolée d'Araz pour livrer sa première bataille. Plus tard, on appellerait cet événement la Retraite d'Araz – un triste épisode de l'histoire de la Cité, et une honte pour tous ceux qui y survécurent.

À l'âge de dix ans, alors que tous ses désirs étaient exaucés, Indaro avait été présentée à un maître d'armes, un homme âgé au visage couturé qui lui enseigna l'art subtil du maniement de l'épée. Elle possédait une grâce et un équilibre naturels, lui avait confié le vieil homme courtois. Sa mère avait souri et son père avait eu du mal à cacher sa fierté devant les progrès rapides de sa fille, qui ne tarda pas à devenir une championne de la discipline.

Ces talents ne lui furent pas d'une grande utilité sur la plaine d'Araz où, écrasées par l'une des plus grandes armées que le monde eût jamais connues, les forces de la Cité furent anéanties en deux jours dans un épouvantable carnage. Chaque seconde fut consacrée à abattre désespérément une arme sur les chairs, le métal et les os, jusqu'à ce que tout mouvement cesse. Ce fut une bataille sans survivants – du moins, ceux qui y survécurent ne l'avouèrent pas. De cet épisode, Indaro ne gardait que des images brillantes, gorgées de sang. Parmi elles, elle se revoyait hissée le long du Mur de la Victoire, côté extérieur, dans un frêle panier de saule. Rien de ce qu'elle avait vécu au cours de ces deux jours de bataille n'égala la terreur qui l'assaillit dans cet ultime moment : la peur que l'espoir – un espoir inattendu après une telle désillusion – serait anéanti à la dernière seconde par un projectile ennemi. Elle fut l'une des dernières à être hissée sur les hauteurs du grand mur pour être mise à l'abri. Les autres paniers de saule furent détruits par les ennemis. Les derniers survivants qui – pétris d'espoir et contre toute attente – parvinrent à atteindre le pied du rempart furent massacrés, impuissants et pris au piège, leur salut presque à portée de main.

— Il est temps de faire recoudre cette blessure, fit la voix de Doon.

Indaro tourna la tête avec lassitude et acquiesça. Après une bataille, il y avait toujours un moment où ceux qui devaient mourir succombaient, et où ceux qui survivraient peut-être étaient soignés, notamment par des prières. Puis les chirurgiens pouvaient enfin reporter leur attention sur les blessés « légers ». Indaro se leva et se dirigea lentement vers les tentes des chirurgiens.

Six mois après la Retraite d'Araz, le déshonneur de la Cité fut en partie lavé quand, par une nuit d'hiver, grâce à une avancée audacieuse, Shuskara le général légendaire reprit les terres qui avaient été perdues, et anéantit une armée entière de Peaux-bleues avec seulement deux mille soldats triés sur le volet. La Deuxième Bataille d'Araz permit d'établir à l'est de la Cité, près de la rivière Kercheval, une défense qui existait encore à ce jour.

La chirurgienne, une femme aux cheveux gris et au regard vide, recousit la blessure au flanc d'Indaro et la banda délicatement. Puis Doon et elle allèrent chercher à manger.

Sous la tente bondée du mess, elles se servirent une assiette de poisson aux lentilles et du pain de maïs, puis se dirigèrent vers une table libre. Autour d'elles, des hommes et des femmes étaient assis, avachis, trop fatigués pour parler. Nombre d'entre eux étaient même trop épuisés pour manger. Indaro eut l'impression que ses os s'enfonçaient dans le siège en bois. Elle contempla son assiette sans enthousiasme.

Une main robuste s'abattit durement sur son épaule. Alors qu'elle jurait à cause de l'élancement douloureux provoqué dans son flanc, un homme blond et svelte s'assit à ses côtés, lançant une assiette pleine devant lui. Il était accompagné de trois autres membres de leur compagnie, les Chats Sauvages, qui riaient et discutaient comme s'ils étaient à un mariage.

— Alors, toujours vivante, Indaro ? demanda Broglanh, la bouche pleine de pain. L'épéiste peau-bleue a failli t'avoir. (Il déglutit.) Il t'aurait eue, s'il l'avait voulu.

— Tu les regardais ? s'enquit Doon rageusement.

— J'étais occupé, se défendit Broglanh. Je n'étais pas en train de me tourner les pouces. Ce gars-là avait un truc spécial. Je n'aimerais pas en rencontrer trop, des comme lui.

Indaro se dit qu'il avait raison. Ils s'étaient habitués à venir rapidement à bout des soldats ennemis. Tous se moquaient de la fragilité des Bleus, et de la facilité avec laquelle ils mouraient.

— À l'épée, Indaro peut se mesurer à n'importe qui, rétorqua Doon avec loyauté.

— Tu n'as pas vu ce gars à l'œuvre, répliqua le blond Garret.

Doon lui jeta aussi un regard noir.

— Tu vas bien, la Rouquine ?

Broglanh tourna la tête et dévisagea Indaro avec attention.

Elle acquiesça sèchement. Elle détestait ce surnom ; il était le seul à qui elle permettait cette impolitesse. Broglanh était certes ennuyeux, mais il avait le don de redonner de l'énergie partout où il passait. Malgré tout, ce jour-là, elle vit de gros hématomes sous ses yeux clairs et sentit sur lui l'odeur de la défaite. Elle rompit un morceau de pain de maïs et le mâcha. Le poisson sentait mauvais, lui aussi.

— Vous avez vu le vieux Nu-Pied ? lança Broglanh à la cantonade. Il en a abattu deux en même temps avec sa redoutable épée. Le cou tranché, tous les deux.

Il fit un geste en travers de sa gorge et éclata d'un rire sec dénué d'humour.

— J'ai vu, répondit Indaro.

L'épée longue de Nu-Pied faisait quinze centimètres de plus que la longueur réglementaire et, chaque nuit, il l'aiguisait parfaitement. Dans la compagnie, la légende disait que l'arme tuait plus d'amis que d'ennemis.

— Il s'en est sorti ? s'enquit Doon.

Broglanh renifla.

— Évidemment. Ça leur ferait trop plaisir. Je parie que sa tête est mise à prix.

— C'est un danger public.

Indaro avait vu le vétéran tomber au sein d'une mêlée avant d'en sortir à grands coups d'épée. Les soldats de la Cité comme les ennemis baissaient la tête pour l'éviter.

— Il doit être blessé, reprit-elle.

Broglanh haussa les épaules. Tournant en dérision leurs propres blessures, ils faisaient peu de cas de celles des autres. Peu importaient la noirceur de la journée, le degré d'horreur du massacre, on ne parlait pas des morts, seulement de ceux qui avaient survécu. Indaro avait assisté au trépas de deux guerriers avec qui elle avait combattu toute la saison, et six ou plus avaient été grièvement blessés. Mais on ne les évoqua pas ; on ne mentionna que le vieux Nu-Pied qui s'était redressé pour combattre un jour de plus.

— Il paraît que de nouvelles recrues vont arriver dans deux ou trois jours, leur annonça Garret, qui se tenait informé.

Des grognements résonnèrent autour de la table. Tous couraient un grand danger quand des jeunes, tout frais sortis des camps d'entraînement, étaient envoyés en première ligne. Soit ils étaient si terrifiés qu'ils en restaient paralysés, complètement inutiles, soit ils étaient animés d'un zèle intempestif, à tel point que leur bêtise mettait tous les autres en danger.

— Nous avons tous été de nouvelles recrues un jour, commenta Garret pieusement.

Broglanh ricana.

— Pas moi, marmonna-t-il en regardant son assiette. Je suis né vétéran.

Certains autour de la table hochèrent la tête. Indaro baissa les yeux sur son assiette. Pour les autres, il était difficile de se souvenir d'une époque où ils ne combattaient pas. Mais, après la Retraite d'Araz, Indaro avait échappé à la guerre pendant cinq ans. Réformée, elle fut renvoyée chez elle puis, grâce à l'influence de son père, obtint un poste administratif. Pendant un an, elle envoya les autres soldats en première ligne. Après quoi, elle disparut et passa trois ans dans la clandestinité des égouts. Elle était considérée comme déserteur, même si, à l'époque et encore à ce jour, elle ne laissait jamais ce mot pénétrer son esprit. Elle croyait fournir un travail de valeur, et mourir dans le carnage d'une bataille lui paraissait gâcher son talent – et être un gâchis pour la Cité.

Puis, dans le Hall des Veilleurs, elle avait rencontré Bartellus, le vieil homme. Elle avait décelé dans son regard un mélange de mépris et, pire, de pitié. Quelques semaines plus tard, elle avait émergé des tunnels pour réintégrer l'Armée maritime qui, à l'époque, combattait non loin de chez elle pour défendre la côte de l'Éperon. C'était huit ans plus tôt…

— Le poisson pue, déclara Doon en plissant le nez.

Sur son assiette, elle cracha un morceau de chair grise déjà mâché et opta pour le pain de maïs.

— Moi, je le trouve bon, répliqua Broglanh, la bouche pleine.

— Toi, tu mangerais tout et n'importe quoi, fit remarquer Doon.

Broglanh haussa les épaules.

— Mange tant que tu le peux. (Il déglutit.) Un jour, on m'a dit qu'une armée marchait avec son estomac.

— Louons les dieux ne pas avoir de marche à faire !

Tous mangèrent en silence. Même Broglanh n'avait pas la tête à bavarder. Penchée sur son assiette, Indaro songeait au trajet qu'ils allaient faire à pied pour rallier le camp. Avec ses jambes lourdes comme du plomb, il lui semblait interminable d'avance. Se tenir droite sur son siège pompait déjà toute son énergie.

Soudain, elle se rendit compte d'un changement dans l'atmosphère : une certaine tension régnait dans l'air. Elle releva la tête et vit un grand guerrier aux cheveux noirs avancer entre les tables, une assiette à la main. Le silence s'était fait sous la tente. L'homme se dirigeait vers elle. Elle souhaita qu'il poursuive sa route, mais il s'arrêta et posa son assiette sur la table. Il les observa tous. Personne ne le regarda dans les yeux, pas même Broglanh. L'homme aux cheveux noirs s'assit et rompit un morceau de pain de maïs. La conversation reprit aux tables voisines, mais les soldats avaient baissé le ton. Indaro sentit que l'attention était dirigée vers leur tablée.

Fell Aron Lee, le commandant de leur compagnie, était une légende. Militaire depuis vingt-cinq ans, il était vénéré par ses troupes. D'habitude, Indaro le savait d'expérience, la notoriété d'un soldat retombait aussi vite qu'il avait été promu. Les chefs de section avaient la réputation de n'être que d'ambitieux idiots. Les généraux, à de rares exceptions près, étaient haïs. On les trouvait cruels, lâches et bêtes. Parmi les grades subalternes, nombreux et complexes, les commandants de compagnie étaient tenus pour des simplets ou des couards – voire les deux. Cependant, Fell Aron Lee était pour eux un héros, tout simplement. Il était devenu célèbre cinq ans auparavant, pendant la Deuxième Guerre de l'Éperon, après avoir organisé une ingénieuse expédition qui leur avait permis de reprendre les plages de ce bastion capital, durant laquelle à peine trois hommes avaient péri – dont l'un en tombant d'une falaise après avoir été surpris par une chèvre. Tout le monde s'accordait à penser que seule la jalousie d'officiers supérieurs avait empêché Fell Aron Lee d'accéder au grade de général, mais la rumeur disait aussi qu'il était le bâtard de leur héros perdu Shuskara. Il y avait toujours des rumeurs.

Indaro ne lui avait parlé qu'une seule fois quand, rongée par le doute, elle avait réintégré l'armée. Ce jour-là, elle croyait encore son absence de trois ans passible de la peine de mort. Elle avait été conduite sous la tente d'un homme d'âge moyen, aux cheveux noirs, vêtu de l'uniforme habituel. Assis derrière un bureau, il feuilletait des documents. La première chose qu'elle avait remarquée chez lui était la profonde cicatrice sur son front, à droite, de la taille d'un gros pouce. Elle était pâle, étirée, et semblait battre. L'homme avait levé les yeux vers la jeune femme. Ils étaient d'un bleu étonnant.

— Indaro Kerr Guillaume, avait déclaré le garde qui l'escortait, butant à l'énoncé de son nom de famille.

— Je connaissais ton père, lui avait dit l'officier, toujours impassible.

La tension qui avait enserré la poitrine de la jeune femme s'était un peu allégée, jusqu'à ce qu'il ajoute :

— Je ne les ai jamais crus quand ils ont dit qu'il avait élevé une famille de déserteurs.

Indaro avait répondu, la gorge raide et sèche :

— Il ignorait tout de mon... absence. Il m'a reniée, monsieur.

Elle mentait et l'homme le savait. Pourtant, il avait hoché la tête.

— Mon rôle consiste à remporter des batailles, avait-il répliqué après un silence. J'ai besoin de toutes les ressources que je peux trouver. Tu excelles au maniement de l'épée, à ce qu'on dit. Je ne peux me permettre de voir tes talents gâchés.

Il avait adressé un signe au garde avant de replonger dans son travail.

Toujours attablée au mess, Indaro lui jetait des regards à la dérobée. Au bout d'un moment, elle comprit qu'il lui serait impossible de la reconnaître parmi les centaines de soldats qu'il avait sous ses ordres. Et si c'était le cas, quelle importance ? Elle se renversa sur son siège et rejeta ses cheveux roux foncé en arrière pour dégager son visage. À ce moment-là, il leva les yeux, prêt à enfourner un morceau de pain. Il contempla la jeune femme et hocha légèrement la tête avant de se tourner vers sa servante.

— Un problème avec le poisson, Doon ?

— Il n'est pas frais, monsieur.

— Fais voir.

Il tendit sa main vers elle. Doon la regarda comme une idiote, puis se hâta de lui donner son assiette. Il la renifla et jura.

— Garvy.

Il avait à peine haussé le ton, mais quelques secondes plus tard son auxiliaire surgissait de nulle part.

— Tiens. (Le chef lui passa l'assiette.) Apporte ça au responsable de la cantine du jour. Est-ce Bazala ? (L'auxiliaire ne réagit pas. Manifestement, il n'en avait aucune idée.) Peu importe. Je veux qu'il soit conduit à ma tente le temps que j'y retourne. Enchaîné.

L'auxiliaire acquiesça et tourna les talons, l'assiette de poisson dans les mains.

Fell Aron Lee jeta un regard circulaire à la tablée.

— Vous savez qui je suis, dit-il. (Ce n'était pas une question.) Je suis à la recherche de volontaires.

Indaro avait passé toute sa vie d'adulte à se sortir de situations inextricables pour y replonger aussitôt. Elle avait fui le service actif pour ne pas affronter l'horreur de la mort et des mutilations quotidiennes. Elle avait abandonné son poste administratif parce que la paperasse inutile, qui ne servait qu'à empêtrer les armées impuissantes dans un filet d'inepties, la déprimait. Enfin, c'était par dégoût d'elle-même qu'elle avait fini par se détourner d'Archange, à contrecœur, pour reprendre les armes. Et voici qu'elle s'apprêtait à relever un nouveau défi, sans savoir lequel. Un nouveau test.

Tous s'étaient portés volontaires pour la mission, même s'ils en ignoraient tout. Fell Aron Lee voulait deux soldats. Il avait choisi Indaro et Broglanh. Doon ne devait pas les accompagner. Quand Indaro avait quitté la table aux côtés du commandant, elle s'était retournée et avait souri à sa servante, mais Doon l'avait seulement regardée fixement – partagée, peut-être, entre jalousie et inquiétude.

Les deux soldats suivirent leur commandant, marchant dans la nuit tombante. Ils dépassèrent les feux de camp rougeoyants et les rangées de soldats endormis, masses sombres sur la terre éclairée par une lune monochrome. À cette heure tardive, le camp était plongé dans le silence. Pas de beuverie, pas d'éclats de rire, rien que les ronflements étouffés et le gémissement lointain des machines. Tandis qu'elle marchait dans l'obscurité derrière son commandant, Indaro n'eut plus cette sensation de lourdeur dans les jambes. Sa blessure au flanc ne la gênait plus. La perspective de ce nouveau défi faisait affluer son sang dans ses veines. Même une mission suicide lui paraissait préférable à la vision d'une journée de carnage supplémentaire.

— Tu ne dis rien, marmonna Broglanh.

— Ah bon ? répliqua-t-elle, énervée. Je ne dis jamais rien, tu sais. C'est toi qui passes ton temps à jacasser.

— À ton avis, ce sera quoi ?

— Nous le saurons bien assez tôt, répondit-elle, comme si cela ne lui faisait ni chaud ni froid.

Mais, dans son for intérieur, elle s'imagina infiltrer les lignes adverses, vêtue de l'uniforme des Bleus, assassiner en secret un commandant ennemi, puis être félicitée par l'empereur avant de connaître la rédemption.

— Ils veulent des espions, risqua-t-il.

— Ils en ont déjà. Et qui voudrait de toi comme espion ? demanda-t-elle avec un sourire. Tu ne peux pas t'empêcher de l'ouvrir.

Broglanh sourit à son tour.

Une fois devant la tente du commandant, on leur ordonna d'attendre à l'extérieur. Quelques instants plus tard, l'un des cuisiniers en sortit. Ce n'était pas Bazala, et il n'était pas enchaîné, mais il avait le teint aussi blanc que son tablier aurait dû l'être. Il s'éloigna d'un pas chancelant dans le noir, flanqué de deux gardes.

Sous la tente, Indaro examina les lieux, curieuse. Un lit étroit. Un coffre en chêne. Un frêle bureau avec trois chaises droites. Des boîtes pleines de documents. Seul élément notable : une armure d'apparat sur son support, dont le cuir rouge et brillant était orné d'or et d'argent. Indaro se vit revêtue de l'armure avant de l'imaginer sur Fell Aron Lee. Soudain, elle trouva qu'il faisait chaud malgré l'heure très tardive.

— Asseyez-vous, leur enjoignit leur commandant en désignant des sièges. (Ce fut à peine s'il leur jeta un regard.) Tu es blessée, Indaro.

Comment diable le savait-il ?

— Ce n'est qu'une égratignure, monsieur.

— Montre-moi ça.

Après une courte hésitation, elle souleva son surcot. Il se leva et, d'un pas vif, alla observer son flanc avant de hocher la tête, l'air satisfait.

— Vous partez immédiatement rejoindre les Mille, déclara-t-il.

Indaro garda un visage impassible, mais, au fond d'elle, elle exultait. Les Mille – la garde personnelle de l'empereur. Seuls des vétérans triés sur le volet pouvaient intégrer ce corps, en général après avoir accompli quelque éblouissant acte de bravoure.

— Il ne s'agit pas d'une promotion, poursuivit Fell en les regardant en face. La garde a essuyé des… pertes, récemment. Vous rejoindrez des troupes en provenance d'autres compagnies afin de les soutenir dans leur mission.

Indaro s'en moquait. C'était là l'occasion de se faire remarquer, d'œuvrer pour que son nom ne soit plus synonyme de désertion. Elle sentait Broglanh jubiler à ses côtés et se demanda ce qu'il lui en coûtait de se retenir de lâcher une ânerie.

— L'empereur se trouve en ce moment à la Quatrième Porte de l'Est, les informa le commandant. Il se mettra en route au lever du jour pour les Goulets, au nord-est. La Troisième Impériale y lutte actuellement contre une armée odrysienne deux fois plus grosse qu'elle. Des renforts seront envoyés cet hiver – la cavalerie et des soldats d'infanterie de la Maritime. C'est, paraît-il, pour remonter le moral des troupes que l'empereur entreprend ce voyage.

Il se tourna vers son bureau et déroula une carte fatiguée. Indaro s'avança, impatiente. Depuis sa formation, c'était la première fois qu'on prenait la peine de lui donner des explications.

Elle observa la carte, les yeux plissés, dans l'obscurité de la tente. La Cité, en noir, occupait un gros pan de la partie gauche. Fell leur indiqua la Petite Mer tout en haut et les Goulets qui s'étendaient au-delà. Indaro distingua la ligne du mur de la Cité qui serpentait le long du document. Elle chercha l'Éperon, sa maison, mais l'endroit n'y figurait pas. Trop à l'ouest.

— Et nous, où sommes-nous ? s'enquit-elle.

Le commandant la contempla, le visage neutre, puis désigna un grand espace au milieu, marqué uniquement par un quadrillage.

— Des forêts ? demanda-t-elle en indiquant des taches noires, à droite.

— Non, répliqua Fell. Les ennemis, soldat. (Il fit courir son doigt le long du parchemin.) Les Odrysiens et les Fkeni ici, quelques Petrassi, deux armées de…

— Tous des Bleus pour nous, simples troufions, monsieur, intervint Broglanh.

Il sourit à Fell ; son commandant le considéra d'un air songeur. Le courant passait entre eux, se dit Indaro. *Les hommes et leur fichue camaraderie !* Puis Fell leur indiqua le minuscule dessin d'une tour sur le mur de la Cité.

— Voici la Quatrième Porte de l'Est, déclara-t-il promptement. Il vous faudra chevaucher à bride abattue pour l'atteindre avant l'aube. (Il ôta une main de la carte, qui s'enroula dans un claquement sec.) Il n'est pas dans les habitudes de l'Immortel de faire un tel voyage. La situation doit être désespérée. Une fois que vous serez à la porte, vous rejoindrez aussitôt la protection rapprochée. Mon auxiliaire a vos papiers ; il vous accompagnera. (Puis il se rassit à son bureau.) Bonne chance, ajouta-t-il.

Même si Indaro ne le connaissait pas, il lui sembla percevoir dans sa voix une certaine satisfaction.

Alors qu'ils avaient clairement été invités à quitter les lieux, Broglanh crut bon de s'attarder.

— Mais… pourquoi nous, monsieur ? Je sais que nous nous sommes portés volontaires, mais vous vous êtes installé à notre table, pas à une autre.

Indaro lui aurait volontiers décoché un coup de pied. Elle continua d'avancer vers l'ouverture de la tente, souhaitant que Broglanh la suive.

Fell répondit froidement :

— Parce que c'est votre commandant qui vous l'ordonne, Broglanh.

— Entendu, monsieur. Je comprends bien pourquoi Indaro a été choisie, insista Broglanh. (Indaro remarqua une note inhabituelle de calcul dans son ton.) C'est une excellente combattante à l'épée et c'est ce qu'on recherche dans la garde rapprochée, mais, moi, je…

— Devrais-je regretter ma décision, soldat ?

— Non, monsieur.

Broglanh tournait les talons pour emboîter le pas à Indaro quand le commandant reprit la parole :

— C'est pourtant évident.

Les deux recrues firent volte-face et le dévisagèrent.

— Quel est votre point commun, à tous les deux ? demanda-t-il.

Indaro ne sut que répondre. Devant leur mutisme, l'homme secoua la tête.

— Vous portez tous les deux des noms de Famille, expliqua-t-il. Cela augmente vos chances d'intégration au sein des Mille. C'est peut-être injuste, mais c'est ainsi. Est-ce là ce que tu voulais entendre, Evan Quin Broglanh ? Que tu as été choisi pour cette mission non pour ta bravoure ou ta vive intelligence, mais parce que tu es bien né ?

Broglanh ne dit rien, mais il sourit et hocha la tête.

— Bonne chance, répéta Fell Aron Lee avant de se retourner.

Chapitre 9

On leur donna des montures puis, Garvy en tête, ils prirent le départ dans la nuit silencieuse. La route était longue ; il fallait suivre le mur de la Cité, toujours visible sur leur gauche. Parfois, ils chevauchaient dans son ombre ; parfois ce n'était qu'un ruban noir se déroulant au loin. Ils traversèrent des camps militaires endormis et des rassemblements de gens perdus et désespérés, prêts à vivre en première ligne ou à mourir pour nettoyer les montagnes des débris que l'armée laissait dans son sillage.

La plupart du temps, ils voyagèrent sur des terres désertes, où le grand mur ressemblait aux ruines d'une vieille maison abandonnée sur de vertes prairies. À l'abri du rempart, des moutons et des chèvres broutaient l'herbe, et, de temps à autre, un canasson fatigué se retournait pour observer, peut-être un peu jaloux, les destriers passant au petit galop.

À un moment, Garvy leur fit franchir une porte dans le rempart. Indaro leva les yeux vers les imposants battants de bois qui s'ouvrirent pour eux. Elle n'était jamais venue dans cette zone et ne savait pas du tout où ils se trouvaient. Ils n'avaient croisé personne depuis une heure. Au-dessus de la porte, d'anciennes runes étaient profondément gravées dans la pierre. Garvy parla à des gardes dans une cour intérieure sonore, éclairée à la lumière vacillante des torches. Il leur présenta des papiers et répondit à leurs questions à voix basse. Les soldats qui protégeaient cet avant-poste isolé semblaient vigilants et compétents, mais, lorsqu'ils passèrent devant eux, Indaro vit qu'on les observait, comme avec envie.

Le trio suivit le long mur de pierre de l'intérieur jusqu'à atteindre la prochaine porte où, avec une nouvelle autorisation des gardes, ils retournèrent à l'extérieur. Indaro se tourna sur sa selle pour regarder en arrière, s'interrogeant sur leur manœuvre, mais il n'y avait rien à voir hormis l'innocente prairie et le rempart éclairé par la lune, qui serpentait vers l'horizon.

L'aube était presque là quand ils arrivèrent au campement de l'empereur. Le premier avertissement fut un cri dans la pénombre, puis une troupe de cavaliers en armure légère se dessina dans l'obscurité. Garvy dit à ses compagnons de s'arrêter. Tendus, ils attendirent, entourés par une horde de cavaliers silencieux, mais heureux d'entendre le craquement du cuir, le martèlement des sabots et les ébrouements des chevaux après tant de kilomètres parcourus en silence. Une fois de plus, on leur demanda leurs papiers et on les interrogea, puis la troupe entra dans le camp.

— Pas trop tôt, dit une voix rocailleuse d'un ton irrité. (Le guerrier à la barbe broussailleuse qui avait parlé portait la livrée noir et argent des Mille.) Je m'appelle Fortance, grogna-t-il à la cantonade. Nous sommes sur le départ. Montures fraîches. Et que ça saute !

Ils se remirent promptement en selle. Indaro vit Garvy donner leurs papiers à Fortance, puis faire demi-tour et repartir sans un mot. Les Chats Sauvages furent appelés à rejoindre la colonne et prirent place derrière un carrosse noir, sans aucun ornement. Des têtes casquées noir et argent se tournèrent pour les observer.

Quelques instants plus tard, un groupe de silhouettes sombres quitta hâtivement un bâtiment voisin pour rejoindre le haut véhicule. L'effervescence régnait : certains grimpèrent dans le carrosse impérial, d'autres en descendirent. *Des domestiques, peut-être,* songea Indaro. Puis une silhouette sortit et marqua un temps d'arrêt, regardant autour d'elle les cavaliers qui attendaient et les chevaux impatients. L'homme était grand, portait une cape, et ses cheveux blonds luisaient dans la lumière des torches. Lorsqu'il leva une main pâle, une bague ornée de pierreries renvoya un reflet brillant. Indaro ne distinguait pas grand-chose entre les panaches des casques qui remuaient devant elle, mais un frisson lui remonta le long de l'échine quand, sur la pointe des pieds, elle tendit le cou pour mieux le voir. L'empereur baissa la tête et disparut dans le carrosse. Puis la porte cuirassée se referma sur lui, et la troupe se mit en route.

Indaro se rendit compte que la garde rapprochée de l'Immortel était flanquée de très nombreux cavaliers de base – des centaines, peut-être. On l'avait souvent accusée d'arrogance, mais à cet instant elle ne put s'empêcher de se demander quelle différence feraient deux Chats Sauvages dans cet océan d'armes et d'armures. Elle jeta un coup d'œil à Broglanh, qui la regarda aussi. Il lui sourit, visiblement ravi. Elle savait ce qu'il ressentait. Ils avançaient, sans tâche clairement définie, mais, ne fût-ce que pour une journée, la boucherie du champ de bataille leur était épargnée.

Ils chevauchèrent au trot, en formation serrée, dans la lumière de l'aube. Ils se dirigeaient vers le nord-ouest. Indaro vit son ombre projetée par la lune danser sur le dos du cavalier en armure devant elle. Tout près, sur sa gauche, se trouvaient deux cavaliers encapuchonnés. Elle se sentait oppressée, comme si elle-même était escortée, se demandant jusqu'où ils devaient aller ainsi, et si les rangs allaient s'écarter au fil de leur progression. Tout cela semblait si irréel ! Elle chevauchait à quelques longueurs à peine derrière l'empereur, l'Immortel. Distraitement, elle se demanda s'il faisait face à la route, ou s'il y tournait le dos et regardait vers elle, à travers les parois pleines du carrosse. Le convoi était tiré par une équipe de douze cavaliers. Indaro les imagina lourdement armés. Malgré tout, elle aurait préféré donner un an de solde que de voyager dans un tel véhicule – la cible rêvée pour une action ennemie. *Si c'était moi qui commandais,* songea-t-elle, *l'empereur ferait le trajet à cheval, avec deux ou trois protecteurs, pas plus, pendant qu'un leurre serait envoyé en carrosse avec des centaines de gardes.*

Les rangs de la compagnie s'élargirent, et le cavalier qui se trouvait devant Indaro la distança d'une longueur. La jeune femme eut le sentiment de respirer plus facilement. Elle n'avait pas monté depuis plus de six mois. Elle eut plaisir à sentir la selle sous ses cuisses et les mouvements familiers, à entendre le bruit du cuir et la lourde respiration du cheval. Elle repensa aux cours d'équitation qu'elle avait pris enfant, et au poney gris qu'elle avait baptisé Grisou…

Les yeux rivés sur l'armure brillante devant elle, perdue dans ses souvenirs, elle vit l'un des chevaux juste derrière le carrosse se cabrer quand un bruit de tonnerre lui vrilla les oreilles. La monture plongea sur son flanc en hennissant, du sang jaillissant de son encolure, puis une autre explosion sur sa droite projeta chevaux et cavaliers dans les airs comme des poupées de chiffon.

La bête qui se trouvait devant elle faiblit, blessée peut-être. Indaro tira son épée au clair, perchée sur ses éperons pour repérer l'ennemi. Le carrosse de l'empereur s'éloignait rapidement de la menace, les chevaux d'attelage lancés au galop, les gardes de l'avant du véhicule venant compenser les pertes à l'arrière.

Puis une nouvelle déflagration, plus violente encore, frappa l'avant du convoi, tuant d'autres cavaliers et leurs montures. Des chevaux paniqués tentèrent de fuir le bruit et le haut carrosse ralentit, fit une embardée et s'arrêta. Puis, avec une infinie lenteur, il se renversa.

Pendant un instant, il n'y eut plus d'obstacle entre Indaro et le véhicule impérial. Elle talonna son cheval pour le rejoindre. Un monticule de terre se souleva alors juste devant elle et, comme par magie, un guerrier armé lui barra la route, cherchant à éventrer son cheval. Indaro tira sur ses rênes, se pencha et trancha le bras de son assaillant. Celui-ci vacilla, la bouche grande ouverte pour crier. Rendue sourde par les explosions successives, Indaro n'entendait rien.

D'autres soldats ennemis surgirent du sol, de cachettes diverses. Ayant les membres raidis pour être restés longtemps tapis dans leurs trous, ils menèrent un combat inégal face aux cavaliers armés, et Indaro n'eut aucun mal à abattre sa lame sur les têtes et les cous engourdis pour tenter de rejoindre l'empereur. Elle savait que Broglanh, à côté d'elle, avait été désarçonné. Elle l'aperçut en train de combattre d'un air grave, cerné par des soldats ennemis, l'un de ses bras pendant inutilement.

À travers les nuages de poussière, elle distingua une forme qui rampait avec difficulté par la portière brisée du carrosse. C'était un garçon imberbe, touché mais encore capable de bouger. Un adversaire plongea alors une épée dans la poitrine de son cheval, qui tomba. Elle se laissa glisser au sol, son arme toujours à la main, tua le soldat ennemi puis s'élança vers le carrosse. Elle aida le jeune blessé, calant son épaule sous son bras. Elle grimaça quand il s'appuya sur son flanc meurtri. Elle l'emmena à l'écart et l'allongea derrière le cadavre d'un cheval, qui fit office d'abri de fortune. Le garçon ne devait pas avoir plus de douze ou treize ans. Il avait de grands yeux noirs et portait une tenue de soie verte. Un morceau de bois était fiché dans sa poitrine. Elle fut surprise qu'il soit encore en vie.

Elle se retourna vers le carrosse et vit quelque chose bouger : quelqu'un luttait sous les débris du cadre. Elle avisa alors un soldat ennemi qui se précipitait, aussi rapide qu'un athlète. Indaro sortit son couteau de son étui et le lança, visant la tête. La lame se planta dans le cou de l'homme, qui chancela, mais il parvint à jeter le projectile qu'il tenait avant de s'effondrer. Celui-ci manqua le carrosse et roula sous les sabots de l'un des chevaux qui se débattaient. Indaro inspira une grande bouffée d'air et courut vers l'objet, mais elle avait à peine fait trois pas qu'une énorme explosion retentit, suivie d'un silence de mort. Le carrosse noir avait été pulvérisé sous ses yeux.

Projetée au sol par le souffle de la déflagration, Indaro roula sur elle-même, se protégeant le visage et les yeux. Puis elle se remit debout et courut vers la carcasse du véhicule impérial. Mais il ne restait plus rien – rien que deux troncs humains tordus et ensanglantés, noircis, brisés. La respiration bloquée, elle eut l'impression qu'on lui transperçait le cœur. L'empereur ! Son empereur. Mort.

Dans les volutes de fumée, elle aperçut Fortance, les yeux rivés sur les corps. Il était blessé à la tête. Les larmes ruisselaient sur ses joues, dessinant des sillons dans le sang. Puis il vit la jeune femme et cria quelque chose qu'elle n'entendit pas. Il indiqua l'est : leur mission accomplie, des soldats ennemis fuyaient vers le soleil levant. Fortance croisa ses poignets l'un sur l'autre devant lui en adressant un signe de tête impérieux à Indaro. Elle comprit le message : « Capturez-les. »

Dans la poussière, parmi les cadavres et les mourants, elle avisa une monture indemne – une jument grise qui errait, ses rênes traînant par terre. Indaro courut vers l'animal, saisit les lanières de cuir et prit le temps de caresser le chanfrein de la bête, la regardant dans les yeux avant de l'enfourcher. Elle lui talonna les flancs et le cheval, bien entraîné, se lança à la poursuite de l'ennemi en fuite.

Sur une petite colline, un groupe de guerriers ennemis luttait, encerclé par des soldats de la Cité. Les épées perçaient, tranchaient et s'entrechoquaient, mais Indaro n'entendait rien. Les Bleus non plus. Elle arriva par-derrière au petit galop et, d'un coup net, décapita un guerrier. Elle vit ses camarades pousser des cris de triomphe. Elle tua deux autres adversaires, l'un d'un coup à la poitrine, l'autre embroché sous le bras. Encouragés, les soldats de la Cité se ruèrent sur l'ennemi, recouvrant leurs forces. Indaro se souvint de l'ordre de Fortance. Quand il ne resta plus que sept ennemis encore debout, elle croisa les poignets à l'adresse de ses camarades jusqu'à ce qu'ils montrent d'un hochement de tête qu'ils avaient compris. Tandis qu'on liait les mains aux prisonniers, elle mena son cheval dans un trot lent vers les débris. Les quelques rares ennemis qui restaient furent rassemblés pour être questionnés plus tard, quand ils auraient recouvré l'ouïe. Toutefois, la discipline avait réintégré les rangs des soldats de la Cité, qui n'eurent pas besoin d'attendre les ordres pour secourir les estropiés et achever les montures blessées. On avait dressé un drap pour masquer les ruines du carrosse, devant lequel des hommes des Mille montaient solennellement la garde. *Trop peu, trop tard*, songea Indaro.

Elle trouva Broglanh assis parmi les blessés, attendant patiemment qu'on s'occupe de son bras cassé. Il avait le visage gris de douleur. Elle l'aida à s'installer confortablement, adossé à une souche d'arbre. Il lui parlait, comme si elle pouvait l'entendre, mais il divaguait sûrement. Elle lui répondit quelques mots rassurants, qu'il ne perçut pas non plus. Elle repéra une gourde sur un cheval errant, l'apporta à Broglanh et l'aida à boire. Il lui dit quelque chose et sourit. Elle savait qu'il plaisantait. Il n'avait pas compris que l'empereur était mort. Elle sourit à son tour.

Enfin, un bourdonnement résonna dans ses oreilles. Elle déglutit à plusieurs reprises, puis son ouïe revint faiblement.

— Tu m'entends, maintenant ? demanda-t-elle à Broglanh.

Mais il s'était évanoui en serrant son bras droit contre lui.

Indaro se redressa et observa les alentours. Des guerriers ayant reçu une formation de chirurgien traitaient les soldats les plus grièvement atteints. Les prisonniers avaient disparu, emmenés pour être interrogés. Elle chercha un moment le garçon en vert, en vain. Elle supposa qu'il n'avait pas survécu. Puis elle repéra Fortance qui criait ses ordres à un groupe de cavaliers, envoyant des éclaireurs à la recherche d'autres soldats ennemis. Elle s'avança vers lui.

— Quels sont vos ordres, monsieur ?

Fortance la regarda. Son visage était toujours ensanglanté, mais il avait séché ses larmes. Elle se dit que ses jours en tant qu'officier des Mille devaient être comptés. Seuls la mort et le déshonneur l'attendaient.

— Indaro, c'est ça ? s'enquit-il.

— Oui, monsieur.

— La compagnie va se séparer. Un groupe ralliera sans tarder la Cité, avec l'empereur. Tu en feras partie.

Des émotions contradictoires surgirent en elle. Elle savait qu'elle s'en était bien sortie, et se réjouissait que Fortance l'ait remarquée. Pourtant, Fell Aron Lee l'avait chargée de protéger son seigneur, et elle avait échoué. Si elle avait moins tardé à prendre la mesure de la situation, si elle avait agi plus rapidement, elle aurait pu arrêter l'assassin. Mais elle avait d'abord aidé un gamin inconnu avant de secourir l'empereur.

— Oui, monsieur. Je suis désolée, monsieur, ajouta-t-elle d'un ton formel. Je n'ai pas pu l'arrêter.

Fortance hocha la tête.

— Tu as fait du bon travail, soldat. Tu as sans doute sauvé la vie de l'empereur.

Elle ne comprit pas tout de suite.

— Comment ça ?

— L'Immortel a été blessé, expliqua Fortance. Mais il s'en remettra – grâce aux dieux.

Indaro le dévisagea, sans voix. Comment quelqu'un avait-il pu survivre aux explosions des Bleus, dignes de celles d'un sorcier ? De plus, elle était certaine d'une chose : Fortance, juste après la déflagration, avait cru son empereur mort. Elle ouvrit la bouche, se ravisa et tourna les talons.

Elle passa l'heure suivante à errer entre les blessés, donnant de l'eau et recousant les plaies les plus superficielles. Enfin, on leur ordonna de remonter en selle. Elle courut vers la jument grise qui l'attendait et l'enfourcha. L'empereur avait été déposé dans une charrette à bagages, une toile tendue autour de lui. Le convoi manquait de dignité, mais les chirurgiens expérimentés se trouvaient à des lieues de là, et l'Immortel devait être reconduit à la Cité aussi vite que possible. Les cavaliers les plus rapides avaient déjà été envoyés chercher de l'aide.

Indaro chevauchait à l'arrière, avec la cavalerie ordinaire. Ils étaient peut-être une quarantaine. Les survivants des Mille, moins de vingt en tout, se trouvaient à l'avant. Elle se remémora le visage de Fortance. Lui mentait-il ? Elle ne connaissait pas cet homme, et le choc comme le chagrin pouvaient faire d'eux tous des menteurs, se dit-elle. Prenant conscience de son épuisement, elle se demanda à quand remontaient sa dernière nuit et son ultime repas.

Ils se dirigeaient vers l'ancienne Porte du Paradis, située au nord de celle qu'ils avaient quittée le matin même, plus proche du centre de la Cité. Il leur faudrait le reste de la journée pour l'atteindre.

Un cri s'éleva à l'avant. La compagnie s'arrêta. Chaque cavalier porta la main à son épée et regarda autour de lui. Quand les nuages de poussière se dispersèrent, Indaro vit des cavaliers venir vers eux, à travers les prairies plates de l'Ouest. De l'or et de l'argent reflétaient le soleil. Ils étaient plus d'une centaine, pensa-t-elle, alignés par quatre, et ils restèrent en formation rigide jusqu'à ce qu'ils s'arrêtent, tirant sur leurs rênes.

Le chef de la troupe était une femme aux cheveux gris coupés court, comme ceux d'un homme. Mince et droite, elle portait la tenue de cavalier habituelle. Aucun signe distinctif n'indiquait son grade. Elle mit pied à terre et s'adressa à Fortance avant de disparaître dans le chariot à bagages.

— Qui est-ce ? demanda Indaro au grand cavalier à ses côtés.

Ce dernier l'ignorait. La jeune femme regretta de ne pas chevaucher avec les Mille qui, côtoyant l'empereur et les puissants, connaîtraient sans doute l'identité de la nouvelle venue.

Toutefois, le grand cavalier avait posé la question au camarade à côté de lui, qui lui-même interrogea un équipier, et la réponse finit par atteindre l'arrière de la ligne.

— C'est Saroyan, Seigneur Lieutenant de l'Est, l'informa le cavalier.

Elle hocha la tête. Il lui fit un sourire.

Les Seigneurs Lieutenants occupaient une position délicate au sein de la noblesse, lui avait confié Archange. Nommés par l'empereur, ils avaient des pouvoirs potentiellement grands.

Pourtant, leur statut n'avait rien à voir avec les armées de l'empereur. Aussi fallait-il avoir une forte personnalité pour oser braver son autorité. La plupart d'entre eux se contentaient d'occuper une fonction d'apparat, profitant des plaisirs qu'offrait leur rang sans en endosser les responsabilités.

Cependant, cette Saroyan agissait comme un soldat, distribuant ses ordres aux troupes avec une autorité certaine. Elle descendit du chariot à bagages et remonta en selle. Fortance s'approcha d'elle au trot. Elle l'interrogea et écouta attentivement ses réponses, ses yeux plongés dans ceux de l'officier. Il se retourna et observa les troupes, puis tous deux regardèrent Indaro. Fortance l'appela ; Indaro éperonna son cheval pour avancer. De près, elle vit que la femme était plus âgée qu'elle ne l'avait cru. Elle avait les yeux très clairs, presque jaunes – une couleur qu'Indaro n'avait encore jamais vue chez un être vivant. Son oreille droite était percée d'un anneau orné d'une pierre gris clair.

— Voici Indaro Kerr Guillaume, déclara le vétéran. Elle fait partie des Chats Sauvages. Elle a empêché l'assassin d'atteindre le carrosse de l'Immortel.

Saroyan la détailla de ses yeux froids et globuleux, ses iris aussi clairs que de la glace sous un soleil d'hiver.

— Guillaume, répéta-t-elle. La fille de Reeve ?

Indaro acquiesça, craignant que la femme n'évoque le sujet de la désertion, mais le Seigneur Lieutenant se contenta de battre des paupières avant de se retourner. Elle ordonna à la compagnie de se diviser à nouveau. Les cavaliers ordinaires, Indaro y comprise, devaient chevaucher jusqu'à la Cité avec le chariot à bagages. Les survivants des Mille, peut-être en disgrâce, retourneraient sur les lieux de l'embuscade pour aider les blessés. Deux chirurgiens de la Cité les accompagneraient.

Saroyan remonta sur son cheval et lui fit tourner bride vers la Cité, en tête du cortège. Les autres cavaliers la suivirent.

Ils progressèrent lentement, et les mouvements réguliers de la jument donnaient à Indaro l'envie de dormir. La jeune femme était si épuisée qu'elle ne cessait de glisser de sa selle pour se réveiller en sursaut, serrant soudain sa monture entre ses cuisses. Le grand cavalier, qui avait décidé de poursuivre le trajet à ses côtés, essayait de lui faire la conversation, mais elle était trop lasse pour faire preuve de politesse.

Puis la Cité fut en vue. Au début, ce n'était qu'une tache marron sur l'horizon, à l'ouest, entre les oreilles de la jument grise. Indaro sentit une vague d'excitation parcourir nombre de ses camarades, enfin bientôt de retour chez eux. Eux aussi avaient dû livrer bataille loin d'ici. Ces hommes de la Première Cavalerie Adamantine se faisaient appeler les Faucons Nocturnes.

— Depuis combien de temps avez-vous quitté la Cité ? demanda la jeune femme au grand cavalier.

Il tourna vers elle un regard froid, peut-être réticent à l'idée de parler à quelqu'un qui, jusque-là, l'avait superbement ignoré.

— Trois ans, finit-il par répliquer de manière lapidaire.

Impressionnée, elle hocha la tête. Il arrivait que des armées restent sur le champ de bataille plus longtemps encore, mais cela était rare. Il semblait que la tentative d'assassinat se révélait finalement une bonne nouvelle pour ces soldats.

— Et toi ? demanda-t-il poliment.

— Un peu moins d'un an.

La tache sur l'horizon prit la forme d'un gros bloc gris, pareil à une imposante montagne entourée de petits contreforts verdoyants. À l'avant, Indaro distinguait la ligne du mur. À ce rythme, ils l'atteindraient dans une heure, peut-être. Elle s'autorisa à penser au repas et, mieux encore, à un lit. Elle se demanda ce qu'elle allait devenir, à présent. Fortance avait ses papiers. Les avait-il donnés au Seigneur Lieutenant ? Ou l'avait-on oubliée, canard boiteux dans cette nuée de faucons ?

Indaro n'était jamais allée à la Porte du Paradis. Elle ne connaissait pas ce quartier de la Cité et se réjouit de voir le cortège accélérer légèrement le rythme, comme si même cette Saroyan avait hâte de rentrer chez elle. Ils traversèrent une verte pâture, des prés pour chevaux et des champs de moutons, séparés par des ruisseaux printaniers tumultueux. L'axe était pavé de pierres plates. Des paysans âgés s'arrêtèrent pour observer le cortège. Indaro avisa un groupe de jeunes filles, soulagées d'interrompre un instant leur pénible tâche. Bondissant de joie, elles faisaient signe aux cavaliers qui passaient. Certains, en queue de file, agitèrent la main en retour.

Approchant encore, Indaro leva les yeux vers la montagne gris-vert qui se dressait brusquement devant eux. Le Bouclier de la Liberté, comme on l'appelait, était paraît-il criblé de grottes et de tunnels, et constituait l'ultime refuge pour l'empereur au cas où cette partie de la Cité serait envahie. À son pied se déroulaient des collines vertes et ondoyantes, où les palais des puissants étaient nichés au sein de fabuleux jardins.

Les hauts battants de bronze de la Porte du Paradis s'ouvrirent pour les laisser passer. Au moment de les franchir dans un martèlement de sabots, Indaro jeta un coup d'œil aux runes gravées sur les piliers de la porte.

Les casernes des Faucons Nocturnes avaient été bâties tout contre le mur intérieur. Les grosses pierres du rempart, lissées et arrondies par les pluies glaciales du millénaire, formaient l'un des murs du mess où Indaro se retrouva ce soir-là. Elle était si affamée et si épuisée que, inapte à prendre une décision, elle aurait mangé et dormi n'importe où. Elle trouva les écuries, où elle veilla à ce que sa jument ait à boire et à manger, puis elle suivit les Faucons Noirs jusqu'au mess. Elle était à table, courbée sur une assiette d'un ragoût épais et insipide, quand le grand cavalier la repéra.

— Tu n'es pas d'ici, fit-il remarquer en s'asseyant.

Elle leva les yeux vers lui d'un air las. Il avait le visage glabre, comme Fell, et les yeux gris.

— Je fais partie de la Troisième Maritime, sous les ordres de Randell Kerr, expliqua-t-elle.

— Ah ! le Cinglé.

Elle hocha la tête.

— Certains le surnomment ainsi.

Le général portait bien son nom, mais elle se garda bien de le dire.

— On a donné mes papiers à Fortance…, commença-t-elle.

— C'est un homme mort.

Quelle perspicacité, songea-t-elle.

— Je vais donc manger et dormir avant de demander quels sont les ordres.

Il acquiesça puis sourit.

— On m'appelle Riis.

— Indaro.

— Ça te dirait qu'on couche ensemble, Indaro ?

Elle faillit éclater de rire ; au lieu de quoi, elle lui répondit d'un air grave :

— Ça fait trois jours que je n'ai rien mangé et je ne sais plus à quand remonte la dernière fois où j'ai dormi. Quatre jours, peut-être. Et, entre-temps, j'ai participé à deux batailles.

— Alors, c'est oui ?

Elle sourit. Elle devait reconnaître qu'il était très beau.

— C'est non, Riis.

Après qu'elle eut mangé, il lui montra les dortoirs, où elle se dégotta une étroite couche. Bercée par les ronflements des soldats, elle s'assoupit, son épée serrée contre elle, trop lasse pour essayer de comprendre la journée qu'elle venait de vivre. À son réveil, il faisait encore nuit. Ou bien était-ce la nuit suivante ? Les cavaliers qui dormaient autour d'elle semblaient n'être pas les mêmes. *Ai-je dormi toute une journée ?* se demanda-t-elle. Se sentant revigorée, elle se leva et récupéra le casque et le plastron qu'elle avait glissés sous son lit. Puis, avec un haussement d'épaules, elle les remit à leur place. Elle reviendrait les chercher. Elle accrocha son épée et se dirigea vers la sortie, à la recherche d'un gradé.

Le silence régnait dans les casernes. Les seuls soldats qu'elle vit buvaient devant une auberge, de l'autre côté de la rue, un œil mélancolique plongé dans leur chope. Levant les yeux vers le quartier de lune, elle vit que l'aube n'allait pas tarder à poindre. L'air frais nocturne lui purifia le visage, et la vision de la Cité autour d'elle la ravit. L'imposant mur occupait un grand espace. Il était plus haut qu'elle ne l'avait jamais vu et bien plus large à la base. Elle se demanda quelle épaisseur il faisait. Elle avait dû le traverser, mais elle ne se souvenait pas d'être entrée par les portes la veille. Elle tourna le dos au rempart pour regarder vers la grosse masse du Bouclier de la Liberté qui lui bouchait la vue, de l'autre côté. Il se dressait telle une sentinelle dans le clair de lune. Son père lui avait dit qu'on l'appelait aussi le Serafia, mais elle ignorait ce que ce nom signifiait. Des lueurs vacillaient au sommet et, à la base, une rangée de lumières – peut-être un chemin – serpentait le long de l'énorme roche argentée.

Elle marcha le long d'allées étroites flanquées de hautes constructions. C'était ainsi que les quartiers proches des portes de la Cité avaient été conçus, comme une seconde ligne de défense contre les invasions. Elle se trouvait dans celui qu'on appelait le Paradis, et qui portait bien son nom. Elle passa devant des échoppes et des ateliers d'artisans. Même la nuit, de chaleureuses lumières brillaient derrière les fenêtres à barreaux. Tout autour d'elle luisaient des boiseries raffinées et des vitraux ornés de pierreries. Entre les échoppes, de hautes portes de bois abritaient les demeures des riches. Elle s'arrêta pour regarder un groupe de jeunes femmes, escortées par une milice privée, descendre d'un carrosse cossu et s'engouffrer en papillonnant dans une cour intérieure. Elle y aperçut une fontaine et des fleurs d'une blancheur éblouissante dans le clair de lune. Les gardiens des papillons de nuit se tournèrent pour voir passer Indaro, se méfiant d'un soldat errant seul dans la nuit. Elle leur rendit leur regard mauvais, n'éprouvant que du mépris, à la fois pour ces guerriers qui choisissaient de veiller sur des filles de riches, et pour ces demoiselles qui, grâce à l'influence de leur père, n'avaient pas à rejoindre l'armée. Elle songea à sa maison sur les falaises grises et se demanda si son père vivait toujours, et où était son frère.

Elle finit par déboucher sur une place éclairée par la lune, où se dressait un temple blanc dédié à Themistos, le dieu de la vertu et des philosophes. De là, elle avait à nouveau vue sur le Bouclier. Elle fut surprise de constater que sa longue promenade ne l'avait pas rapprochée de l'édifice. L'air devait être très pur, pensa-t-elle en sentant la brise légère qui embaumait les fleurs et le pain du matin. De là où elle était, le sol descendait vers une rivière calme, que trois ponts enjambaient. Les maisons des riches devaient border cette rive, face à l'ouest, avec le Bouclier devant elles.

La résidence de l'empereur, le Palais Rouge, se trouvait loin de là, sur une terre basse à de nombreuses lieues à l'ouest. On racontait que les demeures des autres Familles étaient situées sur le Bouclier. Elle se demanda distraitement si un palais ayant appartenu jadis aux Guillaume se dressait quelque part, inoccupé et abandonné.

Elle se rendit compte que le jour se levait. Elle entendit le pépiement matinal des oiseaux et le braiment des ânes. Bientôt, les gens sortiraient de chez eux. À contrecœur, elle retourna vers le mur. Il vaudrait mieux qu'on ne l'accuse pas deux fois d'avoir déserté, songea-t-elle.

À son retour aux casernes, un soldat l'informa que Fortance la cherchait. Elle suivit les indications de l'homme puis, après s'être quelque peu perdue dans le labyrinthe qui entourait la Porte du Paradis, elle tourna à un coin de rue pour déboucher sur un terrain de rassemblement en pierre. Elle repéra le vieux guerrier qui s'entretenait à nouveau avec le Seigneur Lieutenant. Elle s'arrêta pour les observer discrètement.

Il était rare qu'Indaro n'aime pas une personne au premier regard, mais cette femme lui répugnait. Saroyan était grande et mince, aussi quelconque qu'un scorpion, froide comme la glace. Soudain, Indaro eut l'intime conviction qu'ils parlaient d'elle. Saroyan tourna lentement la tête vers la jeune femme, qui tressaillit et se retira dans l'ombre du mur. Lorsqu'elle se risqua à jeter un coup d'œil vers eux, Fortance s'éloignait et Saroyan n'avait pas bougé.

Indaro décida que, sans avoir reçu d'ordre, il était de son devoir de rejoindre sa compagnie. Tout espoir d'ambition, de reconnaissance et de promotion envolé, il lui tardait de retrouver ses camarades. Elle récupéra son armure dans le dortoir et trouva la jument nourrie et reposée aux écuries. Alors que le soleil éclairait l'horizon de magnifiques teintes or et rose, elle se faufila au travers de la Porte du Paradis et dirigea son cheval vers l'est.

Chapitre 10

Les vagues de couleurs formaient un motif sous la chaleur du soleil de midi. Au commencement de la bataille, les lignes de bleu et de marron, de rouge et de vert, étaient droites et larges, fortes et fermes. En périphérie, des taches de gris et de noir se déplaçaient vite. Les artisans qui avaient créé ces motifs ne doutaient pas de leurs talents, qu'ils déployaient avec assurance. Ils l'avaient fait si souvent déjà. Les lignes se heurtèrent, mêlant leurs couleurs, saignant. Au fil de cette longue journée, les couleurs perdirent de leur éclat et des nuages de poussière achevèrent d'effacer les dessins. Aux derniers stades de la bataille, quand les soldats qui auraient survécu regagneraient leurs postes de défense, tout sur cette plaine aurait pris une nuance gris teinté de rouge.

Le champ de bataille était plat et si étendu que de hautes tours de bois avaient été érigées à l'arrière afin que les stratèges de la bataille puissent assister au combat. Les généraux étaient rassemblés sur une tour avec leurs auxiliaires et leurs domestiques. Certains mangeaient et buvaient ; de la nourriture était péniblement hissée à leur intention, car ils pouvaient rester là un bon moment. D'autres s'interdisaient ce plaisir tant que leurs troupes se faisaient massacrer, ce qui ne les empêchait pas de bavarder et même de rire, parfois. Ils ne jetaient qu'un coup d'œil occasionnel au carnage qui se déroulait en contrebas.

Certains scrutaient en silence le moindre mouvement – chaque progression courageuse, chaque revers amer.

Fell appartenait à ceux-là. Son sentiment d'impuissance le faisait enrager. Depuis cent quatorze jours, armé et en armure, il avait accompagné ses guerriers en première ligne et vécu chaque triomphe, enduré chaque défaite avec eux. Mais, ce matin-là, Flavius Randell Kerr, général de la Troisième Maritime, lui avait ordonné de rester en arrière et d'observer les opérations depuis la tour.

— La Cité ne peut pas se permettre de te perdre, avait déclaré le vieux fou tandis qu'ils marchaient entre les lignes à l'aube du jour.

— J'ai mené mes soldats dans la bataille, avait-il répondu à son général, les dents serrées. Je n'ai pas d'autre rôle.

Le général avait secoué la tête.

— Nous sommes obligés de garder nos meilleurs hommes en réserve. Un jour, nous aurons besoin de nouveaux généraux, mon garçon.

Fell Aron Lee avait avisé les idiots croulants qui, dès le matin, avalaient de grandes lampées de vin en se racontant des histoires de guerre. *Plutôt me suicider*, songea-t-il.

Il avait jeté un regard désespéré autour de lui, dans l'attente de voir le Premier Seigneur de la Cité. Fell admirait Marcellus, car, en plus d'être le seul guerrier parmi les puissants qu'il eût jamais vu combattre en première ligne, c'était toujours le dernier à quitter le champ de bataille. Fell n'avait jamais combattu à ses côtés mais, s'il nourrissait une ambition dans cette guerre, c'était de lutter épaule contre épaule avec Marcellus Vincerus. L'homme n'était pas sur la tour. Fell ne s'attendait pas vraiment à l'y voir. Il devait plutôt être quelque part en bas, dans la mêlée, ou bien il affrontait l'ennemi dans un lointain conflit.

Il avait aperçu Rafe Vincerus, le frère cadet de Marcellus, mais, connaissant mal l'individu, il pouvait difficilement lui demander de le soutenir.

Fell avait pris une profonde inspiration. Il avait dit à Randell Kerr, s'obligeant à garder son calme :

— Je ne sais plus qui est le dernier général à être mort en service. Était-ce Victorinus Rae Khan, qui a eu une crise d'apoplexie alors que trois catins s'occupaient de lui ? Ou bien Jay Garnay qui, en tombant de cheval, s'est blessé à la jambe et, à force d'insister pour se faire soigner avec des crottes de rat, a fini par mourir de la gangrène ?

Kerr avait grogné.

— Peu importe comment ils sont morts, mon garçon. De fait, tu seras le premier général à mener tes troupes au combat depuis Shuskara. Si c'est ce que tu veux.

— Marcellus mène ses troupes, lui.

— C'est le Premier Seigneur de la Cité. Il est libre d'agir à sa guise.

Fell savait que, en quarante ans, le général n'était jamais revenu sur une décision. Pourtant, il avait insisté :

— Je ne suis pas doué en stratégie.

D'un signe méprisant de la main, Kerr avait désigné les autres hommes âgés.

— La Cité compte plus de cent généraux, mon garçon, et seuls deux d'entre eux s'y connaissent en stratégie. Je ne suis pas l'un d'eux. Comme tout le reste, c'est une question de politique.

— Je suis encore moins doué pour la politique. Tout ce que je sais faire, c'est me battre.

Même courbé par le poids de l'âge, Randell Kerr était grand. Il avait le visage d'un chien fatigué, et ses oreilles décollées bougeaient quand il secouait la tête.

— Ils sont des milliers d'hommes et de femmes à savoir se battre, avait-il dit en indiquant la bataille, où les soldats de la Cité cédaient peu à peu du terrain aux Bleus. Ce n'est pas un de plus qui fera la différence, aujourd'hui.

Fell avait eu envie de l'attraper par les oreilles et de lui hurler : « Bien sûr que si, un seul guerrier peut faire la différence ! Par sa force et son courage, un seul soldat peut changer l'issue de la bataille ! » Tout comme un acte de lâcheté le pouvait aussi. Impossible de lui dire le fond de sa pensée : si le vieux général ne le comprenait pas ce jour-là, jamais ce ne serait le cas. Fell s'était demandé une fois de plus comment un homme comme Randell Kerr avait pu survivre si longtemps au sein de l'armée.

Tandis qu'il observait la bataille, essayant de deviner quelles étaient les tactiques de chacun à travers les volutes de poussière, une bosse se forma sur l'horizon, devenant peu à peu une ligne brune. Elle s'épaissit lentement et s'avança vers la ligne rouge, qui céda peu à peu. De son point de vue surélevé, Fell vit qu'une tache noire venant de la droite forçait le passage : la cavalerie ennemie, résolue à rejoindre l'infanterie peau-bleue et à couper l'aile rouge. La respiration de Fell s'accéléra. Il sut avec une certitude absolue que les soldats rouges en danger appartenaient à sa compagnie.

Dans son dos, deux généraux discutaient paris sur une course de chiens.

Une rage noire lui étreignit le cœur. Résistant à la tentation de foncer sur ces vieux débris pour jeter leur carcasse du haut de la tour, il descendit en courant le raide escalier de bois. Une fois en bas, il arracha les rênes d'un cheval des mains d'un palefrenier surpris et sauta en selle. Il se rendit compte après coup qu'il n'avait ni armure ni armes en dehors d'un couteau à la mince lame. Il se procurerait une épée et un bouclier sur le champ de bataille.

La monture, puissante, avançait vite. C'était un bel étalon noir qu'on gâchait sûrement à promener un général de palais en mess puis en auberge, pensa-t-il, courbé vers l'avant, incitant la bête à accélérer. Il chevaucha jusqu'à l'arrière du champ, son sang bouillonnant au rythme de l'allure de l'étalon et de la bataille à venir. Il dépassa des rangées de cadavres et de soldats estropiés, traînés hors du terrain par de braves brancardiers harassés. Des chevaux boiteux ou blessés erraient sur son chemin ; sa fière monture passa devant eux avec dédain. D'en bas, il était difficile de comprendre où il se trouvait par rapport à l'action qu'il avait observée depuis la tour. Fell Aron Lee n'était encore jamais arrivé sur un champ de bataille par l'arrière, sans compter que la poussière obscurcissait tout. Il ne reconnaissait que les bruits : le terrible choc du métal sur le métal, le bruit mat et écœurant du fer sur les chairs, les hurlements affreux des blessés, et le hennissement apeuré des chevaux.

Il avança plus lentement entre les rangs de l'infanterie. Des hommes et des femmes, perplexes, se retournèrent pour le regarder passer. Certains se dirigeaient vers la ligne de front, d'autres en revenaient. Le chaos régnait dans cette poussière étouffante. Fell avait besoin de voir le soleil, haut dans le ciel, pour savoir quelle direction prendre. Enfin, il aperçut à travers le voile de poussière des cavaliers en noir, des reflets de métal, les crinières et les queues échevelées des montures. Il espéra qu'il s'agissait de la compagnie de cavalerie qu'il avait vue foncer sur ses soldats. Il s'était écoulé trop de temps. Ils étaient peut-être tous morts.

Il avait rarement livré bataille à cheval, mais, faisant ralentir sa monture, il se pencha sur sa selle pour attraper une épée plantée dans un cadavre. Puis, d'un coup d'éperon, il commanda à l'étalon d'avancer à nouveau et plongea droit dans un groupe de trois cavaliers vêtus de noir.

Ceux-ci ne s'attendaient pas à être attaqués par l'arrière. L'un d'eux mourut aussitôt, Fell lui tranchant le cou de son épée. Les deux autres firent volte-face. L'un souleva son bouclier au moment où Fell tentait d'abattre son arme sur lui. L'autre visa la tête de Fell, qui se baissa et s'étira vers l'avant, arrachant le bouclier du cavalier tué. Il s'en servit juste à temps pour parer un deuxième coup. Une épée voulut l'atteindre à la tête, mais elle rebondit avec un bruit métallique sur l'écu, ce qui permit à Fell d'éventrer profondément son assaillant. Le troisième homme leva son arme pour fracasser le crâne de Fell et mourut quand la lame de ce dernier s'enfonça dans son œil. Fell s'empara d'une autre épée et d'une longue lance missiane.

— Chats Sauvages ! brailla-t-il dans la poussière. À moi, les Chats Sauvages !

Il ignorait totalement si les guerriers l'entendaient, mais de plus en plus de cavaliers ennemis faisaient tourner bride à leur cheval pour affronter cette menace venue de l'arrière. Des officiers crièrent de nouveaux ordres, croyant qu'une relève de soldats les attaquait par-derrière.

Un cavalier peau-bleue galopa vers lui, hurlant son cri de bataille. La lance de Fell dévia sur son plastron et se ficha dans sa mâchoire, jusqu'au cerveau. Le soldat fut soulevé du dos de sa monture et la lance se brisa sous son poids. Fell lâcha son arme et tira une autre épée au clair, regardant autour de lui. La cavalerie des Bleus formait un cercle de défense bien inutile pour se protéger d'une attaque de l'arrière. Fell sourit.

Un cavalier surgit de nulle part armé d'une épée et visa Fell à la tête. Le vétéran se balança pour éviter le coup et plongea son arme dans l'aisselle de son agresseur.

Enfin, il repéra une tache écarlate dans les nuages de poussière. Des fantassins en armure rouge se frayaient un passage entre les cavaliers à grands coups d'épée.

— À moi, les Chats Sauvages ! répéta Fell dans un rugissement.

Deux cavaliers bleus se précipitèrent sur lui de part et d'autre, lances levées. Il se laissa glisser de sa selle et plongea sous le ventre de l'étalon avant de surgir derrière l'un des assaillants et de glisser son épée sous l'armure de l'homme, au niveau de la taille. Les pieds à nouveau sur le sol ferme, il se sentit submergé par la soif de combattre. Il arracha une deuxième épée au cavalier mort.

— Chats Sauvages ! hurla-t-il en jetant des regards alentour, cherchant quelqu'un d'autre à abattre.

Puis il reconnut ses propres guerriers ; ils affrontaient les derniers cavaliers noirs. L'un des soldats portait un plastron supplémentaire qu'il passa sur le torse de son commandant. Fell l'attacha d'un geste machinal.

En voyant les yeux du soldat s'écarquiller, Fell se retourna, vif comme l'éclair. De son épée, il para un coup de lance assené depuis un cheval. Attrapant l'arme, il tira dessus jusqu'à l'arracher des mains de son propriétaire. Le cavalier dégaina son épée, mais, alors qu'il la brandissait, Fell frappa le cheval sur son chanfrein du plat de sa lame. La bête fit un violent écart et le cavalier manqua sa cible. Fell tourna la lance et la plongea droit dans le cou de l'homme.

Les cavaliers battaient en retraite, et les guerriers de la Cité les suivirent, éliminant les retardataires avec enthousiasme.

— Chats Sauvages, groupe quatre ! cria Fell.

La compagnie adopta aussitôt une formation en carré.

Puis les trompettes ennemis, comprenant la situation, sonnèrent la retraite. Hors d'haleine, appuyé sur son épée émoussée, Fell attendit patiemment les ordres de la Cité.

— Arrêtez ! Maintenez votre position !

Il souffla longuement. Si on leur avait demandé de rejoindre leurs lignes, Fell aurait dû affronter Randell Kerr. Au mieux imprévisible, l'homme surnommé le Cinglé pouvait, lorsqu'il était en colère, commettre les pires atrocités. Fell l'avait déjà vu ordonner qu'un soldat soit crucifié pour avoir hésité à tuer un enfant peau-bleue égaré.

Mais ils devaient maintenir leur position, et la fureur de Randell Kerr devrait attendre.

Indaro mit plus d'une journée à rejoindre sa compagnie. Elle traversa une campagne rase appelée Limbis, autrefois réputée pour ses vignes. Ce n'était plus qu'une étendue couverte de broussailles, parsemée de villages pauvres et de fermes délabrées. La bataille avait fait rage à Limbis pendant plus de cinq ans. Même si les lieux étaient à présent considérés comme sécurisés, on ne pouvait plus y cultiver de vignes. Les anciens vignerons – ceux qui avaient survécu, ou ceux qui étaient revenus – tiraient leurs maigres revenus du chanvre, des céréales et de leurs pâturages pour les chèvres. Il fallut une demi-journée à la jeune femme pour traverser Limbis. Lorsqu'elle sentit les fumées des fourneaux du Nord, elle franchit une petite porte et chevaucha à l'extérieur du mur, en direction du sud-est.

Après une nuit passée à l'abri du rempart, elle se remit en route vers le champ de bataille qu'elle avait quitté deux jours auparavant.

Seule dans le paysage herbeux et plat, elle fit avancer son cheval au petit galop.

Une nouvelle fois, elle trouvait quelque chose de bizarre à l'incident de l'embuscade. Personne n'aurait pu survivre à l'explosion finale qui avait frappé le carrosse. Et qui était le jeune garçon qu'elle avait secouru ? Pourquoi ne l'avait-elle plus revu ? Une partie d'elle pensait qu'elle l'avait imaginé, choquée par les déflagrations. Et pourquoi craignait-elle Saroyan ? La peur était bien le sentiment qu'elle lui inspirait. Les ennemis de son père étaient morts depuis longtemps, et elle-même n'était qu'un simple soldat.

Elle chassa ces idées de son esprit tandis que la jument grise galopait dans les herbes courtes de la plaine de l'Est, vers le champ de bataille de Salaba. Le mur était à bonne distance derrière elle, et seule une chaîne de collines grises se découpait au loin sur l'horizon.

Elle perçut l'odeur du champ de bataille avant même de le voir. Dans son dos, le soleil baissait rapidement. Les armées s'apprêtaient à se reposer. Elle sentit la viande rôtie, la fumée, les effluves piquants du sang versé, et les odeurs corporelles des soldats ayant pris possession de l'endroit, de jour comme de nuit, pendant près d'un an.

Enfin, elle aperçut la lueur rouge des feux de camp dans le crépuscule naissant. Ils s'étalaient sur tout l'horizon. Elle tira sur les rênes de son cheval pour faire une pause, puis l'éperonna pour reprendre sa route vers le sud. Les Chats Sauvages seraient encore sûrement basés sur le flanc droit. Elle sut qu'ils ne s'étaient pas battus ce jour-là : seuls les doux ébrouements d'un millier de chevaux lui parvenaient, ainsi que les bruits discrets d'un millier de soldats se préparant à prendre du repos.

Pas de hurlements, pas de cris, pas de supplications pour qu'on vous achève.

Elle arriva aux chariots d'approvisionnement, dont quelques-uns étaient surveillés de près, et au campement des vieilles catins qui se pomponnaient pour leur nuit de travail. Certaines l'interpellèrent sur son passage. Elle sourit et leur adressa un signe de la main, mais continua à avancer. Une fois devant la ligne de montures, la jument émit un hennissement timide. Indaro mit pied à terre, la flatta pour la remercier et la confia à l'un des garçons, à qui elle donna la consigne de bien nourrir la bête, qui avait parcouru un long trajet. Elle demanda où se trouvaient les Chats Sauvages, mais, comme le gamin n'en avait pas la moindre idée, elle reprit son chemin vers le sud.

Elle finit par être arrêtée par une sentinelle qu'elle reconnut et lui demanda où se trouvait la tente de Fell Aron Lee. Il était près de minuit lorsqu'elle l'atteignit. Elle hésita à entrer, puis l'ouverture remua et il se retrouva soudain à ses côtés.

— Indaro ?

Son ton lui sembla réprobateur. Comment diable avait-elle déjà pu l'ennuyer ?

— Monsieur, je viens tout juste de rentrer.

Elle le distinguait à peine, mais sentit sur lui une odeur de sueur et de sang. Malgré la haute taille de la jeune femme, il se dressait au-dessus d'elle, dégageant une certaine chaleur.

— Broglanh a été blessé, l'informa-t-elle. Un bras cassé.

— Que s'est-il passé ?

— Nous avons été attaqués. (Il hocha la tête avec impatience.) Nos ennemis ont tendu une embuscade au carrosse impérial. Ils ont eu recours à leurs explosions magiques. L'empereur a été blessé.

Fell ne répondit rien pendant un moment, puis demanda d'un ton crispé :

— Survivra-t-il ?

— On m'a dit que oui. (Elle hésita.) Mais j'ai vu ses blessures ! ajouta-t-elle avec ardeur. Personne n'aurait pu s'en tirer. Pourtant, ils disent qu'il va s'en remettre.

Le commandant acquiesça, comme satisfait des explications fournies.

— Le blessé que tu as vu était sans doute une doublure, lui confia-t-il. Il paraît que, ces temps-ci, l'Immortel ne quitte jamais son palais. Il emploie des remplaçants qui lui ressemblent. Je trouvais cette mission étrange.

L'agacement prenant le pas sur la mesure, elle déclara :

— Ainsi, vous vous doutiez que nous risquions notre vie pour rien ?

Dans l'obscurité, Fell ressentait frustration et impuissance. Chaque fois qu'il rencontrait cette femme, c'était après une bataille ou, comme à ce moment-là, à la fin d'une longue journée. Il sentit la colère monter en elle comme la brume. Son arrogance lui répugnait : qui d'autre aurait l'audace de lui tenir tête et de le critiquer comme elle le faisait ? Pourtant, la vulnérabilité que cette impertinence devait cacher l'attirait.

Il se retrouva donc à se justifier :

— Les doublures de l'empereur doivent être protégées par des gardes du corps, sans quoi l'ennemi se douterait de la supercherie. Et il peut arriver à l'Immortel de quitter la Cité. (Il s'interrompit.) Je ne fais que répéter la rumeur.

Elle resta silencieuse, puis dit :

— Le carrosse a été pulvérisé. J'ai vu les corps mutilés.

— Une âme courageuse a sacrifié sa vie pour son seigneur.

— Mais, si vous dites vrai, insista-t-elle, pourquoi continuer à faire semblant ? Le commandant s'est comporté comme si l'empereur était grièvement blessé et l'a fait escorter jusqu'à la Cité.

— Dans ce cas, c'était peut-être réellement l'Immortel et il aura été moins touché que tu ne le penses. (Mais, tout en prononçant ces paroles, Fell en doutait et se retrouva happé par le raisonnement d'Indaro.) Ou peut-être qu'une doublure se trouvait dans la calèche et que l'empereur chevauchait parmi ses hommes. C'est ce que j'aurais fait. Toutefois, leur commandant doit savoir qui est le véritable empereur et qui est le remplaçant, ajouta-t-il à contrecœur. Qui était le responsable ?

— Fortance. Il avait l'air accablé de chagrin.

— Fortance est un vétéran des Mille. Il a servi avec les Gulons, la centurie d'élite. Si quelqu'un connaît l'empereur, c'est bien lui. A-t-il raccompagné l'Immortel ?

— Pas jusqu'au bout. Avant d'atteindre la Cité, nous avons croisé une escorte. Fortance et les Mille ont été renvoyés sur les lieux de l'attaque. Je me suis dit que ce devait être une punition. L'empereur a fait le reste du trajet avec la Première Adamantine.

— Les Faucons Nocturnes. Qui était à leur tête ?

— Je l'ignore. Mais le chef de l'escorte était une femme nommée Saroyan, seigneur…

— Je sais qui est Saroyan, la coupa-t-il.

— Hum. Fortance lui a dit qui j'étais. Enfin, il lui a dit mon nom de famille.

— Pourquoi ça ?

Elle baissa la tête dans le clair de lune. Pour une fois, elle semblait se forcer à parler.

— J'ai tenté d'arrêter l'assassin. J'ai échoué, mais peut-être que je l'ai gêné dans sa manœuvre.

Des émotions contradictoires agitèrent Fell.

— Tu as sauvé la vie de l'empereur ?

Elle haussa les épaules.

— Possible.

— Et Fortance a parlé de toi à Saroyan en termes élogieux ?

— Mmm.

Soudain, Fell se rendit compte qu'ils s'exprimaient sans contraintes. Il baissa la voix.

— Cela ne te regarde pas, soldat. Retourne dans ton unité et ne dis rien.

— Mais, monsieur…

Il se pencha vers elle, sentant sa chaleur.

— Pour une fois Indaro, ferme-la. Rejoins tes camarades et oublie ce qui s'est passé ces deux derniers jours.

Il attendit de voir sa réaction, mais elle le salua d'un signe de tête, trop épuisée pour lui répondre. Sans un mot de plus, elle disparut dans la nuit.

Chapitre 11

La tempête du siècle naquit en mer, très loin de la Cité. Sur des galères étrangères, des marins observèrent le ciel d'un œil craintif, et leurs capitaines se hâtèrent de rentrer au port. Les vents se levèrent rapidement, et de gros nuages d'un noir d'encre ne tardèrent pas à obscurcir les cieux. Une odeur piquante de métal envahit l'air. Le tonnerre gronda juste sous l'horizon. Quand le premier éclair s'abattit, la plupart des navires étaient à l'abri, écoutilles fermées, amarres attachées, les rafales sournoises tirant sur les étais mal fixés et les voiles mal enroulées. Les bateaux qui n'étaient pas encore rentrés chavirèrent, fouettés par de violentes bourrasques, réduits à de simples débris dans l'étau de la tempête.

Celle-ci se dirigeait vers l'est, avançant lentement mais sûrement au-dessus de l'eau en direction de la Cité. Les goélands la pressentirent les premiers : ils s'envolèrent à tire-d'aile bien avant que les humains ne puissent en détecter les signes précurseurs. Tandis que les grands oiseaux blancs passaient sur la côte de la Cité, de vieux loups de mer levèrent les yeux et, entendant leurs cris mystérieux, surent alors qu'un coup de vent arrivait, malgré l'horizon dégagé et le soleil brillant. Les oiseaux continuèrent à progresser vers l'est, observés à l'intérieur des terres par des hommes et des femmes inquiets. On voyait rarement des oiseaux de mer dans ce coin de l'Est, et l'on s'empressa d'invoquer les nombreux dieux – surtout ceux du soleil et de la pluie, du vent de l'est, ainsi que le cruel dieu du vent du nord appelé Cernunnos.

Les volatiles blancs arrivèrent en nuées sur les hautes tourelles du Palais Rouge de l'empereur. Ils passèrent au-dessus des toits en tuiles et en ardoises des demeures des riches et des puissants, puis des masures en papier goudronné des pauvres, ne se souciant que de leur fuite. Alors qu'ils regardaient vers les grands remparts de l'est de la Cité, la seule pensée qui animait leur petite tête lisse était la quête d'un abri.

Le champ de bataille de Salaba se trouvait à plus de cent lieues de la côte. Les goélands s'y arrêtèrent et commencèrent à décrire des cercles, oubliant leur quête d'un abri pour celle de la nourriture. Sous eux se déroulait le long ruban brun et calme de la rivière Kercheval. Elle traversait une plaine rase qui, jadis, avait été riche en céréales et en prés pour chevaux. Les armées s'étaient établies sur la rive ouest, séparées de six lieues, indistinctes aux yeux d'un goéland.

Si les oiseaux avaient survolé l'endroit un an plus tôt, ils auraient vu à peu près le même spectacle – même si les armées étaient postées six lieues plus au nord. S'ils étaient passés un an plus tard, ils auraient aperçu une plaine vide – du moins vide de gens, les premières pousses teintant de vert le sol gorgé de sang, les bêtes sauvages reprenant possession des lieux après le départ des guerriers.

La tête posée sur son surcot rouge plié, allongée sur le dos au soleil, Indaro contemplait le ciel. Elle se réjouissait de voir des goélands. Ayant longtemps vécu sur la côte, elle savait que les oiseaux fuyaient la tempête. Malgré les vêtements et les lits trempés, le mauvais temps valait mieux que quatre jours d'inactivité sous un soleil implacable. En plus de souffrir de la chaleur, elle s'ennuyait ferme, et la pluie, même torrentielle, serait la bienvenue.

— Une tempête se prépare, dit quelqu'un dans son dos.

Doon ricana, moqueuse, et indiqua le ciel d'un bleu azur. Le blond Garret, qui semblait toujours être dans le champ de vision d'Indaro, déclara :

— Il n'y a pas le moindre nuage.

À présent que Broglanh n'était plus dans les parages, Indaro paraissait avoir hérité de Garret – un legs dont elle se serait bien passée.

Celui qui avait parlé le premier et que la jeune femme identifia comme étant Malachi, d'après son accent rocailleux du Nord, s'expliqua :

— Les goélands volent vers l'intérieur des terres. S'ils sont venus jusqu'ici, ça va péter comme les secoue-terres.

— Les secoue-terres ? Qu'est-ce que c'est ? s'enquit Garret.

Indaro aussi aurait aimé connaître la réponse, même si elle n'aurait jamais posé la question. Les gens comme Garret, qui n'avaient aucun scrupule à montrer leur ignorance, lui inspiraient des sentiments ambivalents : admiration et mépris.

— Dans nos forêts du Nord, ce sont des arbres géants qui, en tombant, font un tel fracas qu'on les entend à l'autre bout du monde.

Visiblement convaincue, Doon se leva péniblement. Elle commença à rassembler les affaires d'Indaro dans des sacs de toile et à couvrir leurs armes et armures. Indaro savait que sa servante était contente de s'occuper – que les prédictions de Malachi soient vraies ou non. Depuis quatre interminables jours, ils avaient pris racine. L'armée ennemie n'avait pas bougé non plus. Elle ne la voyait pas, mais elle en était persuadée. Quand vingt mille guerriers enfilaient leur armure et préparaient leurs armes, ils ne pouvaient le faire en silence. Même à six lieues, on en entendait la rumeur comme des vagues sur le gravier.

— Ils vont peut-être lancer l'assaut pendant la tempête, suggéra Garret.

Ses sujets de conversation se résumaient surtout à des spéculations sur le moment où les ennemis attaqueraient, ou sur celui où eux-mêmes attaqueraient l'ennemi. Il avait l'étonnante capacité de se tromper presque à tous les coups.

— Tu crois, Garret ? demanda Doon d'un ton moqueur en graissant le casque d'Indaro.

— Moi, c'est ce que je ferais, répliqua-t-il avec assurance. Je nous attraperais par surprise.

— Nous cinq ne serons pas surpris, dans ce cas – grâce à toi, intervint une nouvelle voix, grave et caverneuse, où perçait de l'amusement.

Indaro leva la tête et tendit le cou. Malachi, mince, les cheveux gris coupés court, était accroupi au-dessus d'un minuscule feu qui ne produisait apparemment aucune chaleur, seulement un filet de fumée. À ses côtés se tenait un autre homme du Nord, le torse imposant, la chevelure rousse et la barbe tressée en de nombreuses nattes. Il lui rendit son regard et lui adressa un clin d'œil.

— Que faites-vous ici ? demanda-t-elle aux deux hommes en se levant et en se tournant vers eux, contente de voir de nouvelles têtes.

Malachi toussa et cracha dans le feu fragile.

— Notre compagnie s'est fait massacrer par des cavaliers au cours de la dernière attaque, l'informa-t-il. Y compris nos chefs. Nous ne sommes plus que vingt. On nous a répartis dans les autres compagnies.

— Bienvenue chez les Chats Sauvages, dit-elle d'un ton avenant. Je m'appelle Indaro, et voici Doon.

— Ta servante, commenta l'homme roux en regardant Doon s'adonner à ses tâches.

Indaro acquiesça. Elle n'avait pas l'intention de lui expliquer que Doon était plus une amie qu'une domestique, qu'elles se connaissaient depuis l'enfance et avaient grandi ensemble, et qu'elle donnerait sa vie pour Doon, comme celle-ci le ferait pour elle. Du reste, Indaro avait l'habitude des railleries éculées et des plaisanteries grivoises sur elles deux : elles glissaient sur elle comme sur les plumes d'un canard.

— Moi, c'est Garret, déclara le soldat blond qui, comme d'habitude, prenait tout au premier degré. À ce qu'on dit, vous, les gars du Nord, vous êtes réputés pour être d'excellents guerriers, ajouta-t-il avec générosité.

Les deux hommes lui jetèrent un regard noir, mais Garret leur offrit un sourire amical. À cet instant, un faible bruit de tonnerre, à peine perceptible, retentit au loin, à l'ouest. Malachi pencha la tête et fit signe à son camarade, comme pour prouver ses dires.

— Ça va péter comme les secoue-terres, répéta-t-il.

Cela débuta avec d'énormes gouttes d'eau tombant de manière éparse. Doon les décrivit comme « aussi larges que le plastron de Marcellus ». En s'écrasant sur les armures, elles faisaient un bruit de gong. Elle se réfugia avec Indaro sous leur tente de fortune, à peine assez spacieuse pour deux, jetant des coups d'œil au-dehors pour regarder les grosses gouttes frapper le sol et dessiner des rides dans la poussière. Le tonnerre roula dans leur direction et, lorsqu'elles virent le premier éclair zébrer le ciel, elles échangèrent un regard, aussi excitées que des écolières enfin tirées de leur ennui profond.

Le ciel s'assombrit et prit une teinte verte étrange, puis la pluie commença à tomber sérieusement, tambourinant sur la toile de tente, qui ploya vite sous le poids de l'eau. Le tonnerre résonna avec fracas au-dessus de leurs têtes, et un éclair se planta dans la terre juste devant elles. Elles entendirent des hommes crier, le hennissement terrifié des chevaux, puis le martèlement énergique de leurs sabots sur le sol. Les deux femmes se regardèrent en souriant.

— Je n'aimerais pas devoir m'occuper des chevaux, dit Doon sans compassion.

Soudain, un ruisselet d'eau arriva dans leur tente ; Indaro le sentit s'infiltrer avec avidité dans ses vêtements secs. Durant l'année passée sur ce site, elles avaient eu droit à tous les temps possibles, et la pluie n'était pas le pire. Elle risqua un coup d'œil au-dehors pour vérifier comment ça se passait pour les autres, mais, à travers le rideau gris de la pluie torrentielle, elle ne distinguait presque rien. L'air se rafraîchit, le ciel s'assombrit, le tonnerre grondait en continu et les éclairs répandaient dans l'atmosphère une odeur salée et métallique.

L'obscurité s'épaissit ; la pluie se renforça. Les deux femmes étaient à présent complètement trempées par l'eau qui passait à travers la toile, montant au niveau de leurs chevilles. Le fracas était assourdissant. Elles se tinrent serrées l'une contre l'autre, à la fois excitées et amusées. Elles attendaient simplement que ça s'arrête.

Mais cela ne s'arrêta pas. Les nuages chargés de pluie semblaient ancrés au-dessus d'elles, attelés au tonnerre et aux éclairs. Au bout d'un moment, la montée des eaux les obligea à se redresser. Elles jetèrent leur tente devenue inutile sur le côté et restèrent debout sous les trombes d'eau. Désorientées, elles avaient du mal à respirer sans boire la tasse. Elles eurent l'impression de nager sans voir le rivage. Pour faciliter sa respiration et se protéger de la pluie, Indaro posa son casque sur sa tête avant de le retirer : le bruit en dessous était insupportable.

Ce fut comme si elles se trouvaient jusqu'à mi-cuisses au milieu d'une rivière. Les débris du campement militaire – bâtons et bois servant à faire du feu, paille, céréales, longes, nourriture, vêtements et tentes – tourbillonnaient autour de leurs jambes. Les latrines inondées ajoutèrent leur contenu au mélange. L'eau continua à monter, et Indaro commença à avoir peur. Elle n'avait jamais vu une pluie pareille. Allait-elle s'arrêter un jour, ou seraient-elles obligées de nager pour échapper à la mort ? Elle ne voyait plus son amie, sentant seulement une main lui serrer fermement le poignet. Elle se souvint que Doon ne savait pas nager.

En dix mille ans d'histoire, jamais la Cité n'avait connu une telle tempête. Elle arriva de l'ouest par une belle matinée ensoleillée et, le soir, quand le déluge cessa enfin, des milliers de personnes avaient péri noyées et des dizaines de milliers d'autres se retrouvèrent sans domicile. Toutes les maisons furent détruites : celles des pauvres, déjà croulantes, balayées par la force des inondations, et celles des riches effondrées quand leurs fondations cédèrent. Les eaux pluviales s'engouffrèrent dans les égouts, noyant tous leurs habitants. Presque toutes les récoltes de la Cité, vitales pour la survie des citoyens assiégés l'hiver, furent détruites, et des troupeaux entiers d'animaux de ferme moururent.

À Salaba, la rivière Kercheval sortit de son lit et inonda les deux armées. Pendant des dizaines d'années, on s'était disputé ce large cours d'eau, conquis parfois par un camp, parfois par l'autre. Les armées installaient souvent leur campement de part et d'autre de la rivière brune et paresseuse, se regardant d'une rive à l'autre. Cependant, au moment du déluge, les deux armées campaient au sud-est du cours d'eau.

L'ennemi occupait un endroit légèrement surélevé par rapport à la rivière – un lieu qu'ils appelaient les Hauteurs Stériles. Les « hauteurs » en question ne s'élevaient qu'à un mètre quatre-vingts au-dessus de la plaine où les guerriers de la Cité campaient. Mais cette dénivelée fit toute la différence. L'armée de la Cité fut engloutie sous plusieurs mètres d'eau. Les soldats durent nager pour sauver leur vie, et ceux qui ne savaient pas ou qui avaient eu l'imprudence de revêtir leur armure se noyèrent par milliers. L'armée peau-bleue, envahie surtout par la pluie, perdit elle aussi de nombreux soldats.

Peut-être était-ce à cause de leur position supérieure, ou de leur éloignement par rapport à la rivière, ou de la capacité des généraux peaux-bleues à se remettre plus vite. De fait, quand la pluie se calma et tandis que les soldats de la Cité pataugeaient encore, à moitié morts… les Bleus lancèrent l'assaut.

Jamais Doon n'avait eu si peur. L'eau lui arrivait aux chevilles puis, un instant plus tard, atteignait déjà sa poitrine. La rivière, qu'elle avait vue s'écouler de manière placide à une demi-lieue au nord de l'armée, se déversait au milieu de leur campement, les emportant tous comme de vulgaires rats dans une canalisation.

Elle plongea la tête sous les eaux boueuses, qui s'engouffrèrent dans sa bouche et son nez. Elle battit des bras, hoqueta en trouvant de l'air, puis paniqua en coulant à nouveau, attirée vers le fond par son pantalon de coton, son lourd surcot et ses bottes de cuir. Elle sentit une main serrer avec vigueur son col et la traîner hors de l'eau. Son visage à la surface, elle inspira une grande bouffée d'air. Elle s'agrippa au bras qui la retenait et inspira à nouveau, battant des pieds, essayant de trouver un point d'appui. Son sauveteur et elle furent alors heurtés à la hanche par le corps d'un soldat en armure, mort ou vif. Le choc la fit dériver ; elle replongea dans l'eau et sentit la main rassurante sur son col lâcher prise.

L'eau épaisse et boueuse l'entourait de toutes parts. Elle ignorait complètement où se trouvait la surface. Dans sa tête, tout prit une teinte grise ; elle perdait connaissance. Ce fut un soulagement, en un sens. *Autant mourir noyée*, songea-t-elle…

Puis elle eut un dernier sursaut de conscience : des mains la saisirent par les épaules et, une fois de plus, la hissèrent hors de l'eau. Une voix hurla dans son oreille :

— Respire, Doon ! Continue à respirer !

Sa poitrine lui faisait mal ; elle se sentait trop épuisée pour faire ce qu'on lui demandait.

Les ténèbres la happaient, calmes, fraîches, attirantes. Elle tenta d'ignorer la voix insistante et casse-pieds qui l'empêchait de partir.

Le temps s'écoulait au ralenti. Elle se retrouva sur le dos, une paire de bras l'entourant fermement par-derrière. Elle avait la tête hors de l'eau, les poumons libérés. Elle inspira avec bonheur. Une vague lui lécha le visage et s'engouffra dans sa gorge. Elle lutta faiblement, mais les bras autour d'elle la maintenaient solidement. Une main lui souleva le menton pour le sortir de l'eau tandis qu'on la transportait en lieu sûr.

Elle sentit ensuite la terre ferme sous le talon de ses bottes et voulut trouver une position pour ne pas glisser. Celui qui la tenait la lâcha ; Doon tomba sur les fesses dans de l'eau peu profonde. Elle se redressa, tremblante, et regarda autour d'elle. On l'avait portée jusqu'à une petite butte couronnée de deux rochers gris et plats, inondée également, mais l'eau n'arrivait qu'aux genoux et le dessus des rochers était à fleur d'eau. Doon était entourée de dizaines de guerriers débraillés, à demi noyés, à qui les flots avaient arraché armes, armures et forces.

— Ça va ? demanda quelqu'un.

Elle se retourna. C'était l'homme du Nord à la barbe rousse tressée, qui avait raillé sa condition de servante.

— C'est toi qui m'as sauvée ? s'enquit-elle, les sourcils froncés.

— J'ai vu Indaro te sortir de l'eau, mais vous avez replongé toutes les deux. J'ai compris que tu ne savais pas nager.

Il lui avait peut-être sauvé la vie, mais elle ne l'aimait pas pour autant.

— Merci, répondit-elle en essayant de paraître sincère. (Elle observa les alentours.) Où est Indaro ?

— Elle va bien. Elle est là-bas.

Il désigna l'ouest ; Doon vit son amie agenouillée auprès d'un guerrier blessé. Elle fit un signe de la main auquel Indaro répondit par un hochement de tête.

L'homme du Nord s'apprêtait à repartir.

— Et ton ami, où est-il ? lui demanda Doon.

— Je ne sais pas. Je vais le chercher.

Elle se rendit compte que son bras saignait.

— Tu es blessé, fit-elle remarquer. (Il jeta un coup d'œil à la plaie et haussa les épaules.) Je vais t'aider à le retrouver, proposa-t-elle, désireuse de lui rendre service.

Il haussa à nouveau les épaules, puis acquiesça.

— Il s'appelle Malachi.

— Et toi ?

— Stalker.

La pluie avait cessé et l'eau reculait à vue d'œil. La rivière devait sûrement regagner son lit. À perte de vue, il n'y avait que des guerriers recroquevillés, noyés ou à moitié morts.

Nombre d'entre eux étaient blessés, la plupart désorientés par la force et la violence de l'inondation. Des cadavres d'hommes, de femmes et de chevaux flottaient dans les eaux profondes, lentement emportés vers le nord, en direction de la rivière. Au milieu d'eux, des soldats pataugeaient, essayant d'atteindre un lieu sûr. La butte que Doon occupait fut rapidement envahie. Certains avaient grimpé sur les rochers plats et y restaient allongés, comme anéantis. Tous les survivants étaient couverts de boue, et la plupart avaient été blessés. La situation était aussi critique qu'après une bataille, songea Doon.

Elle commença à marcher au milieu des morts et des vivants, essayant d'identifier Malachi, l'homme du Nord. Les couches de boue qui maculaient leur visage ne lui facilitaient pas la tâche. Elle se demanda si elle saurait le reconnaître. Elle se souvint qu'il avait les cheveux gris et courts, et qu'il portait une variante locale de l'uniforme rouge de l'infanterie, agrémenté d'une ceinture en perles et d'un gilet bordé de fourrure.

Elle retrouva une femme qu'elle connaissait bien, à demi consciente et sur le point de se noyer. Elle la hissa plus haut, puis s'aperçut qu'elle avait les jambes écrasées. Elle lui tint la main jusqu'à ce qu'elle expire, puis se releva et reprit sa quête. L'air s'allégeait ; elle voyait mieux. Sous ses pieds, elle retrouva la terre ferme. Enfin, elle le repéra. Malachi semblait indemne. Il immobilisait la jambe d'un autre homme à l'aide d'une attelle. Le soldat blessé, un adolescent de seize ans à peine, gisait, inconscient.

— Il vit toujours ? demanda-t-elle en s'accroupissant à ses côtés.

Malachi lui jeta un coup d'œil.

— Il s'est évanoui. Méchante fracture. (Il s'assit en arrière et soupira.) Il va sans doute mourir d'une infection.

— Stalker te cherche.

— Cette vieille branche, dit Malachi en souriant. Alors tu es à son service, désormais, c'est ça ?

Il se leva et inspecta les alentours, comme s'il cherchait d'autres blessés.

Doon rougit. Elle savait qu'il plaisantait, mais cela l'énervait quand même. Consciente d'être réputée pour son manque d'humour, elle parvint à esquisser un sourire.

À cet instant, brusquement, le silence se fit. Tous les bruits étouffés autour d'elle cessèrent. Tout marchait au ralenti. Elle vit Malachi s'arrêter et se retourner. Il la regarda droit dans les yeux. Ses lèvres remuaient. Pendant encore une seconde, elle n'entendit rien. Puis ses paroles arrivèrent jusqu'à elle, creuses et irréelles :

— Ils arrivent !

Elle se tourna vers le nord et aperçut une rangée de guerriers accourant vers eux. Ils chargeaient dans l'eau boueuse, qui ralentissait leur progression mais ne les arrêtait pas pour autant. Doon les observa un moment, incrédule devant ce spectacle. Comment pouvaient-ils attaquer ? Eux aussi avaient été frappés par le déluge. Elle chercha une épée du regard. Toutes leurs armes gisaient au fond de l'eau ou dans la boue. Elle n'avait qu'un couteau à la taille.

Devançant sa propre ligne, un Bleu se rua vers Indaro en hurlant son cri de guerre, une lance pointée vers son abdomen. Cependant, ses gestes étaient lents, gênés par la boue glissante, et la jeune femme n'eut aucun mal à esquiver la pointe de l'arme. Au moment où le soldat la percutait, elle enfonça son couteau sous son plastron puis, d'un mouvement latéral, lui déchira les chairs. Tandis qu'il tombait, elle saisit l'épée de son assaillant dans son fourreau.

C'était une épée longue, trop lourde pour elle, mais elle la tint fermement à deux mains et avança vers l'ennemi. Inspirant une bouffée d'air, elle émit le ululement aigu de son chant d'attaque. Malachi se tourna un court instant vers elle et sourit, une épée dans chaque main. Puis la vague de guerriers les frappa.

Jamais elle n'avait vécu une telle bataille : celle-ci se déroulait au ralenti. Les deux camps étaient handicapés par l'eau et l'épaisse boue collante, mais, par quelque miracle, les Bleus avaient réussi à s'armer et s'organiser à une vitesse stupéfiante. De l'eau jusqu'aux genoux, les guerriers de la Cité cherchaient à tâtons épées, plastrons, lances et casques alors même qu'une horde de soldats peaux-bleues leur donnait l'assaut.

Doon découvrit que la plaine sur laquelle ils livraient bataille depuis un an, à première vue plate comme une galette, comportait en réalité nombre d'obstacles et de fossés. Sous les eaux bouillonnantes, le sol était criblé de trous qui retenaient les bottes, et dans lesquels on butait facilement.

Avisant deux soldats ennemis qui venaient vers elle, elle alla à leur rencontre d'un pas chancelant, épée brandie. Le premier Bleu ne s'était pas adapté à la lenteur de la bataille. Il tenta de lui balancer un coup d'épée à la tête. Glissant dans la boue traîtresse, il se réceptionna sur un genou. Son camarade prit soin d'ancrer ses pieds avant de projeter son épée sur Doon. Celle-ci para le coup maladroitement puis, tenant son épée d'une main, elle saisit son couteau et le lança en visant l'œil de son assaillant. Elle manqua sa cible et lui transperça le cou. Le sang gicla ; l'homme s'effondra, essayant d'endiguer l'hémorragie de ses mains. Le premier soldat se releva. Doon plongea sur lui, mais il s'écarta et para l'attaque, assenant en retour un coup dans le surcot de la jeune femme. L'arme rebondit contre le cuir épais et manqua sa hanche d'un cheveu. La force de l'attaque déséquilibra l'assaillant. Alors qu'il chancelait, Doon souleva sa lourde épée et l'abattit sur la tête nue de l'homme, lui fracassant le crâne.

Elle regarda autour d'elle pour se faire une idée de la situation – entreprise impossible. Tous étaient maculés de boue, et, tant que les soldats ne se trouvaient pas juste sous son nez, elle ne pouvait les identifier comme alliés ou ennemis. Complètement désorientée, elle ne savait pas si ses amis se trouvaient devant ou derrière elle. Pour couronner le tout, le soleil brillait de nouveau et une brume chaude montait autour d'eux.

Le soulagement l'envahit quand, enfin, elle entendit résonner le cri familier :

— À moi les Chats Sauvages ! À moi les Rouges !

Elle reprit courage. Fell Aron Lee était en vie, et il ralliait ses troupes !

Ne s'arrêtant que pour ramasser deux épées abandonnées, elle se dirigea vers la voix de son commandant.

Allongé sur le dos, les mains derrière la tête et les jambes croisées, Fell attendait l'aube. Il calcula que, étant au cœur de l'été, comme il faisait face à l'est, le soleil devrait apparaître juste entre ses bottes. Non pas qu'il serait encore au repos à ce moment-là. Dès que le ciel commencerait à s'éclaircir, les Chats Sauvages se prépareraient pour la prochaine attaque ennemie.

C'était une nuit sans lune, d'un noir d'encre. L'air était chaud. Son uniforme encore humide lui collait à la peau, même si le déluge avait eu lieu une demi-journée auparavant. Un peu plus tôt dans la soirée, ils avaient aperçu la pâle lueur des feux de camp ennemis au nord, mais eux-mêmes avaient décidé de ne pas en allumer. Ils étaient trop épuisés pour se tenir debout, réfléchir, et faire autre chose que s'allonger et dormir d'un sommeil de plomb.

Fell regardait droit devant lui, cillant à peine, dans l'attente de voir les premières nuances de bleu s'insinuer dans le noir du ciel. Il essayait de reposer son corps : il n'avait pas dormi. Son esprit ne cessait de passer en revue diverses stratégies pour tenter de survivre à la journée suivante.

Il n'avait pas la moindre idée de ce qu'il était advenu du reste de l'Armée maritime. Elle avait peut-être été décimée, ou bien les hommes s'étaient enfuis. Peut-être restait-il d'autres petits groupes de survivants, se défendant en formation serrée, comme les cent quatre hommes et femmes allongés autour de lui dans la nuit.

Ils n'avaient eu aucune chance. Au moment de l'inondation, les Bleus occupaient un terrain plus élevé. De plus, leur commandant – un général dont il ignorait le nom – avait ordonné l'attaque avec une telle rapidité que les Rouges avaient été balayés de manière aussi radicale que par l'eau qui les avait submergés quelques minutes auparavant. Des milliers de personnes avaient péri dans la première heure. Des milliers d'autres s'étaient enfuies vers la Cité, poursuivies par l'ennemi triomphant. Les Chats Sauvages de Fell avaient maintenu leur position sur la petite butte, ayant pour toute protection les deux pauvres rochers plats. Ils s'étaient battus avec férocité tout le reste de la journée. Au crépuscule, après que l'ennemi eut regagné ses lignes, il ne restait plus que cent quatre Chats Sauvages. Parmi eux, seize ne passeraient sans doute pas la nuit, trente-quatre n'étaient pas en état de lutter, et quarante-trois pouvaient encore marcher malgré leurs blessures. Seuls onze soldats s'en étaient sortis indemnes.

Durant la première heure de cette courte nuit, il avait pensé profiter de l'obscurité pour battre en retraite et tenter de mettre plus de distance entre les ennemis et eux. Mais ils tombaient tous de fatigue, très choqués par l'anéantissement presque total d'une armée de vingt mille guerriers en un seul jour. De plus, les blessés étaient trop nombreux, aussi décida-t-il de rester sur cette position, comptant sur les rochers pour les couvrir d'une manière toute relative. Il attendrait de voir comment se passerait le jour suivant. Peut-être la Cité allait-elle envoyer des renforts ; peut-être apprendraient-ils qu'une autre compagnie se trouvait dans les parages, prête à les rejoindre. Désolé, Fell comprit que par ce choix il avait probablement signé leur arrêt de mort à tous, mais il lui était impossible d'abandonner tant de blessés.

Il crut déceler une lueur dans le noir. Il cligna des yeux pour en nettoyer la poussière et scruta le ciel. *Oui,* songea-t-il, *c'est bien le début d'un nouveau jour.*

— Garvy.

— Monsieur ?

La voix, proche, traduisait une certaine souffrance. Garvy avait l'épaule déboîtée. On l'avait remise en place avant de bander son bras contre sa poitrine, mais il n'avait sans doute pas réussi à dormir.

— Comment va l'épaule ?

— Bien, monsieur.

— Donne-moi les chiffres.

Il entendit Garvy se lever avec précaution puis, comme si une permission venait d'être délivrée, des bruits s'élevèrent tout autour de lui : des mouvements de corps, des soldats qui, en se réveillant, toussaient, crachaient et grognaient à la perspective de la journée. Pour les blessés, celle-ci commençait mal. Certains gémirent ou crièrent de douleur. *Seulement onze personnes indemnes*, songea Fell. *Que les dieux de la glace et du feu nous viennent en aide, aujourd'hui.*

— Monsieur ?

— Oui.

Il ne reconnut pas la voix.

— Jonas est mort, monsieur.

— Dis-le à Garvy. C'est lui qui fait les comptes.

Il ne tarda pas à distinguer des formes sur l'horizon qui s'éclairait. Le ciel était d'un bleu velouté, strié de rose et de rouge en bas, à l'est. À tâtons, Fell trouva une outre à côté de lui et but une grande gorgée. Il prit le plastron qu'on lui avait prêté, puis se leva et balaya de la main son uniforme maculé de boue. Garvy se posta à ses côtés. Fell vit son bandage blanc.

— Quatorze sont morts cette nuit.

— Placez les corps sur la route de l'ennemi.

— Monsieur ?

— Dans le noir, la première vague trébuchera peut-être sur eux. Rassemblez les derniers blessés entre les rochers. Des déserteurs ?

— Aucun, monsieur.

Malgré la gravité de la situation, la fierté emplit le cœur de Fell. Pas un seul déserteur. Chaque soldat avait décidé de rester pour lutter – lutter pour ses amis, plutôt que fuir discrètement dans la nuit.

Il marqua son approbation d'un brusque signe de tête, craignant que sa voix ne trahisse son émotion. Garvy s'éloigna. Bientôt, le campement s'anima pour mener sa tâche à bien : transporter les corps sur le chemin que l'ennemi emprunterait, et rassembler les survivants blessés derrière le mur de combattants restants.

Fell se racla la gorge.

— Chats Sauvages, mangez et buvez tant que vous le pouvez. Ils ne vont pas tarder à arriver.

Il n'avait aucun ordre particulier à leur donner. *Survivez si vous le pouvez. Luttez à mort dans le cas contraire.* Des consignes bien inutiles. Il ramassa son épée et, du pouce, en vérifia le tranchant. La lame était ébréchée et émoussée.

Il entendit une femme crier derrière lui, parmi les blessés, et pensa à Indaro. La dernière fois qu'il l'avait vue, elle défendait deux soldats touchés, la fidèle Doon à ses côtés. Elle ne portait pas de casque ; la masse de ses cheveux roux brillait comme du cuivre en fusion dans la lumière du soleil. On ne décelait ni peur ni doute sur son visage paisible, concentré. C'était la plus belle femme qu'il eût jamais vue, avait-il songé. S'il était encore en vie à la fin de la journée…

— Ils arrivent ! s'écria une voix crispée par la terreur.

Ainsi commença la journée.

Au moins, pas de cavalerie en vue. Fell remercia le ciel. Peut-être les Peaux-bleues avaient-ils perdu chevaux et cavaliers dans le déluge. Ou, c'était plus probable, la cavalerie avait une mission plus importante à accomplir que de venir à bout d'une petite bande de Rouges à la traîne. Cela impliquait-il que le reste de l'armée combattait ailleurs ? Fell l'espérait. Si la Troisième Maritime était détruite, la Cité serait vulnérable au sud et à l'est.

L'ennemi ne perdit pas de temps non plus avec l'infanterie légère. Le sol désormais sec durcissant vite sous le soleil, ils avaient envoyé l'infanterie lourde, dirigée par les gigantesques hommes à la peau noire des forêts de Mulan, protégés de la tête aux genoux par d'épaisses plaques de métal. Les guerriers de la Cité les connaissaient bien et les avaient surnommés « les scarabées ». L'unique moyen d'en venir à bout était de leur couper le tendon du jarret en premier, de glisser une lame sous le bras, à la jonction des deux plaques, ou encore le long de leur collet montant – à condition de s'en approcher suffisamment et d'éviter leurs haches et leurs épées. Ils étaient lourds, mais n'en étaient pas moins véloces.

À la tête de ses guerriers, Fell courut vers le premier scarabée et esquiva une hache volante. Poussant un cri, il bondit en l'air et abattit son épée émoussée sur le casque de l'homme. La lame se brisa, mais le bruit qui résonna à l'intérieur du casque de métal dut être prodigieux, car le scarabée s'arrêta net. Fell profita de cette seconde de répit pour enfoncer son couteau dans l'espace exposé au niveau de l'aisselle de son adversaire. Il fit pivoter la lame, cherchant à atteindre le cœur. Le scarabée s'effondra, raide mort, sous les acclamations des Rouges.

Fell réceptionna une autre épée et la bataille commença.

Il avait tué trois scarabées de plus et le soleil brillait déjà haut dans le ciel quand il prit conscience qu'il était blessé – au bras gauche, pas à son bras d'épée. Il recula un instant pour vérifier l'ampleur des dégâts et s'assurer qu'il n'allait pas mourir d'une hémorragie. Deux de ses hommes s'avancèrent pour le couvrir. D'une sacoche à son flanc, il tira un rembourrage en coton qu'il appliqua sur sa plaie avant de dérouler sa manche pour le maintenir en place.

Il jeta un coup d'œil à la ronde pour prendre la mesure de la situation. L'ennemi attaquait toujours à l'avant et à gauche. S'ils avaient encerclé la petite armée des Chats Sauvages, ils seraient tous morts à cette heure. Soit leur commandant était demeuré, soit ils manquaient eux aussi de soldats. Aucune de leurs actions passées ne laissait supposer qu'ils étaient stupides. Un faible espoir se fit jour : les ennemis étaient forcément en sous-effectif.

Pendant un délicieux instant de folie, il songea à donner l'ordre à ses soldats de passer à l'offensive.

Non, pensa-t-il. *La défense, seulement ça*. Il fallait tenter de sauver les blessés. Mais il avait besoin de savoir combien de Bleus combattaient. Il courut jusqu'au rocher le plus proche et sauta dessus, mais la pierre n'était pas assez haute pour lui procurer une bonne vision. Il regarda autour de lui.

— Queza !

— Monsieur ?

C'était une petite femme robuste, musclée mais gracieuse, agile comme un singe – et plus légère que n'importe quel homme. Elle arriva vers lui au pas de course, prête à exécuter les ordres.

Il se tourna vers l'un des hommes du Nord, aussi tenace et aussi féroce qu'un loup, qui fouillait parmi un tas d'épées pour en trouver une à sa convenance.

— Toi.

— Malachi, répondit l'homme d'un ton neutre.

— Queza, ce soldat et moi allons te soulever. Je veux savoir combien ils sont à lutter contre nous.

— Entendu, monsieur.

Malachi grimpa sur le rocher et se tint derrière Fell, qui plia un genou et tapota sa jambe.

— Cuisse, puis épaule.

Queza l'escalada ; il la sentit chercher son équilibre quand elle fit peser la moitié de son poids sur son épaule, l'autre moitié reposant sur celle de Malachi. À mesure qu'elle se redressait, elle ôta lentement la main qu'elle avait posée sur sa tête. Malachi et lui la tinrent par les mollets.

Les secondes s'écoulèrent péniblement ; Fell se demanda combien de temps il faudrait à leurs ennemis pour repérer une cible si facile. Il entendit un projectile siffler au-dessus de lui. Queza s'exclama aussitôt :

— Faites-moi descendre !

Elle regagna le sol avec moins de grâce que pour l'ascension, mais elle affichait un large sourire.

— Cent, monsieur. Cent vingt tout au plus.

— Des cavaliers ?

— Une demi-douzaine de chevaux à l'arrière. Sans doute des messagers. Pas de cavalerie.

Fell sourit à son tour. Il hocha la tête, assena une tape sur l'épaule de Queza qui, en courant, retourna prendre sa place. *Arrondissons à cent*, pensa-t-il. *Nous sommes quarante-cinq, dont quatre indemnes. Il nous suffit d'en tuer chacun deux de plus, puis nous pourrons partir.*

Chapitre 12

La nuit tomba avec une lenteur terrible, et l'ennemi continuait le combat.

Indaro jeta un coup d'œil vers l'ouest, où le soleil se couchait dans toute sa splendeur, striant le ciel de teintes jaunes et pourpres pareilles à celles d'une vieille ecchymose. D'ailleurs, elle avait l'impression que son corps n'était qu'un gros hématome. Elle avait mal partout. Elle ne sentait plus son épaule droite, et son bras d'épée était aussi puissant et aussi agile qu'un bout de viande avariée. Combien de temps allait-elle encore tenir ? L'ennemi souffrait lui aussi : son adversaire se mouvait comme un zombie, et leur affrontement se résumait à un échange de coups mous, assenés des deux côtés avec une lassitude indescriptible.

Indaro n'avait guère le temps de prier, mais, ce jour-là, elle demanda aux dieux de la glace et du feu d'intervenir auprès de Vashta, le gardien de la nuit, pour que celle-ci tombe bientôt. S'ils survivaient une nuit de plus, peut-être les renforts arriveraient-ils à l'aube. Peut-être.

— Daro !

Le nom mit du temps à atteindre son cerveau fatigué. Elle recula de deux pas pour s'octroyer de la place et regarda celui qui avait parlé.

— On se retire derrière les rochers, lui dit Garret.

Couvert de sang, il semblait à deux doigts de s'effondrer.

Elle acquiesça et se concentra sur son adversaire. Il n'avait pas essayé de la suivre et se contentait de rester planté là, rompu, son épée à peine levée pour se défendre. Rassemblant toute la force et la vitesse qu'il lui restait, elle fondit sur lui pour lui transpercer la gorge avant de reculer.

Elle n'avait pas entendu l'ordre de battre en retraite du côté ennemi, mais, au bout d'un moment, leurs adversaires commencèrent à se fondre dans l'obscurité. Elle prit une profonde inspiration, puis s'avança vers un soldat ennemi à terre secoué de spasmes, ses entrailles gisant à ses côtés tel un ruban ensanglanté. Ses yeux ouverts ne la virent pas quand elle vint au-dessus de lui. Elle l'égorgea, puis essuya sa lame sur la jambe du mort. C'était une bonne arme, songea-t-elle, la meilleure qu'elle avait eue en sa possession depuis des jours.

Elle trouva l'outre de l'homme et l'accrocha à son épaule avant de se tourner vers ses camarades entre les rochers, où les blessés étaient rassemblés. Les deux pierres plates offraient une piètre défense, mais sur cette plaine déserte c'était le seul abri disponible. Les blessés les plus mal en point étaient étendus entre elles, alignés. Fell avait positionné les soldats moins grièvement touchés sur les rochers pour les protéger des attaques sur les côtés.

Il restait peu de guerriers indemnes, à présent. Indaro baissa les yeux sur son corps couvert de sang. Seules les jointures de ses mains étaient égratignées. Elle aurait dû porter secours aux blessés, mais ils étaient si nombreux, et elle était si épuisée ! Elle respira à fond, puis s'avança pour proposer son aide.

Fell l'aperçut et s'avança vers elle. Il avait le teint gris et les joues creuses. Ses yeux bleus avaient perdu leur éclat. Il la considéra d'un œil vide.

— Je vais prendre cette eau, grogna-t-il avant d'indiquer l'endroit où Doon se trouvait. Va t'occuper de ta servante.

Elle hocha la tête et grimpa sur le rocher plat. Doon était assise avec six camarades, dont la plupart avaient la jambe ou la cheville cassée. Elle confectionnait une attelle pour l'une de ses amies du nom de Marchetta. La fracture était grave ; Marchetta avait perdu connaissance. Indaro aida Doon à remettre rapidement les os en position avant de bander la jambe autour d'une lame d'épée brisée. Toutes deux savaient qu'il lui serait impossible de marcher pendant des semaines, et que la blessure ne guérirait sans doute jamais, même si l'ennemi s'évaporait soudain dans la nuit.

Quand elles eurent terminé, Doon roula sur le côté pour essayer de s'installer à son aise. Indaro vit son visage se crisper de douleur.

— Montre-moi, dit-elle.

— Ça va aller, ne t'en occupe pas, répliqua la femme d'un ton agacé en éloignant sa jambe.

— Ce serait dommage de survivre à cette bataille et de mourir de la gangrène.

— Si ça s'infecte, tu n'y pourras rien de toute façon. Et tu viens de donner notre eau potable.

— Il me reste de la pommade.

Indaro tâta la bourse qu'elle avait au côté et en sortit un petit pot fermé par un bouchon, sauvé de l'inondation.

Doon ricana.

— Tu es la seule à croire que ce truc peut soigner. Moi, je crois que c'est du poison.

Indaro ne pouvait la blâmer. Elle avait acheté le baume à une vieille femme, dans le Sud, à la ville frontière de Saris, où ils avaient campé pendant plus d'un an. On lui avait dit que la mixture était préparée avec de la mousse de chêne et de l'écorce de saule – des raretés sur ces terres chaudes et sèches. Elle avait étalé la pâte verte sur bon nombre de blessures légères, avec un résultat assez concluant, croyait-elle alors. Puis elle l'avait utilisée pour soulager Maccus Odarin, camarade et grand combattant des Chats Sauvages, dont la plaie insignifiante à la jambe avait fini par pourrir. Elle avait presque vidé le pot, appliquant la pommade quotidiennement, mais l'état de Maccus s'était aggravé : sa jambe avait noirci. Finalement, ils avaient dû l'amputer et il succomba malgré tout. Depuis, personne ne voulait toucher au produit et tout le monde l'évitait, comme s'il était maudit.

— D'accord, je ne t'en mettrai pas. Laisse-moi juste voir de quoi il retourne. Je te rappelle que tu dois m'obéir, ajouta-t-elle en se forçant à sourire.

À contrecœur, Doon l'autorisa à ôter son bandage, révélant une blessure large et profonde à l'arrière de sa cuisse gauche, sous la fesse. Indaro vit que le muscle avait été sectionné, mais pas les artères principales. Malgré tout, le sang avait mis une éternité à coaguler et, la nuit précédente, Indaro avait craint qu'il ne s'arrête jamais de couler. La plaie saignait encore un peu et un liquide clair s'en échappait. Cependant, autant qu'Indaro put en juger dans la lumière déclinante, elle paraissait propre.

Doon, qui ne pouvait rien voir, se contorsionna et demanda :

— Alors ?

La peur se lisait dans son regard. Il y avait moult façons de mourir, et personne ne souhaitait connaître le sort de Maccus Odarin.

— Ça va, répondit Indaro. Mieux vaut cacher ça à Fell Aron Lee, sans quoi il te renverra en première ligne dès demain.

Elle s'allongea sur la pierre chaude et émit un grognement de plaisir quand les muscles de ses épaules commencèrent à se détendre.

— Combien sommes-nous, maintenant ? s'enquit-elle, sachant que Doon avait observé chaque coup d'épée et compté chaque camarade tombé au combat

— Dix-huit à tenir encore debout. J'ignore s'il reste des soldats indemnes à part toi. Et Fell.

Elle haussa les épaules. Évidemment que Fell en était sorti indemne. Il était invulnérable. En plus de cent jours de bataille, il n'avait jamais été touché. On le disait protégé par un enchantement.

Indaro baissa les yeux vers l'endroit où leur commandant était accroupi au milieu de ses soldats abattus, s'adressant à chaque blessé. Elle savait qu'il n'évoquerait pas leur courage, ni la nécessité de vivre pour se battre un jour de plus. Ce n'était pas son genre. Les guerriers de Fell savaient qu'ils étaient les meilleurs. Inutile de le leur préciser. Non, Fell jaugeait chaque homme et chaque femme, estimant leurs chances de survie et, s'ils devaient s'en sortir, leur capacité à retourner au combat dès le lendemain.

Levant les yeux, il surprit Indaro qui l'observait. Elle crut déceler un certain trouble sur son visage, mais se dit très vite qu'elle avait dû l'imaginer. Jamais elle n'avait rencontré quelqu'un d'aussi prudent que Fell Aron Lee.

De plus, la nuit tombait. Elle regarda vers l'ouest, où les dernières lueurs du jour prenaient une étrange nuance gris-vert. Le ciel était chargé de nuages et, pour la première fois, elle sentit la légère fraîcheur annonciatrice de l'automne prochain.

— Regarde ! s'exclama Doon.

Indaro se tourna pour voir ce qu'elle indiquait.

Une silhouette en provenance du nord courait vers le campement assiégé. Indaro se rendit compte que c'était l'une des leurs. Elle s'écria :

— Une éclaireuse !

Fell se redressa et se dirigea vers la nouvelle venue, avec qui il échangea quelques mots. Il regarda autour de lui et dit :

— Écoutez.

Il avait à peine élevé la voix, mais tous l'entendirent, et le silence s'abattit sur le campement.

— Ils se sont retirés vers la rivière. Avec cette nuit sans lune, il serait étonnant qu'ils nous attaquent. Nous n'avons presque plus d'eau et je voudrais que chacun donne son outre. Garvy la rationnera et la distribuera demain matin en priorité aux... blessés, ensuite aux autres.

Son hésitation, à peine perceptible, n'échappa pas à Indaro. Comme tout le monde, elle savait ce qu'il voulait dire. L'eau serait donnée aux blessés qui avaient une chance de survivre. Ceux qui avaient déjà un pied dans la tombe n'auraient pas de réconfort, ne recevraient pas la moindre goutte. C'était dur, mais accepté.

— Les Bleus ne se portent pas mieux que nous, poursuivit Fell. Ils n'ont plus d'eau ni de nourriture. Ils ont beaucoup de morts et de blessés, et ils dépensent plus d'énergie à nous attaquer que nous à nous défendre. Notre avenir repose donc entre les mains des dieux. Le premier camp qui recevra des renforts gagnera la journée. Nous ne sommes qu'à quarante lieues d'un terrain sûr, et j'ai envoyé un messager. Nous pourrions être relevés ce soir. Sinon, nous maintiendrons notre position.

Il s'interrompit, comme s'il avait terminé, puis reprit soudain la parole :

— Nous sommes tous des vétérans. Nous avons tous déjà connu cette situation, et y avons survécu. (Indaro vit des hommes et des femmes se regarder, marquant leur approbation d'un signe de tête.) Demain, nous devrons reprendre le combat. Nous répondrons à l'appel comme nous l'avons toujours fait. Il y aura des effusions de sang, et des morts. Mais ce n'est pas ça qui nous arrêtera. Ça ne nous a jamais arrêtés par le passé, et ça ne nous arrêtera pas demain. Alors maintenant, reposez-vous, et sachez que, demain, nous nous relèverons, pour la Cité et pour nos frères d'armes. Nous sommes les Chats Sauvages, et jamais nous n'abandonnons !

Il se détourna. Il n'y eut pas de réactions des guerriers fatigués, mais Indaro sentit une vague de chaleur, un sentiment d'unité balayer le campement. Hommes et femmes se couchèrent, les paroles de Fell gravées en eux. Elle savait qu'elle allait sûrement mourir le lendemain, mais cette perspective ne l'effrayait pas. Elle regarda Doon, qui hocha la tête. Toutes deux pensaient la même chose.

Garret grimpa sur le rocher à côté d'elles. Il se laissa tomber sur le dos, la respiration bruyante. Puis il roula sur le côté et demanda à Doon :

— Comment va ta jambe ?

Doon lui jeta un regard mauvais.

— Alors, on ne reste pas avec les blessés, Garret ?

— Tu es blessée, je te signale, répliqua-t-il.

Elle haussa les épaules.

— Comme nous tous. Ce n'est pas pour autant que je fais partie des invalides.

Il roula de l'autre côté et soupira.

— Ils vont nous attaquer cette nuit, à ton avis ?

Indaro sentit s'évaporer la fragile quiétude inspirée par les paroles de Fell.

— Cette nuit, demain… Quelle différence ? dit-elle sèchement.

On ne survivra pas à une autre attaque, pensa-t-elle. Et rares étaient ceux qui croyaient à l'arrivée des renforts.

— Fell a envoyé Keema sur notre dernière monture. Elle s'en sortira, affirma Garret avec son optimisme à toute épreuve.

Curieusement, l'entendre appeler leur commandant seulement par son prénom ennuya Indaro.

— Es-tu bête ou quoi, Garret ? rétorqua-t-elle, sentant sa colère monter. « Elle s'en sortira. » Et après ? Une armée entière de Bleus se dresse sans doute entre la Cité et nous, et, si « elle s'en sort », comme tu dis, tu crois vraiment que les généraux enverront un détachement pour sauver notre petit groupe au lieu de rester combattre là-bas ? Ça s'est déjà vu ? (Elle le fusilla du regard comme si c'était lui le responsable.) Peux-tu me citer une seule fois où ça s'est produit ?

Garret évita son regard, se concentrant sur Fell qui allait d'un soldat à l'autre et envoyait des gardes surveiller le périmètre.

— Je me demande où est ce bon vieux Brog, en ce moment. Il a de la veine d'avoir manqué ça.

Indaro secoua la tête. À quoi bon s'en prendre à Garret ? Il n'était pas idiot, mais quelque chose clochait chez lui. Elle ne l'avait jamais vu se mettre en colère ou subir une baisse de moral. Si on lui avait posé la question un an plus tôt, elle ne l'aurait pas décrit comme un combattant exceptionnel, et malgré tout il était là, toujours vivant, alors que nombre d'excellents guerriers avaient péri. À sa connaissance, il n'avait jamais non plus été blessé grièvement. On disait de Fell qu'il était invincible. Garret avait vécu les mêmes choses que son commandant ; pourtant, personne n'aurait dit cela du jeune soldat.

— J'imagine qu'il finira par nous rejoindre, dit-elle, radoucie. Allez, il est temps de se reposer.

Allongée sur le rocher par cette chaude nuit d'été, l'odeur forte et nauséabonde du sang dans les narines, les mains et le visage encore poisseux d'hémoglobine, elle ne pensait pas que le sommeil allait venir. Toutefois, l'épuisement l'emporta sur l'inconfort et, quelques minutes plus tard, elle dormait profondément. Quand le bruit qu'ils redoutaient tous se fit entendre, elle était totalement inconsciente : il lui fallut un bon coup de pied dans la jambe pour la réveiller.

— Elle arrive ! hurla Garret dans son oreille. La cavalerie !

Elle attrapa son épée, horrifiée, avant de rouler sur le côté pour se lever. Un bruit de tonnerre résonnait dans sa tête au moment où les chevaux entrèrent dans leur campement au galop, leurs cavaliers armés de torches et de lances.

La cavalerie, pensa-t-elle. *Les renforts ont donc fini par arriver… pour l'ennemi !*

Un chaos épouvantable se déclencha dans les ténèbres quand les guerriers blessés, allongés entre les rochers, furent piétinés par les sabots ferrés des montures. Les quelques soldats de la Cité encore vaillants s'étaient levés, prêts à se défendre jusqu'au bout, mais les cavaliers les encerclaient, s'engouffrant dans l'espace entre les rochers. Ils semblaient être des centaines. De son point de vue en hauteur, tout ce qu'Indaro distingua fut la lueur des torches, et les mouvements fiévreux des silhouettes noires. Elle attendit le bon moment pour sauter sur le dos d'un cavalier qui passait devant les rochers. Son poids les projeta tous deux à bas du cheval ; ils tombèrent en roulant, Indaro relâchant sa prise. Elle se recroquevilla quand des chevaux passèrent au galop de chaque côté, puis se releva d'un bond, ramassa un brandon au sol et regarda autour d'elle. Dans la lumière des flammes, difficile de savoir si les guerriers à terre étaient alliés ou ennemis. Elle vit un cavalier fondre sur elle. Supposant qu'il s'agissait d'un Bleu, elle frappa de sa torche la bouche de la monture, qui se cabra et fit un écart. Son cavalier se cramponna tant bien que mal à la bête. Indaro s'avança et enfonça profondément son épée sous le plastron de l'homme. Alors qu'il tombait de sa selle, Indaro enfourcha le cheval et se saisit des rênes. La torche brandie, elle tentait de comprendre ce qu'elle voyait, pleinement consciente qu'on pouvait désormais la prendre pour un Bleu. Ils n'avaient pas reçu d'ordres. Où diable était Fell ? Une monture surgit de l'obscurité devant elle.

— Chats Sauvages ! cria-t-elle.

Le cavalier baissa sa lance et chargea. Le cheval d'Indaro fit un écart. Indaro bascula en même temps, et l'autre manqua sa cible. Elle trancha le cou de l'ennemi au passage. Elle sentit d'abord la résistance du métal, puis sa lame pénétra facilement dans les chairs. Le cavalier s'effondra mais resta en selle. La bête s'éloigna au trot dans le noir.

Indaro repéra deux camarades acculés contre un rocher : l'un d'eux, grièvement touché, se tenait le flanc. Trois soldats d'infanterie leur donnaient l'assaut. Elle fonça sur eux avec son cheval juste au moment où le blessé s'écroulait, un couteau planté dans le cou. L'autre Chat Sauvage tua un guerrier ennemi en lui assenant un coup d'épée à l'entrejambe. Il jeta ensuite un rapide coup d'œil vers Indaro. Ce réflexe lui coûta la vie. Indaro hurla et, d'un geste latéral, balança son épée sur une tête avant d'empaler le dernier Bleu, l'embrochant du cou jusqu'à la poitrine. Elle tira sur son épée pour la dégager.

— Indaro !

Se tournant sur sa selle, elle vit Doon qui l'appelait du rocher. Elle la rejoignit.

— On bat en retraite ! s'écria son amie en indiquant l'ouest.

Elle se tenait maladroitement debout, un couteau ensanglanté à la main, un ennemi agonisant à ses pieds.

Indaro jeta un coup d'œil à la ronde et hocha la tête. Ils étaient trop nombreux, et la plupart des blessés de la Cité étaient morts. Les torches avaient été perdues dans le combat, et les ténèbres constituaient désormais leur seule défense.

— Où est Fell ?

Doon haussa les épaules.

— Je ne sais pas où sont les autres, mais j'ai vu des camarades se replier par là-bas, répondit-elle en pointant de nouveau un doigt vers l'ouest.

— Grimpe, lui ordonna Indaro en faisant tourner bride à son cheval de façon que sa croupe touche le rocher.

Doon monta avec difficulté. Indaro entendit son souffle haletant et douloureux.

— Attention à droite ! cria Doon.

Indaro se contorsionna pour voir deux cavaliers foncer sur elles avec leurs lances.

L'un visa le haut de son corps, l'autre la monture. Indaro fit dévier la première lance avec son épée, mais la lame se brisa, et la seconde lance frappa son cheval dans le ventre. La bête hennit de douleur ; ses postérieurs cédèrent, désarçonnant les deux femmes. Indaro atterrit la tête contre un rocher. Étourdie, elle mit du temps à se relever. Les deux cavaliers mirent pied à terre et se dirigèrent vers elles. Boitant lourdement, Doon se posta devant sa maîtresse, épée brandie. Avec un sourire, les deux hommes échangèrent un regard qui voulait dire : « On va n'en faire qu'une bouchée. »

Ils attaquèrent Doon en même temps pendant qu'Indaro se redressait sur ses jambes tremblantes. Elle secoua la tête pour tenter d'y voir plus clair, mais le monde resta flou et elle ne parvenait pas à fixer son regard. Malgré tout, elle courut vers les deux soldats, agitant son épée comme l'aurait fait un enfant. L'un d'eux se mit de biais pour contrer son attaque. Elle prit une bouffée d'air avant de plonger et de rouler maladroitement vers les jambes du premier homme, lui entaillant méchamment l'intérieur de la cuisse. L'autre, surpris, se retourna. Doon lui assena sans force un coup d'épée. Elle l'atteignit à l'épaule avec le pommeau. Il chancela quand même, et Indaro, debout, bondit sur lui pour enfoncer sa lame cassée dans son flanc.

Elle saisit l'épée de l'ennemi. Remise de sa chute, elle observa les alentours. Il faisait noir partout, sauf à l'est, où retentissaient les cris de triomphe des troupes adverses. Le cheval blessé se contorsionnait à terre avec de terribles hennissements, le sang se déversant de sa plaie à la panse. Elle s'agenouilla et l'égorgea, éclaboussée de rouge.

Elle regarda Doon, assise dans la poussière, le visage blême dans le faible clair de lune.

— Par où ? demanda-t-elle.

« Par où allons-nous, maintenant que nous avons perdu ? » était sa vraie question.

Doon haussa les épaules.

— J'ai vu des camarades se diriger vers l'ouest, mais ils nous poursuivront sur le chemin de la Cité. Nous pourrions aller soit vers le nord, soit vers le sud. Ce serait peut-être plus prudent.

Indaro hocha la tête.

— S'il reste encore des Rouges là-bas, nous nous joindrons à eux.

Elle aida Doon à se lever. Son épaule sous celle de son amie, elle s'enfonça dans la nuit d'un pas chancelant.

La mer d'un bleu-vert foncé, pareil à la teinte d'une pierre précieuse, était chaude autour de son corps nu, tel un lit de velours dans le clair de lune. L'homme était allongé dans les profondeurs, couvé par les eaux épaisses et traîtresses. Des bulles lui glissaient le long du corps, courant vers la surface scintillante, ses reflets embrumés comme perçus à travers du verre. Les grosses bulles s'élevaient lentement, s'attardant contre sa poitrine et ses flancs, tandis que les petites pétillaient entre ses doigts et ses orteils. Il était étendu sur le ventre ; le poids de l'eau pesait sur lui.

Soudain, il se rappela qu'il ne pouvait pas respirer et se débattit pour relever la tête. Il sentait une odeur de terre et de sang…

Fell essaya d'ouvrir les yeux, mais ses paupières semblaient collées. Il pouvait à peine bouger. Un poids lui écrasait la poitrine ; il n'arrivait pas à respirer correctement. Il faisait si chaud ! Il s'efforça de glisser sa main droite, tendue devant lui, sous son épaule pour tenter de se relever. Le sang battait dans ses tempes au rythme de son cœur, et le mouvement soudain lui donna le tournis. La terre entière et son corps oscillèrent affreusement. Il s'accrocha pour laisser passer le malaise. Puis il inspira une autre bouffée d'air boueux et réessaya. Quelque chose pesait sur son dos et sur ses jambes. Grognant sous l'effort, il releva la tête et dégagea son épaule droite. Quand le monde cessa à nouveau de tourner, il se força à ouvrir les yeux et regarda autour de lui.

Le soleil était haut dans le ciel. Fell était allongé près d'un tas de cadavres, négligemment jetés les uns sur les autres. Face à lui se trouvait Malachi, l'homme du Nord qui avait servi au sein de sa compagnie pour quelques jours funestes. Il lui manquait la moitié de la tête. Fell continua à observer les alentours avec tristesse, reconnaissant des visages qu'il avait vus pendant des mois, voire des années, leurs yeux couverts de poussière dans la mort.

Il se souvint de l'alerte donnée en pleine nuit, des cavaliers arrivant au galop, d'un cheval se cabrant, et d'un coup de sabot dans la tête. Les Chats Sauvages n'avaient pas eu la moindre chance. Et les gardes, où se trouvaient-ils ? Était-il le seul à avoir survécu ? Avec un grognement de douleur, Fell laissa retomber sa tête.

Ils ont entassé les corps, pensa-t-il au bout d'un moment. *Pour les brûler ?* La peur lui donnant un regain d'énergie, il se souleva à nouveau et rampa, fourbu, pour se dégager des cadavres de soldats. Il resta allongé quelque temps, épuisé, puis parvint à se mettre debout. Il eut du mal à conserver son équilibre : son mal de tête lui donnait le tournis et l'affaiblissait. Il avisa les environs, les yeux plissés à cause du soleil qui lui transperçait le crâne comme mille lames affûtées.

Il ne vit ni mouvement ni survivant. La plupart des morts étaient déjà blessés au moment de l'assaut nocturne. Ils n'avaient eu aucun moyen de se défendre contre la cavalerie. Levant les yeux, il ne distingua pas de présence ennemie, ce qui ne voulait pas dire qu'ils ne reviendraient pas. Ils ne s'étaient pas donné la peine d'entasser les corps sans intention. Ils pourchassaient sans doute les survivants. C'était ce que Fell aurait fait, à leur place. Il fallait qu'il soit loin d'ici à leur retour.

Il chercha une outre d'eau, mais toutes avaient été ramassées, ou bien étaient vides. Il finit par dégotter un fond d'eau qu'il but goulûment, sentant sa migraine s'atténuer légèrement. Il trouva une épée, émoussée mais pas cassée, ainsi qu'une dague dont la pointe avait disparu. Il s'assit et ôta sa botte droite pour en sortir un mince couteau qu'il gardait en réserve. Il coinça les deux armes dans sa ceinture, et glissa l'épée dans son fourreau.

Il tâta la bourse qu'il portait au côté : elle était intacte. Par chance, l'ennemi n'avait pas eu le temps de piller les cadavres. Il tira de la poche du bœuf séché emballé dans du papier qu'il mâcha, impassible. La viande insipide, dure à avaler, lui collait à la langue et aux dents. Il regretta de manquer d'eau.

Ce ne fut qu'à cet instant qu'il réfléchit à la direction qu'il allait prendre. Les ennemis se dressaient entre la Cité et lui, mais c'était là-bas qu'il serait à l'abri. Cela dit, les chevaux, fuyant la bataille, seraient partis vers le nord, vers la rivière : ces bêtes sentaient toujours l'eau. Il décida de remonter vers le nord, dans l'espoir de trouver une monture errante.

Le soleil était au zénith quand il se mit en route, un chiffon cramoisi enroulé autour de la tête pour se protéger les yeux. Il marcha dans la chaleur de l'après-midi sans croiser un seul soldat ennemi ni survivant des Chats Sauvages – pas même un cheval. À l'ouest et au nord, il ne voyait que la plaine se dérouler sur l'horizon poussiéreux. Il traversa des broussailles. La route était facile, mais son mal de crâne empirait. Il s'arrêta une fois pour vomir le bœuf, puis reprit son chemin. Ses pas se firent plus petits et plus hésitants à mesure que sa tête tournait. Sa vue se troubla. La migraine devenait insupportable ; il gémissait tout en marchant, le mouvement aggravant la douleur. Ses jambes finirent par céder sous lui : il s'effondra et perdit connaissance un moment.

Lorsqu'il revint à lui, bien que son estomac fût vide, il eut un nouveau haut-le-cœur. Il regarda autour de lui : le paysage brun sautait et descendait en piqué devant lui, lui donnant la nausée. Faible comme un agneau, il rampa jusqu'à une petite concavité dans la terre, abritée par un rocher bas. Il s'empressa d'allumer un petit feu avec le bois sec et l'herbe à proximité. Sa main tremblait quand il frappa son briquet. Puis, au bord de l'évanouissement, il sortit le petit sachet d'herbes qu'il gardait toujours avec lui et les jeta sur les flammes. Il en restait peu ; il pria les dieux d'Ascelus que ce soit suffisant. La tête entre les mains, il inhala les fumées acides, réprimant ses nausées, se concentrant pour ne pas perdre connaissance. Après une deuxième profonde inspiration, il sentit les opiacés pénétrer son corps. Son mal monta d'un cran ; il gémit. Il posa doucement la tête par terre et sombra dans les ténèbres.

À son réveil, la douleur avait disparu. Il resta allongé, goûtant ce plaisir. Depuis qu'une lance lui avait transpercé le crâne au cours d'une bataille, dix ans auparavant, il était sujet à de violentes migraines. Les herbes ne lui avaient pas été fournies par un guérisseur, mais par la serveuse d'une auberge d'Otaro, deux ans auparavant. La fille l'avait trouvé étendu sur le plancher de sa chambre, en proie à des souffrances aussi terribles qu'invalidantes. Elle lui avait offert les herbes, qu'il avait refusées, la soupçonnant de sorcellerie. Elle l'avait soigné quatre jours durant – le temps nécessaire pour faire passer la migraine. À son départ, elle lui avait fourré le sachet d'herbes dans la main. Il les avait acceptées, plein de gratitude, mais sans intention de les garder. Désespéré, il avait été obligé de les utiliser quelques semaines plus tard – l'occasion pour lui de découvrir leur pouvoir. Dès qu'il le put, il retourna à l'auberge pour récompenser la fille, mais elle était partie depuis longtemps : d'après le propriétaire, elle avait été enrôlée dans l'armée, laissant son petit enfant aux bons soins de la mère âgée du maréchal-ferrant. Fell, qui lui non plus n'avait pas de père, avait confié l'équivalent d'un an de solde à la vieille bique. Celle-ci s'était d'abord montrée ravie et reconnaissante puis, prenant l'homme pour le père de l'enfant, elle avait tenté de lui extorquer une somme plus importante.

À présent, le sachet était vide, et il craignait les crises à venir.

Chassant le problème de ses pensées, il se leva et inspecta les alentours. Le crépuscule tombait, et il se trouvait au bord d'une étendue de hautes herbes. La brise du nord les faisait onduler comme des vagues sur l'eau. Au-dessus de lui, un faucon blanc tournoyait sans effort, à la recherche d'une proie au sol. Fell inspira l'air frais du soir. Le parfum de l'herbe était grisant, mais ce fut avant tout l'odeur de l'eau qui le rasséréna. Il approchait de la rivière. Là-bas, il pourrait boire tout son soûl et recouvrer des forces. Il y trouverait peut-être une monture, voire mieux : le cadavre d'un ennemi.

Chapitre 13

Simios Hautnord était un jeune guerrier tanaree. On ne pouvait qualifier de barbe le fin duvet qui recouvrait ses joues ; pourtant, il combattait depuis déjà deux ans.

Une nuit, sa mère, une jeune bergère célibataire, avait abandonné son troupeau de moutons pour donner naissance à son enfant, dans la peur et la douleur, tandis que tout le monde dormait. Le lendemain matin, au réveil du petit village, le bébé braillard aux cheveux noirs révéla au grand jour son secret honteux. Bien sûr, les villageois chassèrent la mère à coups de pierres. Elle dut s'enfuir, tenant contre elle son bébé encore tout sanglant. Ses parents âgés, perplexes face à la tournure soudaine prise par les événements, n'eurent d'autre choix que de la suivre. Les quatre fuyards se réfugièrent dans un village à vingt lieues de là, où l'enfant fut considéré comme le fils d'un héros, un courageux cavalier perdu dans une guerre sans fin.

Simios devint grand et fort. Il avait les cheveux bouclés et les joues rouges. Jeune homme discret, il restait toujours en marge des conversations et ne se joignait jamais aux débats houleux auxquels participaient ses camarades dans les tavernes – des soldats bruyants aux avis tranchés. Il faisait partie de ceux qui se contentaient de ramener chez eux leurs amis alcoolisés après une nuit d'excès et, s'il dormait mal, c'était parce qu'il s'inquiétait pour sa mère, non pour la bataille du lendemain.

Lors de son dernier retour chez lui, à l'automne précédent, il s'était fiancé dans la joie à la fille d'un teinturier du village. Par crainte des railleries, il n'avait pas encore fait part de l'événement à ses amis. Il prenait soin de leur cacher le souvenir qu'il gardait d'elle : un morceau de coton de première qualité brodé au nom des amoureux.

Quand Fell Aron Lee découvrit le corps du jeune homme, la gorge ouverte par un coup de hache, ses yeux marron remplis de sable, il se retint de sauter de joie. En général, les Bleus prenaient soin d'emporter leurs morts, mais ce soldat avait dû être tué avant le déluge, son corps charrié par la rivière. À présent, il gisait en compagnie de dizaines de soldats de la Cité, dont les cadavres gonflaient déjà sous l'effet de l'intense chaleur.

Fell retira son uniforme rouge en loques, qu'il rangea dans un sac à dos abandonné, sachant qu'il en aurait encore besoin s'il parvenait à quitter le territoire ennemi. Il laissa son plastron à contrecœur. Il lui avait bien servi, lui sauvant la vie à maintes reprises au cours de ces cinq dernières années, mais il pouvait difficilement le garder, ni même le fourrer dans le sac. À regret, il s'en débarrassa. Le mort avait bien pris soin de ses vêtements : les entailles et déchirures avaient été soigneusement recousues, remarqua Fell en les enfilant.

Il hésitait à prendre les bottes. Il était en train d'estimer leur taille à vue d'œil, car il était difficile de les retirer à un mort, quand il entendit des voix au loin. Il s'aplatit aussitôt sur la rive sableuse. C'était un peloton de soldats ennemis, venu avec une charrette de bois ramasser les corps le long de la rivière. Il leur fallut un certain temps pour la charger, mais ils finirent par partir vers l'ouest. Ils étaient toujours restés loin de Fell. Une fois que les soldats eurent disparu, il se releva et se remit en route dans la direction opposée. Il avait décidé de garder ses bottes.

Après tout, croiser un Bleu chaussé de bottes de Rouge était relativement courant, et l'inverse également.

Tout en marchant, il essaya de localiser l'endroit où il se trouvait sur ses cartes de campagne abîmées. Il était désormais très au nord-est du champ de bataille de Salaba, et selon lui, s'il continuait tout droit vers l'ouest, les remparts de la Cité seraient en vue d'ici au lendemain midi. Il avait autant d'eau qu'il le souhaitait, n'était pas blessé, et se sentait incroyablement joyeux en traversant cette terre désolée. Une fois de plus, il se demanda si les herbes médicinales n'avaient pas pour effet secondaire de le rendre euphorique. Au fond de lui, il savait qu'il aurait dû être rongé par le remords devant la perte de tant de soldats, coupable d'avoir choisi de défendre une position impossible plutôt que de tenter de fuir de nuit vers la Cité.

Il savait qu'on murmurait dans son dos qu'il était invincible, qu'il avait à peine récolté une égratignure alors que ceux qui avaient marché à ses côtés au fil des années avaient été éventrés, empoisonnés, décapités ou noyés. L'un d'entre eux avait même vécu l'horreur d'être brûlé vif. Tout cela n'avait pas empêché ses guerriers, hommes ou femmes, de se sentir attirés par lui, croyant peut-être ainsi profiter des retombées de sa bonne fortune. Il ne pouvait vraiment pas se plaindre de sa chance. Cependant, survivre à la guerre quand ses amis et camarades mouraient les uns après les autres avait fait naître en lui un profond sentiment de culpabilité.

C'était un cliché parmi les soldats de penser que celui qui craignait de perdre serait toujours la victime de celui qui voulait vaincre. Mais la façon dont Fell appréhendait les batailles, prenant toujours en compte les survivants potentiels de ses troupes, faisait de lui un commandant à part, populaire auprès de ses hommes et détesté par ses rivaux – même si à présent il leur avait presque tous survécu.

Il repensa à Indaro. Avait-elle survécu ?

Constamment sur ses gardes, il évita sans difficulté les petits groupes de soldats ennemis qu'il croisa. Une fois, il s'allongea à plat ventre sous le maigre refuge qu'offrait un buisson épineux tandis qu'une troupe de Bleus, enchantés de leur victoire, passait droit devant lui. Cette nuit-là, il dormit profondément sous l'abri d'un affleurement rocheux. Lorsqu'il reprit sa route le lendemain matin, il se sentait revigoré, malgré les plaintes de son estomac vide.

Selon lui, les murs de la Cité n'allaient pas tarder à apparaître. Il se demandait s'il valait mieux se débarrasser de son uniforme de Bleu quand il entendit, en provenance du sud, le bruit des bottes de soldats marchant d'un pas décidé. Soudain, au-dessus d'une légère butte, il avisa un petit groupe de guerriers qui se dirigeait droit sur lui. Il se prépara à prouver, si nécessaire, son identité en tant que loyal soldat de la Cité.

Il s'agissait toutefois d'un peloton de sept Peaux-bleues, dont l'officier était monté à cheval. À mesure qu'ils approchaient, Fell afficha une expression ravie et s'avança vers eux d'un pas rapide. L'officier, un homme à l'air aigri, sans doute fkeni, arborait une peau épaisse, marquée de profondes cicatrices tribales. Ses oreilles étaient entaillées.

— D'où sors-tu, soldat ? lui demanda l'officier en lui jetant un regard mauvais.

— De la Dixième, grogna Fell.

Après un an passé à Salaba, il connaissait les compagnies ennemies presque aussi bien que les siennes. Il avait affaire à des soldats d'infanterie qui ne connaîtraient pas la composition de la cavalerie. Toutefois, il n'était pas certain que ce soit le cas de l'officier.

— Je croyais que la Dixième avait péri dans l'inondation.

Le long visage noir du cavalier ne laissait rien paraître, mais c'était clairement un test.

— Non, monsieur ! (Fell fronça les sourcils, comme si cette remarque l'avait rendu perplexe.) Nous avons perdu quelques chevaux, mais les hommes s'en sont tirés. Non, nous pourchassions ces rats de la Cité quand nous avons été pris dans une embuscade. J'ai reçu un coup de poignée d'épée, je crois. Quand je suis revenu à moi, j'étais seul. Je suis content de vous voir. Pendant un instant, j'ai cru que vous étiez ces saletés de rats.

— Comment s'appelait ton commandant ?

— Marloe.

— Et toi, soldat ?

— Peiter Edo, monsieur.

L'officier acquiesça et, d'un geste, lui ordonna de se joindre à la compagnie. Fell prit place à l'arrière du groupe, adressant un signe de tête à son voisin. L'officier se tourna sur sa selle pour poursuivre son interrogatoire.

— Connais-tu Aldous Edo, qui a le même nom que toi ?

— Non, monsieur.

— Pourtant, c'est l'adjoint du commandant de ta compagnie.

— Non, monsieur, répliqua fermement Fell, pas depuis que j'y suis.

Il ignorait totalement si sa réponse était la bonne. Il connaissait les noms de plusieurs officiers de la Dixième, et c'était pourquoi il l'avait choisie, mais il n'avait jamais entendu parler de cet Aldous Edo. L'officier le considéra un long moment, puis se remit droit sur sa selle et fit avancer son cheval. Avait-il été dupe ou pas ? Fell n'en savait rien.

— Confortables, tes bottes ? s'enquit l'homme à ses côtés, un jeune soldat de haute taille aux yeux dorés et au cou bandé.

Il regardait les pieds de Fell, qui lui confia à voix basse :

— Dix fois plus que les nôtres. Il faut toujours se dégotter la meilleure paire de bottes qui soit. Certains cherchent les dents en or, moi, je cherche les bottes. Je peux marcher douze heures par jour, là-dedans.

— Un de mes amis a perdu ses deux pieds à cause d'une mauvaise paire, répondit l'autre.

Il avait les yeux rouges et battait constamment des paupières.

— Les quartiers-maîtres sont à la solde de l'ennemi, affirma Fell avec un hochement de tête.

L'homme le dévisagea, surpris.

— Toi aussi, tu crois ça ?

— Ça me paraît sensé, dit Fell.

En entendant leur conversation, le guerrier devant eux se plaignit de la taille de son casque. Fell sourit intérieurement. Décidément, les soldats étaient les mêmes partout.

— Et l'officier, il est comment ? demanda-t-il à son nouveau camarade en désignant de la tête le cavalier.

Le soldat aux yeux rougis se racla la gorge et cracha dans la poussière.

— Connais pas, finit-il par dire. Même pas sûr que ce soit un officier. C'est juste celui qui a le cheval.

Ils allaient vers le sud-est. Une fois de plus, Fell s'interrogea sur le sort du gros de l'armée de la Cité. Sa troupe avait été envoyée au flanc le plus à droite ; aussi l'inondation les avait-elle coupés du reste du corps militaire. Pourtant, celui-ci devait être indemne. Fell avait d'abord marché vers le nord, puis vers l'ouest, et désormais il se dirigeait vers le sud-est. Il commençait à se demander s'il l'avait contourné.

Cela l'ennuyait de montrer son ignorance ; malgré tout, il finit par demander :

— Quels sont les ordres ?

L'homme aux yeux rougis le regarda d'un air curieux.

— Éliminer les survivants, répondit-il lentement, comme s'il s'adressait à un enfant.

Fell secoua la tête.

— J'ai dû rester dans les vapes plus longtemps que je ne le pensais, répliqua-t-il, une sensation de froid se répandant dans son corps. Les survivants de l'inondation ?

— Mais non, crâne de piaf, dit le soldat avec un sourire. Ceux de la bataille. Salaba, la plus grande victoire que le monde ait jamais connue ! Vingt mille rats décimés en un jour !

La bataille sans issue de Salaba, qui avait duré plus d'un an, s'était dénouée à cause de l'inondation catastrophique, apprit Fell. Sa compagnie n'avait pas été la seule à être coupée des autres et décimée : l'Armée maritime dans son intégralité avait également été emportée. Même certains généraux n'en avaient pas réchappé – obligés, peut-être pour la première fois depuis des années, de prendre les armes pour se battre au nom de la Cité et pour leur vie. Nombre d'entre eux avaient été faits prisonniers, disait-on, puis l'ennemi les avait soumis à la torture pour leur arracher les secrets de la défense de la Cité. Fell se demanda si Randell Kerr s'était retrouvé parmi eux, à devoir lutter pour sa vie. Il se rappela la grande tour au sommet de laquelle les généraux buvaient leur vin et l'imagina, cernée par l'ennemi, peut-être même en feu. Il ne ressentit aucune compassion à leur égard.

Il repensa à Indaro. Il ne l'avait pas vue parmi les cadavres. Il l'espérait morte plutôt que captive. Ce n'était pas confirmé, mais la rumeur disait que les Bleus tourmentaient les guerrières avant de les abattre.

Après des années de guerre, vingt ans auparavant, la Cité en était venue à manquer dangereusement de forces masculines, et les autorités avaient décidé d'enrôler les femmes. Alors tout jeune soldat, Fell s'était fait une joie – comme ses camarades – de mépriser ces filles effrayées envoyées en première ligne. Les généraux, obligés de suivre un plan auquel ils n'adhéraient pas, agissaient en conséquence : ils expédiaient les filles au combat sans les avoir correctement entraînées ni même équipées. Résultat : elles périrent par milliers, confortant les hommes dans leurs prédictions. Toutefois, les soldats qui avaient des épouses, des sœurs et des fiancées parvinrent à éprouver suffisamment de compassion pour veiller eux-mêmes à la formation des femmes, qu'ils équipèrent de casques et de plastrons ayant appartenu à des morts. Malgré tout, une génération entière de femmes de la Cité fut éradiquée avant que les généraux ne reconnaissent enfin que, si elles devaient participer à la guerre, il fallait qu'elles reçoivent le même entraînement et le même matériel que les hommes.

Indaro faisait partie de la troisième génération de guerrières. À cette époque, les filles de seize ans étaient aussi bien – ou plutôt aussi mal – traitées que les garçons. Quand Fell avait rencontré Indaro pour la première fois, sous sa tente, par cette belle nuit, il savait parfaitement qui elle était : la fille d'un politicien suspect, la sœur d'un fuyard, elle-même déserteur travaillant pour Archange. Quand il la vit franchir l'ouverture de sa tente, il ignorait encore ce qu'il allait faire d'elle.

Elle était grande et maigre à faire peur, avec des pommettes saillantes comme des lames de couteau. Crasseuse et manifestement épuisée, elle avait cependant un port gracieux qui l'avait aussitôt attiré. Ses cheveux d'un roux foncé avaient la même teinte qu'un coucher de soleil après la tempête, et, quand elle l'avait regardé en face, il avait remarqué ses iris violets parsemés de gris sous ses sourcils noirs. Il s'était retrouvé désarmé, ne sachant plus que faire.

Le silence se prolongeant, tout ce qu'il avait trouvé à dire fut :

— Je connaissais ton père.

Elle l'avait dévisagé, les yeux légèrement écarquillés. Elle avait dû croire qu'il la provoquait avec le passé de son père, ce qui n'était pas son intention. C'est pourquoi il avait ajouté :

— Je ne les ai jamais crus quand ils ont dit qu'il avait élevé une famille de déserteurs. Une famille de déserteurs ? Bon sang ! que racontait-il ? Il n'aurait pas pu être plus injurieux, même s'il l'avait voulu.

Indaro avait répondu d'une voix sèche et distante, en regardant au-dessus de sa tête :

— Il ignorait tout de mon… absence. Il m'a reniée, monsieur.

Un mensonge, Fell le savait. Cependant, elle n'avait pas cherché à se défendre : c'était son père qu'elle avait soutenu.

— Mon rôle consiste à remporter des batailles, avait-il expliqué, se demandant pourquoi il se justifiait devant elle. J'ai besoin de toutes les ressources que je peux trouver. Tu excelles au maniement de l'épée, à ce qu'on dit. Je ne peux me permettre de voir tes talents gâchés.

Après cet entretien, il avait gardé un œil sur la jeune femme. Il avait accepté la présence de sa servante. Cette requête l'avait amusé. Visiblement, Indaro ne ressentait pas le besoin de s'intégrer au groupe. Tandis que le reste de la troupe, lui y compris, portait de vieux surcots en cuir, autrefois rouges et désormais d'un rose ou d'un gris délavés par le soleil et la pluie, Indaro revêtait toujours une armure d'un rouge brillant, qu'elle sortait régulièrement d'on ne savait où. On la disait arrogante et impopulaire, ce qui ne le surprenait pas.

Puis la bataille de la Crique de Cuivre avait éclaté. Blessée, armée de deux épées, Indaro avait retenu un peloton de soldats ennemis pour permettre à son camarade, Maccus Odarin, de se mettre à l'abri. Maccus, lui, était populaire, et après cet épisode Fell n'entendit plus de critiques au sujet d'Indaro.

Il se surprit à la surveiller de manière obsessionnelle. Après chaque combat, il s'assurait qu'elle vivait toujours. Il la chassait constamment de ses pensées ; pourtant, c'était toujours quand il ne fallait pas qu'il sentait le parfum de ses cheveux, ou imaginait la courbe gracieuse de son dos lorsqu'elle était retournée.

Il lui avait à peine adressé la parole jusqu'à ce que, établi à Salaba, il reçoive l'ordre d'envoyer des vétérans compléter la garde personnelle de l'empereur. Il avait attendu l'occasion de pouvoir éloigner Indaro – et Evan Quin. La situation à Salaba s'était détériorée régulièrement au cours des six derniers mois, et Fell en appréhendait l'issue. Pourtant, il avait été partagé entre l'envie de la mettre en sécurité, notion toute relative, et le désir de la garder à ses côtés. Quand il s'était décidé, c'était – du moins en partie – pour avoir une nouvelle occasion de lui parler.

Lorsqu'il avait trouvé la jeune femme et Evan assis ensemble, au mess, le moment n'aurait pas pu être mieux choisi. Comme prévu, Indaro s'était aussitôt proposée. Les autres aussi : Doon, Evan, le jeune type blond dont il ne se rappelait jamais le nom. Il était retourné à sa tente content de lui, pensant qu'il envoyait les deux soldats à l'abri, et pas dans une embuscade. Pourtant, elle avait survécu – comme toujours.

La terre stérile à l'est de la Cité avait été officiellement nommée la Plaine de la Provocation Tentatrice, mais on se contentait de l'appeler la Plaine Sans Arbre. De plus, ce n'était pas du tout une plaine, mais une succession de steppes montant du lit de la grande rivière Kercheval et s'étendant jusqu'à la Cité. L'endroit était aride et, au premier regard, mort. En réalité, il grouillait de petites créatures. Étendue sur le bord d'une cuvette, Indaro observait l'ouest depuis des heures, se sentant aussi poussiéreuse et aussi sèche que la terre qui s'étalait devant elle. Elle n'avait vu aucun ennemi, mais des bataillons de lapins en quête de nourriture, courant partout dans les broussailles peu engageantes, l'avaient distraite. Elle se demanda comment tant de bêtes parvenaient à survivre sur ces étendues parsemées d'herbes et de fourrés, balayées par le vent. Allongée sur le ventre, le menton posé sur ses bras repliés, elle s'était couvert la tête d'un vieux bout de chiffon pour se protéger du soleil. Les lapins s'approchaient de plus en plus près, surveillant les alentours de leurs grands yeux, jusqu'à ce que l'un d'entre eux la repère. Il détalait soudain, entraînant des dizaines de congénères dans sa fuite, leur petite queue blanche dressée, avant que tous ne s'arrêtent pour s'asseoir sur leur derrière. Que pouvaient-ils craindre ainsi ? Quels prédateurs se nourrissaient de lapins sur ces terres inhospitalières ? Elle jeta un coup d'œil vers le ciel d'un blanc aveuglant, mais elle n'y vit pas d'oiseau tournoyant, guettant sa proie, prêt à emporter une boule de poils pour nourrir ses petits.

Ces créatures amusantes la distrayaient de ses crampes d'estomac et de sa soif permanente, véritable torture. Elle ne pensait pas plus aux soldats blessés qui gisaient dans la déclivité, derrière elle. Après le massacre, Doon et elle avaient boitillé toute la nuit vers l'ouest, jusqu'au lever du jour où elles avaient croisé un petit groupe de Rouges ayant eux aussi réchappé du carnage. Deux d'entre eux, grièvement blessés, étaient morts durant la première nuit. Un autre avait expiré la nuit suivante. À présent, ils n'étaient plus que cinq : elle et Doon, dont la blessure guérissait bien, et Garret, qui évidemment s'en était sorti indemne. Stalker, l'homme du Nord à la barbe rousse tressée, avait une plaie superficielle au flanc et une cheville cassée, mais il se déplaçait à l'aide d'une béquille improvisée. C'était Queza qui posait un problème : la petite femme avait été touchée à l'estomac, sans doute par une lance. La blessure ne saignait plus, mais un liquide clair et puant s'en échappait, et Queza, marmonnant fébrilement, avait du mal à rester consciente. Ils avaient cru qu'elle ne passerait pas la première nuit, mais Queza s'accrochait. Indaro ne pouvait se résoudre à l'abandonner. Si on la ramenait à la Cité, la jeune femme avait des chances de s'en sortir. Si la relève arrivait, c'était possible. Aussi Indaro observait-elle l'est, guettant l'arrivée éventuelle d'ennemis, tandis que Garret surveillait l'ouest, dans l'espoir de voir des troupes de la Cité.

C'était le milieu de l'après-midi. Indaro allait s'endormir quand elle entendit quelqu'un arriver près d'elle. Stalker s'allongea maladroitement à ses côtés.

— On devrait essayer d'avancer, cette nuit, proposa-t-il. (Il avait le teint gris de douleur. Indaro savait qu'il avait raison, mais ne répondit pas.) Ta copine, là, elle va y passer. Je ne vois pas à quoi ça sert de mourir avec elle.

— On peut fabriquer une civière. Garret et moi la porterons.

— Tu peux à peine tenir sur tes jambes. On est tous aussi vaillants que des chiots à peine nés.

— C'est un petit bout de femme. Elle ne pèse rien.

Il haussa les épaules.

— Comme tu voudras. Garret n'a d'yeux que pour toi. Il t'obéira au doigt et à l'œil.

Dans un effort, Indaro s'assit et redressa ses genoux, prête à se relever. Ce geste lui donna le tournis. Il leur fallait de l'eau, et vite, sans quoi ils allaient tous mourir.

— Ne t'en fais pas pour nous, dit-elle à Stalker. Tu essaieras de ne pas te laisser distancer.

Il sourit et commença à avancer sur les fesses pour rejoindre les autres. Indaro jeta un dernier coup d'œil vers l'est… et perçut un mouvement. Elle mit sa main en visière et plissa les yeux. Une tache distincte bougeait sur l'horizon.

— On vient, annonça-t-elle à voix basse.

Yantou Tesserian, le cavalier fkeni, n'aimait pas sentir le regard du nouveau venu s'attarder sur son dos, perçant son armure de cuir et lui chatouillant l'échine. L'inconnu ne lui plaisait pas. Et il ne lui faisait pas confiance. La Dixième ? À d'autres ! Yantou savait que cet homme de haute taille aux yeux bleus et à la démarche arrogante était soit un déserteur, soit une saleté de rat. Il penchait plutôt pour le rat – un officier, sans doute. Toutefois, pour l'instant, le traître marchait sans le savoir vers la Dix-Septième Est, la compagnie de Yantou qui, selon ses calculs, se trouvait à moins d'une demi-journée de marche au sud. En intégrant de lui-même la troupe, le nouveau venu leur avait épargné la peine de devoir l'attacher et le traîner. On gardait toujours les officiers pour les interroger, même si la plupart d'entre eux n'étaient que des ignares : les généraux ne les mettaient jamais dans la confidence, même pendant une bataille.

Dans le village natal de Yantou, sur les contreforts des montagnes de la Lune, aussi majestueuses que traîtresses, on plaignait les hommes grands : ils faisaient de piètres soldats. Comme les arbres, ils étaient vulnérables face à la hache, prêts à se renverser par vent fort. Les hommes petits, puissants et musclés comme Yantou étaient plus près du sol, donc plus aptes à atteindre les organes vitaux, les parties génitales et le ventre. Les grands échalas vous balançaient des coups d'épée en visant la tête et le cou – les parties du corps qu'on défendait avec le plus d'ardeur. De plus, ces grands arbres constituaient des cibles faciles.

Malgré tout, il fallait s'en méfier. Certains culminaient à de telles hauteurs qu'on ne savait jamais ce qu'ils avaient derrière la tête. Yantou tira sur les rênes de sa monture et, se retournant sur sa selle, fit signe à ses hommes de se poster devant lui. Le nouveau venu le dépassa sans un regard. Yantou se mit debout sur ses étriers. Il se tourna d'un côté puis de l'autre, inspectant la plaine morte. Rien.

Très loin sur sa droite, des lapins mangeaient. Ils étaient à une telle distance que Yantou ne leur prêta pas attention, mais, soudain, ils détalèrent vers l'ouest, leur petite queue blanche donnant l'alerte. Ce n'était pas lui qu'ils fuyaient. Alors qui ? Les lapins étaient des animaux stupides. Parfois, ils décampaient devant la chute d'une feuille. Il scruta l'horizon pour voir si une menace se profilait. Rien.

Après réflexion, il fit virer sa monture à droite et, d'un signe, ordonna aux hommes de se déployer. Le peloton courut dans la direction indiquée, lances et épées brandies. Yantou fit trotter son cheval à leurs côtés, dégainant une lance tout en guidant la bête avec ses genoux. Les lapins s'éparpillèrent devant les soldats.

À cinquante pas de là, une butte se dressait devant eux. À quarante pas. Il aperçut au-delà un mouvement furtif et sourit, imaginant la peur de ceux qu'il venait de surprendre.

Il tint sa lance en l'air. Une silhouette en rouge se redressa et piqua un sprint sur sa droite. Une femme qui s'échappait. Une rate. Il tourna son cheval vers elle. Ces fumiers de Rouges faisaient une belle erreur en armant leurs femmes.

Il se lança à sa poursuite. Elle était rapide, mais lui l'était davantage. Il se prépara à jeter sa lance puis hésita, ne souhaitant pas écourter la partie de chasse. Soudain, la femme se laissa tomber, roula en boule et disparut sous son cheval. Il tira sur les rênes, fit faire demi-tour à sa monture et distingua un mouvement près de son étrier droit. La femme se redressa en un clin d'œil et lui assena un coup d'épée au flanc. La lame dévia contre l'armure, puis transperça sa hanche, lui causant une sensation de brûlure. Il tenta de frapper la tête de son assaillante avec le bout du manche de sa lance, mais elle s'était déjà volatilisée. Surpris, le cheval hennit et se cabra quand quelque chose lui cogna les naseaux. L'épée de la femme. Yantou, handicapé par la plaie de sa hanche, s'agrippa farouchement, puis sentit un autre coup dans son dos. Il glissa à bas de son cheval, épée à la main, et atterrit sur un genou, regardant autour de lui. La femme courait déjà vers ses camarades, sans s'occuper de Yantou.

Il posa gauchement une main dans son dos et la retira : elle était collante de sang. Il n'en tint que mieux son épée. Il suivit la fugitive : elle se battait contre deux de ses hommes, son épée rougie, ruisselante de sang. Deux autres soldats de son peloton gisaient, morts, et le nouveau venu luttait contre Alva, son meilleur guerrier à l'épée, courageux – et surtout petit. Yantou s'avança d'un pas chancelant pour l'aider. Dans une cuvette, il vit un autre combat : un gros roux à la barbe tressée et une blonde qui défendaient tous deux un guerrier blessé. Un nid de rats.

Ses jambes faiblirent. Il s'interrogea sur la gravité de ses blessures. Il voulut rejoindre Alva, puis, sans comprendre, il se retrouva à genoux, les yeux rivés sur la poussière, qui absorbait son sang aussi vite qu'il s'écoulait. Il releva la tête. Alva était mort, la tête à moitié tranchée. L'homme de haute taille courait au secours de la femme.

À présent, Yantou, étendu, observait le ciel d'un blanc si lumineux qu'il en avait mal aux yeux. Alors, il ferma les paupières, et les ténèbres rassurantes l'envahirent. Au bout d'un long moment, il rouvrit les yeux et vit le visage du grand homme penché au-dessus de lui. Ses iris étaient du même bleu que celui des cieux du village de Yantou. Dans son regard, il décela une terrible compassion.

Chapitre 14

— Il est mort ? (Fell hocha la tête.) Il a dit quelque chose ? Il fit signe que non.

— Pas celui-là. Tout ce que je sais, c'est que la Dix-Septième est au sud. Ils allaient à sa rencontre. Nous devons continuer vers l'ouest.

Indaro le regarda se pencher pour vérifier le pouls de Queza. Si elle ne devait jamais le revoir, ce serait ainsi qu'elle se souviendrait de lui, faisant état des vivants et des morts, comptant ses ressources, le visage de marbre. Elle but une autre longue gorgée d'eau d'une outre prise à l'ennemi.

Elle les avait crus tous condamnés au moment où les Bleus s'étaient rués sur eux, un officier à cheval et six hommes à leurs trousses. Son premier réflexe avait été de s'occuper d'abord du cavalier, ce qui laissait six hommes valides à Garret et à deux soldats à peine capables de tenir debout. Elle n'avait pas compris quand, après avoir désarçonné l'officier, elle était revenue, s'attendant à trouver tous ses amis morts, et avait aperçu Fell se battant à leurs côtés. D'où sortait-il ? Son esprit rompu et malmené pensa qu'il avait jailli de terre, tel un démon surgi des enfers, ou qu'il était tombé du ciel, tel un ange vengeur. Puis elle avait compris qu'il venait du peloton ennemi. Pour la première fois depuis de nombreuses saisons, elle avait adressé une prière de remerciements aux dieux de la glace et du feu.

À présent, tous les Bleus avaient péri. Quant aux Rouges, ils avaient tous survécu. De plus, ils disposaient de quantité d'eau. Seul problème : le cheval de l'officier s'était enfui au galop. Fell avait envoyé Garret à sa recherche : pour le moment, il n'était pas revenu.

— Avec ou sans cheval, dit Fell, nous devons nous mettre en route pour la Cité ce soir. Nous pouvons fabriquer une bonne civière avec leurs lances pour transporter Queza.

Indaro jeta un coup d'œil à Stalker, mais son visage resta inexpressif tandis qu'il soignait une coupure sur l'épaule de Doon.

— Vous êtes blessé, fit remarquer l'homme du Nord en indiquant la poitrine de Fell.

Fell baissa les yeux.

— En effet.

Indaro demanda bêtement :

— Et votre plastron, où est-il ?

Devant son mutisme, elle ajouta :

— Laissez-moi voir.

Il s'assit docilement et arracha sa chemise en haillons, tachée de sang. Elle versa de l'eau sur la plaie – une large coupure superficielle juste au-dessus de son cœur.

— Ne gaspille pas l'eau. La route est encore longue, grogna-t-il.

Puis il se laissa aller en arrière et ferma les yeux pendant qu'Indaro préparait son fil et son aiguille. Elle le recousit de droite à gauche, nouant chaque point séparément de crainte que la blessure ne s'ouvre à nouveau. Il avait une vieille cicatrice sur le torse, au-dessus du téton droit, que l'épée avait traversée. Elle ressemblait à un S avec une petite queue et n'était pas le résultat d'un coup de lame. C'était plutôt une brûlure, comme une marque. Elle se souvint que Broglanh avait la même. Tout près de Fell, les yeux plissés pour mieux voir dans l'obscurité naissante, elle sentit un souffle sur ses cheveux et leva la tête. Fell la regardait, son visage tout proche du sien. Puis il referma les paupières et s'allongea de nouveau. Un tatouage ornait son épaule droite : un aigle avec une épée entre ses serres.

— C'est la Quatrième Adamantine ? s'enquit-elle.

Au début, il resta silencieux, puis finit par répondre :

— Oui.

— Et la cicatrice ? C'est une marque ?

Il ne répondit pas. Elle se demanda pourquoi il était encore si froid avec elle. La considérait-il toujours comme un déserteur, ou comme une ressource indispensable ? Que devait-elle faire pour se racheter ? Puis elle se rendit compte que son regard n'était pas fixe. Il écoutait. Elle redressa la tête.

Assise en hauteur sur un rocher pour surveiller les environs, Doon s'écria :

— On vient !

Tous s'emparèrent avec lassitude de leur épée, puis Doon ajouta :

— C'est Garret. Que porte-t-il ?

C'était une longue branche, sèche mais solide, avec une large fourche au bout. Le soldat la tendit à Stalker, puis se tourna vers Fell :

— Désolé, monsieur. Je n'ai pas trouvé le cheval.

Fell hocha la tête.

— Un signe de l'ennemi ?

— Non. J'ai vu des oiseaux tournoyer très loin, au sud. Mais rien dans les alentours, ni vivant ni mort.

Stalker enroula des haillons autour de la fourche et y installa son bras. La branche avait juste la bonne longueur pour servir de béquille. Stalker sourit et donna une claque dans le dos de Garret. C'était la première fois qu'Indaro le voyait sourire. Sa cheville s'était à nouveau fracturée dans la bataille, et son pied avait un drôle d'angle. Indaro fut surprise de sa capacité à se réjouir, et même de faire autre chose que s'allonger et pleurer.

— Tu veux que je remette ton pied correctement ? demanda Fell.

L'homme du Nord lui jeta un regard noir.

— Certainement pas.

— Très bien. Prépare-toi à partir, dans ce cas.

Ils marchèrent toute la nuit – une nuit sans lune, mais si étoilée qu'Indaro voyait leur ombre projetée sur le sol poussiéreux, tels des fantômes dans la demi-obscurité. Elle leva les yeux vers les étoiles mortes, avec l'impression que celles-ci se moquaient de leurs tentatives pour garder leur pauvre corps en vie quelque temps encore. Fell et Garret portaient la civière de Queza tandis qu'Indaro traînait les pieds à leurs côtés, avec un sac à dos rempli de nourriture et de matériel médical pris aux Bleus. Malgré ses efforts, Stalker progressait péniblement. Doon surveillait leurs arrières. Ils s'arrêtaient régulièrement pour attendre les deux estropiés. Ils avançaient lentement.

Quand les premières lueurs de l'aube éclairèrent l'horizon, à l'est, Fell décida de faire une pause. Tous s'assirent pour boire ; Garret continua à faire le guet. Indaro posa la main sur le cou de Queza, comme elle l'avait fait à maintes reprises. Chaque fois, elle s'attendait à ne rien sentir, mais, paupières closes pour se concentrer, elle finissait par trouver un faible pouls, irrégulier. Elle leva les yeux et vit Fell qui l'observait. Elle hocha la tête. Fell fit de même, perplexe. Indaro versa quelques gouttes d'eau dans la bouche de sa camarade. Sur une impulsion, elle saisit la main de Queza et la pressa, comme pour essayer de lui transmettre un peu de sa force. Sans lui lâcher la main, elle s'assoupit.

Elle se réveilla au lever du jour : le ciel d'un magnifique rose corail mêlé d'un bleu profond annonçait les longues journées d'automne, la saison préférée de la jeune femme. Enfant, elle attendait toujours la fin des choses. Elle regarda autour d'elle. Tout le monde dormait, sauf Fell qui, assis, montait la garde. Il avait revêtu son uniforme. Lui arrivait-il de dormir ? Elle vérifia une fois de plus le pouls de Queza, puis rejoignit son commandant.

— Comment va votre blessure ?

Il haussa les épaules. Ça ne valait pas la peine d'en parler.

— Arriverons-nous à la Cité aujourd'hui ? s'enquit-elle.

— Oui – si les ennemis nous laissent faire.

Il gardait les yeux rivés sur l'est.

— Queza a des chances de s'en tirer.

— Possible.

— Elle est petite et légère. Peut-être que la lance n'a pas pénétré trop profondément, si son corps a reculé sous le coup.

Enfin, il se tourna vers elle et lui jeta un regard inquisiteur.

— Je veux dire… Un homme grand et robuste aurait tenu sa position en recevant le coup, et la lance aurait pénétré plus loin, expliqua-t-elle.

— Idée intéressante, répliqua-t-il. Cela dit, ne te fais pas trop d'illusions pour elle. Les blessures au ventre sont les pires.

Tous deux le savaient fort bien, mais parler de leur camarade leur permettait d'échanger sur un terrain connu. L'un comme l'autre étaient spécialistes des blessures et de la mort, ainsi que des nombreuses étapes qui la précédaient.

Désireuse de poursuivre leur conversation, Indaro déclara :

— Selon mon père, les blessures s'infectent souvent à cause de la saleté de l'arme et des bouts de vêtements crasseux qui s'enfoncent dans le corps et y pourrissent. Il m'a conseillé de toujours porter une tunique propre sous mon armure, ajouta-t-elle avec attendrissement.

Pour la première fois, elle crut déceler une sorte d'amusement sur son visage. Les nouvelles rides qui s'y dessinèrent formaient un dessin inhabituel. Elle se serait crue face à un étranger, et pas forcément un homme de guerre.

— Et à quand remonte la dernière fois que tu as porté une tunique propre sous ton armure ? l'interrogea-t-il avec un sourire.

Elle sourit à son tour. La propreté : un concept qui lui était aussi étranger que la fabrication du fromage ou la nécromancie.

— L'an dernier, peut-être. L'été dernier, quand nous étions là où il y avait des orangers et des chaumières.

— À Brûle-Cuivre.

— Oui. Un endroit charmant. Avec les feuilles mortes, on aurait dit que la terre était en feu.

— L'automne est ma saison préférée, dit-il.

Il avala de l'eau de son outre et la lui tendit. Elle en prit une longue gorgée. Elle s'apprêtait à faire une remarque à propos de l'eau pour qu'il continue à parler, mais lorsqu'elle ouvrit la bouche, elle demanda malgré elle :

— Ce sont toutes les guerrières, que vous n'aimez pas, ou seulement moi ?

Il fronça les sourcils, retrouvant son expression familière.

— Ce n'est pas que je ne t'aime pas. Et j'ai du respect pour nos femmes. Elles n'ont cessé de prouver leur valeur. Elles n'ont pas la force brute des hommes, mais elles sont plus véloces, plus agiles, et souvent plus impitoyables.

À ce qu'on disait, les femmes étaient plus rapides pour porter les coups à l'entrejambe. Elles tranchaient les parties intimes de leurs adversaires sans états d'âme. Elles semblaient même y prendre parfois du plaisir.

— Elles sont plus facilement blessées que les hommes, reprit-il, mais en général leurs plaies sont moins graves, et elles s'en remettent plus vite.

Indaro le savait. Se disant qu'il devait penser tout haut, elle eut la présence d'esprit de rester silencieuse.

— Toutefois, je ne crois pas que les femmes devraient participer à la guerre. Nos ennemis ne les font pas combattre. Ils nous méprisent de le faire.

— Nos ennemis n'y sont pas obligés. D'ailleurs, pourquoi se soucier de leur avis ?

— On ne s'en soucie pas. Mais nous devons en avoir conscience. Ça s'appelle l'intelligence, répondit-il.

— Vous étiez déjà soldat quand les femmes ont intégré l'armée ?

— Depuis bien longtemps, oui. Je me souviens des toutes premières recrues. La plupart avaient peur et n'étaient pas du tout entraînées. Elles se sont fait massacrer par milliers.

Il regarda ses mains. Pour la première fois, elle remarqua qu'il lui manquait deux doigts à la gauche. Elle se demanda dans quels souvenirs il était plongé.

— C'était pitoyable, poursuivit-il. Certains d'entre nous jurèrent que cela ne se reproduirait plus jamais, mais il fallut longtemps aux généraux pour se rendre compte que les femmes étaient trop précieuses pour que l'ennemi s'entraîne contre elles avant de s'attaquer à de vrais soldats.

Elle resta assise en silence, consciente des émotions violentes qui l'agitaient alors qu'il évoquait le passé.

— Une femme devrait représenter un havre de paix pour un homme, dit-il à voix basse. Un bol de céréales, un pichet d'eau, une couverture douce devant un feu dans une cheminée.

Elle sentit monter sa colère, mais la garda pour elle. Malgré ses paroles insultantes, elle était plus qu'étonnée de le voir s'épancher si intimement.

Ils restèrent assis un moment, comme deux amis, semblait-il, puis elle déclara :

— Mon père n'était pas un traître.

— Ta parole n'a aucune valeur. Traître ou pas, tu prendrais sa défense.

— C'est mon père. Son sang coule dans mes veines. Mais vous avez raison. Vous défendriez votre père, vous aussi. Monsieur.

Il ne dit rien pendant un moment, les yeux rivés sur l'est. Puis il lui confia :

— Dans mes veines ne coule qu'un sang étranger. (Il indiqua la direction qu'il surveillait.) Regarde ! Garret a vu des oiseaux voler en cercle. Je croyais que c'était un nuage, mais il s'avère que c'est une nuée d'oiseaux. Une grosse. Ils viennent par ici. Les charognards ouvrent l'œil pour les cadavres.

— Mais les cadavres ne bougent pas.

— Ils suivent aussi les blessés. Les prisonniers blessés, peut-être. Quand ils sont nombreux.

— La Maritime rentrerait avec des ennemis blessés ?

Il la regarda à nouveau, les yeux aussi sombres qu'une mer en plein hiver.

— Il n'y a plus de Maritime, Indaro. L'armée a été anéantie. Nous sommes peut-être les derniers survivants.

Elle ne bougea pas, abasourdie, tandis qu'il réveillait les autres. Quelques instants plus tard, ils s'étaient remis en route pour une matinée de plus.

Les remparts de la Cité étaient en vue quand Queza mourut. Indaro marchait à côté de la civière quand la femme laissa échapper un léger soupir, comme si elle venait de prendre une décision difficile. Le cœur empli d'effroi, Indaro arrêta les deux porteurs qui attendirent, patients comme des chevaux de trait, qu'elle prenne le pouls de la jeune femme. Mais le faible battement avait disparu. Les chairs étaient mortes, malgré la chaleur que le corps dégageait encore. Les hommes déposèrent la civière et reprirent leur progression, abandonnant Queza aux charognards.

Le martèlement rythmé des sabots dans leur dos était le dernier bruit que Doon souhaitait entendre.

Elle marchait aux côtés de Stalker, Fell et Indaro à l'avant et Garret à l'arrière. De temps à autre, Fell s'arrêtait pour laisser le temps à Stalker de les rattraper. Doon se demanda combien de temps l'homme du Nord pourrait encore tenir : se propulser en avant à l'aide de la béquille lui prenait toute son énergie. Elle s'étonnait que Fell n'ait pas eu l'idée de laisser le blessé donner le train au groupe plutôt que d'avancer à grands pas puis l'attendre en masquant à peine son impatience. Indaro et Fell faisaient la paire, pensa-t-elle : son amie était elle aussi toujours pressée.

— Je me demande bien de quoi ils parlent, dit-elle à Stalker, l'air songeuse, sans vraiment attendre de réponse.

Mais, au bout de quelques pas laborieux, il lui demanda :

— Ton commandant, est-il bon à l'épée ?

— Tu l'as vu à l'œuvre.

— Ce n'est pas ce que je voulais dire.

Elle haussa les épaules.

— Je n'en sais rien. Les rumeurs, ça court toujours. On les croit ou pas. Il paraît qu'il a une femme et un enfant, quelque part.

— Comme nous tous.

— Parle pour toi ! Toutefois, Indaro ne l'intéresse pas du tout. Je crois même qu'il ne l'aime pas.

L'homme s'arrêta et la regarda avec incrédulité.

— Le coup que tu as reçu au cul t'est monté au cerveau, répliqua-t-il en ricanant avant de reprendre sa route.

Doon n'eut pas le temps d'approfondir la question : le fracas des sabots mit un terme à ses réflexions. Au cours des dernières heures, Doon s'était autorisée à espérer qu'ils atteindraient la Cité, qu'ils survivraient tous – même Stalker – et seraient de nouveau aptes à combattre. Ces espoirs furent balayés en un clin d'œil quand elle se retourna et aperçut le fanion argenté d'un détachement de cavalerie ennemi qui fondait sur eux dans la nuit naissante. Ils étaient trente, peut-être plus. Ils seraient sur eux d'une seconde à l'autre.

Garret avait dégainé son épée et marchait à reculons vers sa camarade. Le visage blême, elle l'entendit murmurer :

— Une heure de plus. Juste une heure de plus.

La situation était insupportable. Doon avait craint de périr noyée puis, alors que les Chats Sauvages s'étaient fait massacrer un par un, elle avait reçu une blessure qui aurait pu être mortelle, mais qui guérissait de jour en jour. À présent, si près du but... Cependant, elle reconnaissait la fin quand elle la voyait. Tirant son épée au clair, elle se prépara à mourir. Elle avait entendu parler du sort réservé aux prisonnières. Jamais elle ne se rendrait. Elle ne se coucherait pas tant que son sang continuerait à couler dans ses veines. En un sens, elle se sentit soulagée. Ces dernières années avaient été si éprouvantes…

Le visage neutre, Fell Aron Lee leur ordonna de se ranger côte à côte, Stalker au milieu, Indaro et lui à chaque extrémité. Doon et sa maîtresse échangèrent un regard. La servante lut l'acceptation dans les yeux de son amie. Elle sourit puis, renversant la tête en arrière, poussa le ululement aigu de son peuple. Fell lui jeta un coup d'œil et afficha un sourire grave. Elle le vit fourrer la main à l'intérieur de son surcot en loques et en sortir l'insigne de son rang : un carré d'argent avec quatre barres dorées.

Les cavaliers les cernèrent, soulevant des nuages de poussière. Sur les consignes de Fell, les cinq camarades reculèrent pour former un cercle serré. Doon regarda les montures piétiner à côté d'elle, avançant autour d'eux dans le craquement du cuir, le cliquetis des brides, le renâclement des chevaux. Leur odeur animale lui chatouillait les narines. Elle souleva son épée, les paumes moites et la bouche sèche. Les cavaliers reçurent l'ordre de s'arrêter et se tournèrent vers les cinq Rouges, lances levées. Les Chats Sauvages se tenaient au centre d'un cercle de pointes de métal. Doon prit une profonde inspiration.

Fell brandit son insigne. Les fils d'or brillèrent dans la lumière du soleil.

— Je m'appelle Fell Aron Lee, déclara-t-il, et je suis le commandant de l'Armée maritime de l'Ouest. Je demande que ces guerriers de la Cité soient traités avec respect.

Le chef ennemi était perché sur un grand destrier. Sa monture et lui étaient protégés par une armure grise. L'homme portait un beau casque d'argent orné d'une plume grise. Il l'ôta pour révéler un long visage noir.

— Nous te cherchions, dit-il à Fell.

Stupéfaite, Indaro regarda le chef appeler l'un de ses cavaliers. Ils s'entretinrent un moment, puis l'autre recula. Un instant plus tard, ils virent un messager partir au galop non pas vers l'est, d'où ils venaient, mais vers l'ouest, donc vers la Cité. Toujours perplexe, Indaro suivit des yeux les traînées de poussière qu'il soulevait dans son sillage. Sur ordre de leur chef, presque tous les cavaliers mirent pied à terre. Ils s'étirèrent le dos et les jambes, burent à grands traits de l'eau de leurs outres, et discutèrent à voix basse. Le chef descendit à son tour. Seuls dix cavaliers étaient encore en selle, lances et épées brandies.

Fell ordonna à ses guerriers de rengainer leurs armes et de se mettre au repos. Tous s'assirent, d'abord inquiets, puis apprécièrent malgré eux cet instant de répit. Le temps passa ; la nuit tomba. On alluma des feux. L'un des soldats leur demanda s'ils voulaient de l'eau, mais Fell refusa d'un signe de tête.

— Que se passe-t-il ? s'enquit Doon avec impatience.

Indaro savait qu'elle détestait l'incertitude et préférait toujours avoir un plan à suivre.

— Je l'ignore, répliqua Fell.

Il s'allongea sur ses coudes. Indaro décela un éclair de douleur sur son visage.

— Laissez-moi panser votre blessure.

Il acquiesça. Elle s'empara du sac de matériel médical pris aux soldats morts du peloton et en sortit des bandages propres. Fell retira son surcot et ouvrit la chemise qu'il avait empruntée.

— Allongez-vous, ordonna-t-elle.

Il s'exécuta, contemplant les étoiles.

Il avait des yeux de la couleur du ciel, songea-t-elle. Malgré la gravité de la situation, elle sentit une boule de chaleur au creux de son ventre. Son corps la trahissait en voulant profiter de ce temps de repos inhabituel pour se détendre en faisant l'amour. *Merveilleux*, se dit-elle. *Le moment ne pouvait pas être mieux choisi.*

— Pourquoi t'es-tu ralliée à Archange ? demanda-t-il en reprenant le fil de leur conversation, comme si rien ne s'était passé depuis.

Elle se concentra sur le nettoyage de la plaie, consciente qu'il la regardait. Enfin, elle s'expliqua :

— Mon frère Rubin a disparu dans les égouts. Il était plus jeune que moi. Il méprisait la guerre. Il refusait de combattre et clamait qu'il préférerait rejoindre le camp des Bleus.

Quand Fell haussa les sourcils, elle ajouta :

— Je sais ce que vous pensez. Pourtant, ce n'était pas un lâche. C'est ce que tout le monde disait de lui, mais c'est faux. Pour lui, la guerre était le mal et, comme vous, il croyait que les femmes ne devaient pas y participer. La dernière fois que je l'ai vu, c'était chez moi, alors que j'étais en permission. Il m'a confié ses intentions. J'ai essayé de l'en dissuader – pour lui, pour notre père… et aussi pour moi, j'imagine. Il refusait de m'écouter. Quand il a disparu, je savais où il s'était réfugié. Du coup, je l'ai suivi. Ce n'était pas une brillante idée. (Elle sourit tristement.) Je ne savais pas du tout à quoi ressemblaient les égouts. J'ignorais qu'ils s'étendaient sur des centaines de lieues à la ronde, dans le noir et la terreur, et que des milliers de personnes y vivaient. Un vrai cauchemar. Mes chances de le retrouver dans cet enfer étaient minimes.

— Tu l'as retrouvé ?

Elle secoua la tête.

— J'aime croire qu'il a survécu et vit désormais à l'abri quelque part, que mon père sait où mais qu'il le cache. J'ai conscience de me rendre coupable de trahison en raisonnant ainsi, mais si nous devons mourir… De toute façon, j'imagine que ça n'a plus d'importance, dit-elle en haussant les épaules. Pourquoi le messager est-il allé en direction de la Cité ? Pour négocier notre rançon ?

— Je n'ai pas assez de valeur pour être échangé contre une rançon.

— Mais c'est vous qu'ils cherchaient ! Pourquoi cela ?

— Je l'ignore. Question de politique, j'imagine. Notre général, ou plutôt feu notre général, comme je le suppose et l'espère ardemment, disait que tout était une question de politique.

— Je méprise Randell Kerr, et je méprise son opinion. Cet individu est bête, et dangereux avec ça. Pourtant, vous le citez.

Fell lui sourit. La colère qui envahissait Indaro retomba, et la jeune femme se mit à rire. Elle s'amusait. Ici, au bout du monde, elle se sentait heureuse pour la première fois depuis des années. Elle vit les autres les observer avec curiosité.

— Allons-nous nous en sortir vivants ? s'enquit-elle à voix basse.

— C'est la question que je me pose chaque jour depuis une semaine. Et nous sommes encore là.

Elle avait fini le bandage, notant que la blessure guérissait lentement. Elle rangea son matériel, puis se pencha et embrassa Fell sur la bouche. Il se raidit. Elle sentit ses lèvres se détendre et sa langue toucher brièvement la sienne. Elle s'écarta de lui. *C'est comme une promesse*, se dit-elle. *Si nous nous en sortons vivants.*

— Le messager revient, annonça Garret.

Le cavalier arriva au galop et se jeta à bas de son cheval pour s'adresser au chef en gris. Ensuite, il disparut dans la nuit avec ses camarades.

Un certain temps s'écoula encore sans que rien se passe, jusqu'à ce qu'un soupçon de rose apparaisse dans le ciel, à l'est. Autour d'elle, Indaro distinguait des silhouettes amies et ennemies.

Doon se leva et s'étira.

— Bon, que se passe-t-il ? demanda-t-elle, énervée. Pourquoi ils ne nous tuent pas, qu'on en finisse ?

Mais Indaro ne l'écoutait pas.

— Tu entends ? dit-elle en tendant l'oreille.

Ils se tournèrent vers l'ouest. Sous le ciel qui s'éclaircissait peu à peu, ils avisèrent une troupe de cavaliers venant de la Cité, au loin. Indaro ne se sentit plus de joie : la relève, enfin ! Elle fit volte-face et brandit son épée, mais les cavaliers en gris préparaient tranquillement leurs sacoches, prêts à partir.

— Que font-ils ? Que se passe-t-il ? demanda-t-elle en regardant Fell.

Il secoua la tête.

— Je n'en ai pas la moindre idée.

Quelques instants plus tard, la troupe de la Cité arriva. Ils s'arrêtèrent à plusieurs pas de là. Ils n'étaient que sept cavaliers : une femme à la tête de six guerriers vêtus de noir et d'argent. Le chef fit avancer sa monture. Indaro reconnut les cheveux courts et gris, le corps maigre et disgracieux. Elle fronça les sourcils. Encore cette Saroyan ! Que faisait cette femme déplaisante dans ses pattes ? Pourquoi apparaissait-elle chaque fois qu'il y avait un mystère ? Toujours en selle, le chef en gris et Saroyan s'isolèrent pour s'entretenir à voix basse. Les deux troupes de cavaliers s'observaient mutuellement par-dessus les têtes des cinq prisonniers déconcertés.

Le temps passa. Le volume des voix montait puis s'éteignait. *Ils sont en train de négocier nos vies*, songea Indaro. *Quel montant vont-ils atteindre ? Combien valons-nous ?* Enfin, l'homme et la femme regagnèrent au trot leur camp respectif. De la tête, la femme fit un signe d'adieu au commandant en gris. Les cavaliers de la Cité s'apprêtaient à repartir.

Fell s'avança.

— Saroyan !

Le Seigneur Lieutenant le regarda comme si elle le voyait pour la première fois.

— Je suis Fell Aron Lee, déclara-t-il. J'ai été décoré par l'empereur pour acte de bravoure après la bataille de la Lande de Coulden, et on m'a attribué deux soleils d'or pour mes vingt années de service. Je suis accompagné de quatre guerriers fidèles de la Cité qui, pour la défendre, risquent courageusement leur vie tous les jours depuis plus de quatre ans. (Il éleva la voix.) Êtes-vous prête à nous livrer à l'ennemi qui nous tuera comme des chiens galeux ?

Indaro attendit, crispée. Hormis la brise qui soufflait à leurs oreilles et la respiration des chevaux, le silence régna pendant un long moment. Rien ne bougeait en dehors de la monture de Saroyan, qui tournait sur elle-même. La femme ne voyait pas d'inconvénient à laisser la bête, jeune et nerveuse, trotter légèrement en cercle. Puis elle serra les cuisses et lui murmura à l'oreille. Le cheval secoua sa crinière et se calma.

— Tu as l'ordre d'accompagner ces cavaliers, dit-elle à Fell d'un ton froid. Si tu n'offres pas de résistance, tes guerriers auront la vie sauve.

— Nous refusons de nous rendre à l'ennemi et d'être accusés de trahison, répondit Fell.

La femme ne parut pas s'offenser, mais afficha une certaine impatience. Elle fit avancer son cheval jusqu'à Fell. Indaro se posta aux côtés de son commandant. Saroyan lui jeta un regard de dégoût, puis se pencha sur sa selle. Sa boucle d'oreille en pierre de lune brilla dans les rayons du soleil levant.

— Tu peux faire en sorte que ton équipe reste en vie, ou tu peux la condamner à mort, répliqua Saroyan. Tu peux accompagner ces soldats troussé comme un chevreuil et jeté en travers d'une selle, ou en homme libre. Cela ne tient qu'à toi. Quel que soit ton choix, tu iras avec eux, Fell Aron Lee.

Puis elle reprit en baissant la voix :

— Cela concerne Arish, et une promesse faite il y a fort longtemps. L'occasion t'est donnée de l'honorer.

Qui est cet Arish ? se demanda Indaro. Elle vit le visage de Fell se durcir et ses yeux se plisser. Pendant un long moment, on aurait dit qu'il s'était changé en pierre, puis il hocha la tête.

Saroyan adressa deux mots en langue étrangère au chef en gris. La cavalerie de la Cité fit ensuite demi-tour et retourna vers le rempart au loin, abandonnant ses soldats dans l'étendue poussiéreuse.

Les troupes reçurent l'ordre de monter en selle, et cinq chevaux sans cavalier furent amenés de l'arrière. Le chef demanda aux soldats de la Cité de rendre leurs armes et d'enfourcher les bêtes. Au commandement de Fell, tous s'exécutèrent. Ils aidèrent Stalker à s'installer puis chacun prit une monture.

Le chef rejoignit Fell.

— Tes quatre soldats sont la garantie de ta bonne conduite, dit-il avec son accent étrange. Dois-je te lier les mains dans le dos ?

Fell fit signe que non. Il resta en tête du groupe, avec le chef, tandis qu'Indaro et les autres prenaient place au milieu. Indaro entendit Fell demander :

— Où allons-nous ?

— À Vieille-Montagne, répondit le chef.

Troisième partie

La maison de verre

Chapitre 15

Le haut bâtiment tordu se dressait tel un héron penché sur l'allée du Canard-Bleu. Ses caves successives avaient été détruites dans un passé oublié de tous. À présent, le niveau le plus bas se trouvait immergé. Le rez-de-chaussée avait été construit un siècle auparavant avec de robustes pierres carrées. On avait occulté ses fenêtres pour se protéger des regards indiscrets des voisins et des petites mains chapardeuses de leurs enfants. Au-dessus s'élevaient quatre étages croulants de briques et de mortier, chaque niveau un peu plus étroit à mesure que l'on montait. Les fenêtres cintrées avaient été peintes de couleurs gaies. Au sommet, de manière comique, comme si on y avait pensé après coup, on avait érigé, tel un nid de corbeaux en haut d'un mât, une structure de bois trop large, couverte de tuiles rouges – une sorte d'atelier-grenier, en réalité le cœur de la maison. Le bâtiment tout entier, soutenu par les habitations voisines jusqu'au troisième étage, penchait en avant de manière vertigineuse, surchargé par le poids de son point culminant. En effet, sans doute inquiet de la façon dont la maison obliquait sous les puissants vents du nord, un ancien occupant avait construit un treillis de bois allant du mur avant de l'atelier jusqu'au toit à forte pente de la haute pension, de l'autre côté de l'allée. Désormais, les deux grands bâtiments étaient confortablement appuyés l'un contre l'autre, à la fois tenus ensemble et séparés par cette espèce de pont suspendu. Seuls des chats d'un blanc pur – surnommés les chats fantômes –, qui avaient établi leurs quartiers à cet endroit, s'aventuraient avec dextérité sur les hauteurs du chemin de bois surplombant l'allée pavée.

Les chambres humides du rez-de-chaussée de la Maison de Verre abritaient un fourneau, un atelier et un débarras. L'arrière donnait sur une petite cour où s'étaient établis des rats bruns et leurs prédateurs, les chats blancs. Au premier étage, on trouvait une réserve et une étroite cuisine qui servait rarement. Au-dessus, il y avait un petit salon et un bureau, et, répartie sur les deux niveaux suivants, une série de chambres presque toujours inoccupées.

On accédait à l'atelier au sommet de la maison par une robuste échelle de bois, quotidiennement maudite par ceux qui devaient y grimper. La jeune fille aux cheveux noirs qui travaillait là ne s'en souciait guère. Elle adorait cette pièce aérée et lumineuse. Son père pouvait bougonner autant qu'il le voulait, comme leur employé Frayling le boiteux, ou la parade de servantes et de gouvernantes qui s'engouffraient dans ces lieux pour faire le ménage – elle s'en moquait bien.

Assise devant la grande fenêtre donnant au sud, ses pieds nus posés sur le rebord, la jeune fille contemplait la Cité animée dans le méli-mélo des toits. Le quartier pauvre de Lindo était bordé au nord par la Grande Rivière et à l'ouest par le Mur Adamantin. Tout en bas s'entrelaçaient des allées, des rues sordides et des milliers de baraques construites avec les matériaux délaissés par les riches. Çà et là se dressaient d'imposants bâtiments sombres, en ruine, autrefois propriétés des nantis, à présent habités par les plus pauvres des pauvres. Peu d'habitations culminaient à la hauteur de la Maison de Verre ; la jeune femme avait donc vue sur le quartier crasseux de Lindo jusqu'au lointain Otaro, avec ses tourelles et ses forêts grises. Tout au fond, le Palais Rouge se dessinait sur l'horizon brumeux. Depuis le Grand Déluge un mois plus tôt, le brouillard pesait lourdement sur la Cité. Au petit matin, on aurait dit une mer, grise et trouble, d'où surgissaient de grands bâtiments pareils à des rochers sortant des flots.

La jeune femme se retourna vers l'atelier et son ouvrage. Le grenier, inondé de lumière, était paré de mille couleurs. Des vitraux posés contre les murs et les fenêtres basses projetaient sur le plâtre une pluie de taches lumineuses mêlant le cramoisi, l'ocre et le vert feuille. Au centre, sur une grande table de chêne, se trouvaient les morceaux de verre de la fenêtre sur laquelle elle travaillait. Le panneau, haut et étroit, avait été commandé pour la maison d'un marchand bedonnant du quartier d'Otaro. Elle contempla son œuvre d'un œil à la fois critique et fier. Au sommet du panneau, un léviathan d'argent se prélassait sur une eau scintillante, la tête entourée d'écume. À la base, un géant des profondeurs, à la peau verte, rampait sur du sable doré, ses tentacules étalés devant lui. Entre les deux monstres nageait un banc de poissons multicolores, encadré d'un entrelacs de feuilles et de fleurs.

— Où as-tu vu des poissons avec de telles couleurs ? avait demandé son père, pensant que ni elle ni personne de sa connaissance n'avait jamais vu la mer.

Elle avait haussé les épaules. Elle avait observé quantité de poissons sur l'étal du poissonnier, les écailles luisant de nuances délicates allant du rose au vert, en passant par le brun. Elle pensait que, comme les humains, ils perdaient leurs couleurs dans la mort, et que vivants ils avaient scintillé des teintes les plus vives de la palette des dieux. Elle créait donc des poissons verts à rayures dorées, des rouges à tête bleue, et des bancs entiers de minuscules créatures de toutes les nuances de jaune possibles, chacune ornée d'une crête noire. Le léviathan avait des dents en or, le poulpe les yeux bleus. La mer elle-même était mouchetée d'un argent à peine visible derrière le tourbillon de mouvements et de couleurs que formait l'ensemble.

Le panneau était presque achevé. La plupart des morceaux de verre avaient été peints, cuits et encastrés à leur place sur la grande table centrale. Il lui restait à finir deux sections importantes de la base, qui seraient à hauteur d'yeux sur le mur du marchand : les extrémités des tentacules du monstre, vert et jaune, et sa signature. Puis, quand les derniers panneaux auraient été cuits au four pour fixer la peinture, Frayling la rejoindrait pour l'aider à découper et souder le plomb qui maintiendrait le tout en place et ferait de la mosaïque une œuvre d'un seul tenant.

Elle s'avança jusqu'à l'aquarelle originale qui avait servi de modèle, à présent abîmée après avoir passé six mois accrochée au mur. Elle l'examina un moment, puis retourna auprès du vitrail. Les paupières closes, elle détendit ses épaules, laissant ses pensées s'apaiser et se concentrer sur les créatures du panneau. Elle imagina les tentacules puissants, musclés et caoutchouteux. Elle les vit toucher le sable, se tendre et tâtonner devant elle.

Puis elle entendit monter à l'échelle, trébucher et jurer. Elle fronça légèrement les sourcils et dut revenir à la réalité de son atelier.

— Par les dieux maudits, cette année, je fais poser un escalier !

La tête de son père apparut, les cheveux gris et ébouriffés. Il acheva son ascension d'un pas maladroit.

Elle haussa les sourcils, le sourire aux lèvres. Voyant sa mine, il avoua :

— Je sais, c'est ce que je dis chaque année. Mais cet été je vais le faire, promis ! Frayling va finir par nous quitter s'il doit encore porter des panneaux de verre là-haut.

Elle le contempla avec affection. Il n'y avait plus de roux dans ses cheveux. Le chagrin et le passage des ans avaient profondément marqué son visage. Il évita de croiser son regard et baissa les yeux. Il ne parlait que par nécessité. Elle savait d'avance ce qu'il allait dire.

— Nous avons reçu la visite du serviteur du marchand. Il veut que tu ailles chez lui pour la pose du vitrail.

La panique lui noua le ventre ; elle secoua la tête.

— Vas-y toi, murmura-t-elle d'un ton implorant.

— Je sais que je peux le faire, répliqua-t-il, l'air grave, et je t'accompagnerai, mais c'est une question de politesse. C'est ta plus grosse commande. C'est un bon client, gentil. Il ne mérite pas que tu lui manques de respect.

Dans sa voix avait percé une fermeté inhabituelle. Son cœur se serra : elle savait qu'elle ne pouvait lui refuser cela. Elle détestait voir du monde, et craignait les conversations. Beaucoup de gens, la croyant muette, l'appelaient « la carpe » quand elle avait le dos tourné, et parfois même devant elle. En réalité, elle utilisait les mots avec parcimonie, comme si elle en possédait à peine une poignée et qu'elle les offrît au compte-gouttes. Selon elle, ses vitraux parlaient pour elle.

Les mots ne furent pas nécessaires pour faire comprendre à son père ce qu'elle ressentait à l'idée de cette visite chez le marchand.

— Dans combien de temps ? demanda-t-il en jetant un coup d'œil vers la table de chêne.

Elle leva deux doigts.

— Dans ce cas, je vais lui dire que la commande lui sera livrée le dernier jour du mois.

Il s'avança jusqu'à la fenêtre donnant au sud. Dehors, une robuste poulie avait été fixée aux poutres qui surplombaient l'allée.

— C'est le plus gros vitrail que tu aies jamais réalisé. Il pèsera très lourd. Je pense qu'on devrait le descendre en deux ou trois parties, et le réassembler chez le marchand.

Remarquant la réticence de la jeune femme, il ajouta :

— C'est très lourd et très fragile, et cela représente six mois de travail pour toi. La route est longue jusqu'à Otaro. En cas de problème, mieux vaut ne perdre qu'un tiers de ton ouvrage plutôt que la totalité.

Il avait raison, bien entendu, mais, quand bien même elle aurait eu les mots pour le dire, elle ne pouvait lui expliquer à quel point cela comptait pour elle de terminer le travail en une seule pièce. Le vitrail devait quitter la Maison de Verre assemblé. Ces six derniers mois s'étaient déroulés dans un bonheur total. Chaque jour, au lever, son cœur battait la chamade à la perspective de retrouver son ouvrage. Ces derniers jours seraient tristes, car le vitrail de la mer auquel elle avait consacré tout son art et tout son amour disparaîtrait bientôt. S'il devait quitter les lieux en morceaux, inachevé, il laisserait en elle un grand vide.

De toute façon, pensa-t-elle, sa joie était déjà ternie par la perspective de la rencontre avec le marchand au visage gras, ses amis et les badauds qui, sans aucun doute, seraient conviés à assister à la pose du vitrail. Ils lui jetteraient tous des regards en coin et, quand ils la croiraient occupée ailleurs, ils parleraient à voix basse entre eux, affichant selon leur nature un sourire narquois ou un air compatissant.

Son père la regarda dans les yeux, attendant sa réaction. Elle se força à sourire et hocha la tête. Il savait qu'elle se faisait violence, et l'aimait pour son courage. Quant à elle, elle l'aimait pour sa délicatesse.

— Merci, mon petit soldat, dit-il.

Bartellus redescendit en faisant des pauses régulières pour soulager ses genoux douloureux. Quand Em et lui avaient acheté la maison de l'allée du Canard-Bleu, il avait considéré, d'un œil sceptique, l'escalier raide et l'échelle qui menait à l'atelier, mais il avait pensé que les occasions de s'y rendre seraient rares. En fait, il passait désormais une bonne partie de la journée là-haut avec Emly. Il adorait la regarder travailler. Sa grâce et sa force avaient toujours suscité son admiration, même lorsqu'elle était enfant. À présent, elle avait ajouté à ces qualités un talent dont l'origine restait mystérieuse pour lui. Elle créait des aquarelles délicates en prévision d'un ouvrage, et il s'émerveillait de la voir transformer une peinture réalisée sur du papier fin en un magnifique vitrail, ravissant l'œil et réchauffant l'âme. Elle prenait les grands panneaux de verre fabriqués par Frayling dans son atelier du rez-de-chaussée, et leur donnait une tout autre forme en cassant leurs bords avec un outil appelé pince à gruger. Ensuite, elle peignait avec du noir, créant des visages, des muscles, et, pour ce panneau, des algues ondoyantes, les ventouses des tentacules du monstre, et quantité de petits poissons d'ornement.

Emly adorait son travail et la maison où, il l'espérait, elle avait été heureuse pour la première fois de sa vie. Toutefois, elle comme lui savaient qu'ils allaient bientôt devoir partir, même s'ils n'en parlaient jamais. Ils ne menaient pas une vie de fugitifs, mais c'était pourtant ce qu'ils étaient.

Bartellus sortit discrètement par la porte de service et tourna dans l'allée du Canard-Bleu, dont il suivit les détours qui l'éloignaient de la rivière en direction de l'ouest et du Mur Adamantin. Ils habitaient un quartier de la Cité appelé Lindo, jadis fief des nantis et des privilégiés. C'étaient plusieurs centaines d'années auparavant. La plupart des gens âgés l'appelaient l'Armurerie à cause des générations d'armuriers de l'empereur dont les forges étaient situées ici, bénéficiant des vents violents du nord qui soufflaient en permanence dans les rues pentues. Mais la Cité s'était étendue, et les forges des armuriers avaient été déplacées au sud et à l'est, en périphérie de la Cité, plus proches des armées qu'elles devaient approvisionner.

À présent, les grandes demeures cossues de l'Armurerie – du moins celles qui tenaient encore debout – étaient devenues de sinistres mouroirs pour les personnes âgées. Dans une Cité perpétuellement en guerre, ceux qui avaient survécu à leurs années de service militaire n'attendaient rien de la vieillesse qu'une vie d'invalides, frappés de sénilité – le mal dont souffraient tous les anciens. Ces repaires abritaient la lie de la Cité, des hommes et des femmes amputés et déments parqués dans des appartements miteux, jusqu'à dix par pièce, survivant à peine, à l'agonie pour certains. Pendant son court séjour dans les égouts surnommés les Halls, Bartellus n'avait jamais vu une misère plus sordide que celle des bâtiments de Lindo.

Entre ces ruines se dressaient les petites cahutes fumantes des travailleurs pauvres, ceux qui luttaient pour continuer leur ouvrage alors que les matières premières manquaient souvent, et ceux qui étaient employés chez les riches des quartiers huppés d'Otaro et de Gervain. Le bric-à-brac de cabanes, assemblages de bois, de métal, de carton et de débris, bougeait constamment, et le labyrinthe des allées se modifiait d'un jour sur l'autre. On s'y perdait facilement ; les gens avisés évitaient de s'y rendre.

Le quartier avait été complètement nettoyé de ce patchwork d'habitations par la terrible inondation qui s'était produite un mois plus tôt. Du haut de la Maison de Verre, Bartellus, Emly et Frayling avaient vu les cahutes emportées et les avaient crues disparues pour de bon. Pourtant, au bout de quelques jours à peine, les survivants étaient revenus sur les lieux et avaient commencé à les reconstruire.

Depuis le Grand Déluge et l'anéantissement de l'Armée maritime, la situation de la Cité était devenue critique. Les routes d'approvisionnement avaient été coupées, et le ravitaillement ne se faisait plus. De moins en moins de citoyens parvenaient à gagner honnêtement leur vie. Le crime progressait de manière vertigineuse. Les pauvres de Lindo devaient voler pour se nourrir et nourrir leurs enfants. Quatre ans auparavant, arpenter les rues de nuit se révélait déjà une entreprise imprudente. À présent, c'était aussi périlleux le jour, et Bartellus ne sortait jamais sans une arme. Sous son pardessus élimé, il avait glissé sur son épaule – pour garder les mains libres –, dans un solide étui de cuir, un grand couteau, parfaitement affûté. Il s'en était servi plusieurs fois, et, tandis qu'il descendait l'allée du Canard-Bleu, sa main était prête à en saisir le manche.

Il traversa la rue des Adieux, l'artère principale qui menait au nord de la Cité et marquait la limite entre Lindo et le quartier voisin de Burman Far. La puanteur dégagée par les tanneries et les abattoirs, qui lui collait aux narines depuis qu'il avait quitté sa maison, commença à s'estomper. Le quartier de Burman, celui des marchés, des boulangeries et des graineteries, était surveillé par des milices à la solde des puissants, ce qui autorisait ceux-ci à se promener en plein jour sans craindre d'être molestés.

Bartellus traversa le marché du Peuple, sa destination presque quotidienne. Il passa devant des étals à moitié vides. De vieilles femmes tristes le supplièrent d'acheter quelques graines de sésame ou de maigres noisettes ; des garçonnets venant des fermes assiégées au nord tentaient de vendre de petits sacs de pommes de terre à une pante l'un. Les cavistes avaient disparu, tout comme les vendeurs de viande. Dans un enclos exigu, la vente de bêtes faméliques et harcelées par les mouches était le dernier recours d'un petit propriétaire au désespoir.

Le marché du Peuple était le lieu idéal pour se tenir informé – et pas seulement des rumeurs, nombreuses. Au fil des ans, Bartellus avait appris à juger des progrès de la guerre par la quantité de nourriture présente sur les étals. Ce jour-là, il remarqua qu'on ne trouvait que du poisson d'eau douce : les routes menant à la mer étaient donc coupées, ou les militaires avaient réquisitionné les bateaux de pêche pour quelque entreprise vouée à l'échec. De toute façon, la crise régnait à l'ouest de la Cité, vers la côte. Cependant, les épices – le corima, le grainchu et le gourouge – indiquaient qu'une embarcation était arrivée de l'extrême-sud peut-être deux ou trois jours auparavant. Ainsi, la crise qui avait privé la Cité de poissons de mer ne datait que de la veille ou du jour précédent.

Cette information ne présentait pas seulement un intérêt ponctuel à ses yeux. Elle l'incitait à s'interroger sur l'état des armées et celui de la Cité, assiégée de toutes parts par les ennemis. Il ne pouvait se permettre de poser des questions. Depuis qu'Em et lui avaient émergé des Halls huit ans plus tôt, il faisait profil bas. Pour le pauvre peuple de l'Armurerie, il était le vieux Bart, père de la jeune fille maître verrier. Personne ne s'interrogeait sur son passé. En tant que vieil homme, il était invisible, et cela lui convenait parfaitement.

Il acheta deux miches encore chaudes, plus chères que jamais. Il était donc de plus en plus dur de s'approvisionner en céréales. La boulangerie était gardée par des hommes armés de gourdins. Bartellus mâcha un morceau de pain tandis qu'il flânait entre les étals du marché, dissimulant l'autre miche sous son manteau. Il acheta un sac de figues sèches et un sac de riz rouge, puis négocia un panier de pommes vertes avec un fermier de Garamund à la carrure impressionnante. Ces fruits étaient rares et chers, mais Em les adorait. Il donna une pante à un gamin pour rapporter la nourriture à la Maison de Verre, lui promettant que Frayling le rétribuerait de la même somme à réception des achats.

Le garçon partit en courant, le panier sous le bras et le reste de la nourriture serré contre sa maigre poitrine. Bartellus ne doutait pas qu'il prélèverait une ou deux pommes au passage, mais cela lui était égal. Dans ce monde, Bart était un homme riche, même s'il se donnait du mal pour le cacher.

Il repensa à sa visite prochaine chez le marchand et fronça les sourcils. Ses paroles avaient été sincères. Il trouvait normal qu'Emly soit présente, et il devrait l'accompagner. Il était fier de sa fille adoptive et souhaitait que son talent soit reconnu. Selon lui, d'ici à dix ans – cinq, peut-être – elle créerait des vitraux pour le palais impérial. C'était ce qu'il lui avait dit. Il s'était cependant gardé d'ajouter qu'il ne serait pas à ses côtés. Même s'il vivait si longtemps, il ne pourrait plus jamais mettre les pieds au Palais Rouge.

Il y avait une autre raison, plus grave, qui le poussait à vouloir faire reconnaître le talent de sa fille par des hommes influents. Elle devait avoir quinze ans, peut-être seize, déjà. Il lui fallait un mécène puissant pour lui épargner d'être recrutée par l'armée. Le gros marchand de vin n'était pas de ceux-là, mais des éloges de sa part pouvaient déboucher sur des relations plus fructueuses.

Il ne se faisait aucun souci au sujet du marchand, affable et à l'intellect limité. C'était plutôt son fils qui inquiétait Bartellus : un jeune homme sournois, secret, à l'œil mauvais. Bart l'avait pris en grippe dès leur première rencontre, mais il devait reconnaître que c'était en partie dû au fait qu'à son âge il aurait dû être à la guerre, au service de sa Cité, plutôt que de traîner encore à la table de son père. Il s'était méfié de la façon dont le garçon l'avait regardé. Impossible qu'il l'eût reconnu : il était bébé à l'époque où Bartellus commandait les armées de l'Est et du Nord. Et, à sa connaissance, il n'existait aucun portrait du général. Néanmoins, il gardait le fils à l'œil, et espérait qu'il serait absent le jour de la livraison du vitrail.

Bartellus avait conscience de l'ironie de la situation : il méprisait le fils du marchand qui esquivait le service militaire, mais lui-même complotait pour qu'Emly y échappe. Il avait beaucoup réfléchi depuis ce jour sombre où, dans les égouts, il avait défendu auprès d'une vieille femme la nécessité d'envoyer les filles servir la Cité, qu'elles en reviennent mortes ou vives.

Il était en paix avec ce revirement et, si on l'avait accusé d'hypocrisie, il aurait haussé les épaules en disant : « C'est ma fille. »

Le trajet était long jusqu'à l'auberge des *Étoiles Brillantes*. Quand il arriva, le soleil printanier l'avait fait transpirer sous son pardessus et le vieil homme boitait légèrement. L'ancien bâtiment de briques, très vaste, avait jadis été un monastère. Les saints hommes qui l'occupaient avaient depuis longtemps retrouvé leurs dieux, et à présent l'endroit accueillait les visiteurs venus des autres quartiers de la Cité et – plus rarement – des étrangers. Bartellus n'entrait pas souvent dans l'établissement.

Il baissa la tête pour franchir une porte voûtée et pénétra dans une vaste cour intérieure à la végétation luxuriante. En tant que militaire de carrière, il appréciait la compagnie d'autres vétérans et se détendit en avançant entre les tables sculptées, où d'autres anciens passaient la matinée à jouer aux osselets, aux échecs et à l'urquat. Dans le coin d'un mur de pierre, à l'ombre d'un figuier, il repéra Creggan et Dol Salida, assis à la table d'urquat. Il se dirigea vers eux, le sourire aux lèvres.

Les deux jeunes frères qui avaient suivi Bartellus depuis l'allée du Canard-Bleu le regardèrent entrer dans le jardin de l'auberge.

L'air renfrogné, le cadet grommela :

— Je t'avais bien dit qu'il viendrait ici. Toute cette matinée passée à le filer pour des prunes.

— On sera quand même payés, crétin, répliqua son frère. Ce que les autres veulent savoir, c'est où il va après s'être arrêté ici.

— Il va rester là des heures, comme toujours. Allez, on rentre, on reviendra plus tard !

— Vas-y, toi. Pas besoin d'être deux.

Mais le plus jeune soupira et s'assit dans l'ombre d'un muret. Son frère sourit et se laissa choir à ses côtés dans la poussière. Le soleil se leva au-dessus de l'auberge ; leur coin ombragé disparut lentement tandis que l'attente se prolongeait.

— Pas trop tôt, marmonna Dol Salida quand Bart s'assit à la table en pentagone, posant devant lui les jetons colorés et les dés. Nous avons failli commencer sans toi.

Bartellus hocha la tête d'un air grave. Son ami l'accueillait toujours ainsi, mais le seul jeu auquel ils s'adonnaient était l'urquat, qui se jouait à trois ou à cinq. Cela requérait à la fois chance et habileté. Dol Salida était un maître, peut-être même le meilleur joueur de la Cité. Comme il le concédait avec vanité, Bartellus et Creggan étaient devenus suffisamment bons pour rendre le jeu intéressant aux yeux de leur camarade.

Après qu'un accord eut été passé sur le modeste enjeu du jour, Creggan commença en jetant les dés. La pyramide d'osselets qui s'entrechoquaient sur la table de bois réconfortait infiniment Bartellus. Il se carra dans son siège, heureux à la perspective de ces quelques heures agréables. Un serveur posa discrètement un pichet de bière près de son coude. Le vieil homme, connu aux *Étoiles Brillantes*, y était estimé.

— Comment va ta fille, Bart ? demanda Creggan au bout d'un moment, en se renversant sur sa chaise pour boire une gorgée de bière.

— Bien, merci, répondit Bartellus, les yeux rivés sur les jetons devant lui.

— Elle a bientôt terminé le vitrail ? Celui avec les poissons.

— Oui, très bientôt.

— J'aimerais bien voir un de ces ouvrages, un jour.

Bartellus émit un grognement reconnaissant. Il appréciait les deux hommes, mais n'avait aucune intention de les inviter chez lui. Il pensait qu'il valait mieux cloisonner les différentes parties de son existence : ainsi, l'une ne pouvait compromettre l'autre. Emly ne ferait pas la connaissance de Creggan et de Dol Salida, et il ne leur dirait jamais rien au sujet de ses visites au grenier d'une catin, à Gervain. Il ne leur parlerait pas non plus de ses sorties à la Grande Bibliothèque, ni de ses longues soirées consacrées à l'étude de manuscrits anciens traitant de l'histoire de la Cité. Que les gens le jugent secret, soit. Il avait ses raisons de l'être.

Dol Salida remporta sans peine les trois premières manches. Creggan soupira et se plaignit, comme d'habitude :

— À quoi bon jouer contre toi ? Nous perdons notre temps !

Le maître sourit et remit en ordre le plateau de jeu.

— Tu m'as déjà battu, Creggan. Voyons… N'était-ce pas au printemps dernier ? Et Bart nous a vaincus tous les deux il y a quelques jours à peine. Mets-toi un peu à ma place : imagine comme c'est ennuyeux pour moi de gagner tout le temps ! Voulez-vous augmenter la mise ?

— Non ! répondirent les deux hommes à l'unisson.

Dol Salida éclata de rire. C'était un individu sociable, au sourire facile. Malgré son crâne dégarni et sa couronne de cheveux châtains, il arborait une large moustache blanche qu'il caressait d'un air absent tout en jouant. Bart savait depuis longtemps que ce geste, bien qu'apparemment involontaire, ne donnait aucun indice sur sa tactique de jeu. Quand Dol quittait *Les Étoiles Brillantes*, il retrouvait, ainsi que Bartellus l'avait découvert, son épouse et ses nombreux petits-enfants dans une maison bondée voisine du Palais Rouge. Ancien officier de cavalerie, il avait été réformé dix ans plus tôt pour de multiples fractures à la jambe. À présent, il s'appuyait lourdement sur une canne. S'il souffrait, il ne s'en plaignait jamais.

Creggan en revanche était veuf et sans enfants. Il logeait avec la famille d'un forgeron à Gervain. Il parlait rarement de lui. Bartellus savait seulement que, vingt ans auparavant, il avait été fantassin sous les ordres de Grantus, le commandant victorieux des armées de l'Extrême-Sud.

Contrairement à la plupart des anciens militaires autour d'eux dans la cour, qui n'avaient que la guerre pour sujet de conversation, les trois hommes en parlaient rarement, comme ils n'évoquaient qu'épisodiquement leurs années de service.

Ils se retrouvaient pour jouer à l'urquat, et leurs échanges étaient limités. Bartellus les entretenait du travail d'Emly, Dol Salida de sa famille, et Creggan des oiseaux de la Cité – sa passion.

Il était donc rare que ce genre de commentaire sorte de sa bouche :

— Il paraît que nous avons perdu une bataille navale il y a deux jours.

Bartellus ne répondit pas. Une pause fut marquée avant que Dol Salida ne pose deux jetons et marmonne :

— Billevesées et spéculations. D'où sors-tu cette information, Creggan ? De ces vieilles commères ?

Il désigna les vétérans aux cheveux gris penchés sur les tables alentour.

Creggan haussa les épaules. Bartellus finit par intervenir :

— Il n'y avait pas de poissons de mer au marché, aujourd'hui. Je n'ai trouvé que de la brème et du poisson-roseau.

Les deux hommes lui jetèrent un coup d'œil et acquiescèrent.

Bartellus crut le sujet clos, mais au bout d'un moment Creggan annonça :

— C'est un soldat qui me l'a dit. Un fantassin. Là-dedans.

Il indiqua l'auberge.

— Dans ce cas, rien à voir avec une commère, rétorqua Dol Salida d'un ton sarcastique. Juste un troufion plein comme une outre.

Il ricana.

— Cherchait-il des renseignements ? Ou bien en vendait-il lui-même, contre de la bière ? demanda Bartellus.

Creggan secoua la tête, lança les dés et grogna :

— Pas de veine aujourd'hui, se plaignit-il. Non, il a payé sa consommation. Il parlait au gros Lanny. J'ai entendu leur conversation.

Bartellus sourit intérieurement. Le gros Lanny servait de la bière aux *Étoiles Brillantes* depuis des lustres. Il passait ses journées en compagnie des vieux clients qui lui racontaient leur histoire en exhibant leurs cicatrices. Il hochait toujours la tête avec un sourire, sans arrêter d'essuyer des verres. Selon Bartellus, il ne les écoutait sans doute même plus.

Le jeu se poursuivit. Le soleil brillait haut au-dessus de leurs têtes, mouchetant la table de points lumineux à travers le feuillage.

— Il était drôle, déclara Creggan.

— Qui donc ? s'enquit Dol Salida, agacé.

— L'homme de l'auberge, hier.

Le maître se carra dans son siège et le dévisagea.

— Par tous les dieux ! tu penses aussi lentement que tu joues. Tu parles encore de ce pilier de bar ? C'est le coup de foudre, ou quoi ?

Imperturbable et obstiné, Creggan répéta :

— Il était drôle. Il avait un tatouage sur le biceps – le même symbole que l'auberge : sept étoiles. Je le lui ai fait remarquer, et on en a plaisanté.

— *Les Étoiles Brillantes* sont une référence aux Sept Sœurs, expliqua Bartellus. C'est l'un des dessins qui ont été placés là par le dieu du ciel.

— Tu ne m'apprends rien, répliqua Creggan d'un ton irrité. Je ne suis pas simplet. C'est le tatouage d'une compagnie, la Seconde Adamantine. J'ai juste trouvé drôle qu'un homme avec le biceps orné de sept étoiles vienne boire une bière à l'auberge des *Étoiles Brillantes*.

— C'est vrai que c'est hilarant, grogna Dol. Bon, tu joues ou pas ?

Creggan lança les dés et reprit :

— Il avait aussi une cicatrice étrange sur l'avant-bras. Une marque, comme une brûlure. On aurait dit un S.

— Une brûlure ?

— Une marque au fer, comme on marque un cheval.

Un souvenir jaillit dans l'esprit de Bart. Un soldat aux cheveux noirs et aux yeux bleu ciel.

— À quoi ressemblait-il ? demanda Bartellus en essayant de masquer son intérêt.

Creggan haussa les épaules.

— À un soldat. Miteux. Je n'en sais rien. Il était blond.

— Et comment sais-tu qu'il était soldat ?

Creggan lui décocha un regard plein de pitié.

— Le tatouage. De toute façon, ça se voyait.

— Il était grand ?

— Il était assis. Qu'est-ce que ça peut te faire ?

Poussant un grognement satisfait, Dol Salida retourna le jeton rouge pour révéler un disque blanc sur fond bleu.

— Lune et deux, déclara-t-il avec un sourire.

Les deux autres s'affaissèrent, dépités.

Bartellus demanda à son ami :

— Connais-tu cette marque, Dol ?

Le maître haussa les épaules.

— Une marque d'esclavage, je suppose. Pourquoi, ça t'intéresse ? s'enquit-il, jetant un regard pénétrant à Bart.

Bartellus garda un ton neutre.

— Comment un homme peut-il avoir à la fois le tatouage de la Seconde Adamantine et une marque d'esclavage ? demanda-t-il en rassemblant les jetons.

Dol haussa de nouveau les épaules.

— Je m'en moque bien.

Peut-être incité par la chaleur du soleil et la bière à baisser sa garde, Bartellus leur confia :

— J'ai vu la même marque il y a longtemps. Sur un cadavre.

— Un Peau-bleue ?

— Non. Du moins, je ne pense pas. Il avait le torse et la tête couverts de tatouages, et cette marque unique, au fer, à l'épaule. C'est étrange. J'y ai réfléchi longtemps, mais je n'ai rien pu en tirer.

— Que pensais-tu en tirer ? demanda Dol.

— Les tatouages sont répandus chez les soldats, expliqua Bartellus. Les hommes arborent le symbole de leur régiment, de leur unité. Même les membres de pelotons se font parfois faire le même tatouage. Ça crée un lien entre eux ; ils sont fiers de leur unité.

Les deux hommes approuvèrent. Dol remonta sa manche pour révéler un serpent saisissant, symbole, Bartellus le savait, de la cavalerie de la Première Impériale. Une marque très honorable.

— Cet homme… Avait-il ce genre de tatouage ? s'enquit le maître.

— Il avait dans le dos ce qui ressemblait à un tatouage de régiment : une chèvre se cabrant, avec une langue de serpent.

Les autres se mirent à rire.

— Une chèvre ?

Bartellus haussa les épaules.

— Ce n'est pas si inhabituel, dit-il. C'est de la fausse modestie. En réalité, ils se prennent pour des lions ou des aigles, mais ils utilisent l'image d'une chèvre lubrique pour montrer qu'ils n'ont que faire de ce genre de vanité, qu'ils sont plus intéressés par les parties de jambes en l'air. C'est de la fausse modestie, répéta-t-il, et pas très subtile. Il faut dire que les soldats ne sont pas réputés pour leur subtilité.

— Tu connais donc ce tatouage ?

— Non. J'ai déjà vu des images du même genre, mais pas cette chèvre qui se cabre en dardant sa langue fourchue.

— Malgré tout, tu penses que l'homme était soldat ?

— Il a dû l'être à un moment ou à un autre, ça ne fait aucun doute. J'ai reconnu ses tatouages de bataille. Mais il avait la langue tranchée.

— C'était un informateur, conclut Dol d'un ton pesant, hochant la tête pour lui-même.

— Possible, répliqua Bartellus. Ce qui est bizarre, c'est que certains soldats arborent un simple symbole sur leur biceps ou l'épaule. Toutefois, la plupart de leurs tatouages sont cachés sous des vêtements ou une armure. Ils ne sont pas sur leurs avant-bras ou leurs jambes. Chez les soldats, ce serait considéré comme vulgaire, tout juste bon pour les esclaves, les femmes ou les étrangers.

— Pourtant, cet homme en avait ?

— Non, ses bras et ses jambes ne portaient aucune marque. Mais son crâne rasé était couvert de minuscules tatouages, allant du haut de son front jusqu'à sa nuque. Et je vous le demande : pourquoi est-ce qu'un homme laisserait ses membres et son cou sans aucun dessin, mais s'en couvrirait la tête ?

Chapitre 16

La Grande Bibliothèque était une cité à elle seule. Construite tout au long du millénaire, elle s'étendait sur plusieurs hectares et comprenait des appartements pour les ouvriers et les conservateurs, des cantines, des cuisines, des écuries, une forge, des jardins, des vergers, deux lacs, et une aile complète – désormais presque vide – destinée à accueillir les visiteurs étrangers. Les salles d'archivage se comptaient par centaines : des milliers de livres s'y entassaient, à tous les stades de conservation, jusqu'au pourrissement. Il aurait fallu une vie entière pour étudier l'histoire de la bibliothèque. On disait que, ces dernières années, nombreux étaient les hommes âgés réformés qui profitaient de leur temps libre pour travailler sur le sujet, ajoutant leur propre texte aux millions de mots déjà écrits, sans que personne ou presque les lise ou s'y intéresse.

Au cours de ce long après-midi, Bartellus se dirigea comme toujours vers la salle de lecture centrale, une gigantesque pièce d'ombre et de lumière, dont le toit de verre vert était soutenu par des centaines de piliers en pierre. Ce toit datait de plusieurs siècles et nécessitait constamment des réparations. Au lieu d'être un refuge silencieux pour les intellectuels, la Chambre des Piliers était un endroit bruyant, animé et dangereux. Des ouvriers travaillaient en hauteur en bavardant, se disputaient et criaient régulièrement pour avertir les personnes en bas qu'ils venaient de faire tomber un outil ou un morceau de verre. Au sol, les conservateurs ne cessaient d'aller et venir. Ces hommes et femmes en tenue vert sauge poussaient lentement de petits chariots de bois où étaient empilés des livres. Les roues cliquetaient sur les dalles de pierre. De part et d'autre de la salle, de hautes fenêtres aux carreaux jaune et vert baignaient les lieux d'une teinte maladive qui rappelait la lumière sous-marine. Les jours de pluie, on entendait constamment l'eau goutter dans les centaines de récipients rouillés disséminés aux quatre coins de la pièce.

Il régnait dans la salle un froid polaire l'hiver et une chaleur insupportable l'été. Malgré tout, Bartellus trouvait l'atmosphère vivante, et ce fut d'un pas léger qu'il rejoignit sa table habituelle, au centre, flanquée de deux piliers sculptés. Comme Bartellus s'y attendait, Carvelho était déjà là.

— Bartellus ! l'appela son assistant en l'apercevant. C'est une belle journée !

Ancien fantassin de la Maritime, réformé dix ans plus tôt, Carvelho avait entre quarante et cinquante ans. Mince et musclé, il ressemblait davantage à un combattant des rues qu'à un universitaire, jusqu'à ce qu'on remarque l'un de ses bras amputé jusqu'au-dessus du coude. La petite rétribution de Bartellus complétait la pension que l'armée lui versait et lui permettait de loger sa femme et ses trois enfants dans le quartier de la bibliothèque. Carvelho travaillait avec enthousiasme et, s'il avait deviné que l'intérêt principal du vieil homme n'était pas celui qu'il prétendait, il n'en avait jamais rien laissé paraître.

— Comment ça ?

— J'ai trouvé une référence là-dedans, dit Carvelho en agitant un manuscrit.

Bartellus savait qu'il s'agissait du journal de bord d'un courtisan de l'Empire dravidien de l'Extrême-Est, rédigé deux mille ans auparavant.

— Le troisième empereur dravidien..., reprit Carvelho.

— Argipelus.

— Oui, Argipelus. Il a écrit une lettre à Mohastidies...

Un ancien empereur de la Cité, se souvint Bartellus, fronçant les sourcils sous l'effort.

— Il demandait du marbre vert pour son palais, termina Carvelho.

Il afficha son fameux sourire en coin. Bartellus sourit à son tour. Carvelho croyait que ses propres ancêtres venaient de la périphérie de l'Empire dravidien, bien au-delà de la Petite Mer. L'histoire de cette civilisation le fascinait ; il avait été ravi de découvrir un lien ancien avec la Cité.

— Si nous pouvions trouver cette lettre, ce serait une percée capitale !

— En effet. (Bartellus s'assit à la table.) Bien, je t'ai préparé quelques sujets de recherche.

Il commençait toujours ainsi. Il lui tendit un bout de papier. L'autre l'examina, hocha la tête et se dirigea d'un pas joyeux vers les énormes colonnes de tiroirs situées au centre de la salle, protégées par une bâche, où étaient rangés les milliers de catalogues référençant les livres, leur sujet et leur place. Avant la fin de la journée, il reviendrait avec vingt ou trente références. Ils les trieraient ensemble pour qu'il n'en reste qu'une dizaine à demander aux conservateurs. Ceux-ci apporteraient les livres dans leur chariot le lendemain matin. Cette tâche occupait presque tout l'après-midi de Carvelho, laissant le loisir à Bartellus d'étudier en toute tranquillité les volumes déjà entassés devant lui. Sur les sept livres, six ne l'intéressaient pas : ils étaient là uniquement pour leurrer l'assistant et détourner l'attention un peu trop soutenue de certains concernant la vraie nature des recherches de Bartellus.

Quand Em et lui avaient émergé des égouts huit ans auparavant, il n'aurait pas cru un jour repenser aux Halls et à leurs pauvres Habitants. Pourtant, les paroles d'Ysold, bien que celle-ci fût morte depuis longtemps, résonnaient encore en lui. Dans sa dernière heure, la femme lui avait confié que la Porte Dévoreuse se cassait, que personne ne la réparait, et que par conséquent la Cité entière finirait par être inondée. Malgré lui, Bartellus se demandait pourquoi un travail autrefois jugé essentiel, au point qu'on envoyait régulièrement des équipes d'ingénieurs risquer leur vie dans les profondeurs des Halls, n'était plus considéré comme tel à ce jour. En tant qu'ancien bureaucrate – en quelque sorte –, il savait que ce ne devait être qu'un oubli, un papier administratif égaré, ou quelques milliers de couronnes économisées sur un budget.

Pourtant, un jour où il n'avait rien de prévu, il s'était rendu à la Grande Bibliothèque en quête d'informations sur la porte. Il s'était laissé complètement piéger. Après quelques mois à patauger dans les méandres attirants de l'histoire, il avait découvert le journal d'un ingénieur appelé Miletos, personnage sympathique dont l'humour et l'intelligence transparaissaient à travers le parchemin poussiéreux et l'encre à demi effacée. L'homme ne parlait jamais de la Porte Dévoreuse – après presque huit années de recherches, Bartellus n'avait pas encore appris le nom officiel de la structure – mais les réflexions de l'auteur sur l'architecture de l'ancienne Cité, et ses commentaires acérés sur les personnalités de l'époque, enflammèrent l'imagination de Bartellus pour la première fois depuis des années. Le journal de Miletos était le seul ouvrage que le vieil homme eût volé à la bibliothèque. Il l'avait emporté secrètement sous le regard perçant des vieilles chouettes qui surveillaient les sorties, séparé en trois parties collées avec du ruban adhésif sur son ventre. Cela s'était produit six ans plus tôt et il en éprouvait encore de la culpabilité.

Depuis, il s'était lancé dans l'étude de l'architecture de la Cité aussi profondément qu'il avait été perdu dans les Halls eux-mêmes. Il était presque impossible de faire le lien entre les tunnels boueux, les grottes et les ponts qu'il avait croisés durant son bref séjour dans les Halls, et les descriptions sèches de canalisations triples, de collecteurs, de fossés de récupération d'eau de pluie et de déversoirs de barrages faites par des ingénieurs tout aussi arides. C'était un véritable labyrinthe, peut-être sans issue, mais Bartellus adorait le défi que cela représentait et se régalait de ce travail.

Un jour d'hiver, un conservateur habillé de vert s'était attardé à sa table, le cliquetis des roues de son chariot plein ralentissant avant de s'arrêter. L'homme, de petite taille, bossu et aux cheveux roux, l'avait cordialement interrogé sur le sujet de ses recherches, faisant des commentaires sur les piles de livres qui entouraient Bartellus. Tous portaient sur l'ingénierie, l'architecture et l'histoire de la construction de la Cité. Le conservateur l'avait assailli de questions, ses yeux clairs rivés sur lui, brillant d'une ferveur universitaire. Horrifié à l'idée d'être surveillé, Bartellus avait abandonné ses études à la bibliothèque le jour même et avait mis plus de six mois avant de s'y aventurer de nouveau. À partir de là, il commença à dissimuler son intérêt véritable sous un fatras d'autres sujets. Et il employait Carvelho comme substitut. Il lui arrivait d'apercevoir le conservateur aux cheveux roux, mais le petit homme semblait l'avoir oublié.

Avec un soupir de satisfaction, Bartellus tira vers lui un ouvrage familier, à la reliure de cuir fendue, intitulé *La Première Vie de Marshall Creed*. Dans sa jeunesse, Creed était propriétaire d'une flotte sur l'île de Iastos, négociant en obsidienne et nacre, et fripouille à ses heures. Il avait traversé une période difficile lorsque la moitié de ses navires avaient été détruits par un ouragan. Après de nombreuses aventures, que Bartellus pensait tout droit sorties de l'imagination de l'auteur, il avait fini par aller vivre à Otaro. À cette époque, plus de quatre cents ans auparavant, la Cité accueillait tous les étrangers. C'était un lieu central pour les échanges commerciaux. Des vaisseaux de toutes les nationalités envahissaient son port. Avec son épouse, qui souffrait d'une maladie chronique, et ses cinq filles, Creed loua une maison d'où il dirigea toutes sortes d'affaires à la limite de la légalité.

L'intérêt de Bartellus s'était porté sur les trois derniers chapitres. Au moment d'achever son autobiographie, Creed était âgé, et l'ouvrage prenait un ton mélancolique. L'auteur abandonnait la vantardise et l'arrogance des pages précédentes et parlait désormais comme s'il était investi d'une ultime mission avant sa mort – qu'il voyait venir avec une triste lucidité. Il se mit à arpenter la Cité, s'émerveillant de sa beauté et de sa cruauté. Il évoquait avec admiration les Jardins de l'Arc-en-Ciel qui, en ce temps-là, partaient du palais sous forme de grandes arches sur plus de dix lieues, chacune plantée de fleurs aux mille couleurs. Il s'entretenait avec des mathématiciens et des astronomes, qui expliquèrent au vieil homme les formules complexes utilisées pour ériger les vingt-sept tours de cristal du Palais Rouge à travers lesquelles, l'une après l'autre, le soleil brillait le matin du solstice d'été. Il décrivit les nichoirs de verre sur le Bouclier, où l'on réunissait les races d'oiseaux les plus colorées du monde entier, afin qu'ils se reproduisent. Pour honorer les dieux, ils étaient ensuite relâchés sur les toits, emplissant les cieux de teintes dignes d'un jour de fête. L'auteur parlait des Cages, les prisons de métal destinées à recevoir les criminels les plus méprisés, hommes et femmes, hissés à l'extérieur des remparts de la Cité, parfois à moitié morts à cause de séances de torture, parfois encore vaillants et luttant pour leur vie. On les abandonnait à une fin lente et atroce, crevant de froid et de soif, sous les yeux d'un public amusé.

Il décrivait aussi, avec une foule de détails, comme peut le faire un vieil homme incapable de juger le degré d'attention de ses lecteurs, un séjour dans les profondeurs des égouts juste sous le palais, jusqu'aux Eaux Noires, le nom qu'il avait donné au grand fleuve, le Menander, qui plongeait sous la Cité, et jusqu'à la Porte du Magisterium, une structure dont l'objectif était de pulvériser les gros débris des niveaux supérieurs des égouts pour qu'ils n'obstruent pas les étroits tunnels inférieurs.

La Porte du Magisterium n'était pas la Porte Dévoreuse, Bartellus pouvait en jurer, car elle ne comportait que seize « moteurs rotatifs », comme l'écrivait Creed, tandis que Bartellus avait compté vingt tonneaux – dix-neuf lors de son dernier passage. Toutefois, le mécanisme paraissait similaire. Creed se joignit à une équipe d'ingénieurs de maintenance. Par un jour d'été, ils descendirent jusqu'à la porte alors que l'eau était basse et que les risques étaient minimes. L'auteur évoquait un long trajet à travers quantité de tunnels puants, des habitants fantomatiques qui disparaissaient dans l'obscurité dès qu'on s'approchait d'eux, ainsi qu'un curieux incident.

Après avoir terminé de travailler sur la porte – tâche décrite par Creed de manière très exhaustive –, le groupe reprit le chemin vers la lumière. Pas trop tôt pour le vieil homme, car voici ce qu'il écrivit :

« J'avançai d'un pas lent et douloureux, les ténèbres m'enveloppant l'esprit tel un manteau noir, mes bottes couvertes d'immondices. J'avais l'impression que je ne parviendrais jamais à me libérer de cet endroit lugubre, même si je n'y avais séjourné que quelques heures. Mes jeunes compagnons riaient, criaient et plaisantaient, mais l'écho sonore renvoyé par les murs suintants révélait l'angoisse masquée par leur gaieté forcée. Le trajet du retour fut malheureusement plus long que l'aller. On m'informa qu'une averse inattendue, dans le monde extérieur lointain, avait rendu impraticable le chemin pris pour venir. J'avoue qu'à cette nouvelle la terreur me noua le ventre. Je ne puis imaginer pire endroit pour se perdre que les affreuses entrailles de ces interminables tunnels. À cause de mon grand âge, je me retrouvai à la traîne derrière l'équipe de jeunes gaillards qui m'accompagnait ce jour-là. Trop fier et trop bête pour leur crier de m'attendre, j'avançai péniblement, me laissant distancer de plus en plus. La lumière de leurs torches commença à s'éloigner jusqu'à disparaître, et ce ne fut qu'à cet instant que, faisant fi de mon orgueil, je me décidai à les appeler – mais il était trop tard : ils ne m'entendirent pas. Comme je le craignais, j'étais perdu dans les ténèbres, mes jambes affaiblies par la terreur et l'épuisement, quand la lueur bienvenue d'un brandon vacilla sur l'autre rive du ruisseau que je longeais. Je me tournai vers elle, soulagé, pensant que l'un de mes compagnons avait rebroussé chemin pour me chercher – sans comprendre pourquoi il se trouverait en face. Cependant, je demeurai perplexe en découvrant une femme qui, sa torche brandie, m'observait avec calme et intérêt. »

Bartellus remua sur son siège inconfortable et se pencha sur la page pour l'examiner attentivement.

« Elle souleva encore sa torche. Je vis qu'elle était vêtue d'une longue robe claire, avec une capuche relevée, comme un ange ou un esprit des Domanii. Reprenant mes esprits, je compris qu'il s'agissait d'une vraie femme, car sa robe, découpée au-dessus des chevilles, les découvrait de manière impudique, et elle avait chaussé de solides bottes aux épaisses semelles – un choix sensé pour une promenade dans ces tristes égouts. Lorsqu'elle ôta sa capuche, je vis qu'elle n'était pas jeune, mais pas âgée non plus. Sa chevelure rappelait l'argent du clair de lune, et son visage était celui d'un ange sévère.

Je me redressai pour lui demander de l'aide, mais un cri lancé du fond du tunnel m'apprit que mes compagnons avaient remarqué mon absence. Je vis la lueur de leurs torches se rapprocher tandis qu'ils se hâtaient de me secourir, et la femme s'enfonça dans les ténèbres. »

L'auteur et les ouvriers reprirent leur ascension – plus lentement – et Creed, appliqué malgré sa peur, fit une description précise des nombreux tunnels qu'ils empruntèrent avant de refaire surface.

« Il me semblait qu'une éternité s'était écoulée lorsque nous retrouvâmes l'heureuse vision de la lumière du jour filtrant à travers les grilles de métal ouvragées au-dessus de nos têtes. Une heure plus tard, je me retrouvai auprès de ma famille, et je mis longtemps à récupérer de cette épreuve. En effet, pendant des semaines après ma mésaventure, la tombée de la nuit me plongeait dans d'affreux tourments : je craignais que les murs ne se referment sur moi, et pendant toute une saison je dus dormir avec une veilleuse dans ma chambre. »

À l'automne de cette même année, Creed s'était suffisamment remis de ses émotions pour rencontrer l'un des ouvriers qui l'avaient accompagné au cours de ce voyage souterrain. L'homme renfrogné, les cheveux grisonnants, travaillait dans les égouts au service de l'empereur depuis plus de dix ans.

« — Vous auriez dû nous avertir, monsieur, dit l'homme d'un ton solennel une fois mon étrange récit achevé. Les gens crédules les appellent les spectres, mais pour ma part je crois que ce sont des ennemis de la Cité qui se fraient un chemin par les canalisations.

Je repensai à la grande silhouette gracieuse que j'avais vue. La théorie du bonhomme qui voulait que l'inconnue soit une ennemie s'infiltrant par les égouts me parut tout à fait improbable, mais je ne voulais pas l'offenser, aussi répondis-je :

— Des spectres ? Les gens crédules disent-ils pourquoi ces esprits vivent dans ces profondeurs ?

L'autre détourna le regard.

— Personne ne sait s'ils vivent là-dessous ou s'ils descendent pour trouver leurs victimes, répliqua-t-il brusquement. D'après certains, ils habitent dans un lieu enchanté appelé le Hall des Veilleurs.

— Un lieu enchanté ? (Je ne pus réprimer un sourire en répétant ces mots invraisemblables.) Mais alors, sont-ce des spectres ou des sorciers ? »

Mais l'homme ne répondit pas et Creed, après avoir interrogé d'autres ouvriers, considéra la mention du Hall des Veilleurs comme un mythe semblable à tant d'autres, tels les esprits des enfants morts qui hantaient les palais du Bouclier, ou les anges réputés descendre sur les champs de bataille pour aspirer l'âme des soldats agonisants. Sur son lit de mort, l'auteur lui-même en était venu à croire que sa vision relevait d'une hallucination créée par son esprit désorienté sous le coup de la peur, de l'épuisement et des vapeurs dégagées par les égouts.

Bartellus se carra dans son siège. Il avait lu ces extraits des dizaines de fois, et chaque lecture le laissait furieux : elles ne lui apprenaient pas grand-chose. Frustré, il scrutait les pages dans l'espoir de leur trouver du sens s'il les regardait d'un œil noir pendant suffisamment longtemps.

Le Hall des Veilleurs était l'unique lien avec le monde qu'il connaissait. Il pensait souvent à Indaro, la guerrière. Il se maudissait d'avoir prêté si peu attention à son environnement à l'époque, et par conséquent d'avoir gardé si peu de souvenirs. Il se remémora la salle éclairée par des torches, ornée de sculptures d'oiseaux ; la petite pièce blanche et silencieuse où il avait soupé en compagnie de l'étrange vieille femme. Tout semblait comme dans un rêve, bref répit pour son esprit après les épreuves infernales qu'il avait endurées au cours de son existence. Emly et lui n'avaient pas évoqué cette période pendant plusieurs années, et, lorsqu'il s'était décidé à interroger la jeune fille sur les souvenirs qu'elle en gardait, ceux-ci s'étaient révélés fort vagues.

Tandis qu'il réfléchissait au passé, assis, Carvelho revint. Il repoussa le bout de papier sur la table et déposa une pile de livres devant Bartellus. Il souriait.

— Je me suis rappelé ce que tu as dit il y a quelque temps, annonça-t-il à Bart avec enthousiasme. À propos de ton intérêt pour les tatouages militaires. À l'époque, tu m'avais dit de ne pas m'en soucier, mais j'ai repéré ce volume.

Il souleva un gros ouvrage et lut :

— « *Codes mystérieux : insignes formels et informels chez les hommes d'armes* ». L'auteur est un soldat appelé Anabathic Marcellus.

Bart haussa les épaules pour faire croire qu'il s'en moquait alors qu'il oscillait entre appréhension et curiosité. Les sourcils froncés, il répondit à son ami :

— Oh ! c'était juste une idée comme ça. Je n'ai pas envie de le lire. Rends-le avec les autres.

Il avait empilé plusieurs recueils à retourner aux conservateurs. L'air déçu, Carvelho se remit au travail.

Toutefois, dans un moment de faiblesse, Bartellus caressa la couverture aux lettres en relief. En dépit du bon sens, il fit glisser le livre vers lui, humant la riche odeur de son cuir. Avec un soupir, il tourna les lourdes pages aux gravures luisantes. *Un livre coûteux*, songea-t-il. Il le referma et examina à nouveau la couverture. *Anabathic*, pensa-t-il. *Celui qui gravit la colline*. Il se demanda qui pouvait bien se cacher derrière ce nom d'emprunt. Les Marcellus étaient nombreux : Marcellus Vincerus, Premier Seigneur de la Cité, était écrivain et historien. S'était-il fait appeler Anabathic pour pouvoir publier ce livre dans l'anonymat ?

Les pages lisses glissaient plaisamment sous ses doigts tandis qu'il feuilletait l'ouvrage. Les couleurs vives des illustrations lui sautèrent au visage : des chevaux au galop, des lions se cabrant, des tigres domptés, des aigles s'élevant dans les cieux et des serpents ondulants à profusion au fil des pages. Comme il l'avait dit à Dol Salida et à Creggan, les soldats admiraient les animaux fiers et puissants.

Pendant qu'il regardait le livre, ce ne furent pas des images de sang, de mort et de douleur qui lui vinrent à l'esprit, mais des souvenirs chaleureux et rassurants, le sentiment de la camaraderie partagée, l'objectif et l'ennemi communs, le respect, la fidélité et l'amitié.

Inévitablement, ses pensées allèrent vers Fell, son ami et son auxiliaire le plus loyal. Pour la première fois depuis son séjour en prison, des portes s'entrouvrirent dans son esprit, les unes après les autres, tournant doucement sur leurs gonds, pour révéler des mondes colorés, différents, et douloureux. Il revit Fell à ses côtés tandis qu'ils galopaient vers la première ligne d'infanterie, au cours de la bataille du Ruisseau Noir qu'ils remportèrent. Il le revit des années plus tard, en train de rire avec ses camarades de la Dix-Neuvième Impériale, alors qu'ils s'enivraient au point de laisser l'auberge asséchée – une de plus –, au cours de cet interminable été 47.

Puis le vieux Bart franchit une autre porte, plus sombre, plus vieille, et se remémora le procès de Fell devant l'empereur, les visages anonymes, les quintaines blanches en paille qui prirent la forme d'hommes de chair et de sang : les Vincerii, évidemment, et ce vieux bouc de Flavius Randell Kerr, ainsi que le grand Boaz. Tous l'observant d'un œil intéressé et calculateur, sans la moindre compassion.

Devant l'assemblée se dressait celle qui était apparue dans les jours les plus sombres de son existence : Archange.

Le soleil allait bientôt se coucher, et la bibliothèque fermait ses portes quand Bartellus sortit dans les ombres grandissantes. Il se dirigea vers Gervain et le grenier de Callista, la catin, emmitouflé dans son pardessus pour se protéger de la fraîcheur de cette nuit d'été.

À l'abri d'un muret, les deux garçons se redressèrent avec soulagement et descendirent d'un pas rapide l'allée qui longeait le bâtiment. Un homme courbé, aux cheveux roux, les attendait près d'une porte de service. Il fourra un bout de papier dans la main de l'aîné avant de s'en retourner par la haute porte étroite.

Dans l'obscurité, le cadet bâilla. Il se faisait tard et le froid tombait vite, mais il leur restait une tâche à accomplir. Avant de retrouver le confort de leur foyer et les odeurs de cuisine de leur mère, ils devaient d'abord rendre visite à leur employeur.

Emly leva la tête et dénoua la cordelette effilochée qui lui retenait les cheveux en queue-de-cheval. Elle écarta de son visage les mèches noires qui s'en étaient échappées, renoua la cordelette puis se pencha à nouveau sur la dernière pièce du panneau. La tradition voulait que la peinture sur le vitrail soit noire, pour que le contraste mette en valeur les couleurs claires du verre. Mais la signature d'Emly, sa touche personnelle qui commençait à être reconnue chez les nantis, était une tache de couleur qui ornait chaque fenêtre.

Elle prit un petit pinceau qu'elle trempa dans un pot de teinte terre humide. Dans le coin en bas à droite d'un morceau de verre nu, elle dessina habilement la forme d'un gulon. Puis, avec un minuscule pinceau et une pointe de noir, elle souligna sa queue touffue comme celle d'un renard, enroulée autour de lui, et ses oreilles pointues aux aguets. Elle se leva et alla chercher dans un placard un petit pot de peinture d'or précieux qu'un sympathique orfèvre de l'avenue de la Clémence préparait tout spécialement pour elle. Elle s'en servit pour faire deux yeux dorés. Le gulon l'observait depuis son morceau de verre. Elle perçut aussitôt l'hostilité de son regard.

Elle avait tellement l'habitude de peindre cette signature qu'elle songeait rarement à sa signification. Elle n'avait plus jamais vu de gulon après celui croisé dans les égouts. Cette rencontre avait eu lieu le jour de la disparition de son frère, Elija. Elle gardait peu de souvenirs de ce jour funeste, hormis celui du gros gulon affreux et de la manière dont il avait craché sur elle en découvrant ses longs crocs jaunes. Elle se rappelait aussi la dernière fois qu'elle avait vu son frère, sur le pont, dans la lueur vacillante des torches, quelques secondes à peine avant que la structure ne cède. Il ne se passait pas un jour sans qu'elle pense à Elija, mais dans son cœur l'espoir avait été remplacé par un triste regret.

Elle posa son pinceau et laissa tomber sa main le long de sa hanche. Le panneau était loin d'être achevé. Il formait désormais un puzzle d'éclats de verre colorés, découpés et peints, mais séparés, prêts à être assemblés avec les baguettes de plomb pour composer une œuvre d'art. Les étapes suivantes exigeaient du talent et de l'habileté, et de nombreuses heures de travail leur seraient encore nécessaires, à Frayling et elle, pour finir le tout. Cependant, son travail de création était terminé et, comme toujours, elle en ressentait plus de tristesse que de satisfaction.

La section qu'elle avait peinte juste avant, celle avec les tentacules du monstre, était sèche. Elle la plaça sur un plateau de bois et la recouvrit d'un morceau de feutre, sur lequel elle posa le morceau avec le gulon. Prenant le plateau sous un bras, elle souleva le bord de sa jupe et le coinça dans sa ceinture avant de descendre prudemment l'échelle. Une fois en bas, elle recouvrit ses jambes et emprunta l'escalier pour rejoindre le fourneau au rez-de-chaussée, où travaillait Frayling.

Le jeune domestique dut l'entendre venir, car il ouvrit la porte de l'atelier et lui prit le lourd plateau des bras. Il était grand, maigre et légèrement courbé. Ses cheveux gris souris lui retombaient sur le visage. Il se montrait toujours timide avec Emly, alors qu'il était employé par son père depuis plus de deux ans. Il était plus expansif en compagnie de Bartellus, qui prétendait que le jeune homme avait l'esprit vif – même si Em n'en avait encore jamais eu la preuve. Frayling se déplaçait avec agilité sur une seule béquille. Sa jambe droite avait été cruellement écrasée et ne lui servait que de soutien. Célibataire, il n'avait pas de famille. Il occupait une minuscule chambre au premier étage, et quittait rarement la maison.

— Alors, lui dit-il avec un signe de tête nerveux. Le gulon.

Elle le regarda. Quel beau couple ils formaient, songea-t-elle. Un grand timide et une fille taciturne.

— Tu as prévenu Bartellus ? demanda-t-il en clignant des yeux. Pour l'inconnu qui nous surveille ?

Devant son mutisme, il ajouta d'un ton réprobateur :

— Tu avais dit que tu le ferais.

Em avait essayé de ne pas penser à l'homme qu'elle avait vu traîner dans l'allée du Canard-Bleu. Cela s'était produit quatre jours plus tôt. Dans l'atelier-grenier, assise sur le large rebord qui surplombait la rue, elle donnait des miettes aux oiseaux quand elle s'était penchée pour regarder les pavés, en contrebas. Elle avait été tentée de laisser tomber de petits bouts de pain pour voir s'ils atterriraient sur le crâne des passants. Une tête s'était détachée de la foule des travailleurs et des vendeurs de rue qui, en général, avançaient d'un pas lent. C'était une tête blonde, qui reflétait le soleil. L'homme se promenait le long de l'allée comme s'il avait tout son temps. Tandis qu'il s'éloignait, elle avait noté qu'il était grand. *Sans doute un soldat*, avait-elle songé. Sa démarche avait quelque chose d'arrogant, contrairement à l'allure humble et traînante des pauvres gens de Lindo.

Elle n'y avait plus pensé jusqu'à ce qu'elle l'aperçoive de nouveau un peu plus tôt, ce jour-là. Il était appuyé à l'angle d'un bâtiment, à demi caché dans l'ombre. Elle était sûre qu'il s'agissait du même homme. Il paraissait surveiller la Maison de Verre. Emly s'était levée d'un bond et avait dévalé les étages jusqu'au rez-de-chaussée pour se rendre dans la pièce sur l'avant de la maison, au niveau de la rue – une pièce humide à l'odeur de moisi, qu'ils n'utilisaient jamais. Elle était pourvue d'une fenêtre donnant sur l'allée, occultée par des planches ajourées. Une épaisse couche de crasse recouvrait les carreaux. Em avait soufflé sur la vitre et frotté avec son poing. L'homme avait disparu du coin de la rue. Elle avait été déçue. Toutefois, un instant plus tard, elle l'avait vu se diriger vers elle, avançant comme quelqu'un qui aurait le monde à ses pieds. Ce devait être un soldat, car il portait des bottes militaires et un surcot d'un rouge délavé qui autrefois avait peut-être fait partie d'un uniforme. De plus, il était armé : une épée pendait à sa hanche gauche, rangée dans un fourreau, et un long couteau était attaché à sa taille, sur le côté droit.

Il s'était approché tout près en observant la Maison de Verre de haut en bas, jetant des coups d'œil attentifs dans la ruelle qui la bordait. Elle vit qu'il avait les yeux très clairs. Emly s'écarta pour échapper à son regard, même si le risque qu'il la remarque derrière la vitre poussiéreuse était minime. Lorsqu'elle osa à nouveau l'espionner, il avait disparu.

Elle répondit à Frayling par un « non » de la tête. Elle regrettait de lui en avoir parlé, car il se comporterait comme un chien avec un os jusqu'à ce qu'elle informe Bartellus du problème.

— Si tu ne lui dis rien, c'est moi qui le ferai, répondit le domestique avant de rougir de sa propre audace.

Chapitre 17

Le mauvais genou de Bartellus le faisait souffrir lorsqu'il atteignit les ruelles silencieuses de Gervain. Situé au nord-ouest, ce quartier était confortablement niché entre le luxueux Otaro et la circonscription impériale du Palais Rouge. C'était peut-être le quartier de la Cité le plus sûr pour un vieil homme marchant seul dans la nuit. Pour la première fois depuis son départ de la Grande Bibliothèque, Bart relâcha sa prise sur sa dague.

À mesure qu'il approchait de sa destination, il avança plus prudemment, tendant l'oreille, à l'affût de bruits de pas derrière lui, d'ombres se déplaçant furtivement dans l'obscurité. Mais tout était calme et silencieux. Seuls les bavardages étouffés venant d'une petite auberge et les grognements de douleur qui lui échappaient rompaient la quiétude ambiante.

Il se glissa dans une ruelle étroite puis arriva devant une porte cachée dans l'ombre. Grimpant l'escalier raide qui menait à la mansarde de Callista, il se demanda comme toujours s'il agissait sagement. Mis à part l'amour qu'il éprouvait pour Emly, ces escapades nocturnes étaient la seule part de sa vie qui le rendait vulnérable. Il le savait, sans pouvoir y renoncer pour autant.

Il frappa deux fois à la porte toute simple située au sommet des marches. Le battant s'ouvrit aussitôt, libérant une bouffée d'air nauséabond.

— Pas trop tôt, grogna une voix. On n'est pas à ton service.

— Je ne vois pas où est le service là-dedans, aboya Bart.

Il se demanda – et ce n'était pas la première fois – pourquoi il confiait sa vie et peut-être celle d'Èm aux mains de ce soldat hostile, borgne, sarcastique et amer. Il se faisait appeler Vitellus. C'était un ancien membre des Mille, la garde d'élite rapprochée de l'empereur. En tant que tel, il représentait un véritable puits d'informations sur l'Immortel et ses habitudes, et sur la topographie de la résidence impériale nommée le Donjon. Il se considérait comme le chef de ce petit groupe hétéroclite de conspirateurs, mais Bart le voyait plutôt comme la chaîne qui les reliait tous et dont les cliquetis leur faisaient prendre un risque à tous.

Il jeta un regard circulaire au groupe. Sept hommes étaient présents ce jour-là. *Je ne fais confiance à aucun d'entre vous*, songea Bart.

— Bienvenue, déclara celui qui répondait au nom de Sully.

Petit et mince, ancien soldat comme tous les autres, il travaillait comme domestique dans un palais du Bouclier. Il avait l'esprit vif et Bart se fiait davantage à lui qu'aux autres.

— On disait qu'une bataille navale avait eu lieu il y a deux jours.

— J'ai entendu.

— Entendu quoi ? demanda Vitellus.

Celui-là, toujours prêt pour la dispute et l'affrontement.

— Qu'il y en avait eu une, voilà tout.

— Au sud de l'Éperon. Deux de nos navires ont coulé. Nous ignorons combien en a perdus l'ennemi. Le blocus a été levé pendant une journée.

— J'ai trouvé du poisson frais sur le marché, fit remarquer Bartellus.

Sully sourit.

— Il ne faut que quelques heures aux pêcheurs pour rapporter de pleins filets de poissons. Pour nombre d'entre eux, c'est ce qui fait la différence entre la vie et la mort.

— Et toi, qu'as-tu de beau à nous raconter, l'ancien ? demanda Vitellus à Bart.

Bartellus haussa les épaules. Rien. Vitellus renifla, comme si cela confirmait ses attentes. Bart leur avait donné de précieux renseignements sur les Halls et les passages secrets qui couraient sous la Cité, même s'ils ne serviraient pas à grand-chose à ces soldats obsédés par la politique et les nantis.

Jonto, un cavalier encore en service, gronda :

— On se moque bien du poisson, mon vieux. Vitellus et moi avons entendu parler d'une tentative de putsch.

Et une de plus, se dit Bart. Malgré tout, il hocha la tête d'un air encourageant.

— Les Chiens de Chasse de l'empereur, poursuivit Jonto.

Les Chiens de Chasse étaient une centurie des Mille, menée par Fortance, un vétéran qui avait trente années de service, se souvint Bart.

— Et alors ? s'enquit-il.

— Ils ont échoué dans leur mission de garde rapprochée. Leur chef a été rétrogradé et envoyé dans une autre centurie.

— Il a de la chance d'être encore en vie, intervint Sully.

— Il y a eu toute une restructuration. Des réaffectations d'une centurie à l'autre. Beaucoup de gens s'en plaignent.

Sully formula tout haut ce que Bart pensait tout bas :

— Les soldats se plaignent sans cesse. Ils ont toujours un pet de travers.

— Les Chiens de Chasse tiennent Rafe Vincerus pour responsable de la défaite de la Maritime.

— Pourquoi lui et pas Flavius Randell Kerr ? C'était lui, le général de l'armée, précisa Sully.

Mais Bart connaissait la réponse : Flavius était mort et Rafael avait survécu. C'était moins drôle d'accuser un mort.

— Et ce n'est pas tout, dit Vitellus en jetant un coup d'œil à Jonto. Ça jase parmi les Léopards. Contre Marcellus… et sa maîtresse.

Marcellus Vincerus était autrefois marié à Giulia, la sœur de Marcus Rae Khan, chef de la Famille Khan. Marcus bénéficiait d'une certaine popularité auprès des soldats, mais moins que sa sœur, la seule femme à avoir chevauché au sein d'une unité de cavalerie, dix ans plus tôt. Quand Giulia quitta son mari pour retourner vivre au palais des Khan, sur le Bouclier, on raconta que c'était à cause des frasques de Marcellus avec une célèbre courtisane.

Ils se mirent à parler de la catin, méprisée de tous – l'un de leurs sujets de prédilection. Bart les observa avec dédain. Ces hommes, rongés par l'orgueil et l'ambition, se voyaient déjà à la tête d'une armée, menant leurs pairs, acclamés par le peuple, écrasant brutalement leurs ennemis. En attendant, ils cancanaient comme des poissonnières, avalant trop de bière et saupoudrant leurs récits largement inventés de détails salaces.

Lui n'espérait pas que l'on porte son nom au pinacle. Si Bartellus trouvait comment se venger de l'empereur pour le meurtre barbare de sa famille, il savait que seule la mort l'attendait, qu'elle soit atroce, lente ou soudaine. Il avait pour projet d'enfoncer un couteau dans le cœur de cet homme, ou de lui trancher la gorge – il verrait ce qui se révélerait le plus pratique à ce moment-là. Il voulait venger les quatre innocents morts par la volonté d'Araeon. Quatre sur plusieurs millions. Et, s'il trouvait le moyen de punir ceux qui avaient conspiré contre lui, ou qui avaient considéré sa « trahison » et ses tourments comme un divertissement, tant mieux.

Avant tout, il ferait son possible pour s'éloigner d'Em, pour la mettre en lieu sûr. Pourtant, même s'il l'adorait, il savait qu'il la condamnait peut-être avec lui.

Ainsi, le vieux général allait d'un petit groupe de conspirateurs à l'autre, sans jamais rester assez longtemps pour prendre le risque d'être identifié, toujours aux aguets, dans l'attente de trouver celui qui l'aiderait à pénétrer dans le palais, puis dans le Donjon, jusqu'à atteindre Araeon. Pour entrer dans le palais, il fallait détenir les bons papiers, avoir la bonne tête. Il était presque impossible d'infiltrer le Donjon. De plus, il se disait que l'Immortel le quittait rarement ces temps-ci.

Il surprit sur lui le regard de Sully. Le petit homme esquissa un sourire. C'était le seul qui valait la peine qu'on lui consacre du temps, pensait Bart : il écoutait les fanfaronnades et les vagues menaces lancées par les soldats et les enregistrait toutes, révélant peu de choses en retour. Il se demanda si Sully n'était pas un espion. Bart faisait toujours un détour pour rentrer chez lui au cas où il aurait été surveillé. Si le doute l'assaillait, il passait la nuit à l'auberge et ne rentrait que le lendemain.

Après avoir consacré des heures à écouter des commérages inutiles, alimentés par la bière que la vieille mère de la catin apportait du rez-de-chaussée, Bartellus se résolut à abandonner le groupe tout en essayant de garder contact avec Sully. Il ne participerait pas à la prochaine réunion, mais attendrait dehors et suivrait Sully chez lui ensuite. Cette nuit-là, il n'avait pas l'énergie pour rôder dans la rue à minuit.

Vitellus était au beau milieu d'un récit décousu quand Bart marcha soudain vers la porte et partit sans mot dire. Il les entendit ricaner à son propos tandis qu'il descendait l'escalier.

Durant la Grande Tempête, la pluie était tombée si vite et en telle quantité que les égouts et les collecteurs d'eaux pluviales ne purent exercer correctement leur fonction. Les rues étroites de l'Armurerie s'étaient transformées en torrents. Des centaines, peut-être des milliers de personnes avaient péri dans l'inondation soudaine, noyées dans les rues grouillantes ou prises au piège, impuissantes, dans leur propre maison. La rumeur disait que les fossoyeurs de la Cité ne purent enterrer respectueusement tous les cadavres, et que, à la nuit tombée, pendant des semaines après le terrible événement, des charrettes roulaient dans le noir pour transporter les morts jusqu'à l'Éperon et les jeter dans la mer. Depuis, le niveau du quartier de Lindo semblait s'être abaissé, comme affaissé sur ses fondations détrempées. Des caves auparavant sèches étaient désormais immergées, et les habitants dont le rez-de-chaussée avait été inondé se virent obligés d'occuper les pièces des étages, essayant tant bien que mal de garder leurs biens et leurs meubles au sec.

Les chats blancs de Lindo n'aimaient pas se mouiller les pattes. Ils migrèrent vers les niveaux supérieurs : les toits, les terrasses, les ponts et les contreforts qui soutenaient les bâtiments croulants. Ils laissèrent les rues humides et les caves gorgées d'eau aux rats noirs, ne descendant que pour se nourrir, la nuit.

La plupart des chats arboraient encore une fourrure d'un blanc pur. Au fil des siècles, ils s'étaient souvent accouplés avec des félins de races inférieures, mais leur lignée était puissante et, quand un défaut apparaissait – des pattes marron ou un masque roux –, ces caractéristiques disparaissaient avec les générations suivantes. Ils se reproduisaient souvent entre eux et élevaient leurs portées dans les recoins, les fissures des conduits de cheminée à moitié en ruine, et les rives de toit pourries du côté nord de l'allée du Canard-Bleu.

Le pont aérien entre la Maison de Verre et la pension située en face était une sorte d'axe principal pour les chats. La nuit, ils chassaient entre les cahutes au sud de l'allée puis, quand le jour menaçait de se lever, ils allaient jusqu'à la maison du maître verrier, grimpant facilement les étages en forme de pièce montée, et traversaient le pont de bois pour rejoindre leur nid.

Loin en contrebas, de retour chez lui après minuit, Bartellus leva la tête et vit les formes blanches glisser à travers le ciel. Il huma l'air. Les pavés de l'allée du Canard-Bleu refroidissaient vite, rejetant dans la nuit la chaleur emmagasinée le jour. Et, dans les odeurs qu'ils exhalaient, ils racontaient leur propre histoire. Bart devina qu'un tonneau s'était cassé quand la taverne de Doro avait reçu sa livraison : trouver du bon bois ces temps-ci était devenu difficile. Le contenu du baril s'était répandu dans l'allée ; les pavés collaient toujours sous ses bottes. On sentait aussi un faible parfum d'herbes. Peut-être des odeurs de cuisine venant de la pension de Meggy, car elle utilisait des herbes bon marché pour masquer la puanteur de sa mauvaise viande. Ou bien le passage récent d'une catin, qui avait dû se frotter avec des herbes pour pallier le manque de savon. Enfin, mêlée à tout ça, il décela l'odeur fétide et familière du sang et de la merde, qui signalait la présence d'un mort non loin de l'allée par cette chaude nuit d'été.

Bartellus remarqua tout cela avec intérêt et sans répulsion. En réalité, son estomac gargouillait. Il avait mangé un riche et bon ragoût aux *Étoiles Brillantes*, mais son repas avait eu lieu de longues heures auparavant, et il avait hâte de retrouver les deux miches de pain achetées le matin même. Il les accompagnerait de fromage de la fromagerie de la rue des Adieux, et d'un condiment aux oignons fourni par Meggy, qui selon lui était fabriqué par la catin qui logeait au grenier. La nourriture servie par Meggy était bien meilleure depuis que la jeune femme avait emménagé là avec ses deux garçons au cours de l'été.

Bart leva les yeux vers la fenêtre du grenier, où luisait une faible lumière. Il se demanda si la nouvelle venue exerçait son commerce dans la même pièce que celle où elle vivait avec ses deux fils. Il se posait la question simplement comme ça. Elle-même venait à peine de quitter l'enfance, et était aussi mince qu'une épée.

Il quitta l'allée et se faufila dans l'étroit passage bordant la Maison de Verre. Il sortit la grosse clé de fer qui ouvrait la porte de service, toujours verrouillée. Il existait deux clés : Bartellus en détenait toujours une, et l'autre était suspendue à un crochet sur le battant, à l'intérieur. Si Bart sortait, il fermait la porte de l'extérieur. Si Frayling avait besoin de quitter la maison lui aussi, Emly utilisait la deuxième clé pour fermer de l'intérieur. Ensuite, Frayling devait frapper pour qu'on le laisse entrer. Ces deux dernières années, il n'était jamais arrivé qu'ils soient tous trois absents au même moment.

Il s'attendait à être accueilli par le silence nocturne, à se glisser discrètement dans son lit et à s'autoriser à penser comploteurs et conspirations, mais à peine avait-il franchi la porte qu'il fut intercepté à la fois par Emly, qui descendait bruyamment l'escalier, et Frayling, qui surgit brusquement de son atelier du rez-de-chaussée.

— Un homme nous surveillait, l'informa Frayling en jetant un coup d'œil vers Emly, qui hocha la tête. Un soldat. Miss Emly l'a vu. Je crois qu'il nous veut du mal.

De la part de Frayling, c'était une véritable logorrhée, mais, comme le jeune homme affichait une mine soucieuse, Bartellus cacha son amusement. Il regarda Emly, qui elle aussi semblait inquiète.

— Quand était-ce ?

Frayling explosa :

— Il y a quatre jours, puis il est revenu aujourd'hui. Il surveillait la maison.

Il observa Emly ; elle approuva.

— Un soldat, souffla-t-elle.

Tous deux le dévisageaient dans l'espoir d'être rassurés. Bart secoua la tête.

— Em, pourquoi dis-tu qu'il surveillait la maison ?

— C'est ce qu'il faisait, répondit-elle. Un grand blond, ajouta-t-elle. En uniforme rouge.

Comme elle n'était pas du genre à paniquer pour rien, Bart sut qu'elle avait sans doute raison. Il se souvint des paroles de Creggan au sujet d'un soldat posant des questions. Il sentit son cœur se serrer.

— Quel âge ?

Elle haussa les épaules. Elle était incapable de deviner l'âge des hommes.

Les sourcils froncés, Bartellus jeta son pardessus et, suivi des deux jeunes gens, grimpa l'escalier jusqu'au salon éclairé aux chandelles. Il traversa la pièce étouffante et se versa un verre de vin d'un pichet. Il s'assit dans le fauteuil confortable qu'il utilisait toujours et soupira.

Emly et Frayling restèrent debout, à attendre qu'il parle.

— Cela n'augure rien de bon, avoua-t-il. C'est peut-être en rapport avec mon passé – l'époque où je ne m'appelais pas encore Bartellus. (Il regarda Frayling, mais, si le domestique trouva cette révélation surprenante, il n'en laissa rien paraître.) Si ce soldat nous surveille, il sait peut-être qui je suis. Dans ce cas, il est possible qu'il ne soit pas le seul. Le danger nous guette. Nous devons partir.

Il n'eut pas besoin d'ajouter qu'Emly ne pourrait plus exercer son métier, qu'ils devraient tous disparaître, peut-être prendre la mer puisque Bartellus avait désormais les moyens de mener une existence opulente bien qu'il n'eût pas la réputation d'un homme riche.

Emly afficha un air malheureux. Le cœur de Bart se serra devant la douleur qu'il décela dans son regard.

— Toutefois, reprit-il en se maudissant, car la fatigue lui avait ôté tout discernement, cela n'a peut-être rien à voir avec moi. Peut-être cet inconnu a-t-il seulement l'intention de cambrioler la Maison de Verre.

Il sourit à Em, cherchant à apaiser ses craintes, mais elle continua à l'observer de ses grands yeux. Il se souvint de la petite fille qu'il avait rencontrée la première fois, de ses yeux écarquillés, emplis de terreur et d'effroi. Il se promit que, si ce guetteur l'avait réellement retrouvé, s'il avait retrouvé Shuskara le général perdu, alors il les tuerait, lui et ceux pour qui il travaillait, quels qu'ils soient, puis il enterrerait son passé pour toujours.

Il adressa un large sourire à Em et, prenant un ton qui se voulait confiant, lui dit :

— Il n'ira pas jusque-là. Je veillerai à ce que tout se passe bien.

Il sentit dans sa poitrine la solidité chaleureuse de la certitude, et retrouva le moral grâce à son propre discours.

Il eut presque envie de rire. En vérité, il tuerait mille hommes si cela pouvait redonner le sourire à sa fille.

Les jours suivants, en dépit des paroles rassurantes de son père, Em se rongeait d'inquiétude devant la menace que représentait ce guetteur. Finalement, la peur du soldat inconnu fut remplacée dans son cœur par celle de la visite chez le marchand.

Le grand jour était arrivé – le plus chaud de l'année jusque-là. Emly était assise dans une calèche cahotante, son père à ses côtés. Trois charrettes les suivaient, transportant le vitrail marin à travers les rues poussiéreuses de la Cité. Au moment de quitter la Maison de Verre, Emly avait pris son vieux voile pour se protéger du soleil et des volutes de poussière brûlantes. À présent, elle se félicitait de l'avoir emporté, car leur petit cortège était escorté d'une garde armée de plus de trente soldats, tous à la solde du marchand. Bartellus et elle tournaient le dos à la route pour mieux voir leur précieux chargement. Bart se sentait tout à fait à son aise parmi ces militaires. Ceux-ci plaisantèrent et rirent avec lui tandis qu'ils marchaient de part et d'autre de la calèche, mais Em avait du mal à supporter les regards en coin des hommes. Elle baissa la tête et garda les yeux rivés sur sa robe bleue – la plus jolie qu'elle possédait. Comme toujours, elle caressa le chien et le cheval minuscules attachés au voile. Au fil des ans, cinq autres animaux les avaient rejoints pour ajouter du lest au fin tissu. Malgré tout, le cheval et le chien avaient encore sa préférence. Elle les fit galoper sur ses genoux, leur faisant faire de l'exercice par cette belle matinée ensoleillée.

Après s'être échappée des Halls, elle avait conservé le voile, son seul bien en dehors des hardes que la guerrière lui avait données. Lorsqu'elle avait peur, ce qui lui arrivait souvent durant leurs premières journées passées au grand jour, elle serrait dans ses poings le tissu sale et bouchonné. Elle contemplait le cheval et le chien en se racontant qu'elle vivait dans un endroit sûr et que les deux animaux étaient ses meilleurs amis. Il se déroula un certain temps avant que Bart ne leur trouve leur première maison, et plus de temps encore avant qu'Em ne commence à s'y sentir en sécurité. Puis elle lava le voile, à maintes reprises, le débarrassant des derniers résidus d'égouts, et le laissa sécher dans la lumière purifiante du soleil. Une fois le tissu étalé, elle vit qu'il avait été fabriqué avec soin à l'aide d'un fil brillant à la fois délicat et solide. Elle mit du temps à remarquer qu'un motif ornait la dentelle. Il était sans doute moins visible qu'autrefois, quand le voile n'avait pas encore perdu ses couleurs. Dans la broderie, des animaux cachés se suivaient en formant un cercle. Une fois qu'elle en eut trouvé un, les autres furent faciles à découvrir. Il y avait un chien et un cheval, une créature avec une drôle de silhouette – une vouivre, apprit-elle plus tard –, un hippocampe, un lapin et un dauphin. Et, au centre, un gulon, avec sa queue touffue courbée en forme de cœur. Ravie, elle avait montré les animaux à son père, mais la vue de celui-ci était trop faible pour qu'il puisse discerner les bêtes dans l'enchevêtrement des fils. De plus, cela ne l'intéressait guère.

Ils progressaient à une allure particulièrement lente, et la route était longue dans la calèche bringuebalante. Ils descendirent l'allée sinueuse du Canard-Bleu jusqu'à atteindre le Mur Adamantin. Là, ils longèrent le rempart, avec ses échoppes à auvent et ses demeures de marchands, puis passèrent devant les casernes de l'Armée maritime. L'endroit sombre malgré le soleil estival résonnait, désormais vide. Ils franchirent la limite de Burman Far. Bartellus lui montra les temples et les thermes, avant d'arriver à Otaro. Quand ils s'engagèrent dans l'avenue de la Victoire, il s'était déjà écoulé près d'une demi-journée.

— Regarde, dit son père en donnant un coup de coude à Em. D'ici, on voit le Palais Rouge.

Emly repoussa son voile et jeta un regard vers l'endroit qu'il indiquait. Elle vit des tours briller dans la lumière du soleil, au loin.

— Elles sont… vertes ? demanda-t-elle, les sourcils froncés.

— Certaines tours sont couvertes d'or, à ce qu'il paraît. C'est plutôt du cuivre, à mon avis. Mais la partie ancienne du palais a été construite avec du marbre rose importé des continents occidentaux il y a des centaines d'années.

Emly esquissa un sourire poli. Seules les choses qui vivaient, couraient, nageaient et volaient retenaient son attention. Elle n'avait pas envie d'apprendre quoi que ce soit sur des bâtiments.

La calèche et les charrettes qui la suivaient quittèrent brusquement l'avenue pour s'engager dans une rue plus étroite, bordée de hautes constructions. Il y faisait plus frais, car le soleil n'y pénétrait pas. Les murs qui se dressaient de part et d'autre semblaient humides, et une mousse verte y poussait, accrochée à la brique mouillée.

— Nous y sommes presque, annonça Bartellus à voix basse.

Em sentit son ventre se nouer d'angoisse.

Ils s'arrêtèrent devant une imposante demeure, sans mitoyenneté, qui dominait l'un des six côtés d'une place tranquille, ornée d'une fontaine centrale et pavée de pierres d'un jaune d'or chaleureux. Em observa la bâtisse, faite de la même pierre et décorée de sculptures. La façade comptait de nombreuses fenêtres, chacune surmontée de bas-reliefs représentant des animaux – un mammifère, un oiseau ou un poisson. Au-dessus de l'entrée se dressaient deux marsouins, sautant côte à côte.

Em sourit intérieurement et se détendit un peu. Peut-être que le marchand avait commandé un vitrail sur le thème de la mer parce qu'il aimait les créatures des océans.

Au moment où la calèche stoppa, la porte principale s'ouvrit et une nuée de domestiques se rua au-dehors. Deux d'entre eux apportèrent un marchepied en bois jusqu'à la voiture pour qu'Emly et Bartellus puissent en descendre. Ils accompagnèrent ensuite les nouveaux venus le long du large perron composé de trois marches basses, tournant autour d'eux comme pour les rattraper au cas où ils perdraient soudain l'équilibre. Une fois qu'ils furent arrivés sous le porche, d'autres serviteurs proposèrent à Em et à son père de l'eau fraîche dans des verres de cristal. Pendant ce temps, les autres s'affairaient à décharger les panneaux en vitrail sous la surveillance des gardes. Em entendait Frayling donner des ordres timides de sa voix anxieuse et haut perchée.

On les introduisit dans la cour de la maison. La jeune fille fut charmée de constater qu'il s'agissait d'une réplique de la place à l'extérieur, avec six côtés, agrémentée d'un bassin central rempli de poissons colorés. Ce fut là que le marchand vint à leur rencontre, en sueur et le teint rougeaud, expansif et aimable. Pendant qu'Em contemplait la cour, les fenêtres et les sculptures, s'avançant vers le bassin pour observer les poissons, leur hôte sourit et demanda :

— Ma maison vous plaît-elle, mademoiselle ?

Elle hocha la tête et souffla poliment :

— C'est… joli.

Le marchand afficha un grand sourire en entendant ces premiers mots de la bouche de la jeune fille.

— Oui, c'est vrai. Cette maison a été bâtie il y a cinq cents ans pour une compagne de l'empereur. Elle adorait les animaux, les oiseaux et les créatures marines. Vous en verrez beaucoup un peu partout. On appelle ces lieux la Maison des Créatures Terrestres.

Ce nom plut beaucoup à Em. Le marchand, ravi, leur fit franchir une autre porte gardée par des marsouins. Ils pénétrèrent dans une cour intérieure – la même que la précédente – puis passèrent par une troisième porte aux marsouins, menant à un salon hexagonal éclairé par des lampes. Il y faisait sombre et froid. Le marchand jeta un coup d'œil en l'air puis regarda Em. Elle tendit le cou. Surprise, elle constata que le toit du salon était en verre, obscurci par une végétation envahissante parsemée de fleurs blanches.

— En été, nous laissons les plantes pousser sur le toit pour garder la pièce au frais, expliqua le marchand. En hiver, nous les coupons pour laisser entrer le soleil.

Ils étaient seuls dans le salon. Em s'assit dans le coin d'un canapé confortable, recouvert de tapisserie, orné de chats sculptés dans le bois des accoudoirs, tandis que Bartellus et leur hôte échangeaient des nouvelles de la Cité. Em se sentait tout à fait à l'aise, son père à ses côtés, jusqu'à ce que la pièce commence à se remplir d'invités.

Bartellus se leva.

— Il faut que j'aille aider Frayling, dit-il. Reste ici ; je te rejoindrai dès que possible.

Faisant fi de son regard suppliant, il disparut par la porte, jouant des coudes dans la foule qui se pressait pour entrer. Le marchand accueillait les nouveaux venus en riant. Em se carra dans le canapé et essaya de se faire toute petite.

Pendant un moment, on l'ignora. Elle resta assise, tête basse, traçant du bout des doigts les contours des chats sculptés.

Combien de temps faudrait-il aux artisans pour poser le vitrail ? Combien de temps allait-elle devoir rester ici ?

— Encore un peu d'eau, mademoiselle ?

Elle leva les yeux et vit un domestique, courbé, à une distance respectueuse. Elle refusa d'un signe de tête.

À son grand soulagement, il s'éloigna, mais ne tarda pas à revenir avec une assiette pleine de crevettes roses posées sur de petites tartines. Leur vue la fit frissonner. Elle pensa aux crevettes vivantes qui s'ébattaient dans les fonds marins du vitrail qu'elle avait créé.

Le domestique pencha la tête et souffla d'un ton confidentiel :

— Ils vont servir du calmar et du léviathan ensuite.

Elle le regarda d'un air horrifié. Devant son sourire, elle comprit qu'il la taquinait et sourit en retour.

— Puis-je m'asseoir ? s'enquit-il.

Craignant qu'il ne s'attire des ennuis, elle jeta un regard à la ronde puis remarqua que les serviteurs allaient et venaient entre les invités avec des plateaux de nourriture et de boissons, et que tous portaient un tablier de coton. Le jeune homme qui l'avait abordée était vêtu d'un bel ensemble de soie et chaussé de bottes en cuir brillantes. Elle se sentit bête. Avant qu'elle n'ait pu réagir, il avait déjà pris place à ses côtés, un bras dans son dos, et disait :

— Je m'appelle Tolemy. Cette maison appartient à mon père.

Son visage était tout proche de celui d'Em. Elle baissa la tête et tenta de s'écarter légèrement. Il se pencha davantage, à tel point qu'elle perçut des effluves avinés dans son haleine chaude. Il avait les traits réguliers, et même beaux, mais l'alcool avait rendu ses yeux brillants et son discours pâteux.

— Je viens de voir ton vitrail de la mer, déclara-t-il. C'est incroyable qu'une fille comme toi ait pu réaliser un si beau travail. Tu dois être particulièrement habile de tes mains.

Il fit glisser sa main sur la sienne. Il avait la paume chaude et moite. Dégoûtée, Em se libéra.

— Mon père m'a dit que tu n'étais pas bavarde, Emly, dit-il. Il m'a aussi vanté ta beauté, mais difficile de se faire une idée avec ce joli voile. Veux-tu bien l'ôter pour moi ?

Elle refusa de la tête, regardant autour d'elle, espérant que son père allait bientôt revenir. Les invités en petits groupes leur tournaient le dos et formaient un mur devant elle. Elle eut l'impression d'être seule avec cet homme. Elle décida de partir à la recherche de son père, ou du marchand, mais quand elle voulut se lever elle se rendit compte que Tolemy était assis sur sa robe, étalée sur le canapé. Tandis qu'elle luttait pour le fuir, il se mit à rire.

— Retire ton voile et je te libérerai, souffla-t-il en se collant contre elle, glissant subrepticement une main autour de sa taille, puis sur son sein, en sentant la douceur avant de pincer son téton avec rudesse.

Elle arracha le voile et le lança sur lui. Il se carra dans le canapé et éclata de rire, relâchant ses jupes. Elle se leva d'un bond juste au moment où le marchand apparut : il observait d'un air suspicieux la jeune fille nerveuse et son fils secoué de rires.

— Tout va bien, très chère ? demanda-t-il à Em en décochant un regard furieux à Tolemy.

Elle hocha la tête, consciente de ses joues en feu et de son aspect débraillé.

— Et mon père ?

— Ils sont presque prêts. Voulez-vous voir votre vitrail ?

Il tendit une main pour la guider hors de la pièce. Elle acquiesça, reconnaissante.

Elle ne prit aucun plaisir à assister à la présentation du vitrail de la mer. Sa place sur un haut mur, où le soleil matinal brillerait au travers, était bien choisie. Les invités dans leurs soieries et leurs riches bijoux applaudirent et firent l'éloge de son art. Le marchand prononça un discours dans lequel il encensa à la fois le travail d'Emly et son propre discernement. Malgré tout, elle sentait encore la main de Tolemy ramper sur elle. Dans son for intérieur, elle s'en voulait d'être si naïve. Bartellus se tenait à ses côtés, le menton levé, fier d'elle et de son œuvre, mais il ne tarda pas à déceler l'angoisse dans son regard. Se méprenant sur l'origine de son inquiétude, il la rassura à voix basse :

— C'est magnifique, petit soldat. Tu ne trouves pas ?

Elle hocha la tête et parvint à esquisser un sourire pour lui, car oui, c'était magnifique.

— Nous allons bientôt pouvoir rentrer, poursuivit-il. Laisser tous ces gens derrière nous. Je suis tellement fier de toi.

Il lui tapota l'épaule. Elle aurait voulu se jeter dans ses bras, mais elle savait qu'elle ne devait rien lui dire au sujet du fils du marchand : cela le mettrait en colère et il ressentirait le besoin de la protéger. Cela lui rappela l'inconnu qui surveillait la maison. La peur l'étreignit.

Ce fut seulement une fois en sécurité dans la calèche, et presque arrivée à Lindo, qu'elle se rendit compte qu'elle avait oublié son précieux voile.

Chapitre 18

La lueur rose de l'aube pointait à peine à l'est de la Cité quand Bartellus se glissa hors de la Maison de Verre. Il verrouilla la porte derrière lui et fourra la grande clé de fer dans sa poche. Boitant légèrement à cause de son genou douloureux, il remonta l'allée du Canard-Bleu et huma l'air. Il avait dû pleuvoir au cours de la nuit, après leur retour de chez le marchand, et la matinée lui parut pure et fraîche.

D'un pas rapide, il se dirigea vers la bibliothèque. Il souhaitait mettre de la distance entre lui et la Maison de Verre avant que le monde ne se réveille. Il avait ordonné à Emly et Frayling de ne laisser entrer personne.

La Grande Bibliothèque ouvrait tout juste à son arrivée, ses portes de l'Est grinçant sur leurs gonds pour accueillir les rayons du soleil encore bas. Bartellus marcha dans la lumière jaune-vert et rejoignit sa table habituelle. Il s'assit et se demanda ce qu'il allait faire de sa journée. Il fut surpris de constater que Carvelho n'avait pas rendu la dernière pile de documents.

Une conservatrice, une vieille femme maigre au pas traînant, vint lentement jusqu'à lui pour lui tendre un message, le visage plein de ressentiment.

— Ce mot vous attend depuis trois jours, dit-elle.

Carvelho lui écrivait que son épouse était malade et qu'il ne pourrait servir Bartellus. Bart fronça les sourcils. Sa vie jusque-là bien ordonnée était perturbée de toutes parts. Il froissa le mot, le jeta sur la table et scruta la pile d'ouvrages devant lui : de vieux livres à la reliure de cuir détendue, des rouleaux de parchemin anciens, chacun marqué d'une étiquette pendante, et des piles de documents rangés dans des chemises marron. Il se rendit compte que, ce jour-là, il n'avait pas envie de lire quoi que ce soit sur l'architecture de la Cité.

Au lieu de quoi, il tira vers lui le volume intitulé *Codes mystérieux : insignes formels et informels chez les hommes d'armes*. Il consulta les premières pages puis les dernières, à la recherche d'un index, en vain. Il soupira et commença par le début.

Il trouva presque aussitôt l'un de ses propres tatouages : le serpent vert avec un rat pris dans ses anneaux, symbole de l'infanterie de la Quatorzième Impériale – les Dératiseurs, dissous depuis longtemps. Fell arborait sûrement le même tatouage, songea Bart, ainsi qu'Astinor Rougefeuille – s'il était encore de ce monde.

Un autre conservateur s'approcha et regarda Bartellus d'un air interrogateur, trouvant peut-être son arrivée bien matinale. Bart le considéra d'un œil sévère qui signifiait : « Occupez-vous de vos affaires. » L'homme s'éloigna.

Au cours de la matinée, le vieux militaire trouva trois des petits tatouages qu'il se souvenait d'avoir vus sur le corps. Il comprit que le soldat avait servi dans la Vingt-Quatrième Vincerii, et vingt ans plus tôt chez les Gardes Forestiers de l'empereur, qui se faisaient alors appeler les Lépreux. Il avait aussi participé à la Seconde Bataille d'Edyw. Une carrière éminente, même si le premier crétin ou imposteur venu pouvait se faire tatouer de la sorte. Toutefois, Bartellus se rappela les nombreuses anciennes blessures sur le cadavre et pensa que le mort avait été un authentique soldat. Il défroissa le message de

Carvelho et écrivit les noms sur le papier, certain qu'il les aurait oubliés dès le lendemain.

Enfin, tandis qu'il feuilletait distraitement l'ouvrage et approchait de la fin, il tomba sur le dessin qu'il cherchait : la chèvre qui se cabrait en dardant sa langue rouge. De surprise, il se carra sur sa chaise, puis se pencha à nouveau sur la page. Pas de doute, c'était le même tatouage, impossible de confondre. Il chercha le début du chapitre, intitulé *Alliés et Tributaires*. Il revint ensuite au tatouage, dont la légende disait : « Garde royale personnelle, sous Matthus III, dernier souverain d'Odrysia, roi de la Petite Mer. »

Bartellus consulta ses notes. La Seconde Bataille d'Edyw. Il l'avait marquée dans le livre avec un morceau de papier. Il s'y référa, puis se renversa de nouveau sur son siège, repensant au massacre. La Première Bataille d'Edyw avait été un triomphe, les armées de l'Est de Shuskara, supérieures en nombre, déjouant les plans des tribus peaux-bleues. Les compagnies de la Cité s'étaient installées sur les terres conquises, instaurant un climat de sécurité. Cela dura une saison – un printemps long et chaud. Toutefois, leur réussite fut évidemment récompensée par l'attribution d'une mission plus ardue encore. Shuskara reçut l'ordre d'avancer vers le nord et l'est en direction de la Petite Mer, en remontant la vallée d'Edyw. Des chaînes de montagnes se dressaient de chaque côté – des sommets gardés avec confiance par les hommes des tribus qui étaient là chez eux et avaient hâte de prendre leur revanche. Les ennemis restèrent assis, tapis dans leurs grottes, attendant que les lignes d'approvisionnement de la Cité soient étirées jusqu'au point de rupture, puis lancèrent l'assaut. Des milliers de soldats de la Cité périrent les deux premiers jours. Les généraux reçurent l'ordre de battre en retraite, ce que firent ceux qui se trouvaient à l'arrière. Shuskara avait été pris entre le choix terrible de mettre son armée à l'abri ou de rester et tenter de soutenir les forces assiégées en première ligne. Ses troupes campèrent sur leurs positions.

La Seconde Bataille d'Edyw, il le savait même s'il l'avait oublié, fut la seule fois dans l'histoire des armées de la Cité où les vétérans des deux camps adoptèrent le même tatouage. C'était un hommage réticent à l'adversaire ; la reconnaissance que, dans une bataille où les deux armées s'étaient battues jusqu'au bout, perdant neuf hommes sur dix, les deux camps avaient plus de points communs que de divergences.

Ainsi, son ami tatoué avait lutté à la fois pour la Cité, dans des régiments d'infanterie, et contre elle, dans la garde personnelle du roi odrysien. Il avait également combattu à Edyw, mais dans quel camp ? Le livre posait autant de questions qu'il en résolvait.

Inévitablement, ses pensées se tournèrent vers le voile qu'il avait détaché du cou du cadavre – le voile que, curieusement, Emly chérissait et avait porté la veille. C'était un accessoire savamment réalisé. Venait-il d'Odrysia ? Il décida de l'examiner de nouveau à son retour. Bartellus s'inquiétait pour Emly. Il avait espéré que la visite chez le marchand l'aurait rendue fière, qu'elle relèverait la tête. Au lieu de quoi, une fois de retour chez eux, elle s'était montrée angoissée et bouleversée. La journée avait coûté plus à la jeune fille qu'il ne l'aurait imaginé.

Il était perdu dans ses pensées quand il se rendit compte qu'on l'épiait. Il regarda autour de lui. À l'autre bout de la bibliothèque, un homme se tenait appuyé contre un bureau. Il ne semblait pas observer Bartellus, mais le vieux soldat sentait intuitivement que, un instant plus tôt, l'autre avait les yeux rivés sur lui. Dans la lumière aqueuse, Bart distinguait mal l'individu. Il vit seulement qu'il était grand et élancé, avec des cheveux blonds. Un soldat, presque sans nul doute.

Il frotta ses yeux fatigués. Quand il les rouvrit, l'homme avait disparu.

Bartellus referma le livre et le fourra sous la pile de documents. Il prit ensuite son manteau et marcha dans les pas de l'étranger. Arrivé à l'endroit où s'était tenu l'homme, il observa les alentours. Devant lui s'étendait le couloir principal qui menait à l'entrée de la bibliothèque, encadrée de plusieurs portes plus petites. Il ignorait sur quoi elles donnaient. Ayant atteint l'atrium sombre et haut de plafond, orné de vitraux crasseux, il s'arrêta à nouveau. Personne. Toutefois, la lourde porte d'entrée se refermait tout juste sur son loquet de fer avec un bruit discret.

Dehors, la vue de sa proie s'engouffrant dans une rue parallèle, de l'autre côté de la place, lui rendit l'espoir. Bartellus se hâta de traverser la place animée, courant presque pour rattraper l'autre.

Dans les rues obscures, il eut moins de mal à suivre l'inconnu, qui ne semblait pas se douter qu'on avait retrouvé sa trace. L'homme s'arrêta et s'attarda devant un étal pour choisir quelque chose à manger. Bartellus se rapprocha prudemment, se cachant derrière un mur au moment où l'individu tournait la tête en jetant avec désinvolture un coup d'œil derrière lui. Il croquait dans un fruit pour le goûter. À travers une rangée de briques en ruine, Bart le voyait clairement. Il était grand et mince, avait les cheveux blonds et paraissait plus âgé qu'il ne l'aurait cru. L'homme acheta une poignée de fruits et reprit son chemin d'un pas rapide.

Bart ne tarda pas à comprendre qu'il se dirigeait vers Lindo. Il empruntait le passage que Bartellus prenait lui-même la plupart du temps : il traversa le nord de Burman, puis franchit la rivière sur le pont Serpentin, prit la longue et sinueuse rue des Adieux et approcha de l'Armurerie par le nord-est. C'était l'itinéraire le plus rapide. Peut-être l'étranger connaissait-il la Cité aussi bien que Bart. Peut-être avait-il déjà suivi Bart.

Marchant d'un bon pas, légèrement essoufflé, le vieil homme se triturait les méninges. Qui était cet homme ? Pour qui travaillait-il ? Son cœur s'emballa. Ils allaient devoir partir, et le plus tôt serait le mieux. Dès le lendemain, si possible. Il perdrait beaucoup d'argent en étant contraint de vendre la maison si vite. L'Armurerie n'était pas un quartier très recherché, et Emly serait bouleversée de devoir quitter la Maison de Verre.

Ils étaient arrivés dans l'allée du Canard-Bleu. Sachant où allait l'homme, Bart se laissa distancer. Em et Frayling n'ouvriraient à personne. La maison paraîtrait vide, de l'extérieur. Cependant, l'inconnu s'arrêta, regarda autour de lui puis tourna brusquement dans une allée. Bart s'y engagea à son tour, suivant une ruelle humide entre deux maisons. Scrutant l'angle, il vit l'homme réapparaître dans un petit chemin parallèle à l'allée du Canard-Bleu. Ils étaient seuls, et Bart resta dans l'ombre, tendant le cou pour mieux voir l'autre. Le soldat observa de nouveau les alentours, puis se dirigea vers une porte située en face d'un tas de cageots vides. Bart connaissait bien l'endroit : c'était l'arrière de la pension de Meggy.

Plusieurs heures plus tard, Bartellus quitta la Maison de Verre. Frayling sortit, lui aussi. Il attendit d'avoir entendu Emly verrouiller la porte derrière lui et prit la longue route qui menait à Otaro.

À son réveil ce matin-là, lorsqu'il s'était levé après une nuit d'un sommeil profond comme il en avait rarement connu, il avait eu le sentiment que tout allait pour le mieux dans le meilleur des mondes. La veille, son travail avait été loué par des personnalités importantes. Même si son nom n'avait jamais été mentionné, il savait, tout comme Emly et le vieux Bart, à quel point il avait contribué à la fabrication du vitrail de la mer. Sa poitrine s'était gonflée d'orgueil quand tous deux s'étaient tournés vers lui avec un sourire. Emly semblait pâle, mais après le discours du marchand elle s'était approchée de lui, avait pris son bras et s'était inclinée pour lui murmurer : « Merci. » Ce n'était pas la première fois qu'elle le remerciait, loin de là – quand il lui tendait une baguette de plomb préparée, ou qu'il lui ouvrait la porte. Mais, cette fois-ci, cela venait du cœur, et il s'était retrouvé sans voix, l'émotion lui nouant la gorge. *Quel couple nous formons*, songea-t-il.

Penser à Em et lui en tant que couple suffisait à le faire trembler et transpirer. Il adorait Emly. Ses journées ne valaient la peine d'être vécues que si la jeune fille était dans son champ de vision. La plupart du temps, pouvoir travailler dans son atelier du rez-de-chaussée en la sachant plusieurs étages au-dessus de lui, dans l'atelier-grenier, le contentait. Si elle n'était pas dans la maison, les lieux lui semblaient aussitôt vides.

Ce matin-là, il savait que Bartellus sortirait. Avant d'aller au lit, le vieil homme lui avait dit qu'il s'absenterait toute la journée, du lever au coucher du soleil. Il leur avait ordonné de n'ouvrir à personne. Frayling respectait son employeur, pour qui il éprouvait une certaine affection. Bart l'avait toujours traité gentiment, et il s'inquiétait de voir son maître clairement soucieux. Il ignorait tout de son passé et regrettait de ne pouvoir se rendre utile. Tout en travaillant sur son verre, il rêvait qu'un jour Bart et Emly auraient besoin de lui, qu'il pourrait les aider d'une manière ou d'une autre, et qu'ils le remercieraient de la même façon que la veille. « Frayling, je te dois la vie ! » s'écrierait Emly en se jetant dans ses bras. Il lui caresserait les cheveux et lui dirait qu'il l'aimait.

Mais, en quittant sa chambre, il constata avec stupéfaction qu'Emly était elle aussi habillée pour sortir. Elle l'attendait avec impatience, son joli visage soucieux.

— Où vas-tu ? s'enquit-il brusquement.

Il n'avait pas à lui poser la question, mais elle sortait rarement, et jamais deux jours de suite.

— Chez le marchand, répondit-elle d'un ton ferme.

Les yeux baissés, elle se mordait la lèvre d'angoisse.

Il lui demanda pourquoi. À contrecœur, elle lui expliqua à sa manière lapidaire qu'elle avait laissé son voile là-bas, que le fils du marchand le détenait. Elle ne voulait pas que Bartellus soit au courant, car il avait déjà bien assez de soucis, et il aurait insisté pour y aller lui-même. Frayling savait à quel point le vieux voile comptait pour elle. Il l'avait aidée à fabriquer les minuscules ornements. Il ne comprenait pas pourquoi l'objet se trouvait aux mains du fils du marchand, mais n'hésita pas une seconde.

— Je vais y aller, proposa-t-il.

Son ton résolu le surprit lui-même. Emly en fut tout étonnée aussi : elle leva les yeux vers lui et scruta son visage de son regard sombre, ce qui le fit rougir.

— Avec moi, souffla-t-elle.

Frayling secoua la tête.

— Non, je vais y aller, répéta-t-il. Tu ne peux pas faire tout ce chemin. Pas après le trajet d'hier. De plus, tu ne sais pas quelle route prendre.

Il crut sentir son soulagement, mais elle lui objecta :

— Et ta jambe ?

— Une bonne promenade lui fait du bien, de temps en temps, mentit-il. Ça l'étire.

Frayling n'avait jamais fait l'armée. Il était encore petit et vivait avec sa mère et ses sœurs à Gervain quand une charrette mal sécurisée avait renversé son chargement de pierres, écrasant la jambe du garçonnet qui jouait dans la rue. On avait pu lui sauver la vie et ressouder sa jambe, mais ce n'était plus qu'un paquet de muscles et d'os pulvérisés. Elle l'élançait en permanence et ne lui était guère utile. Il boitait dans la Maison de Verre tant bien que mal, et craignait les marches raides qui menaient au grenier. Il se disait souvent qu'il se porterait mieux sans sa jambe, et regrettait de ne pas avoir le courage de la faire amputer. Lorsqu'il sortait, il emportait une robuste béquille de bois confortablement rembourrée qu'il coinçait sous son aisselle droite. Grâce à elle, il avançait rapidement.

La route était longue, bien que beaucoup plus courte que le trajet fait la veille : Frayling avait vécu toute sa vie dans la Cité et connaissait chaque allée, chaque ruelle. Néanmoins, avant d'avoir parcouru la moitié du chemin, sa jambe blessée le faisait souffrir comme jamais depuis des semaines. Du reste, il avait faim. Malgré tout, il s'accrochait en pensant à la gratitude d'Emly lorsqu'il rentrerait, triomphant, avec son voile.

Tandis qu'il arpentait les rues, il répéta inlassablement les paroles qu'il adresserait au marchand. « *Mon bon monsieur, je suis le domestique de Bartellus, le père du maître verrier. Il m'a demandé de quérir le voile que sa fille, miss Emly, a laissé chez vous hier par erreur.* » Son discours poli allait droit au but. Le gros marchand ne pourrait pas refuser.

Lorsqu'il atteignit sa destination, le soleil avait dépassé le zénith et il régnait une chaleur suffocante. La maison de pierre paraissait fermée, ses volets rabattus pour garder la fraîcheur.

La place était déserte, tout comme les rues alentour. Marmonnant son discours pour lui-même, Frayling boita jusqu'aux marches du perron et frappa à la porte d'entrée.

Il attendit longtemps. Enfin, le battant s'ouvrit en grinçant. Un serviteur apparut, maigre, vieux et tout de noir vêtu. Il scruta le visiteur de la tête aux pieds. Frayling lui délivra sa tirade d'un ton nerveux, balbutiant légèrement au moment de prononcer les mots « maître verrier ». Le domestique l'examina quelques instants encore, puis rentra et lui claqua la porte au nez.

Frayling ne sut que faire. Il resta planté là, se demandant si l'homme comptait revenir, ou s'il venait de se faire congédier. Il trouva finalement le courage de frapper à nouveau. Il patienta, mais le battant demeura fermé. Désolé, le jeune homme s'assit sur les marches pour soulager son épaule droite qui l'élançait après cet interminable trajet. Il attendit un moment, levant de temps à autre les yeux vers la porte.

La soif finit par avoir raison de lui. Il se redressa et tituba vers la fontaine de la place. Il était à mi-chemin quand il entendit la porte s'ouvrir dans son dos. Il se retourna et se hâta de rejoindre le vieux domestique, toujours impassible.

— Oui ? demanda Frayling, nerveux. Oui ?

— Le maître des lieux me fait dire que tu te trompes, répliqua l'homme froidement. Il n'y a pas de voile de dame ici.

Le battant se referma dans un claquement. Au désespoir, se demandant que faire, Frayling recula et contempla la façade. D'une fenêtre du premier étage dont les volets n'étaient pas rabattus, un jeune homme au teint rubicond le surveillait. Frayling se souvint de l'avoir vu la veille. L'occupant l'observa jusqu'à ce que Frayling rebrousse chemin.

Bartellus était furieux contre lui-même. C'était comme s'il avait vécu ces dernières années dans une sorte de brouillard. Il s'était inquiété à propos du conservateur de la bibliothèque qui lui avait témoigné de l'intérêt, alors que l'homme était sans doute inoffensif. Après tout, c'était son métier de faire attention au travail des visiteurs. En revanche, Bart s'était autorisé à se vautrer dans la négligence avec ses fréquents passages aux *Étoiles Brillantes*, une auberge fréquentée essentiellement par des vétérans. Il avait naïvement cru que personne ne le reconnaîtrait parce que c'était là son souhait, car il appréciait ses parties d'urquat. Et, plus grave encore, il avait choisi de s'acoquiner à un groupe de comploteurs, même s'ils étaient incompétents.

Il avait retiré son manteau et se versait un verre de vin quand il entendit frapper à la porte de service. Il se figea. Allons donc, qui était-ce ? Sa coupe de vin à la main, il gagna le rez-de-chaussée et entendit Emly descendre de son atelier.

Une fois de plus, il maudit sa paresse qui l'avait poussé à ne pas poser de judas sur la porte. Il observa le battant sans trop savoir que faire, puis se rendit à la cuisine et en revint armé d'un couteau. Il plaça un pied près de la porte afin qu'elle ne puisse s'ouvrir trop largement, puis la déverrouilla et risqua un coup d'œil au-dehors.

Une silhouette encapuchonnée se tenait sur le seuil.

— Déclinez votre identité, aboya Bart.

— Vous ne me reconnaissez toujours pas, Bartellus ? demanda une voix féminine.

Elle ôta sa capuche. Dans la lumière crue de la fin d'après-midi, elle lui parut plus âgée, mais plus douce aussi, la masse de ses cheveux blancs épinglée négligemment sur son crâne. De l'argent brillait sur sa poitrine.

Bartellus resta pétrifié sous le choc et baissa la main qui tenait le couteau.

— Allez-vous me laisser dans les rues crasseuses de Lindo ? s'enquit Archange.

Il s'écarta pour la laisser passer. Puisqu'il semblait en être incapable, elle referma le battant derrière elle. Elle jeta un coup d'œil vers Emly et hocha la tête.

— Eh bien, général, dit-elle d'une voix forte, avez-vous l'habitude de fermer cette porte à clé ? Je vous le conseille, vous savez.

Bartellus reprit ses esprits et donna un tour de clé avant de dire :

— Pardonnez-moi, Archange. Je suis surpris de vous voir. Comment m'avez-vous trouvé ?

— Ce ne fut pas difficile. Vous laissez de grosses empreintes de bottes partout dans la Cité. Puis-je m'asseoir quelque part ?

Bart la fit monter au salon et lui proposa son fauteuil habituel tandis qu'il se perchait sur un tabouret de bois. Emly les suivit et s'attarda dans l'encadrement de la porte.

Archange la regarda.

— Apporte-moi un peu de vin coupé d'eau, mon enfant.

Bart ajouta :

— Et de la lumière. Le crépuscule va bientôt tomber. Vous avez eu de la chance de me trouver ici, dit-il à Archange. Si je suis rentré tôt, c'est seulement parce que j'étais surveillé.

— La chance n'a rien à voir là-dedans. Vous suiviez mon agent. Je l'avais chargé de vous reconduire chez vous de manière à vous entretenir à ma convenance.

Bart en resta bouche bée.

— Vous m'avez appâté pour que je rentre ici ? pour que je revienne dans ma propre maison ?

Archange haussa les épaules.

— Je n'ai aucune envie de m'attarder dans les rues de Lindo à la nuit tombée.

— Lindo n'est pas si mal, répondit-il doucement. La dernière fois que nous nous sommes vus, vous habitiez dans les égouts.

— Je n'y habitais pas, répliqua-t-elle brusquement. J'étais en simple visite.

Elle lui adressa un sourire qu'il lui rendit. Il se souvint à quel point il l'avait appréciée.

— Je vois que vous recouvrez la mémoire, reprit-elle en arrangeant ses jupes autour d'elle et en s'installant dans le fauteuil tapissé comme si elle s'apprêtait à y passer la nuit.

Bartellus secoua la tête.

— Il y a une espèce de miasme dans les Halls qui altère la pensée. Je crois que l'esprit essaie de bloquer la puanteur des égouts, mais cela bloque aussi les facultés de raisonnement.

— Ne dites pas de sottises, rétorqua-t-elle d'un ton impatient. Vous aviez subi de nombreuses épreuves. Votre meilleur ami vous a trahi, vous avez été interrogé, puni et torturé, puis quand vous vous êtes évadé vous avez appris que toute votre famille avait été massacrée. Vous avez été obligé de vivre dans les égouts d'une cité que vous aviez servie toute votre vie avec grâce et bravoure. Voilà ce que votre esprit essayait de bloquer, général.

Bartellus ne put qu'approuver. Il se sentait idiot, comme toujours en présence de cette femme.

Emly revint dans la pièce avec du vin pour Archange, puis alluma les lanternes. De la fumée envahit le salon. La jeune fille entrouvrit une fenêtre. De faibles éclats de voix et une brise fraîche montèrent de l'allée en contrebas.

La femme leva les yeux et demanda :

— Te souviens-tu de moi, mon enfant ?

Emly jeta un coup d'œil à son père puis répondit :

— Oui, ma dame.

Elle exécuta une petite révérence.

— Quel âge as-tu, à présent ?

— Quinze ans, souffla Em.

C'était ce que son père lui avait conseillé de dire.

— Et depuis combien de temps as-tu quinze ans ?

Em regarda à nouveau son père : elle ne savait que répondre.

— Laisse-nous un moment s'il te plaît, dit doucement Bart à sa fille.

Mais elle resta immobile et rougit de sa propre audace.

Au fond de lui, il soupira. Il savait que ce moment finirait par arriver, celui où elle découvrirait son passé et apprendrait que la notion d'avenir sûr était toute relative. Il lui donna son accord d'un hochement de tête. Em s'assit par terre.

— La journée a été des plus étranges, confia Bartellus à la vieille femme. Je pensais justement à vous tout à l'heure, au procès et à Arish.

— C'est pourquoi vous avez choisi le recueil sur les tatouages militaires plutôt que vos sujets habituels, l'histoire et l'architecture.

— Vous connaissez donc tout de moi ?

— Je suis au courant pour la bibliothèque, bien sûr, et l'auberge que vous fréquentez. *Les Étoiles Brillantes.* Ainsi que la maison située rue des Danseuses-Flamboyantes. C'est idiot de la part d'un fugitif de s'inscrire dans une routine, même si c'est dur à éviter pour un vieil homme.

Il écarta les mains.

— Nous habitons cette maison depuis quatre ans, à présent. Nous nous y sommes toujours sentis en sécurité. Je suis devenu complaisant, avoua-t-il.

— En effet, on peut facilement prendre la complaisance pour un sentiment de sécurité. (Elle se pencha en avant.) Vous devez partir d'ici, Shuskara, dit-elle avec insistance. Vous avez attiré sur vous une attention dont vous auriez préféré vous passer.

— L'attention de qui ? De votre frère ? répliqua-t-il sèchement.

— Marcellus ? (Elle nia de la tête.) J'ignore totalement ce qu'il sait. Il ne se confie pas à moi. En vingt ans, nous n'avons jamais prononcé votre nom entre nous. Cela dit, je suis au courant des rumeurs qui affirment que Shuskara est toujours en vie et qu'il habite le quartier de l'Armurerie. Il ne m'a pas fallu longtemps pour vous trouver, et il ne faudra pas beaucoup de temps à d'autres non plus. Partez dès que possible, général. Emmenez votre fille et fuyez – dès ce soir si vous le pouvez.

Au fond de lui, il sentait que ces paroles étaient sensées, et il dut se faire violence pour ne pas prendre Em par la main et quitter aussitôt la maison. S'obligeant à rester calme, il essaya de réfléchir.

— D'où tenez-vous vos informations ?

— D'un peu partout. Des rumeurs, des commérages et des suppositions. J'ai rencontré beaucoup de gens au cours de ma longue existence, et nombre d'entre eux me doivent toujours une faveur.

Frustré, il demanda :

— Mais contre quoi exactement me mettez-vous en garde ?

— Contre quoi exactement ? l'imita-t-elle. Vous le savez mieux que moi. Qui veut encore vous voir mort ? Vous êtes âgé, désormais. Dites-moi pour qui vous représentez une menace, et je vous dirai qui est votre ennemi. (Elle s'interrompit.) Savez-vous quel crime vous avez commis ? ajouta-t-elle. Savez-vous pourquoi l'empereur s'est retourné contre vous ?

Bartellus avait eu tout le loisir d'y réfléchir, et au fil des ans il était parvenu à bien des conclusions, mais il répliqua :

— Je n'en sais rien. Il m'a parlé de déloyauté, de trahison – le discours habituel. J'aurais dû voir les signes. Je les avais vus tellement souvent auparavant, avec d'autres hommes. D'abord, il commençait par cesser de les appeler « mon vieil ami ». Ensuite les regards froids remplaçaient les chaleureuses étreintes. Avant que mes amis viennent me chercher, j'avais entendu dire qu'une réunion était organisée pour les généraux. Personne ne m'en avait parlé. Astinor disait que ce n'était rien, sûrement un problème de communication. J'ai choisi de le croire.

— Nous choisissons ce que nous voulons croire, fit-elle remarquer. Quand je suis revenue dans la Cité, on m'a dit que vous aviez été exécuté. On racontait que vous complotiez aux côtés du prétendant de la Famille Gaeta. Je ne sais plus comment il s'appelait. Il a connu une courte gloire avant d'être capturé et massacré. D'autres affirmaient que l'Immortel se vengeait de vous pour le procès des otages.

Bart fronça les sourcils. Cela ne lui était pas venu à l'esprit.

— Mais c'était il y a si longtemps ! Plus de vingt ans…

— Vingt-sept, le corrigea-t-elle brusquement. Qui sait ce qui peut se passer dans sa tête ? Il est de notoriété publique qu'il a la rancune tenace.

— Dans ce cas, c'est plutôt vous qu'il aurait dû accuser.

Elle répondit avec dédain :

— Il n'ose pas. Marcellus est peut-être le seul qui lui inspire encore de la crainte. (Elle secoua la tête.) Il n'oserait jamais s'en prendre à moi.

— Et Marcellus, est-il loyal ?

— Absolument.

Bart se carra dans son fauteuil et but son vin à petites gorgées. Il jeta un coup d'œil par la petite fenêtre et vit que le soleil se couchait. L'obscurité tombait sur la maison.

— Il va faire nuit, constata-t-il.

— Je vais devoir compter sur mes guerriers pour me raccompagner chez moi en toute sécurité.

Il se souvint de cette lointaine journée dans les égouts, et de l'odieuse femme rousse qu'il avait vue dans le Hall des Veilleurs.

— Indaro fait-elle encore partie de vos guerriers ?

Archange rétorqua, irritée :

— Non. Grâce à vous, j'ai perdu Indaro peu après notre dernière entrevue. Vous avez réussi à lui faire honte de ne pas être retournée à l'armée. Elle s'est réengagée dans la Maritime. Aujourd'hui, elle est sûrement morte.

Bartellus avait encore du mal à comprendre l'anéantissement total de la Maritime l'été précédent.

— Que s'est-il passé ? s'enquit-il. Comment les Bleus ont-ils pu détruire une armée entière ?

Elle secoua la tête.

— Je ne me tiens pas au courant des affaires militaires.

— Et… (Pendant un instant, le nom lui échappa. *Oui, bien sûr. Astinor.*) Astinor Rougefeuille ? Qu'est-il devenu ?

— Celui qui vous a trahi ? Il est mort il y a cinq ans – cancer des intestins. Son trépas fut long et pénible. Il n'a pas eu vraiment le temps de goûter aux fruits de sa traîtrise. (Elle contempla Bartellus.) Cela vous satisfait-il ?

Il fit « non » de la tête. Ils restèrent assis en silence un moment, puis il demanda :

— Pourquoi êtes-vous venue ici, Archange ? Vous auriez facilement pu m'envoyer un message, étant donné le peu d'informations que vous venez de me fournir.

— Je ne suis pas venue ici pour cela, lui objecta-t-elle d'un ton aigre. Un bout de papier peut traverser la Cité bien plus aisément que moi.

Il attendit. Enfin, elle reprit :

— La dernière fois que nous nous sommes vus, vous m'avez interrogée au sujet d'une marque que vous aviez trouvée sur un cadavre tatoué. Avez-vous découvert ce qu'elle signifie ?

Il fut surpris qu'elle se rappelle cela après si longtemps. Il nia de la tête.

— Non, mais aujourd'hui je suis justement tombé sur la description de certains de ses tatouages. Voilà pourquoi je m'intéressais à ce livre. (Il songea à Fell et au fait qu'il était marqué, lui aussi, mais décida de le garder pour lui.) D'après les dessins sur le corps du soldat, j'ai pu en partie retracer sa carrière. Quiconque ayant accès aux archives militaires pourrait sans doute l'identifier.

Elle semblait l'écouter d'une oreille distraite. D'un ton absent, elle lui enjoignit :

— Dites-moi tout.

— Il a servi au sein de la Vingt-Quatrième Vincerii, et des Gardes Forestiers de l'empereur à l'époque où ils se faisaient appeler les Lépreux. Il n'y est pas resté longtemps. C'était il y a dix-huit ans à peu près, quand je servais à l'Éperon. (Elle hocha la tête.) Du reste, ajouta Bartellus, il a participé à la Seconde Bataille d'Edyw.

— Rares sont ceux qui y ont survécu. J'aurais cru qu'il serait facile de retrouver leur trace.

Agacé, il eut envie de rétorquer : « Je croyais que les affaires militaires ne vous intéressaient pas ? » Au lieu de quoi il répondit :

— Bien sûr, cela ne veut pas dire qu'il a combattu dans notre camp. Nous ignorons combien de Bleus portent encore ce tatouage à l'heure actuelle.

— Vous pensez que votre mort pourrait être un ennemi ?

Il la dévisagea avant de répliquer :

— Dans le dos, il arborait aussi le symbole de la garde royale rapprochée d'Odrysia. Sous Matthus.

— Un bien étrange cadavre, en effet, commenta-t-elle sèchement.

Une longue pause s'ensuivit durant laquelle Bartellus observa la femme. Elle paraissait réfléchir, les yeux rivés sur l'une des lampes. Il se demanda à nouveau quel pouvait être son âge – et jusqu'à quel point il pouvait lui faire confiance. Était-elle digne de confiance, tout court ? Il détourna le regard vers les ténèbres qui recouvraient les carreaux de la fenêtre. Cet entretien ressemblait à une conspiration, mais ils formaient deux piètres comploteurs, avec leur grand âge et leur mémoire défaillante.

Enfin, Archange reprit la parole, semblant changer de sujet :

— Le patronyme complet d'Indaro était Indaro Kerr Guillaume.

Dans l'esprit de Bartellus surgit l'image d'un homme mince, ascétique, aux yeux sombres et aux paupières tombantes, qui assis en face de lui à une table le regardait avec une colère contenue avant d'éclater soudain de rire.

— Je connaissais son père, dit-il. Est-il toujours vivant ?

— Je crois que oui.

Il secoua la tête.

— C'est un miracle. Ils portent le nom de deux Familles – soit deux fois plus de menaces aux yeux de l'empereur.

— L'Immortel appréciait ses conseils. Peut-être est-ce encore le cas. Quant à Indaro, ce n'était qu'un soldat comme les autres – et une femme, en plus. Rien de bien menaçant. Il y avait également un fils, qui a disparu. (Elle l'observa.) C'est pourquoi Indaro se trouvait dans les Halls. Elle cherchait son frère.

— Dites-m'en plus sur le Hall des Veilleurs.

Elle porta à l'argent qui pendait à son cou une main brune et ridée, comme desséchée par le soleil.

— C'était ce que vous aviez deviné : un abri pour les jeunes femmes qui ne voulaient pas prendre part à la guerre – et ne souhaitaient pas tomber enceintes pour l'éviter. Un lieu de passage en attendant que je parvienne à les envoyer en terrain sûr. À l'époque, vous étiez opposé à cette idée, je m'en souviens, souligna-t-elle en jetant un coup d'œil vers Emly.

La jeune fille les regardait tous deux sans perdre une miette de leurs échanges.

Il n'allait pas se défendre.

— J'ai changé d'avis, répondit-il simplement. Que leur est-il arrivé ?

— La plupart furent envoyées dans des pays non alignés, et parfois chez l'ennemi.

— J'ai lu récemment un livre qui avait des centaines d'années, mais qui parlait déjà de spectres vivant dans les égouts de la Cité.

Elle sourit.

— Je n'ai vu ni spectres, ni fantômes, ni esprits.

— Cette organisation existe-t-elle encore dans le Hall des Veilleurs ?

Elle secoua la tête.

— L'endroit se trouve désormais sous plusieurs mètres d'eau. La Grande Tempête a causé des dommages irrémédiables aux égouts. On m'a dit que l'un des mécanismes qui filtrent l'eau était détruit, précisa-t-elle dans un haussement d'épaules, comme si elle ne voulait pas s'engager sur cette information.

— La Porte Dévoreuse ?

Elle le regarda sans comprendre : visiblement, elle n'avait pas souvenir de leur dernière conversation.

— Possible. Je ne sais que ce qu'on m'a dit. Des débris, des morceaux de murs, des branches d'arbres, des cadavres – tout cela a été emporté dans les niveaux inférieurs des égouts et a détruit des barrages existants pour en créer de nouveaux ailleurs. La topographie des Halls a complètement changé. Les lieux qui autrefois étaient au sec sont désormais immergés, et certains tunnels par lesquels s'écoulaient de véritables torrents sont maintenant asséchés. C'est ce qu'on m'a dit – je n'y suis pas allée depuis des années. Et cela change en permanence. Les lieux sont très instables. Jadis, ils étaient dangereux, aujourd'hui ils sont mortels. De plus, le niveau de l'eau monte dans la Cité. Dans les souterrains du Palais Rouge, dans les ruines de palais oubliés depuis longtemps, les eaux montent un peu plus chaque jour.

Puis elle annonça :

— Le Hall des Veilleurs se trouvait sous le Donjon.

— Comment y accédiez-vous ?

Elle contempla la nuit sans répondre.

— Il faut que j'y aille, finit-elle par dire.

Elle se leva péniblement, appuyée sur l'un des accoudoirs du fauteuil, refusant d'un geste impatient la main tendue de Bart. Une fois debout, elle regarda Em et lui demanda :

— Savais-tu que ton père était un général célèbre, mon enfant ?

Les yeux grands comme des soucoupes, Em fit « non » de la tête.

— Sais-tu que ce n'est pas ton père ?

Bartellus sentit la peur lui vriller l'estomac. C'était un sujet qu'ils n'avaient jamais abordé et il ignorait totalement ce dont Em se souvenait.

Toutefois, la jeune fille hocha affirmativement la tête d'un air calme.

— Et te rappelles-tu ton frère ?

Elle acquiesça.

— Tu n'es pas une grande bavarde, n'est-ce pas ?

Em baissa les yeux.

— Elle a perdu l'habitude de parler, expliqua Bartellus.

Archange le regarda ; son expression se fit grave.

— Je vais vous faire la même proposition qu'il y a huit ans. Laissez-moi prendre soin d'elle. Je veillerai à sa sécurité. Elle sera instruite, bien traitée. Il se peut même qu'au bout de quelque temps elle puisse se remettre au vitrail. Pouvez-vous faire cela pour elle ?

Bart jeta un coup d'œil à sa fille, qui les observait tous deux d'un air prudent. Il répliqua :

— Je vais vous répondre la même chose qu'alors. Je laisse ce choix à Emly.

La femme rétorqua :

— Vous courez un plus grand danger aujourd'hui qu'autrefois. À l'époque, vous preniez seulement le risque de mourir noyés. Désormais, c'est peut-être la prison et la torture qui vous attendent – l'un comme l'autre.

Un sentiment de panique enserra la poitrine de Bart, mais il se contenta de hocher la tête calmement.

— J'y songerai, Archange. Sincèrement. Je vous remercie. Comment pourrai-je vous contacter ?

Elle réfléchit.

— Vous ne le pourrez pas. Mais moi, je vous retrouverai.

Il demanda :

— Une dernière chose : est-ce vous qui m'avez libéré des cachots ?

Il pensait qu'elle allait lui donner une de ses réponses mystérieuses qui avaient le don de l'agacer, mais elle déclara :

— Oui. Ce n'était pas moi personnellement, mais l'une de mes femmes.

— Merci. Vous avez dû me croire fou quand je ne vous ai pas reconnue, dans les Halls.

Elle lui tapota la main.

— Non. Je me suis retrouvée face à un homme profondément blessé. Je suis contente de voir que vous guérissez. Prenez soin de vous. Partez d'ici.

Il ouvrit la porte et se posta dans l'allée parallèle, regardant à droite et à gauche. Personne en vue. Puis Archange sortit à son tour, et il aperçut une ombre, deux ombres, qui se détachèrent d'un mur un peu plus haut. Elle lança un dernier coup d'œil à Bart et s'éloigna prestement. Il regarda les trois silhouettes tourner dans l'allée du Canard-Bleu. Il rentra dans la maison et referma la porte à clé. Em l'observait.

— Qui est cette femme ? souffla-t-elle.

Elle appartenait à la noblesse, lui expliqua Bart. Elle venait de la grande Famille impériale des Vincerii. C'était la sœur de Marcellus et Rafael, bien plus âgée que ses frères. Mais – du moins c'était ainsi que l'histoire lui avait été contée – à la mort de son père, Archange dut se plier totalement à la volonté des garçons, qui n'étaient alors que des enfants, tandis qu'elle était déjà une femme d'âge mûr, d'une nature plutôt libre.

Cette femme d'une grande beauté avait de nombreux soupirants parmi les nantis et les puissants, et ceux qui cherchaient à l'être. Pourtant, elle choisit d'épouser un soldat – et pas un simple soldat, mais un étranger bien plus jeune qu'elle. Ce mariage déplut fort aux garçons qui avaient la mainmise sur Archange. Ils s'opposèrent à leur union, et le jeune homme ne tarda pas à disparaître. Avait-il été tué, payé pour partir, avait-il fui ? Nul ne le sut jamais.

Archange quitta la scène de l'histoire de la Cité pendant de nombreuses années. Lorsqu'elle reparut enfin, il semblait qu'elle était toujours bien décidée à mettre les Vincerii dans l'embarras. Elle choisit d'embrasser une carrière d'avocate. Devant les conseillers de l'empereur et au nom de quémandeurs, elle se lança dans l'interprétation des lois complexes et bien souvent contradictoires qui régissaient la Cité – une tâche jugée clairement inconvenante pour une femme. Il se disait que les Vincerii essayèrent de la dissuader à coups de promesses et de menaces, mais elle avait déjà obtenu l'aval de l'empereur qui, de son côté, suivait son propre programme. Marcellus et Rafe n'eurent donc plus aucun moyen de faire pression sur leur sœur.

Au début, Archange ne remporta guère de succès en tant qu'avocate. Le plus souvent, elle représentait des femmes destituées après la mort d'un père, d'un mari ou d'un frère aîné, qui passaient d'une existence facile à une succession d'épreuves et d'humiliations. Archange luttait avec les lois serpentines de la Cité pour les retourner en faveur de ces femmes, afin qu'elles leur soient favorables. Et, la plupart du temps, elle échouait. Toutefois, au bout d'un moment, elle commença à remporter de petits succès, et ses causes devinrent, durant un certain temps, à la mode.

Puis Archange se dépassa. Elle accepta de participer à un procès criminel qui fit sensation à l'époque, et qui resterait à jamais gravé dans la mémoire de Bartellus. Un procès que la femme gagna, en un sens. Après quoi, Archange disparut pour la deuxième fois, et le monde, indifférent, oublia de nouveau son nom.

— Tu peux emporter un sac, dit-il à Emly. Nous partirons à l'aube. (Puis il fronça les sourcils en se rappelant son domestique.) Où est Frayling ?

Chapitre 19

Emly préparait son sac dans sa minuscule chambre éclairée aux chandelles. Elle y rangea ses deux autres robes pliées, ainsi qu'une robuste paire de chaussures d'hiver, des bas épais et des culottes. Quant à son manteau chaud, elle le mettrait directement, car il pourrait faire froid à l'aube. Elle emporta aussi une poignée de bijoux de pacotille qu'elle avait achetés sur le marché, des bracelets de bois et de perles en argile peinte. Prenant une profonde inspiration, elle essaya d'avoir l'esprit pratique. De quoi auraient-ils besoin ? Elle descendit ensuite à la cuisine, où elle trouva des bougies et du savon.

Remontant d'un pas traînant à l'étage, elle se rendit compte que des larmes coulaient sur ses joues. Elle se hâta de regagner sa chambre et ferma la porte. Elle ne voulait pas que Bartellus la voie pleurer.

Allongée sur son lit dans sa vieille robe marron, elle scruta le plafond. Elle n'arriverait jamais à trouver le sommeil, alors elle resterait ainsi jusqu'à l'aube. Où dormiraient-ils la nuit prochaine ? Les paroles qu'elle avait entendues résonnaient dans sa tête. Elle les passa en revue, dans l'espoir d'y trouver un sens.

Malgré ce que croyait son père, elle ne regrettait pas de quitter la Maison de Verre. Elle s'était autorisée à être heureuse, mais dans son for intérieur elle savait que ce bonheur serait de courte durée. Toute sa vie, elle avait fui et était reconnaissante d'avoir pu vivre quatre ans ici. Ce qui comptait le plus à ses yeux, la seule chose qui lui importait, c'était que Bartellus soit en sécurité. Même si la vieille femme, Archange, l'avait appelé Shuskara. Était-ce là son véritable nom ?

Elle quitta son lit et monta au grenier faire un dernier tour dans l'atelier pour voir si elle pouvait emporter un objet utile à leur fuite. Elle s'empara de la lourde pince dont elle se servait pour couper les baguettes de plomb, et d'un petit scalpel pour découper le papier. Les deux outils pourraient faire office d'armes. Elle s'avança jusqu'à la fenêtre donnant au nord, l'ouvrit et regarda l'allée en contrebas. Il faisait noir comme dans un four. Elle ne décela aucun mouvement. Elle entendit des bruits au loin, des rires étouffés, le ululement d'une chouette, le roulement des charrettes. Elle se souvint qu'il était minuit : la visite d'Archange l'avait fait veiller bien plus tard que l'heure habituelle de son coucher. Presque tout Lindo dormait profondément.

Seul le haut de l'allée était éclairé : quelques fenêtres basses renvoyaient une faible lueur sur les pavés. *Des travailleurs matinaux, ou des catins*, songea-t-elle. Elle aperçut brièvement une silhouette sombre se découper sur une tache de lumière avant de disparaître dans les ténèbres. Son cœur s'accéléra lorsqu'elle la vit réapparaître dans le halo suivant. Avant que l'ombre ne se volatilise de nouveau, Em eut le temps de voir qu'il s'agissait d'un homme avec une béquille, qui marchait lentement vers la Maison de Verre. La jeune fille attendit avec impatience que la silhouette reparaisse dans le troisième cercle de lumière, éloigné du deuxième. Enfin, celle-ci apparut : l'homme, courbé et abattu, s'était arrêté pour s'appuyer contre le mur, comme s'il ne pouvait plus avancer.

Cette fois, plus de doute : c'était Frayling.

Plusieurs heures auparavant, appuyé sur sa béquille, Frayling avait scruté la demeure du marchand, bien déterminé à ne pas repartir les mains vides après avoir parcouru un chemin si pénible. Il savait qu'il avait à peine l'énergie nécessaire pour rentrer à la Maison de Verre, et craignait de traverser la Cité la nuit. Mais il ne pouvait se résoudre à admettre son échec.

Il but de l'eau à la fontaine puis s'assit de l'autre côté, adossé contre la pierre chaude du mur, où l'on ne pouvait pas le voir.

Il essaya de se concentrer, mais ses pensées dérivaient sans cesse vers Emly. Sa vie avait commencé le jour où il avait posé les yeux sur elle pour la première fois. Parmi les misérables et les opprimés, les estropiés et les boiteux de Lindo, elle lui avait semblé venir de la lune, comme dans les contes qu'on lui narrait, enfant. Elle était sortie de sa maison dans le ciel nocturne pour descendre parmi les pauvres et distribuer des cadeaux aux enfants. Emly était sombre et rapide comme un oiseau, gracieuse et forte comme les chats fantômes qui patrouillaient sur les toits. Ses doigts frêles étaient agiles, et les journées préférées de Frayling étaient celles où on lui demandait de monter à l'atelier pour aider la jeune fille à assembler les pièces de verre avec les baguettes de plomb. C'était la personne la plus gentille qu'il eût jamais connue, car il avait fait très peu de rencontres au cours de son existence difficile. Il avait travaillé chez un tailleur de pierre, aidant à bouger les lourds blocs pour que les maîtres sculpteurs y apposent leur signature. Le travail était rude, mais c'était tout ce qu'il avait pu trouver, et le soir venu, il était seulement bon à s'écrouler jusqu'à ce qu'il soit l'heure de retourner à l'ouvrage. Sa jambe lui causait une souffrance constante et ses maigres gages suffisaient à peine à le faire vivre. Un soir, tard, il boitait jusqu'à sa masure lorsqu'il entendit que le nouvel occupant de la maison face à celle de Meggy cherchait un domestique. Le temps qu'il se rende dans l'allée du Canard-Bleu, une queue d'une trentaine de postulants s'était déjà formée devant le bâtiment tordu, et des disputes éclataient çà et là. Frayling était allé en queue de file, appuyé sur sa béquille, se maudissant d'avoir perdu du temps de sommeil pour rien. Puis un vieil homme était sorti de la maison pour les passer en revue. C'était un type robuste, avec des cheveux gris et des yeux vert clair.

— Je cherche quelqu'un d'honnête, avait lancé le vieil homme en regardant autour de lui. Un vétéran qui me servira comme il servit autrefois la Cité. En échange, il sera nourri et bien payé.

Il s'avéra que chaque candidat avait servi dans l'armée, même Frayling, qui ne savait pas faire la différence entre une épée longue et un fer à marquer. Le vieil homme avait commencé à avancer dans le groupe, posant des questions, parlant avec brusquerie, ses yeux clairs décelant rapidement les félons. Enfin, il s'était arrêté devant Frayling.

— Tu t'appelles ?

— Frayling, seigneur.

— Quel régiment ?

Frayling avait rougi en regardant ses pieds.

— La Quarante-Deuxième, seigneur.

L'homme avait froncé les sourcils.

— La Quarante-Deuxième quoi ?

Frayling avait désespérément tenté de se souvenir d'un nom qui fasse militaire, mais son esprit était resté vide, et il avait gardé les yeux rivés au sol, sans rien attendre.

— Es-tu honnête, Frayling ?

— Oui, seigneur, avait-il répondu, surpris.

— Comment t'es-tu blessé à la jambe ? l'avait interrogé l'autre.

— Un accident qui remonte à mon enfance, avait avoué Frayling, honteux.

— Peux-tu monter les escaliers ? Cette maison en est pleine, avait dit l'homme.

— Oui, seigneur, avait répliqué Frayling, le cœur battant. Je peux faire tout ce que sait faire un homme valide.

— Viens me le prouver, dans ce cas, avait rétorqué le vieil homme. Et ne m'appelle pas « seigneur ».

Le soleil se couchait sur la place chaude et tranquille quand Frayling se remit péniblement debout. Il avait décidé de faire une troisième tentative – sa dernière chance de voir la gratitude et l'admiration se peindre sur le visage d'Emly. Il traversa la place en boitant et, chassant ses craintes, frappa de nouveau fermement à la porte. Au bout d'un très long moment, un serviteur vint ouvrir.

Frayling se racla la gorge et récita les paroles qu'il avait répétées auparavant :

— Je voudrais parler à votre maître.

Puis, sur le coup d'une inspiration qui scella leur destin à tous, il ajouta :

— Le voile que je recherche a une valeur inestimable, et, si mon seigneur ne le récupère pas, il réclamera justice auprès de la cour de l'Immortel.

Emly retira ses chaussures de travail et, les tenant d'une main, dévala discrètement l'escalier pour rejoindre l'entrée. Elle ne voulait pas que Bartellus l'entende pour éviter de lui causer plus de soucis. Elle ouvrit doucement la porte. Malgré son empressement, des années d'épreuves lui avaient enseigné la prudence, et elle verrouilla la porte derrière elle, rangeant la clé dans sa poche, avant de courir le long de l'allée d'un noir d'encre. Elle entendit monter du sol un cliquetis de griffes et imagina des rats se presser à ses côtés, l'accompagnant. Cela faisait plusieurs années qu'elle n'était pas sortie en pleine nuit. L'air frais la stimula et elle sentit son courage revenir.

Elle trouva Frayling toujours au même endroit, se servant du mur pour se maintenir assis. Il paraissait dormir.

— Frayling, chuchota-t-elle.

Il bougea. La reconnaissant, il s'empara de sa béquille et tenta de se relever. Puis Em vit le sang qui maculait son visage et son corps. Elle essaya de le remettre debout. Elle était trop petite pour placer son épaule sous celle de Frayling, mais elle le soutint en passant un bras autour de sa taille tandis qu'il avançait vers la maison d'un pas chancelant.

— Que s'est-il passé ? s'enquit-elle.

Il avait la moitié du visage ensanglantée, la paupière close. Sa chemise était pleine de sang aussi, mais Emly ignorait s'il venait des blessures de son visage ou d'ailleurs.

— Les hommes du marchand, souffla-t-il, les yeux baissés. Ils étaient deux. Ils m'ont battu. J'ai demandé le voile.

Il grogna de douleur et de frustration.

Emly s'imagina aller chez le marchand, peut-être escortée d'une milice employée par son père, exiger qu'on lui rende le voile et demander réparation pour les blessures de Frayling. Puis elle se souvint qu'ils étaient censés disparaître cette nuit-là. Frayling ne pourrait venir avec eux : ce serait trop dangereux pour l'estropié. Elle savait combien il l'adorait, ce grand dadais avec sa jambe inutile et son cœur généreux. Il voulait la protéger, et elle aurait aimé qu'il en soit capable. Elle avait si souvent été témoin de la sauvagerie des hommes et avait conscience de la vie affreuse que menaient nombre de femmes, pauvres et sans protection. Toute sa courte vie, elle avait compté sur les autres pour veiller à sa sécurité : d'abord son frère, puis Bartellus. L'idée que la vie d'un seul homme s'interposait entre elle et un avenir probable de souffrance et de misère l'effrayait.

Quand ils atteignirent la Maison de Verre, elle déverrouilla la porte et les fit entrer. Dans sa tête, elle avait répété une petite mise en scène pour cacher sa sortie nocturne à Bartellus. Elle posa un doigt sur ses lèvres. Frayling fronça les sourcils avant d'acquiescer. Elle frappa fort à la porte et attendit d'entendre son père remuer à l'étage. Alors, elle ouvrit brusquement le battant et sourit au domestique.

— Frayling ! s'écria-t-elle d'un ton dramatique, plus fort que nécessaire.

Puis elle recula, horrifiée, essayant de refermer la lourde porte. Mais trois hommes imposants avaient surgi dans l'obscurité. Ils se contentèrent d'écarter brusquement la jeune fille sur le côté pour entrer. Deux d'entre eux avaient dégainé leur épée. Le troisième, un voyou costaud à la barbe grise, portait un gourdin de bois hérissé de clous. Il referma le battant derrière lui.

Le chef, un homme à la peau brune avec un cache-œil, attrapa Em par le bras.

— Où est le vieux ? demanda-t-il. (Il lança un regard en haut de l'escalier.) Là-haut ?

Elle nia de la tête ; il la jeta au sol. Elle atterrit lourdement et son crâne cogna le plancher de chêne. Le monde s'assombrit un moment ; elle devint toute molle. Le borgne lui tourna le dos tandis que le deuxième épéiste brandissait sa lame pour l'embrocher. L'agresseur tomba alors quand, avec un cri, Frayling le frappa au-dessus de la nuque à l'aide de sa béquille.

Celui qui était armé d'un gourdin émit un petit rire quand son ami s'effondra, puis assena tranquillement un coup à Frayling. Le jeune estropié essaya de l'esquiver. L'autre abaissa lentement son arme, qui s'écrasa sur la mauvaise hanche de Frayling. Celui-ci poussa un hurlement de douleur et s'affaissa au pied de l'escalier. Em secoua la tête afin de recouvrer ses esprits et rampa auprès du domestique. Il avait les yeux ouverts, mais semblait paralysé par la souffrance. Puis un cri retentit au-dessus d'eux et tous levèrent les yeux. Bartellus était apparu au sommet de l'escalier. Il descendit deux marches. Em le vit observer la scène en contrebas, puis repartir dans sa chambre.

Le chef borgne, surnommé le Loup, ne se considérait pas comme un assassin, même s'il ne démentait pas ceux qui le qualifiaient ainsi. Il ne faisait que suivre les ordres de son protecteur, et, si on lui demandait de tuer, eh bien, il le faisait, de manière aussi efficace que possible, sans haine ni cruauté. Il ignorait totalement pourquoi on lui avait ordonné de s'en prendre au vieil homme qui, en les voyant, s'était enfui dans l'escalier, mais il ne pensait pas nécessaire de se mettre à trois pour en venir à bout.

Le Loup portait autrefois le nom de Casmir. C'était un fantassin de la Dix-Huitième Serpentine, qui durant plus de quinze ans avait combattu avec loyauté pour sa Cité, d'abord sous le commandement du légendaire Grantus, puis sous celui de son successeur, Victorinus Rae Khan. Sa dernière bataille s'était résumée à une escarmouche insignifiante menée dans un petit village tribal au sud du Plakos. Après quoi, les guerriers de la Cité avaient repris leur route, laissant derrière eux une montagne de cadavres. Ils avaient également abandonné Casmir, qui souffrait d'une profonde blessure au ventre et d'une commotion cérébrale. Il gisait, comme mort, dans son propre sang. Là-bas, il souffrit le martyre pendant plus de deux jours, agonisant lentement – trop lentement pour ne pas sentir le charognard qui, impatient, lui avait crevé l'œil. Casmir avait finalement été retrouvé par une autre troupe de combattants de la Cité et, contre toute attente, il survécut. Une fois remis de ses blessures, ce qui nécessita plusieurs semaines, il prit le temps de traquer chacun des anciens camarades qui l'avaient abandonné à son triste sort – ceux dont il se rappelait encore les noms. Il en restait quelques-uns dont il avait oublié l'identité, mais il les pensait sûrement morts d'autre chose, et sa fureur, étanchée par le sang, n'était plus aussi forte qu'avant.

Les ordres de son protecteur avaient été clairs : « Tuez le vieil homme – et assurez-vous qu'il soit bien mort ! » Cette dernière remarque était une sorte de plaisanterie entre eux. « Et, si vous l'estimez nécessaire, tuez tous les occupants de la maison. »

Le Loup n'estimait pas nécessaire de tuer la jeune fille. Il n'exécutait pas les demoiselles sans raison valable. Cela l'ennuyait que Derian ait tenté de la poignarder, et il avait regardé d'un œil amusé l'estropié assommer son équipier d'un coup de béquille. Cela dit, il ne put blâmer Derian quand celui-ci bondit et enfonça son épée dans la poitrine du jeune homme. La fille avait poussé un cri aigu, comme un lapin embroché.

— Voyons s'il reste des souris dans ce trou, ordonna le Loup.

Un doigt pointé sur la fille, il ajouta :

— Emmenez-la.

Ouvrant la marche, épée brandie, il grimpa d'un pas léger les deux escaliers qui menaient au palier sur lequel il avait vu le vieil homme. Il jeta un bref coup d'œil à droite et à gauche. Aucun mouvement. Il entendait les marches craquer sous leurs pieds, et la respiration laborieuse de Queue-de-Chiffon. Il se retourna et porta un doigt à ses lèvres. La fille ouvrit la bouche pour crier. Queue-de-Chiffon lâcha le bras de sa captive et, par-derrière, plaqua une grosse main sur sa bouche. Le silence se fit. D'un geste, le Loup enjoignit à Derian de prendre à gauche, tandis qu'il se faufilait dans la pièce de droite. Celle-ci contenait une table, une chaise et un tapis élimé. Personne ne s'y cachait.

Il ressortit sur le palier et observa l'escalier suivant. Combien y en avait-il en tout ?

Il se racla la gorge et, plaçant sa voix comme pour une conversation normale, déclara :

— Allez, mon vieux. On a déjà tué l'estropié. Si tu ne te montres pas, nous égorgerons la fille.

Il ignorait tout de la nature des liens qui unissaient le vieil homme et la fille. Elle pouvait tout aussi bien n'être qu'une servante, et qu'on lui tranche la gorge ou pas laisserait son maître indifférent. Malgré tout, cela valait le coup d'essayer.

Puis l'obscurité sur le palier au-dessus d'eux s'épaissit davantage. Le vieil homme apparut. Il tenait une épée dans une main et une dague dans l'autre. À sa façon de se tenir, le Loup comprit qu'il savait s'en servir. Cela ne ferait toutefois aucune différence. Ils détenaient la fille, qui de toute évidence représentait le point faible de leur cible. Ainsi, l'affaire était dans le sac, pour ainsi dire.

Ce qui se passa ensuite ne fut pas clair. Le vieux gars au sommet de l'escalier affichait un air de défi bien qu'il soit déjà vaincu, puis la seconde suivante il y eut une succession de mouvements. Queue-de-Chiffon s'effondra, un couteau planté dans la gorge. Le pommeau de l'épée lancée, tournoyant sur elle-même, toucha le Loup à la tempe. Il chancela et tomba sur un genou, momentanément étourdi.

— Cours, Em ! s'écria le vieil homme.

La fille grimpa l'escalier à toutes jambes, décochant au passage un coup de talon dans le visage du Loup. Celui-ci se redressa, secoua la tête pour recouvrer ses esprits, et entreprit de monter les marches à son tour.

La fille avait disparu dans les ténèbres des étages supérieurs. Le vieil homme se trouvait toujours au même endroit – sauf qu'il était désarmé.

Malgré tout, il chargea.

Il descendit plusieurs marches en courant, imprudent comme un enfant, et se jeta sur Derian et le Loup. Les deux hommes brandissaient leurs épées, mais la cage d'escalier était étroite, et Derian se trouvait juste derrière. Dans un sursaut, le Loup comprit que le vieux allait le percuter avec la force d'une charrette en roue libre. Il tint son épée à deux mains, se préparant au choc. Au dernier moment, il vit que le vieil homme s'était protégé les avant-bras avec un manteau et que, tête baissée, il allait d'abord frapper les bras d'épée levés de ses assaillants. Après la collision, les trois hommes s'écrasèrent au pied de l'escalier, sur le palier inférieur, le vieux sur le dessus.

Désormais furieux, le Loup réussit à s'extirper de la mêlée et se releva d'un bond. Il avait perdu son épée, mais Derian se redressa à son tour, et lui était toujours armé. Le vieil homme gisait sur le plancher, sonné par sa chute, sans défense.

— Tue-le ! grogna le Loup.

Derian sourit.

— Avec plaisir, répondit-il.

Il s'avança, puis tomba en hurlant de douleur.

Le Loup se rendit compte que l'estropié n'était pas mort : il avait rampé le long de l'escalier et s'était saisi de l'épée perdue. Il l'avait abattue à l'arrière de la jambe de Derian, qui saignait, peut-être grièvement blessé. Le Loup secoua la tête. Quel foutoir ! Après avoir plaisanté quant à s'assurer que l'ennemi était bien mort… Il faillit éclater de rire. Il dégaina sa dague et, attrapant le jeune homme par les cheveux, lui trancha la gorge. Puis il se tourna vers sa cible.

— J'ai eu plus de mal à en venir à bout que je ne l'aurais cru, fit-il remarquer d'un ton affable.

Le vieil homme au sol le regarda. Pâle, il respirait bruyamment. Il s'était dégotté une dague – peut-être celle de Queue-de-Chiffon – et la tenait par la poignée. *Un sacré vieux roublard*, songea le Loup. Il avait causé une belle pagaille, mais c'était tout de même bien dommage de le tuer.

Prenant son temps, surveillant la dague au cas où l'homme la retournerait pour la lui lancer, il récupéra son épée dans le poing du cadavre de l'estropié et jeta un coup d'œil amer à Derian, qui agrippait sa jambe blessée en gémissant.

— J'aurais dû venir tout seul, déclara-t-il.

— Qui t'envoie ? demanda le vieux soldat.

Le Loup fronça les sourcils. Il aurait bien aimé répondre à cette question, mais la loyauté était synonyme de discrétion, et il avait juré de ne jamais dévoiler le nom de son protecteur, même à un homme mort.

Au lieu de quoi, pour se montrer agréable, il répliqua :

— Je ne molesterai pas la fille.

L'autre resta silencieux et se contenta de l'observer de ses yeux clairs. Puis il se remit lentement debout. Le Loup le laissa faire. Il n'avait pas envie de le tuer alors qu'il gisait à terre. Le vieux type prit une posture de combat et se mit à tourner prudemment autour de son assaillant. Bien que plus jeune de trente ans et armé d'une épée courte, le Loup avait du respect pour son adversaire. S'il devait retenir une leçon des événements de cette nuit-là, c'était bien de ne jamais rien tenir pour acquis.

Ils étaient tous deux droitiers, mais l'assassin était capable d'utiliser sa main gauche avec une précision redoutable. Il tenta de viser la gorge du vieil homme. Celui-ci s'écarta sur la droite et donna un coup de couteau vers l'avant, manquant d'entailler l'épaule du Loup. *C'est un gibier,* songea le Loup, *qui fait appel à ses lointains souvenirs de soldat.* Il sourit intérieurement. *S'il avait eu cinquante ans de moins, il aurait pu me donner du fil à retordre.* Par respect, il se plaça de profil pour ne pas exposer tout son corps.

Le vieil homme tenta de lui assener un coup de couteau. Aussitôt, le Loup en profita pour saisir sa chance, visant l'homme à la poitrine. Mais la lame de l'autre glissa contre la sienne, la déviant, et à cet instant le vieil homme avança d'un pas pour assener un violent coup de poing du gauche au Loup, qui bascula dans l'escalier et atterrit au rez-de-chaussée. L'assaillant chancela et recouvra son équilibre. Le vieil homme s'avança vers lui. Le Loup se remit de sa chute et recula de deux pas pour se donner de l'espace.

En une seconde, il vit sa cible retourner le couteau et armer son bras pour le lui lancer. *Tant mieux*, pensa le Loup en s'écartant facilement sur la droite. La lame se planta avec un bruit mat dans le plafond mansardé au-dessus de sa tête. Muni de son épée courte, le Loup sourit et regarda le vieil homme dans les yeux tout en tirant sur le manche du couteau fiché dans le plafond. Puis il bondit en avant. Le soldat leva un bras pour se défendre ; le Loup lui enfonça le couteau dans le flanc. Il sentit la lame pénétrer dans les chairs et les muscles. Le vieux s'effondra contre lui. Le Loup l'aida délicatement à s'allonger par terre, sans retirer l'arme.

Il se tourna vers Derian, qui se remettait debout péniblement.

— Va chercher la fille ! ordonna-t-il. Faut-il donc que je fasse tout ?

Le visage blême, Derian pouvait à peine tenir sur sa jambe droite, mais il hocha la tête et déglutit avant de monter l'escalier en boitant pour rejoindre les étages supérieurs. Au rez-de-chaussée, le Loup inspecta les pièces miteuses. Il entra dans un atelier rempli de pots de peinture et de potions nauséabondes. Il en empila plusieurs au hasard, puis vida l'un des récipients sur les autres. Il ignorait si ces produits étaient inflammables, mais d'après leur odeur ils devaient l'être.

Il jeta un coup d'œil entre deux planches ajourées sur la fenêtre occultée. L'aube se levait. Les bâtiments dans l'allée, en face, étaient désormais visibles, et les oiseaux entamaient leurs trilles matinaux. C'était la bonne heure pour se promener dans la Cité, dans ses rues qui se réveillaient au chant des oiseaux, songea-t-il. Puis il se souvint de Derian et se renfrogna.

Il monta les escaliers en courant, l'un après l'autre, regardant à droite et à gauche. Il trouva son homme au dernier étage. Il avait découvert la fille et, laborieusement, l'attachait à une chaise avec une corde dégottée dans l'atelier. La prisonnière pleurait et se débattait. Derian lui assenait une tape sur la tête au moment où le Loup arriva.

— Qu'est-ce que tu fais ? lui demanda-t-il, perplexe.

— Je pensais que tu voulais l'interroger, répondit Derian d'un air boudeur.

— L'interroger ? À propos de quoi ?

Derian haussa les épaules, les yeux baissés. Le Loup secoua la tête, abasourdi par la bêtise de son équipier. *Que les dieux me préservent des imbéciles*, se dit-il.

— Le jour se lève, déclara-t-il. Il ne faut pas qu'on nous voie ici.

Il retourna vers la trappe dans le plancher. Derian demanda :

— Et elle ?

Le chef haussa les épaules.

— Quoi, elle ? J'ai dit au vieux que je ne la molesterais pas. Je suis du genre à tenir mes promesses.

Ils regagnèrent le rez-de-chaussée, enjambant le corps du vieil homme sur le premier palier. En bas, le Loup prit une bougie et la jeta sur une pile de pots de peinture. Il fut déçu que rien ne se passe pendant un temps. Puis il vit un rai de lumière bleue s'élever sur le plancher. Une petite explosion s'ensuivit, puis le tas entier s'enflamma rapidement.

Le Loup ouvrit la porte de service et les deux hommes sortirent dans la fraîcheur de ce jour nouveau.

Chapitre 20

La mare de sang s'étendait, et elle ne tarderait pas à grésiller. Bartellus gisait sur le côté, observant avec intérêt le reflet des flammes vacillantes sur la surface lisse de la flaque d'hémoglobine.

Recroquevillé, les mains sur la dague enfoncée dans son flanc, il essayait de ne pas bouger, de ne pas respirer. Dès que sa poitrine se gonflait et s'abaissait, il sentait la lame frotter contre une côte. « *C'est grâce à cette épée cassée que vous êtes encore en vie, monsieur.* » Bartellus revoyait le visage blême d'angoisse de l'officier s'agiter au-dessus de lui tandis qu'on l'évacuait du champ de bataille. Pour soulager la douleur, il avait voulu arracher l'arme. Il savait que, alors, son sang jaillirait de la plaie en telle quantité qu'il en mourrait, mais cela lui semblait sans importance. Le jeune officier l'en avait empêché en lui tenant doucement les mains.

À présent, le vieil homme était allongé sur le palier, en haut du premier escalier et, d'après les rugissements et les craquements qui lui parvenaient d'en bas, il savait que le rez-de-chaussée de la Maison de Verre était en feu. Les flammes grimpaient le long des murs de bois de la cage d'escalier. Retirer la lame le tuerait vite. Mieux valait ça que de mourir brûlé vif. Emly comprendrait. Elle ne lui en voudrait pas.

Il imagina le visage de sa fille. Quand l'avait-il vue pour la dernière fois ? Il ne s'en souvenait plus. Il essaya de se concentrer, mais ses pensées tourbillonnaient comme les eaux d'un torrent. Il n'arrivait pas à fixer ses pensées sur Emly. Il ne cessait de revoir le jeune officier. Comment s'appelait-il ? Gilliar ? Gellan ?

Une déflagration retentit dans la pièce du dessous ; un souffle d'air chaud passa sur son visage. De la peinture, peut-être, ou les produits chimiques qu'Em utilisait sur le verre. Il ouvrit les yeux. Il devait penser à sa fille. Où était-elle ? Pourquoi l'obsédait-elle ainsi ? Ses pieds nus. Ses pieds nus courant dans l'escalier. Il se remémora soudain l'agression de cette nuit-là, les deux hommes, la lutte, la lame plantée dans son flanc. Emly qui fuyait.

Avec un grognement, il leva la tête et vit qu'il était cerné par les flammes. Il roula lentement sur lui-même pour se mettre à genoux. La douleur atroce causée par sa plaie lui donna le tournis. Il fit une pause le temps que le monde redevienne comme avant. Puis, à quatre pattes, le feu léchant ses habits et ses cheveux, il entreprit de gravir l'escalier.

Il y avait treize marches. Il se reposa sur le palier suivant, toujours à quatre pattes. Il ne pouvait se permettre de s'allonger, sans quoi jamais il ne se relèverait. Il regarda autour de lui, vérifiant les chambres de chaque côté. Aucun signe d'Em.

— Emly ! voulut-il crier.

Il lui restait si peu d'air dans les poumons que son appel ne fut qu'un simple murmure. Il poursuivit l'ascension du troisième escalier, avançant centimètre après centimètre, à la limite des flammes.

Enfin, après une éternité, il atteignit le bas de l'échelle de bois qui menait au grenier de la jeune fille. Il leva les yeux et tenta de l'appeler à nouveau, mais l'effort déclencha chez lui une violente quinte de toux. Une souffrance atroce l'envahit et les ténèbres fondirent sur lui. Il ne pouvait grimper à l'échelle. C'était impossible.

Il entendit alors du bruit au-dessus de lui – un crissement, comme si on frottait une casserole. Il prêta l'oreille. Le silence régna un instant, puis le bruit reprit. Il sentit l'espoir renaître en lui et recouvra des forces. Il s'obligea à monter aux barreaux, s'y accrochant de ses mains ensanglantées, ses pieds traînant derrière lui, comme lestés de poids. Au bout d'un long moment, il atteignit le haut de l'échelle et observa l'atelier.

Emly était ligotée à une chaise de bois massif, renversée sur le côté. Elle était bâillonnée, mains et pieds liés. Elle frottait la corde qui entourait ses poignets contre l'arête pointue d'un coffre de métal. Elle faisait face à Bartellus et, lorsqu'elle l'aperçut, ses yeux s'écarquillèrent au-dessus du chiffon crasseux et taché de peinture qui la muselait. Le vieil homme se força à gravir les derniers échelons, puis rampa sur le plancher pour la rejoindre, oubliant momentanément sa souffrance. Il défit avec difficulté le nœud du bâillon au-dessus de sa nuque. Furieux de sa faiblesse, il fit passer brusquement le chiffon au-dessus de sa tête.

— Mes mains ! Mes mains ! souffla-t-elle, terrifiée, ses yeux plongés dans ceux de son père.

Il vit les flammes s'y refléter.

De ses gros doigts malhabiles, il tenta de dénouer la corde. Le sang leur donnait une bonne adhérence, mais sa blessure l'affaiblissait et sa peur pour sa fille le rendait maladroit. Il lui fallut de précieuses minutes pour parvenir à la libérer. Lorsque Em sentit le nœud se détendre, elle tira brusquement sur ses mains, déroula la corde qui lui enserrait la taille, puis se pencha pour retirer celle qui lui entravait les pieds. Bartellus regarda derrière lui. Des flammes rugissaient le long de l'échelle, mettant le feu aux chevrons de bois au-dessus de leurs têtes, atteignant le plafond. Une épaisse fumée filtrait à travers le plancher.

Emly était enfin libre. Elle se pencha et attrapa Bartellus par le bras, puis par l'épaule, du côté indemne.

— La fenêtre ! proposa-t-elle.

Il secoua la tête. Quelle idée grotesque !

— Je ne peux pas, répondit-il d'une voix étouffée, rendue rauque par la fumée.

Elle saisit son visage entre ses mains et l'approcha du sien.

— Je ne partirai pas sans toi ! déclara-t-elle avec fermeté, inflexible.

Il soupira. S'appuyant sur sa frêle épaule, il traversa péniblement l'atelier pour rejoindre la fenêtre. Emly l'ouvrit brutalement et aida son père à se positionner sur le large rebord. Il baissa les yeux : l'allée du Canard-Bleu se trouvait quinze mètres plus bas. Il distinguait des visages dans l'expectative, levés vers eux. Devant, le pont en treillis enjambait l'obscurité jusqu'au bâtiment d'en face. Impossible.

— Je ne peux pas, répéta-t-il. C'est un chemin pour les chats, et la délivrance pour toi. Mais pas pour moi.

— Je ne partirai pas sans toi, insista-t-elle.

Ses paroles avaient la dureté de l'acier.

Elle commença à le pousser de l'épaule par la fenêtre et lui bourra le dos de coups de poing. Il essaya de la retenir, de la jeter devant lui sur le pont, mais il n'avait même pas l'énergie de lutter contre elle.

La vie le quittait, et il ne pouvait se résoudre à entraîner sa fille avec lui.

Dans un effort surhumain, il tendit le bras gauche et saisit une poutre de bois. Il sentit Em soulever sa botte pour la placer sur un appui sûr. Avec un grognement, Bart se hissa sur le pont. Il s'accrocha, surmontant la douleur, et posa sa main droite puis son pied droit sur les poutres. Il fit basculer son poids du côté droit. Emly prit aussitôt sa main gauche pour le guider vers l'avant. Ils étaient haut au-dessus de l'allée, avec seulement l'obscurité entre eux et les pavés. Il avait les idées un peu plus claires, et la fraîcheur nocturne apaisait la brûlure de sa blessure. Il s'étira, fit un pas de plus. À l'autre bout du pont, il vit deux jeunes garçons qui l'observaient depuis une fenêtre ouverte. Il entendait de petits cris, semblables à ceux des mouettes. Les enfants le hélaient, les yeux pleins d'excitation. Il se dit qu'ils l'encourageaient à avancer.

Il modifia sa prise et bougea son pied sur une poutre plus basse de manière à se reposer un instant sur le treillis. Du verre explosa ; un souffle d'air chaud lui caressa le dos quand la fenêtre derrière eux vola en éclats. Il entendit les bris de verre tomber dans l'allée en contrebas, et les cris des spectateurs qui fuyaient pour les éviter. Il fit rapidement un pas de plus, conscient qu'Em se trouvait derrière lui et était donc plus près du brasier. Sa main droite glissa sur le bois lisse et il perdit l'équilibre, atterrissant sur sa hanche. Il se rattrapa au dernier moment, ouvrant sa blessure au passage. Il eut l'impression de recevoir un coup de poignard. Sa vision se troubla.

« *C'est grâce à cette épée cassée que vous êtes encore en vie, monsieur.* » Qu'en savait-il, cet imbécile ? Cette épée l'avait empêché de reprendre le combat. Ses hommes avaient besoin de lui, et il n'allait pas les laisser tomber.

Emly vit son père, déterminé, tendre une main vers la dague enfoncée dans son flanc. Comprenant ce qu'il s'apprêtait à faire, elle lui saisit le poignet pour l'en empêcher. Il lutta faiblement un instant, puis céda. Son corps se détendit contre celui de la jeune fille. Il avait dû s'évanouir. Il était à moitié assis sur une poutre transversale et Em se tenait accroupie derrière lui, se tenant d'une seule main, l'autre bras entourant fermement la poitrine de son père, ses orteils nus recroquevillés sur le bois.

— Père ! Père ! appela-t-elle dans son oreille, tentant de le faire revenir à lui.

Elle sentait la chaleur du brasier dans son dos et savait que les flammes commençaient à les rejoindre le long du pont en treillis.

— Bartellus !

Affaiblie par l'épuisement et la peur, elle regarda la fenêtre du grenier de la pension, en face. Elle n'était qu'à quelques pas, mais elle aurait aussi bien pu se trouver à cent mètres. Emly n'était pas assez forte pour bouger son père. Elle-même pouvait à peine tenir sur ses jambes. Elle n'allait pas tarder à lâcher prise, et ils finiraient tous deux écrasés sur les pavés.

Elle parla de nouveau à l'oreille de Bartellus, la tête appuyée contre la sienne. Pour la première fois depuis longtemps, les mots lui vinrent de manière claire et fluide. Elle ignorait si elle prononçait ces paroles tout haut ou si elles restaient prisonnières de sa tête.

— Souviens-toi, père, du grand pont de pierre dans les Halls, lui dit-elle. Tu disais qu'il avait été construit pour des géants. Nous ne savions pas où nous étions, ni où il menait. J'étais si petite que tu devais me porter sur chaque marche puis grimper après moi. Tu ne m'as pas abandonnée dans le noir, dans les ténèbres infinies des Halls. Tu ne m'as jamais quittée pour sauver ta peau. Aujourd'hui, il est hors de question que je te laisse sur ce pont. Plutôt mourir ici ou sur les pavés en contrebas que partir sans toi. Il faut que tu te réveilles, maintenant, et nous gagnerons ensemble un lieu sûr !

Mais Bartellus ne l'entendit pas. Au désespoir, elle jeta un nouveau coup d'œil vers la fenêtre devant elle. Trois visages angoissés s'y découpaient : ceux d'une femme et de deux garçons. Puis, sous ses yeux, le gamin le plus âgé sortit dans l'embrasure. La femme l'agrippa pour le retenir, les traits tordus, implorants. Em les vit s'affronter, sourcils froncés, même si elle ne percevait que le rugissement de l'incendie tout près d'elle. D'une secousse, le garçon se libéra de la main de sa mère avant de s'élancer sur le pont, l'escaladant rapidement et avec assurance en direction d'Emly. Quelques secondes plus tard, il était à ses côtés, s'accrochant facilement à l'enchevêtrement de poutres. Déçue, Emly se rendit compte de son très jeune âge : il ne devait pas avoir plus de dix ou douze ans.

— Qu'est-ce qu'il a ? cria-t-il pour couvrir le fracas des flammes.

Elle indiqua le couteau planté dans le flanc de Bartellus. Le garçon écarquilla les yeux.

— Aide-moi, lui dit-elle.

Ils prirent chacun le vieil homme par un bras et, à eux deux, tentèrent de le soulever. Toutefois, comme ils devaient s'accrocher fermement aux poutrelles, il ne leur restait pas assez de forces pour bouger ce poids mort. Emly cria de frustration et jeta un coup d'œil apeuré derrière elle. Les poutres les plus éloignées noircissaient dans la chaleur et dégageaient de la fumée, dont les volutes disparaissaient dans la nuit.

Le garçon la dévisagea, impuissant, puis regarda derrière elle. Il avait le teint jaune dans la lumière des flammes. Emly se dit qu'il regrettait sûrement d'avoir essayé de l'aider.

— Recule ! lui ordonna-t-elle.

Il refusa de la tête et, une fois de plus, tenta de soulever le vieil homme. L'un des pieds de Bartellus glissa de la poutre ;

sa jambe pendit dans le vide. Emly entoura son père de ses bras et cria violemment au garçon :

— Recule ! Tu es dans le passage !

Il se décomposa et, à contrecœur, fit demi-tour pour regagner la fenêtre. Mais, avant qu'il l'ait atteinte, une autre silhouette sombre apparut. C'était un homme, qui lui aussi monta sur l'embrasure. Em reconnut le grand soldat aux yeux clairs qui surveillait leur maison. Il passa à côté du garçon et marcha le long du pont. Elle prit soudain conscience que ses bras tremblaient sous l'effort pour retenir son père. Elle avait des douleurs dans les genoux à force de rester accroupie. Elle jeta un regard en contrebas. Les visages ovales des badauds, levés vers elle, vacillèrent, et se dédoublèrent. Elle détourna les yeux pour revenir au soldat.

Il saisit Bartellus par le biceps.

— Lâche-le, dit-il. Je vais le prendre.

Elle se contenta de le dévisager, apeurée, réticente à l'idée de lui abandonner Bartellus. Mais elle n'avait pas le choix. Cet homme serait soit son sauveur, soit son assassin. Dans tous les cas, elle était sans défense.

Il jeta un regard derrière elle.

— Il ne te reste que quelques secondes, déclara-t-il d'un ton plat.

Elle hocha la tête, puis relâcha légèrement sa prise. L'homme s'agenouilla prudemment à leurs côtés.

— Attache-lui les poignets, lui ordonna-t-il.

Elle le scruta un instant et comprit ce qu'il voulait faire. Elle arracha la ceinture de tissu qui lui enserrait la taille et la tordit. Tandis que le soldat maintenait Bartellus, elle enroula la ceinture autour des épais poignets du vieil homme et la noua aussi solidement que possible.

L'homme de haute taille se retourna doucement sur la poutre, se tenant à deux mains.

— Passe ses mains par-dessus ma tête, dit-il.

Elle s'exécuta. Pendant ce temps, Bartellus semblait revenir à lui. Il s'accrocha au cou de l'homme avec ses bras.

— Tu ne vas pas pouvoir le soulever ! souffla Emly.

L'autre la considéra avec curiosité.

— Tu as une meilleure idée ? demanda-t-il.

Elle décela une étincelle d'humour dans ses yeux clairs.

Sans attendre de réponse, il prit une profonde inspiration et se redressa, soulevant Bartellus. Mais le poids de celui-ci se déplaça et le pied du grand homme glissa. Il atterrit rudement sur un genou, son bras gauche raclant une poutre en travers, déchirant sa manche et ses chairs. Durant un moment qui parut durer une éternité, Emly, effrayée, le regarda attraper un tronçon de bois un peu plus bas et vit ses muscles se tendre tandis qu'il repositionnait son fardeau au milieu de son dos. Elle aperçut aussi, sur son avant-bras, la marque familière du S, blanche sur sa peau claire. La marque sur laquelle Bartellus l'avait interrogée, celle qu'il avait tracée dans la boue il y a si longtemps, dans les Halls, celle qu'il avait dessinée dans ses moments d'oisiveté, en perpétuel questionnement. Qui était cet inconnu, avec sa mystérieuse cicatrice ?

Dans un sursaut, avec un grognement sourd, le soldat se redressa et souleva le vieil homme sur son dos. Bartellus gémit et sembla s'agripper plus fort encore à son sauveteur. Lentement, plaçant avec soin un pied et une main après l'autre, l'homme porta son fardeau vers la fenêtre d'en face, vers la sécurité. Jetant nerveusement des regards en arrière, Emly le suivit d'aussi près que possible, soulevant elle aussi Bartellus par la ceinture dès qu'elle en avait l'occasion, pour soulager un peu le grand soldat.

Alors qu'ils approchaient de la fenêtre, le garçon le plus âgé et la femme en sortirent. Tous ensemble, ils aidèrent à porter Bartellus sur le rebord bas. Aussitôt débarrassé de son poids mort, le sauveteur baissa la tête pour se libérer des mains liées du vieil homme et saisit Emly par le bras.

Derrière elle retentit une explosion ; un souffle d'air lui brûla le dos. Des cris aigus montèrent de la rue en contrebas. Elle posa le pied sur le rebord de la fenêtre juste au moment où le pont s'effondrait. Le grand homme la réceptionna et, comme si elle avait tout son temps, elle leva vers lui un visage souriant. Elle sauta à bas de la fenêtre comme elle serait descendue de la calèche d'un nanti.

Tous deux tombèrent à genoux aux côtés de Bartellus.

— Nous devons sortir le couteau, dit le soldat. (Il regarda la mère des garçons.) Il me faudrait des serviettes propres, des linges, tout ce qui pourra endiguer les saignements.

Ils allongèrent Bartellus sur une paillasse, puis l'homme tira sur la dague. Il inspecta avec attention la blessure avant de la compresser avec un chiffon. Celui-ci devint aussitôt écarlate. Emly sentit son cœur se soulever. Le soldat pressa d'autres linges contre la plaie, les maintenant à l'aide d'un bandage grossier, et se releva.

— Fais en sorte qu'il reste tranquille, dit-il à la femme, et donne-lui de l'eau s'il en veut bien. (Il se tourna vers Emly.) C'est un dur. Il a survécu à pire que ça.

— Merci, répondit-elle d'une voix rendue rauque par la fumée.

Puis, sentant que ces paroles étaient insuffisantes, elle sourit et hocha la tête.

Il l'observa. Il avait le visage noir de suie, ce qui accentuait de manière étonnante la clarté de ses yeux et la pâleur de ses cils.

Emly se souvint qu'elle avait craint cet homme. Déroutée, elle se sentit rougir. Elle souffla :

— Qui est-tu ?

Il toussa pour évacuer la fumée dans ses poumons.

— Je m'appelle Evan Broglanh, répliqua-t-il. Il y a très longtemps, ton père m'a sauvé la vie.

Devant son silence, il demanda :

— Tu es Emly, c'est ça ?

Elle acquiesça.

— Dis-moi, Emly, reprit-il, ton père a-t-il déjà mentionné le nom de Fell Aron Lee ?

Quatrième partie

Le bon fils

Chapitre 21

Alors que Fell était encore tout petit, on l'avait envoyé vivre avec des inconnus. Dans les casernes et les camps où il avait vécu, il avait écouté des hommes parler de leur mère – des saintes, des anges, des femmes au sourire doux, chaleureux et réconfortant. Il se considérait comme quelqu'un de plutôt insensible et avait du mal à comprendre – et même parfois à tolérer – la mièvrerie des sentiments dont les grosses brutes faisaient preuve. Il avait vu des femmes être violées et mutilées, et s'était détourné, le cœur endurci. Puis il avait vu leurs bourreaux, grisés par l'alcool, avoir la larme à l'œil en évoquant leur mère chérie et vertueuse, ou leurs sœurs virginales.

Lui ne gardait aucun souvenir de sa mère, même si dans des fragments de rêves il lui arrivait d'apercevoir un visage de jeune fille, à peine sortie de l'enfance, penché sur lui. Il sentait des lèvres douces se poser sur son front, des parfums de lait chaud et de linge propre. Mais son souvenir le plus ancien et le plus précis était celui d'un voyage effrayant, où il avait été passé de main en main dans les ténèbres, à la lueur des torches, dans des odeurs de brûlé, de chevaux et de sang.

Il avait été élevé dans une caserne étrangère avec d'autres garçons, dont aucun n'était des environs. On leur avait enseigné l'esprit de compétition, on les avait encouragés à se battre, leur force et leurs aptitudes physiques récompensées, que ce soit à l'épée ou aux poings. Toutefois, ces enfants n'étaient pas autorisés à s'entretuer, car ils étaient précieux. Si des amitiés naissaient, on séparait les garçons et les envoyait dans d'autres casernes. Ils apprirent tous la même langue, et à mesure qu'ils grandissaient on leur enseignait l'anatomie, la chirurgie des champs de bataille, la stratégie et la logistique, les mathématiques et un peu de philosophie. C'était une bonne formation pour un soldat, et Fell approcha de la puberté avant de comprendre que tous les garçons n'étaient pas éduqués de la même façon.

Il était encore bien plus âgé quand il se rendit compte que tous les enfants n'étaient pas malheureux et que, pour certains, l'enfance pouvait être une période bénie.

Il avait six ans tout au plus quand, une nuit, on le réveilla brusquement pour lui ordonner de s'habiller. C'était l'hiver. Le sol glissait, il faisait un froid glacial dans le dortoir des garçons – une salle de pierre qui résonnait, dont les murs absorbaient toute la chaleur. Effrayé, le garçon enfila un pantalon de laine et une veste rembourrée, sous le regard de deux soldats impatients. De ses doigts gourds, il essaya d'attacher maladroitement la ceinture maintenant l'épée courte qu'on lui avait ordonné de garder toujours sur lui, mais l'un des hommes posa sa main sur la sienne.

— Tu n'auras pas besoin de ça, mon garçon, gronda-t-il.

Puis, le saisissant par le poignet, il se mit en route.

Le garçon eut du mal à le suivre, à moitié conduit et traîné dans le palais, à minuit. À la lueur des étoiles, ils traversèrent la place sur laquelle ses camarades et lui s'entraînaient quotidiennement, puis arrivèrent dans les écuries, si vastes qu'elles semblaient s'étendre à l'infini. Au passage, l'enfant aperçut les têtes bienveillantes des chevaux le contempler de leurs yeux noirs, doux et curieux. Fell se demanda si Lancier, le petit poney femelle sur lequel il avait appris à monter, était là, mais ne le vit pas. Ils franchirent ensuite une grande porte sculptée et il se retrouva à l'intérieur du Palais Rouge, où il n'avait jamais mis les pieds. Ici, les salles étaient très hautes. Les torches des deux hommes jetaient une pâle lueur sur la pierre et les visages sculptés, sans atteindre le plafond. Il y faisait plus chaud qu'à la caserne, et l'enfant cessa de frissonner. Ses narines frémirent en percevant des effluves de viande rôtie. Son estomac gargouilla douloureusement.

— Allons, mon garçon. Tu veux que je te porte ? grogna l'un des hommes à l'intention de Fell, dont les petites jambes commençaient à faiblir.

Il trébucha et se fit mal au bras, car l'homme, de sa main rude, le tenait fermement.

— Ce n'est qu'un enfant, Flavius, dit l'autre soldat avec douceur. L'empereur peut bien attendre cinq minutes. Le Lion de l'Est n'ira plus nulle part.

L'homme appelé Flavius sourit avant de ralentir légèrement son allure pour permettre au garçon de suivre le rythme. Fell jeta un coup d'œil reconnaissant à l'autre soldat, qui avait les cheveux roux, mais ce dernier le regarda avec sévérité.

Enfin, ils atteignirent un endroit où les salles étaient aussi larges que hautes. Sur les murs, des visages sculptés brillaient comme le soleil. Le garçon se sentit tout petit tandis qu'il trottait entre les deux grands soldats sur des sols d'un vert scintillant, tel un lac gelé en hiver. Deux imposantes portes laquées se dressèrent devant eux, flanquées de deux hommes armés. À l'approche du trio, les battants semblèrent s'ouvrirent tout seuls. Ils pénétrèrent dans une salle gigantesque, comme Fell n'en avait jamais vu. Elle était pleine de gens, des hommes et des femmes qui, sur leur passage, se retournèrent pour les observer.

Le brouhaha ambiant diminua puis s'éteignit complètement. Les deux hommes s'arrêtèrent et, sur un geste que Fell ne remarqua pas, s'avancèrent. Le petit garçon ne voyait que des corps vêtus de tissus chatoyants, des épées glissées dans des fourreaux luisants, des mains ornées de lourdes bagues et de bracelets sertis de pierres précieuses, des chaînes en or autour des chevilles. Les gens s'écartèrent devant eux tandis qu'ils fendaient la foule en silence.

Une fois sortis de l'assemblée, ils arrivèrent dans un espace vide. Les deux soldats s'arrêtèrent, l'enfant entre eux. Celui aux cheveux roux se pencha vers lui et lui souffla rapidement à l'oreille :

— Essaie de ne pas pleurer.

Alors qu'il était apeuré et désorienté par les événements soudains de cette nuit-là, la compassion qu'il perçut chez l'homme roux lui fit monter les larmes aux yeux. Il les ravala et déglutit. Il regarda droit devant lui et vit un grand siège noir, aussi large que son lit était long, agrémenté d'épais coussins. Un homme y était assis. Il avait la barbe et les cheveux blonds. Il buvait dans une coupe étincelante et s'entretenait avec un inconnu de très haute taille qui se tenait à sa droite. Fell n'entendait pas ce qu'ils disaient, mais leur conversation s'éternisait. Durant tout ce temps, personne dans la salle ne souffla mot. Le garçon se demanda s'il avait le droit de s'asseoir : ses jambes étaient fatiguées. Puis l'homme blond se tourna vers lui et l'enfant oublia tout son épuisement : il avait une orbite vide, et le trou béant était entouré de croûtes de sang noir.

— Voici donc le lionceau ? demanda l'homme en se penchant en avant sur son siège.

Des rires s'élevèrent dans la salle.

— Il s'appelle Arish, déclara le roux. Il est avec nous depuis deux ans.

L'homme blond se leva. Il chancela un instant ; plusieurs personnes autour de lui s'avancèrent, mais, d'un geste, il les congédia. Il alla vers Arish et s'accroupit devant lui, fourrant son horrible œil crevé juste sous le nez de l'enfant.

— Es-tu sage ? l'interrogea-t-il.

Une fois de plus, Arish se sentit au bord des larmes. Se remémorant les consignes du roux, il se concentra sur l'œil valide, noir et froid comme de l'eau au fond d'un puits.

— Oui, monsieur, répondit-il.

— Je suis ton empereur. Tu dois m'appeler « sire », mon garçon.

L'œil le contempla sans ciller.

Perdu et angoissé, le garçon ne comprit pas ce qu'il voulait dire. Puis, soudain, la lumière se fit dans son esprit.

— Oui, sire, dit-il d'une voix forte.

Les gens derrière lui se remirent à rire.

L'empereur se redressa.

— Qu'allons-nous faire de lui ? Flavius ?

Le soldat répliqua en bougonnant :

— La Famille a été décimée. Il doit mourir aussi, sans quoi il pourrait nous causer des ennuis plus tard.

L'empereur hocha la tête et demanda l'avis du roux.

— Shuskara, mon ami ?

L'homme haussa les épaules.

— Flavius a raison. Toute la Famille a été tuée, jusqu'aux cousins et aux tantes les plus éloignés. Dans dix ans, plus personne ne s'en souciera. Nous avons eu recours aux meilleures ressources de la Cité pour l'entraîner. Quand il sera en âge de se battre, il sera son fils loyal.

Le garçon les regarda tour à tour, se demandant de quelle famille ils parlaient.

L'empereur donna une tape dans le dos du roux.

— Fort bien, mon ami. Espérons qu'à l'avenir nous ne regretterons pas de t'avoir écouté. Galliard !

Un gigantesque soldat en armure, barbu, s'avança de l'arrière de la salle. À sa vue, des murmures s'élevèrent. Quelques rires et cris fusèrent, mais le garçon ne comprenait pas ce qui se disait. Le grand barbu s'approchant, Fell remarqua qu'il portait quelque chose de rond au bout d'une grosse pique. Les cris et les acclamations s'intensifièrent. L'empereur sourit. Il fit un geste au guerrier, qui posa brusquement le pieu au sol juste devant le petit garçon. Une chose pendante, puante et verdâtre était plantée dessus. Elle ressemblait aux têtes de plâtre que Fell avait vues sur le portique du palais – sauf que celle-ci était particulièrement mal réalisée, ou bien elle avait été abîmée. Il se demanda pourquoi le soldat la lui montrait. Perplexe, il regarda l'empereur pour avoir une explication.

— Voici ton père, mon garçon, déclara l'empereur en désignant la chose verdâtre. Ne le reconnais-tu pas ?

Ces paroles n'avaient aucun sens pour l'enfant. Rassuré, il ne craignait plus de se mettre à pleurer. Il se dit que l'empereur attendait quelque chose de lui, mais quoi ? Il ne voyait pas.

L'empereur balaya la grande salle du regard.

— À partir de maintenant, la Cité remplacera ton père, annonça-t-il, et tu seras un bon fils.

Son nom de naissance était Arish, mais des années durant les habitants du Palais Rouge continuèrent à l'appeler le Lionceau, jusqu'à ce qu'on oublie l'origine de ce surnom.

Il raconta à ses camarades qu'il avait rencontré l'empereur et l'avait appelé « sire ». La plupart ricanèrent : nombre d'entre eux avaient déjà eu affaire à l'Immortel, et ceux qui n'avaient pas encore eu ce privilège ne l'avouaient pas. Arish observait les visages des grands barbus armés qui étaient présents tous les jours, et parfois il voyait son ami, Shuskara, ou l'homme nommé Flavius. Shuskara ne parlait jamais, mais il lui adressa une fois un clin d'œil. Le petit garçon chérit ce moment, alors qu'il subissait un entraînement physique difficile : des heures interminables de combats ardus à l'épée, et des leçons qu'il trouvait bien longues, le ventre souvent vide, le froid lui glaçant les os. Les garçons apprirent vite à chaparder de la nourriture dans les cuisines du palais. Arish, toujours prudent, constata avec surprise que ses tuteurs et entraîneurs, et même le personnel des cuisines, faisaient comme si de rien n'était. Toutefois, si les voleurs étaient pris sur le fait, ils étaient sévèrement punis et recevaient une telle raclée qu'il s'en fallait de peu qu'ils ne restent handicapés à vie.

Fell était plus jeune et plus petit que ses camarades de chambrée. La première chose qu'il apprit, à la manière dure, fut de garder la tête basse et de se faire discret. Il noua des amitiés et s'allia avec deux autres garçons, Sander et Tomi. Ensemble, ils se défendaient contre les attaques quotidiennes des garçons plus âgés. Mais un matin, à son réveil, il vit que les deux frères avaient disparu. Leur lit était vide. Prenant son courage à deux mains, il demanda à l'un des maîtres d'armes où ils étaient passés.

Le vieil homme, un vétéran à la peau brune, avait vécu de nombreuses batailles. Son crâne rasé arborait la cicatrice d'une entaille profonde. Il lança un regard mauvais à Arish, qui recula, craignant que l'homme ne l'assomme comme il l'avait déjà fait.

Soudain, comme exténué, le maître d'armes poussa un soupir et dit :

— Ils sont rentrés chez eux, Arish.

Encouragé par cette réponse, Arish demanda d'une petite voix :

— Et moi, monsieur, quand retournerai-je chez moi ?

Le maître d'armes s'accroupit à ses côtés et posa une main sur son épaule.

— Si tu travailles dur pendant les leçons, et que tu t'entraînes à fond sur le terrain, alors un jour l'empereur te laissera rentrer chez toi.

Longtemps, cette promesse motiva le garçon. Il fit ce qu'on lui demandait, passa de longues heures penché sur ses livres, et se montra intrépide durant les entraînements, courant plus vite que les autres, grimpant plus haut, ne craignant personne sur le ring, demeurant imbattable à l'épée et au couteau. Et il apprit, quand les garçons plus âgés le malmenaient, le battaient ou l'injuriaient, à s'évader par l'esprit. Au fil des longs mois, l'espoir dans son cœur s'envola peu à peu pour faire place à une endurance à toute épreuve.

Les années s'écoulèrent. Il ne rentra pas chez lui. Enfin, il fut lui-même un des garçons plus âgés. Le jour où il entra dans l'âge adulte, c'était un garçon solitaire et prudent de treize ans.

Deux ou trois fois par an était organisée une distraction bienvenue : on menait un groupe de garçons dans les forêts, au-delà de la périphérie sud de la Cité, et on les abandonnait sur place pour qu'ils rejoignent tout seuls un point donné – une tour de guet, le sommet d'une colline, un affleurement – dans un nombre de jours déterminé. Ces rites s'appelaient les « fuites sauvages », peut-être parce que les garçons avaient là l'occasion inhabituelle de s'échapper, de fuir les remparts de pierre et la discipline de fer. On leur accordait souvent un délai plus long que nécessaire pour atteindre leur destination, et la plupart des garçons considéraient ces fuites sauvages comme des sortes de vacances – sauf les plus petits et les plus jeunes, qui les appréhendaient beaucoup.

Mais Arish n'était plus ni plus petit ni plus jeune. Parmi le groupe de huit, il n'était pas non plus le plus âgé, mais plus personne ne le menaçait et les autres, même ceux qui étaient désormais de jeunes hommes, évitaient de lui chercher des ennuis.

Ils chevauchèrent dès l'aube, en partant des casernes. En milieu d'après-midi, ils se retrouvèrent au cœur d'une forêt de chênes parfumés et d'aulnes blancs. Arish savait qu'il n'était jamais venu ici : les arbres étaient plus développés que lors des précédentes fuites sauvages, et le sous-bois moins dense. Ils passèrent devant des amas d'arbres abattus par les tempêtes et les tremblements de terre, qu'il voyait pour la première fois. Inutile d'essayer de retenir le trajet du retour : on s'était appliqué à leur faire faire moult détours. Derrière les deux soldats silencieux qui les guidaient, ils avaient quitté le sentier principal un peu plus tôt et leurs montures suivaient une piste de chevreuils. L'automne était là ; les arbres avaient perdu leurs feuilles et les nuits étaient froides. Le soleil commençait à baisser sur l'horizon quand les soldats rompirent le silence pour leur ordonner de mettre pied à terre. Les deux hommes rassemblèrent ensuite les chevaux et rebroussèrent chemin, laissant les huit garçons dans une vaste clairière pleine de feuilles mortes bruissantes.

Les deux plus âgés, une robuste brute appelée Ranul et un adolescent discret au teint foncé nommé Sami, décidèrent de l'itinéraire à emprunter. Arish ne put qu'approuver. Ranul déclara qu'ils feraient mieux de remonter aussi loin que possible au nord avant la nuit. La petite troupe se mit en route, mais arriva très vite devant un profond ravin couvert de broussailles sèches et d'arbres morts. Ranul déclara avec sagesse qu'ils ne pouvaient se risquer à y descendre à cette heure tardive. Ils dressèrent donc leur campement pour la nuit.

Ils allumèrent un feu. Ranul et d'autres s'amusèrent à taquiner et menacer les deux plus petits. Toutefois, c'étaient les premiers jours, ils avaient tout le temps devant eux, et la longue chevauchée les avait fatigués. Ils laissèrent donc les plus jeunes en leur promettant mille souffrances à venir, et s'installèrent pour dormir. Arish n'intervint pas. Ranul avait deux ans de plus que lui, et Arish l'avait vu martyrisé lui aussi quand il était plus jeune. Il comprenait son besoin de prendre sa revanche, même sur des innocents. Il ne méprisait pas Ranul pour sa faiblesse, mais seulement pour sa volonté de la montrer. Il dormit bien cette nuit-là, ne se réveillant qu'une seule fois, à cause d'un hurlement de bête dans le lointain.

Le lendemain, à l'aube, ils se remirent en route. Comme ils avaient beaucoup de temps devant eux, Ranul pensait qu'il leur fallait chercher un chemin pour contourner le ravin. Il mena donc le groupe vers l'est. Arish aurait choisi d'aller à l'opposé, car dans cette région les rivières coulaient vers l'ouest, mais il obéit sans rien dire. Les garçons les plus âgés étaient de bonne humeur : être ainsi libérés des leçons et de leur entraînement pénible avait quelque chose d'enivrant, et l'air leur fit le même effet que le vin. Ils coururent dans les bois ensoleillés, donnant des coups de pied dans les tas de feuilles mortes, criant et roulant sur le sol or et pourpre comme des chiots. Les deux plus jeunes, inquiets, avançaient d'un pas traînant, essayant de se faire tout petits. Comme toujours, Arish fermait la marche.

L'un des plus grands, un gars maigre au visage très pâle appelé Jan, lui aussi impitoyablement persécuté plus jeune, finit par prendre pour cibles les deux petits. Surexcité par le jeu, mais soudain lassé, il se leva, balaya d'une main les feuilles qu'il avait sur lui et chercha du regard les deux garçonnets qui, plaqués contre un arbre, tentaient de se rendre invisibles.

Jan leur cria :

— Hé ! vous deux ! Venez là !

Les deux enfants posèrent sur lui un regard effrayé tandis que Jan avançait lentement vers eux. Puis, anticipant leur sort, ils se retournèrent et s'enfuirent dans les bois aussi vite que possible sur leurs petites jambes. Jan éclata de rire et se lança à leur poursuite. Il rattrapa l'un d'eux facilement ; l'autre disparut entre les arbres.

— Il faudra bien qu'il revienne à un moment ou à un autre, dit Jan à Ranul avec un sourire.

Il avait attrapé le petit blond maigrelet qui se débattait.

Ranul baissa les yeux vers le gamin.

— Qu'est-ce que tu vas faire de lui ? s'enquit-il, les yeux brillant d'excitation par avance.

— Ils restaient plantés là à nous regarder, comme deux mannequins de paille, répondit Jan, alors on va en faire des mannequins.

Ranul sourit et, à deux, ils déshabillèrent le garçonnet sous les encouragements et les railleries des autres. Le petit fut laissé de côté, et les deux grands entreprirent de remplir ses vêtements de feuilles mortes. Ils en firent un gros mannequin qu'ils posèrent contre un arbre.

— Mettez-y donc le feu ! cria l'un des gamins.

Arish regarda l'enfant nu, son visage blême. Il savait que le garçon ne craignait pas seulement la spirale inévitable de la violence, mais aussi de devoir rentrer à la caserne dans le plus simple appareil. Il pouvait être durement puni pour cela. Au moment où l'un des garçons apportait des bâtonnets au phosphore pour enflammer le mannequin, Arish songea à intervenir. Il ne doutait pas de pouvoir vaincre chacun de ces garçons, mais tout pugilat finirait obligatoirement en combat à l'épée ou au couteau, et se solderait sans doute par la mort d'au moins l'un d'entre eux. S'il en manquait un à l'appel, ils seraient tous punis une fois rentrés. Il donna un coup de pied dans les feuilles. Elles étaient complètement sèches, car il n'avait pas plu depuis des semaines. Tout début d'incendie se propagerait rapidement.

Il s'apprêtait à intervenir quand un cri d'angoisse retentit dans les bois, venant de la direction où l'autre enfant s'était enfui, suivi d'une série d'aboiements frénétiques. Les cris se muèrent en hurlements. Fell sentit son sang se glacer. Tous hésitèrent un moment, échangeant des regards pour s'encourager, puis se mirent en route vers l'endroit d'où venaient les bruits.

Après avoir gravi une petite butte dans la forêt, ils s'arrêtèrent brusquement. Une meute d'une vingtaine de chiens s'en prenait violemment au corps du petit garçon. Il était mort à présent, et les bêtes, mordant et grondant, le démembrèrent sans mal. L'un des chiens, énorme, noir et massif, ses mâchoires dégoulinant de sang et de lambeaux de chair, se tourna vers eux. De ses petits yeux féroces, il leur jeta un regard mauvais, émettant un grognement du plus profond de sa grosse poitrine.

Devant ce spectacle horrible, les garçons reculèrent. L'un d'eux fut pris de vomissements. Les autres firent demi-tour et l'abandonnèrent, courant à toutes jambes vers la clairière, où le blondinet se rhabillait, nerveux, après avoir démonté le mannequin.

— Que s'est-il passé ? demanda-t-il à Arish, les yeux emplis de terreur.

— Il est mort, répliqua celui-ci brusquement.

Saisissant l'enfant par le bras, il s'élança avec lui pour rattraper les autres garçons.

Ils coururent sans s'arrêter, laissant les lieues défiler en terrain découvert, faisant voler les feuilles autour d'eux tandis qu'ils progressaient entre les arbres ensoleillés. Pendant un temps, ils n'entendirent rien derrière eux, puis, la peur au ventre, ils perçurent les aboiements de la meute en chasse.

Sa panique initiale sous contrôle, Arish réfléchissait tout en courant. La meute les poursuivait, mais les chiens étaient rassasiés et ne se donnaient pas trop de mal pour les rattraper : ils auraient pu dépasser leurs proies depuis longtemps, à présent. Les garçons ne pourraient pas continuer à fuir dans le noir : ils devaient trouver un abri avant le coucher du soleil. Les arbres frêles qui les entouraient étaient impossibles à escalader. Seul le feu tiendrait les chiens à l'écart. Pendant sa course, Fell chercha un endroit d'où ils pourraient se défendre.

Les arbres se raréfiaient. Ils se retrouvèrent sur une terre plus rude et irrégulière, empruntant un large sentier qui les mena entre deux flancs de collines rocheux. Quand il repéra un endroit convenable, Fell appela Ranul. Ce dernier hésita, le visage rouge et furieux. Fell indiqua une petite dépression sur un affleurement rocheux.

— Nous pourrons nous défendre, ici !

Ranul ralentit, hors d'haleine et indécis, jetant des coups d'œil en arrière.

— Le soleil se couche ! Tu veux qu'ils nous attrapent dans la nuit ? cria Fell.

Ranul leva les yeux vers le flanc de la colline, puis observa de nouveau la piste derrière eux. Il hocha la tête. Tous deux s'éloignèrent du sentier et montèrent vers le terrain découvert devant la cuvette qui ressemblait à une grotte. Les autres garçons firent demi-tour et les suivirent. Sur les ordres de Ranul, ils commencèrent à ramasser des branches cassées, des brindilles et du petit bois. Ils ne tardèrent pas à en réunir un gros tas, auquel Sami mit le feu d'une main tremblante. Les flammes prirent aussitôt, et tous reculèrent pour voir le brasier s'élever au-dessus de leurs têtes. Ensuite, ils se hâtèrent de ramasser du bois – autant qu'ils purent en trouver.

L'obscurité tombait quand ils virent les chiens arriver en trottant en contrebas. Ils étaient quinze, compta Fell – la plupart imposants, gris et semblables à des loups, mais la bête noire paraissait être leur chef.

— Ils sont à peine essoufflés, fit remarquer l'un des garçons, qui luttait encore pour reprendre haleine.

— Ce sont des loups, déclara Sami d'un ton autoritaire. Ils sont capables de courir pendant des jours.

— Il va nous falloir beaucoup de bois pour tenir la nuit, dit Arish en regardant autour de lui. Tenez.

Il s'empara de deux branches feuillues enflammées qu'il donna à Ranul et à Sami avant de charger les chiens avec son brandon. Les bêtes se dispersèrent. Encouragés, les deux autres le suivirent et éloignèrent la meute pour que le reste du groupe puisse ramasser plus de bois. À la nuit tombée, ils avaient formé un cercle de trois feux devant le rocher et entassé une impressionnante pile de branchages pour les alimenter. Tous s'installèrent contre le tas de bois, les yeux rivés sur les ténèbres au-delà des feux. Ils n'entendirent ni ne virent les bêtes, mais ils savaient qu'elles rôdaient dans les parages.

Au lever du jour, la meute demeura invisible. Soulagés, quelques garçons commencèrent à discuter nerveusement, essayant de se convaincre que les chiens étaient partis pour de bon. Arish savait qu'ils se trompaient. Il leur fallait un nouveau plan pour survivre à la journée.

— Ils auront encore faim aujourd'hui, dit-il à voix basse à Ranul et Sami après qu'ils eurent petit-déjeuné avec l'eau et le pain au maïs qu'il leur restait. Dès qu'ils en auront l'occasion, ils nous attaqueront et tueront un ou deux d'entre nous.

D'un signe de tête, il désigna le petit blond qui, assis en silence, comme figé, scrutait les bois. Il battait à peine des paupières et ne mangeait rien.

— On n'a qu'à le leur laisser lui, proposa Ranul avec dureté. Ça nous ferait gagner un jour – le temps de se réfugier en lieu sûr.

Fell le dévisagea, se demandant s'il était sérieux.

— On ne peut pas rester ici ni les distancer, reprit-il comme s'il n'avait rien entendu. Il nous reste peu d'eau, et encore moins de nourriture. Il faut qu'on trouve un arbre robuste sur lequel nous pourrons tous grimper.

— Ceux que nous avons vus sont trop petits, intervint Sami, sinon nous aurions cette discussion au sommet de l'un d'eux.

— Là-bas, dit Fell en indiquant le nord, ces bois ont l'air plus denses, plus vieux. On y trouvera peut-être un arbre assez robuste pour nous abriter tous, hors de portée des chiens.

Du coin de l'œil, Fell surveillait Jan, le tortionnaire maigre et pâle qui s'était éloigné de la protection des feux pour se soulager. La meute n'était plus visible, mais Fell trouvait l'étrange silence ambiant chargé de menaces.

Au moment où il décela un mouvement et ouvrit la bouche pour crier, deux chiens, se déplaçant à une vitesse incroyable, s'attaquèrent au garçon. Comme s'ils avaient tout prévu, l'un le frappa aux jambes, le saisissant par une cheville, tandis que l'autre lui sautait dessus de biais, le mordant au cou. Le garçon poussa un cri hystérique puis se fit arracher la gorge. Il était mort avant même que son corps ne touche le sol. Le reste de la meute arriva quelques secondes plus tard, avec le gros chien noir, et tous se ruèrent sur la carcasse pour la déchiqueter.

L'horreur s'était produite si brusquement que, lorsque les autres garçons se précipitèrent pour porter secours à Jan, ils ignoraient que celui-ci était mort avant même qu'ils ne se lèvent. Deux garçons, épées dégainées, rejoignirent le corps en même temps que les autres chiens. L'un d'eux enfonça sa lame dans celui qui avait la jambe de Jan entre les crocs. Le coup, assené avec assurance, fut fatal. Une autre bête grise aux lourdes mâchoires baveuses bondit sur le garçon avant de s'effondrer en gémissant quand Arish abattit son épée sur son cou.

Arish hurla :

— Reculez ! Reculez !

— On peut les avoir ! s'écria Ranul en se tournant vers le monstre noir courbé sur l'épaule du cadavre, qui mangeait sans jamais quitter les garçons de ses minuscules yeux noirs.

— C'est impossible, Ranul ! S'ils nous attaquent en bande, nous n'y survivrons pas !

Tandis que Ranul s'approchait du chef de meute, épée brandie, les yeux rivés sur ceux du chien, un autre animal s'élança soudain sur le côté et sauta sur l'adolescent. Au dernier moment, Ranul leva le bras. Le chien manqua sa cible et attrapa le garçon au biceps. Tous deux tombèrent, luttant en se contorsionnant. Le reste du groupe courut pour le rejoindre. Ranul flanqua un coup de poignée d'épée au chien qui dut lâcher prise et battre en retraite. Le visage livide, son bras saignant à gros bouillons,

Ranul fut soutenu pour être ramené vers la sécurité des feux. Arish et Sami se tenaient prêts à éventrer les chiens qui les suivraient, mais la meute semblait surtout occupée à démembrer le corps de Jan. Les deux garçons reculèrent derrière les feux.

Ranul arracha sa manche et inspecta sa plaie déchiquetée. Il était blanc comme un linge quand il essuya le sang et la salive.

— On a eu de la veine, avoua-t-il. Ils auraient pu nous faire la peau à tous. Jan s'est comporté comme un idiot, ajouta-t-il.

Arish trouvait que Ranul avait agi bêtement lui aussi, mais s'abstint de tout commentaire.

Une fois sa blessure bandée, Ranul leva les yeux vers Arish.

— Grimper à un arbre me paraît une bonne idée, admit-il. Mais, une fois que nous y serons, que ferons-nous ? Nous manquons toujours d'eau et de nourriture. Personne ne se lancera à notre recherche avant des jours. Ils ne trouveront que des cadavres faméliques perchés dans un arbre.

— L'un de nous peut aller chercher du secours, répondit Arish. Les chiens ne poursuivront pas un tas de viande qui s'enfuit s'il y en a dans un arbre juste au-dessus d'eux.

— L'un de nous ?

— J'irai, moi.

— Alors toi, le Lionceau, tu vas te mettre à l'abri pendant que nous servirons d'appâts ?

Masquant son agacement, Arish haussa les épaules.

— Dans ce cas, vas-y. Ou Riis. Ou Parr.

— C'est un bon plan, reconnut Sami à voix basse. Et Arish est le plus rapide d'entre nous. C'est lui qui devrait y aller.

Les chiens achevèrent leur repas et s'éloignèrent en trottant de l'amas de chair et d'os sanguinolents, sans doute en quête d'un endroit où se reposer. Les garçons en firent autant et ne bougèrent pas jusqu'à ce que le soleil brille haut dans le ciel.

Ils se mirent alors en route vers l'orée de la forêt, chacun armé d'une branche enflammée, essayant de regarder de tous côtés. Enfin, ils trouvèrent l'arbre parfait, dépourvu de branches basses. Les garçons les plus grands durent hisser les autres. Les branches sur lesquelles ils grimpèrent étaient lourdes et épaisses, parallèles au sol. Une fois tous à l'abri, hors de portée de la meute, ils se détendirent pour la première fois depuis deux jours – sauf Arish, occupé à rassembler l'eau de tous dans son sac à dos, ainsi que les bâtonnets de phosphore de Sami et un peu de viande séchée. Il jeta un coup d'œil vers le soleil et calcula qu'il lui restait plusieurs heures avant le crépuscule. S'il n'avait pas atteint sa destination d'ici là, il lui faudrait trouver un arbre dans lequel s'abriter.

Les chiens n'étaient visibles nulle part, ce qui ne voulait rien dire. Même s'ils le repéraient, il était peu probable qu'ils le suivent alors qu'ils avaient la panse pleine de viande fraîche. C'était ce que sa raison lui disait, mais le doute le prenait tout de même aux tripes. Essayant de se concentrer uniquement sur la carte qu'il visualisait en pensées, il se laissa glisser au bas de l'arbre et, sans hésiter, s'élança vers le nord-ouest.

Durant les premières lieues, le garçon courut avec la peur au ventre, sursautant au moindre bruit. Parfois, il était convaincu d'entendre les chiens avancer à pas feutrés derrière lui, mais, s'il se retournait, il ne voyait rien. Au bout d'un moment, il commença à se détendre. Sa respiration devint régulière; il augmenta sa foulée. Le soleil se couchait du côté de son épaule gauche, et Fell dut passer la nuit dans les branches d'un chêne géant.

Quand le soleil reparut le lendemain matin, l'adolescent se rendit compte que le toit bleu du temple Adamantin luisait entre les arbres. Il ne lui restait qu'une courte distance à parcourir. Il atteignit le bâtiment peu après l'aube et raconta son histoire aux soldats en faction. Un détachement de cavaliers et quelques chevaux supplémentaires furent envoyés dans la direction indiquée par Fell, et au coucher du soleil les cinq autres garçons étaient ramenés en lieu sûr. Tous, même Ranul, riaient et plaisantaient d'avoir échappé d'un cheveu à un sort funeste, se vantant auprès des soldats aguerris qui étaient venus les secourir.

Le lendemain, les six garçons furent arrêtés et accusés d'avoir tué les chiens de l'empereur – un crime puni de mort.

Chapitre 22

L'aube allait poindre sur Vieille-Montagne et le soleil s'attardait encore sous l'horizon dentelé. Le ciel avait la couleur de l'opale, mais les lieux étaient plongés dans les ténèbres. Les montagnes alentour, peintes de diverses nuances de noir, étaient couronnées d'une brume grise et humide. Entre elles, de profondes vallées aux forêts tropicales luxuriantes attendaient que le soleil les pare de gouttes luisantes comme des perles et des diamants.

Indaro portait du cuir et de la fourrure, mais l'humidité dégagée par les nuages bas s'infiltrait dans ses vêtements, coulant de ses cheveux jusque sous son col et dans ses bottes doublées de fourrure. Elle les portait pieds nus, car elle aimait sentir la douceur de la peau de lapin contre ses orteils. Cela faisait plus d'une heure qu'elle se trouvait sur cette montagne, et la doublure commençait à être moite contre sa peau.

Chassant de son esprit ce sentiment d'inconfort, elle ferma les yeux. Elle sentait les rais du soleil levant sur son visage et ne tarderait plus à percevoir leur chaleur. C'était le cinquième matin de suite qu'elle grimpait au sommet de la montagne dans la semi-pénombre, espérant assister au lever du jour. À quatre reprises, elle avait été récompensée par une pluie battante et un ciel tourmenté. Mason lui avait prédit qu'elle serait chanceuse ce jour-là, et apparemment il ne s'était pas trompé. Indaro étira son dos, tendant son visage, prête à recevoir les rayons lumineux. Délogée par ses mouvements, une goutte d'eau lui coula le long de l'échine et la fit frissonner. Faisant à nouveau le vide dans ses pensées, elle attendit le soleil.

Elle attendit encore et encore, son impatience grandissant derrière son calme de façade, puis ouvrit les paupières. La brume de l'est, sortie de nulle part, s'était épaissie. Devant elle, la Porte du Soleil – la profonde crevasse entre les montagnes où l'astre était censé apparaître – avait complètement disparu derrière une couche de nuages noirs et froids. Il n'y aurait pas de lever de soleil ce jour-là. Encore.

Derrière Indaro, deux filles pouffèrent de rire. Elle se retourna et les regarda, sourcils froncés.

— Je ne vois pas ce que ça a de drôle, déclara-t-elle d'un ton bougon. Cela signifie que vous devrez à nouveau monter jusqu'ici demain.

Elles éclatèrent de rire, comme si elles comprenaient ce qu'Indaro disait. Se levant d'un bond, elles firent signe à la jeune femme de les suivre et descendirent la montagne dans leurs bottes en peau d'un pas assuré malgré le manque de lumière. Indaro progressait plus lentement, les yeux rivés sur ses pieds, sachant que les filles devraient l'attendre. Après tout, elles étaient censées être ses gardiennes.

Ce matin-là marquait la fin de son centième jour de captivité.

Au début, elle avait tenté de s'évader. Sa petite cellule blanche était pourvue d'une fenêtre sans barreaux, très haut sur le mur. Indaro avait passé de longues heures inutiles à dresser des plans pour l'atteindre et y avait consacré beaucoup d'énergie. Il n'y avait aucun meuble dans la pièce étroite, seulement un matelas propre sur lequel elle dormait, et un seau. Malgré tous ses efforts, elle conclut qu'il n'y avait pas moyen de mettre en place un système d'évasion avec un matelas mou et un seau de bois. La frustration la poussa à se jeter contre le mur, en sautant encore et encore pour atteindre le rebord de la fenêtre. Par deux fois, elle se cogna si violemment qu'elle en perdit connaissance. Par compassion, ou peut-être par agacement, ses ravisseurs finirent par la mettre dans une cellule dépourvue de fenêtre.

Elle avait passé ses premiers jours dans la prison de Vieille-Montagne à craindre l'horreur de la torture et une mort lente. Ses peurs finirent par s'estomper, remplacées par l'angoisse pour le sort de Doon, Fell et les autres. Il s'écoula plus d'un mois avant qu'elle n'ait l'occasion de demander des nouvelles de ses amis, car aucun de ses ravisseurs ne parlait sa langue. Le teint foncé et les yeux noirs, les femmes étaient petites et propres, toutes habillées de chemises et jupes en laine. Elles lui souriaient en lui apportant ses repas et en vidant son seau. Au bout d'un moment, Indaro se mit à leur parler, à évoquer son père et la maison grise de l'Éperon, son frère Rubin, son amitié avec Doon, sans toutefois mentionner la guerre et les batailles qu'elle avait endurées. Les femmes l'écoutaient d'une oreille polie. Indaro observa leurs yeux quand elle leur parlait, glissant de temps à autre une phrase choquante ou surprenante. Leur visage demeurait courtois mais impassible, et la jeune femme fut certaine qu'on ne la comprenait pas.

Elle passa la première nuit froide de l'automne à essayer de se réchauffer sous ses fines couvertures. Le lendemain matin, elle entendit frapper à sa cellule. Après une pause de rigueur, un homme était entré avec une pile de couvertures et un deuxième matelas. Il les avait posés sur le lit en disant :

— Tu en auras besoin. Les nuits vont se rafraîchir.

Le dos au mur, elle l'avait scruté, apeurée pour la première fois depuis des semaines. Un homme qui s'exprimait dans sa langue et pouvait la comprendre ! Allait-il commencer à l'interroger ? Était-ce lui que l'on attendait ?

Il avait balayé la pièce du regard.

— J'ai oublié d'apporter un tabouret, avait-il repris avant de hausser les épaules et de s'asseoir par terre, adossé à la porte fermée.

Il était assez âgé, de forte carrure, avec des cheveux gris, le visage glabre et prognathe.

— Je m'appelle Mason.

Devant son silence, il avait ajouté :

— Et toi, tu es Indaro Kerr Guillaume.

Elle avait imaginé son interrogatoire des milliers de fois, surtout aux heures les plus sombres de la nuit, et était bien résolue à ne rien dire, à ne rien demander. Toutefois, rassurée par le traitement qu'elle avait reçu jusque-là, elle s'était enquise :

— Et mes amis ? Sont-ils encore en vie ?

Mason avait hoché la tête.

— Tout à fait. Stalker a été opéré de la cheville. Il va peut-être bientôt remarcher, mais il boitera toujours, d'après le chirurgien.

Il avait observé la jeune femme, dans l'attente d'une autre question ou d'un commentaire, mais elle n'avait rien ajouté et garda le silence les semaines suivantes.

Redescendant la montagne dans la lumière de l'aube, Indaro émergea de la végétation dense pour regagner le sentier où l'attendaient ses deux gardiennes avant de poursuivre leur route jusqu'au lieu de sa captivité. Comme toujours, elle s'arrêta. Vieille-Montagne était bâtie sur un col rocheux et abrupt suspendu entre deux sommets montagneux. Sur le point culminant du col, des bâtiments gris et bas s'agglutinaient autour d'une imposante forteresse de pierre. Plus bas, à l'ouest, la pente était encore plus raide et on avait dû l'aménager en terrasses pour obtenir des terrains plats pour les cultures. Les moutons et les chèvres se résumaient à des points blancs et marron. De part et d'autre du col, les hautes falaises à pic donnaient sur des vallées d'un vert profond où coulaient des rivières. Un seul chemin menait à Vieille-Montagne, lui avait-on dit. Voilà pourquoi la forteresse n'avait jamais été conquise. Ses occupants furent certes surpris par des traîtres, assiégés et affamés, mais elle restait inviolée.

Indaro regarda les sommets déchiquetés vert et gris qui s'étendaient de tous côtés jusqu'à l'horizon. Seul un bêlement lointain perturba le silence. Elle inspira une grande bouffée d'air matinal. Sa pureté courut dans ses veines comme du vin. Elle eut envie de rire aux éclats. Les deux filles l'observèrent.

— Allons-y, leur dit la jeune femme.

Ensemble, elles regagnèrent la prison.

Après cette première visite, Mason vint la voir presque tous les jours. Indaro refusait de lui adresser la parole. Il ne semblait pas mal le prendre. Ravi de s'écouter parler, il lui racontait des histoires sur Vieille-Montagne, des récits de son enfance, des réflexions philosophiques et historiques, la musique des astres. Il ne lui posait presque jamais de questions, et, lorsqu'il le faisait, il n'obtenait jamais de réponse. Il hochait alors la tête, comme si Indaro venait de dire quelque chose de pertinent, puis reprenait son monologue. Elle se demandait qui était cet homme, et pourquoi il consacrait tant de temps à un simple soldat. Lui-même était un ancien guerrier – elle aurait pu le jurer à son vocabulaire et à sa façon de se tenir. Il n'avait pas d'accent et aurait pu se mêler facilement aux habitants de la Cité. Il n'avait pas la peau brune comme ses petites gardiennes, ou le chef des cavaliers qui les avaient conduits ici. Mais l'ennemi pouvait avoir bien des apparences. Mason n'était pas cruel, conclut-elle, mais ne serait pas son ami pour autant.

Un jour, il ne vint plus. Ses visites lui manquèrent plus qu'elle ne l'aurait cru. Les jours suivants s'écoulèrent avec une terrible lenteur, jusqu'à ce qu'un matin une gardienne, qu'elle appelait Gala, entre dans la cellule avec un tas de livres sous le bras. La femme s'accroupit et les posa en une pile nette dans un coin de la pièce. Puis, les désignant, elle dit :

— Mase.

Elle pencha la tête. Indaro acquiesça.

— Mason, la corrigea-t-elle. C'est de la part de Mason.

Tous les ouvrages portaient sur les sujets dont il l'avait si souvent entretenue : l'histoire de Vieille-Montagne et ses résidents. Mais ils allaient beaucoup plus loin, et ils parlaient de l'histoire non seulement ancienne, mais aussi plus récente, de politique et de leurs voisins alliés. Tous les jours, elle passa des heures à lire, s'appropriant les histoires sans jugement. La première fois qu'elle lut des écrits sur la Cité, elle ne la reconnut pas tout de suite, car la ville s'appelait autrement. Quand Indaro s'en rendit compte, elle jeta le recueil avec dégoût. Lorsque Gala lui rendit de nouveau visite, Indaro lui fourra les livres dans les bras et lui fit signe de les emporter. Elle était outrée que Mason ait pu la croire si naïve, si facile à duper.

Le lendemain, il vint la voir dans sa cellule à l'heure habituelle, son tabouret en bois à la main.

— Tu ne veux pas des livres que je t'ai fait envoyer ? demanda-t-il en s'asseyant contre la porte.

— Je ne suis pas idiote, Mason, répondit-elle, même si elle savait que c'était par orgueil qu'elle se décidait à lui parler, et qu'il l'avait piquée au vif pour arriver à ses fins.

— Je n'avais pas conscience de t'avoir traitée comme telle.

Elle se convainquit qu'elle avait le droit de prendre la parole pour défendre la Cité.

— Je ne suis pas une enfant qui se laisse influencer par... les fantasmes d'une Cité tyrannique et des Bleus pacifistes.

Il haussa les épaules, mains écartées.

— Je pensais que tu devais t'ennuyer et que ces livres te distrairaient. Nous sommes dans une forteresse, pas à la Grande Bibliothèque. Les ouvrages sont rares, surtout ceux rédigés dans ta langue. Je suis sûr que tu connais tous les arguments pour et contre la guerre, et que tu sais s'il est possible qu'elle soit prolongée sans causer notre mort à tous. Je ne doute pas que ces conversations sont monnaie courante aussi bien chez toi que chez nous, dans les auberges et l'intimité des foyers, aussi bien dans la Cité qu'ailleurs. Je ne cherchais pas à t'insulter en te proposant un débat si commun.

Elle crut qu'il se moquait d'elle. Elle le regarda en plissant les yeux et ne répondit pas, résolue à ne plus rien dire.

Comme s'il avait deviné le fond de sa pensée, il se leva et ramassa le tabouret.

— Nous sommes partis du mauvais pied, aujourd'hui. Je m'en vais, je reviendrai demain.

En tant que soldat, elle avait maudit la Cité tous les jours et s'estimait dans son droit, mais elle refusait d'écouter un ennemi critiquer son pays natal ou minimiser le sacrifice de tant de ses camarades. Cette pensée la rendit furieuse ; pourtant, quand Mason reparut le lendemain, elle ne réussit pas à rallier sa colère à sa cause.

Une fois installé sur son tabouret de bois, il déclara :

— Vous appelez vos ennemis les Bleus, ou les Peaux-bleues, alors qu'en réalité ils viennent d'une dizaine de nations et de villes alliées contre la Cité. Rien que l'alliance odrysienne regroupe les Buldekki, les Fkeni, les Panjali, et même les derniers Garians.

Elle répliqua :

— La première grande bataille que nous avons vécue nous a opposé aux tribus des Tanaree qui se peignaient le visage avec une teinture bleue. Quand d'autres se sont ralliés à eux, nous avons continué à les surnommer Peaux-bleues. Vous, vous nous appelez les rats. C'est bien pratique pour désigner son ennemi. Ça ne signifie rien.

— Oui, c'est vrai qu'on vous appelle ainsi. Sais-tu à quand remonte cette première bataille ?

— C'était il y a des lustres. Avant que la Cité ne soit assiégée.

— C'était il y a plusieurs centaines d'années. Au fil des siècles, l'arrogante Cité a volé les terres appartenant aux tribus, prenant possession des gisements pour alimenter ses fourneaux, et du bétail pour nourrir ses citoyens. Les Tanaree étaient un peuple dur, aux coutumes impitoyables. Ils pratiquaient la loi du talion même entre eux. Puis ils choisirent un chef qui déclara que pour chaque homme de tribu tué ils massacreraient dix guerriers de la Cité. Ainsi, la Cité envoya plus de soldats dans la région. Les Tanaree ont été anéantis, à présent. Ils n'existent plus depuis longtemps.

— Ceux qui s'en prennent à la Cité sont des idiots, affirma Indaro avec fierté.

Mason secoua la tête.

— Il y a mille ans, la Cité vivait en harmonie avec ses voisins. Aujourd'hui, ce n'est plus qu'une grosse pieuvre qui a presque tout détruit et qui trône au milieu d'une terre en friche. Sur des centaines de lieues à la ronde, les champs ont subi tant de batailles qu'ils sont devenus stériles, n'abritant plus que des morts et des mourants. Voilà pour quoi tu te bats, Indaro.

— La Cité veut la paix, mais la paix avec les honneurs.

C'était une phrase éculée. Elle repensa alors aux généraux, et avec quel mépris les simples soldats les considéraient : ils envoyaient des milliers d'entre eux à une mort certaine, n'ayant aucune stratégie intelligente en tête. Et elle savait que c'était un mensonge.

— Il n'y aura jamais la paix tant qu'Araeon régnera, répliqua Mason.

Indaro s'offusqua d'entendre un ennemi appeler son empereur par son prénom, et d'un ton si désinvolte.

— Tu me parles de paix alors que vous nous attaquez de tous côtés. La plupart de mes amis et de mes camarades, la plupart des gens que j'ai connus sont morts de votre main. Vous ne serez satisfaits que lorsque la Cité sera tombée, et tous ses habitants éradiqués.

Il secoua de nouveau la tête.

— Ce n'est pas ce que nous voulons. Nombre d'entre nous respectent la Cité et son passé. Mais Araeon se retranche derrière les remparts du Donjon, au centre du Palais Rouge, au cœur de la Cité. Il se cache derrière son peuple. Ils sont des milliers à sacrifier leur vie pour lui. Tant que lui vivra, nous continuerons à nous battre.

— « Nous » ? répéta-t-elle. Qui ça, « nous » ? Tu t'autoproclames représentant des Bleus, Mason ? Ici, dans cette forteresse abandonnée, au beau milieu de nulle part ? Parles-tu au nom de toutes les armées alliées peaux-bleues ?

Il répondit avec gravité :

— Oui, je représente les Bleus – du moins certains d'entre eux. Des hommes encore puissants et influents. Ce vieux fort n'a pas été choisi au hasard. Il ne te paraît peut-être pas très impressionnant, mais autrefois c'était le cœur d'un grand royaume. Peut-être qu'il le sera à nouveau à l'avenir – si notre plan pour mettre un terme à la guerre réussit.

Quel plan ? voulut-elle demander. Mais elle lui refusa ce plaisir. Au lieu de quoi, elle répliqua :

— L'Immortel veut la paix plus que tout, mais pas selon les termes de son ennemi.

Mason se mit à rire.

— L'as-tu déjà rencontré ? Tu sembles si certaine de ce qu'il pense ! (Il se pencha en avant.) Le reconnaîtrais-tu si tu le croisais ?

Indaro repensa à ce jour funeste où Broglanh et elle avaient rejoint les Mille. Elle avait l'impression que c'était il y a des années. Elle se souvint du grand homme blond et barbu – où qu'il soit, il devait être mort, à cette heure.

— Je l'ai vu récemment, affirma-t-elle.

Mason la regarda d'un air songeur. Il resta silencieux un moment avant de reprendre la parole lentement, comme s'il choisissait ses mots avec soin :

— Je connais des gens – des gens aujourd'hui très âgés –, qui m'ont raconté la Cité à son apogée. Un modèle de civilisation à une époque où régnait la barbarie. Tous ses habitants étaient instruits. On venait du monde entier pour étudier dans ses écoles et ses bibliothèques. Les parcs de la Cité étaient légendaires, peuplés d'espèces rares. Ses bâtiments étaient ornés de toits en bronze et en cuivre. La grande rivière s'écoulait au milieu, et non sous terre telle une canalisation d'égout comme aujourd'hui. C'était une artère importante pour tous les grands navires qui quittaient la Cité pour prendre la mer.

Indaro secoua la tête.

— Tu parles d'un lieu qui n'a jamais existé, sauf dans les livres pour enfants, ou dans les espoirs et les rêves.

Il haussa les épaules.

— Tu as peut-être raison, avoua-t-il. Toutefois, la Cité est sur le déclin, c'est indéniable. Et, tant qu'Araeon vivra, cette décadence ne cessera pas.

Elle se pencha vers lui et cracha :

— C'est à cause de vous si la Cité est sur le déclin – vous, nos ennemis, les Peaux-bleues. Tout ce que veut l'Immortel, c'est la paix pour son peuple.

Mason esquissa un sourire.

— Dans ce cas, pourquoi a-t-il déclaré la guerre ?

— Elle dure depuis des siècles. Tu ne peux pas accuser l'empereur de l'avoir déclenchée.

— Depuis quand règne-t-il, Indaro ?

— Je l'ignore. Depuis très longtemps. Il était déjà empereur quand j'étais enfant. Je l'ai vu une fois chez mon père.

— Quel âge avait-il, à l'époque ?

Elle réfléchit à la question.

— Dans les trente ou quarante ans, peut-être. J'étais très jeune, je ne me rendais pas compte.

— Et quand tu l'as vu, récemment ?

— Dans les cinquante ans, répondit-elle en se remémorant l'Immortel grimpant dans le carrosse noir. (Ses cheveux étaient blonds – ou argentés ?) La soixantaine, peut-être.

— Pourtant, tu m'as dit que l'empereur était le seul chef que ton père ait jamais connu. Quel âge a ton père ?

Avait-elle vraiment dit cela ? Son père était très vieux, de loin le plus âgé de toutes ses connaissances. À contrecœur, elle dut admettre qu'elle ne le savait pas.

Mason reprit :

— C'est un vieil homme. Avait-il une épouse avant ta mère ?

— Oui.

— Plus d'une ?

— Oui.

— Des enfants ?

— Oui.

— Tu les connais, ces enfants nés de précédentes unions ?

— Je crois qu'ils sont tous morts.

Le doute l'assaillit. L'empereur devait être plus vieux que son père ; pourtant, l'homme qu'elle avait vu semblait avoir la moitié de son âge. Elle se souvint d'une expression que les matrones aimaient employer dans les cuisines de l'Éperon : « Quand l'Immortel était enfant. » Cela signifiait « en des temps très reculés ». Mais ce n'était qu'une façon de parler.

Une conversation avec Fell lui revint en mémoire. Elle dit à Mason, essayant d'avoir l'air de s'y connaître :

— L'empereur a recours à des leurres. Des doublures. Beaucoup. Il y a de fortes chances que l'homme que j'ai vu ne soit pas lui.

— Tu ne comprends pas. Ton père a quoi… au moins quatre-vingts ans, voire plus, n'est-ce pas ? Donc l'empereur doit être encore plus âgé. Pourtant, ses doublures sont toujours jeunes. Étrange politique royale.

— Peut-être l'empereur est-il vaniteux et préfère-t-il montrer un visage jeune à son peuple. Le contraire m'eût étonnée. Les hommes ont tous un côté vaniteux.

— Il ne peut donc jamais apparaître en public, s'il est en réalité sénile et que ses doublures sont des hommes dans la fleur de l'âge.

— C'est peut-être vrai, rétorqua-t-elle, gênée.

Elle se demanda une fois de plus pourquoi Mason lui rendait visite quotidiennement, passait du temps avec elle, à essayer de la faire changer d'avis sur la Cité et sur l'empereur. En quoi son avis lui importait-il ?

— Où veux-tu en venir ? s'enquit-elle. Tu veux dire que l'Immortel est empereur depuis plus longtemps que la durée de vie de n'importe quel être humain ? Peut-être, ajouta-t-elle en souriant, est-il vraiment immortel ?

Devant le silence de Mason, qui la regardait en haussant les sourcils, elle poursuivit avec impatience :

— Seuls les faibles d'esprit et les gens superstitieux croient à son immortalité. Ce n'est qu'une légende. C'est un homme, comme toi.

— Non, Indaro. Je ne suis pas en train d'affirmer que l'empereur est immortel. Toutefois, ce n'est pas un homme comme moi.

La cellule de Fell était de pierre froide. Sa petite fenêtre à barreaux donnait sur la cour centrale du donjon, au rez-de-chaussée. Les jours de forte pluie – et il pleuvait beaucoup à Vieille-Montagne –, de l'eau s'infiltrait par la fenêtre, coulait sur le sol et glissait sous la lourde porte de bois. La pièce était trop étroite pour les trois soldats. Il y faisait froid et l'humidité les pénétrait à mesure que les jours rafraîchissaient. Garret avait attrapé une mauvaise toux. Après son opération, Stalker n'avait pas aussi bien récupéré que Fell l'avait espéré, et l'homme du Nord passait le plus clair de son temps allongé sur sa couche, les yeux rivés au plafond bas. Chacun possédait un fin matelas posé sur une paillasse pour éviter le contact direct avec le sol humide. Ils étaient nourris régulièrement, même si les repas restaient frugaux.

Personne ne leur adressait la parole. On déposait leurs gamelles et emportait leur seau à travers un guichet muni d'une grille de métal coulissante. Un jour d'automne particulièrement froid, on leur fit passer des couvertures. En les distribuant, Fell se dit que l'hiver serait long.

Le lendemain, la porte de la cellule s'ouvrit sur deux gardes armés qui s'avancèrent. L'un d'eux désigna Fell et fit un signe de tête à son collègue. Fell regarda les autres hommes en armes qui patientaient dehors, puis partit avec eux. Ses deux codétenus l'observèrent sans mot dire.

Tandis qu'il marchait au milieu du groupe de soldats, divers sentiments l'agitèrent. Il était content que sa longue attente prenne fin, et espérait apprendre quel avait été le sort d'Indaro, ainsi que la raison pour laquelle ils étaient maintenus captifs ici. Il ne craignait pas les interrogatoires. Prisonnier depuis plus de trois mois, il ne pouvait rien dévoiler à l'ennemi sur le déploiement des troupes ou les stratégies adoptées par ses supérieurs. Il n'aurait pas pu leur révéler grand-chose avant non plus. Toutefois, son instinct de soldat l'incitait à s'inquiéter de son avenir au sein d'un groupe d'ennemis armés.

On lui fit traverser la grande place en pierre devant le donjon. Il leva les yeux vers l'édifice, construit à l'aide d'imposantes pierres taillées avec soin pour être assemblées sans mortier. De la mousse et du lichen verts les recouvraient. Selon lui, le donjon devait être très ancien. Aucune fenêtre n'était visible de ce côté. Le mur dénué d'ornements était seulement troué d'une unique porte, haute mais étroite, qui donnait sur une volée de marches raides.

Alors qu'il s'apprêtait à entrer, des gardes postés devant et derrière lui, il s'arrêta pour observer les alentours. Le garde derrière lui le percuta dans le dos, jura dans sa langue et poussa Fell dans l'encadrement de la porte. *Mal entraîné*, nota Fell avec intérêt. De gros barbus armés de pied en cap qui n'avaient pas appris la règle de base voulant qu'on garde toujours ses distances avec un prisonnier. *J'aurais pu le tuer, et un ou deux autres avec lui*, songea-t-il. Il retrouva le moral, et, pour la première fois depuis des semaines, commença à échafauder un plan.

On lui fit monter plusieurs escaliers jusqu'à arriver dans une pièce dépouillée, meublée seulement d'une table et de deux chaises inconfortables. Un homme rasé de frais était assis au bureau.

— Je t'en prie, assieds-toi, dit-il poliment. Je m'appelle Mason.

Fell hocha la tête avec la même courtoisie.

— Je suis Fell Aron Lee.

— Et tu commandes – ou plutôt commandais – la compagnie de la Troisième Maritime, surnommée les Chats Sauvages.

Fell acquiesça.

— Sous les ordres du général Flavius Randell Kerr.

— C'est ça.

— Que penses-tu de Randell Kerr en tant que soldat ?

— C'est un général, pas un soldat.

Fell avait décidé de ne pas se limiter à citer son nom et son rang. S'il s'échappait, ou plutôt quand il s'échapperait, il voulait détenir le plus d'informations possible. Et ce n'était pas en restant silencieux qu'il allait récolter quoi que ce soit.

Mason sourit.

— Ceci n'est pas un interrogatoire.

— Tu me poses pourtant des questions.

Mason écarta les mains.

— Je fais simplement la conversation.

— Je suis sûr que tu as plus intéressant à faire que me parler de la pluie et du beau temps. En tout cas, moi, oui. Mes vêtements ne vont pas s'épouiller tout seuls.

Mason écrivit quelque chose sur le papier posé devant lui et leva les yeux.

— Je suis obsédé par le passé, je l'avoue, confia-t-il à Fell. Lorsque je suis arrivé à Vieille-Montagne, il y a plus d'un an, c'était un rêve qui se réalisait. Je tenais un rôle important ici, et à l'extérieur. Du moins je l'espère. Je paraissais confiant, efficace. Mais au fond de moi je me sentais comme un gamin de cinq ans déballant un cadeau d'anniversaire. Chaque jour, j'écoutais le silence. Tu l'auras remarqué : c'est un endroit très silencieux. Ça doit beaucoup te changer des batailles et des confins de la Cité, que nous appelons « le tas de fumier », ou « le nid à rats », comme tu le sais certainement. Chaque jour, je me réjouis du silence qui règne dans cette forteresse. J'ai parfois l'impression d'entendre les pas de ceux qui l'ont bâtie, il y a des milliers d'années.

Il contempla Fell qui le regardait, impassible.

— C'étaient de grands bâtisseurs et de grands mathématiciens, reprit Mason. Ils nous ont laissé nombre de merveilles qui resteront pour toujours gravées dans la pierre. Ils vénéraient les étoiles, et croyaient que le soleil et la lune étaient aussi des étoiles, dont les trajectoires éternelles passaient tout près de notre monde. Ils s'exprimaient dans une langue que nous avons oubliée. Nous possédons toutefois des milliers de textes rédigés dans cette langue, belle et racée, que nos savants ont encore du mal à déchiffrer. On admirait les Tuomi dans le monde entier – sauf dans la Cité, car ses habitants n'ont jamais entendu parler de ce peuple. Ils ignorent tout de ce qui se passe au-delà de leurs remparts, n'est-ce pas ?

Fell ne répondit pas.

— J'ai l'espoir de visiter ta Cité, ajouta Mason d'un ton affable, une fois cette guerre achevée – ou même si elle se poursuit.

En arpentant ses rues, j'entendrai peut-être les pas des hommes du passé. Peut-être m'accompagneras-tu.

Fell sourit intérieurement. *De mieux en mieux*, pensa-t-il. *Un type qui aime s'écouter parler. J'ai déjà appris deux informations capitales, aujourd'hui.*

Le soleil était levé depuis longtemps quand Doon se réveilla le troisième matin après s'être échappée de Vieille-Montagne. Ouvrant les yeux, elle vit la lumière aqueuse filtrer entre les planches moisies de son abri. Elle se redressa pour s'asseoir, grogna à cause de son mal de dos, et frissonna en sentant sur elle la course précipitée des insectes qui s'étaient glissés dans ses vêtements pendant son sommeil. Elle se leva d'un bond et, d'une main, balaya vivement ses habits. Puis, quand quelque chose remonta dans son dos, elle retira le surcot rouge d'Indaro et le secoua. Un mille-pattes aussi gros que son doigt tomba et rampa précipitamment au sol. Elle ôta le reste de ses vêtements qu'elle agita l'un après l'autre avant de se rhabiller à la hâte, l'air froid et humide la pénétrant. Enfin, Doon secoua ses bottes et, avant de les enfiler, jeta un coup d'œil inquiet aux semelles. Celles-ci, usées jusqu'à la corde, ne dureraient plus très longtemps. Sans bottes, il lui serait impossible de survivre sur ces terres hostiles.

La hutte dans laquelle elle s'était réfugiée la nuit précédente tenait à peine debout. Ses parois de bois suintaient d'humidité. Des champignons s'épanouissaient sur les planches, telles des créatures vivantes, et des plantes grimpantes avaient envahi le toit pourrissant. C'était à peine plus confortable que de dormir dans la forêt – son seul autre choix.

Elle dénoua un paquet taché de rouge suspendu à une poutre et le déballa. Elle y conservait des baies ramassées la veille. En les découvrant, grosses, cramoisies et délicieuses, elle avait hésité avant d'en manger quelques-unes, puis attendu pour s'assurer que ce n'était pas du poison. Rassurée, elle les avait avalées voracement. Une fois le ventre plein, elle en avait cueilli plusieurs poignées qu'elle garda pour son petit déjeuner du lendemain. Malheureusement, quand elle déplia le tissu, elle vit que les baies avaient déjà commencé à pourrir et étaient couvertes d'un fin film gris, semblable à une toile d'araignée. Elle les jeta, dégoûtée, son estomac criant famine. Elle récupéra ses deux couteaux et sortit dans la lumière, contente de quitter ce misérable refuge.

Assise au bord de la falaise, elle écouta les cris perçants et incessants des oiseaux et les bruissements du sous-bois dense et luxuriant. Elle se sentait fatiguée et abattue. Depuis son évasion de la forteresse dans la montagne, elle avait voyagé vers l'ouest, en direction du soleil couchant, croyant que, si elle marchait longtemps, elle finirait par atteindre la Cité. Elle avait l'impression que, si elle empruntait un axe nord-sud – même si elle avait très souvent eu l'occasion de le faire, car elle avait traversé nombre de rivières –, elle ne tarderait pas à se perdre. Le terrain sur lequel elle progressait semblait toujours être le moins praticable. Elle se retrouva à devoir escalader de hautes collines, puis à descendre le long de leurs flancs abrupts, luttant toujours contre la brume impénétrable de la forêt. Malgré ses bonnes provisions d'eau et de nourriture, elle s'affaiblissait de jour en jour. Pour la première fois, elle se demanda si elle n'allait pas mourir dans cet endroit hostile. Son corps serait vite mangé par les créatures qu'elle voyait constamment courir, ramper et glisser. En tant que soldat, elle avait passé plus de nuits à dormir par terre que dans un lit, et avait l'habitude de partager sa couverture avec toutes sortes d'insectes et de petits animaux. Cependant, elle ne s'attendait pas à ce que la forêt regorge d'une telle abondance de vie, riche et terrifiante. Dans sa petite enfance, avant qu'elle n'habite chez Indaro à l'Éperon, elle avait vécu dans une ferme à l'extrême-sud de la Cité, où les gens luttaient du matin au soir pour faire pousser quelques plantes vertes sur le sol maigre et rocailleux. Ici, songea-t-elle, dans cette verdure luxuriante, elle aurait pu jeter une graine et la voir aussitôt germer et grimper vers le ciel.

Elle détestait cet endroit, et une partie d'elle regrettait la plaine aride où elle avait combattu plusieurs mois auparavant, où les ossements de ses camarades devaient désormais être propres et secs.

Elle n'avait pas l'habitude de la solitude. Pourtant, cela faisait presque cent jours à présent qu'elle était seule. Après leur capture, les cinq prisonniers trahis par Saroyan, entourés de la cavalerie ennemie, avaient chevauché vers les lointains sommets, à l'est. Il leur avait fallu des jours pour les atteindre. La moitié de leur groupe s'était alors dirigée vers le nord, tandis que Doon, Indaro et les autres étaient conduits entre les contreforts puis sur un haut col de montagne. Ils allaient toujours vers l'est. Ils avaient traversé de larges rivières et une haute plaine froide avant d'arriver sur ces terres montagneuses et, pour finir, dans cette riche forêt aux eaux bouillonnantes.

On les avait nourris – mal, mais suffisamment pour qu'ils aient la force de chevaucher. Au moment d'atteindre la haute plaine, Stalker s'était évanoui et avait glissé de sa selle. Doon avait craint qu'ils ne le laissent mourir là, mais ils avaient balancé l'homme du Nord en travers de sa monture et s'étaient remis en route, un cavalier en gris l'escortant de chaque côté.

Les quatre autres étaient séparés dans la journée et, la nuit, ils étaient trop épuisés pour parler, descendant de leur cheval pour sombrer dans un sommeil bienheureux, leur corps douloureux ne disposant que de quelques heures de répit pour récupérer. Doon attrapa la fièvre, alternant phases de tremblements et de sudation, et eut du mal à rester en selle. Angoissée, Indaro demeurait auprès d'elle pour vérifier régulièrement sa blessure à la cuisse, redoutant une infection. Elle donna à Doon sa veste rouge brillante pour la maintenir au chaud, ou peut-être pour la réconforter.

Fell ne disait rien. Il n'avait aucun ordre à leur donner.

Puis, un jour, alors qu'ils ne cessaient de gagner en altitude, le crépuscule tomba sans que les soldats s'arrêtent pour autant. Ils poursuivirent leur ascension dans l'obscurité, à la seule lueur des étoiles. Enfin, ils aperçurent des lumières, et les sabots de leurs chevaux résonnèrent sur de la pierre. Des murs se dressèrent devant eux. Pendant le trajet, Doon avait pensé qu'une fois leur prison atteinte Indaro et elle seraient placées dans la même cellule. Jamais elle n'aurait cru qu'elle serait mise à l'isolement. Cette solitude, plus que tout le reste, avait nourri son besoin de s'échapper.

Durant ses longues journées de captivité, elle avait attendu sa première séance d'interrogatoire, étendue sur son lit, les yeux au plafond, faisant mine de ne pas voir les petites femmes qui lui apportaient sa pitance quotidienne. Puis, un jour, elle décida d'agir. Un garde barbu de haute taille entra dans la pièce à la suite de la petite femme et lui fit signe de venir avec lui. Faisant comme si elle était fatiguée ou apathique, Doon tourna lentement ses jambes vers le bord du lit avant de décocher un coup de poing dans la mâchoire du grand soldat. Tandis qu'il s'effondrait, elle assomma la femme effrayée et saisit le couteau du garde, avec lequel elle l'éventra. Elle se précipita sur la porte et scruta les alentours, s'attendant à trouver d'autres gardes. Personne. Elle déshabilla rapidement le mort et enfila sa tenue, son lourd casque y compris. Elle savait qu'on la démasquerait d'un simple coup d'œil ou presque, mais la nuit tombait. Elle verrouilla la porte de sa cellule derrière elle et avança timidement vers l'entrée principale de la forteresse. Elle avait souvent regardé par la fenêtre et connaissait donc le chemin. Elle attendit ensuite dans l'ombre, surveillant les portes, guettant le bon moment, craignant à chaque instant que l'alerte ne soit donnée. Enfin, les battants s'ouvrirent pour laisser passer un convoi de charrettes transportant de la nourriture. Doon se contenta de traverser la cour d'un pas tranquille, puis franchit les portes. Elle n'avait presque jamais rien fait de si facile.

À présent, assise sur la falaise, observant la rivière en contrebas, elle savait ce qu'elle devait faire. Elle ne pouvait plus continuer à avancer vers l'ouest. La route était trop difficile. Elle ne trouvait pas assez de nourriture riche, et ses bottes arrivaient en bout de course. Sa seule chance était de rejoindre la rivière et de la longer. Si elle trouvait un bateau, elle verrait bien où le cours d'eau l'emmènerait.

Résolue, le cœur plus léger, elle se leva et commença à chercher un chemin pour descendre.

Chapitre 23

Durant les années qui suivirent, Shuskara ne parla jamais de leur première rencontre, à l'époque où Fell, enfant, s'appelait Arish, fils du Lion de l'Est récemment décédé. La deuxième entrevue entre le général et le garçon se passa de manière fort différente.

Arish et ses camarades furent conduits dans les cachots les plus profonds du Palais Rouge. Craignant le sort qui leur était réservé, ils redoutaient d'atteindre leur destination. Toutefois, après avoir suivi péniblement des lieues de tunnels en pente, Arish eut envie d'un moment de répit. Avec les émotions qu'ils avaient vécues ces derniers jours, leur course effrénée pour échapper, terrorisés, aux chiens, puis la joie, puis de nouveau la peur, les garçons – dont le plus âgé était à peine entré dans l'âge adulte et le plus jeune n'était encore qu'un enfant – se sentaient épuisés.

Le blondinet avançait en silence d'un pas chancelant quand il tomba brusquement, comme assommé. Immobile, il gisait dans une mare de saletés. Entravés par de lourdes chaînes, les garçons s'arrêtèrent un à un, se percutant les uns les autres. L'un des gardes décocha un coup de pied à l'enfant, qui ne cilla pas. Les jeunes prisonniers échangèrent des regards pendant un long moment, puis Sami finit par dire à contrecœur :

— Je vais le porter.

La manœuvre se révéla difficile avec les fers qui lui enserraient la taille et les poignets, mais il réussit à prendre le petit dans ses bras, sous l'œil indifférent des gardes. Tous se remirent en route d'un pas traînant à cause des chaînes raccourcies.

Enfin, les garçons furent rassemblés dans une cellule et laissés là, toujours enchaînés les uns aux autres. Ils étaient très à l'étroit. Malgré l'obscurité intense, ils découvrirent une rigole qui courait le long de l'un des murs, d'un bout à l'autre de la cellule, où s'écoulait une eau âcre. La minuscule pièce puait l'humidité, les excréments, la peur, et l'odeur douceâtre des corps en décomposition. Une fois, on ouvrit la porte pour leur donner une cruche d'eau. Les prisonniers durent s'en contenter trois jours durant.

Alors qu'il ne faisait plus aucun doute qu'on les avait abandonnés pour les laisser mourir, le battant s'ouvrit. Dans la lumière aveuglante des torches, quelqu'un demanda :

— Qui est votre chef ?

Comme tous craignaient le sort qui pouvait être réservé à un chef, ils se turent.

— On se dépêche ! tonna la voix. Sinon je prends le premier qui me tombe sous la main !

— C'est moi, annonça Arish en s'avançant.

Personne ne le contredit.

Le chemin qui montait était plus court que celui qui descendait, mais il comprenait de nombreuses marches de pierre. Torturé par la faim et la soif, Arish progressait dans un brouillard de douleur et de détresse. Il se demanda si on le tuerait ce jour-là. Cette pensée n'était pas désagréable.

On l'amena dans une petite salle carrée où la puanteur des égouts était partiellement masquée par la fumée des torches et le parfum des herbes écrasées sous les pas. Les murs avaient été chaulés récemment, car l'odeur était encore perceptible. Une table en bois et deux chaises meublaient les lieux. Un homme, assis, attendait. Quand Arish entra, il leva les yeux et déclara d'un ton satisfait :

— J'étais sûr que ce serait toi, mon garçon.

Arish se sentit tellement soulagé que ses jambes faillirent céder sous lui. C'était Shuskara, son ami et le héros de son enfance, désormais le plus grand général de la Cité. Cet homme n'allait pas le faire torturer à mort pour avoir tué des chiens.

— Assieds-toi, ordonna le général.

Arish se laissa choir avec reconnaissance sur le siège de bois. Shuskara le contempla.

— As-tu eu à manger ? s'enquit-il.

Arish fit « non » de la tête.

— Qu'on apporte de l'eau et de la nourriture, dit le général à un garde, qui le salua sommairement avant de s'éclipser.

Shuskara attendit que le garçon ait bu à loisir, et avalé la viande et le pain qui lui avaient été servis. De temps à autre, il se levait pour arpenter la pièce. La nourriture fit son effet, et Arish sentit qu'il recouvrait ses esprits. Il remarqua que le général avait les cheveux plus gris et le visage davantage marqué par les soucis que lors de leur dernière entrevue. En civil, il avait revêtu une confortable chemise souple et un pantalon dans les tons gris. Le vieil homme musclé aurait pu passer pour un fermier ou un forgeron.

Enfin, Shuskara se rassit. Il parla d'une voix rauque, résultat d'une sorte d'émotion contenue.

— Je t'ai sauvé la vie quand tu étais enfant, déclara-t-il sans ambages. (Arish acquiesça et ouvrit la bouche pour le remercier, mais le général l'interrompit.) Mais cette fois j'ignore si je vais pouvoir le faire.

Arish fronça les sourcils. Il ne comprenait pas. Shuskara était le général le plus estimé du pays. Il avait tous les pouvoirs, non ? Il pouvait sauver la vie d'un homme comme le condamner.

— Ce n'étaient que des chiens, marmonna-t-il, conscient de son ton maussade.

— Non, mon garçon. C'étaient les chiens de l'empereur.

— Mais comment pouvait-on le savoir ?

— Vous étiez sur les terres de l'empereur. Par conséquent, c'étaient les chiens de l'empereur.

Arish s'apprêtait à riposter, mais son bon sens reprit le dessus. Il n'avait pas atteint sa majorité sans retenir quelques règles sur le fonctionnement de la Cité. Ces chiens étaient ceux de l'empereur parce qu'il en avait décidé ainsi. Point final.

— Allez-vous prendre notre défense ? demanda-t-il à son ami.

Shuskara baissa la tête. Un poids énorme pesait sans doute sur ses épaules.

— Non, répondit le général. Tu dois comprendre que prendre votre défense, c'est s'opposer à l'empereur – un acte puni de mort. La seule personne qui puisse plaider en votre faveur est un avocat, qui bénéficie de l'immunité et ne peut être accusé de trahison dans le cadre d'un procès. (Il secoua la tête.) Enfin… en théorie.

— Connaissez-vous ce genre d'avocat ?

Au lieu de répondre, le général s'enquit :

— Mon garçon, tu ne te demandes pas pourquoi je t'ai aidé lorsque tu étais enfant, et pourquoi j'essaie de le faire aujourd'hui ?

En réalité, Arish ne s'était jamais posé la question. Enfant, il était trop jeune pour s'interroger sur les motivations des uns et des autres. À présent, il était trop effrayé et trop malheureux pour se demander pourquoi un grand guerrier comme Shuskara se mêlerait à cet enfer pour lui porter secours. La honte l'envahit.

— Pourquoi, monsieur ? s'enquit-il d'un ton humble.

— Parce que je dois une vie à ton père.

— Je ne l'ai pas connu.

— Si, Arish. C'est juste que tu l'as oublié.

— Il m'a envoyé comme otage dans une cité étrangère. J'étais un esclave, à quatre ans. Je me suis efforcé de l'oublier.

Shuskara haussa les épaules.

— C'était la tradition, à l'époque, quand il régnait encore un semblant de paix entre la Cité et certains de ses voisins. Les rois tributaires envoyaient leurs fils à la cour de l'empereur pour y être instruits et formés aux arts de la guerre.

— On nous appelait des « invités », mais en réalité nous étions des otages, insista Arish avec amertume.

— Oui, des otages qui garantissaient la bonne conduite des rois. Pourtant, ton père s'est rebellé, et tu es toujours de ce monde. Comme les autres, d'ailleurs. Vous êtes les derniers. Tous vos pères sont morts, la plupart sous les épées des guerriers de la Cité. Cependant, l'empereur ne vous a pas fait exécuter. Vous ne vous êtes jamais demandé pourquoi, tous les six, au cours de vos discussions nocturnes ?

— C'est peut-être le but de ce procès.

Shuskara parut ennuyé.

— Ne dis pas de bêtises, mon garçon ! Tu es plus intelligent que ça. Si l'empereur décidait de vous faire tuer, vous seriez exécutés sur-le-champ. Il n'a pas besoin de raisons pour cela.

— Alors pourquoi ?

Le général se pencha vers lui, les coudes sur la table.

— Je l'ignore. L'Immortel ne se confie pas à moi. Toutefois, je le crois partagé. Il vous voit comme une menace potentielle, pourtant il regrette encore l'époque où le monde lui était redevable et lui envoyait ses fils à éduquer, quand sa cour était le centre de la culture et du commerce. (Il secoua la tête.) Je n'ai pas connu ça. Mais vous représentez les derniers vestiges d'un temps où les ténèbres n'étaient pas encore tombées sur la Cité – avant qu'elle ne se dresse seule contre le reste du monde.

— Dans ce cas, il devrait nous traiter avec les honneurs.

— Peut-être a-t-il des projets pour vous six.

— Nous étions huit. Deux ont été déchiquetés par les chiens. Vous parlez d'un projet !

Shuskara se carra dans son siège et soupira d'un air las.

— Peut-être veut-il seulement vous voir morts.

— Peut-être a-t-il perdu la raison, murmura Arish.

— Ne dis jamais ça, mon garçon, même devant tes amis.

Ils restèrent assis un moment en silence. Shuskara ordonna qu'on apporte plus d'eau et du vin. Il en proposa au garçon, qui n'en avait jamais goûté et déclina son offre.

— Comment avez-vous connu mon père ? finit par demander Arish.

— J'ai été élevé à sa cour.

— Vous êtes l'un de mes compatriotes ?

Le général sourit.

— Non. Mon père était mercenaire. Il était originaire de la Cité, mais il proposait ses services au plus offrant un peu partout dans le monde. À l'époque, il bénéficiait d'une certaine notoriété – même si je doute que son nom évoque quelque chose à qui que ce soit aujourd'hui. Il s'appelait Adrakian. À un moment donné, il eut besoin de mettre sa femme et ses enfants à l'abri. Ton grand-père, qui était alors Lion de l'Est, lui proposa sa protection en échange de ses services. J'ai vécu au Palais du Lion pendant dix ans.

— Et qu'est-il arrivé à Adrakian ?

Le général soupira.

— Rares sont les mercenaires qui atteignent un âge avancé. Il a été tué dans une embuscade alors qu'il escortait un convoi de soieries destinées aux chambres du palais. Du gâteau pour les agresseurs – de banals criminels. Adrakian a reçu un coup de gourdin sur la tempe. Il est mort six mois plus tard, baveux et paralysé.

— Ce n'est pas une fin pour un soldat, répondit Arish avec solennité.

Il profita du silence pour demander :

— Et pourquoi devez-vous une vie à mon père ?

Dès qu'on l'emmenait voir Mason, Fell mettait un point d'honneur à ne pas parler d'Arish et à ne pas réagir à la mention de ce nom. Il savait que son ancienne vie avait un rapport avec son emprisonnement, mais, s'il jouait les indifférents, on ne pourrait utiliser son passé pour faire pression sur lui.

Saluant Mason d'un signe de tête, Fell s'assit sur son siège habituel, prit le verre de vin qu'on lui proposa, et demanda d'un ton affable :

— Alors, quel est le sujet du jour ?

Mason scruta le plafond comme s'il n'y avait pas songé avant.

— Ton allégeance particulière à l'empereur et à la Cité, finit-il par annoncer, malgré tout ce qu'elle t'a fait subir.

— Je suis le fils loyal de la Cité, répéta Fell comme il l'avait déjà fait une dizaine de fois.

— Pourtant, tu n'en es pas originaire. (Fell acquiesça.) Il me semble, Fell, que tu en veux davantage à ton père de t'avoir envoyé dans la Cité que tu ne blâmes l'empereur pour l'avoir assassiné.

Fell haussa les épaules. Il s'en moquait sincèrement.

— La rancœur que tu as éprouvée très tôt, reprit Mason, tes émotions d'enfant, restent plus puissantes que celles de l'homme que tu es aujourd'hui.

Fell contempla le plafond.

— Je ne suis pas tellement porté sur l'introspection, répliqua-t-il. Tu auras beau essayer de pénétrer mon esprit, ça ne m'intéresse pas. Ne te fatigue pas. Je n'ai rien à cacher. Si tu veux en apprendre sur moi, il suffit de le demander.

— Je sais déjà tout de toi.

Ça m'étonnerait, songea Fell, mais il rétorqua :

— Dans ce cas, tu sais que je suis soldat. J'ai passé ma vie au service de la Cité. Je suis son fils loyal. Toutefois, si je voulais organiser une rébellion – si c'est ce que tu espères de moi –, je ne le pourrais pas. Je n'ai plus d'armée ; ma compagnie a été décimée, hormis quatre personnes. Je serais aussi incapable de mener une armée contre l'empereur que le serait un mendiant dans les rues de Lindo.

Mason hocha la tête d'un air songeur.

— Tu as raison. Mais tu te méprends. Un seul homme sur cette terre peut retourner les armées contre Araeon – et ce n'est pas toi, Fell.

Fell demeura silencieux, attendant la suite.

— Un soldat de génie, charismatique – un général que tous les guerriers de la Cité suivraient les yeux fermés s'il le leur demandait. Un homme qui, je crois, se réjouirait de la mort de l'empereur pour tous les actes injustes qu'il a commis à son encontre, et à l'encontre du peuple de la Cité.

Fell secoua la tête.

— Si tu veux parler de Shuskara, il est mort.

— Non.

— Il est vivant ?

Pour la première fois, Fell eut envie de croire son interlocuteur.

— Mes agents l'ont vu. Il en veut énormément à l'empereur. Avec quelques hommes capables à ses côtés, il pourrait mener une rébellion qui viendrait à bout d'Araeon et des Familles au pouvoir.

— Dans ce cas, il n'a pas besoin de moi.

— Mais il a du mal à accorder sa confiance, de toute évidence.

Fell se sentit d'humeur de plus en plus sarcastique.

— Il ne fait pas confiance aux comploteurs ennemis qui conspirent contre l'empereur ? Incroyable !

Mason esquissa un sourire.

— Il n'a confiance qu'en sa fille – et en toi.

— Il n'a pas de fille.

— Quand l'as-tu vu pour la dernière fois ?

Fell n'eut pas besoin d'y réfléchir.

— Il y a quinze ans, à la bataille des Champs Trassic. Nous avons écrasé les Bleus, une armée de Buldekki financée par les Odrysiens.

— Après quoi, alors que tu avais passé dix ans à ses côtés, Shuskara t'a relevé de ta fonction d'auxiliaire.

Un souvenir encore cuisant pour Fell.

— En effet.

— On t'a nommé à la tête de la compagnie désormais appelée « les Loups de l'Enfer ». Shuskara a affirmé qu'il te considérait comme un fils, et qu'il était temps que tu poursuives ta propre carrière, qu'un jour tu serais général.

Comment diable peut-il savoir tout cela ? se demanda Fell. Personne n'avait entendu leur conversation.

Mason sourit.

— Ce n'est pas difficile à deviner, avoua-t-il, surtout que les soldats sont de vraies commères. Tout le monde savait que Shuskara et Fell Aron Lee étaient comme père et fils. Tout le monde savait qu'il voulait te garder à ses côtés, mais que tu devais suivre ta propre voie. Il voyait en toi un futur général ? C'était l'avis de tous. À l'époque. Ce que je veux dire, Fell, c'est que beaucoup de sang a coulé depuis la dernière fois que tu l'as vu. Le général a été mis à l'épreuve, torturé, emprisonné. Toute sa famille a été massacrée. Aujourd'hui, il mène une vie tranquille sous une autre identité, en évitant d'attirer l'attention de l'empereur. Sa fille est une enfant adoptée. Cependant, Shuskara te fait confiance. Il a ses raisons de vouloir la chute de l'empereur.

— Tu lui as parlé ?

— Non. Ces temps-ci, il est impossible pour un civil de pénétrer dans la Cité. C'est un lieu redouté, dont on se méfie. Cela dit, les messages y entrent et en sortent – difficilement.

Fell se leva pour étirer son dos et ses épaules, puis arpenta la petite pièce. Pourquoi devrait-il croire cet homme ? Et pourquoi pas ? Malgré lui, cela l'intriguait. Il marcha derrière Mason qui, toujours détendu, ne se retourna pas pour lui faire face.

— Que je comprenne bien, déclara Fell. Tu veux que je regagne la Cité, que je trouve Shuskara, et que je lui dise que nous devrions retourner les armées pour prendre la Cité et tuer l'empereur... parce que c'est ce que souhaite notre ennemi. Je me trompe ? Est-ce bien cela ton plan ?

Il éclata de rire, sentant ses épaules se décontracter.

— Tu as fait le serment, autrefois, de tuer l'empereur.

— Je n'étais qu'un enfant.

— Tu avais treize ans, presque l'âge adulte, et tu venais d'assister à la mort affreuse de l'un de tes amis.

Fell sentit la marque sur sa poitrine le démanger. Il résista à l'envie de la toucher.

— Vous étiez cinq, et vous avez tous enduré la brûlure de la marque, même le plus jeune, parce que vous étiez persuadés que l'empereur incarnait le mal, et qu'il devait mourir. Tes convictions sont-elles moins profondes aujourd'hui ? (Il n'attendit pas que Fell réagisse.) Bien sûr que oui. Avec l'âge, nous faisons tous des compromis. Tu as oublié ton serment, et repris le cours de ta vie. Il faut dire que tu as été privilégié en devenant l'auxiliaire de Shuskara, l'ami de l'homme le plus estimé de tout le pays. Pourquoi honorer une promesse d'enfant alors que tu avais tant à perdre ?

Fell se rassit sans rien dire.

— Crois-tu qu'ils ont tous oublié, Fell ?

— Apparemment, car trente ans se sont écoulés depuis et l'Immortel vit toujours.

Il regarda Mason dans les yeux et crut y déceler du mépris, mais il se rappela que l'homme tentait de le manipuler.

— Voudrais-tu savoir ce qu'ils sont devenus ? Ranul, Evan, Riis et Parr ?

— Non, pas vraiment, répliqua Fell. Je voudrais retourner à ma cellule. Tu te trompes si tu penses que toi et moi pouvons nous rendre mutuellement service.

— Fell.

Le mur de plâtre était autrefois peint en blanc. Avec l'humidité, presque toute la peinture avait cloqué et pelait, laissant le mur désormais gris foncé couvert de plaques lépreuses plus claires. Fell avait observé ce pan de mur quotidiennement depuis cent jours. Il connaissait par cœur ses îles, ses océans et ses pelures de peinture mobiles – mieux que son propre visage.

Cela représentait pour lui un havre de paix, un endroit pour oublier les bruits et les odeurs des deux hommes qui partageaient sa cellule. Il scrutait la carte du mur et, en esprit, revivait les moments de gloire passés, les batailles remportées, les femmes étreintes, les amitiés éternelles.

— Fell !

Ils ne l'appelaient plus « monsieur ». Était-ce lui qui les y avait autorisés ? Il ne s'en souvenait plus. Ils avaient tant parlé. Durant leurs premières semaines de captivité, ils s'ennuyaient tellement qu'ils avaient parlé sans discontinuer. C'était aussi pour distraire Stalker de la souffrance que lui causait sa cheville brisée. Au début, ils avaient évoqué les batailles auxquelles ils avaient participé, leur famille, leur région natale et les femmes qu'ils avaient connues. Garret, puis Stalker avaient ensuite commencé à confier leurs peurs et leurs espoirs, ainsi que les projets habituels dont rêvaient la plupart des soldats : posséder une ferme et quelques chevaux, fonder une famille.

— *Fell !*

Il roula sur lui-même.

— Oui ?

La cellule pouvait à peine contenir leurs trois étroites paillasses. Chacune d'elles bordait un mur, laissant au centre un rectangle pour la porte, qui s'ouvrait vers l'intérieur. Les trois hommes s'exerçaient tour à tour dans ce petit espace pour entretenir leurs muscles. Cependant, les lits n'étaient pas assez longs pour Fell et Stalker, et le plafond bas ne leur permettait pas de se tenir debout. Chaque fois que Fell sortait de sa cellule, il se réjouissait d'avoir l'occasion de marcher le dos droit, d'étirer ses épaules. Stalker et Garret n'avaient pas quitté la cellule depuis des semaines. Stalker surtout avait du mal à supporter l'enfermement. Tant que sa cheville guérissait, il avait été confiné sur sa couche. À présent qu'il était capable de se déplacer, mais que la possibilité de le faire lui était refusée, les muscles de sa jambe convulsaient et se contractaient quand il essayait de trouver le sommeil. Il était sujet à d'horribles crampes, ses cris de douleur réveillant ses codétenus, la nuit. La torture qu'endurait Stalker les affectait tous, et Fell savait qu'il allait devoir agir.

Il avait tenté à deux reprises de s'évader. La première fois, on l'emmenait voir Mason. Il avait attendu qu'un garde soit suffisamment proche de lui pour pivoter sur ses talons et projeter son coude dans la gorge de l'homme. Ensuite, il s'était enfui vers le mur nord de la forteresse. Il avait fini cerné par les lames de six guerriers. Après cet épisode, avant d'être autorisé à quitter sa cellule, il devait tendre les mains à travers le guichet de la porte pour qu'on lui passe les chaînes. Néanmoins, malgré ses poignets entravés par-devant, il avait réussi à assommer deux gardes et à voler une épée avant de se terrer dans l'angle d'une petite cour extérieure. On mit deux jours à le retrouver, affaibli par la soif. Désormais, on lui attachait les mains dans le dos jusqu'à ce qu'il ait rejoint la pièce où Mason l'interrogeait. On lui mettait alors les fers aux pieds, liés à un anneau de métal fixé au sol, avant de lui libérer les mains. Il avait caressé l'idée de prendre Mason en otage et de réclamer une rançon, puis s'était ravisé en pensant que les gardes renfrognés se contenteraient d'abandonner l'homme à son sort.

Lorsqu'il regarda Stalker après avoir roulé sur lui-même, il crut que son compagnon s'apprêtait à se plaindre une énième fois de sa captivité.

— Quoi ? demanda-t-il d'un ton qui se voulait décourageant.

Mais il se fit surprendre.

— J'ai un plan d'évasion, annonça Stalker.

Fell se redressa.

— On t'écoute.

Garret s'assit à son tour, toujours plein de bonne volonté.

— Eh bien, dit Stalker en posant prudemment ses pieds au sol, la prochaine fois que tu verras ton copain Mason – pour boire un verre de vin avec lui. (Il s'interrompit pour bien marquer son propos. Fell hocha la tête avec impatience.) Demande-lui si on peut nous donner un plateau d'urquat, des jetons et des dés. Il ne pourra pas te le refuser.

— S'ils en ont ici. Pourquoi ? s'enquit Fell.

— Oh ! et aussi un chat crevé, ajouta Stalker.

Fell soupira, s'allongea de nouveau et ferma les yeux.

— Nous pourrons utiliser les os et les boyaux du chat pour en faire une fronde, poursuivit Stalker sans la moindre trace d'humour, et tuer les gardes en leur jetant les dés. Ensuite, nous utiliserons la planche pour nous fabriquer des ailes, et l'un de nous pourra s'envoler d'ici et revenir avec une armée pour délivrer les autres.

Fell contracta les muscles de son visage pour afficher un sourire jaune, mais Garret prit aussitôt sa défense :

— Ne crois-tu pas que Fell nous aurait déjà sortis de là si c'était possible ?

Stalker lui jeta un regard mauvais. Fell se sentait énervé lui aussi. Au fil des mois, il était difficile de dire qui, de Stalker et ses ronchonnements constants ou de Garret et son éternelle bonne humeur, était le plus pénible. Il se retourna pour se perdre à nouveau dans la contemplation de son mur, mais Stalker insista.

— Mason t'a donné une chance, bon sang ! dit-il au dos de Fell. Il attend quelque chose de toi. Ça veut dire que tu as un moyen de pression.

Fell se rassit. Contrôlant sa colère, il demanda calmement :

— Aurais-tu perdu la tête ? En supposant que j'accepte son plan et que je le convainque qu'il m'a persuadé de tuer l'empereur, et qu'il me laisse rentrer à la Cité, crois-tu qu'il vous libérera aussi ? Pourquoi le ferait-il ? Il vous garderait comme otages pour garantir ma bonne conduite. Si je retourne dans la Cité et qu'il voie que l'empereur n'a pas été assassiné, alors il vous tuera sur-le-champ, et les femmes avec vous.

Stalker haussa les épaules.

— Au moins, on dégagerait de cette foutue cellule.

Chapitre 24

Quand les dieux débarquèrent pour la première fois sur ces terres, alors que les étoiles étaient encore jeunes et que le monde venait de naître, ils quittèrent leurs navires dans le grand port et gravirent la colline. Comme de coutume, ils attrapèrent une proie – un homme – et la firent rôtir vivante jusqu'à ce que ses cris cessent. Ensuite, ils se la partagèrent et se régalèrent. Reconnaissant l'excellente qualité de la viande et la fertilité des lieux, ils décidèrent de s'installer.

Au début, les habitants du pays les craignaient – il y avait de quoi – et les fuyaient. Mais, avec le temps, ils découvrirent qu'ils avaient beaucoup à apprendre d'eux, et qu'ils pouvaient tirer profit de leur enseignement. On leur apprit donc à tendre des pièges aux bêtes sauvages, à élever et à domestiquer les animaux plus faibles, à cultiver la terre et à élaborer du vin et de la bière. On leur enseigna également les merveilles des mathématiques, les plaisirs de la philosophie, et la beauté de l'art. Ils surent aussi comment faire la guerre à leurs voisins de manière plus efficace.

Les gens finirent donc par vénérer leurs dieux, et tout le monde s'en félicitait.

Des lustres s'écoulèrent. La Cité fut érigée, puis chuta et se releva.

À mesure que les gens apprenaient à se comporter davantage comme les dieux, certains dieux devinrent plus humains, à tel point qu'ils oublièrent leur divinité et se reproduisirent avec des hommes et des femmes de la Cité. Leurs descendants n'étaient pas immortels, mais ils vivaient très longtemps et, pour renforcer ce don, ne se reproduisaient qu'entre eux. Certains parmi eux commencèrent à se faire appeler « dieux ». Pour les punir de leur arrogance, les vraies divinités les tuèrent. Les autres restèrent arrogants, mais ne dévoilèrent pas le fond de leur pensée.

Au fil du temps, la dévotion du peuple pour ses déités s'amenuisa. Certains déclarèrent même qu'elles n'existaient pas. Ils furent exécutés et mangés sur-le-champ. Toutefois, le monde était un endroit très cruel, et les non-croyants affirmèrent qu'il s'agissait d'une pure coïncidence. De moins en moins de gens crurent en eux et les temples tombèrent en ruine. L'un après l'autre, les dieux regagnèrent leurs navires et quittèrent cette terre pour trouver un autre endroit où ils seraient honorés, adorés et craints.

Les seules divinités qui refusèrent de partir furent celles qui étaient trop vieilles et trop fatiguées pour reprendre leur route – car même les dieux vieillissent, si on leur en laisse le temps –, ou celles qui adoraient les gens de la Cité, ou trouvaient un bénéfice à rester. C'étaient les dieux les plus faibles, dont les noms et même l'existence ont été oubliés au cours des siècles.

Leurs descendants, qui, alliés, se reproduisaient entre eux afin de renforcer leur lignée, formèrent sept Familles. Ces Familles dirigèrent la Cité pendant mille ans. En vivant très longtemps, il était possible d'accumuler un important pouvoir, d'engendrer de nombreux enfants pour cultiver sa suprématie, et même parfois d'acquérir la sagesse.

Des sept Familles, deux s'éteignirent il y a plusieurs siècles : les Kerr et les Broglanh.

— Pourtant, je connais des gens qui s'appellent Kerr, intervint Arish, coupant Shuskara dans son récit. (Tous deux étaient assis dans la pièce chaulée, au-dessus des cachots du palais.) Il y a Flavius Randell Kerr, votre ami.

— Flavius n'est pas mon ami, répliqua Shuskara. Mais, en effet, il existe de nombreux Kerr, y compris Reeve Kerr Guillaume, autrefois l'un des conseillers les plus proches de l'empereur. Mais ce sont de lointains rejetons sur l'arbre généalogique des Kerr, et ils prennent soin de ne pas clamer leur appartenance à une Famille dirigeante. Les autres sont bien sûr les Sarkoy, les Guillaume, les Vincerii, les Gaeta et les Khan. Les plus puissants sont les Sarkoy, d'où vient l'empereur, et les Vincerii. Tu connais évidemment ces noms.

— Les pouvoirs sont répartis avec soin, répondit Arish avec impatience, désireux de montrer qu'il comprenait la politique de la Cité. Les Familles fournissent les armées de la Cité. Plus des deux tiers des forces armées sont approvisionnées par l'empereur et les Vincerii, dont la Maritime, armée des Sarkoy, et l'Adamantine, armée des Vincerii.

Shuskara acquiesça.

— Ce qui m'amène enfin où je voulais en venir, dit-il au garçon. Votre avocat appartient à la Famille Vincerus. Elle…

— « Elle » ? s'écria Arish. Une femme ? En quoi une femme peut-elle nous aider ?

Le visage de Shuskara s'assombrit. Sa voix se fit plus grave.

— Il me semble, mon garçon, que tu devrais te montrer reconnaissant que quelqu'un accepte de vous aider – peu importe qui. Rares sont ceux qui oseraient s'opposer à une décision de l'Immortel. Un avocat qui est aussi membre d'une des Familles a les meilleures chances de réussite. De plus, Archange est une femme fort avisée. Si elle accepte de vous défendre, ce que je ne peux promettre, vous devrez vous estimer extrêmement chanceux.

— Alors, vous allez plaider notre cause auprès d'elle ?

Shuskara hocha la tête.

— C'est pourquoi je suis là. Je dois la voir ce soir. Je te ferai parvenir un message. Je doute que nous ayons l'occasion de nous revoir. Notre relation me cause plus de tort que de bien.

Il se leva et frappa à la porte, qu'un garde ouvrit.

Réticent à l'idée de regagner sa cellule sordide, Arish se hâta de dire :

— Vous ne m'avez pas expliqué pourquoi vous deviez une vie à mon père.

Shuskara fronça les sourcils.

— Ma mémoire, répliqua-t-il d'un ton bougon.

D'un signe, il congédia le garde avant de se rasseoir.

Il resta silencieux un moment. Arish se demanda s'il avait déjà oublié la question quand enfin le général prit la parole :

— J'avais seize ans quand ton père, qui en avait dix-huit, est devenu le nouveau Lion de l'Est. Nous étions très proches – plus encore que des frères. J'ai pleuré la mort de ton père davantage que celle de mon propre père, un an plus tard. Depuis notre plus jeune âge, ton père me disait qu'une fois roi il me nommerait premier général. Je n'en ai jamais douté. C'était un garçon qui tenait toujours parole, et, devenu adulte, cela ne changea pas.

» Ton pays était sans cesse en guerre contre quelqu'un, poursuivit Shuskara. Plus tard, il s'opposa à la Cité, mais à l'époque ils étaient alliés, et l'ennemi principal du Lion était le Tanares. Ce pays n'existe plus, mais en ce temps-là il bordait la vallée du bas Arceton, appelée la Rivière Scintillante, à l'est, sur les contreforts des Montagnes de la Lune. Les escarmouches étaient constantes et la frontière bougeait tout le temps.

Les habitants de la vallée souffrirent durement, car les soldats du Lion les prenaient souvent pour des Tanaree, et les Tanaree croyaient qu'ils soutenaient le Lion.

» Il est courant de penser que, en temps de guerre, les morts et les horreurs qu'on endure sont les conséquences du conflit. Ainsi, quand des rapports arrivèrent au Palais du Lion, annonçant que les hommes, femmes et enfants de la vallée – de simples paysans – étaient crucifiés par centaines, nous avons condamné les Tanaree pour leurs pratiques barbares. Peut-être que, de leur côté, les Tanaree nous tenaient pour responsables, et un certain temps s'écoula avant que nos services de renseignement ne découvrent que ces atrocités avaient en réalité été commises par une bande de guerriers garians du Nord. Ces Garians croyaient – et peut-être est-ce encore le cas si l'un d'eux vit toujours aujourd'hui – que ceux qui ne partageaient pas leur religion devaient subir la torture et la mort. Plus la souffrance était raffinée, plus leurs dieux assoiffés de sang étaient honorés.

Arish le vit crisper les mâchoires. Son regard se durcit à mesure que le passé refaisait surface.

— On m'envoya dans la vallée avec une petite armée pour retrouver la trace de ces Garians. Tu sais, Arish, je suis soldat depuis plus de trente ans, et j'ai été témoin de morts atroces. Je les ai parfois infligées moi-même. Mais, à l'époque, je n'étais qu'un tout jeune homme, et ce que j'ai vu a marqué mon âme pour le restant de mes jours.

Il se leva et arpenta la pièce blanche. Arish vit qu'il s'appuyait surtout sur son genou droit. Le Fell plus âgé, aguerri, aurait remarqué les autres blessures du général, auxquelles il s'était adapté durant ses nombreuses années de service.

— Nous n'avons pas pourchassé les bandits garians, reprit-il, mais la présence de notre armée mit un terme aux tueries. À mon retour au Palais du Lion, j'étais plus mûr, plus sage, mais mon âme avait été souillée. La fin de l'été arriva. Les Garians avaient été éradiqués ou avaient pris la fuite. Au début de l'année suivante, nous avons appris que leur chef avait été capturé. Il s'appelait Markus Tesserian. Ce nom était celui de mon maître d'armes quand, enfant, je vivais en Odrysia. C'était un gigantesque barbu, un fervent Garian. Petit, je trouvais amusant de le voir vénérer ce qui, à mes yeux, ressemblait à des poupées. C'était un homme austère, dénué d'humour, mais un bon professeur qui nous traitait, les autres enfants et moi, avec une relative équité. J'avais beaucoup de mal à croire que le maître d'armes que j'avais connu avait pu infliger pareilles horreurs, mais je savais que le pire pouvait être commis au nom de la religion.

» Cela me préoccupa plusieurs jours durant – le temps nécessaire à nos troupes pour revenir au palais avec Tesserian. Enfin, quand notre armée victorieuse apparut, j'allai voir ton père et lui demandai d'épargner la vie du chef prisonnier. Avec le recul, je ne sais plus trop ce que j'avais derrière la tête. Ton père était entouré de ses vieux conseillers, sur lesquels il s'appuyait grandement, et d'une bande de jeunes lèche-bottes qui espéraient se faire une place dans son cercle intime. Je ne m'en souviens plus, mais je pensais sûrement leur montrer le pouvoir que j'exerçais sur le nouveau roi, l'influence que j'avais sur lui en tant qu'ami cher. Je ne sais plus.

» Ceux qui l'entouraient lui avaient déjà conseillé de tuer Tesserian de la même manière que celui-ci avait assassiné des innocents. Mais ton père m'écouta. Je lui dis que le prisonnier avait été un bon professeur pour moi, que tout ce dont j'étais capable avec une épée était dû à l'enseignement que j'avais reçu de lui, enfant. C'était de la fausse modestie. Je savais que je surpassais tout le monde au maniement de l'épée – ton père y compris.

» Ma requête rendit furieux les conseillers, qui clamèrent que l'homme devait mourir, mais ton père resta silencieux. Toutefois, son regard se fit plus froid. Enfin, il hocha la tête et dit : « Fort bien, Shuskara. Que devons-nous faire de lui, dans ce cas ? Le libérer ? »

» Je n'y avais pas vraiment songé. Je répondis : « On devrait le reconduire dans son bastion, avec la consigne de ne plus jamais franchir la Rivière Scintillante, sous peine d'être exécuté. »

» Ton père me jeta un regard dur. « Qu'il en soit ainsi, mon ami. » Ce fut la dernière fois qu'il m'appela ainsi. « Mais désormais tu me dois une vie. »

» Tu as sans doute deviné que celui qui fut conduit devant nous n'était pas mon vieux professeur mais son fils, qui portait le même nom que lui. Un homme qui vénérait les dieux du chaos ; un tueur qui se délectait de la souffrance d'autrui et ne connaissait pas le remords, la pitié ni la compassion. Il fut relâché et renvoyé chez lui, où il continua à torturer et à assassiner des innocents jusqu'à ce qu'il soit abattu par les soldats de Randell Kerr, un an plus tard.

» Le lendemain, je quittai le Palais du Lion pour ne jamais y revenir. Je pense qu'aujourd'hui ce n'est plus qu'un amas de ruines abandonnées.

Le procès des six garçons n'eut pas lieu dans la Grande Salle, ni dans la Cour de Justice, où la plupart des criminels comparaissaient pour une démonstration de justice impériale. Le lendemain de l'entretien entre Shuskara et Arish, les prisonniers furent tirés de leur sinistre cellule, rincés à l'eau glacée pour atténuer la puanteur qu'ils dégageaient, et nourris d'un peu de gruau liquide avant d'être de nouveau conduits dans le dédale des tunnels. Une fois dans la lumière, clignant des yeux, ils comprirent qu'ils se trouvaient dans le Cercle du Combat, un vieux cirque de pierre situé au sud de la Cité, où se tenaient jadis les spectacles de gladiateurs, désormais abandonné aux rats et aux fourmis rouges.

Il était encore tôt ce matin-là, et un soleil pâle éclairait à peine les murs croulants de l'arène. Les garçons furent laissés au milieu de l'étendue sableuse, toujours enchaînés les uns aux autres. Ils étaient à présent surveillés par des soldats et non plus des gardiens de prison. Arish demanda de l'eau, qu'on leur apporta. Puis il voulut de la nourriture. On leur distribua du bon pain frais, un peu de viande et des fruits. Ainsi, à midi, quand les spectateurs commencèrent à affluer, les garçons se sentirent plus forts qu'ils ne l'avaient été depuis des jours.

Arish ne leur avait pas avoué qu'une femme allait prendre leur défense. N'ayant pas reçu de message de Shuskara, il préférait éviter de donner de faux espoirs aux autres avec des nouvelles qui pouvaient se révéler fausses. Il leur avait seulement dit que le général cherchait un avocat.

Aussi, quand une femme s'avança sur le sable dans leur direction, ils se contentèrent de la regarder fixement. Même Arish ne se rendait pas bien compte de qui elle était : il connaissait mal les femmes en dehors des vieilles domestiques qui servaient leurs repas à la caserne et des catins maigrelettes qu'ils dévoraient des yeux au coin des rues. Celle-là était grande, plus que la plupart des hommes, et avait le port d'un général. Elle était vêtue d'une longue cape dans les tons bleus, et ses épais cheveux blancs avaient été tressés en une natte retombant sur son épaule. Malgré la blancheur de sa chevelure, son visage grave n'était pas marqué. Elle était d'une beauté à couper le souffle. Arish et les autres s'écartèrent légèrement à mesure qu'elle approchait : cette créature était pour eux aussi étrange que la panthère des neiges des Montagnes de la Lune ou que le phœnix tacheté des îles Wester.

Ne semblant rien remarquer, elle sourit et se présenta :

— Je m'appelle Archange Vincerus. Je suis votre avocate. C'est moi qui prendrai votre défense aujourd'hui. (Elle jaugea les garçons silencieux.) Vous devez me raconter exactement ce qui s'est passé pendant la fuite sauvage.

Au début, tous se lancèrent en même temps dans un récit qui devint un méli-mélo embrouillé et incohérent. Elle les écouta, ses yeux noirs rivés tantôt sur l'un, tantôt sur l'autre, jusqu'à ce que, d'un geste de la main, elle leur impose le silence. Elle désigna Sami.

— Toi, raconte-moi, ordonna-t-elle.

Sami fit un compte-rendu précis de leurs mésaventures, n'omettant rien. Elle lui prêta une oreille attentive, lui posa quelques questions et déclara :

— Vous n'aurez pas le droit de vous exprimer durant le procès. Avez-vous quelque chose à ajouter ou à me demander avant que ça ne commence ?

Le garçon le plus petit, Evan, intervint :

— Les chiens ont mangé mon frère.

Archange baissa les yeux vers lui un long moment.

— Comment t'appelles-tu ? s'enquit-elle avec douceur.

— Evan Quin, répondit l'enfant en balbutiant au moment de prononcer son deuxième prénom, comme s'il n'y était pas habitué. Mon grand frère s'appelait Conor. Les chiens l'ont tué et dévoré.

Ses yeux clairs s'emplirent de larmes. Il ajouta :

— C'étaient vraiment des méchants chiens.

Archange hocha la tête et leur demanda leurs noms, ainsi que ceux de leurs pères, observant chacun d'entre eux avec gravité et profondeur. Puis elle se retourna et traversa l'arène pour rejoindre la tribune impériale, où les nobles arrivaient en masse. Arish la vit s'entretenir avec quelqu'un et se rendit compte que c'était Shuskara. Il eut envie de lui faire signe pour attirer son attention, mais le général ne regardait pas vers eux. Il acquiesçait pendant qu'Archange parlait. Il avait l'air très triste. Arish sentit ses espoirs s'envoler.

L'empereur fut rejoint sur sa tribune dorée par deux hommes qui, avec lui, décideraient du sort des garçons. Arish apprit plus tard qu'il s'agissait de Goldinus Vara, riche propriétaire d'une flotte marchande, à qui l'on avait confié ce rôle distrayant au lieu de lui payer un contrat de transport impérial, et Bal Carissa, un ancien prophète et conseiller de longue date du roi, si sénile qu'il ne comprendrait probablement rien à ce qui allait se passer juste sous son nez. Arish plissa les yeux pour mieux distinguer l'empereur, mais ne vit qu'un homme blond et barbu.

L'air était chaud et sec. Le sable semblait en absorber toute l'humidité, et l'eau qu'ils avaient bue plusieurs heures auparavant n'était plus qu'un lointain souvenir. L'arène était une fournaise. Arish en fut étourdi, et quand enfin le procureur s'avança devant la foule impatiente, il dut se concentrer attentivement pour saisir le sens de ses paroles.

C'était un soldat portant un uniforme de général supérieur et une épée au côté. Arish sentit l'espoir renaître en lui. Un soldat comprendrait que tuer les chiens avait été une nécessité. Un soldat n'accepterait jamais de se laisser tuer sans se défendre, que son assaillant soit un homme ou un animal.

Mais ce fut avec une stupeur croissante que le garçon écouta les mots du général adressés à l'empereur :

— Mon seigneur, s'écria l'homme, vous m'avez accordé une immense faveur aujourd'hui. Rares sont ceux qui peuvent se targuer d'avoir la chance de parler au nom de l'empereur, car l'Immortel n'a besoin de personne pour le représenter. Sa parole est la loi, sa volonté la plus infime est un ordre, et chacun de ses commandements restera gravé dans la pierre pour l'éternité.

Arish entendit Sami pousser un petit soupir de découragement. Il tourna légèrement la tête vers lui. Ils échangèrent un regard.

— Mais, aujourd'hui, reprit le général, l'empereur a prouvé sa générosité, sa magnanimité, son impériale magnificence. Plutôt que de voir ces jeunes voyous exécutés, comme tout individu sain d'esprit sait qu'ils le méritent, il leur a accordé, dans sa grande clémence, un procès. Bien. (L'homme se mit à faire les cent pas tout en parlant.) L'affaire est simple. Ces garçons sont tous des étrangers, que nous avons généreusement recueillis. Des fils de rois renégats et de dirigeants ennemis, des traîtres potentiels au cœur même de notre Cité bien-aimée. Cependant, l'Immortel, dans toute sa… (l'homme lutta pour trouver un synonyme, en vain) toute sa… magnificence, répéta-t-il, les a abrités dans son palais et leur a fourni la meilleure des instructions, aussi bien dans l'art de la guerre que pour rétablir la paix. Ils étaient traités comme d'honorables invités. Même quand leurs pères trahirent l'empereur et prirent les armes contre lui, ces garçons furent autorisés à demeurer ici.

Le général se tint le menton, comme rassemblant des idées complexes.

— Vous le savez tous, il est de coutume de permettre à nos jeunes cadets de jouir d'une grande liberté. D'autres pays, d'autres cités, nous regardent probablement en se demandant pourquoi. Eh bien, parce que… (il s'interrompit et, dans un geste théâtral, leva une main) notre empereur, dans toute sa… sagesse, croit qu'une vie, un cœur donné librement à la Cité, est une vie qui en vaut la peine.

Il se tut, comme étonné de la splendeur de sa propre éloquence.

En dépit de la situation, Arish sentit l'hilarité monter en lui. Cet homme était manifestement un imbécile, et peut-être soûl avec ça. Les garçons n'auraient pas pu craindre pire adversaire.

L'idiot qui se pavanait parla au public de la fuite sauvage comme si cette journée avait été une fête. Repensant à ses acolytes courant entre les arbres, roulant dans les feuilles tels des chiots, Arish se dit que le procureur n'avait pas complètement tort.

— Puis, poursuivit le général, ces garçons se sont rendu compte qu'ils avaient faim. Ils avaient mangé avant de quitter le palais, mais les portions généreuses qui leur avaient été offertes ne leur suffirent pas. Ainsi, ils complotèrent pour tuer quelques-uns des chiens impériaux qui se promenaient en liberté dans les bois, afin de les manger.

Ranul devint écarlate – un volcan sur le point d'entrer en éruption. Arish lui chuchota avec autorité :

— Ferme-la, Ranul ! (Ce dernier lui lança un regard venimeux.) Cet imbécile peut bien dire ce qu'il veut. Notre avocate leur racontera ce qui s'est réellement passé. Laisse-la faire.

Ranul prit un air renfrogné mais resta silencieux.

Le général annonça aux spectateurs que trois chiens avaient été tués, et acheva son récit avec le retour triomphal des garçons, ivres de liberté et repus de viande de chien. Il s'inclina pour adresser un salut élaboré à l'empereur et aux juges, puis à dame

Archange qui s'était levée et s'avançait sur l'étendue de sable. Soudain, des railleries et des sifflets retentirent bruyamment. Arish se demanda s'ils étaient destinés à ce vieux paon de général ou à leur avocate.

La journée était chaude. Archange retira sa longue cape qu'elle plia proprement et posa sur le sable, près d'elle. Elle portait désormais une tunique droite bleu clair sur une robe blanche. Une chaîne d'argent entourait son cou et retombait sur sa poitrine. Elle paraissait aussi détendue que si elle s'était trouvée dans l'intimité de sa propre chambre.

Le chahut devint assourdissant. Les spectateurs, uniquement des hommes, satisfaits de voir leurs femmes et leurs filles mourir sur le champ de bataille, désapprouvaient le fait qu'une femme ose prendre la parole en public. Des récipients en argile et des galets furent jetés sur elle. Archange recula prestement pour éviter un couteau qui alla se planter dans le sable, à ses pieds. Arish vit que même certains soldats lui criaient des insultes.

La femme se redressa et attendit patiemment, les mains croisées. On aurait dit qu'elle pouvait rester ainsi des heures. Enfin, le bruit ambiant commença à s'éteindre. Archange balaya l'arène du regard.

Elle leva le menton.

— Les guerriers ! s'écria-t-elle, provoquant une nouvelle bordée d'insultes, mais qui ne tarda pas à cesser.

— Les guerriers, répéta-t-elle en baissant le ton.

Les derniers perturbateurs se turent, les autres leur demandant de faire silence pour écouter.

— Les guerriers sont entraînés pour défendre notre Cité, se défendre eux-mêmes, et enfin pour attaquer nos ennemis. C'est pourquoi nous leur donnons épées et boucliers. L'épée pour attaquer, le bouclier pour se défendre. Ils ne s'inclinent pas dans l'attente d'être tués. Les jeunes guerriers qui sont devant vous ont passé des années à s'entraîner pour défendre la Cité. Certains ont déjà combattu aux côtés de soldats aguerris. D'autres sont encore trop jeunes.

Elle désigna le petit Evan, et parla plus fort :

— Je vais reprendre les paroles de mon ami, le général Galada. Aujourd'hui, l'empereur m'a accordé une immense faveur à moi aussi. Il m'a autorisée à représenter ces guerriers. Il n'y a pas de plus grand honneur.

» C'est vrai, ces jeunes gens sont les fils de chefs et de rois étrangers. Ce sont les fils d'hommes qui autrefois étaient nos alliés. Ils sont venus ici en toute bonne foi pour apprendre les coutumes de la Cité, et défendre son honneur. Si, depuis, leurs pères se sont retournés contre la Cité et l'ont trahie, ce n'est pas leur faute. Le général Galada, ici présent, dit-elle en désignant le vieux soldat, est le fils d'un chef fkeni tué dans la Bataille d'Edyw. Pourtant, il a passé quarante ans au service de l'Immortel, avec honneur et intégrité. Personne ne lui reprocherait aujourd'hui d'être le fils d'un traître.

Le vieux procureur rougit violemment. Arish sourit. Quelques cris surgirent parmi les spectateurs, aux dépens du général.

— Venons-en aux chiens, poursuivit Archange. J'ai parlé aux chasseurs impériaux et aux forestiers, dont le travail consiste à patrouiller dans les bois où ces garçons furent envoyés pour leur fuite sauvage. Selon eux, les chiens errant dans cette partie de la Cité sont une vraie calamité. Des centaines de personnes – des enfants, pour la plupart – se font chaque année sauvagement massacrer, et chaque année la meute s'agrandit. Aucun des forestiers ne s'aventure dans les bois sans monture, de crainte de subir une attaque. Pourtant, ces six jeunes garçons y furent envoyés, à pied, sans avoir été prévenus, pour se livrer à un exercice d'entraînement.

» Ils ont été attaqués par une bonne dizaine de chiens sauvages affamés. Ils ne les ont pas tués pour leur viande. Comme le général l'a dit lui-même, les garçons avaient eu à manger récemment, et, même dans cette Cité, malgré la situation critique dans laquelle nous nous trouvons, nous ne donnons pas de viande de chien à nos soldats.

Des rires résonnèrent dans le public. Arish reprit espoir. Personne ne pouvait trouver à redire aux arguments de la femme.

— Ils se sont défendus, poursuivit-elle. Ils se sont défendus contre une attaque, comme ils ont été entraînés à le faire. Comme le ferait n'importe quel guerrier. (Elle fit volte-face.) Et vous, général, comment auriez-vous réagi ?

Le vieux militaire secoua la tête et marmonna quelques mots inintelligibles. Puis il éleva la voix à l'intention de la foule.

— Les chiens appartiennent à l'empereur ! s'écria-t-il. Les accusés ont enfreint les lois de la Cité. Même l'empereur n'y est pas autorisé.

Archange se tourna vers la tribune impériale.

— Nous ne parlons pas de chiots, général, ni des chiens fidèles qui accompagnent l'Immortel lors de ses parties de chasse, mais de bêtes sauvages qui errent sur le domaine impérial. Les lapins qui se promènent dans les prairies de la Cité sont piégés et tués par les citoyens, qui les mangent. De même, les ruisseaux et les rivières abondent en poissons. Nous n'intentons pas de procès aux chasseurs de lapins ni aux pêcheurs.

Certains membres du public crièrent leur approbation.

— Laissez-moi vous rappeler que ces chiens auraient présenté un danger similaire pour toute personne se trouvant sur leur chemin : un honnête travailleur, un voyageur innocent ou un enfant. Ces dernières années, l'empereur a organisé des parties de chasse pour traquer et abattre les chiens sauvages sur son domaine. Nous, citoyens de la Cité, devrions nous montrer reconnaissants envers ces jeunes soldats pour nous avoir libérés de quelques-uns d'entre eux.

Elle s'interrompit, puis reprit les arguments qu'elle voulait que la foule et les juges comprennent et retiennent.

— Nous devrions être reconnaissants envers ces soldats, comme nous le sommes envers nos braves troupes. Nous devrions les applaudir, et non leur faire subir un procès !

Archange s'inclina devant la tribune et se retira sous un tonnerre d'applaudissements.

Les six garçons attendirent pendant les délibérations de l'empereur et des deux juges. Arish plissa les yeux dans le soleil pour mieux les voir. L'Immortel ne paraissait guère loquace. C'était le marchand, Goldinus Vara, qui monopolisait la parole. D'après sa gestuelle, Arish comprit qu'il débattait avec l'empereur. Le vieux conseiller semblait dormir.

Arish sentit la peur lui nouer le ventre. Débat ou pas, il savait quel serait le verdict. Ils allaient tous mourir ici, sur cette étendue sableuse, devant une foule d'hommes joyeux qui s'en retourneraient ensuite auprès de leur femme et de leurs enfants, pour leur raconter qu'ils avaient assisté à l'exécution d'ennemis de la Cité. Sa vie allait se terminer ici. L'idée ne lui déplut pas. Il n'avait pas apprécié ce qu'elle lui avait offert jusque-là. Son existence n'avait été que brutalité, peur, manque et solitude. La terreur qui l'étreignait s'évanouit peu à peu. Il se calma. Il se prit à espérer que le mode d'exécution serait rapide. Sur l'un des côtés de la tribune impériale, il aperçut le bourreau de l'empereur, Galliard, au service de l'Immortel depuis des lustres, qui attendait le verdict, les mains posées sur le manche d'une énorme hache.

Arish observa ses camarades. Evan était appuyé contre Sami, qui avait passé un bras autour des épaules de l'enfant. Ces derniers jours, Arish avait découvert que Sami était au fond un gentil garçon, à présent que tous s'étaient débarrassés de leur forfanterie. Sami avait veillé sur Evan alors que les autres l'ignoraient, et c'était Sami qui s'assurait toujours que les maigres quantités d'eau et de nourriture qui leur étaient distribuées soient équitablement réparties entre eux.

Voyant qu'Arish l'observait, Sami lui adressa un sourire triste. Il tapota l'épaule d'Evan. Le petit garçon leva vers lui des yeux pleins de confiance. Arish se dit que personne ne l'avait jamais regardé ainsi. Il décida que, s'il survivait à ce jour, il deviendrait un homme digne de confiance.

Les murmures de la foule s'éteignirent quand le marchand Goldinus se leva et s'avança au bord de la tribune. D'un signe de la main, il exigea le silence.

— Les juges ont rendu leur verdict : les preuves sont là, annonça-t-il. Les six garçons ici présents sont déclarés coupables d'avoir tué des chiens impériaux, un acte puni de mort !

La foule, excitée, grogna son approbation. Les garçons poussèrent des soupirs terrifiés. Arish se sentit merveilleusement calme. C'était fini. Il n'y avait plus de décisions à prendre. Plus de luttes. Plus de craintes pour chaque nouveau jour. Il leva les yeux vers le ciel bleu et songea qu'il le voyait pour la dernière fois. Mais, plutôt que le regret, ce fut le soulagement qui le submergea.

Goldinus se tenait toujours debout. Après avoir laissé le public exprimer sa joie, il leva de nouveau la main pour faire le silence.

— Toutefois, l'empereur est magnanime, et, avant tout, juste, s'écria-t-il. Il reconnaît la valeur de certains arguments avancés par dame Archange. Par conséquent, dans sa grande générosité, il a décidé qu'un seul des garçons serait mis à mort, afin que la loi soit tout de même en partie respectée. Les autres auront la vie sauve. Libre à eux de décider qui sera le condamné. Ils auront jusqu'à ce que le soleil atteigne le sommet du Bouclier.

Un murmure de ressentiment parcourut la foule, mécontente de se voir privée du spectacle escompté. Les garçons se regardèrent, confus et choqués, puis se tournèrent vers le soleil couchant.

— Non, non…, bégaya Sami, ils ne peuvent pas nous laisser choisir. Ce n'est pas juste.

— Rien de tout ça n'est juste, répondit Arish.

Il s'interrogea sur sa propre réaction. Lorsqu'il les avait crus tous condamnés, il s'était senti soulagé, mais à présent qu'il existait une chance de survie – et une bonne chance – il n'avait pas envie de se porter volontaire pour mourir sous les coups de hache de Galliard. Il ouvrit la bouche, mais aucun son n'en sortit. Il entendit les garçons débattre, mais personne ne s'avança pour se désigner. Tous espéraient que quelqu'un d'autre le ferait.

— Nous devons tirer à la courte paille, proposa Sami. C'est la seule solution.

Il observa tour à tour les visages blêmes de chacun. À contrecœur, ils acceptèrent.

Arish déclara :

— Evan ne compte pas. Il n'y est pour rien.

— Personne n'y est pour quelque chose, marmonna Ranul.

Cependant, le petit garçon exigea d'un ton ferme :

— Moi aussi, je veux tirer à la courte paille.

— Tu comprends ce que ça veut dire ? lui demanda Arish.

— Laisse-le faire, si ça lui chante, répliqua Ranul.

Arish le considéra d'un œil froid. Toutefois, l'enfant hocha la tête : il était assez grand pour savoir ce qu'il faisait.

Riis déchira la manche de sa tunique et la sépara en six lambeaux. Il les donna à Ranul qui, le dos tourné, raccourcit l'une des bandes et les cacha toutes dans son gros poing, ne laissant dépasser que les extrémités. Arish jeta un coup d'œil vers le soleil qui baissait vers la montagne.

— C'est presque l'heure, dit-il, la peur au ventre.

— Prêts ? demanda Ranul en se retournant.

Arish remarqua qu'il avait le teint gris et battait rapidement des paupières.

Evan passa le premier et tira une longue bande. Puis ce fut au tour d'Arish, de Riis et de son frère Parr, qui tous tombèrent sur de grands lambeaux. Il ne restait plus que Sami qui dut choisir entre les deux derniers. Il regarda Ranul, puis tira sur l'une des bandes. C'était la plus courte.

Ranul poussa un soupir de soulagement. Le reste du groupe dévisagea Sami sans savoir quoi dire. Arish lui toucha l'épaule dans un geste amical, bientôt imité par les autres. Sami salua chacun d'un signe de tête. Puis il s'avança. La foule l'acclama. Galliard traversa l'étendue de sable, accompagné de deux soldats qui saisirent Sami par les bras.

Le silence s'abattit une fois de plus sur les spectateurs tandis que le marchand Goldinus se levait pour reprendre la parole. Sa voix était plus ténue, plus lointaine à présent, et Arish eut l'impression que l'homme paraissait plus petit. Il fronça les sourcils. La peur l'étreignait de nouveau.

Goldinus s'écria :

— Dans sa grande sagesse, l'empereur a décrété que le condamné subirait le châtiment des dieux de l'ancien temps : il sera mis à rôtir jusqu'à ce que mort s'ensuive.

Dans le silence perplexe qui suivit cette déclaration, Arish entendit un hurlement inhumain. Il vit Sami se débattre entre les mains de ses gardes. Le garçon se retourna et regarda ses amis, paniqué, la bouche ouverte, le visage déformé par la terreur.

Une explosion de joie et d'acclamations secoua la foule.

Chapitre 25

Fell Aron Lee était un homme patient, une qualité acquise avec l'entraînement et la nécessité. La vie de soldat se résumait à d'interminables journées d'un ennui abyssal, ponctuées de moments de terreur pure. Fell avait appris à exploiter ces longues périodes d'inactivité, qui parfois duraient des semaines, voire des mois. Dans sa jeunesse, il avait découvert qu'en fermant les yeux et en faisant le vide dans son esprit il pouvait se réfugier dans le calme, les bruits et le spectacle ambiants ne l'atteignant plus. Il lui fallut s'exercer énormément pour arriver à ce résultat, car il était facile de se laisser distraire par un éclat de rire, une conversation sonore, des démangeaisons sous les vêtements, ou encore les fantasmes agréables que tout jeune homme nourrit. Mais il avait eu tout le temps de s'entraîner.

À présent, Fell était soldat depuis plus de trente ans. L'état de calme ne lui venait toujours pas naturellement, surtout dans une étroite cellule partagée avec deux autres prisonniers, mais il finissait par y parvenir, et s'en trouvait parfois récompensé par une révélation.

Après des semaines de captivité, il s'était rendu compte qu'il ne voulait plus être soldat. Il avait passé sa vie à tuer d'autres hommes, des femmes, et même quelques enfants. Il rencontrait rarement des gens qui n'étaient pas militaires, ou au service de militaires. Toutefois, Mason n'était pas soldat – du moins pas en activité. Fell appréciait leurs échanges plus qu'il n'aurait su le dire : ceux-ci portaient sur le monde, la religion et l'histoire, l'astronomie, la musique, l'agriculture et l'élevage des animaux. Instruit, Mason possédait des connaissances dans de nombreux domaines. Fell n'avait jamais lu un seul livre, mais avait passé ses années de service à écouter les conversations des autres, qui pour beaucoup avaient été, dans d'autres vies, fermiers, forgerons, intellectuels, ou destinés à la prêtrise, avant que la guerre ne les engloutisse. Il s'étonnait de la quantité d'informations qu'il avait retenue. Chaque jour, il avait hâte de retrouver Mason. Après quoi, de retour dans sa cellule, il réfléchissait à leurs discussions.

Ce fut donc un choc lorsqu'il comprit qu'il préférait cette vie-là plutôt que celle du champ de bataille, mais c'était la vérité – ce qui l'amena à se demander à quel point son ancienne vie avait été pauvre pour en arriver là. Une fois de retour dans la Cité, il résolut de laisser aux autres le soin de faire la guerre. Il ignorait totalement à quoi il occuperait les années qu'il lui restait, mais espérait qu'Indaro en ferait partie.

Il avait connu de nombreuses femmes, des catins les plus crasseuses qui accompagnaient les troupes aux dames riches et oisives, en passant par – une fois seulement – la fille d'un général. Une délicieuse expérience. Il ne s'était attaché à aucune d'elles. Elles ne représentaient qu'une ressource à ses yeux. Il utilisait leur corps comme il utilisait les femmes soldats qu'il envoyait quotidiennement à la mort. Il ne les méprisait pas, au contraire de beaucoup d'hommes. Il en avait apprécié quelques-unes, de même que nombre d'entre elles avaient provoqué chez lui une certaine aversion. Il n'observait qu'une seule règle – son « éthique », comme dirait Mason, même si pour Fell ce n'était que du bon sens, comme garder son épée toujours affûtée, ou dormir dès que l'occasion se présentait. Il s'interdisait de coucher avec les femmes soldats de sa compagnie. Ainsi, il avait discrètement dévoré Indaro des yeux. Son regard s'attardait sur ses longues cuisses, la courbe de sa hanche. Il brûlait pour elle – mais en gardant ses distances. Pourtant, dès qu'ils se parlaient, il était frappé par son arrogance glacée, son esprit de contradiction, son incapacité à ne pas répondre. Il la quittait toujours frustré, aussi bien physiquement que mentalement.

La frustration l'habitait souvent pendant sa captivité. Indaro s'immisçait sans cesse dans ses pensées, avec autant de prétention que dans la vraie vie. L'idée qu'elle puisse occuper la cellule voisine, séparée de lui seulement par un mur de pierre, était à la fois perturbante et attrayante.

Le baiser qu'elle lui avait donné juste avant leur capture avait été froid et indifférent. Il ne savait pas du tout ce qu'il signifiait. Une fois qu'ils seraient libérés de cette forteresse, il veillerait à le découvrir.

Mais il devait d'abord s'évader. Hors de ces murs, il trouverait un endroit où se terrer, en attendant que l'ennemi abandonne les recherches, pensant que le prisonnier aurait fui vers la lointaine Cité. Fell trouverait alors le moyen de retourner à l'intérieur pour libérer les autres hommes, ainsi que Doon et Indaro.

Il patientait donc, dans l'attente du bon moment. Il savait que ses gardes finiraient par relâcher leur vigilance. Plus de deux mois s'étaient écoulés depuis sa dernière tentative. Pendant ce temps, il avait joué le rôle du calme soumis. Quand on venait le chercher, il adoptait une démarche traînante, les yeux rivés sur les pierres. Il lui arrivait de marmonner dans sa barbe ou de lever des yeux fous vers le ciel. Des gardes expérimentés ne se laisseraient pas berner par son manège, il en était certain. Au contraire, ils renforceraient les mesures de sécurité prises à son égard. Mais les hommes auxquels il avait affaire n'étaient pas aguerris. Fell avait à présent la certitude que ce n'était qu'un groupe de paysans en uniforme, à qui l'on avait distribué des épées de mauvaise facture. Étant donné leur ressemblance, il en conclut qu'ils venaient tous du même village. Un village peut-être pillé par les Bleus, qui auraient capturé les hommes pour les obliger à prendre les armes.

Parfois, on ne lui envoyait que cinq gardes au lieu des six habituels. Fell n'en profita pas tant que le temps était clément. Il attendait qu'il tourne à la pluie et au brouillard, ce qui arrivait fréquemment à Vieille-Montagne. Enfin, le jour vint où les nuages bas chargés de pluie semblaient toucher terre, et seuls cinq gardes se présentèrent à la porte de sa cellule. Fell se laissa docilement enchaîner, les mains dans le dos, puis ils se mirent en route.

Ils empruntaient toujours le même chemin : ils longeaient un couloir avant de monter une volée de marches débouchant dans la cour extérieure, qu'ils traversaient. Deux gardes étaient postés devant Fell, et quatre derrière – en général. Ce jour-là, seuls trois gardes fermaient la marche.

Devant le donjon couraient des douves, surmontées d'un haut escalier qui menait à une porte en chêne. Une trentaine de centimètres d'eau stagnaient dans le fossé. Alors que le groupe s'avançait vers les marches, Fell leva légèrement la tête et les observa attentivement. Des flaques d'eau de pluie s'étaient formées sur la pierre irrégulière couverte de boue par les allées et venues des soldats.

Quand ils grimpèrent les marches, Fell ralentit légèrement jusqu'à sentir les gardes de derrière tout proches de lui. Il trébucha alors sur une pierre abîmée et, au moment où un garde arrivait sur lui, tendit avec dextérité sa botte pour lui faire un croche-pied. L'homme tomba sur lui et tous deux dégringolèrent l'escalier pour finir dans les douves.

Ils atterrirent dans la boue. Aucun ne se blessa, mais tous deux eurent le souffle coupé. Les mains toujours liées dans le dos, Fell était coincé sous le poids du garde dans son lourd uniforme trempé par la pluie. Avant que ce dernier n'ait pu se relever, Fell se contorsionna et tira brusquement sur son bras gauche, ce qui, avec un craquement impressionnant, lui déboîta l'épaule.

Fell poussa un cri de douleur, à peine exagéré. Au fil des ans, il s'était si souvent déboîté l'épaule que l'os sortait et rentrait dans son logement très facilement. C'était douloureux, mais pas insupportable. Il cria de nouveau quand le garde se remit debout et lui décocha un ou deux coups de pied dans les côtes. Les autres dévalèrent l'escalier pour les rejoindre dans le fossé.

— Mon épaule ! se plaignit Fell dans un hoquet tandis qu'ils l'empoignaient et le relevaient. Mon épaule !

Sachant qu'on ne le comprenait pas, il fit des signes de tête jusqu'à ce que le chef du peloton lui arrache sa chemise et inspecte le membre tordu. L'homme le considéra d'un œil noir, soupçonnant clairement une ruse. Fell devinait son débat intérieur. Remettre l'épaule en place signifiait d'abord lui tendre le bras, un geste impossible vu que les mains de Fell étaient enchaînées. L'homme avait certainement reçu l'ordre de ne libérer le prisonnier sous aucun prétexte. D'un autre côté, il croyait Fell rendu inoffensif par la douleur, et en plus ils étaient cinq. Tirant son épée au clair, il ordonna à ses hommes d'ôter les chaînes du prisonnier.

Les gardes s'étaient déployés autour de lui. Le chef lui faisait face, tenant toujours son épée, mais d'une main lâche et la pointe dirigée vers le bas. L'un des soldats lui maintint à deux mains le biceps droit. Un autre lui avait saisi le bras gauche et s'apprêtait à le lever pour remettre l'articulation en place. Il portait un couteau à la ceinture. Fell se concentra sur la position exacte de l'arme, sur l'angle qu'elle formait avec la ceinture. Il espérait qu'elle était affûtée. Il ne savait pas trop ce que faisaient les deux gardes derrière lui. Malgré la pluie battante, il avait entendu une épée glisser hors de son fourreau, mais il ignorait de quel côté se tenait son adversaire. L'autre pouvait très bien avoir déjà dégainé son épée, ou son couteau. Il devait supposer que les deux étaient armés.

Il apaisa son esprit et détendit son corps, laissant ses genoux se déverrouiller, relâchant ses épaules. Il prit une profonde inspiration, comme s'il anticipait la douleur.

Le temps s'écoula au ralenti. Il sentit une main calleuse lui saisir le poignet. Une pause interminable s'ensuivit, puis l'autre lui tordit le bras. L'épaule se remboîta avec un craquement audible. Fell cria et se pencha vers le garde posté à sa droite. Quand celui sur sa gauche relâcha son bras, Fell le tendait déjà. Il percuta de tout son poids l'homme sur sa droite, qui machinalement se raidit pour encaisser le choc. De sa main gauche, Fell saisit le couteau à la ceinture de l'autre garde. Il le retourna et décrivit un arc de cercle vers le bas avant de le remonter de nouveau. La lame entailla l'artère fémorale du chef, puis se planta dans la gorge de l'homme qui le retenait. Tandis que le chef brandissait son épée, ralenti par l'effet de choc, Fell se libéra du garde à sa droite, retourna le couteau, se jeta à reculons sur le chef et l'éventra. *Et de deux*.

Le soldat qui avait remis son épaule en place, désormais sur sa droite, luttait toujours pour dégainer son épée. Les deux autres qu'il ne voyait pas jusque-là surgirent devant lui. L'un abattit son épée en le visant au cou. Fell roula pour quitter le corps du chef et la lame s'enfonça avec un bruit mat dans le cadavre. Fell se releva d'un bond. D'un mouvement leste, il saisit l'épée du chef et sauta par-dessus son corps, plongeant sa lame dans la poitrine de celui qui lui avait remboîté l'épaule. Il dégagea son arme. *Et de trois.*

Épée à la main, face à Fell, les deux derniers gardes hésitèrent. Soudain, ils firent volte-face et prirent la fuite, remontant péniblement le bord du fossé, avant de disparaître dans la brume.

Fell émit un petit rire puis se pencha pour ramasser la ceinture de l'épée du chef et son couteau. Il escalada le bord du fossé au pas de course et courut dans la direction opposée à celle des deux fuyards.

Il savait qu'il venait d'accomplir le plus facile. Par le passé, il avait déjà réussi cette étape-là. Sortir de cette forteresse, quand on avait seulement une vague idée de sa topographie, était une autre affaire. Il avait passé des centaines d'heures debout près de la haute fenêtre de la cellule à observer le passage des troupes et des petites servantes, leurs trajets habituels ainsi que les allées et venues moins routinières. À moins qu'on n'ait consacré plusieurs mois à l'induire en erreur en prévision d'une nouvelle tentative d'évasion, ce dont il croyait Mason capable, l'entrée de la forteresse se trouvait au sud. Caché par l'épais brouillard et le rideau de pluie, il longea donc les remparts pour se diriger vers une tour basse qu'il avait gravée dans son esprit. Comme les autres tours de pierre trapues visibles de sa cellule, celle-ci avait de petites fenêtres sans volets. La tour paraissait déserte ; il n'avait jamais vu personne y entrer ou en sortir. Il lui fallait prendre de la hauteur afin de comprendre l'agencement de la forteresse.

Il rejoignit la tour sans difficulté. Non seulement plus personne ne s'y rendait, mais elle était abandonnée depuis longtemps. La porte était cadenassée ; toutefois, le bois de l'embrasure était pourri par l'humidité. Avec le couteau, Fell passa plusieurs précieuses minutes à creuser autour des charnières. Puis, trouvant une prise, il tira fort sur la porte qui sortit sans difficulté de ses gonds. Il se faufila dans l'ouverture et referma le battant le mieux possible. Sans y regarder de trop près, on verrait seulement que le cadenas était intact. Dans la pénombre, Fell gravit à tâtons l'escalier de pierre visqueux puis, à mesure que la lumière du jour l'atteignait, se hâta de gagner l'étage le plus haut, où il risqua un coup d'œil prudent par une étroite fenêtre.

Il sourit. Comme prévu, de son point de vue surélevé, il voyait le mur sud de la forteresse ainsi que les portes principales. Il les observa longtemps – jusqu'à la nuit tombée.

L'aube allait à peine poindre dans le ciel à l'est quand un grondement de roues de charrettes tira Fell d'un sommeil perturbé. Il roula sur le côté pour se lever et regarda par l'étroite fenêtre de la tour. Seules deux torches éclairaient les portes principales, mais, dans la lueur vacillante, il parvint malgré tout à distinguer trois charrettes tirées par des poneys qui, traversant la cour, se dirigeaient forcément vers la sortie. Fell saisit le ceinturon et dévala l'escalier sans précaution dans le noir complet, manquant de se rompre le cou. C'était peut-être là sa meilleure chance – sa seule chance.

Il prit le temps de fermer correctement la porte cassée derrière lui, au cas où il devrait de nouveau se réfugier dans la tour. Puis il courut jusqu'à un bâtiment bas dans un angle de la cour et scruta les environs. La première charrette était arrivée au niveau des portes. Il entendait le murmure de la conversation entre les gardiens – une bonne dizaine – et le charretier. Des éclats de rire furent portés jusqu'à lui par la brise nocturne. Aussi discrètement que possible, il reprit sa course d'un pas léger et traversa la cour pavée pour atteindre l'arrière de la troisième charrette. Avant qu'il n'y parvienne, les portes s'ouvrirent en grinçant, juste assez pour permettre aux charrettes de passer. La première s'engagea. Les deux autres s'avancèrent en cahotant, puis s'arrêtèrent de nouveau quand la deuxième atteignit les portes. La troisième s'attarda un peu. Dans l'obscurité, Fell ne distinguait toujours pas son chargement.

Il resta perplexe un instant : les charrettes paraissaient vides. Puis il aperçut sur le brancard une longue forme basse et comprit qu'il s'agissait d'un corps enveloppé d'un linceul. Les véhicules convoyaient trois cadavres hors de la forteresse de pierre pour qu'ils soient enterrés. Il ne s'interrogea qu'une seconde sur la déférence que ces défunts devaient inspirer pour que l'on consacre trois charrettes au transport de trois dépouilles, puis il tira le corps par l'arrière du véhicule et déchira le linceul. Il abandonna le mort dans la poussière avant de grimper sur le brancard et de s'envelopper dans la toile le mieux possible, priant pour que l'obscurité masque sa moindre corpulence.

Presque aussitôt, la charrette se mit en route, bringuebalante, et fit une nouvelle halte. Le charretier et les gardes se parlèrent dans leur langue. Fell, qui désormais distinguait la lueur des torches à travers la toile grossière du linceul, retint son souffle, le poing serré sur l'épée à son flanc. Au bout d'un moment, le véhicule se mit en branle, mais un cri retentit et la charrette s'arrêta immédiatement. Le linceul fut arraché du visage de Fell, qui se retrouva nez à nez avec un garde au regard furieux.

Sans perdre une seconde, Fell roula hors du brancard du côté opposé à celui de son adversaire, puis se glissa sous la charrette, piégeant les gardes qui se lancèrent à sa poursuite dans la mauvaise direction. Fell se redressa d'un bond, embrocha deux soldats, l'un par la poitrine et l'autre par la gorge, puis sauta de nouveau dans la charrette. L'agitation soudaine surprit le poney, qui s'avança, empêchant les portes de se refermer. Des coups d'épée le visant aux jambes, Fell bondit sur le siège du charretier et pointa sa lame sur la gorge de l'homme. Celui-ci, apeuré, lâcha les rênes et se jeta au bas du siège. Fell sauta sur le dos du poney qui partit au galop aussi vite que possible, franchit les portes et s'enfonça dans la nuit.

La pauvre bête famélique pouvait à peine supporter le poids de son cavalier. Dès qu'ils furent dans le noir, Fell se laissa glisser du poney et lui assena une claque sur la croupe. L'animal s'éloigna au trot, sur la route principale. Fell s'en écarta et se dirigea vers l'ouest.

Il ne mit pas longtemps à comprendre pourquoi Mason affirmait que Vieille-Montagne était imprenable. Une fois qu'il eut quitté le seul chemin étroit qui serpentait jusqu'à la forteresse, il découvrit que le terrain était très pentu, presque à pic par endroits. Il s'engagea sur la pente escarpée avec difficulté, obligé de descendre constamment. Au début, quelques plantes délicatement accrochées à la roche lui permirent de se tenir d'un buisson à l'autre, puis la végétation se raréfia jusqu'à disparaître totalement, laissant Fell exposé à flanc de montagne, sans aucun moyen de remonter la pente et avec peu de prises. L'idée de descendre ne le réjouissait pas, mais il n'avait pas le choix. Le jour commençait à se lever. Tout en bas, il aperçut une rivière chatoyante bordée d'arbres. De toute évidence, un glissement de terrain s'était produit récemment : sous ses pas, le flanc abrupt était couvert d'argile meuble.

Il s'assit un instant pour reprendre haleine. Il n'était pas fait pour l'escalade : trop lourd, et un centre de gravité trop haut. De plus, ses bottes n'offraient aucune prise sur les éboulis de pierre. Malgré tout, il inspira à fond et s'élança le long de la pente, essayant de s'accrocher de ses quatre membres. Il se mit aussitôt à glisser, plantant de temps à autre son couteau dans l'argile pour ralentir sa chute. À un moment donné, il dérapa sur une vingtaine de pas, accélérant jusqu'à ce que son pied heurte un rocher saillant. Il essaya d'y plaquer sa botte, qui glissa. Reprenant sa glissade, il attrapa le rocher, qu'il serra fort, le corps tendu comme un arc, pour ralentir sa course jusqu'à s'arrêter. L'argile continua à dégringoler à côté de lui et il craignit d'avoir provoqué un nouveau glissement de terrain, mais au moins il avait enfin réussi à s'arrêter. En sueur, le cœur battant à tout rompre, il resta là un moment, accroché au flanc de la montagne, jusqu'à ce que son pouls ralentisse. Alors, il lâcha le rocher et reprit sa descente.

Enfin, il arriva à l'endroit où le glissement de terrain cessait et put terminer la descente en contrôlant sa vitesse. À présent, la forteresse était loin – du moins en altitude –, et il était peu probable que l'ennemi le retrouve. Toutefois, son plan d'origine, qui consistait à trouver une cachette puis le moyen de remonter pour libérer les autres, devait être abandonné.

Il décida de se diriger vers l'ouest. La rivière, encore loin en contrebas, s'écoulait du nord au sud, et emprunter le chemin facile était tentant. Mais, s'il le faisait, il ne tarderait pas à se perdre, tandis que s'il suivait la direction du soleil couchant il finirait par atteindre la Cité, ou du moins une région qu'il reconnaîtrait.

Il commença à regretter son choix presque aussitôt. La descente, toujours aussi abrupte, était désormais couverte d'épaisses broussailles. Son couteau, complètement émoussé à cause de l'usage qu'il en avait fait sur les éboulis, pouvait à peine trancher une brindille. Il fut donc forcé de se tailler un chemin dans l'impénétrable végétation à coups d'épée. Il savait qu'ainsi, ses deux lames usées, il se retrouvait désarmé, mais il ne voyait pas d'autre solution.

La forêt était si luxuriante, si riche de vie, qu'elle paraissait s'épaissir sous ses yeux. Même l'air sentait la verdure. Au bout d'un moment, il se mit à pleuvoir. Fell renversa la tête, la bouche ouverte vers l'eau bienvenue. Après avoir franchi la rivière, il se reposa un long moment puis, avec un soupir, commença l'ascension de la colline d'en face. À la tombée de la nuit, il n'avait parcouru qu'une courte distance. Derrière lui, il voyait encore la pente couverte d'éboulis sur laquelle il avait glissé, et, sur les hauteurs, à l'est, il crut même distinguer les tours carrées de la forteresse. Il passa la nuit dans les branches d'un petit arbre à la large ramure. Il ignorait quel genre de prédateurs rôdait dans les environs, mais il s'en moquait, du moment qu'il était hors de portée des créatures rampant et ondulant au sol.

Le troisième jour, il arriva en terrain plus dégagé. Les collines étaient moins hautes et le chemin plus praticable. Ne devant plus lutter à chaque pas, il commença à apprécier la marche, sentant les muscles de ses jambes fatiguer, puis se renforcer de nouveau. Il se mit à observer les alentours avec intérêt. Il n'avait pas vu beaucoup d'animaux hormis une espèce d'écureuil sans fourrure et quelques petits rongeurs rayés au museau aplati. Une fois, il entendit au loin une sorte de rugissement de lion, mais le plus gros animal qu'il croisa ne fut qu'un blaireau gris solitaire. De nombreux oiseaux, de petites créatures au plumage vif et coloré, voletaient de plante en plante, ressemblant davantage à de gros insectes qu'à des volatiles.

Il commença à échafauder de nouveaux plans. Une fois revenu dans la région de la Cité, il déclinerait son identité au premier soldat de l'armée qu'il croiserait et rassemblerait une compagnie pour retourner à Vieille-Montagne. Il s'en était échappé ; il parviendrait sûrement à retrouver son chemin. Personne ne s'attendrait à le voir forcer l'entrée. Ensuite, il libérerait les autres prisonniers et, à eux tous, ils ouvriraient les portes principales. Cependant, au fond de lui, il savait que les chances étaient infimes qu'une troupe aille secourir quatre simples soldats. Une partie de lui, traîtresse, songeait même qu'il valait mieux que Stalker, Garret, Indaro et Doon restent prisonniers à Vieille-Montagne plutôt que de reprendre les armes pour la Cité. Quand il aurait libéré Indaro, quelle que soit la manière dont il y parviendrait, il veillerait à ce qu'elle n'ait jamais plus à combattre.

Enfin, il arriva sur une haute plaine fraîche. Il la traversa d'un pas rapide, toujours vers l'ouest. À la fin de la journée, dans la brume épaisse qui masquait le soleil couchant, il crut distinguer deux montagnes au loin. Était-ce la Cité ? Décidant que oui, il avança avec plus d'énergie, même s'il savait qu'il lui faudrait encore plusieurs jours de marche pour l'atteindre. Il dormit sur un sol chaud et sec, à l'abri d'un rocher, et ne se réveilla qu'une seule fois en entendant un cri lointain.

Le lendemain matin, il reprit le chemin qui se déroulait lentement devant lui. Soudain, une puanteur familière lui frappa les narines. Il s'arrêta, les sens en alerte. Il dégaina son épée émoussée, balayant les environs du regard. Il ne vit que la plaine plate et sèche, sans vie. Il s'avança. Grimpant sur une petite butte, il se retrouva au-dessus d'une large cuvette creusée dans la terre rocheuse. Au centre, il découvrit deux corps nus, dont les membres étaient attachés à des piquets. Des petites femmes à la peau brune, comme celles qu'il avait vues à la forteresse. Elles étaient mortes depuis un certain temps : leurs cadavres avaient été en partie dévorés par les animaux et les insectes. Il vérifia le périmètre et trouva de nombreuses empreintes de bottes, qui allaient et venaient, remontant déjà à plusieurs heures.

Enfin, il descendit dans la cuvette et faillit perdre l'équilibre. Sous un rocher en surplomb, il aperçut une tache de couleur : un troisième corps gisait là, portant un vêtement rouge vif. Son cœur s'emballa comme celui d'un lapin pris au piège. Il dévala la pente et courut jusqu'à la femme. Elle était encore en vie. C'était Doon.

Fell détacha ses liens avec son couteau, puis inspecta ses blessures. Elle saignait de partout, son corps était couvert d'ecchymoses et de blessures infligées au couteau. Elle avait le teint gris et les paupières closes. Elle ne sembla pas remarquer qu'il lui libérait les quatre membres.

— Doon ! l'appela-t-il vivement.

Elle ne répondit pas, sans doute à l'agonie. Il posa la main sur son cou et sentit un pouls faible.

Conscient qu'elle devait souffrir de blessures internes, il retira avec soin le surcot d'Indaro, puis déchira sa surchemise et l'enveloppa autour d'elle avant de lui remettre le vêtement rouge. Il s'assit contre le rocher, le corps de la jeune femme contre le sien, les bras autour d'elle. Il n'avait ni eau ni nourriture à lui offrir, ni baume pour soulager ses plaies, seulement la présence réconfortante d'un autre soldat dans ses derniers moments.

La matinée s'écoula lentement pendant qu'il écoutait la respiration saccadée de Doon, essayant de ne pas songer à ce qui avait pu arriver à Indaro. Il se maudit lui-même, pensant que, si seulement il avait eu de l'eau, Doon aurait peut-être été sauvée. Mais il n'avait aucun récipient, et, la dernière fois qu'il avait bu, c'était dans un ruisseau boueux plus d'un jour auparavant, avant d'atteindre cette plaine sèche.

Sentant un faible mouvement entre ses bras, il se rendit compte que Doon tentait faiblement de se débattre.

— Doon, souffla-t-il. C'est Fell Aron Lee. Tu n'as rien à craindre.

Elle cessa de lutter.

— Indaro ?

— Elle n'est pas là, dit-il avec prudence.

— Vous vous êtes enfuis ensemble ?

— Oui, mentit-il. Indaro est retournée à la Cité. Elle m'a demandé de partir à ta recherche.

Il avait honte en disant cela. Alors qu'il aurait lui-même adressé une requête aux dieux afin qu'ils sauvent Indaro, il avait à peine songé à sa servante. Tout ce qu'il pensait, c'était : « *Ç'aurait pu être Indaro.* »

— Qui t'a fait ça ? demanda-t-il.

Comme elle restait silencieuse et immobile, il crut qu'elle s'était évanouie. Mais elle murmura :

— Je suis tombée sur eux. Des soldats de la Cité. J'ai remercié les dieux d'être si chanceuse. (Elle se mordit la lèvre inférieure, déjà déchirée et ensanglantée.) Ils n'ont pas cru que j'étais des leurs. Même si je portais la veste d'Indaro.

Il n'avait rien à dire. Il savait quel sort était réservé aux femmes ennemies.

— Je leur ai confié tout ce que je savais sur la Maritime, les noms de mes camarades, des détails sur les mouvements des troupes, les surnoms des généraux. Ils ont dit qu'ils ne me croyaient pas. Ils n'avaient pas envie de me croire. Ils m'ont enchaînée avec deux ennemies. Nous devions suivre leurs chevaux. Parfois, ils les faisaient partir au galop et nous traînaient sur de courtes distances, pour s'amuser. C'est comme ça que l'une des femmes est morte. Ils étaient furieux de l'avoir tuée si facilement. Ils nous voulaient vivantes. Quand nous nous sommes arrêtés pour la nuit… (Son visage restait impassible, mais une larme apparut sous sa paupière gonflée.) Je meurs, souffla-t-elle.

Comme il ne répondit pas, elle se réveilla un peu.

— Suis-je en train de mourir, monsieur ?

Fell regarda la mare de sang qui, de plus en plus sombre, ne cessait de s'agrandir. Il sentait que les charognards volaient au-dessus d'eux.

— Oui, soldat, répliqua-t-il doucement.

— Avez-vous un couteau ?

Il sortit la lame émoussée et la lui montra. Elle tendit le cou pour regarder Fell. Les yeux dans ceux de son commandant, elle hocha la tête légèrement.

Fell avait vu nombre de guerriers mutilés accueillir la mort avec reconnaissance. On les achevait en leur tranchant l'artère fémorale, à l'intérieur de la cuisse. Sans hésiter, il se pencha et entailla l'artère. Il regarda le sang s'écouler lentement. Elle n'en avait plus beaucoup.

— Dites à Indaro…, murmura-t-elle.

— Quoi ?

Il se pencha plus près.

Mais elle n'acheva pas sa phrase. Au bout d'un moment, il lui ferma les yeux pour les protéger de la poussière de la plaine. Puis lui aussi ferma les paupières et baissa la tête.

Assis, les yeux fermés, les mains plaquées sur les oreilles pour échapper à l'horreur, Arish se sentait de nouveau comme un petit enfant. Plusieurs jours s'étaient écoulés, mais il revivait sans cesse l'affreux spectacle.

— Arish, il est temps, dit une voix.

Il leva les yeux. C'était Riis, grand pour son âge, les yeux gris et sérieux.

— Tu as dit que tu irais, insista le garçon plus jeune.

Comme engourdi, Arish hocha la tête et se leva. Riss derrière lui, il sortit de la caserne et traversa la cour arrière couverte de détritus pour atteindre un petit bosquet d'arbres rabougris où, à la nuit tombée, il devait retrouver les autres garçons. Depuis leur libération, il les avait évités, mais ce soir-là il avait promis de venir. C'était sans doute la dernière fois qu'ils se verraient. Plus tôt ce jour-là, on l'avait envoyé voir Shuskara. Le général lui avait annoncé qu'il faisait de lui son nouvel auxiliaire cadet. Arish allait recevoir un autre nom, son passé serait effacé de l'histoire de la Cité. Ils devaient partir le lendemain pour l'Éperon.

Les cinq garçons survivants étaient rassemblés autour d'un feu de camp. Arish se demanda comment ils pouvaient être assis là si calmement, alors que tout ce qu'il voyait dans les flammes était l'horreur pure, se contorsionnant en hurlant.

— Pas trop tôt, déclara Ranul avec un reste de son ancien mauvais caractère.

De tous, c'était lui qui avait le plus changé après cette expérience, songea Arish. Le tortionnaire avait disparu. À sa place se tenait un jeune homme plus triste, plus prévenant, qui ne provoquait plus ni crainte ni douleur par simple plaisir.

— C'est Parr qui l'a fabriqué, dit-il à Arish. Nous sommes tous d'accord. Toi, tu étais trop occupé.

L'agacement perçait dans sa voix, plus par habitude que par un ressentiment véritable.

Arish observa la longue tige de métal que tenait Ranul, et, dans les flammes, son extrémité recourbée chauffée à blanc.

— Une marque !

Arish en eut la chair de poule.

— On a tous accepté de prêter serment, et de nous marquer avec ça – un S – pour ne jamais oublier, peu importe le temps que ça prendra.

— Quel serment ?

— Celui de tuer l'empereur.

Fell resta longtemps assis en tenant le corps refroidissant de Doon. Enfin, il l'allongea doucement, se leva et inspecta les environs. Il n'y avait pas moyen de l'enterrer dans ce sol dur. Il adressa une prière sincère aux dieux de la glace et du feu, afin qu'ils l'accueillent comme guerrière dans les Jardins de pierre. Il lui ôta le surcot de cuir rouge, le plia et le fourra sous son bras. Il remonta sur le bord de la cuvette.

Dans le silence de la haute plaine, il lui était impossible d'ignorer davantage le murmure irrésistible qui lui parlait depuis si longtemps. Il regarda vers l'ouest, où l'attendait son devoir en tant que fils de la Cité. Là-bas, le soleil brillait, au zénith, dans un ciel d'un bleu azur.

Ç'aurait pu être Indaro, songea-t-il.

Il se tourna vers l'est, où des nuages flottaient au-dessus des sommets, et se remit en route pour Vieille-Montagne.

Chapitre 26

Indaro abandonna l'ouvrage qu'elle tentait de lire et regarda par la fenêtre de sa cellule. Elle s'ennuyait mortellement. La vue était d'une beauté étonnante – une forêt verte et luxuriante sous un ciel cristallin –, mais elle en était plus que lassée.

On l'avait transférée de son ancienne cellule dans cette chambre quand, la nuit, une couche de glace avait commencé à se former dans son seau. Mason lui apprit qu'on la considérait comme une invitée d'honneur. En tant que telle, elle dormait désormais dans un lit avec des couvertures, et recevait deux repas quotidiens, bien que frugaux. Malgré tout, la porte de sa chambre restait verrouillée.

Mason lui avait proposé de se lever avant l'aube pour assister au lever du jour à la Porte du Soleil – un rite important chez les anciens des Tuomi. Elle ne voyait pas vraiment d'intérêt à ce genre de pratique, mais joua le jeu, espérant échafauder un plan. Elle s'était levée cinq fois de suite, alors qu'il faisait encore nuit, pour gravir la montagne afin d'assister à l'événement. Cinq fois, elle était rentrée déçue. Ce jour-là, Mason et elle devaient monter ensemble à la Porte du Soleil, pour qu'elle puisse la voir en plein jour.

Les matinées et les soirées fraîchissaient vite, mais c'était le début de l'automne, et les journées étaient encore chaudes. Indaro ne pouvait pas dissimuler facilement une arme.

Une semaine auparavant, elle avait pourtant caché une cuisse de poulet dont elle avait affûté l'os sur le sol en pierre de sa chambre. C'était une piètre arme mais, maniée avec dextérité, elle pouvait transpercer une artère vitale. Elle enfila une jupe et une tunique large pour cacher son os de poulet contre son ventre. Elle espérait que ses gardes seraient bien équipés : plus ils auraient d'armes et plus elle aurait de chances d'en voler une. Avec une épée, elle pouvait s'attaquer à toute une garnison.

Pourtant, quand la porte de la cellule s'ouvrit, Mason n'était pas là. Au lieu de ça, des soldats l'escortèrent dans les sombres salles de la forteresse jusqu'à un lieu qu'elle ne connaissait pas. D'énormes pierres taillées se dressaient au-dessus d'elle, suintant d'humidité et dégageant une odeur de moisi. Des portes en chêne, ornées de bêtes monstrueuses sculptées dans le bois, s'ouvrirent lourdement. Indaro fut introduite dans la grande chambre. Elle était très haute de plafond, à tel point que celui-ci se perdait dans l'obscurité. Le sol de pierre s'étendait devant elle comme l'une des avenues de la Cité. Des lumières dans des lanternes de verre jetaient sur les lieux un éclairage stable. Elle avait entendu dire que l'ennemi possédait ce type de connaissances magiques étrangères à la Cité. Tout au bout de la pièce, un feu brûlait dans un âtre immense. C'était la première flambée qu'elle voyait depuis des semaines et elle fut aussitôt attirée par sa chaleur. Devant le foyer, il y avait une large table, à laquelle cinq personnes étaient assises. D'un côté se trouvaient Mason et un cavalier au teint mat, vêtu de gris, ainsi qu'un jeune homme pâle aux cheveux noirs et bouclés. En face, elle découvrit, stupéfaite, Saroyan, Seigneur Lieutenant de l'Est, et… Fell Aron Lee.

Ce dernier leva vers elle un regard froid et pénétrant, comme s'il essayait de lui faire comprendre quelque chose. Elle le salua d'un signe de tête et prit place à ses côtés, les mains croisées sur les genoux.

— Où sont les autres ? lui demanda-t-elle.

— Ils ne nous seront pas utiles ici, répondit Saroyan, comme si elle était responsable de cette réunion.

Elle portait une tenue de cavalier élimée. Son visage en sueur et son air pressé semblaient indiquer qu'elle avait chevauché à bride abattue pour assister à cette réunion. Indaro la savait déjà de mèche avec les Bleus ; pourtant, la voir ici, en plein territoire ennemi, lui fit un choc.

Le cavalier vêtu de gris prit la parole :

— Je m'appelle Gil Rayado. Mon père était tuomi.

Indaro remarqua qu'il parlait la langue de la Cité avec un accent, un léger zézaiement. Elle le trouva très beau, avec ses longs cheveux noirs attachés sur sa nuque et sa barbe bien taillée.

— Il ne reste peut-être que cinquante guerriers tuomi, expliqua-t-il, et environ deux cents femmes. Comme toi, Fell, je fais donc partie des derniers survivants de mon peuple. D'ici à un siècle, plus personne sans doute ne se souviendra de leurs noms.

Indaro prit soin de ne pas le montrer, mais elle fut surprise. Fell, le dernier survivant de son peuple ? Comment cela ? Son commandant, à ses côtés, demeura silencieux.

Gil Rayado reprit :

— Mason ici présent est le résultat de nombreux croisements interraciaux, mais il est né et a grandi à Petrus. Lui-même se qualifie d'« érudit petrassi ». (Dans sa voix perçait un soupçon d'amusement. *Sans doute une plaisanterie entre eux*, songea Indaro.) Saroyan…

— Nous savons ce qu'elle est, l'interrompit Fell.

— Mais ces présentations ne te sont pas seulement destinées, répliqua doucement Gil, imperturbable. Elles sont aussi pour mon jeune ami Elija.

Il désigna le garçon aux cheveux bouclés, qui rougit quand tout le monde l'observa. Indaro se demanda comment il avait gagné le droit de siéger à cette table.

— Saroyan, répéta Gil, est Seigneur Lieutenant de la Cité. Ce n'est pas un soldat, mais un administrateur.

— Qu'est-ce que ça veut dire ? s'enquit Elija d'une voix à peine audible.

Tous les regards se tournèrent vers Saroyan. Elle garda les yeux rivés sur la table, comme si elle n'était pas habituée à se justifier, mais finit par répondre d'un ton ferme :

— Il y a quarante administrateurs dans la Cité, sous les ordres de quatre Seigneurs Lieutenants. Ils s'occupent de distribuer la nourriture, de superviser les constructions, d'établir les règlements intérieurs, ce genre de choses – tout ce qui n'est pas du domaine des actions militaires sur le terrain. Au fil des ans, je suis devenue responsable, entre autres choses, du roulement des troupes à l'intérieur du palais.

— Fell Aron Lee est un guerrier de la Cité, déclara Gil avec son accent léger et délicat. Mais il est aussi fils de roi, le dernier roi des anciennes cités de Llor, qui se faisait appeler le Lion de l'Est.

Indaro dévisagea son commandant, cette fois sans tenter de masquer son étonnement.

— Pourtant, tu as combattu pour la Cité ? demanda Elija à Fell.

Fell fit mine de ne pas avoir entendu. Mason intervint d'un ton réprobateur :

— Nous avons tous beaucoup à apprendre aujourd'hui, mon garçon.

Gil reprit :

— En revanche, Elija est un fils de la Cité qui a trouvé refuge chez l'ennemi. Il a passé de nombreuses années dans les tunnels, sous la Cité. Il sait s'y retrouver mieux que personne.

Indaro se demanda si quelqu'un savait, à cette table, qu'elle aussi y avait vécu, et qu'elle aussi saurait s'y retrouver. Puis Gil la présenta :

— Indaro Kerr Guillaume est également une guerrière de la Cité. Elle descend de deux lignées anciennes. Son père était autrefois conseiller de l'empereur.

» Les événements se précipitent à l'intérieur de la Cité, et il se trouve que le temps presse. Toutefois, il est essentiel que chacun comprenne pourquoi je vous ai réunis ici. Mason va vous faire un peu d'histoire.

Mason se pencha, ses coudes sur la table, le visage gris et ridé. Indaro lui trouva l'air exténué, comme s'il n'avait pas dormi depuis longtemps.

— La Cité a des milliers d'années, commença-t-il. Bien entendu, il fut un temps où elle n'existait pas. L'histoire dit que ce n'était qu'une colline stérile entourée de pâturages verdoyants à l'est, de forêts de chênes denses dans les montagnes au sud, de falaises surplombant l'océan à l'ouest, et des rivages de la Petite Mer au nord. Les gens qui vivaient là étaient primitifs. Ils mouraient jeunes, de manière brutale. Ils vénéraient sûrement de simples dieux de la pluie et du soleil, mais nous n'en savons rien.

» Les mystérieux voyageurs qui fondèrent la Cité étaient totalement différents. Nous ignorons qui ils étaient, et d'où ils venaient. Mais nous savons qu'ils s'appelaient – ou se faisaient appeler – les Serafim. Plus grands et plus forts que les natifs de la région, ils vivaient aussi bien plus longtemps. Ils possédaient des connaissances en mécanique, en mathématiques et en médecine, et, heureusement pour nous, ils avaient une langue écrite.

— Malheureusement pour nous, intervint Gil, nous ne la comprenons pas.

Mason lui jeta un coup d'œil avant de reprendre :

— Mon travail de ces vingt dernières années consiste à essayer de déchiffrer quelques-uns des textes les plus anciens qui ont été retrouvés – des parchemins remontant à plus de mille ans.

— Et d'où viennent ces documents ? s'enquit Indaro.

— Nous nous égarons, répliqua doucement Gil.

Mason le regarda de nouveau.

— Ces voyageurs, bien plus évolués que les natifs, furent donc considérés comme des dieux. Ils enseignèrent aux gens comment chasser les bêtes sauvages, rassembler et domestiquer les moutons et le bétail, cultiver la terre, de manière à ne plus dépendre uniquement de la chasse. Ils leur montrèrent comment bâtir des habitations, puis des palais. Les gens apprirent à fabriquer des œuvres d'art et devinrent érudits. Ainsi, ils érigèrent la Cité. Les voyageurs étaient leurs dieux, leurs professeurs et leurs protecteurs. Sous leur tutorat, la Cité devint riche et puissante : un lieu de connaissances aux yeux du monde, et le centre d'importants échanges commerciaux.

Indaro remua les pieds. L'histoire ancienne ne l'intéressait pas. Elle regrettait de s'être assise à côté de Fell, car elle ne pouvait l'observer discrètement. Le visage poliment tourné vers Mason, elle ne voyait – du coin de l'œil – que le genou gauche de Fell, et sa main posée dessus, ses doigts tapotant impatiemment sous la table. Elle sentait la chaleur que dégageait son corps, mais aussi sa tension, comme s'il était prêt à bondir. Avec lassitude, elle reporta son attention sur Mason.

— Puis vint le temps des Familles, celles dont on disait que le sang des voyageurs coulait dans leurs veines. Les membres de ces Familles étaient plus grands, plus forts et vivaient plus longtemps que le bas peuple. Ils régnèrent grâce à la loi du plus fort. Sarkoy, Khan, Kerr, Vincerus, Gaeta, Guillaume et Broglanh – tous les enfants de la Cité connaissent ces noms. Parfois, ils se battaient, mais se reproduisaient aussi entre eux afin de maintenir la puissance de leur lignée. Ils dépendaient donc les uns des autres. Peu importe à quel point une Famille en détestait une autre, il allait de leur intérêt à toutes de ne pas laisser les querelles se transformer en guerre.

» Cependant, même le sang le plus riche finit par se diluer au fil des années. Broglanh et Kerr sont toujours des noms honorables aujourd'hui mais, parmi ceux qui les portent, aucun n'affirmerait être un descendant des dieux. Indaro, bien qu'elle s'appelle Kerr, ne pourra jamais gouverner la Cité.

» Cinq Familles sont encore en lice, bien entendu. Araeon, votre empereur, vient de la Famille Sarkoy. Les deux frères qui contrôlent les forces armées sont des Vincerii. Les Khan sont les trésoriers. Les Gaeta, une Famille mineure qui s'intéresse davantage à la connaissance qu'à la guerre. Quant aux Guillaume, cette Famille-là n'a jamais régné. Son palais sur le Bouclier reste inoccupé. Les impôts sur ses terres ne sont pas réclamés. En attendant, de nombreux regards se tournent vers Reeve Guillaume.

— Mon père n'a jamais cherché à prendre le pouvoir, rétorqua Indaro. C'est un vieil homme qui aime le jardinage.

— Il y a ton frère, dit Mason.

— Rubin est sans doute mort, répondit Indaro, désolée. Ça fait des années que je suis sans nouvelles de lui.

Le garçon, Elija, releva la tête. Il la dévisagea. Elle le regarda avec curiosité.

Soudain, Fell se leva, comme s'il ne pouvait rester assis une minute de plus. Sa chaise se renversa avec fracas derrière lui.

— Pourquoi sommes-nous là, exactement ? demanda-t-il, contrôlant la colère qui rendait sa voix rauque. Tu dis que le temps presse, et pourtant tu nous donnes… un cours d'histoire.

— Nous avons un point commun : nous souhaitons tous que la guerre se termine, répliqua Gil. En ce moment même, des milliers de soldats de la Cité affrontent des milliers de Peaux-bleues, comme vous nous appelez. La Seconde Adamantine lutte contre une incursion des Fkeni au sud. Cela fait peu de temps que ce peuple est entré dans le conflit, pourtant il a déjà perdu toute une génération d'hommes jeunes. À l'est, les survivants de la Quatrième Maritime engagent le combat contre les phalanges d'infanterie petrassi – sans doute votre pire ennemi. Des milliers de gens vont peut-être mourir aujourd'hui, et demain, et après-demain. Pendant ce temps, la nourriture manque, et certains d'entre nous meurent de faim.

Un sentiment de fierté envahit Indaro. Quelques recrues de la Maritime étaient encore en vie, et combattaient toujours ! Elle vit que Saroyan l'observait d'un air songeur.

— Peut-être que certaines personnes ici ne souhaitent pas que la guerre cesse, déclara le Seigneur Lieutenant.

Les regards se posèrent sur Indaro.

— Si, je veux que la guerre s'arrête, dit-elle à voix basse. Mais je ne veux pas voir la Cité vaincue. J'ai combattu pour elle pendant des années, été comme hiver, en plaine comme en montagne. J'ai perdu des camarades et des amis. Je ne veux pas que leur sacrifice soit vain.

— C'est un argument qu'on entend souvent, répliqua Saroyan, mais qui ne mène à rien. Si tout le monde pensait comme toi, la guerre n'aurait jamais de fin.

— Elle se poursuivrait jusqu'à ce que le continent entier devienne stérile et désert, et que nos cités ne soient plus que des tas de ruines hantés par les ombres, ajouta Gil. La plupart d'entre nous ici présents sont soldats, mais, même pour les militaires, il arrive un moment où on dépose les armes en disant : « C'est terminé. » Même si la guerre se finissait aujourd'hui, il faudrait peut-être des siècles à la région pour s'en remettre. Et la guerre ne finira pas aujourd'hui.

— Alors que proposez-vous ? demanda Fell, qui faisait les cent pas devant l'âtre.

Gil répondit brusquement :

— Notre plan comporte trois axes : l'empereur, le palais et la Cité. L'empereur doit mourir, le palais être pris et la Cité pacifiée. Pour réussir, il faut que ces trois phases soient exécutées en un temps limité.

Indaro avait souvent parlé de l'Immortel avec Mason. Selon lui, la mort d'Araeon mettrait un terme à la guerre. Il avait presque fini par la convaincre, alors qu'ils conversaient tranquillement, assis dans cette forteresse isolée. Mais à présent ses entrailles se nouaient à l'idée qu'elle participait à un complot en vue d'assassiner l'empereur. Elle aurait aimé lire la réaction de Fell sur son visage, mais, ce faisant, elle craignait de trahir le fond de sa pensée. Il devait bien y avoir une raison pour qu'il fasse semblant d'adhérer à cette conspiration. Aussi garda-t-elle les yeux baissés vers la table, se contentant d'écouter.

— Shuskara est l'élément central de notre plan, expliqua Gil. C'est l'homme qu'Elija et Indaro ont connu sous le nom de Bartellus.

Indaro se souvint du vieil homme dans le Hall des Veilleurs, qui l'avait traitée avec mépris et incitée à retourner sur le champ de bataille. C'était lui, le légendaire général ? Elle regarda Elija, se demandant comment il le connaissait.

Gil poursuivit :

— Le jour de la mort de l'empereur, il faudra annoncer aux soldats en poste dans la Cité que leur général perdu est de retour. Seuls les corps les plus traditionnels de l'armée seront présents dans la Cité ce jour-là : la Seconde Adamantine, et la Quatrième Impériale. Shuskara, leur héros, les rassemblera derrière le nouvel empereur.

— Shuskara sait-il qu'il fait partie de ce complot ? demanda Fell d'un ton sceptique.

Mason hocha la tête.

— C'est pourquoi cet été nous a paru si long. Le général a été grièvement blessé par ses ennemis, et il lui a fallu du temps pour guérir. Mais il va bien, maintenant, et se sent prêt à agir. Il connaît ton rôle, Fell, comme tu connais le sien.

— Tu es en contact avec lui ?

— Indirectement, oui.

Fell soupira de frustration.

— J'ai l'impression de rêver ! cracha-t-il. Nous voilà, nous six, sans aucun pouvoir ni aucune autorité, dans une forteresse abandonnée, loin de toute action, et pourtant nous complotons pour conquérir une cité et assassiner un empereur. C'est du délire !

— Fais-moi confiance, Fell..., commença Mason.

Mais Fell s'en prit à lui, la voix pleine de colère :

— Et pourquoi ça ? Pourquoi devrais-je te faire confiance ? Ou à lui, d'ailleurs ! (Il désigna Gil.) En tout cas, c'est sûr qu'à elle je ne lui fais pas confiance ! (Il indiqua Saroyan.) De plus, elle non plus ne nous fait pas confiance. (Il se tourna vers Indaro.) As-tu une arme ?

Perplexe, elle hésita avant de hocher la tête.

— Vous voyez ? dit-il aux autres. Vous ne pouvez pas faire confiance à Indaro, et elle non plus ne vous fait pas confiance !

Un silence lourd de fureur pesa sur la salle. Fell rejoignit Indaro et, se dressant au-dessus d'elle, tendit la main. Elle fouilla sous sa tunique et en sortit l'os affûté, qu'elle lui donna. Il le jeta sur la table. Une bien piètre arme.

Mason dit doucement :

— Assieds-toi. Je sais que, pour toi, tout cela est nouveau, mais je t'assure que ce projet ne date pas d'hier. Beaucoup de gens sont impliqués et nous travaillons sur ce plan depuis que nous savons que Shuskara est encore de ce monde. Bien, reprenons…

Mais Gil l'interrompit :

— Nous n'avons aucune raison de conquérir la Cité, Fell, si c'est là ta crainte. Même si nous le voulions, nous en serions incapables. Nous sommes en sous-effectif, et nous manquons de matériel. De plus, nous n'avons plus d'énergie. Nous voulons seulement mettre un terme à la guerre, pour que, tous, nous déposions les armes et rentrions chez nous. Nous essaierons de rebâtir nos pays, de restaurer nos cultures, même si d'après certains il est maintenant trop tard.

— Qu'est-ce qui vous empêche de rentrer chez vous ? l'interrogea Fell.

— Toi, Fell, et Indaro. Ainsi que vos camarades. Araeon vous enverrait, vous et le reste de ses armées, nous pourchasser et nous éradiquer jusque chez nous, peu importe ce qu'il en coûterait à la Cité. Il doit donc mourir. C'est la seule solution.

Indaro se demanda si elle pouvait le croire.

Gil reprit doucement :

— Toutefois, nous prévoyons de prendre le palais et d'extraire l'empereur de son Donjon, peu importe ce qu'il *nous* en coûtera. Saroyan veillera à ce que les mercenaires se relaient pour garder le palais le jour dit, ainsi que les unités des Mille. C'est la seule partie de notre plan qui implique nos troupes, et nous ne voulons pas qu'elles tuent des soldats de la Cité à ce moment-là. La compagnie d'invasion, qui comprendra environ deux cents hommes triés sur le volet, attaquera le palais par les égouts, guidée par Elija. Indaro rejoindra ce groupe – si elle accepte.

Indaro fronça les sourcils.

— Par les Halls ? Le Grand Déluge aura ravagé les tunnels et les portes. Les lieux seront plus dangereux que jamais. Quand y es-tu allé pour la dernière fois ? demanda-t-elle à Elija.

Le jeune homme rougit de nouveau.

— Il y a longtemps, avoua-t-il. Je sais que les Halls ont beaucoup changé, mais je les ai étudiés et je crois pouvoir trouver un chemin.

— As-tu envoyé des éclaireurs ? demanda-t-elle à Gil.

— Bien sûr, répondit-il. Mais sans grand succès.

— Pour quand tout cela est-il prévu ? s'enquit Fell en reprenant place aux côtés d'Indaro.

— Avant les pluies d'automne, répliqua Gil, pour que l'armée d'invasion ait toutes ses chances. (Il jeta un coup d'œil vers Mason.) Nous avons décidé que ce serait pour la Fête des Offrandes. Dans vingt jours.

— Ainsi, Shuskara retournera l'armée en sa faveur. Votre force d'invasion prendra le palais, dit Fell. Et la troisième partie, l'assassinat de l'empereur ?

— C'est là que tu entres en scène, répondit Gil.

Chapitre 27

Le retour de Fell à Vieille-Montagne avait été moins long que prévu. Il était certain de sa destination, et la forteresse était visible de très loin. Il s'attendait presque à tomber sur une équipe de poursuivants, mais ne rencontra personne.

Le soleil se couchait. Six jours s'étaient écoulés depuis son évasion. Toujours hésitant, il s'arrêta sur la route et observa les grandes portes. S'il retournait dans la forteresse maintenant, il se joindrait à l'ennemi et épouserait sa cause. Il trahirait la Cité, aussi sûrement que s'il avait déjà pris les armes contre elle.

Tandis qu'il réfléchissait longuement, son regard se porta vers le haut des imposants battants. Au-dessus du gros linteau de pierre, deux silhouettes sombres étaient à peine visibles dans le crépuscule naissant. Des créatures sculptées dans la pierre, face à face, gardaient l'entrée. Tout à coup, la mémoire lui revint brusquement. Enfant, il avait observé ces deux bêtes des centaines de fois. La Porte des Lions. On l'avait conduit chez lui, au cœur du royaume de son père. Il n'avait pas reconnu les lieux. Il secoua la tête, perplexe. Pourquoi Mason ne lui avait-il rien dit ?

Enfin résolu, il frappa sur les hautes portes de chêne. Les gardes qui ouvrirent parurent surpris de le voir.

Fell était soldat depuis trente ans, et durant tout ce temps il avait eu l'esprit occupé par la mise en place de stratégies de batailles présentes et à venir. Dans ses courtes périodes de répit, il noyait ses pensées dans l'alcool et entre les bras de femmes accueillantes. Le souvenir de la mort horrible de Sami et le serment qu'il avait prêté avaient été enfouis au plus profond de son être. Ces dernières semaines d'oisiveté et de réflexion lui avaient rendu la mémoire, altérée depuis trois décennies.

Il avait prêté serment avec les autres garçons, et enduré la souffrance causée par le marquage. Même Evan, le plus petit, s'était soumis à cette épreuve. À l'époque, juste après les atrocités dont il avait été témoin dans l'arène, il avait eu foi en ses vœux. Il croyait que, un jour, le moment viendrait où il tuerait l'empereur. Mais, dès le lendemain, alors qu'il chevauchait avec Shuskara en tant qu'auxiliaire, soudain plongé dans une nouvelle vie pleine d'aventures, il avait sans difficulté mis de côté sa promesse d'enfant.

Pourtant, il ne l'avait jamais oubliée. Quand Evan Quin s'était présenté chez les Chats Sauvages à l'automne précédent, Fell avait tout de suite su qui il était, même s'il se faisait appeler Broglanh. Toutefois, l'autre ne l'avait pas reconnu.

La mort de Doon de la main des hommes de l'empereur avait été le coup final qui le conforta dans l'idée que le serment prêté il y a si longtemps devait être respecté. Cette pensée ne cessait de l'obséder : « *Ç'aurait pu être Indaro.* » Cela aurait pu être elle, capturée, violée, torturée et assassinée par les guerriers de la Cité.

C'était la première fois qu'une femme lui inspirait de tels sentiments. Quand elle était absente, il n'avait qu'elle en tête. Quand elle était là, il avait envie de la toucher, de l'étreindre, de la protéger. Elle était assise à côté de lui à la table du haut conseil et il luttait vraiment pour ne pas lui prendre la main.

Il avait demandé à Gil Rayado : « Pourquoi moi ? », mais ce fut Mason qui prit une inspiration avant de répondre : « Pour en revenir brièvement aux voyageurs… » Fell avait soupiré intérieurement. Il en avait entendu plus sur l'histoire de la Cité qu'il ne pouvait en digérer.

Peut-être Mason était-il conscient de la frustration qui régnait sur son public, car il s'arrêta un moment avant de reprendre :

— On dit que l'aigle cramoisi des Montagnes de la Lune vit jusqu'à mille ans, car il n'a pas de prédateurs, et même l'homme ne peut le chasser sur les hauts sommets où il niche. Aux lapins ou aux hermines qui craignent ce grand oiseau, et dont l'espérance de vie n'excède pas quelques années, l'aigle doit paraître immortel.

Mason semblait choisir ses mots avec soin.

— Ainsi, celui dont l'existence dure autant que celle de plusieurs générations d'hommes autour de lui sera aussi surnommé l'Immortel. Nous ignorons quelle était la durée de vie des voyageurs – les Serafim –, mais elle devait être très longue, car leurs descendants, produits d'unions entre les gens de la Cité et leurs dieux, qui n'étaient donc qu'à moitié serafim, ou un quart, ou moins, menaient malgré tout de très longues existences, qui s'étendaient sur plusieurs générations d'hommes et de femmes normaux. Par exemple, nous ne savons pas quel âge ont les Vincerii, mais ils ont peut-être seulement une ou deux générations de moins que les voyageurs.

— Tu veux dire que Marcellus et Rafe ont mille ans ? demanda Fell, incrédule.

Mason acquiesça.

— C'est possible.

Fell sourit et secoua la tête.

— Tu es quelqu'un d'intelligent, Mason, pourtant on croirait entendre des cauchemars d'enfant ou les histoires que se racontent les vieux à minuit. Comment des hommes pourraient-ils vivre mille ans?

— Ils ont des capacités que nous ne comprenons pas tout à fait.

— Et tu penses que l'empereur aurait le même âge?

— Non, Fell. Je pense qu'il est beaucoup plus âgé.

Fell se carra sur son siège et croisa les bras. Il voyait mieux Indaro sous cet angle. Elle tourna vers lui un visage serein. À quoi diable songeait-elle? Il ne le devinerait jamais.

— Écoute, Fell, intervint Gil, voyant que Mason venait de perdre toute crédibilité. Nous croyons qu'Araeon est l'un des Serafim d'origine. L'un des premiers. Et peut-être le seul sans descendance.

— N'a-t-il pas de fils?

Gil regarda Saroyan pour l'inciter à répondre. Elle resta silencieuse un long moment, comme réticente à l'idée de révéler des informations.

— Parmi les descendants des Serafim, on raconte qu'il reste pur, finit-elle par avouer à contrecœur.

Fell ricana. En tant que soldat, le concept de pureté masculine était difficile à admettre.

Indaro intervint brusquement:

— Tu m'as dit que ce n'était pas un homme. (Elle s'adressait à Mason.) Qu'entendais-tu par là? Qu'est-ce que c'est?

— J'ai dit que ce n'était pas un homme comme moi. Mais c'est bien un homme.

Indaro fronça les sourcils. Fell se souvint de son récit sur l'être qui avait survécu, de manière incroyable, à l'explosion qui avait détruit le carrosse impérial.

— Est-ce un sorcier? demanda la jeune femme d'une voix timide, comme gênée de poser la question.

Mason ne semblait pas avoir envie de répondre. Il regarda Gil, qui haussa les épaules, puis Saroyan, mais celle-ci contemplait la table.

— Ce mot ne veut pas dire grand-chose, finit-il par dire. Il a des talents, des capacités qui aux yeux de certains peuvent s'apparenter à de la sorcellerie. Mais tout ce qui nous importe, c'est que c'est un homme de chair et de sang, qui peut mourir.

— Pourquoi voulez-vous que Fell le tue ? s'enquit Indaro. Je veux dire... Pourquoi Fell et pas un autre ?

— Il faut comprendre qu'Araeon est très difficile à atteindre, intervint Gil. Il est protégé par les Mille et se cache derrière quantité de... doublures, comme vous dites. Nous ne savons même pas à quoi il ressemble exactement. Il existe de nombreux portraits de lui – des portraits impériaux. Tous représentent un homme d'âge mûr à la barbe blonde, sans signe distinctif. Fell et toi l'avez tous les deux vu, mais sauriez-vous le reconnaître dans une salle bondée ? (Il les observa tour à tour.) Non ? C'est pourquoi le seul moyen de le trouver est de l'amener à se révéler. Il vit depuis très longtemps, et a passé presque toute son existence confiné dans le Donjon. C'est l'empereur. Il a tous les pouvoirs. Tout ce qu'il désire, tout ce dont il a besoin, tout ce qu'il ordonne est aussitôt accompli. D'après nos sources, la seule occasion où il baisse sa garde c'est lorsque sa curiosité est piquée. Nous espérons qu'il ne pourra pas résister à ce que nous lui proposerons.

— Et qu'est-ce donc ?

— Un fils.

Fell éclata de rire. Les yeux écarquillés, Elija demanda :

— Fell est le fils de l'empereur ?

Gil et Saroyan échangèrent un regard.

— Non, dit Gil. Mais l'empereur pense qu'il pourrait l'être.

— Vous venez de dire qu'il restait pur, déclara Indaro, confuse.

— La pureté est une notion qui s'interprète de plusieurs façons, répliqua Mason. Pour Araeon, ça signifie ne pas répandre sa semence, ne pas se mêler au bas peuple. Ça n'implique pas le célibat.

— Dans ce cas, comment… ? l'interrogea Indaro.

Mason se tourna vers elle.

— Nous pensons qu'il tue toutes les femmes avec lesquelles il couche. (Il jeta un coup d'œil à Fell.) Nous avons des témoignages qui affirment que, en visite chez le Lion de l'Est, il a séduit ou violé ta mère, Fell, mais que, pour une raison qui nous échappe, il ne l'a pas tuée. Des années plus tard, ses armées ont attaqué le palais. Tes parents y sont morts. Il paraît qu'il a tué ta mère de ses propres mains, mais pas avant qu'elle ne l'éborgne.

Fell ne dit rien pendant un moment, se remémorant l'enfant Arish et l'homme borgne.

— Pourquoi ne m'a-t-il pas tué ? demanda-t-il.

— Peut-être était-il partagé. Peut-être qu'après une si longue vie il avait envie de savoir ce qu'était un fils. Tu ne représentais pas de menace pour lui. Il aurait pu te faire exécuter à tout moment. Alors peut-être qu'il t'a laissé vivre au jour le jour, une année après l'autre. Qu'il t'a observé, en attendant. Jusqu'à ce que, soudain, tu disparaisses après le procès. Il t'a perdu de vue pendant des années. Il te croyait mort. Enfin, nous pensons que lui ou quelqu'un du palais a fait le rapprochement entre Arish, le garçon, et Fell Aron Lee, l'auxiliaire du général. Shuskara a été sévèrement puni pour avoir pris part à cette tromperie.

Fell secoua la tête.

— C'était il y a des lustres. S'il sait pour moi depuis tout ce temps, comment se fait-il que je sois encore en vie ?

Mason écarta les mains, reconnaissant son ignorance.

— Nous l'ignorons. Ce que nous savons, c'est que l'empereur a ordonné à Flavius Randell Kerr de te garder à l'œil, de faire en sorte que tu ne combattes pas et que tu restes à l'abri. Mais tu as désobéi aux ordres et disparu à nouveau, cette fois dans une bataille dont peu se sont sortis indemnes.

Fell y réfléchit. Les seuls bruits qui lui parvenaient étaient ses battements cardiaques et l'humidité qui gouttait sur les murs, au loin. Il était excité malgré lui. Il sentait l'importance de son rôle.

Mais il secoua la tête.

— Le fait que tes cavaliers soient tombés sur nous n'était que pure coïncidence, dit-il en regardant Gil.

— Nous étions à ta recherche depuis un moment, répliqua Gil. Comme la Cité, nous avions envoyé des équipes chercher les survivants de la bataille, et toi en particulier. Si nous avons fini par tomber sur toi, ça n'a pas été une coïncidence, ç'a simplement été un coup de chance que tu survives assez longtemps pour être retrouvé.

— Pourquoi avez-vous besoin de Fell ? demanda Indaro. Pourquoi ne pas avoir recours à quelqu'un qui se ferait passer pour lui ? L'empereur n'en saurait rien.

— Parce que Fell est le fils de sa mère, et que l'empereur le verra peut-être. De plus, Fell est un guerrier accompli, et si quelqu'un peut remplir cette mission, c'est bien lui, répondit Gil. Nous ne savons pas où se tiendra leur rencontre : dans les appartements impériaux – ce dont je doute –, ou dans une salle bondée de gardes du corps – ce qui me paraît plus probable. Il se peut que, pour atteindre l'empereur, Fell doive venir à bout d'une dizaine de gardes surentraînés.

Il regarda la table devant lui. Quand il reprit la parole, Fell sentit l'odeur de la duperie.

— Par ailleurs, l'Immortel n'a pas besoin d'armes pour tuer.

— Moi non plus, répliqua Fell d'un ton menaçant.

Mason hocha la tête d'un air désolé.

— Nous en reparlerons plus tard, toi et moi, dit-il.

— C'est du suicide, constata Indaro.

— Oui, convint Mason. C'est évident.

Indaro regarda Fell. Pour la première fois depuis le début de ce long après-midi, elle retrouvait l'homme qu'elle connaissait. Rien de ce qu'elle venait d'apprendre n'avait d'importance à ses yeux : qui était le père de Fell, que l'empereur soit immortel ou non. Une bataille les attendait, et Fell était redevenu lui-même.

— L'invasion par les égouts ne sera donc qu'une distraction ? demanda Fell à Gil, l'autre commandant présent.

— En effet, mais ce sera aussi une solution de repli, répondit l'autre. Si tu échoues dans ta mission, alors la force d'invasion tentera de tuer Araeon. C'est pourquoi nous voulons que tu en fasses partie, Indaro.

Elle acquiesça, mais se demanda pourquoi tous la croyaient d'accord avec ce plan. Personne ne lui avait demandé si elle souhaitait voir son empereur mort.

— Deux cents envahisseurs contre les Mille. Nos chances sont minimes, fit remarquer Fell en jetant un coup d'œil à la jeune femme.

Elle haussa les épaules, comme si elle s'en moquait ou avait confiance. Au fond d'elle, elle était d'accord avec lui.

— C'est pourquoi nous avons choisi le Jour des Offrandes, intervint Saroyan. Au moins trois centuries des Mille seront occupées ailleurs.

— Nous nous sommes limités à deux cents soldats parce que nous devrons utiliser de petites embarcations pour les introduire clandestinement sur la côte sous l'Éperon, puis dans le dédale de grottes qui s'y trouve. Une flotte plus importante serait aussitôt repérée, expliqua Gil. La surprise reste notre meilleure arme. Mieux qu'une centaine de guerriers supplémentaire.

Indaro se dit qu'il aurait mieux valu avoir la surprise plus une centaine de guerriers supplémentaires, mais s'abstint de tout commentaire. Malgré elle, à présent qu'ils parlaient bataille, la perspective de passer à l'action la motivait – comme Fell.

— Et qui composera la force d'invasion ? demanda-t-elle à Gil.

— Des Odrysiens et des Petrassi, principalement. C'est moi qui la mènerai.

— Tant mieux, répondit Fell. Ajoutez Stalker et Garret. Ils valent deux hommes chacun.

— Tu vas leur ordonner d'y prendre part ? s'enquit Mason.

— Non, je leur demanderai de se porter volontaires. Nous aurons aussi besoin de plans du palais, et du Donjon.

— Nous avons une amie au palais chargée de les trouver pour nous. Ainsi qu'une carte des égouts. Il ne nous reste que quelques semaines avant le départ. Nous devons mettre ce temps à profit.

Tous se carrèrent sur leur siège. Le silence se fit. Indaro savait qu'ils se déféraient à Fell.

— Ce n'est sûrement pas la première tentative d'assassinat sur l'empereur, dit-il. D'autres ont dû échouer par le passé. Il faut savoir pourquoi.

Saroyan lui répondit :

— Nous avons eu connaissance de plusieurs tentatives, et je suis certaine que nous en ignorons d'autres. La dernière en date remonte à huit ans. L'assassin a presque atteint son objectif. (Les regards se posèrent sur elle.) Il a dû passer des années à préparer son geste. Il s'était déguisé en messager panjali. Ils sont utilisés par les rois odrysiens pour envoyer les messages de grande importance à leurs homologues postés dans d'autres pays. Ils se font raser le crâne, sur lequel on leur tatoue le message, puis ils laissent repousser leurs cheveux. Le chef étranger ordonne ensuite qu'on leur rase de nouveau la tête afin de prendre connaissance de la nouvelle. Les messagers acceptent de se faire trancher la langue comme gage de leur discrétion. L'homme qui a tenté d'assassiner l'empereur était extrêmement courageux.

Indaro vit à son expression que Saroyan était plongée dans ses souvenirs.

— Tu y étais ?

Saroyan hocha la tête en lui jetant un coup d'œil.

— Tu connais l'empereur ? ajouta Indaro.

La femme acquiesça.

— Dans ce cas, reprit Indaro avec colère, pourquoi tu ne le tues pas toi-même ?

Saroyan blêmit et pinça les lèvres.

— Ce n'est pas si simple, intervint Mason.

— Et pourquoi donc ? l'interrogea Indaro. Vous nous demandez de risquer nos vies dans cette conspiration mal préparée, alors que tout ce qu'elle a à faire, c'est marcher jusqu'à l'empereur et lui planter un couteau dans le ventre !

— Indaro a raison, soutint Fell. Vous nous demandez de mourir pour cette cause. Vous pourriez au moins nous dire ce qu'il en est vraiment.

— Tout ce que nous venons de vous dire est vrai, répondit Mason.

— Cela fait des semaines que nous pourrissons dans vos geôles, gronda Fell, qu'on nous raconte mensonges et semi-vérités. Aujourd'hui, vous nous présentez ce plan bancal et proclamez qu'il doit être exécuté dans quelques jours. Sans l'aide des dieux, il est voué à l'échec. Indaro, Stalker, Garret et moi sommes des soldats chanceux. Nous ne serions pas là si ce n'était pas le cas. Mais la chance ne peut pas tout. Que tout ce que vous disiez soit vrai ne nous suffit pas. Ce sont des réponses de politiciens. Il nous faut une honnêteté totale. Nous devons en savoir autant que vous. Nous ne voulons pas de mauvaise surprise quand il sera trop tard.

Dans le silence qui s'ensuivit, Indaro se rendit compte qu'il n'avait pas cité Doon. Un froid glacial lui serra le cœur.

Puis une voix s'éleva :

— Qui sera empereur ? (Tous se tournèrent vers Elija. Rougissant, il baissa les yeux.) À la mort de l'empereur, qui le remplacera ? insista-t-il. L'un de vous ?

— Non, répondit Gil en s'asseyant. Ce sera Marcellus Vincerus.

— Est-il au courant de ce complot ? s'enquit Fell. Sait-il qu'il est destiné à devenir empereur ? Est-ce son idée à lui ? Êtes-vous ses agents ?

Gil nia de la tête.

— Il ignore tout de ce projet. Il est loyal envers l'empereur. Mais, une fois Araeon mort, il montera sur le trône. En tant que Premier Seigneur de la Cité, ce sera son devoir.

— Tu le connais donc si bien ? demanda Fell.

— Lui non, mais moi si, intervint Saroyan. Il fera ce que lui dictera son devoir. Et il mettra un terme à la guerre.

Indaro s'interrogea sur les motivations de cette femme. Elle faisait confiance à Gil. Même s'il n'avait pas révélé la totalité de ses intentions, elle croyait vraiment qu'il cherchait à mettre fin au carnage. Pour Mason, elle en était moins certaine. Mais Saroyan, avec ses réticences et ses explications confuses, puait la tromperie. Indaro observa Fell, clairement d'accord avec elle. Il fusillait le Seigneur Lieutenant du regard.

— S'il tient tellement à mettre fin à la guerre, pourquoi ne tue-t-il pas lui-même l'empereur pour prendre le pouvoir ? Soutenu par les Mille, il serait invulnérable.

Une expression inhabituelle se peignit sur le visage de Saroyan. Indaro vit que c'était du dégoût. Cette femme froide était-elle offensée par la suggestion que Marcellus tue son empereur ?

Mason se frotta le visage des deux mains et soupira.

— Tu ne comprends pas la nature des liens qui existent entre eux. Ils ne sont pas comme nous, Fell. Ils se connaissent depuis des siècles, même plus. Ils ont combattu de concert, et l'un contre l'autre. Ils se sont trahis et ont conspiré ensemble pendant des générations. Marcellus est plus jeune qu'Araeon. Il considère l'empereur comme son père, son grand-père, son professeur et son rival, tout autant que son empereur. Araeon est le dernier survivant de son espèce. Quand il aura disparu, Marcellus et une poignée d'autres seront à la dérive dans un monde éphémère, peuplé de créatures à la vie courte, incapables d'accomplir quoi que ce soit avant de mourir. Toutefois, je crois sincèrement que Marcellus mettra un terme à la guerre. Tout notre plan repose là-dessus. Il sait que la guerre détruit la Cité et les terres alentour. Araeon se moque bien du nombre de morts à venir, du moment qu'il s'en sort vainqueur. Il n'a même plus conscience que la victoire est impossible, d'un côté comme de l'autre. Marcellus est plus clairvoyant. Je pense qu'il fera un bon empereur – autant que possible. Notre avenir en dépend.

Il appela les gardes pour qu'on apporte du vin et à manger.

— Nous avons encore beaucoup de choses à passer en revue, aujourd'hui. Dans dix jours, vous chevaucherez vers la Porte du Paradis. De là, Indaro, Elija et Gil rejoindront la flotte d'invasion à Adrastto. Fell entrera dans la Cité et retrouvera Shuskara. Pénétrer dans l'enceinte de la Cité n'est pas une mince affaire, de nos jours – surtout depuis la mutinerie du Petit Opéra. Il faut des documents spéciaux, que Saroyan vous fournira.

Le Seigneur Lieutenant se leva brusquement et regarda Mason avec impatience.

— Saroyan doit s'en retourner au Palais Rouge, expliqua-t-il. La route est longue, et le soleil se couche. Nous ne la reverrons plus.

Ces dernières paroles pesèrent dans l'atmosphère comme une sentence. Tandis que la femme tournait les talons pour partir, portant la fatigue sur ses épaules comme une cape, Indaro lui demanda :

— Qu'as-tu contre moi ?

Le Seigneur Lieutenant fit le tour de la table pour la rejoindre et planter ses yeux dans les siens. Indaro y décela une réelle antipathie. Saroyan déclara froidement :

— Je ne te fais pas confiance, Indaro Kerr Guillaume. Je connais ton père. Malgré toutes les tares de la Cité, il l'adore, et il ne trahirait jamais l'empereur, malgré tous ses défauts *à lui*. Je crois que, au fond de toi, tu es comme lui, et que par conséquent tu nous trahiras tous.

Sur ce, Saroyan quitta la pièce d'un pas vif, laissant derrière elle Indaro, choquée par ses paroles et l'intensité de la haine qu'éprouvait cette femme à son égard. Fell posa une main sur son épaule, lui causant une sensation de brûlure. Elle le regarda.

— Ne fais pas attention à elle, dit-il doucement. Elle ne te connaît pas. Allez, viens avec moi. J'ai une mauvaise nouvelle à t'annoncer.

Cinquième partie

Seigneurs de sang

Chapitre 28

Dans une aile reculée du Palais Rouge, loin de la clameur du public et des odeurs tenaces des chevaux et des cavaliers, un ensemble de pièces était regroupé autour d'une jolie cour fleurie. Durant les chaudes journées d'automne, toutes les fenêtres étaient ouvertes pour laisser entrer le parfum des roses tardives qui grimpaient sur les murs peints en blanc et répandaient leur senteur par les fenêtres à doubles battants.

Une petite femme mince, dont les boucles blondes étaient tenues sur sa tête par un ruban, se glissa hors de son peignoir de soie pour entrer dans une baignoire émaillée. Elle s'assit avec grâce et, poussant un soupir, s'allongea avec délices dans l'eau couverte de pétales.

— Aïe ! s'écria-t-elle en se redressant brusquement.

À tâtons, elle fouilla sous l'eau.

— Que se passe-t-il, ma dame ? demanda sa nouvelle servante, inquiète.

La femme fit la moue.

— As-tu mis des épines avec les pétales de roses ? l'interrogea-t-elle d'un ton plaintif.

Elle montra à la domestique une minuscule brindille trouvée dans les profondeurs des eaux parfumées.

La servante la lui prit des mains.

— Je suis désolée, ma dame, dit-elle, le front plissé d'angoisse.

Le visage de la femme se détendit. Elle se mit à rire.

— Ne sois pas bête, Amita. Je te taquine, voilà tout. Ça ne fait pas longtemps que tu es à mon service, mais tu verras que je suis une maîtresse bienveillante, du moment que tu te montres raisonnable. Allons, savonne-moi le dos s'il te plaît. Prends cette bouteille, là-bas, avec la lavande qui flotte dedans.

Amita versa un peu de savon sur un chiffon de coton doux et lava délicatement le dos de sa maîtresse, de la nuque, où s'échappaient quelques minuscules bouclettes blondes, à la naissance des fesses. Elle avait un dos pâle comme une pierre de lune, sans la moindre imperfection. Après quoi, la femme s'allongea de nouveau dans l'eau, paupières closes. Amita en profita pour observer ses traits d'un œil critique. La lumière de l'après-midi, qui entrait directement par la fenêtre, trahissait cruellement son âge. Elle avait des pattes-d'oie récentes au coin des yeux, et la peau sous son menton était légèrement distendue. Dame Petalina se comportait comme une gamine de seize ans, mais selon Amita elle devait avoir vécu plus de quarante printemps.

Petalina soupira de nouveau et balaya d'une main les fleurs mouillées sur ses cuisses.

— Je crois que je vais mettre la robe de coton bleu et crème cet après-midi, déclara-t-elle d'un air songeur.

Amita n'était pas sûre de la marche à suivre. Devait-elle aller chercher ladite robe dès à présent ? La tâche n'était pas simple. Il y avait des centaines de robes, et Amita ne voyait pas du tout de laquelle il s'agissait. Ou bien devait-elle continuer à servir sa maîtresse pendant son bain, et l'habiller plus tard ? Elle se demandait si la question méritait d'être posée quand elle se rendit compte que Petalina l'observait de ses grands yeux bleus.

— Après mon bain, tu me sécheras et me poudreras, expliqua-t-elle. Ensuite, j'enfilerai un peignoir de soie propre et ferai une sieste. Cela te laissera le temps d'aller chercher la robe. Appelle l'une des bonnes pour vider la baignoire et la ranger, et pour t'aider à nettoyer la pièce et emporter les serviettes à la buanderie.

Sur ces mots, elle referma langoureusement les paupières.

Amita avait entendu dire que Petalina avait été elle-même servante autrefois. Jusqu'à présent, la femme s'était montrée gentille avec elle, mais elle était aussi réputée pour son caractère impétueux. Amita n'en avait pas encore fait l'expérience. En même temps, cela faisait moins d'un jour qu'elle était à son service.

— Rappelle-moi, dit Petalina, les yeux toujours fermés, d'où viens-tu ?

— J'étais employée chez le général Kerr, ma dame. Au service de sa petite-fille.

— Ah ! oui, la pauvre enfant décédée d'une infection pulmonaire.

— Oui, ma dame. C'était très triste.

Petalina souleva les paupières et contempla Amita. La jeune fille l'observa elle aussi d'un air innocent puis baissa les yeux, priant pour que son prétendu chagrin pour une enfant qu'elle n'avait jamais connue masque son mensonge. Faire semblant d'avoir servi une adolescente de quatorze ans comblerait ses déficiences en tant que servante de dame – du moins l'espérait-elle.

— L'épouse du général est d'une grande beauté, commenta Petalina. Une beauté rare. Y a-t-il d'autres petits-enfants ?

— Il y a cinq fils, me semble-t-il, répliqua Amita. Presque tous adultes. Tous ont des enfants. Sa Grâce…

— Oui ?

Les yeux bleus la pénétraient.

— Elle… Elle a de très beaux yeux, ma dame.

En vérité, l'épouse du général avait le visage tout en longueur, avec de grandes dents, la peau marquée par la vérole et le nez rond comme une bille. Elle avait loyalement engendré des fils pour une famille qui se spécialisait dans les généraux, plutôt en quantité qu'en qualité. C'était du moins ce qu'Amita avait ouï dire.

Petalina continua à observer sa servante. La commissure de ses lèvres frémit et elle lâcha un petit rire. Puis, à la grande surprise d'Amita, elle se laissa lentement couler, jusqu'à ce que seules les boucles du haut de son crâne soient visibles. Un gargouillement retentit, suivi d'une explosion de bulles, puis son visage émergea de nouveau, ruisselant. Petalina affichait un sourire joyeux.

— Je crois que nous allons nous entendre à merveille, Amita.

Une fois Petalina sortie du bain, séchée, poudrée comme un bébé et installée sur son divan dans un peignoir de soie blanc, Amita se rendit dans la garde-robe où se trouvaient les centaines de tenues de sa maîtresse. Pour cela, elle devait sortir et traverser un jardin privé à l'ombre du mur du palais, puis longer un passage qui débouchait sur l'arrière de la suite. L'une des bonnes lui avait montré le chemin en se plaignant de son côté peu pratique. Amita avait approuvé, mais en réalité c'était parfait pour elle, car cela lui donnait une excuse pour se faufiler dans le jardin à sa convenance.

La garde-robe s'étalait dans trois grandes chambres : l'une destinée aux robes de la journée, l'une aux robes de soirée et la dernière aux capes et aux châles. Les chaussures, les gants, les manchons et les chapeaux étaient rangés dans une quatrième pièce pleine de placards, d'étagères et de tiroirs. Seuls les draps et les robes de soie du jour étaient à portée de main.

Enfin, Amita dégotta une robe de coton légère rayée de bleu et de crème. Espérant que c'était la bonne, elle l'enveloppa d'un linge et la porta vers l'avant du bâtiment, la tenant haut pour éviter qu'elle ne touche le sol. En entrant dans le vestibule, elle entendit la voix grave d'un homme provenant du salon de Petalina. Elle hésita. Devait-elle apporter la robe dans la chambre à coucher ? Si la porte communiquant entre la chambre et le salon était ouverte, elle verrait et serait vue. On lui avait enseigné que les domestiques devaient fermer les yeux et faire la sourde oreille devant les activités de leurs employeurs, quelles qu'elles soient, et se faire invisibles à leurs yeux. Se mordant la lèvre, elle se décida à aller dans la chambre. Tournant le dos à la porte du salon, elle traversa la pièce peinte dans les tons rose et crème, suspendit la robe, en retira le drap de protection et l'épousseta légèrement de la paume.

— Amita !

La voix de Petalina était pleine d'autorité. Amita apparut docilement dans le salon. Près de la fenêtre ouverte, un homme maigre au teint hâlé s'appuyait sur une canne. Il arborait une grande moustache blanche et son crâne dégarni était ceint d'une couronne de cheveux châtains. Il observait son hôtesse, vêtue seulement de soie légère, et ne gratifia Amita que d'un vague coup d'œil.

— Tu peux disposer, à présent, lui dit vivement Petalina. Reviens me voir une heure avant le crépuscule. Pendant ce temps, demande à Assaios de t'inscrire pour trois autres périodes. Tu sais où manger ?

Amita hocha la tête. Petalina la congédia en agitant ses doigts parfumés. La jeune fille s'éclipsa, refermant discrètement la porte derrière elle. Puis elle attendit et prêta l'oreille. Les voix étaient faibles mais audibles dans cet après-midi tranquille.

— Il revient de l'Est demain, dit le visiteur. Je devais d'abord m'entretenir avec vous.

Le ton de Petalina était plus sérieux que jamais.

— Il m'a envoyé un message pour me dire qu'il serait là à l'aube, répondit-elle. Je ne pensais pas le revoir avant l'hiver.

— Pourquoi est-il là ?

— Il y a une sorte de crise. (Petalina parlait avec légèreté.) Quelque chose de perdu. Ou de retrouvé. Il y a toujours quelque chose ! Mais vous ne devriez pas me rendre visite en plein jour, Dol Salida. On vous reconnaît trop facilement. Et nos rendez-vous galants de minuit ?

L'homme grogna.

— Être surpris en train de vous rendre visite dans votre chambre est bien trop risqué. Marcellus me ferait exécuter. Si je viens en plein jour, ma présence peut s'expliquer innocemment.

Petalina rit.

— Il n'y a aucun moyen de s'expliquer innocemment dans ce palais, rétorqua-t-elle.

Après quoi, ils parlèrent à voix basse ou s'enfoncèrent dans les appartements, car Amita ne les entendit plus.

En pleine rêverie, Amita contemplait son reflet dans l'étain poli qui ornait la porte principale des appartements de Petalina. Elle savait qu'elle n'était pas jolie. Enfant, on le lui avait assez souvent répété. Son atout principal était sa longue chevelure blonde et brillante, derrière laquelle elle avait pris l'habitude de se cacher. À présent, ses cheveux tirés en arrière étaient maintenus par un modeste fichu gris. Des sourcils noirs dominaient un visage osseux et un regard inquiet.

Elle avait douze ans quand Elija et elle avaient fui la Cité. Elle en avait désormais vingt, et Elija dix-huit. Emly aurait seize ans. Elle incluait toujours Emly quand elle pensait à Elija et elle. D'une part, le jeune homme le faisait aussi immanquablement, et d'autre part elle savait que, si sa sœur était encore en vie, Elija la retrouverait un jour, et Amita serait forcée de le quitter. Elle imaginait qu'Emly ressemblait à son frère : brune, avec une ossature très fine, un regard doux et un sourire charmant. Elle se demanda où il était et sentit la peur l'envahir peu à peu.

Après plusieurs semaines en mer, Amita et Elija avaient été débarqués sur une île isolée, faite de vertes collines et de plages de sable gris, où ils logèrent avec la famille d'un armateur. Au début, ils n'étaient pas pour autant rassurés, car leurs expériences dans la Cité leur avaient appris à ne jamais baisser la garde. Mais la femme du propriétaire leur avait enseigné la langue des habitants de l'île, ainsi que la lecture, et pendant un temps ils fréquentèrent même l'école locale. C'était une époque heureuse.

Puis, un jour, un bateau vint les chercher. Avec la crainte d'être renvoyés dans la Cité, ils firent leurs adieux à la gentille femme et à l'île. Toutefois, on leur fit reprendre la mer, puis ils voyagèrent sur la terre ferme pendant de nombreux jours, jusqu'à atteindre une petite communauté de fermiers. Ils y retrouvèrent l'homme appelé Gil, qui allait être leur guide et mentor. Là-bas, ils durent apprendre l'écriture obscure et complexe de l'ancienne Cité – une langue abandonnée depuis longtemps, n'existant plus que dans quelques documents impériaux.

Amita quitta les appartements de Petalina et tourna à gauche pour emprunter un long couloir s'enfonçant davantage dans le palais. Après s'être trompée quelques fois, elle finit par trouver Assaios, la gouvernante austère de l'aile sud, et essaya de faire preuve de patience pendant que la femme fit prendre ses mesures avec lenteur et méthode, afin de lui confectionner une tenue digne d'une servante du palais. Assaios lui fit ensuite la liste des devoirs qui lui étaient assignés. Petalina lui avait déjà dit qu'elle ne devait pas prêter attention à cette vieille femme, mais Amita ne voyait pas de raison de s'en faire une ennemie. Elle garda donc la tête basse en signe de soumission, tandis qu'Assaios lui expliquait où il était interdit d'aller, ce qu'on ne disait pas à ses supérieurs, et qu'il ne fallait pas regarder quelqu'un même si cette personne vous parlait. Amita l'écouta évoquer les restrictions en matière d'eau, de nourriture et de chauffage, où elle ne pouvait pas manger et ce qu'elle n'avait pas le droit de manger, puis furent passés en revue les vêtements, les manières et son statut, qui était inexistant.

Amita tua le temps en réfléchissant à la façon dont elle profiterait de son après-midi de liberté inattendu. Avec seulement trente jours avant le Jour des Offrandes, elle devait savoir retrouver son chemin dans cette aile du palais et découvrir le moyen d'accéder à la bibliothèque du Silence, comme elle en avait reçu l'ordre. Avant son arrivée ici, elle avait étudié des plans du palais à peine ébauchés, mais ne reconnaissait pas grand-chose dans ce qu'elle voyait. Ces cartes dataient de plus d'un siècle, à l'époque où ces quartiers étaient ceux des femmes. À présent, ils abritaient plusieurs appartements pour les invités de l'empereur, les autres seigneurs et leurs amis. La plupart étaient souvent vides. Malgré tout, ils étaient sous surveillance : elle avait repéré des gardes armés dans les corridors, et errer sans but en pleine journée attirerait l'attention sur elle.

Une fois qu'Assaios l'eut relâchée à contrecœur, Amita décida donc de regagner les appartements de Petalina et de se souvenir de tous les couloirs parallèles, escaliers montant et descendant et portes qu'elle croiserait en chemin. Elle se les rappellerait grâce à son excellente mémoire puis, au fil des jours, elle irait les examiner de plus près, un à un. S'il le fallait, elle pourrait toujours demander où se trouvait la bibliothèque du Silence, mais ne le ferait qu'en dernier recours. On lui avait répété à maintes reprises qu'elle ne devait surtout pas se faire remarquer.

— Jeune fille !

Elle avait atteint le long couloir menant aux appartements de sa maîtresse, et s'attardait près d'un escalier orné de fruits et de fleurs dorés qui s'enroulaient dans la lumière en montant et dans les ténèbres en descendant. Elle sursauta, nerveuse. Après avoir jeté un coup d'œil à l'homme qui venait de l'appeler, elle baissa la tête. C'était le moustachu qui avait rendu visite à Petalina. Son cœur s'accéléra.

— Monsieur ?

Il s'avança vers elle en boitant, appuyé sur sa canne.

— Tu es la nouvelle servante de Petalina ?

— Oui, monsieur, marmonna-t-elle, les yeux rivés sur ses pieds.

— Où étais-tu employée, avant cela ?

— Chez le général Kerr, monsieur.

— Et qui t'a amenée ici ?

Elle leva brièvement la tête. Il étudiait son visage de ses yeux perçants et profondément enfoncés. Elle détourna le regard, feignant la peur et la confusion – ce qui ne fut pas difficile.

— Je l'ignore. Un domestique, monsieur.

L'homme resta silencieux un moment.

— Comment t'appelles-tu ? finit-il par demander.

— Amita, monsieur.

— Quel âge as-tu ?

— Quinze ans, monsieur.

— D'où viens-tu ?

— Monsieur ?

— Où es-tu née ?

On l'avait préparée à ce genre d'interrogatoire.

— À Gervain, monsieur.

— Qui sont tes parents ?

— Mon père était soldat, monsieur.

— Dans l'un des régiments de Kerr ?

Elle le dévisagea, affichant un air perplexe.

— Je ne sais pas, monsieur, gémit-elle.

Elle ajouta d'une voix pleine de trémolos :

— Je suis une bonne fille, monsieur.

À la vue de ses larmes, le visage de l'homme jusque-là amical prit une expression irritée. Il grogna :

— Allez, va.

Elle baissa la tête et s'éloigna d'un pas pressé.

Dol Salida avait appris à jouer à l'urquat dans la prison d'un campement odrysien, à l'est de Palim, une cité fkeni. En le voyant à présent, vieux, dégarni, avec sa jambe boiteuse, il était difficile de croire qu'il avait été autrefois un jeune cavalier imprudent, comme doivent l'être tous les cavaliers qui se retrouvent à affronter les tribus de l'Est, en particulier les Fkeni, dont les modes d'exécution aussi raffinés qu'inventifs avaient de quoi nourrir les pires cauchemars. Pendant le combat, il avait eu la chance d'être capturé par un petit groupe d'Odrysiens, même si après quatre années passées dans leur camp il aurait remis en cause l'emploi du mot « chance ». Finalement, il fut relâché au cours d'un rare échange de prisonniers avec la Cité, ses quatre membres et ses parties génitales indemnes – ce pour quoi il remercia les dieux de la glace et du feu.

Au cours de ces quatre années, il avait appris la patience – une leçon difficile pour un jeune cavalier qui se grisait de vitesse, convaincu de son immortalité. Il avait aussi appris l'art de l'urquat. C'était ainsi qu'il considérait ce jeu, car il requérait mémoire, concentration, chance et ruse. Un jeu d'urquat comprenait cent vingt jetons bicolores ornés de cinquante-six symboles différents. Selon le jeu, les jetons n'avaient pas les mêmes couleurs, ce qui rendait leur mémorisation digne de l'exploit. Pendant ses parties amicales aux *Étoiles Brillantes* avec Creggan et Bart, ils utilisaient toujours le même jeu dans les tons rouge, bleu et blanc. Mais, pour le Défi de la Lune bleue, auquel Dol Salida participait chaque année, un nouvel ensemble de jetons de couleurs différentes était ouvert à chaque partie. Autrefois, cette rencontre attirait plus de cent maîtres d'ici et d'ailleurs. À présent, une dizaine seulement vivant toujours dans la Cité y participaient chaque année, et l'événement avait perdu de son lustre. Malgré tout, Dol Salida ne l'aurait raté pour rien au monde.

Tout comme la prison avait appris à Dol la patience et l'urquat, le jeu lui avait appris la concentration. Ces deux qualités, la patience et la concentration, qu'il pratiquait depuis plusieurs dizaines d'années, avaient contribué à forger son atout maître pour son affectation actuelle : la vigilance.

Il était tout particulièrement attentif lorsqu'il croisait un nouveau visage. En plus d'être très physionomiste, il avait une mémoire phénoménale des noms, et c'était la première fois qu'il voyait cette servante au teint très pâle, Amita. Ce qui était par essence suspect. Chaque jour, il arpentait les rues de la Cité et scrutait les passants, surtout les filles en âge d'être enrôlées dans l'armée. C'était là son travail officiel, celui pour lequel la Cité le payait. Il lui était arrivé de servir au palais des Kerr en mission non officielle, tâche pour laquelle il n'était pas rémunéré et dont la Cité ignorait tout. Mais il n'avait jamais vu ce visage maigre. Rien d'étonnant à cela, car il devait y avoir des centaines de filles cachées dans les buanderies, les tavernes, les bordels et les granges, travaillant dans les champs et les usines, voyant rarement la lumière du jour. Malgré tout, dès que Petalina était concernée, il redoublait de vigilance.

Il connaissait la femme et sa sœur cadette Fiorentina depuis l'époque où, petites, elles vivaient chez leur père. Il était une sorte de lointain cousin. Il avait quitté la Cité perché sur sa monture alors qu'elles n'étaient que des enfants, ne présentant aucun intérêt pour lui, mais il les avait remarquées avec une douloureuse lucidité à son retour, quelques années plus tard, à la mort de son père. Petalina avait promis à Dol qu'il serait celui qui cueillerait sa fleur. Il ne l'avait jamais crue, et s'amusa de voir que cette délicate fleur était en fin de compte assez robuste pour s'épanouir une deuxième fois quand Petalina rencontra Marcellus. Dans les décennies suivantes, Dol Salida n'avait jamais perdu contact avec elle. C'était son premier amour, et, lorsque son association avec Marcellus s'avéra finalement précieuse pour lui, tout fut pour le mieux.

Il sourit intérieurement. Le jeune cavalier d'autrefois aurait ricané devant la maxime « on n'est jamais trop prudent ». C'était pourtant désormais la devise du vieil homme, grâce à laquelle il s'était protégé dans une Cité de plus en plus dangereuse.

Il avançait lentement vers les bureaux de l'administration du Palais Rouge, situés dans l'aile ouest du nouveau bâtiment. Cela expliquait sa présence en ces lieux. Il parlerait de la nouvelle servante de Petalina à Dashoul, qui devait s'acquitter d'une montagne de paperasse au nom de la sécurité. Il s'assurerait qu'une enquête soit ouverte sur cette gamine et qu'on l'interroge.

Dol était lui-même père de cinq filles. Trois d'entre elles, qui avaient hérité de son intrépidité sans avoir sa chance, étaient mortes à la guerre. Les deux survivantes lui avaient donné huit petits-enfants, dont deux combattaient à leur tour pour leur Cité. Chaque nuit, dans sa maison banale en périphérie du palais, il priait les dieux de protéger du mal ses deux petits-enfants et de veiller à ce qu'ils rentrent sains et saufs. Il n'avait jamais été tenté d'avoir recours à son influence et à ses nombreux contacts pour que le pire de la bataille soit épargné aux cadets de sa famille, et ce malgré la ténacité et les larmes de sa femme Gerta. Il méprisait ceux qui défendaient la Cité mais qui la subvertissaient en contournant les règles pour leur propre bénéfice.

Il avait donc été déçu, mais pas surpris, de remarquer que la fille de Bartellus, son partenaire d'urquat, ne vieillissait pas. Quand Dol et le vieux soldat s'étaient rencontrés pour la première fois, trois ans auparavant, la fille avait quatorze ans, et à présent elle n'en avait que quinze. Dol n'était pas assez insensible pour interroger Bart à ce sujet. Il avait mis Creggan au courant en songeant tout haut à la fille alors qu'ils n'étaient que tous les deux, assis à la table d'urquat, attendant que Bart fasse son apparition. À son arrivée, Dol avait changé de sujet, sachant que Creggan, pareil à une tique sur un chien face à une question sans réponse, finirait par lui demander ce qu'il en était.

Dol Salida s'était ensuite rapproché du tenace Dashoul non pour l'informer du statut d'Emly, mais pour se renseigner sur le vieux Bart lui-même. Il apprit qu'il était originaire de la Cité, qu'il était né et avait grandi à Gervain, et avait servi loyalement l'empereur pendant vingt ans dans la Quatorzième Impériale, puis dans la compagnie d'infanterie surnommée la Fin de Ballatye. Il avait été réformé quinze ans plus tôt avec le grade de sergent, avant de disparaître de la circulation pendant un temps. Ensuite, il avait reparu dans le quartier de Lindo, où il vivait avec sa fille. Tout cela fut confirmé par Dashoul. En revanche, les archives concernant Bartellus indiquaient qu'il avait trois fils, tous morts au service de leur Cité. Aucune fille enregistrée.

Dol garda cette contradiction pour lui : il pouvait s'agir d'une erreur administrative, étant donné que le nom Bartellus était plutôt courant. Il avait décidé d'engager un homme pour suivre le vieux militaire quand il apprit que celui-ci s'était fait poignarder chez lui. La Maison de Verre ainsi que les habitations voisines avaient été détruites dans un incendie. Bartellus, grièvement blessé, avait toutefois survécu, soigné par sa fille présumée. Dol Salida n'était pas d'une nature cruelle et avait d'autres chats à fouetter que de forcer la fille unique d'un vieil homme blessé à s'engager dans l'armée. Il aurait tout le temps de s'en occuper quand Bart serait de nouveau sur pied.

Cependant, celui-ci disparut, la fille avec lui. Cet événement piqua davantage la curiosité de Dol, qui s'était remis avec une vigueur renouvelée à enquêter sur l'identité de ce vieux soldat et ce qu'il était advenu de lui.

Dol avait fait le tour des vestiges de la maison de l'allée du Canard-Bleu, bavardé l'air de rien avec les voisins, acheté de la bière dans les auberges du quartier, et retrouvé discrètement quelques-uns de ses nombreux informateurs. Il n'apprit pas grand-chose de neuf. Assurément, l'incendie de la Maison de Verre n'avait rien d'accidentel – peut-être des assaillants inconnus en étaient-ils à l'origine, ou Bart en personne, disait-on. Mais l'homme avait été poignardé, puis sauvé de la bâtisse en proie aux flammes par sa fille et un passant héroïque qui l'avait porté le long du pont de bois joignant le grenier du maître verrier à la pension d'en face. Après quoi, le vieil homme, sa fille, le héros de passage, ainsi que la femme et les deux enfants qui vivaient au dernier étage de la pension avaient tous disparu de la Cité grouillante.

Dol avait joué de ses charmes sur la propriétaire de la pension – en vain. Meggy, une femme maigre, fatiguée et effrayée par toute personne posant des questions même si elle était charmante, mettait un point d'honneur à ne jamais fourrer son nez dans les affaires des autres. Assise sur son perron, donnant des restes avariés à un chien puant, elle avait refusé de parler de ses résidents ou même de regarder Dol en face. Elle n'avait rien à lui dire sur Bartellus et Emly, en dehors de leur nom, et en savait encore moins sur leur mystérieux sauveteur.

Après l'avoir remerciée avec profusion pour des renseignements inexistants, Dol s'en était retourné pour reprendre la longue route jusqu'à Burman Far. En chemin, il avait remarqué un enfant maigre et crasseux qui, s'éloignant, s'était réfugié à l'angle d'une rue pour l'espionner d'un œil prudent. Il avait boité vers le garçon, qui s'était élancé dans la rue avant de s'arrêter à l'angle suivant. N'ayant ni le temps ni l'énergie de jouer à ce petit jeu, Dol avait glissé une double pante d'argent dans sa paume, la faisant miroiter aux yeux du gamin. Celui-ci avait fait signe à Dol de le suivre dans une allée parallèle. Dol l'avait suivi en prenant soin de sortir le couteau incurvé qu'il portait toujours au côté.

Le garçon l'avait conduit derrière une écurie, où des balles de foin étaient gardées par un gros homme appuyé sur l'une d'elles. Celui-ci ronflait bruyamment.

Le gamin avait ricané.

— Vous aurez pas besoin de ce crève-panse, avait-il déclaré en désignant d'un signe de tête le couteau que tenait Dol.

— C'est moi qui en déciderai, avait répliqué Dol d'un ton bourru.

L'enfant avait frotté son nez sale avec une main plus sale encore.

— Je l'ai vu, avait-il annoncé fièrement. L'incendie.

— Dis-moi quelque chose que je ne sache pas déjà, et cette pièce sera à toi, avait répondu Dol en rangeant la double pante dans sa poche avant de s'asseoir sur une balle de foin.

— Je sais pas ce que vous savez déjà, avait répliqué le gamin, maussade.

Il avait raison. Dol avait haussé les épaules.

— Essaie toujours.

— J'ai vu le début de l'incendie. Il y avait des flammes partout…

— Connais-tu le vieux Bart et Emly ?

Le garçon avait hoché la tête.

— Sais-tu où ils se trouvent, à présent ?

— Ils sont allés à la 'firmerie.

C'était faux. Dol avait commencé par vérifier toutes les infirmeries. Il s'était redressé.

L'enfant s'était empressé d'ajouter :

— Je sais pas où ils sont, maintenant. Mais j'ai vu le soldat.

— Quel soldat ?

— Celui qu'a monté sur le pont.

— L'homme qui les a sauvés ?

Tout ce que Dol avait entendu dire, c'était qu'il était grand et blond.

Le gamin avait acquiescé.

— Je l'ai vu dans l'allée.

— Depuis l'incendie ?

Le garçon avait secoué la tête devant tant de lenteur.

— Mais non ! Avant. Il surveillait.

— Il surveillait quoi ?

— Il surveillait le vieux Bart et la fille. Je l'ai repéré. En bas de chez Meggy.

— Et où est-il désormais ? (Dol avait fait sauter la pièce sous le nez du garçon, qui l'avait attrapée avec dextérité avant de la glisser dans la poche de son pantalon crasseux.) Dis-moi tout ce que tu te rappelles à son sujet.

— Il était grand…

— Plus grand que moi ?

Le garçon avait ricané.

— Ouais. Et plus jeune.

— Quel âge ?

Le gamin avait exagérément penché la tête sur le côté, comme en pleine réflexion.

— L'âge de ce type-là, avait-il répondu en indiquant le ronfleur.

Selon Dol, il devait avoir une trentaine d'années.

— Il avait les cheveux blonds. Il portait une sorte de manteau de soldat sans manches. Rouge.

— Un surcot rouge d'uniforme. Des signes distinctifs ? Des rayures, des boutons ? Le soldat avait-il des tatouages ?

Le gamin avait fermé les yeux pour se concentrer.

— Nan.

Dol avait soupiré. Retrouver un soldat anonyme dans une cité pleine de militaires était un défi digne de lui.

— Il avait une marque sur le bras, l'avait informé le garçon.

— Un tatouage ?

— Nan. Comme s'il avait été brûlé dans l'incendie, sauf… (Le gamin avait fait la grimace.) Sauf qu'elle était vieille.

— C'était une ancienne brûlure ? (Un souvenir avait refait surface dans l'esprit de Dol.) Ressemblait-elle à un S ?

Le gamin l'avait dévisagé sans comprendre.

— Comme ça. (Dol s'était penché pour dessiner un S dans la terre.) Un S.

— Ouais ! Ssss.

Dol avait recouvré la mémoire à présent : Creggan avait parlé d'un soldat à l'auberge des *Étoiles Brillantes*, et Bart l'avait interrogé. Un soldat grand et blond, avec un tatouage militaire représentant sept étoiles, et une cicatrice sur le bras.

— Ssss, avait répété le garçon, content de cette sonorité. C'était peut-être pour son nom.

— Son nom, oui, c'est possible, avait dit Dol d'un air absent, songeant au jeu d'urquat.

— C'était Sami, avait proposé l'enfant.

— Comment ça ?

— Son nom. C'était Sami.

Dol avait dû se retenir de ne pas saisir ce morveux pénible par la gorge.

— Tu connais son nom, petit ? avait-il rugi.

— Ouais, avait répliqué le gamin en reculant, sur la défensive. Je l'ai entendu. Quand ils sont partis de chez Meggy. Le lendemain ou le surlendemain. Elle l'aimait bien, la Meggy. Je l'ai remarqué. Il était gentil avec son vieux clébard. Je l'ai entendue. « Prends soin de toi, Sami », qu'elle lui a dit.

Chapitre 29

Le palais était un lieu d'intrigues et de secrets. Ses niveaux inférieurs avaient été abandonnés à un passé oublié, à l'époque où le fleuve Menander s'écoulait innocemment sous les rayons du soleil, devant des édifices de pierres neuves et des maisons en briques crues. Des ponts avaient été érigés au-dessus du fleuve, en quantité. Puis l'on bâtit sur ces mêmes ponts, et au fil des siècles le grand fleuve finit par être enseveli sous la Cité qui s'élevait, pour ne devenir qu'une partie des égouts. Les hommes avaient oublié jusqu'à son nom.

Mais le fleuve était toujours là. Des millions de tonnes d'eau se déversaient chaque jour en provenance du sud et, pendant la saison des pluies, des hautes plaines de l'Est. Il s'écoulait sous la Cité, dans ses niveaux les plus bas, écrasé par l'histoire. Il s'infiltrait dans les fissures des vieilles pierres, faisant effondrer les murs. Il pénétrait des amas de chênes remontant à la préhistoire. Puis il sortait de la Cité par une multitude de tunnels, de grottes, de tamis, de conduits, de canalisations et de fossés, pour enfin rejoindre la mer.

Toutefois, les machineries antiques construites il y a fort longtemps par des hommes plus sages ne marchaient plus, et une certaine quantité d'eau n'avait nulle part où être évacuée. Tandis que les niveaux inférieurs de la Cité s'écroulaient lentement, le niveau de l'eau montait.

Durant les années cruciales où les portes et les barrages commencèrent à ne plus fonctionner, les ingénieurs du palais n'avaient ni la volonté ni le courage d'y remédier, laissant le soin aux générations futures – pour lesquelles il serait trop tard – de s'en occuper. Les mécanismes qui auraient pu être réparés étaient désormais immergés. Pendant que les fondations les plus profondes du palais cédaient, de grandes fissures naissaient sur les murs de pierre, et la nuit on entendait des grincements pendant que la montée des eaux torturait la structure du palais. Les murs et les plafonds étaient constitués d'énormes poutres et poteaux, mais cela ne faisait souvent qu'aggraver le problème, car la pression de l'eau, irrégulière, pesait sur le palais qui se tordait, comme un animal imposant se débattrait dans un piège.

Pour tenter de remédier au problème, les ingénieurs construisirent trois barrages à l'extérieur des remparts, au sud, pour stocker les eaux pluviales et la neige fondue en provenance des montagnes et les faire dériver vers la Cité, sous le contrôle des hommes. Pendant une dizaine d'années, le système fonctionna et le niveau de l'eau se stabilisa. Cependant, deux des barrages se trouvaient désormais en territoire petrassi. Jusque-là, leurs nouveaux seigneurs n'y avaient pas touché, mais plus d'un ingénieur cauchemarda en se demandant ce qui se passerait si l'ennemi décidait de détruire les barrages et de lâcher les eaux qu'ils contenaient sur la Cité.

Le Hall des Veilleurs, où Bartellus et Indaro s'étaient rencontrés pour la première fois, près duquel l'historien Marshall Creed avait aperçu un ange dans les ténèbres, faisait initialement partie d'un palais érigé des centaines d'années auparavant. Un nouveau bâtiment avait ensuite été construit sur ses ruines, et l'endroit avait fini par disparaître des cartes des ingénieurs actuels. Seules quelques personnes en connaissaient l'entrée.

Les oiseaux sculptés dans la pierre étaient désormais immergés sous des eaux noires, leurs yeux aveugles surveillant le clapotis tranquille, aspirant l'eau qui s'infiltrait et sortait par ce qui était autrefois un portail dans les égouts.

Deux étages au-dessus du hall englouti se trouvait la bibliothèque du Silence. Elle aussi avait été abandonnée. On avait monté au sec quelques-uns des milliers de livres qu'elle contenait, et on avait laissé pourrir les autres.

On avait demandé à Amita de trouver cette bibliothèque pour deux raisons. D'abord, pour confirmer que, comme on le craignait, l'accès aux égouts par la bibliothèque était désormais impossible. On connaissait peu de portails dans les égouts qui menaient au palais, et la topographie mouvante des tunnels les rendait dangereux, voire impraticables. Si le Hall des Veilleurs était infranchissable, il fallait trouver un autre chemin, et vite. Amita s'était donc vu également confier la tâche de fouiller la bibliothèque pour y trouver des plans de la Cité qui indiqueraient d'autres portails, peut-être dans les cachots inondés.

Cinq jours après son arrivée au palais, protégée par une cape dont elle avait relevé la capuche, elle était sortie en pleine nuit pour chercher de nouveau un accès aux égouts. Sa maîtresse avait diverti Marcellus jusqu'à récemment ; l'homme venait de partir tandis que Petalina dormait. Amita pensait avoir plusieurs heures devant elle. Une fine lumière filtrait à travers les hautes fenêtres du couloir alors qu'elle avançait d'un pas pressé, pieds nus, sur le sol de pierre. Le chemin serait long et elle avait beaucoup à faire. Même la nuit, le palais était en effervescence, et elle dut s'arrêter à plusieurs reprises pour se soustraire à la vue de groupes de soldats ou d'autres personnes vaquant à leurs mystérieuses occupations en se glissant dans l'encadrement d'une porte, à l'angle d'un mur ou derrière une statue. Elle pouvait se permettre d'être repérée une fois et mettre cela sur le compte de son arrivée récente au palais, feignant d'être perdue et stupide. Mais, si on la voyait une deuxième fois, elle attirerait l'attention, ce qu'elle devait à tout prix éviter. Elle se déplaça donc d'une zone d'ombre à l'autre, et pria pour ne croiser personne, surtout pas le moustachu au regard pénétrant.

Il lui fallut plus de temps qu'elle ne l'espérait pour retrouver l'escalier aux dorures appelé, elle le savait à présent, l'Escalier Grenat. Pendant un instant, elle crut qu'elle s'était trompée, car l'escalier était éclairé par des torches et des flambeaux reflétant la lumière, tandis que, la première fois qu'elle l'avait vu, seule la fine lueur grise d'une fin d'après-midi filtrait sur lui.

Après un moment d'hésitation, elle courut d'un pas léger jusqu'au palier inférieur, regarda autour d'elle, puis descendit encore deux étages. Ici, les balustres étaient usés et ébréchés, certains étaient tordus et manquants par endroits. L'éclairage jeté par les torches s'arrêtait là. Un autre escalier de pierre grise, incurvé, s'enfonçait davantage dans l'obscurité. D'une main tremblante, elle décrocha une torche de son applique et poursuivit sa descente.

Une odeur d'humidité et de pourriture lui rappela la puanteur des égouts. Au pied des marches, un couloir courait de part et d'autre. Amita choisit de prendre à gauche. Ce niveau inférieur du palais semblait à l'abandon. Elle avança rapidement. Une fois, elle entendit un lointain bruit de bottes foulant la pierre. Hormis cela, elle se retrouva drapée dans un silence troublé uniquement par le crépitement ténu de son brandon.

Au bout d'un moment, elle fit une halte et dut reconnaître qu'elle s'était trompée de sens. Elle fit demi-tour en courant pour rattraper le temps perdu. Mais, alors qu'elle distinguait tout juste l'Escalier Grenat faiblement éclairé au loin, elle s'arrêta. Elle perçut des bruits de pas qui descendaient les marches. Son cœur accéléra. Après avoir replacé discrètement la torche sur son support, elle se glissa dans une ombre sur le mur.

Deux silhouettes apparurent au pied de l'escalier, dans la lueur de la torche. L'une était celle d'un homme aux cheveux bruns, la barbe bien taillée, tout de noir vêtu. L'autre personne n'était qu'un garçon, plus jeune qu'Amita, blond et d'allure gauche. Il portait une tenue de soie verte qui luisait dans la lumière vacillante. Amita recula, craignant qu'ils ne détectent sa présence.

Le brun demandait :

— Pourquoi se retrouver dans ce lieu sinistre, seigneur ?

— J'aime cet endroit, répondit le garçon. Cela me rappelle l'ancien temps. J'avais momentanément oublié que tu n'aimais pas avoir les pieds mouillés, Rafe. Ou te salir les mains, ajouta-t-il d'un ton sournois.

Il jeta un coup d'œil en haut des marches. Amita vit que deux soldats armés se tenaient dans l'ombre au-dessus d'eux.

Le garçon soupira, comme si la conversation l'ennuyait déjà.

— Je cherche des archives de l'armée, dit-il à celui appelé Rafe.

— En bas ? Je croyais qu'elles avaient été transférées à Dashoul, dans l'aile sud ?

— Pas toutes. Celles qui ont plus de vingt ans se trouvent encore dans la bibliothèque du Silence.

— Elles vont moisir si on les y laisse, déclara Rafe. Je m'en occupe. Que cherchez-vous exactement ?

— Rien d'important, répliqua le garçon d'un air évasif. On m'a dit que c'est grâce à toi que le Voile du Gulon a été retrouvé.

— En effet, seigneur.

— Tu as la reconnaissance éternelle de l'empereur. Nous pensions qu'il avait disparu depuis longtemps de la Cité. Où était-il ?

— Une fille de Lindo l'a donné à un fils de marchand, peut-être en gage d'amour. Il l'a identifié et l'a signalé au palais.

— Comment se fait-il que ce fils de marchand ait eu connaissance de ce voile ? s'enquit le garçon. (Il semblait boudeur, songea Amita. Elle se demanda qui il était.) Combien de personnes savaient qu'il était perdu, et quelle est sa valeur ?

— Très peu, seigneur, répondit doucement Rafe. Toutefois, il aurait été difficile de le retrouver si personne n'avait su qu'il était perdu. Le fils du marchand a eu la puce à l'oreille quand un collègue de la fille a prétendu que l'objet avait une grande valeur aux yeux de l'empereur. Il l'a donc signalé à un agent du palais. Mon réseau de contacts est très étendu. Ils finissent toujours par obtenir les informations que nous cherchons.

— Ils finissent, oui, répéta le garçon. Pourquoi la fille l'avait-elle en sa possession ?

— Nous l'ignorons. Mes agents ont veillé à détruire toutes les preuves de l'existence du voile, soupira Rafe. Que les dieux me protègent des serviteurs ayant le sens de l'initiative.

— Quoi qu'il en soit Rafe, tu as notre reconnaissance. Nous sommes restés huit ans privés de son pouvoir, et les reflets étaient... de plus en plus difficiles. Tu peux tout demander à ton empereur.

— Vous êtes très généreux, seigneur.

Rafe se tourna vers l'escalier, puis le garçon dit :

— Le fils du marchand. Veille à ce qu'il soit...

— Récompensé, seigneur ?

— Exécuté.

Rafe s'inclina et répondit d'un ton formel :

— Si vous me permettez de me retirer, seigneur…

— Tu as toujours été désireux de chercher la lumière, Rafe. C'est contre nature.

Rafe jeta un coup d'œil en haut de l'escalier.

— Comme vous, seigneur, je ne dors pas, mais ma dame si et j'aime parfois la contempler dans son sommeil. Que cherchez-vous dans les archives, seigneur ? demanda-t-il une fois de plus.

Le garçon hésita puis, comme s'il souhaitait prolonger la conversation, lui confia :

— Je suis sur la piste d'un soldat appelé Fell Aron Lee. Apparemment, il n'est pas ce qu'il prétend être.

Rafe émit un petit rire.

— Comme nous tous. Fell Aron Lee, répéta-t-il d'un air songeur. J'ai entendu ce nom récemment. Quand était-ce ? Kantei ?

— Avant la débâcle de Salaba, seigneur, répliqua l'un des guerriers. Il commandait les Chats Sauvages. Il a quitté la tour pour prendre part au combat, malgré les ordres de son général.

Rafe sourit.

— Ah oui ! bien sûr. Flavius était hors de lui. Fell a eu de la chance de mourir dans la bataille, sans quoi Flavius l'aurait fait crucifier. Qu'avez-vous découvert à son sujet ?

— Un parcours exemplaire au service de la Cité, mais nulle trace de ses origines. Rien sur son père et les premières années de sa vie.

— Les fils orphelins de père sont légion dans l'armée.

— Mais il n'a pas de mère non plus, ni de lieu de naissance. Il semble être surgi de nulle part en devenant l'auxiliaire de Shuskara, à l'âge de quatorze ans – ce qui en soi est suspect. Crois-tu qu'il ait péri avec le reste de la Maritime ?

— Il y a de fortes chances, oui. Pourquoi le recherchez-vous ?

— Il paraît qu'il a une réclamation à me présenter.

— Une réclamation ?

Le garçon haussa les épaules.

— Et d'où tenez-vous cela ?

— Les réseaux habituels. Des informations sont passées par les employés de Dashoul, ou par Saroyan. (Il haussa de nouveau les épaules comme si l'affaire était sans importance.) Cela ne te regarde pas, Rafe, ajouta-t-il d'un ton irrité.

Rafe hocha la tête et s'inclina de nouveau.

— Bonne chasse, alors, dit-il.

Flanqué de ses guerriers, il remonta l'escalier d'un pas léger. Le cliquetis des armures s'estompa et Amita se retrouva une fois de plus enveloppée d'un silence oppressant. Le garçon resta un moment dans le halo de la torche, visiblement plongé dans ses pensées. Amita attendit, prête à fuir s'il avançait de son côté, mais il emprunta tout à coup le corridor dans la direction opposée. Après avoir laissé filer quelques secondes, Amita le suivit prudemment à distance.

Semblant connaître son chemin, le garçon passa sans s'arrêter devant plusieurs portes ouvragées. Puis il disparut. Amita se faufila le long du couloir jusqu'à l'endroit où il s'était volatilisé, terrorisée à l'idée qu'il surgisse brusquement et tombe nez à nez avec elle. Il était sorti par une grande porte qui donnait sur une chambre ronde, dans laquelle un autre escalier de pierre descendait encore. Amita avait laissé sa torche derrière elle de crainte que le garçon n'en remarque la lueur. Elle s'engagea donc dans l'escalier obscur, sachant qu'elle se ferait attraper s'il se retournait. Chaque fois qu'elle était tentée de rebrousser chemin et de fuir cet endroit sinistre, elle se rappelait à quel point les jours passaient vite, et que la vie d'Elija dépendait peut-être de ses découvertes.

Cela faisait un moment qu'elle descendait en se tenant au mur de pierre quand son pied nu se posa dans l'eau. La texture poisseuse fit renaître en elle toutes les angoisses de sa vie passée dans les Halls. De l'eau glacée jusqu'aux genoux, elle avança à pas prudents, en tâtonnant devant elle du bout du pied pour chercher une éventuelle marche. Mais c'était la dernière. Le faible halo d'une torche lui parvint sur la gauche. Elle s'en approcha doucement, vérifiant à chaque pas qu'il n'y avait pas d'autre escalier.

L'air ambiant sentait l'eau croupie et la pierre humide. Elle frissonna de froid et de peur.

Elle trouva le garçon dans une salle sur sa droite. La porte de chêne, entrouverte, reflétait la lueur de sa torche. Elle chercha un refuge et repéra un peu plus loin dans le couloir une niche profonde dans le mur, où elle pourrait se cacher s'il sortait. Puis elle retourna vers le battant sculpté et regarda dans l'entrebâillement.

La salle était pleine d'ouvrages. Certaines étagères étaient vides, mais des piles de livres se dressaient, apparemment au hasard, sur des tables et des tabourets. Certains, abandonnés sur le sol inondé, étaient gorgés d'eau. Le garçon avait grimpé sur une table centrale pour s'y asseoir, ses longues jambes repliées sous lui comme les pattes d'une araignée, une pile de recueils à ses côtés. À la lumière de son brandon, il feuilletait chaque épais volume, qu'il posait en équilibre précaire sur ses maigres genoux. Amita se demanda pourquoi elle continuait à l'espionner. Il en avait peut-être pour des heures et, si c'était bien la bibliothèque du Silence comme elle le pensait, elle allait devoir y retourner. Quelle heure était-il ? L'aube se levait-elle ? Elle venait de se décider à partir pour revenir une autre nuit quand le garçon se laissa glisser de son perchoir. Posant l'ouvrage qu'il lisait ouvert sur la table, il en arracha brusquement plusieurs pages. Il referma ensuite le livre qu'il rangea sur une étagère parmi des volumes semblables avant de se diriger vers la porte.

Amita s'écarta en prenant garde à ne pas faire d'éclaboussures. Elle se glissa dans la niche repérée plus tôt et vit la torche briller sur l'eau grise à ses pieds. La lumière diminua tandis que le garçon pataugeait pour regagner l'escalier. Elle suivit le halo des yeux pendant qu'il remontait. Quand tout fut de nouveau silencieux, elle gravit à son tour les marches dans le noir jusqu'à trouver une torche enflammée, puis retourna dans la bibliothèque.

Petalina se réveillait lentement. Allongée dans les draps emmêlés, l'esprit embrumé, elle n'avait pas envie de bouger. Elle avait mal à la gorge et ses yeux la piquaient. Ses membres étaient aussi lourds que du plomb, comme des bouts de viande. Elle inspira profondément et toussa.

— Amita ! appela-t-elle d'une voix rauque.

Personne ne vint. Elle finit par se redresser avec lassitude et, appuyée sur un coude, balaya la chambre du regard. Le jour n'était pas encore levé, mais la faible lueur de l'aube filtrait à travers les fenêtres qui donnaient à l'est, nimbant la pièce de nuances de gris et révélant des verres à vin renversés, des bouteilles vides et des vêtements éparpillés négligemment. Toujours personne. Épuisée par l'effort, Petalina s'affala de tout son long dans la position de l'étoile de mer, les yeux rivés sur le plafond ouvragé.

Je commence à me faire vieille pour ça, pensa-t-elle.

Cela faisait presque trente ans qu'elle connaissait Marcellus Vincerus. Elle l'aimait d'un amour profond et lui devait tout : sa richesse, son statut de courtisane du palais – d'autres qui exerçaient ce métier étaient nommées « catins » – et sa vie, même. C'était un homme remarquable. Il lui manquait dès qu'il s'absentait. Quand il entrait dans sa chambre, l'air moussait comme du vin pétillant, et quand il partait le vin n'était plus que de l'eau.

Cependant, c'était un véritable lion. Il faisait preuve d'une vigueur incroyable dans tout ce qu'il entreprenait, et était aussi fort et aussi passionné qu'il y avait trente ans, la première fois qu'elle l'avait invité dans son lit d'un air timide – peut-être même plus.

Et moi je ne suis qu'une vieille catin, songea-t-elle. *Un jour, il faudra bien admettre que je ne peux plus suivre mon amant.*

Mais ce jour n'était pas encore arrivé.

Elle s'assit, déterminée, essayant d'ignorer ses reins douloureux. Tout son corps était endolori. Libérant ses jambes des draps tire-bouchonnés, elle se glissa hors du lit et marcha à pas feutrés jusqu'à la fenêtre, qu'elle ouvrit en grand pour laisser entrer le matin. Elle inspira une profonde bouffée d'air frais, sentant des odeurs de feuilles mouillées et d'herbe coupée. Puis elle se rendit au salon. La pièce était immaculée. Amita l'avait rangée et nettoyée après que les amants se furent retirés dans la chambre. *Je ne suis pas une vraie dame qui, comme Fiorentina, ne remarque même pas ce genre de chose*, se dit Petalina.

— Amita ? répéta-t-elle sans véritablement attendre de réponse.

Sa servante pensait sûrement qu'elle dormirait jusqu'en fin de matinée, car elle était jeune et c'était ce qu'elle-même aurait fait si elle en avait eu l'occasion.

Petalina se versa un verre d'eau qu'elle but goulûment. Des gouttes rafraîchissantes tombèrent sur sa poitrine et son ventre nus. Tenant toujours le verre, elle s'avança vers le vestibule puis vers l'étroit lit rabattable où dormait sa servante. Puis elle songea : *Pourquoi la déranger ?* Elle retourna se coucher et tira la couverture jusqu'à son menton, appréciant avec délectation la chaleur du lit.

Amita scrutait les restes de pages arrachées dans le livre. Elle savait déchiffrer l'écriture ancienne de la Cité, mais ce texte avait été rédigé par une main maladroite et inconnue, et il lui fallut du temps pour comprendre ce qu'elle avait sous les yeux. Les pages jaunies, humides et épaisses, remplies de pattes de mouche, contenaient des listes d'armées, quantité de colonnes de noms de soldats avec, pour chaque année, leur régiment et leur compagnie. Il y avait même le nom de leur père ainsi que leurs date et lieu de naissance. En retournant quelques pages en arrière, elle découvrit que le dernier régiment de la liste était l'infanterie de la Seconde Adamantine. Cependant, tant de pages avaient été déchirées qu'il était impossible de savoir si le garçon s'intéressait à ce régiment ou à celui d'après. Soit il était très négligent vis-à-vis de ces livres oubliés, soit il prenait soin d'effacer tout indice, songea Amita.

Se rendant compte qu'elle perdait son temps, elle retourna dans l'eau glacée et se concentra de nouveau sur le but de ses pérégrinations. Il ne faisait aucun doute que tout espoir d'accéder aux Halls s'achevait ici, dans l'eau qui lui arrivait aux genoux. Néanmoins désireuse d'accomplir sa mission jusqu'au bout, elle brandit la torche et commença à chercher le portail. Au fond de la bibliothèque, profondément enfoncée entre les rayonnages moisis, elle découvrit une porte lambrissée qui s'ouvrait vers l'intérieur. Amita l'observa un moment d'un air réticent. Un mur d'eaux noires allait-il fondre sur elle si elle se décidait à l'ouvrir ? Elle finit par remarquer que le battant comportait de nombreuses fissures et n'aurait jamais pu faire barrage à une inondation. Elle l'entrebâilla et perçut aussitôt l'odeur nauséabonde des égouts. De l'autre côté, le niveau de l'eau était le même. Elle tira sur la porte avec difficulté, car le bois voilé avait pourri, glissa sa torche dans l'interstice puis s'y faufila. Elle se retrouva dans une chambre ronde déserte, semblable à celle qu'elle avait traversée pour descendre. Quelque part sous les eaux grasses, des marches menaient au Hall des Veilleurs.

Sa première tâche accomplie, elle regagna la salle principale de la bibliothèque. S'inquiétant de l'heure, elle se demanda si l'aube était déjà levée. Elle se résolut à inspecter une petite partie des lieux et à revenir une autre nuit. Posant la torche sur un support, elle examina les étagères, grimpant sur une frêle échelle de bois quand c'était nécessaire. De nombreux ouvrages étaient couverts de champignons. Tous étaient humides et abîmés. Chaque fois qu'elle tirait un volume vers elle, elle délogeait des colonies d'insectes. Entendant le cliquetis ténu des rats qui, de leurs pattes griffues, couraient sur les rayonnages dans les ténèbres, elle prit conscience de ses chevilles nues et vulnérables. Parfois, croyant sentir un mouvement sur sa peau, elle donnait un coup de pied, mais les rongeurs craignaient la lumière de la torche et ne l'importunèrent pas.

Elle délaissa les nombreuses étagères qui contenaient des ouvrages de plus petite taille. Selon elle, les plans du palais avaient plus de chances de se trouver dans des grands volumes plats tels ceux qui listaient les armées, ou dans des rouleaux de parchemin. Les gros livres étaient lourds. Elle devait les tenir contre elle pour les apporter sur la table centrale et les ouvrir. Elle se sentait sale, couverte de la crasse des recueils pourris et des moisissures qui les recouvraient. Malgré le temps qui pressait, elle voulait toujours examiner un dernier livre, puis un autre, dans l'espoir qu'il contiendrait les informations qu'elle cherchait.

La fatigue finit par avoir raison d'elle. Elle descendit l'échelle avec un lourd volume, dérapa et chuta. Elle atterrit dans les eaux dégoûtantes, puis se releva d'un bond quand un rat la frôla.

Il est temps d'y aller, conclut-elle en abandonnant l'ouvrage dans l'eau. Alors qu'elle s'apprêtait à prendre la torche sur son applique, elle aperçut une pile de fins rouleaux de papier sur l'étagère la plus haute, au-dessus de la porte. Indécise, elle resta un long moment sans rien faire, puis tira l'échelle. Elle gravit les échelons à la hâte, s'empara de la pile entière de documents et la déposa sur la table centrale.

Des plans ! D'un bref coup d'œil, elle distingua des lignes à demi effacées marquant les contours des bâtiments, des routes ou peut-être des égouts. Difficile à dire dans la faible lumière et avec ses yeux fatigués. Il n'y avait plus une minute à perdre. Elle plia grossièrement en deux les fins rouleaux et les enveloppa dans son châle, qu'elle attacha dans son dos avant de sortir précipitamment.

Lorsqu'elle atteignit le sommet de l'Escalier Grenat, elle se rendit compte que l'aube était déjà levée depuis un moment. Consciente qu'elle ne pouvait être vue dans cet état, elle retourna chez sa maîtresse en restant dans la pénombre. À plusieurs reprises, elle vit des servantes et des soldats venir dans sa direction, mais tous avaient encore les yeux ensommeillés, et ils ne la remarquèrent pas lorsqu'elle se tenait dans l'ombre, immobile comme une statue.

De retour dans les appartements de Petalina, les nerfs à vif, elle regarda dans la chambre. Sa maîtresse dormait toujours profondément. Lâchant un grand soupir, Amita déballa les plans et les rangea à la base de son lit rabattable. Elle se mordit la lèvre avec angoisse. Les documents avaient beau être dissimulés, ils dégageaient une véritable puanteur qu'elle sentait elle-même. Elle ne pourrait pas les laisser longtemps ici, mais n'avait plus le temps de leur trouver une autre cachette. Elle se lava et se rhabilla, puis écrivit rapidement un message dont elle choisit chaque mot avec soin. Après avoir jeté un nouveau coup d'œil à Petalina, elle quitta les appartements et se rendit dans le jardin clos. Là, elle glissa le message dans une fente du mur, à l'ombre d'un figuier.

Un officier de cavalerie sans cheval, ça fait vraiment peine à voir, songea le capitaine Riis.

Les Faucons Nocturnes, la cavalerie de la Première Adamantine, avaient été victimes de leur succès et de la pénurie de montures dans la Cité.

Les cavaliers étaient encore dans leur caserne de la Porte du Paradis quand l'Armée maritime avait d'abord été frappée par l'inondation catastrophique, puis par l'assaut opportuniste des Peaux-bleues. Ils s'étaient hâtés d'enfourcher leurs bêtes pour voler au secours de leurs camarades, mais le champ de bataille se trouvait loin à l'est et, le temps que les Faucons Nocturnes les rejoignent, l'infanterie avait été mise en déroute, des milliers de soldats étaient morts ou agonisaient dans la plaine. Les deux mille cavaliers avaient lancé l'attaque contre l'ennemi à l'extrême-sud du champ, le surpassant en nombre. Ils avaient massacré la compagnie d'infanterie bleue. Ivres de leur succès, ils étaient rentrés à la Cité après une dizaine d'escarmouches, avec quarante hommes de moins mais plus de cent cinquante chevaux supplémentaires, trouvés dans les semaines qui avaient suivi la débâcle, errant sans cavalier et à demi morts de faim.

Ces dernières années, la cavalerie avait durement souffert du manque de poulains. Les plaines à l'est de la Cité servaient de pâtures aux chevaux depuis des lustres. La cavalerie légère avait besoin de montures de carrure moyenne, rapides, agiles mais aussi endurantes, et de nombreuses générations de chevaux réunissant ces qualités s'étaient épanouies sur la bonne herbe des plaines. Cependant, il y avait d'énormes pertes dans les batailles à cause des jambes cassées. Comme les pâtures étaient menacées par l'ennemi, les jeunes chevaux étaient désormais élevés plus près de la Cité. Finalement, ils n'eurent plus nulle part où paître et ne mangeaient que les céréales importées des lointains pays alliés de la Cité, de l'autre côté des mers occidentales. Le taux de mortalité dépassait largement l'apport de nourriture, et les Faucons Nocturnes furent félicités d'avoir ramené tant de nouvelles montures – un petit point positif dans les temps sinistres et difficiles qui suivirent la bataille.

Comme la Cité était vulnérable à l'est, les généraux, dans leur infinie sagesse, décidèrent de former deux nouvelles compagnies de cavalerie, composées de jeunes recrues inexpérimentées qui monteraient les chevaux récemment ramenés, et d'autres empruntés à la Seconde Célestine et à la Première Adamantine. Malgré les protestations du commandant des Faucons Nocturnes, scandalisé, la compagnie se retrouva momentanément privée de montures et envoyée en roulement surveiller le palais, au grand désespoir des cavaliers.

Désormais commandant en second de la cavalerie sans chevaux, Riis marchait donc le long du rempart de l'aile sud avec deux de ses hommes.

— J'ai faim, se plaignit Berlinger, un individu morose, plutôt costaud pour un cavalier. On dirait que mon estomac pense que ma gorge a été tranchée.

— C'est ça ton problème, Berl, répliqua Riis. Tu penses avec ton ventre. Si tu grossis encore, tu ne pourras jamais remonter sur un cheval. Là, tu auras vraiment de quoi te lamenter.

Les cavaliers se plaignaient constamment d'avoir été exclus de la guerre, mais selon Riis nombre d'entre eux étaient en réalité contents de ce répit.

Il contempla le joli jardin en contrebas. Il voyait le figuier et le mur de soutènement.

— Qu'y a-t-il de si intéressant en bas ? demanda Berlinger.

— Les quartiers des femmes, rétorqua le troisième homme, Chevia Mi-Main, un vétéran qui avait des ancêtres fkeni. Peu importe à quoi tu penses, Riis, on pourrait te mettre aux fers pour ça.

Faisant mine de n'avoir rien entendu, Riis s'avança vers le petit escalier qui descendait dans le jardin.

— On n'a pas le droit d'aller dans l'aile sud, lui rappela Berlinger. Tu le sais bien.

— Je n'y vais pas. Faut juste que j'aille pisser, répondit Riis en courant le long des marches.

— Et depuis quand tu fais ta mijaurée ? lança Berlinger derrière lui.

Riis surveillait les lieux depuis quelques jours et savait que seules deux fenêtres donnaient sur ce jardin. Toutes deux étaient hautes, sur une tour, et appartenaient à un vieux parent des Vincerii. Il se baissa pour aller sous le figuier, sans se faire voir des deux cavaliers, et ôta la brique mobile dans le mur de soutènement. Il fourra dans une poche le bout de papier qu'il y trouva, se soulagea contre le tronc d'arbre et remonta les marches au pas de course.

Chapitre 30

Quelques mois auparavant, Riis avait combattu sur le front nord-est contre une armée d'alliés fkeni et odrysiens, sur la Crête du Nuage. Les Faucons Nocturnes occupaient le terrain depuis plus de trois ans et Riis ne voyait pas de fin à cette épreuve : les Bleus pouvaient se retirer dans les montagnes, un labyrinthe de cols étroits, de gorges encaissées, de cavernes et de tunnels, tandis que les forces de la Cité n'avaient que la maigre protection de la rivière Simios, peu profonde. Riis avait vu ses camarades, ainsi que son frère Parr, mourir les uns après les autres, et toujours aucun signe que la Première Adamantine et l'infanterie qu'ils soutenaient seraient relevées.

Ce fut donc avec un morne sentiment de soulagement qu'il sut qu'il ferait partie des cent Faucons Nocturnes envoyés en renfort au sein d'une compagnie des Mille pour protéger l'empereur, censé partir de la Quatrième Porte de l'Est pour une mission inconnue. Riis avait enfourché son cheval et quitté les lieux en évitant de croiser les regards de ceux qu'il abandonnait au beau milieu du carnage.

Il se doutait bien que l'homme qu'ils devaient protéger n'était pas le véritable empereur. Au fil des ans, il avait observé de près l'Immortel – d'aussi près qu'un soldat sur le champ de bataille pouvait observer un empereur sortant rarement de son palais. Il en avait conclu que l'homme avait plusieurs doublures.

Riis n'avait jamais oublié la promesse faite dans son enfance de tuer l'empereur, mais, à mesure que le temps passait, l'espoir s'amenuisait et il ne rêvait même plus d'arriver à la tenir un jour. Malgré tout, il était content de laisser la guerre derrière lui un jour ou deux, croyant que cette opération se limitait à une diversion inoffensive.

Il chevauchait à une certaine distance du carrosse impérial, derrière une cavalière rousse de la compagnie des Chats Sauvages. Il étudiait l'agréable mouvement de ses fesses se levant et s'abaissant sur la selle, regrettant rêveusement de ne pas être cette selle ni la bête que la jeune femme chevauchait, chaude et humide, lorsqu'un bruit de tonnerre explosa dans ses oreilles. Il luttait avec sa monture paniquée quand une deuxième déflagration, plus forte, envoya valser les cavaliers et leurs chevaux comme des dés.

Riis fut désarçonné et, pendant un moment, se crut grièvement blessé. Il ne ressentait plus rien, n'entendait plus rien, ne distinguait rien dans les nuages de poussière. Puis sa vue s'accommoda et il aperçut de nouveau la femme rousse. Par quelque miracle, elle était toujours perchée sur sa monture. Pétrifié dans ce silence étrange, il la regarda se pencher et couper sans ciller le bras d'épée d'un guerrier qui visait le ventre de son cheval.

Des soldats ennemis surgirent du sol. Leurs mouvements lents étaient entravés par des corps d'hommes et de bêtes, agonisants ou déjà morts. La femme n'eut aucun mal à trancher les cous et fracasser les crânes. Elle surpassait les Bleus de loin, et lui aussi, en la regardant, se sentait largement inférieur.

Il se releva péniblement. Toujours assourdi, il se retournait sans cesse, craignant d'être attaqué par-derrière. Il chercha des yeux une monture indemne, mais n'en trouva aucune. Il repéra un guerrier peau-bleue gisant près des ruines du carrosse noir. Du sang jaillissait à gros bouillons de sa jambe à demi coupée. Il s'avança, égorgea le blessé et se sentit tout de suite mieux. Dans les volutes de poussière, un cheval se dirigea vers lui au trot. Il le siffla avant de se rendre compte qu'il était sûrement sourd, lui aussi. Il lui adressa donc le signe de main connu de toutes les montures des Faucons Nocturnes. À sa grande surprise, l'animal s'approcha docilement. Riis l'enfourcha et partit au galop, à la recherche de la femme.

Quand il la repéra enfin, elle était accroupie auprès d'un homme blessé, un soldat avec une mauvaise fracture au bras. La femme avait ôté son casque, libérant son épaisse chevelure cuivrée. Il la regarda la tirer en arrière dans son poing et l'attacher sur sa nuque avec un ruban déchiré. Observant son profil sévère, il se dit qu'elle ressemblait à une déesse – une déesse crasseuse, car son visage était maculé de poussière et de sueur. Il la vit toucher d'un geste amical l'épaule valide de l'homme. Lui aussi portait l'armure des Chats Sauvages. Riis se demanda s'ils étaient amants. La femme se leva et inspecta les alentours. Elle l'avisa brièvement, comme s'il n'était qu'une souche d'arbre, puis s'éloigna. Riis regarda de nouveau le blessé. Il avait la tête renversée et les paupières closes à cause de la douleur. Riis se rendit brusquement compte qu'il le connaissait. Il s'avança vers lui.

— Evan ? demanda-t-il en s'accroupissant devant lui.

Avec lassitude, le soldat ouvrit les yeux. Riis n'y décela aucun signe qu'il l'avait reconnu. Le blessé avait le visage gris et transpirant. De sa main valide, il serrait son bras cassé contre lui. La fracture était grave : l'os blanc saillait dans les chairs rouges.

— Evan, c'est moi, Riis.

Depuis la nuit du marquage, ils s'étaient croisés à plusieurs reprises au fil des ans. Ils avaient même servi ensemble pendant un temps.

Evan cligna des yeux pour en nettoyer la poussière et hocha la tête.

— Espèce de fils de pute, dit-il, fidèle à lui-même. Alors comme ça on est encore en vie, hein, Riis ? Il paraît que tu as intégré les baiseurs de chevaux ?

Riis sourit, content de retrouver Evan.

— Où est Parr ? s'enquit le blessé.

Riis en avait assez qu'on lui pose la question. Son frère et lui avaient combattu ensemble pendant plus de vingt ans. Depuis son décès, c'était toujours la première chose qu'on lui demandait.

— Il est mort, répondit-il de manière laconique.

Evan renversa la tête en arrière, fermant les yeux.

— Tu as du lorassium ? s'enquit-il.

— Un peu, répliqua Riis en fouillant dans sa poche.

Evan souleva les paupières.

— Tant mieux, dit-il. Je vais en avoir besoin en attendant qu'on me remette l'os en place.

Riis déchira un morceau de la feuille séchée qu'il roula en boule et fourra dans la bouche d'Evan. Son ami le mâcha longuement et soupira.

— Nous ne sommes plus beaucoup, maintenant, dit-il d'une voix pâteuse. Ranul aussi est mort.

— Je n'étais pas au courant.

— Mais j'ai retrouvé Arish. Ce salopard.

Riis fronça les sourcils, se demandant si son camarade délirait à cause de la douleur.

— Il a disparu il y a trente ans, répliqua-t-il. Tu en es sûr ?

— Il a changé de nom. Salopard, répéta-t-il. Il croyait que je ne le reconnaîtrais pas.

Se reprenant, il se redressa et parla à l'oreille de Riis :

— Il faut qu'on les rassemble, dit-il avec l'insistance d'un ivrogne.

— Qui ça ? Qui doit-on rassembler ?

— Arish. Il se fait appeler Fell Aron Lee.

Riis le dévisagea, stupéfait. Tout le monde avait entendu parler de Fell Aron Lee.

— Et Saroyan.

— Qui ?

— Seigneur Lieutenant.

— Qu'est-ce qu'il a à voir là-dedans ?

— *Elle.* Une vraie chienne. Il faut faire vite. Sinon on va tous mourir. Nous ne sommes plus que trois.

— Est-ce qu'elle… ? (Riis regarda autour de lui.) Cette Saroyan, est-ce qu'elle veut le voir mort, elle aussi ?

Evan acquiesça.

— Plus encore que nous.

Riis ne comprenait pas ce qui venait d'être dit. Son ami parut s'assoupir ; il s'assit à ses côtés pour attendre l'arrivée du chirurgien. Ses pensées empruntèrent un chemin familier. Au bout d'un moment, il donna doucement un coup de coude au Chat Sauvage et lui demanda :

— Evan, cette femme avec qui tu parlais…

Evan avait les paupières closes mais sourit avant de dire d'une voix endormie :

— Ce bon vieux Riis, toujours le même. (Il saisit faiblement son camarade par le bras.) Garde un œil sur elle pour moi, ajouta-t-il avec ferveur.

— Entendu, répondit Riis. Si j'en ai la possibilité. C'est ta fiancée ?

Mais Evan avait refermé les yeux.

— Indaro, lâcha-t-il avant de s'effondrer, inconscient.

Des semaines plus tard, après l'anéantissement de la Maritime et la rétrogradation des Faucons Nocturnes à la surveillance du palais, Riis reçut un message à la caserne de la Porte du Paradis. Il disait seulement : « *Le Poney Ventru*, demain à midi » et était signé « Sami ». Riis le contempla longuement. Le serment qu'il avait prêté lui paraissait naïf et puéril, depuis le temps. Il haussa les épaules sans avoir pris de décision, mais, à la suite d'un cafouillage dans les roulements, il se trouva libre le lendemain. Il finit par se dire qu'il n'y avait pas de mal à s'y rendre.

La taverne du *Poney Ventru* de Burman Far, sous le Troisième Mur Impérial, était un petit établissement sombre qui sentait le pourri, la sueur et la bière amère. Riis y entra et dut cligner des yeux pour accoutumer sa vue à la pénombre. L'endroit était bondé d'ouvriers et de prostituées, mais pas de soldat à l'horizon. Il chercha Evan Broglanh du regard.

Une catin vêtue d'une robe rouge élimée, coiffée d'un fichu, le frôla et l'attrapa par la ceinture.

— Tu m'emmènes faire un tour derrière, chéri ? dit-elle, l'œil concupiscent.

Dégoûté, Riis vit qu'elle avait l'âge d'être sa mère et que, sous son foulard pailleté, ses cheveux étaient gris. Il refusa de la tête.

Mais lorsqu'elle frotta son nez contre son oreille, sa voix avait la dureté du métal :

— Suis-moi, imbécile.

Il lui emboîta le pas le long d'un couloir étroit avant d'emprunter un passage puant.

— Evan m'a parlé de toi, dit l'inconnue en se retournant. En revanche, il a oublié de préciser que tu étais simplet.

Elle était grande pour une femme, d'âge moyen, le visage pointu et la silhouette aussi fine qu'une épée. Ses yeux clairs étaient globuleux. Elle lui inspira aussitôt une aversion certaine.

— Je ne savais pas qui je devais retrouver, rétorqua-t-il faiblement.

— Maintenant tu le sais, répliqua-t-elle. Tu le sais, n'est-ce pas ?

Elle le regarda d'un air impatient, comme une maîtresse d'école désagréable, jusqu'à l'entendre répondre :

— Oui, je le sais.

— Tu as fait une promesse, quand tu étais jeune soldat. Une promesse que tu n'as pas tenue, dit-elle.

Il resta silencieux. Il n'en avait jamais parlé avec personne, sauf avec son frère.

— Oui, je sais tout, reprit-elle vivement. Il y a trente ans, cinq garçons ont fait le serment de tuer l'empereur. Aujourd'hui, ils ne sont plus que trois et l'objectif est à portée de main. Arish et Evan ont choisi leur rôle, mais il nous faut quelqu'un déjà en place à l'intérieur du palais.

Elle lui exposa dans les grandes lignes les plans d'invasion et d'assassinat.

— Tu veux que je fasse le portier, dit-il en fronçant les sourcils après qu'elle eut terminé, pour laisser entrer l'ennemi, puis que je me contente d'applaudir quand Arish le tuera ? Je le ferai moi-même.

— Fell est notre meilleure chance.

— Fell n'est pas là. Moi si. Je suis de garde au palais, tu te rappelles ?

— Et à qui le dois-tu, à ton avis, crétin ?

Riis la regarda. Après sa conversation avec Evan, il s'était renseigné sur Saroyan et avait appris que le Seigneur Lieutenant était notamment responsable du déploiement des troupes à l'intérieur du palais. Mais il n'avait pas fait le rapprochement.

— Nous avons infiltré quelqu'un d'autre dans le Palais Rouge, poursuivit la femme. Une fille. Elle est au service de la catin de Marcellus. Elle te contactera dès qu'elle aura des informations et tu devras garder un œil sur elle.

— Je serai donc portier et garde d'enfant ? Et si j'ai l'occasion de tuer la… cible, si par exemple elle est seule dans une pièce et qu'elle me tourne le dos, ai-je ta permission ? demanda-t-il d'un ton sarcastique.

Elle esquissa un sourire.

— Tu n'aimes pas les femmes, je me trompe ?

J'adore les femmes, songea-t-il. *C'est toi que je n'aime pas.*

— L'empereur n'est pas un homme normal, reprit-elle. Le tuer ne sera pas facile. Fell est vraiment notre meilleur atout. Aucun de nous ne survivra sans doute à cette mission. Tu vas avoir ta chance de mourir pour ta Cité.

Riis ricana.

— Mais je ne veux pas mourir pour la Cité. Je veux tuer l'empereur et m'en tirer. Si l'occasion se présente, alors je la saisirai.

— Fell aussi veut le tuer, tu te rappelles ? Et même Evan Broglanh. De vous tous, Evan est le seul à n'avoir jamais perdu de vue la promesse que vous avez faite enfants. Vous autres vous êtes laissé distraire : Fell avec sa mission de sauver ses guerriers, toi avec tes femmes, Ranul… Eh bien, Ranul était peut-être le meilleur d'entre vous, dit-elle d'un air songeur.

— Que lui est-il arrivé ?

Saroyan ignora sa question.

— Il faut que j'y aille. Tu ne me reverras pas. Broglanh gardera le contact. Si nécessaire, tu peux adresser des messages à Sami ici, dans cette auberge.

Riis fit donc ce qu'on lui demandait. Il conduisit Amita dans ses nouveaux quartiers, chez la catin Petalina. Même si elle ne le connaissait pas du tout, il ne se priva pas de l'observer. Le teint pâle et les cheveux blonds, elle ne semblait pas avoir plus de quinze ans. Elle se cachait timidement derrière sa longue chevelure brillante. Il se demanda quel genre de complot pouvait inclure une gamine comme elle.

Il lui arrivait de la surveiller lors de ses escapades nocturnes à travers le palais. Sa ténacité l'amusait, même s'il était persuadé qu'elle perdait son temps. Une fois, il avait été obligé de tuer un garde qui la suivait dans les couloirs sombres. Il soupçonnait l'homme de vouloir la violer plutôt que de signaler ses activités suspectes. Quelles que fussent ses motivations, Riis ne pouvait le laisser faire. Il avait traîné le corps jusqu'à un niveau inférieur, immergé, et s'était assuré qu'il coule au fond des eaux silencieuses.

Amita représentait une corvée pour lui – une corvée et un désagrément. Mais, à l'annonce de sa mort, il ne s'attendait pas à éprouver un si grand chagrin.

Dans une famille à laquelle les dieux n'avaient pas accordé la bénédiction d'avoir des fils, les sœurs Petalina et Fiorentina avaient appris, grâce à leur père, à chasser et chevaucher derrière une meute de chiens, à nager, à courir et à manier l'épée, ainsi qu'à pratiquer des activités plus féminines telles que le chant et la danse. La génération de filles suivante avait dû s'engager dans l'armée et aller à la mort par milliers sur le champ de bataille, en vue de la Cité, mais, à l'époque, l'éducation que le père prodiguait à ses filles le faisait seulement passer pour un excentrique inoffensif.

Assise dans la salle de réception de l'empereur devant une table ployant sous le poids de la vaisselle en or, des chandeliers ouvragés, des couverts et des bouquets de fleurs exotiques décorés de colibris et de poissons colorés empaillés, sans parler des montagnes de nourriture et des litres de vin, Petalina se demanda ce que leur père aurait pensé d'elles à présent.

Elle regarda sa sœur, attablée un peu plus loin, à qui son mari Rafael Vincerus confiait quelque chose à l'oreille. Fiorentina dut se sentir observée, car elle leva les yeux et, voyant Petalina, sourit. Cela n'échappa pas à Rafe, qui se tourna et leva son verre à l'intention de sa belle-sœur.

— Voulez-vous encore un peu de ces petits poissons ? demanda l'étranger ennuyeux à ses côtés.

Il avait dû croire que le sourire lui était adressé, et proposait à la jeune femme un panier rempli de poissons séchés – une spécialité culinaire de son pays. *Quel peuple bizarre*, songea-t-elle. *Les îles Wester sont entourées de poissons vivants et pourtant leurs habitants adorent cette abomination sèche et caoutchouteuse, qui a un goût de bois salé.*

— Non, merci.

Elle afficha un sourire chaleureux en le regardant dans les yeux, et ajouta d'un air désolé :

— Je crains fort d'avoir un appétit d'oiseau.

Il esquissa un sourire condescendant, comme si cela confirmait son opinion que les dames avouaient rarement avoir bon appétit – si déjà elles mangeaient. Petalina repensa avec plaisir à Marcellus et elle, quelques heures auparavant : après une séance d'ébats amoureux intenses, ils avaient dévoré ensemble un gigot de mouton, et il avait ri de la voir déchirer la viande à pleines dents.

Elle regretta son absence. La chaise voisine vide ne l'empêchait pas de devoir parler à l'ambassadeur, qui n'avait qu'un seul sujet de conversation à la bouche. Elle avait beau l'interroger sur sa famille, les coutumes de son pays et son avis sur la guerre, il ne se laissait pas éloigner de son sujet de prédilection. En ayant largement assez entendu sur les poissons, Petalina regarda autour d'elle, en quête d'une distraction. Elle ne pouvait toutefois s'adresser au fringant capitaine de la marine des Îles assis en face d'elle, car un banc de poissons volants, peints et plantés sur des piques, lui bouchait la vue. *Me voilà cernée par les poissons*, songea-t-elle avec désespoir. Elle pouffa de rire malgré elle et cacha son amusement en toussotant avant de reprendre une expression neutre.

— Et ces îles Wester, sont-elles belles ? demanda-t-elle à l'ambassadeur.

Se carrant sur son siège, elle se tourna vers lui pour lui offrir une vue imprenable sur son décolleté. « Nos relations commerciales sont primordiales », lui avait rappelé Marcellus, comme si elle n'en avait pas conscience. « Veillez à ce qu'il soit satisfait et obtienne tout ce qu'il veut. — Vraiment tout ? » avait-elle demandé d'un air malicieux.

L'ambassadeur fixa les yeux sur les deux globes pâles et satinés qui se présentaient à lui, et répondit :

— Oui, très belles, ma dame.

Il reporta son attention sur le visage de Petalina, qui le récompensa d'un sourire pour son trouble intérieur – un émoi tel qu'elle voyait la sueur perler sur son front.

— Qui est belle, monsieur ? s'enquit une voix grave. Ma chère dame Petalina ?

Elle sentit une main puissante se poser sur son épaule puis glisser le long de son échine tandis que Marcellus s'asseyait gracieusement sur le siège vacant à ses côtés. Comme toujours, sa présence l'électrifiait. Tous les regards autour de la grande table se tournèrent vers son amant.

Le silence se fit quand Marcellus observa la tablée, saluant les uns et les autres avec un sourire ou un signe de tête. Il leva ensuite son verre à Fiorentina, comme répétant le geste de son frère un instant plus tôt.

— En effet, répliqua l'ambassadeur quand Marcellus se retourna pour poser son regard inquisiteur sur lui. Dame Petalina est plus que belle. Elle est…

Ses talents d'ambassadeur, s'il en avait, lui firent défaut et il lutta pour achever sa phrase. Petalina se demanda s'il allait la comparer à un poisson. Tous les invités se turent pendant que l'homme se débattait intérieurement.

— Elle est d'une beauté comme on n'en rencontre qu'une fois dans une vie, finit-il par dire maladroitement.

Petalina le gratifia d'un sourire. Se rendait-il compte qu'il venait d'insulter toutes les femmes présentes ? Elle jeta un nouveau coup d'œil vers Fiorentina, qui la considéra à son tour d'un air grave. Cependant, ses yeux pétillaient. Elle parla à son mari. Rafe se pencha sur la table, écarta un ornement élaboré et attira l'attention de l'ambassadeur. Le passionné de poissons s'excusa auprès de Petalina et se tourna vers son interlocuteur.

Je t'aime, ma sœur, pensa Petalina.

— J'imagine que vous l'avez bien diverti ? lui demanda discrètement Marcellus.

Elle leva les yeux vers les siens. Les frères ne se ressemblaient pas : Marcellus était blond, plus imposant, avec de lourdes épaules, tandis que Rafael, plus petit et gracieux, avait les cheveux bruns. Toutefois, ils avaient les mêmes yeux, noirs comme la nuit. Pas marron très foncé, couleur répandue parmi les tribus de l'Est ou les peuples des terres en friches du Sud, mais d'un noir épais et absolu, aussi luisant que des galets mouillés. D'ailleurs, ils l'effrayaient un peu.

— Comme la plupart des hommes, il n'est pas difficile à divertir, répondit-elle.

— Je vous ai vue le distraire avec vos seins.

Elle haussa les épaules.

— J'aurais ôté tous mes vêtements et n'aurais pas hésité à l'enfourcher si cela pouvait l'empêcher de parler de poissons.

Marcellus rit.

— Maintenant que vous le connaissez, qui choisiriez-vous pour rendre ses nuits plus douces ?

— Facile, rétorqua-t-elle. Un garçon.

Il haussa un sourcil.

— Il semblait pourtant transporté devant le spectacle de votre poitrine toute féminine.

Elle lui sourit avant de répondre en baissant la voix :

— Tous les hommes sont transportés par les seins, mais il y a ceux qui veulent s'y perdre, s'y vautrer, y succomber, et ceux qui en ont peur. Il était aussi fasciné par ma poitrine qu'une souris par un serpent. C'est un homme très peu sûr de lui, qui cherche le réconfort sexuel dans ce qu'il connaît. Croyez-moi, l'ambassadeur des poissons se satisfera tout à fait d'un joli garçon, peut-être deux, mais cela doit rester discret, car, comme tous les hommes importants, il se soucie de sa réputation.

— Comme tous les hommes importants ? répéta Marcellus en se carrant sur son siège.

Il la considéra d'un œil sévère.

— Oui, mon amour, insista-t-elle avec suffisance. Quand vous étiez plus jeune, vous vous jugiez vous-même selon l'opinion des autres, je n'en doute pas. Mais cela remonte à si longtemps que vous l'avez oublié.

Elle se demanda une fois de plus quel âge il avait. Au moins soixante-dix ans, car ils s'étaient rencontrés il y a plus de trente ans et il n'était déjà plus jeune à l'époque. Pourtant, il y avait toujours plus de blond dans ses cheveux que de gris, et son visage glabre n'était pas marqué, sauf autour des yeux. Il était aussi fort qu'il l'avait toujours été, et même plus. Elle avait peur pour lui, car il passait plus de six mois par an en campagne et, chaque fois qu'il partait avec ses troupes, elle craignait de ne jamais le revoir. La seule ambition dans la vie de Marcellus était de voir la guerre se terminer. C'était du moins ce qu'il lui avait confié. Pourtant, où serait-il sans la guerre ? Si le conflit s'achevait, comme il le souhaitait, et qu'il prenne sa retraite, elle craignait qu'il ne vieillisse rapidement et meure vite.

Elle se rendit compte que Marcellus l'observait. Comme souvent, elle s'interrogea : pouvait-il lire dans ses pensées ?

Les serviteurs apportaient d'autres plats extravagants que la Cité pouvait difficilement s'offrir et qui seraient certainement gâchés en grande partie. Servi le premier, Marcellus tâta de la pointe de son couteau le paquet de feuilles rouge et vert replié dans son assiette, révélant un tas de crevettes roses. Dégoûtée, Petalina se plaignit à voix basse.

— Mangez, lui ordonna-t-il avec une sévérité feinte. Ces crevettes sont mortes pour nous permettre de vivre. Ambassadeur, appela-t-il en se penchant devant Petalina.

Elle se renversa avec plaisir sur son siège pour le laisser parler : cela lui donnait une excuse pour ne pas manger.

— Nous aurons tout le loisir d'en discuter demain, annonça-t-il à l'invité, mais je me demandais si vos pairs et vous seriez intéressés par un nouvel accord commercial.

— En quoi consiste-t-il, mon seigneur ?

À l'autre bout de la table, les deux collègues de l'ambassadeur abandonnèrent leur simulacre de conversation avec des hommes moins importants et se retournèrent pour prêter l'oreille.

— Les îles Wester sont réputées pour leur bois. Il me semble que vous avez encore des forêts de chênes et de hêtres disponibles.

— C'est vrai, répondit doucement l'ambassadeur, mais nos alliés de l'Ouest nous prennent tout notre surplus d'arbres et en veulent plus. Ils bâtissent une nouvelle cité et ont besoin de tout le bois et toute la pierre qu'ils pourront acheter. De nombreux accords nous lient à eux.

— Et ces accords, dictent-ils les dimensions du bois ?

— Bien sûr, mon seigneur.

— Dans ce cas, nous pourrons sûrement nous entendre. Vous fournissez à vos alliés le bois pour leurs constructions. S'il reste des chutes dont ils ne veulent pas, nous vous les achèterons pour fabriquer des calèches et des charrettes.

Pourquoi son amant prétendait-il s'intéresser au bois ? songea Petalina. Certes, il y en avait toujours pénurie depuis que les forêts de chênes des montagnes au sud étaient tombées aux mains de l'ennemi, mais ce n'était pas Marcellus, Premier Seigneur de la Cité, qui négociait les contrats d'approvisionnement.

Il gratifia l'ambassadeur d'un sourire chaleureux.

— Si vous avez terminé, peut-être me rejoindrez-vous dans la salle du Serpent pour en discuter.

De toute évidence, l'homme n'avait pas fini son repas puisqu'il tenait sa fourchette en l'air, prêt à avaler une nouvelle bouchée. Il s'empressa toutefois de poser son couvert avant de répondre :

— J'en serais honoré, mon seigneur.

Ils se levèrent. Marcellus escorta l'ambassadeur vers les portes ouvragées au fond de la salle. Ses collègues, qui n'avaient pas été conviés, échangèrent un regard puis se remirent à manger avec contentement.

Petalina sourit intérieurement. *Personne ne dit jamais « non » à Marcellus.*

Pendant des milliers d'années, les îles Wester avaient profité d'un anonymat bienheureux, les natifs consacrant leur vie à la pêche, l'abattage du bois et la construction navale. Leur seul contact avec le monde extérieur venait du commerce qu'ils faisaient de leurs navires : de petits bateaux de pêche bordés à clin et des vaisseaux de transport de marchandises plus imposants. L'ambassadeur était lui-même pêcheur depuis trente ans. Puis les îles étaient tombées sous les yeux de la Cité assiégée, désireuse de payer au prix fort du bois de construction et des poissons pour nourrir les citoyens. L'or de la Cité coula à flots sur les îles, et avec lui vint la civilisation, rapidement suivie de l'administration. En quelques années, les îles se retrouvèrent dotées d'une bureaucratie, d'un gouvernement, de ministres, de banquiers, de commissaires et de créanciers. Le simple pêcheur, ami d'un ministre récemment nommé, dut quitter sa fidèle épouse et ses enfants et fut envoyé à l'étranger pour représenter son pays à la cour la plus célèbre du monde.

Sa femme et ses trois enfants lui manquaient, ainsi que sa maison en chêne doré bâtie sur les dunes et entourée de hautes touffes d'herbes qui ondoyaient dans la brise marine. Il détestait la Cité. À chaque pas, il se sentait de plus en plus éloigné du cycle naturel des saisons et des marées auquel il était habitué. Ici, tout n'était que pierre. Sous ses pieds, il percevait les nombreuses couches successives des cités qui puaient le sang et la mort. Depuis son arrivée au palais, une profonde angoisse vibrait dans le tréfonds de son âme, et plus le temps passait, plus il était certain qu'il ne quitterait pas ces lieux vivant.

Il n'était pas idiot. Il savait dans quelle considération les autres le tenaient, et il avait senti la sournoiserie derrière le sourire de la courtisane. Celle-ci avait reçu l'ordre de le divertir et s'était acquittée de sa tâche, mais son orgueil l'avait forcée à dévoiler son sentiment véritable, à savoir son mépris, indulgent et amusé. Et elle, savait-elle comment lui la voyait, cette catin dont les traits poupins et les toilettes de gamine ne masquaient pas l'âge réel ?

Si la salle de réception de l'empereur était destinée à impressionner, alors la salle du Serpent devait inspirer le malaise. La pièce, vaste mais basse, était de dimensions modestes à l'échelle du Palais Rouge. Partout, sur les plafonds, les sols, les murs et les meubles, on trouvait des serpents sous toutes leurs formes : peints, sculptés, empaillés ou vivants dans des vivariums. Nerveux, l'ambassadeur balaya la pièce du regard. Les serpents ne le dérangeaient pas, mais il n'en avait jamais vu tant d'un coup.

— J'espère que les serpents ne vous gênent pas ? lui demanda Vincerus avec un sourire espiègle. Je suppose que ceux qui ont conçu cette pièce souhaitaient faire peur aux visiteurs, pour les mettre en position de faiblesse. En fait, seul un enfant serait effrayé par ces pauvres créatures. C'est un bon exemple qui prouve que « moins, c'est plus ».

L'ambassadeur se détendit légèrement. Il avait été intimidé à la perspective de rencontrer les Vincerii, mais les frères s'étaient montrés fort cordiaux et paraissaient francs et ouverts. Des hommes aussi puissants et aussi charismatiques n'avaient pas de raison d'être sournois, se disait-il. Marcellus était grand et bien bâti, avec des cheveux blonds embroussaillés et un beau visage aux traits enfantins. L'ambassadeur lui donnait environ quarante ans, peut-être un peu plus. Il avait des yeux très foncés qui contrastaient étrangement avec sa blondeur.

— Comment trouvez-vous notre Cité ? s'enquit Vincerus d'un ton affable.

Il s'assit sur un canapé en peau de serpent et, d'un geste, invita l'ambassadeur à l'imiter. Celui-ci regarda autour de lui les yeux reptiliens qui l'observaient et s'assit au bord du canapé.

— Elle est remarquable, répondit-il avec sincérité. J'étais déjà venu ici une fois, enfant. J'ai vu l'empereur au cours d'un défilé. Ce fut l'instant le plus marquant de ma jeune existence. Je suis navré que l'empereur n'ait pu être des nôtres ce soir.

— L'Immortel ne participe pas aux festins, répliqua Marcellus.

Même s'il avait parlé d'un ton léger, l'atmosphère de la pièce se refroidit notablement. L'ambassadeur sentit la peur lui nouer le ventre.

Il déclara, nerveux :

— Des rumeurs sur sa mort ont atteint nos îles l'an dernier. Je suis content de voir qu'elles étaient fausses.

C'était comme s'il n'avait rien dit.

— Vos collègues et vous avez un emploi du temps chargé, j'en suis sûr, enchaîna le seigneur, même si c'était loin de la vérité. J'irai donc droit au but. Je me moque du bois. Nous avons tout un bataillon d'officiers d'approvisionnement qui se chargent de ces questions. J'ai une proposition à vous faire, à vous et à votre gouvernement. (Il se pencha en avant et toute trace enfantine disparut de son visage.) Vous savez peut-être que la grandeur de notre Cité est en partie due aux ouvriers des fourneaux situés sur les terres du Nord. Leur travail est pénible et le taux de mortalité élevé. La guerre a décimé la population de la Cité et celle de nos nombreux royaumes tributaires. Il nous faut plus d'ouvriers pour tenir ces fourneaux.

Déconcerté, l'ambassadeur ne dit rien. *Mais nous ne sommes qu'un petit pays de pêcheurs et de bûcherons*, songea-t-il. *Nous n'avons pas de travailleurs disponibles.*

Marcellus reprit :

— À l'ouest de chez vous, à des semaines de voyage d'après ce que je sais, se trouve un grand continent qui jusque-là n'a pas encore été civilisé.

— Oui ? dit l'ambassadeur, attendant la suite.

— Là-bas, il y a des milliers, des dizaines de milliers de travailleurs potentiels. La Cité vous rétribuera généreusement pour chaque homme et chaque femme ramenée ici pour travailler aux fourneaux.

Un silence s'ensuivit.

Puis l'ambassadeur demanda :

— Des esclaves ?

— Des travailleurs. Nous avons découvert que les esclaves et les criminels condamnés mouraient très vite sur place. On demande en revanche aux travailleurs de signer un contrat d'un an. Ce document légal, qui lie l'ouvrier à la Cité, lui laisse espérer que, le délai expiré et s'il a survécu, il rentrera chez lui avec une généreuse compensation. L'espoir fait vivre. Du moins certains d'entre eux.

— Combien exactement ? demanda l'ambassadeur, sceptique.

Vincerus fronça les sourcils.

— Je suis sûr qu'un fonctionnaire des bureaux du palais pourra vous donner le chiffre, si vous voulez réellement le connaître.

Voilà donc la raison de notre présence, songea l'ambassadeur. *Voilà donc pourquoi nous avons été invités ici, enivrés, nourris et flattés. Il nous demande de devenir vendeurs d'esclaves.* Il eut l'impression que le sol se dérobait sous ses pieds, et sa peur s'intensifia.

Essayant de gagner du temps, il feignit la naïveté et s'enquit :

— Mais pourquoi accepteraient-ils ?

— Ils seront grassement payés.

— Selon leurs propres termes ?

— Selon les termes de la Cité.

— Vous voulez que des hommes des îles Wester voguent vers ces terres, remplissent leurs navires de ces gens. De force ? (Marcellus haussa les épaules, indifférent, comme si l'affaire était déjà conclue.) Et qu'on les ramène ici pour qu'ils meurent au service de la Cité. Ce pour quoi nous serons payés.

— Grassement.

L'ambassadeur regarda le sol.

— Je ne peux pas… En toute conscience…, commença-t-il. (Puis une idée germa dans son esprit.) Je dois rentrer et en discuter avec mes pairs, dit-il en parvenant à esquisser un sourire qui, selon lui, devait sembler mielleux. Je ne suis pas habilité à prendre une telle décision. Vous aurez notre réponse très rapidement.

Il leva les yeux pour regarder Marcellus et le regretta aussitôt. L'homme ne fronçait pas les sourcils ; son visage était sans expression. Mais il parut soudain plus âgé, comme son propre père. Et ses yeux… Ses yeux avaient perdu tout… leur éclat. Ils avaient disparu. Ce n'étaient plus que deux trous vides dans son visage. L'ambassadeur battit des paupières.

— Vous mentez, déclara Marcellus d'un ton plat, sa voix aussi froide qu'une mer en hiver. Vous mentez parce que vous êtes un faible qui n'ose pas dire « non ». Et vous avez raison. Mieux vaut éviter de me refuser quoi que ce soit.

Chacun de ses mots était lourd de sens. À mesure que le seigneur parlait, l'ambassadeur sentait que la vie et l'énergie étaient aspirées hors de la pièce.

Marcellus se tut. Il continuait à fixer sur son invité ses yeux étranges.

— Je... Non... Je...

L'ambassadeur ne put en dire plus. Il avait l'impression d'être aspiré par les yeux de Marcellus, comme toute la salle. Ainsi que le palais, la Cité et le monde entier. Ces yeux se résumaient à deux redoutables trous noirs et vides qui ne pourraient jamais être remplis. Il était attiré à l'intérieur et ne pourrait jamais en sortir. Il allait passer l'éternité dans cet horrible néant. La terreur lui étreignit la gorge. Il commença à paniquer et eut l'impression de se débattre, même s'il était toujours assis, immobile, sur le canapé. La partie saine de son esprit pria pour sombrer dans l'inconscience, ou le soulagement d'une crise cardiaque. Il se noyait dans les ténèbres, hoquetant pour inspirer une ultime bouffée d'air, dans une multitude d'éternités, jusqu'à la fin du monde, jusqu'à ce que les cieux s'effondrent, et malgré tout il lutterait encore pour prendre cette dernière bouffée et...

— Oui ! s'écria-t-il, suffoquant.

Alors il fut libéré.

Jamais il ne perdit conscience ni ne crut qu'il cauchemardait. Il passa l'heure suivante allongé, recroquevillé sur le canapé en peau de serpent dans la pièce vide, tremblant de peur – une peur totalement identifiée. Marcellus le terrorisait. Il était terrifié en pensant à ce que cet homme pourrait faire à sa femme et à ses enfants, terrifié par la possibilité même de le revoir. Enfin, ses compatriotes, s'interrogeant sur son absence, se rendirent dans la salle du Serpent et l'aidèrent à regagner son lit, chancelant. L'ambassadeur ne trouva pas le sommeil cette nuit-là. Le lendemain, il signa le papier placé devant lui. Durant le voyage du retour, il fut frappé d'apoplexie. Soigné par sa femme aimante, il survécut, faiblement, pendant six mois et ne parla plus jamais.

Construite plus de deux siècles auparavant, la salle du Serpent était jadis la chambre du Seigneur Chancelier. Elle était profondément enfoncée, et son unique fenêtre donnait sur l'une des myriades de cours intérieures closes que comptait le palais. Comme le Chancelier était une figure importante, des toilettes avaient été cachées dans le mur d'un coin de la cour, avec deux portes qui débouchaient à la fois dans la chambre et à l'extérieur. La porte intérieure finit par être murée et oubliée, mais le petit cabinet existait toujours. On ne pouvait rien voir de l'intérieur, mais l'on entendait très bien ce qui se passait dans le salon préféré de Marcellus Vincerus.

Après que le silence se fut abattu sur la pièce, une longue pause s'ensuivit. L'oreille indiscrète entendit la porte de la salle du Serpent s'ouvrir et se refermer, puis le silence régna de nouveau. L'espion se demanda si le pauvre ambassadeur était toujours en vie, car on aurait dit que le Premier Seigneur de la Cité l'étranglait. L'homme haussa les épaules, trop soucieux de sa propre sécurité pour s'inquiéter de celle d'un étranger. Il attendit longtemps dans l'angoisse, jusqu'à la nuit noire, se glissa dans la cour et regagna sa chambre pour rédiger son rapport.

Chapitre 31

Tôt le lendemain, Dol Salida lut le message de l'espion, rédigé d'une écriture minuscule et précise, puis y mit le feu et le regarda s'embraser et finir en cendres. Se carrant dans son siège, il caressa sa moustache d'un air absent.

Le rapport ne lui apprenait pas grand-chose de neuf. Le fait qu'ils aient besoin d'esclaves n'avait rien de bien secret. La Cité luttait pour sa vie. La population périclitait. Dans les rues, il était peu fréquent de croiser des jeunes gens en âge de faire la guerre, et la vue des enfants, jouant ou travaillant, était un spectacle de plus en plus rare. Enfant, Dol avait fréquenté l'école pendant plusieurs années, même à Barenna, le quartier pauvre où il avait grandi. À présent, il n'y avait plus d'écoles, car il n'y avait presque plus d'écoliers et plus personne pour leur faire la classe. La Cité regorgeait de mutilés, de personnes âgées, de gens à la mémoire défaillante et de laissés-pour-compte. Malgré tout, on avait toujours besoin d'ouvriers pour les mines de métaux, les fonderies qui produisaient les armes et les armures, pour bâtir des navires et ériger de nouvelles défenses.

Oui, la Cité avait sans doute besoin d'esclaves, mais Marcellus devait être aux abois pour s'impliquer lui-même dans cette affaire. Avait-il contraint l'ambassadeur à accepter son marché ? Le compte-rendu de l'espion laissait à désirer. Marcellus était sans pitié, sans quoi il n'aurait pas eu tant de pouvoir et d'influence. Mais irait-il réellement jusqu'à manquer d'étrangler un ambassadeur étranger pour l'obliger à se soumettre ? Cela lui paraissait… cruel. Marcellus était réputé pour son caractère placide et, d'après l'ennuyeux rapport, l'ambassadeur n'avait rien dit qui soit susceptible de provoquer la fureur du Premier Seigneur. Ce matin-là, Dol Salida s'était renseigné auprès d'agents du palais : la délégation était partie à l'aube au complet.

Dol s'empara d'une grosse liasse de documents posée sur une étagère au-dessus de lui. Le dossier, intitulé *Hallorus*, était un rapport précis foisonnant de détails assommants sur les activités quotidiennes d'un homme d'affaires d'Otaro qui s'intéressait à la fabrication des armures. L'homme existait pour de bon, mais Dol Salida n'en avait que faire. Les documents étaient rédigés en langage codé, mis au point par le maître d'urquat lui-même – un héritage de plus de ses années d'emprisonnement. Les rapports parlaient en fait de Marcellus. Ils contenaient chaque mot que Dol avait entendu prononcer au sujet du Premier Seigneur de la Cité, chaque phrase lue, toutes les hypothèses formulées à partir de ses interactions quotidiennes à l'intérieur du palais, mais aussi à l'extérieur, avec des gens qui avaient rencontré l'homme, ou qui connaissaient des personnes l'ayant rencontré : ses serviteurs, ou leurs parents. S'il entendait prononcer le nom de Marcellus, il retenait la date et l'heure, ainsi que l'identité de celui qui avait parlé, et à qui il s'était adressé, pour ensuite faire des recoupements.

Dashoul, le directeur du service des renseignements du Palais Rouge, employait Dol pour qu'il utilise son important réseau d'amis, de connaissances et de parents pour traquer les filles ainsi que les quelques garçons qui auraient dû rejoindre les rangs de l'armée de la Cité. C'était une tâche pour laquelle il était rémunéré – chichement. Son étude de Marcellus – qui était en réalité de l'espionnage –, sans lui prendre beaucoup de temps, requérait une grande part de son attention, et il n'en tirait aucun revenu. Son employeuse lui avait bien fait comprendre qu'il ne recevrait rien, hormis sa gratitude et une possibilité de promotion, dans un futur éloigné.

Il possédait des dossiers sur tous les membres âgés des Familles, même si peu d'entre eux exerçaient encore une quelconque influence politique ou militaire. Les plus épais portaient sur les Guillaume et les Khan. Personne n'avait vu Marcus Rae Khan ou Reeve Guillaume au Palais Rouge depuis des dizaines d'années ; pourtant, tous deux tenaient, à leur manière, un rôle important. Marcus avait à peu près l'âge des Vincerii. C'était un vieux général qui ne participait pas aux stratégies de l'empereur, car il dirigeait sa propre armée et allait où bon lui semblait. Malgré tout, il était indispensable, car c'était un commandant brillant, adoré de ses troupes. Le palais devait s'accommoder de ses tactiques peu orthodoxes, car il ne pouvait pas se permettre de le perdre. Quant à Reeve Guillaume, c'était un politicien qui avait toujours fait preuve d'une infaillible loyauté envers l'Immortel. Pourtant, depuis vingt ans, il était assigné à résidence à l'Éperon.

Le dossier *Hallorus* était de ceux que Dol Salida feuilletait régulièrement dans le confortable silence nocturne. Il avait abandonné depuis longtemps l'idée de s'allonger dans un lit à cause de sa jambe douloureuse, et dormait rarement, s'assoupissant seulement de temps à autre dans son bureau. De sa belle écriture soignée, il mit donc son dossier à jour ainsi que le document sur l'ambassadeur des îles Wester.

Ensuite, il consulta ses références sur les différentes morts de l'empereur, qui se comptaient par centaines au fil des ans.

Une ou deux heures plus tard, il se renversa de nouveau sur son siège et laissa les informations pénétrer son esprit.

Aussi loin que remontaient les souvenirs de Dol, l'Immortel avait été empereur. Il eut beau essayer, il ne trouva aucune archive indiquant la date de sa prise de pouvoir. Tous les empereurs de la Cité étaient surnommés l'Immortel, ce qui rendait leurs dates de succession impossibles à établir. Il devait se renseigner discrètement, car supposer que le titre d'Immortel puisse être autre chose que la vérité absolue était considéré comme déloyal, et même comme une traîtrise.

Pour Marcellus, c'était différent. Cet homme intègre – soldat, politicien, historien – avait ses faiblesses. Malgré son rôle essentiel dans la Cité et par conséquent dans la guerre, il passait six mois de l'année sur la ligne de front, à combattre aux côtés de ses troupes – une conduite fort imprudente aux yeux de Dol Salida, qui savait comme tout le monde qu'un projectile perdu ou un coup d'épée malchanceux pouvait tuer le Premier Seigneur et amoindrir les capacités de la Cité à faire la guerre.

Sa liaison avec Petalina constituait une autre faiblesse. Marcellus avait épousé Giulia Rae Khan, la sœur de Marcus, mais elle était retournée vivre depuis longtemps auprès des siens, dans son palais sur le Bouclier, laissant ainsi à Marcellus le loisir de batifoler avec sa courtisane. Dol n'y voyait aucune objection morale, mais cela montrait une faillibilité surprenante chez Marcellus. Malgré tout, cela lui facilitait la tâche et, si Petalina avait remarqué qu'elle voyait davantage Dol Salida quand Marcellus se trouvait dans la Cité, elle le gardait pour elle.

Une fois de plus, il s'interrogea sur Amita, la nouvelle servante. Quelques questions posées dans les bons quartiers lui avaient appris que la seule et unique Famille qui ne l'avait jamais employée était justement les Kerr. Alors d'où venait-elle ?

Peut-être Marcellus l'avait-il lui-même embauchée pour garder Petalina à l'œil. Ou peut-être travaillait-elle à la solde d'inconnus pour surveiller Marcellus ? Qu'elle puisse être au service de Marcellus était la seule chose qui retenait Dol de la soumettre à un interrogatoire.

Dans un palais envahi par les intrigues, sa loyauté était partagée, c'était le moins que l'on puisse dire. Espionner Marcellus ne le gênait pas. Marcellus était *de facto* le chef de la Cité, et en tant que tel il attirait l'attention de tous.

Le vieux soldat se rendit soudain compte de sa raideur après ces longues heures passées assis. Il se leva péniblement et étira sa jambe inutilisable, transpirant à cause de la douleur. *Si j'étais plus courageux,* songea-t-il, *je me ferais amputer de ce vieux membre une bonne fois pour toutes.* Il se pencha pour regarder par la fenêtre du bureau. L'aube n'était encore qu'une pâle promesse à l'est et les rues étaient plongées dans le noir. Une odeur de pain chaud flottant dans l'air lui redonna un peu le moral. Une longue nuit de plus s'achevait. Dans un instant, sa servante entrerait avec des boissons et de la nourriture, et sa journée commencerait.

Amita s'inquiétait de plus en plus. Les plans qu'elle avait dérobés à la bibliothèque lui causaient bien du souci. Après la première nuit, elle les avait sortis des plis de sa tenue de rechange pour les cacher dans la garde-robe de Petalina. Elle avait écrit un court message à l'intention de son contact inconnu pour indiquer où se trouvaient les plans, et avait laissé le mot dans la fente du mur de soutènement. Cependant, le lendemain, il y était toujours, humide à cause de la pluie nocturne, et il n'avait pas bougé pendant encore deux matinées.

Tôt chaque jour, une fois ses premières corvées achevées et avant le réveil de Petalina, Amita se rendait dans la garde-robe, sortait les plans et les étudiait. Elle faisait courir son doigt sur les lignes à demi effacées, essayant de comprendre la minuscule écriture et de trouver un lien avec les couloirs et les chambres qu'elle traversait quotidiennement. La nuit venue, pieds nus et vêtue de noir, elle arpentait le palais, mémorisant sa topographie et les vastes ailes labyrinthiques qui s'étendaient sur plusieurs niveaux. Le matin, elle tentait de resituer ce qu'elle avait vu sur les dessins sommaires du plan. Elle mit du temps à se rendre compte qu'à l'origine ils avaient été tracés à l'encre colorée, et que les différentes teintes s'étaient plus ou moins estompées au fil du temps. Elle devina que chaque niveau était représenté par une couleur différente, ce qui l'aida à s'orienter.

Lorsqu'elle découvrit le premier repère qu'elle connaissait, l'Escalier Grenat, représenté sous la forme d'une spirale à l'encre claire, elle prit son crayon et, d'une main hésitante, traça sur le plan un petit carré à côté. Puis elle refit le carré sur un bout de papier vierge et écrivit « Escalier Grenat » dans la langue de la Cité. Il menait à la bibliothèque du Silence. Elle identifia ainsi une demi-douzaine d'autres endroits du palais et s'enhardit, les dessinant d'une main plus ferme sur sa légende. Chaque jour, elle laissait le papier roulé avec les plans, prêts à être ramassés. Mais personne ne venait les récupérer.

L'après-midi du troisième jour, pendant que Petalina faisait la sieste, Amita emballa les plans avec sa légende à l'intérieur et poussa le tout sous les sacs à chaussures. Elle ne pouvait pas verrouiller la pièce : son contact devait y entrer. Elle craignait que la bonne chargée du nettoyage ne remarque que la porte n'était pas fermée à clé et le signale à Petalina. C'était toutefois peu probable. Amita s'était efforcée de se montrer gentille envers la fille, et espérait que celle-ci viendrait la voir plutôt que d'aller directement rapporter la chose à sa maîtresse.

Se mordant la lèvre, elle traversa le jardin à la hâte et jeta un coup d'œil au mur de soutènement. Que faire si personne ne prenait le message ? Elle n'avait aucun autre moyen de contacter ses amis. Les jours raccourcissaient et se rafraîchissaient à mesure qu'approchait le Jour des Offrandes. Elle frissonna en regagnant la chaleur des appartements.

— Où étais-tu passée ?

Petalina regardait par la fenêtre, vêtue de sa robe fourreau en soie blanche.

De là, le mur de soutènement était invisible, mais la peur envahit Amita à l'idée que sa maîtresse ait pu deviner ses agissements.

— Je brossais vos robes, ma dame, répondit-elle. (Elle avait répété cette excuse.) Je le fais un peu tous les jours, pour ne pas avoir à les faire toutes d'un coup.

— Comme c'est judicieux de ta part. Tu le fais tous les après-midi, pendant ma sieste ?

— Oui.

— Et la nuit, quand je me réveille et que tu n'es pas là ? Tu brosses aussi mes robes ?

Amita ne parvint pas à interpréter l'expression de Petalina. Elle décida de se montrer aussi franche que possible.

— Il m'arrive de marcher dans les couloirs, quand je ne trouve pas le sommeil.

Elle baissa la tête, feignant la contrition.

— Ce n'est pas prudent de te promener la nuit. Des soldats pourraient vouloir profiter d'une fille comme toi, la réprimanda sévèrement Petalina. (Ses traits se radoucirent et elle sourit.) À moins que ce ne soit ce que tu cherches ?

Amita fut choquée.

— Non, ma dame ! s'écria-t-elle, consternée qu'une femme puisse penser cela.

D'un geste de la main, Petalina changea de sujet.

— Regarde-moi ça ! dit-elle en lui présentant un petit bouquet de roses jaunes et roses.

— C'est ravissant, répliqua Amita en prenant les fleurs pour les sentir.

Les roses fraîches étaient mêlées à des pétales de soie et des feuilles en tissu. C'était vraiment joli, mais Amita se demanda à quoi cela pouvait servir.

— C'est un bouquet à épingler ! lui expliqua Petalina. Marcellus veut que je l'accompagne au Petit Opéra ce soir, et il me l'a fait envoyer pour que je le porte.

— Pour que vous le portiez ?

— Oui, épinglé à ma robe !

Amita pensa que le poids du bouquet déformerait n'importe quelle robe, mais se garda de tout commentaire. Les fleurs avaient au moins le mérite d'avoir distrait Petalina des excursions nocturnes de sa servante.

— Si vous devez retrouver le seigneur ce soir, il nous reste peu de temps, prévint Amita.

Baigner Petalina, la poudrer, l'habiller et la parer prenait toujours des heures. Elle lui rendit le bouquet.

— Aïe ! s'écria Petalina en lâchant les fleurs.

Elle suça son doigt et le montra à Amita, comme le ferait un enfant :

— Je me suis piquée, se plaignit-elle.

Pendant le bain, Petalina parla ouvertement de Marcellus. Amita ne l'écouta que d'une oreille. Cette femme était une contradiction ambulante et une énigme. La plupart du temps, elle se comportait comme une gamine de seize ans, parfois comme une enfant de six ans. Pourtant, Amita la savait intelligente, et il lui arrivait de surprendre chez la courtisane un regard froid et calculateur qui contrastait avec son discours. Petalina n'oublierait pas ses aventures nocturnes, assurément, et Amita se résolut à se montrer plus prudente à l'avenir.

Au crépuscule, Petalina était encore plus élégante que d'habitude. Elle avait revêtu une robe de soie grise, et une rangée de pierres de lune ornait sa gorge. En prenant le bouquet pour l'épingler, Amita se dit que les roses aux teintes vives n'ajouteraient rien à sa beauté. Puis elle vit qu'une goutte de sang avait taché les pétales de soie.

Petalina fut horrifiée.

— C'est fichu ! s'écria-t-elle, les yeux écarquillés de manière théâtrale. Le sang ne partira jamais ! (Elle jeta un coup d'œil vers la porte, où deux grands gardes patientaient pour l'escorter.) Et je suis déjà en retard !

Amita se mordit la lèvre.

— Je m'en occupe, la rassura-t-elle. Je couperai les pétales tachés. Il y en a tant que ça ne se verra pas.

Le regard impuissant de Petalina passa du bouquet à sa servante. Avec son grand front et ses immenses yeux bleus, on aurait dit un chaton inquiet.

— Mais je suis déjà en retard, répéta-t-elle. Le Petit Opéra est à l'autre bout du palais !

— Dans ce cas, allez-y, ma dame. Je m'en occupe et vous rattraperai ensuite. Ça me prendra à peine quelques minutes.

— Sais-tu où ça se trouve ?

— Je me débrouillerai. Je vous rattraperai, promis.

Petalina se tourna vers la porte et posa un regard confiant sur les deux gardes du corps en armure noir et argent. Après leur départ,

Amita se précipita sur sa boîte à ouvrage et en sortit une minuscule paire de ciseaux. Elle coupa soigneusement les pétales tachés avant de contempler le résultat d'un œil critique. La composition était déséquilibrée. Elle retourna le bouquet et trouva dessous des pétales cachés. Elle en découpa un qu'elle cousit à la place des autres puis ajusta les roses pour cacher les points. Il faudrait que cela fasse l'affaire. Le bouquet dans une main et ses jupes dans l'autre, elle quitta les appartements et s'élança le long du couloir.

En théorie, elle savait où se trouvait le Petit Opéra : au milieu d'un lac, à l'ouest du palais. Elle devait donc suivre les couloirs tout droit jusqu'à atteindre les murs de marbre vert du Donjon – le cœur du palais. Ensuite, elle prendrait à gauche jusqu'à se retrouver dehors. Une fois à l'extérieur, elle espérait trouver facilement le lac.

Des têtes se tournèrent sur son passage et des soldats rirent vulgairement tandis qu'elle courait dans les couloirs de marbre et de pierre, ses jupes retroussées, ses fleurs à la main. Elle emprunta des corridors étroits aux plafonds blancs et bas, traversa de hautes salles aux voûtes ouvragées, monta et descendit des marches et des escaliers. Quand le premier de la série de murs vert d'eau se dressa devant elle, elle était hors d'haleine. Elle tourna à l'angle, à gauche, et se retrouva au sommet d'un autre escalier qu'elle dévala avant de s'arrêter brusquement à son pied, pétrifiée.

Un gulon émergeait d'un pas tranquille de derrière un pilier.

Amita avait déjà vu ce genre de créature une fois, dans les Halls, mais celui-ci était bien plus imposant. Il avait la taille d'un gros chien, et le sommet de son crâne lui arrivait presque au menton. Sa fourrure était rayée de gris et de fauve, et ses yeux, bien que dorés, avaient quelque chose de redoutablement humain, ses longs cils noirs recourbés parsemés de grosses gouttes d'humidité.

Le gulon s'arrêta en la voyant et l'observa pensivement. Amita semblait lui barrer le passage, comme lui l'empêchait de poursuivre sa route. La jeune fille remonta quelques marches à reculons, et au bout d'un moment l'animal passa devant elle sans la quitter des yeux. Elle sentit l'odeur désagréable de son pelage huileux et entendit sa respiration sifflante. Puis il se glissa derrière une tenture, sa queue broussailleuse traînant une seconde derrière lui avant de disparaître. Amita ramassa ses jupes et reprit sa course.

Ce ne fut qu'au moment de rendre son dernier souffle qu'elle se souvint que le gulon portait un collier d'or.

Chapitre 32

Le Petit Opéra avait été reproduit des centaines de fois en confiserie, sur les tables de la salle des festins de l'empereur. Il était rond et blanc. Depuis la berge du lac, on aurait dit du sucre fouetté, ses minces piliers apparemment trop frêles pour supporter le poids du toit ouvragé. L'accès se faisait par une jetée pavée de marbre blanc. Tandis que, flanquée des deux soldats silencieux, Petalina se hâtait de la traverser, elle se demanda une fois de plus ce qui, du lac ou du bâtiment qui l'ornait, avait été là le premier. Au-delà du lac s'étendaient des marécages parsemés de moutons, bosses claires à peine visibles dans la lumière déclinante.

Elle n'avait encore jamais vu ses gardes. Dès qu'elle quittait ses appartements, elle était escortée en permanence par des membres de la garde rapprochée de Marcellus, qu'elle connaissait pour la plupart. Mais ces deux-là lui étaient étrangers. Son amant avait sans doute procédé à des changements dans le personnel, car il affirmait souvent que des guerriers surentraînés avaient autre chose à faire que de le suivre dans le palais. *Ou me suivre moi*, songea-t-elle, même s'il ne le disait pas.

Il faisait froid et venteux sur la chaussée, mais à l'intérieur les marches descendaient dans une salle bondée et douillette, en forme de bol. Ce soir-là, l'automne rafraîchissait l'air. Petalina distingua les ovales blancs des cygnes dans le crépuscule. La lune était pleine, sa rondeur faisant écho à celle des cygnes glissant sur les eaux et des moutons paissant dans l'herbe.

En entrant dans le hall, elle constata avec surprise qu'elle n'était pas en retard – ou du moins que d'autres l'étaient davantage. Hormis les musiciens qui accordaient leurs instruments dans la cacophonie habituelle, et la dizaine de gardes, seuls quelques invités étaient présents – des conseillers âgés pour la plupart. Elle regarda autour d'elle, mais Marcellus était absent. Rafe était arrivé, mais elle ne vit sa sœur nulle part.

— Où est Fiorentina ? demanda-t-elle à Rafael qui avançait vers elle avec un sourire.

— Elle pense avoir pris froid, répondit-il d'un ton sérieux.

Petalina prit un air renfrogné charmant.

— Allons donc, commenta-t-elle.

— Elle m'a demandé de vous rappeler le mal de tête dont vous souffriez le soir du discours de Bal Carissa sur les enfers des premiers empires.

— Ce n'est pas comparable, rétorqua-t-elle en battant des cils. Je n'ai personne à qui parler, ici, se plaignit-elle en jetant un regard à la ronde.

— Mais moi je suis là, ma dame, répliqua-t-il avec gentillesse.

Elle glissa sa main sous le coude de Rafe.

— Dans ce cas, vous serez mon escorte pour ce soir, car il semblerait que Marcellus m'ait fait faux bond.

Elle se souvint d'Amita et du bouquet. *Cette pauvre fille a dû se perdre*, pensa-t-elle, agacée. Elle observa les portes principales avec espoir. À cet instant, Marcellus entra, suivi de quatre gardes armés. *Il y a plus de soldats que de spectateurs, ce soir*, songea Petalina. Marcellus arrivé, les soldats commencèrent à fermer les portes. Au dernier moment, Petalina vit Amita se glisser dans l'ouverture. Elle fut un instant arrêtée par les gardes, qui finalement la laissèrent passer.

Amita repéra sa maîtresse et descendit les marches à la hâte. Elle portait la plus jolie de ses deux robes, celle en coton marron avec des boutons nacrés. Avec ses cheveux blonds lâchés, elle ne déparait pas complètement dans cette salle. De ses doigts habiles, elle épingla le bouquet au corsage de Petalina, jetant des coups d'œil à sa maîtresse pour voir si celle-ci était en colère. La courtisane s'aperçut que Marcellus les observait. *Il va croire que je l'ai oublié*, pensa-t-elle. *Il va être fâché contre moi.*

— File, dépêche-toi ! souffla-t-elle à Amita qui, tête basse, remonta l'escalier en courant pour regagner la sortie, essayant de se faire toute petite.

Marcellus et Rafe discutaient au milieu de la salle. Comme toujours, tous les regards convergeaient sur eux. Les soldats, pourtant désireux d'habitude de rester près de leurs héros, se délectant de leur présence, paraissaient s'être éloignés d'eux. Les Vincerii étaient isolés. Petalina détecta l'odeur du danger dans l'air nocturne. Elle regarda Marcellus et comprit que lui aussi le sentait.

Vint ensuite le sifflement familier de l'épée qui glisse hors de son fourreau. Chacun des guerriers postés autour de la salle dégaina son arme.

Pendant un instant, tout se figea. La seule personne qui bougeait encore était Amita. Ne semblant pas avoir remarqué la tension ambiante, elle avait atteint la porte et luttait avec la lourde poignée de fer. Petalina la vit appeler l'un des soldats. L'homme brandit son épée et, l'air de rien, transperça le flanc de la fille. Elle s'effondra comme une poupée de chiffon, immobile.

Horrifiée, Petalina porta une main à sa bouche. Puis la salle entra en effervescence. Marcellus et Rafe, qui n'étaient pas armés, reculèrent ensemble vers le centre de la pièce. Comprenant qui était la cible, les musiciens et les invités s'écartèrent d'eux. Petalina était comme paralysée. Elle jeta un regard implorant à Marcellus, mais celui-ci ne la regardait pas.

Un soldat s'avança – le premier à avoir sorti son épée.

— Tu aurais dû mourir depuis bien longtemps, dit-il à Marcellus. La Cité ne pourra renaître que si tu meurs.

La main toujours sur la bouche, Petalina vit Marcellus se détendre. On l'aurait presque cru à une fête. Quand il prit la parole, ce fut d'une voix agréable et chaleureuse. Malgré sa peur, Petalina sourit : elle avait entendu cette intonation de nombreuses fois.

— Tu as toujours été un guerrier hors pair, Mallet, dit-il. Ne laisse pas ton inquiétude pour tes hommes t'aveugler sur les réalités de cette guerre.

Petalina vit les invités et les musiciens sourire à leur tour. L'atmosphère s'allégea. Le danger était passé : Marcellus allait convaincre les renégats de leur erreur. Elle se tourna vers Amita et, sans crainte, grimpa l'escalier pour s'accroupir auprès de la fille. Elle sentit son pouls sur sa gorge, même si du sang s'écoulait à gros bouillons de sa blessure au flanc.

— Cette enfant a besoin d'être secourue, dit Marcellus à Mallet. Laisse-nous nous occuper d'elle, puis nous discuterons de vos doléances comme des êtres civilisés.

Mallet parut indifférent à cette proposition raisonnable, et ses hommes gardèrent leur épée à la main, comme prêts à se battre.

Mallet reprit la parole :

— Je vois tes lèvres remuer, dit-il à Marcellus, mais mes hommes et moi ne t'entendons pas. Nous avons les oreilles pleines de coton trempé dans la cire. Ta voix n'a plus aucun pouvoir sur nous. Maintenant, traître, prépare-toi à mourir !

Riis tourna le dos à la porte de l'opéra et, sous le regard de cinq recrues des Mille, commença à remonter la jetée de marbre. Il soupira et fit rouler ses épaules. Ses dix camarades et lui n'avaient plus qu'à attendre la fin du concert, veiller à ce que les Vincerii et leurs invités quittent les lieux sous la protection de leurs gardes du corps, et la journée des Faucons Nocturnes serait terminée.

— Vivement minuit, grogna Berlinger à ses côtés. Je vais dormir comme une souche.

Ils étaient de service pour la cinquième nuit consécutive, à « surveiller les murs », comme disait Berl. Il fallait bien que quelqu'un patrouille sur les remparts du palais. C'était ce que les citoyens attendaient, au cas où un important groupe ennemi traverserait les nombreuses lieues de terres inhabitées et contournerait la multitude de postes de garde, tout cela sans être vu, pour lancer un assaut de nuit contre des murs presque imprenables. Mais, ce soir-là, ils étaient engagés comme gardes du corps, en renfort des Mille, à qui il manquait au moins deux centuries. D'après la rumeur, l'une avait été prise en embuscade par une bande errante de Bleus alors qu'ils protégeaient une doublure de l'empereur, tandis que la centurie du Gulon s'acquittait d'une mystérieuse mission, à l'est.

Les Faucons Nocturnes, cavaliers de la Première Adamantine, se considéraient comme une troupe d'élite. Privés de chevaux, ils avaient essuyé de nombreuses moqueries venant des autres régiments, surtout des Mille, qui se prenaient eux-mêmes pour l'élite. Riis s'était donc attendu à devoir encaisser les sarcasmes habituels de la part des gardes de service à l'opéra. Mais ceux-ci étaient restés étrangement silencieux.

Riis huma l'air. La nuit était claire ; une brise fraîche soufflait de la mer, à l'ouest. Ses dix hommes et lui patienteraient au bout de l'allée, loin des railleries des gardes, où ils attendraient tranquillement que minuit sonne. Après quoi, au cœur de la nuit, Riis se glisserait hors de son lit et se rendrait dans le jardin clos de Petalina, pour voir si un message s'y trouvait.

Ils étaient à mi-chemin de la jetée, Riis en tête, quand il perçut le chuintement faible mais caractéristique d'une épée sortie de son fourreau. Il s'arrêta, fit volte-face et leva une main au moment où Berl ouvrait la bouche pour parler. Oui, il entendait le bruit de plusieurs épées que l'on dégainait. Riis tira la sienne au clair et, suivi de ses hommes, courut vers l'opéra.

Les cinq recrues des Mille, de la centurie des Léopards, avaient fermé les portes et se tournaient pour leur faire face, brandissant eux aussi leurs épées.

— Laisse tomber, Riis, s'écria leur chef, un vétéran que Riis connaissait bien. Allez-vous-en !

Riis secoua la tête.

— Tu sais qu'on ne peut pas faire ça, Kantei. Écarte-toi !

Derrière les battants, on entendait clairement le cliquetis du métal. Riis ignorait totalement ce qui se passait, mais il savait que, si l'on maniait l'épée à l'intérieur de l'opéra, les Mille auraient dû y être aussi pour protéger leurs seigneurs, et non rester dehors à bloquer la porte pour empêcher les renforts d'intervenir. Il baissa la tête, comme soumis à un conflit intérieur, puis s'élança, embrochant le chef dans le cou, juste au-dessus de son armure. Kantei chancela, mortellement blessé. Mais, alors même que du sang coulait de sa gorge, il se rua sur Riis, qui recula. De son épée, Kantei entailla son surcot de cuir et le biceps dessous. Puis l'homme tomba sur un genou, agonisant, et Riis plongea sa lame dans son cou jusqu'à atteindre le cœur.

Il s'écarta.

— Que faites-vous ? demanda-t-il aux quatre autres, qui fixaient leur regard sur le corps de Kantei. Vous devez servir Marcellus !

— On s'occupe de lui, répondit l'un d'eux d'un air grave.

Avec un rugissement, il s'élança. Berlinger vint à sa rencontre et, de son épée, dévia celle de son adversaire avant de l'abattre avec un bruit métallique sur le bouclier levé. Riis se pencha et, rapidement, s'empara de l'écu de Kantei. Le cadavre s'effondra à ses pieds, à moitié hors de la jetée. D'un coup de pied, Riis le balança dans l'eau pour faire de la place.

Riis avait dix hommes avec lui, et il ne restait que quatre Léopards. Cependant, la jetée était étroite, et ils ne pouvaient les prendre que deux à la fois. De plus, les Mille étaient en armure complète et munis de boucliers, tandis que les camarades de Riis ne portaient qu'une légère protection de cuir.

Berlinger tua son assaillant avant de tomber aussitôt sous l'épée d'un garde du corps. Tout en combattant, Riis entendit le bruit d'éclaboussures du corps de Berl qu'on jetait à l'eau. Sous leurs pieds, le marbre était déjà glissant de sang.

Après avoir abattu les deux premiers gardes, les Faucons Nocturnes n'arrivaient pas à se débarrasser des autres, qui se battaient comme des possédés. Dans sa lutte, Riis se rendit compte qu'il essayait seulement de rester en vie. À ses côtés, Chevia tranchait et coupait. L'adversaire de Riis grogna avant de plonger brusquement sur lui, visant son cœur. Riis s'écarta ; la lame de l'autre lui entailla la poitrine, déchirant le cuir. Riis bondit sur sa gauche et assena un coup d'épée inefficace sur une épaule protégée par l'armure, mais parvint à déséquilibrer l'homme. Il l'assomma d'un coup de bouclier. Le garde bascula dans l'eau.

Le dernier Léopard sauta aussitôt sur Riis, qui tomba sur un genou. Il visa son adversaire, mais son épée se coinça dans le bouclier de l'autre et la pointe se cassa. Riis chercha à tâtons une autre épée derrière lui et sentit qu'on lui en fourrait une dans la main. Malgré tout, le garde du corps était sur lui et s'apprêtait à lui transpercer le visage. Riis ne parvint pas à se défendre à temps. Mais soudain, son agresseur s'effondra, un couteau planté dans l'œil, et disparut dans les eaux noires.

Riis se leva d'un bond et aida Chevia à se débarrasser du corps du dernier garde. Ensuite, ils coururent vers les portes de l'opéra. Elles étaient fermées, barricadées de l'intérieur.

À l'intérieur de l'opéra, agenouillée au sol, Petalina glissa son châle sous la tête de la servante. Le sang s'écoulait encore de la plaie au flanc d'Amita. Petalina savait que cela voulait dire qu'elle vivait toujours. Au désespoir, elle regarda le combat qui avait lieu au centre de la pièce. Acculés dos au mur, Marcellus et Rafe luttaient tant bien que mal. Tous deux s'étaient procuré une épée, mais l'un comme l'autre étaient blessés aux bras et à la poitrine. Pourtant, ils combattaient toujours contre des adversaires lourdement armés. Leurs épées se mouvaient à une vitesse étrange, et quatre gardes gisaient déjà, morts.

Elle vit Marcellus bondir en avant et embrocher un soldat par l'interstice étroit au-dessus de son protège-joue. L'homme recula en chancelant et s'effondra à un mètre à peine de Petalina. Son épée glissa au sol vers elle. Elle fixa ses yeux dessus, indécise, et se décida.

S'emparant de l'arme, elle se redressa d'un bond. L'épée était plus lourde que celles qu'elle utilisait pour s'entraîner lorsqu'elle était jeune fille, mais elle la souleva et se rua sur le garde du corps le plus proche, qui lui tournait le dos. Elle visa l'aisselle, sans protection, mais le poids de la lame la déséquilibra et l'épée s'abattit sur l'armure. L'homme fit volte-face en grognant.

Alors qu'il luttait pour sa vie, Marcellus la remarqua et s'écria :

— Ma dame, non !

Petalina recula pour s'écarter du soldat, mais son pied glissa sur le sang qui maculait le sol. Elle atterrit lourdement sur la hanche. Une douleur fulgurante la traversa. Furieuse de son incompétence, elle s'obligea à se relever et esquiva un coup d'épée de son adversaire. Des deux mains, elle enfonça facilement sa lame dans son entrejambe avant de la retirer. L'homme s'immobilisa et tomba à genoux. Horrifiée, Petalina le vit se remettre lentement debout, saignant abondamment, et avancer vers elle. Elle recula en donnant des coups d'épée d'avant en arrière pour tenter de le repousser. De la pointe de sa lame, elle attrapa le bord de son casque et lui rejeta la tête en arrière. Il retomba ; elle abattit son arme sur sa nuque. Il ne bougea plus.

Essoufflée, elle regarda autour d'elle. Ses efforts n'avaient pas servi à grand-chose : encore dix ennemis cernaient Marcellus.

Soudain, il hurla :

— Ça suffit !

Il avait crié si fort que Petalina en avait des bourdonnements d'oreilles. Les soldats, malgré leurs bouchons, l'entendirent aussi : ils s'arrêtèrent, leurs épées ensanglantées toujours brandies.

Marcellus avisa Petalina à l'autre bout de la salle.

— Vous êtes bien courageuse, ma dame, dit-il.

Il avait parlé tout bas, mais le cœur de Petalina était en fête.

Il se tourna ensuite vers les gardes du corps.

— Laissez les femmes partir, leur dit-il en désignant de son épée d'abord Petalina, puis la fille blessée, et enfin la porte.

Même des sourds pouvaient comprendre ce qu'il voulait dire.

Toutefois, le chef des rebelles se contenta de sourire avec mépris.

— Et pourquoi épargnerais-je ta catin, Marcellus ?

— Pourquoi veux-tu me tuer, Mallet ? Nous avons combattu côte à côte des dizaines de fois. Pourquoi trahir ta Cité ?

— C'est toi le traître, gronda Mallet. Une fois que toi et la créature qui se fait appeler l'empereur serez morts, nous ferons la paix avec les Bleus. Ils ne veulent pas de cette guerre, comme nous.

— Est-ce là ta philosophie, Mallet ? Se rendre et mourir pour la cause de l'ennemi ?

Mais Mallet n'avait pas entendu. Il donnait des ordres à ses hommes avec des signes de la main. Petalina se dit que leur fin à tous était proche.

Blessés et dépassés par le nombre, les Vincerii échangèrent un long regard. Aucune parole ne fut prononcée, mais Petalina comprit qu'ils venaient de prendre une décision. Marcellus se tourna et la contempla de l'autre côté de la salle maculée de sang.

— Je vous ai toujours aimée, ma dame, déclara-t-il.

Il avait parlé sans chaleur, mais ces mots émurent Petalina et les larmes lui montèrent aux yeux : c'était la première fois qu'elle les entendait de sa bouche. Elle essaya de sourire : elle savait qu'il lui avait dit cela parce qu'il s'apprêtait à mourir, et elle avec lui.

— Jamais je ne vous oublierai, et je vous honorerai toujours, conclut-il.

Les deux hommes baissèrent alors leurs épées. Un silence étrange pesa sur les lieux. Petalina sentit un bourdonnement à la base de son crâne et eut soudain la migraine. Elle secoua la tête pour s'en débarrasser. Elle vit l'un des soldats faire de même. Cependant, la migraine augmenta rapidement. La terreur lui noua le ventre. La peur et la nausée l'envahirent tout entière. Elle se mit à trembler. Devant ses yeux palpitants, les deux frères paraissaient avoir grandi, dépassant tous ceux qui les entouraient. Elle avait l'impression que son mal de tête fendait son crâne en deux et que son estomac se distendait. Elle serra fort les paupières et porta les mains à sa tête, hurlant pour essayer de soulager l'horrible pression. Lorsqu'elle ouvrit les yeux, elle vit les soldats lâcher leur épée et agripper leur crâne. Seul Mallet leva son arme et tenta d'avancer pour attaquer les Vincerii. On aurait dit qu'il s'efforçait de franchir un mur invisible. Du sang commença à couler de sa bouche, de ses oreilles et de ses yeux ; malgré tout, il persistait, la bouche ouverte, comme s'il poussait un cri silencieux.

La dernière vision de Petalina fut celle du soldat explosant en une fontaine d'hémoglobine, ses membres et sa tête volant dans les airs, son sang retombant en cascade sur le sol, giclant sur les murs et sur les deux hommes qui se tenaient devant lui. La bouche grande ouverte, les yeux écarquillés, Petalina sentit l'affreuse pression s'intensifier en elle, et pria pour en être soulagée.

Dehors, Riis, frustré, tapait du poing sur les solides portes. Il avait envoyé trois de ses hommes chercher de quoi faire office de bélier, et deux autres grimper à l'extérieur de l'opéra, au-dessus du lac, pour trouver une autre entrée. Ces deux-là revinrent pour rapporter que les murs blancs, trop lisses, n'offraient aucune prise. Riis leva les yeux vers le haut toit en filigrane et se demanda s'il pouvait passer par là.

Puis, de l'intérieur, il entendit le grincement d'une barre que l'on soulève. Il recula au moment où les battants s'ouvraient en grand. Une puanteur de mort sanglante le fouetta comme un vent violent. Envahi d'un effroi écœurant, Riis sentit son estomac se retourner. Pourtant, la crainte céda le pas à la joie lorsqu'il vit Marcellus sortir calmement, suivi de Rafe. Ils avaient un air étrange et sinistre. Dans le clair de lune, on les aurait crus couverts de peinture noire, le blanc de leurs yeux luisant d'un éclat mystérieux. Riis comprit alors qu'ils étaient tous deux trempés de sang, comme s'ils s'y étaient baignés. *Que s'est-il passé, là-dedans ?* songea-t-il. Quand la brise souffla sur l'eau, il eut la chair de poule.

Marcellus regarda autour de lui en silence.

— Capitaine Riis, c'est bien cela ? demanda Rafe.

À la fois émerveillé et flatté que l'on se souvienne de son nom, Riis répondit :

— Oui, seigneur.

— Que s'est-il passé ici ?

— Nous avons entendu qu'une bataille se déroulait à l'intérieur, seigneur. Mais les hommes des Mille nous ont bloqué l'entrée. Nous les avons tués, dit-il simplement.

Il avait envie de poser des questions mais craignait de le faire.

Marcellus sembla se réveiller.

— Vous avez bien fait, approuva-t-il. Donne-moi ton couteau.

Riis s'empressa de dégainer la dague qu'il portait au côté et la tendit, manche retourné, à son seigneur.

— Il est taché, s'excusa-t-il, car il ne l'avait essuyé que grossièrement sur la tenue de l'un des cadavres des gardes du corps.

Il se rendit compte de son idiotie en voyant la main déjà couverte de sang s'emparer de l'arme. Marcellus fit tourner le couteau, puis se posta face au lac et lança l'arme. Elle alla se planter avec un bruit mat dans le cou d'un soldat rebelle qui, à la faveur du noir, tentait avec difficulté de rejoindre la berge à la nage.

— Veille à ce que les cadavres soient récupérés, capitaine, ordonna Marcellus. Les camarades que tu as perdus seront traités avec les honneurs. Quant aux corps des rebelles, ils seront brûlés.

— Oui, seigneur. (Riis jeta un coup d'œil vers les ténèbres silencieuses qui pesaient sur la salle.) Y a-t-il besoin de chirurgiens ? s'enquit-il d'un ton incertain.

— Non. Il n'y a aucun survivant. Dame Petalina aussi est morte.

Riis ne dit rien. Ce n'était pas son rôle de lui présenter ses condoléances. Que diable s'était-il passé là-dedans ? se demanda-t-il une fois de plus.

— Tous les autres Léopards doivent être capturés, reprit Marcellus. Certains d'entre eux sont peut-être innocents, mais nous ne pouvons prendre aucun risque.

— Oui, seigneur.

— Bien. (Pour la première fois, Marcellus le regarda directement. Riis résista à la tentation de reculer, effrayé par le pouvoir qui émanait de cet homme.) Il se trouve que j'ai besoin d'une nouvelle centurie. Choisis quatre-vingt-dix-neuf guerriers de la Première Adamantine, de n'importe quel rang. Tu as tous les pouvoirs et tu es désormais commandant. Cette centurie portera le nom des Faucons Nocturnes. Celui des Léopards sera rayé de l'histoire.

Riis baissa la tête et dit :

— C'est un honneur, seigneur. Voulez-vous que les Faucons Nocturnes interrogent les Léopards ?

— Non. D'autres s'en chargeront. Nous trouverons le responsable de cette attaque.

Les deux frères s'éloignèrent et, le corps luisant de sang, remontèrent la jetée blanche, laissant des empreintes de bottes écarlates derrière eux.

Riis inspira à fond et entra dans l'opéra. Il balaya les lieux du regard, ne sachant trop ce qu'il voyait. Il n'y avait aucun cadavre, mais toutes les surfaces – les murs, le sol, même les hauts plafonds de la salle ronde – étaient maculées de sang. L'air ambiant en était complètement imprégné. Riis respira par la bouche et, dans un accès de panique, eut l'impression que ses poumons se remplissaient d'hémoglobine. À mesure que sa vision s'accoutumait à la scène de carnage éclairée par les torches, il commença à distinguer des restes humains, des morceaux de cerveau et de chairs, des éclats d'os, parfois des tronçons plus importants éparpillés çà et là. Une demi-main glissa lentement le long d'un mur poisseux de sang. Elle s'arrêta avant de reprendre sa descente. Riis l'observa, comme hypnotisé. Puis il secoua la tête et détourna le regard.

Il se tourna vers ses camarades qui se tenaient à ses côtés, blêmes et silencieux.

— Allez chercher une équipe de nettoyage, ordonna-t-il. Il ne reste rien à enterrer.

Chapitre 33

Les premières neiges arrivèrent tôt cette année-là, s'ajoutant aux malheurs de la Cité assiégée. D'après les superstitieux, s'il neigeait avant la Fête des Offrandes, l'hiver serait rude. Les vieilles biques observaient le ciel, secouaient la tête et prévoyaient des jours à venir difficiles. Dans la journée, la neige formait une fine couche dans les rues et les allées, étouffant les bruits ambiants. Elle fondait lentement sur les toits de tuiles et s'infiltrait par les greniers et les fenêtres. Puis, à mesure que la pâle lumière du soleil s'éteignait, elle durcissait et gelait. Une fois plongées dans le noir, les rues du quartier de l'Armurerie ainsi que certaines parties de Barenna et de Burman Far, déjà dangereuses la nuit, devinrent impraticables pour les gens ordinaires.

Les plus pauvres de la Cité, ceux qui luttaient pour leur survie, déjà en proie à la faim, aux maladies et aux prédateurs humains qui se nourrissaient sur le dos de ces malheureux, mouraient par centaines chaque nuit, en silence. Ceux qui avaient la volonté de s'en sortir se terraient dans les égouts et devinrent des Habitants : il faisait moins froid sous terre. L'hiver rigoureux avait toujours été le meilleur recruteur pour les Halls. Ainsi, la population de la Cité diminua encore, les demandes d'approvisionnement s'amoindrirent, et les administrateurs chargés de la distribution des vivres se félicitaient d'avoir alloué les ressources avec tant d'habileté. Ces mêmes administrateurs étaient aussi symboliquement responsables de la distribution des combustibles, mais les réserves de charbon et d'huile avaient diminué depuis longtemps, au point que seul le palais, puis seules certaines parties de l'édifice, pouvaient être chauffés l'hiver.

Il ne restait plus que cinq jours avant la Fête des Offrandes. Les funérailles de dame Petalina devaient avoir lieu dans la journée. Aux premières lueurs de l'aube, Riis enfila un pardessus sur son nouvel uniforme et marcha d'un pas pressé dans les couloirs glacés du palais. Son souffle se matérialisait devant lui. Les mains enfoncées dans les poches, il rentrait les épaules pour se protéger du froid. Conscient de ne pas ressembler à un commandant des Mille, il se redressa à mesure qu'il approchait du Donjon. Il jeta un coup d'œil à son nouvel auxiliaire et sourit. Darius secoua la tête. Riis devait assister à une réunion rassemblant les commandants des Mille, au Donjon. C'était la première fois qu'il s'y rendait. Ce jour-là, il allait pénétrer dans le repaire de l'empereur, une entreprise qu'il aurait crue impossible il y a quelques semaines à peine. Il anticipait l'événement avec une excitation mêlée d'appréhension, et se dit que Darius, même s'il ignorait tout de ses projets, devait être dans le même état.

Cavalier expérimenté, Riis s'était soudain retrouvé, contre toute attente, nommé parmi les commandants des Mille. Il ne savait pas du tout comment il était censé se tenir, quelles étaient ses tâches quotidiennes, ni comment il devait traiter ses hommes. Comme la plupart des soldats avant lui, chaque fois qu'il avait été promu, il s'était contenté d'imiter le comportement de celui qu'il remplaçait jusqu'à être suffisamment à l'aise pour être lui-même. Dans ce cas précis, il se sentait perdu. Il n'avait jamais appartenu à la garde impériale personnelle, avec laquelle les rapports avaient toujours été compétitifs, au mieux coopératifs et réticents. De plus, il ne pouvait obtenir de l'aide de la part de ses nouveaux pairs, car les autres commandants de la centurie le méprisaient ouvertement pour la manière dont il était arrivé là.

Habituellement laconique au point de paraître austère, Darius le suivit sans poser de questions jusqu'à ce qu'ils atteignent les murs verts du Donjon. Il demanda alors :

— Est-ce un briefing ?

Riis haussa les épaules.

— Comment le saurais-je ? J'ai été prévenu hier soir par un auxiliaire du général Boaz qu'il fallait être au Donjon à l'aube, sur ordre de Marcellus.

Darius grommela. Riis écarta les mains.

— Je sais, mais qu'est-ce que j'y peux ? Je me voyais mal dire « non ».

— Surveille tes arrières.

— C'est à ça que tu sers.

Les deux hommes s'avancèrent jusqu'à l'entrée principale du Donjon. Les portes de bronze, insérées dans un mur incurvé de couleur vert sauge, étaient ornées de bas-reliefs représentant des scènes épiques de la vie de l'Immortel, et flanquées de soldats en livrée noir et argent. Riis les reconnut : ils appartenaient à la centurie de l'Aigle à la Queue noire. Il s'apprêtait à décliner son identité quand l'un des deux gardes ouvrit un petit battant inséré dans le bronze. Envahi peu à peu par un sentiment d'insécurité, Riis se demanda si on venait de l'insulter sciemment. Les soldats ne le saluèrent pas. Devaient-ils le faire ? Riis ignorait encore tout du protocole des Mille.

Il pénétra dans le donjon, Darius à ses côtés. Ils se retrouvèrent dans une large entrée avec, de part et d'autre, un grand escalier incurvé. Plusieurs portes se dressaient devant eux. Étant enfin en territoire impérial, Riis s'était attendu à un spectacle remarquable, mais il faisait seulement face à une pièce vide, aussi froide que le sein d'une veuve. Il échangea un regard avec son auxiliaire.

Une silhouette de haute taille apparut alors dans l'encadrement de l'une des portes et déclara d'une voix dure :

— Commandant Riis. Par ici. Tu n'as pas reçu l'ordre de venir avec un auxiliaire.

Le général Boaz considéra d'un œil furieux Darius, qui en retour lui jeta un regard froid.

— On ne m'a pas dit que je n'en avais pas le droit, répondit Riis d'un ton aimable en regardant l'autre bien en face. (Il rencontrait rarement des hommes plus grands que lui.) Je n'ai pas encore été informé du protocole en vigueur chez les Mille.

Quand ils entrèrent dans la salle de réunion, une voix dit :

— L'usage veut que les membres des Mille, même les commandants, soient considérés comme de simples soldats au service de leur Cité, et en tant que tels il est inconvenant qu'ils aient des auxiliaires. C'est, bien sûr, totalement idiot, ajouta Marcellus en invitant Riis à avancer d'un geste de la main. Les commandants des Mille sont des officiers importants, chargés de moult responsabilités. Chez eux, ils ont une armée de serviteurs, et nombre d'entre eux disposent de plusieurs auxiliaires. C'est juste que, normalement, ils ne les amènent pas aux briefings des commandants.

— J'ignorais que c'était un briefing de commandants, répliqua Riis. On m'a seulement dit de me présenter ici.

Il avait conscience de paraître sur la défensive.

Le Premier Seigneur acquiesça.

— Ton auxiliaire peut rester. Comment t'appelles-tu, soldat ?

— Darius Hex, seigneur.

Marcellus hocha la tête.

— Ton père s'appelait aussi Darius, n'est-ce pas, même si tout le monde le surnommait Chaussettes ?

Darius fixa les yeux sur un point sur le front de Marcellus, bien déterminé à ne pas se laisser effrayer.

— Oui, seigneur.

Pour la première fois depuis que Riis le connaissait, le côté taciturne de son auxiliaire l'ennuya. Il eut envie de lui dire : « C'est normal d'être impressionné par Marcellus Vincerus. Il mérite notre respect. » La vision de deux hommes couverts de sang flotta dans un coin de sa tête, mais il la repoussa.

Il regarda autour de lui. La salle était arrondie, en marbre blanc. Sur les murs étaient sculptés les dix insignes de la garde personnelle. L'un d'eux était recouvert, et Riis sentit son cœur se gonfler de fierté en comprenant que le symbole des Faucons Nocturnes serait bientôt affiché là. Plus d'une dizaine de soldats étaient présents, certains assis, d'autres debout. Perché comme un héron, Boaz se dressait au-dessus de Rafe Vincerus, dont la mince silhouette était vêtue de noir. Il était négligemment appuyé contre un mur.

— Pour ceux d'entre vous qui viennent ici pour la première fois, expliqua Marcellus d'un ton courtois, cette pièce s'appelle la salle Noir, non parce qu'elle est noire, mais parce qu'elle a été conçue par l'architecte Thomas Noir, comme exemple pour l'empereur d'une salle parfaitement ronde, surmontée d'un dôme parfaitement rond. Selon les architectes, il existe un terme précis pour cela, mais j'avoue l'avoir oublié. C'est ici que se réunissent les commandants des Mille, et que l'empereur s'adresse à nous dès qu'il l'estime nécessaire.

Le cœur de Riis s'accéléra. S'il conservait son poste de commandant, s'il vivait assez longtemps, alors sans aucun doute il se retrouverait face à l'empereur, dans cette pièce, à un moment ou à un autre.

Marcellus poursuivit avec gravité :

— Aujourd'hui, nous célébrerons les obsèques de dame Petalina, tuée par traîtrise. Sa seule parente encore vivante est dame Fiorentina, qui s'est occupée de la cérémonie et de l'inhumation. Ce sera une affaire privée. À la suite de la révolte des Léopards, la sécurité pour les funérailles sera renforcée, plus que d'ordinaire. Vous savez tous ce que vous avez à faire.

Il s'interrompit avant de poursuivre :

— Il est facile d'exagérer l'importance d'un événement tel que celui qui a eu lieu à l'opéra. Même si des innocents ont trouvé la mort, la rébellion a été un échec. Mallet avait l'intention de nous assassiner, mon frère et moi. Nous ne connaîtrons sans doute jamais ses motivations, même si nous pouvons supposer que le complot a été fomenté loin de la Cité. Mais il a échoué. Cependant, il aura réussi en un sens si nous ne restons pas concentrés. (Il s'arrêta pour marquer son propos.) Les Mille ont été créés pour protéger l'empereur, pas les Vincerii. Renforcer notre sécurité implique le risque inévitable de compromettre la protection de l'Immortel. Vous devez en avoir bien conscience et vous assurer que cela ne se produise pas.

L'un des soldats prit la parole, d'un ton aussi décontracté que s'il avait discuté avec un ami :

— Cela nous faciliterait la tâche si Rafe et vous présentiez des cibles séparées. Le fait que vous soyez si souvent ensemble pose un problème aux Mille. Nous en avons déjà parlé.

Riis considéra avec intérêt l'homme à la barbe broussailleuse et à la voix rauque. Il était clairement à l'aise en présence de Marcellus pour oser s'adresser à lui d'une manière si franche.

— Es-tu en train de suggérer que nous ne devrions pas assister aux funérailles de la dame ?

Le soldat ne parut pas gêné par l'irritation qui avait percé dans la voix de Marcellus.

— Je vous le suggérerais si je pensais que ce serait utile, seigneur. Non, ce que je dis, c'est que vous devriez éviter de présenter une cible facile.

— Nous sommes soldats. Nous savons veiller sur nous-mêmes, répliqua Rafe.

— Personne n'en doute, seigneur.

Riis se retourna. La femme qui venait d'intervenir était assise sur un canapé, derrière lui. Elle lui jeta un coup d'œil quand il se tourna vers elle. De taille moyenne, d'âge mûr, elle avait des cheveux roux en bataille et une poitrine généreuse moulée dans son uniforme de cuir. *Est-elle commandante ?* se demanda-t-il. Il ignorait que des femmes pouvaient être à la tête des Mille.

— Mais Fortance a raison, reprit la femme. Nous vous proposons seulement d'assister chacun de votre côté à des événements programmés.

Marcellus soupira.

— Toute notre existence est « programmée », Leona, rétorqua-t-il. Mais nous y réfléchirons.

D'un geste, il congédia les guerriers, qui commencèrent à quitter la pièce. Riis jeta un coup d'œil à Darius ; tous deux se dirigèrent à leur tour vers la sortie.

— Riis.

Son nom avait été prononcé tout bas. Il se tourna vers Marcellus.

— Reste encore un peu.

Riis fit un signe de tête à Darius, qui suivit les autres.

Marcellus regarda la porte se refermer.

— Aujourd'hui, j'ai une mission pour vous, les Faucons Nocturnes, loin des funérailles.

— Oui, seigneur.

— Connais-tu le Seigneur Lieutenant Saroyan ?

Il eut l'impression d'un grand vide dans sa poitrine et fut incapable de respirer. *Ça y est ?* songea-t-il. *Notre plan pour tuer l'empereur s'arrête-t-il ici ?* Il se demanda qui les avait trahis.

Marcellus le considéra d'un œil interrogateur. Riis tenta de trouver la bonne réponse. Il fronça les sourcils.

— Je la connais de vue, avoua-t-il, ne sachant sur quel pied danser.

— Saroyan revient de l'Est, escortée par six gardes. D'ici à midi, ils devraient avoir atteint la Porte du Paradis. Je veux que tu rassembles une troupe de tes meilleurs éléments et que tu les interceptes avant qu'ils n'arrivent en vue de la Cité. Tue-les tous.

Riis hocha la tête.

— Compris, seigneur.

Il se tourna vers la porte, essayant de ne pas réfléchir.

— Veux-tu savoir pourquoi ? demanda Marcellus dans son dos.

— Je ne remets pas vos ordres en question, seigneur.

— Cette salle est faite pour ça, Riis, pour que les commandants remettent mes ordres en question. D'après nos renseignements, Saroyan était impliquée dans la rébellion de Mallet. J'ai du mal à le croire : je la connais depuis longtemps et j'aurais parié ma vie sur sa loyauté. C'est d'ailleurs ce que j'ai failli faire. (Il secoua la tête avec regret.) J'ai été dupé. Saroyan est impopulaire auprès de ses pairs et a quelque chose de tyrannique, ce que j'ai pris pour de la loyauté. Ce sont toujours les jokers que nous soupçonnons.

» Je pourrais la faire venir ici et la traduire en justice, mais cela créerait de l'effervescence au palais, et peut-être même dans la Cité. Elle n'est pas appréciée, mais elle est respectée. C'est plus pratique de la faire tuer par une bande de maraudeurs bleus, puis de s'arranger pour que son corps soit découvert dans quelques jours. Une tragédie pour la Cité. Des obsèques de plus. Ses complices conspirateurs, quels qu'ils soient, comprendront pourquoi elle est morte.

Riis hocha la tête. Congédié, il sortit du Donjon et trouva Darius qui l'attendait. Son auxiliaire haussa un sourcil. D'un signe de tête, Riis réprima sa curiosité et tous deux retournèrent en silence vers la caserne.

En tant que complice conspirateur, il ne savait pas du tout ce qu'il allait faire.

Chapitre 34

Finalement, les quatre-vingt-un guerriers restants de la centurie des Léopards furent tous mis à mort. On informa Dol Salida qu'il avait été décrété impossible de faire le tri entre ceux qui avaient activement comploté contre les Vincerii, ceux qui étaient au courant de la rébellion sans y avoir pris part, et ceux qui étaient « innocents » – un adjectif qui, dans l'absolu, pouvait difficilement s'appliquer à un guerrier. Ils devaient donc tous mourir. Chacun d'entre eux fut tué d'un coup d'épée net assené en plein cœur.

L'un des informateurs de Dol avait fait partie du peloton d'exécution. Quand Dol l'interrogea, quelques jours plus tard, l'homme avait encore mal à son bras d'épée et ne s'était pas remis du massacre écœurant de ces vétérans qui, inlassablement, avaient combattu pour la Cité, sans jamais hésiter, et désormais sans honneur. Il raconta à Dol qu'après les exécutions les corps furent déshabillés et inspectés : on y cherchait une marque.

— Une marque ? s'enquit Dol, subitement intéressé. Et en avez-vous trouvé ?

Le soldat afficha un sourire jaune.

— Des vétérans de plus de vingt ans pour certains d'entre eux ? Qu'est-ce que vous croyez ? Ils avaient des cicatrices elles-mêmes recouvertes de cicatrices. Et des brûlures à foison. Non, nous n'avons pas trouvé de marque en forme de S, mais entre nous, monsieur, nous ne nous sommes pas donné trop de mal pour chercher.

Cela faisait à peu près huit ans que Dol avait eu connaissance de la rumeur : les Vincerii s'intéressaient à un homme marqué d'une brûlure en forme de S. Malgré ses questions discrètes et bien ciblées, Dol n'avait jamais pu en apprendre davantage. Il avait donc rangé l'information dans un coin de sa tête, pensant qu'elle pourrait se révéler utile à l'avenir. Son intérêt avait redoublé l'été dernier quand, à l'auberge des *Étoiles Brillantes*, Creggan lui avait parlé d'un homme accoudé au bar arborant une marque similaire. Curieusement, Bartellus avait lui aussi aussitôt prêté l'oreille, et interrogé Creggan à son sujet.

Bartellus avait demandé :

— Connais-tu cette marque, Dol ?

Dol avait haussé les épaules.

— Une marque d'esclavage, je suppose. Pourquoi, ça t'intéresse ?

— Comment un homme peut-il avoir à la fois le tatouage de la Seconde Adamantine et une marque d'esclavage ?

— Je m'en moque bien.

Puis, ce qui était inhabituel pour quelqu'un d'ordinaire si secret, Bartellus leur avait confié :

— J'ai vu la même marque il y a longtemps. Sur un cadavre.

— Un Peau-bleue ?

— Non. Du moins, je ne pense pas. Il avait le torse et la tête couverts de tatouages, et cette marque unique, au fer, à l'épaule.

Bartellus était un vrai mystère, une énigme qui allait bien au-delà d'un homme simplement désireux de cacher l'âge de sa fille, s'était dit Dol Salida. Un homme intelligent, Dol l'avait remarqué, qui s'efforçait de le dissimuler. La plupart du temps, Bart ne se livrait pas, mais il n'arrivait pas à masquer son intérêt pour l'architecture de la Cité – un sujet qui l'attirait toujours, surtout s'il portait sur les tunnels, les égouts et les cachots. Ce n'était pas suspect en soi. Et le fait que sa fille cherche à échapper au service militaire était décevant, mais pas étonnant. Cependant, voilà qu'on avait jugé bon d'incendier la Maison de Verre, avec Bartellus à l'intérieur, et que sa fille et lui avaient à présent disparu. Ces dernières semaines, Dol avait eu recours à son réseau de contacts, d'informateurs, d'amis et de collègues pour retrouver le vieux soldat. Le gamin de l'allée du Canard-Bleu lui avait donné le nom de Sami – un indice qui ne l'avait mené nulle part : en effet, il avait découvert que l'armée comptait des centaines de Sami.

Le maître d'urquat en avait conclu que la seule façon de retrouver le vieux renard était de passer par son petit. S'ils étaient pourchassés, l'homme n'autoriserait sûrement pas sa fille à reprendre son activité de maître verrier, mais, par le biais de la fille, il en apprendrait peut-être plus. Dol arpenta les rues, rendant visite aux quelques derniers vendeurs de matériaux pour vitrail, jusqu'à tomber sur la marchande de couleurs chez qui Emly se fournissait. La vieille femme avait de longs cheveux gris tressés en plusieurs nattes. Handicapée des deux pieds, elle ne parlait pas facilement de ses clients, jusqu'à ce que Dol mentionne sa nièce Emly : le visage de la vieille fille s'était alors illuminé, et elle était devenue intarissable sur la talentueuse enfant. Elle ne l'avait pas vue récemment et ignorait où elle logeait depuis l'incendie de la Maison de Verre. Toutefois, elle donna à Dol le nom d'un artisan qui préparait de la peinture d'or spécialement pour Emly. Ce fut lui qui apprit à Dol que la fille n'était pas venue dans son échoppe, mais qu'il l'avait aperçue cinq jours auparavant sur la place du marché, devant le temple d'Ascarides, le dieu des veuves et des orphelins : elle admirait un petit vitrail de sa création sur un côté du bâtiment.

Bien sûr ! Bartellus, trahi par la vanité de sa fille… Un peu à contrecœur, Dol avait dénoncé la fille à Dashoul pour qu'il lâche ses chiens sur elle avec l'ordre que, une fois repérée, elle soit simplement suivie. En effet, le père qui l'avait tenue éloignée de l'armée pendant plus d'un an était aussi coupable aux yeux de la loi impériale que la fille.

Assis dans son bureau, aux premières heures du matin, Dol regardait les cheminées et les toitures se dessiner lentement dans la pénombre. Le ciel gris prit une teinte argentée, et Dol voyait désormais qu'une épaisse couche de neige fraîche recouvrait les toits. Dans la nuit, du givre s'était formé au coin des fenêtres.

La Fête des Offrandes aurait lieu dans cinq jours. Il frissonna. Petalina, son premier amour, devait être inhumée dans la journée, son corps froid embaumé d'huiles et d'onguents, puis déposé dans les caveaux impériaux – un insigne honneur pour l'enfant d'un marchand. Dol n'assisterait pas à la cérémonie. Il avait envoyé ses excuses à Fiorentina, qui comprenait ses raisons mieux que quiconque. La mort de Petalina de la main de Mallet et ses hommes l'avait profondément choqué et peiné. Sa liaison avec Marcellus aurait dû la protéger – et l'avait jusque-là protégée. Et le monde de Dol, la Cité, serait bien morne sans Petalina.

Il soupira et, sentant un courant d'air sur ses chevilles, remua ses pieds chaussés de pantoufles. Il tendit l'oreille : en contrebas, une porte dans la ruelle se referma discrètement. Il ne perçut aucun bruit de pas ; malgré tout, il se leva et boita jusqu'à la porte. Quelques secondes plus tard, un triple coup résonna sur le bois. Il attendit. Au bout d'un moment, on frappa encore deux coups. Dol déverrouilla la porte.

Le visiteur se nommait Sully. Petit, mince et rasé de frais, c'était un homme méticuleux dont l'allure rappelait celle d'un comptable plutôt que celle d'un guerrier vétéran de trente ans. Dol le connaissait depuis tout ce temps. Il possédait des qualités rares pour un vieux soldat : il écoutait, observait, et ne parlait que lorsqu'il était sûr de ses propos. Il avait l'esprit vif, et Dol le tenait en haute estime, plus que tout autre associé.

Sully s'assit sur son siège habituel. Il se frotta les mains pour les réchauffer et but une gorgée de la tisane que Dol lui avait fait préparer.

— Il paraît, commença-t-il sans préambule, que l'empereur compte procéder à une purge complète des Mille, et qu'aucune des centuries n'est à l'abri – sauf peut-être la nouvelle, les Faucons Nocturnes.

— D'où tiens-tu cette information ?

Sully haussa les épaules, comme il le faisait chaque fois que sa source n'était que rumeur, spéculations, brèves de comptoir et commérages de soldats.

— Mais toi, qu'en penses-tu, mon ami ?

Le petit homme ne dit rien pendant un moment. Enfin, il déclara :

— Malgré ce qui s'est passé ces derniers jours, l'empereur et Marcellus comptent sur la loyauté de leur garde personnelle, et l'histoire a prouvé qu'ils ont raison d'y croire. Les guerriers des Mille sont généreusement récompensés. Ils ont le prestige, la célébrité, la richesse. Après un tel complot, il faut se demander à qui profiterait la mort de Marcellus. Pas aux gardes du corps, en tout cas.

— À qui cela profiterait ? Pour qui Mallet et ses hommes agissaient-ils, si ce n'est pour leur propre compte ?

Qui prendrait la place de Marcellus si les deux Vincerii mouraient ? Qui savait ce que l'empereur ferait ? C'était un sujet dont les deux hommes avaient souvent débattu au fil des ans. C'était toujours le même problème. Qui savait ce dont serait capable un homme qui ne sortait jamais, ne s'adressait qu'à Boaz, aux Vincerii, à quelques serviteurs et à une poignée de gardes triés sur le volet ? Ce qui se passait dans le Donjon était l'un des secrets les mieux gardés de la Cité.

Dol se carra sur son siège.

— Que sait-on sur le nouveau commandant, celui des Faucons Nocturnes ?

— Il s'appelle Riis. Son frère et lui étaient otages au palais – ils faisaient partie des derniers. Leur père était un seigneur du Nord. À part ça, rien de suspect. Il a combattu trois ans pendant la campagne de la Crête Bleue, et il est toujours de ce monde. C'est un survivant.

— Et son frère ?

— Lui n'a pas eu la même chance. Il paraît que Riis a une certaine renommée auprès des femmes.

— Pas celles de la Première Adamantine. C'est interdit dans une même compagnie.

— Les vieilles traditions, commenta Sully d'un air approbateur.

Il ajouta :

— Il est très détesté.

— Forcément, répondit Dol. Surveille-le de près. Toute personne nouvelle est digne de notre intérêt. Il… (Il chercha ses mots.) Il se trame quelque chose au palais en ce moment. Je sens dans l'air un danger imminent.

— Personne ne comprend ce qui a poussé Mallet à agir ainsi, dit Sully. Ça ne lui ressemblait pas. Il était au service des

Vincerii depuis plus de vingt ans. Les Mille leur ont toujours été loyaux. Ce n'est plus le cas. C'est peut-être à ça qu'est dû ton pressentiment.

Il but sa tisane en silence pendant un moment, jetant des coups d'œil à Dol par-dessus sa tasse. Il avait quelque chose à ajouter. Dol haussa les sourcils d'un air interrogateur.

— J'ai une bonne nouvelle à t'annoncer, déclara Sully.

— Ah oui ?

— Tu avais raison : la fille n'a pas pu résister à l'envie d'admirer son œuvre. On l'a vue au vieil observatoire à Gervain, en train de contempler son vitrail. On l'a suivie jusqu'à son refuge. Bartellus n'y était pas. Son arrestation est donc prévue pour ce matin.

Dol se frotta les mains.

— Excellent, se réjouit-il. (Une étincelle brilla dans les petits yeux sombres de Sully.) Autre chose ? s'enquit Dol.

Le petit homme acquiesça.

— J'ai attendu discrètement jusqu'à le voir rentrer chez lui, tard dans la nuit. Pour m'assurer de sa présence quand les hommes du palais viendront le chercher.

— Oui ? l'encouragea Dol.

— Je le connais, lui apprit Sully.

Les chevaux et leurs cavaliers franchirent avec fracas la Porte d'Arabie et gagnèrent la plaine enneigée. Couverte d'une croûte de glace formée au cours de la nuit, la neige arrivait presque au niveau du jarret des montures, dont les sabots projetaient des gerbes de cristaux dans le ciel gelé. Derrière lui, Riis entendait les cris de joie de ses hommes, euphoriques de quitter la Cité et de retrouver le plaisir de monter. Malgré ses tourments intérieurs, son moral revenait à mesure qu'il inspirait l'air coupant comme un diamant. Devant eux s'étendait une neige vierge jusqu'aux crêtes des collines, au loin, sous un ciel brillant comme de l'argent.

Après avoir quitté Marcellus et le Donjon, Riis avait sélectionné vingt soldats avant de rejoindre à la hâte les écuries des Mille. Pour la première fois, il exerçait ses pleins pouvoirs de commandant et put réquisitionner les chevaux auprès du maître des écuries, sans doute le seul homme de la Cité à ne pas être au courant de la mort des Léopards, ou à refuser d'y croire. Riis s'était choisi un gigantesque étalon gris. Le maître avait finalement accepté de lui dire son nom : Taillade.

Manifestement, Taillade n'avait pas été sorti depuis plusieurs jours, car il dansait et gambadait, lui aussi enivré par l'air frais et la neige étincelante. Riis, qui savait monter depuis la petite enfance, laissa le cheval s'en donner à cœur joie. Quand la bête se lança soudain au galop en direction du soleil levant, Riis se pencha sur son encolure et n'essaya pas de la ralentir. Sans être de toute première jeunesse, Taillade était joueur et puissant, et en quelques secondes il eut distancé le reste du groupe. Riis tenta d'échafauder un plan.

Sa promotion en tant que commandant des Mille se révélait un cadeau plus ou moins empoisonné. Ses chances de parvenir à assassiner l'empereur avaient augmenté, mais son rôle de conspirateur devenait compliqué. Il pouvait difficilement arpenter discrètement les salles du palais la nuit ; il était trop repérable. Son visage était connu de tous les membres des Mille, qui le détestaient.

Il s'écoula donc quelque temps après la mort des femmes avant qu'il ne se risque à retourner dans le jardin de Petalina. Vêtu d'une cape dont il avait relevé la capuche, il avait une fois de plus escaladé le mur du palais sous un brillant clair de lune.

Il connaissait les tours de ronde des gardes qui patrouillaient sur les remparts – il était bien placé pour – et, une heure plus tard, il se tenait sous le figuier, tâtant les briques dans le noir, à la recherche d'un message caché. Du bout des doigts, il trouva un morceau de papier, mais il faisait trop sombre pour qu'il puisse le lire. Il grimpa de nouveau sur le mur et, grâce au clair de lune, déchiffra l'écriture soignée d'Amita, qui expliquait comment trouver le paquet qu'elle lui avait laissé. Les sourcils froncés, il suivit les instructions et s'introduisit dans la pièce située à l'arrière de la suite de Petalina. Il prit le risque d'allumer un bâtonnet de phosphore et le brandit, découvrant autour de lui des formes grises aux contours flous : une multitude de robes étaient suspendues aux murs, comme des cadavres. Des odeurs de renfermé et de moisi lui rappelaient la mort. Dans la lumière crachotante, il imagina la fine silhouette spectrale d'Amita traversant la pièce, la robe d'une femme décédée drapée sur son bras.

Il se rendit dans la deuxième salle. Suivant les consignes, il regarda sous la pile de sacs de chaussures et dénicha, cachée, une vieille sacoche en cuir. Il la tira vers lui et jeta un coup d'œil à l'intérieur : elle était pleine de documents pliés. Il quitta la pièce, soulagé, et ressortit dans la nuit fraîche.

Ce jour-là, par l'intermédiaire d'un soldat illettré, il prit le risque d'envoyer un message à l'intention de Sami, au *Poney*, où il se rendit le lendemain matin après le lever du soleil dans l'espoir qu'Evan aurait eu le mot et serait présent. Il avait dit à Darius qu'il devait retrouver un vieil ami, sachant que son auxiliaire imaginerait un rendez-vous galant avec une prostituée.

Dans la lumière triste du matin, l'auberge misérable était presque vide. Son seul client gisait par terre, ivre mort. Un chien lui léchait le visage. Le tenancier se tenait penché avec raideur sur son comptoir taché, le teint gris, le corps immobile. Étrangement, privé de ses clients, l'établissement sentait encore plus mauvais. Riis respira par la bouche et scruta la pénombre, à la recherche d'Evan. Il l'aperçut dans un coin, avachi sur une table, ses cheveux blonds cachés sous un bonnet.

— Tu bois quelque chose ? demanda son ami quand Riis se glissa sur le siège en face de lui.

Riis observa le breuvage mousseux dans le verre d'Evan.

— Plutôt m'enfoncer des clous dans les yeux, répliqua-t-il.

Evan sourit.

— Tu es un brin chochotte pour un soldat, Riis.

Riis lâcha la sacoche sur la table. Il n'était pas d'humeur à être raillé.

— La fille est morte, annonça-t-il brusquement. Elle a trouvé ces plans. Pour ma part, je n'y comprends rien, mais apparemment elle arrivait à les lire, elle.

Evan hocha la tête.

— Il paraît qu'elle est morte dans la rébellion de Mallet. Qui l'a tuée ?

Riis secoua la tête.

— Je ne…

Puis il dit, se l'avouant pour la première fois :

— Marcellus, je pense.

Evan le dévisagea.

— Marcellus ? Mais pourquoi ?

— Je n'en sais rien. Je veux dire… Je ne suis pas sûr que ce soit lui. Je suis arrivé trop tard. Ils étaient tous morts. Sauf les Vincerii.

Couverts de sang, songea-t-il. *Complètement imbibés.*

— Pourquoi l'aurait-il tuée ? Avait-il découvert qui elle était ?

— Je l'ignore. Mais je ne crois pas. Elle était là, tout simplement, pour servir la catin. Je ne sais même pas si Marcellus la connaissait. (Il secoua la tête.) Elle n'a pas eu de veine, voilà tout.

Soulagé, Evan lui assena une tape dans le dos.

— L'espionnage, ce n'est pas trop ton truc, hein ?

Riis répondit :

— Ce n'était qu'une gamine.

— Elle était assez grande, répliqua Evan avec indifférence.

Riis se souvint que, au cours de batailles passées, Evan éprouvait peu de compassion pour les victimes de la guerre.

— Elle savait dans quoi elle se fourrait.

Riis nia de la tête.

— Non, dit-il d'un ton incertain, elle ne le savait pas. Aucun de vous ne sait dans quoi il se fourre, ajouta-t-il tout bas.

Dans la plaine enneigée, Riis tira sur les rênes de Taillade ; le destrier ralentit son allure et se mit à trotter. Ils arrivaient aux contreforts appelés le Passage d'Arabie. Si Marcellus ne s'était pas trompé, Riis s'attendait à voir leur cible apparaître bientôt. La Porte d'Arabie était celle située le plus à l'est de la Cité et se trouvait au nord de la Porte du Paradis, que l'on voyait au loin. Si Saroyan et son escorte se dirigeaient vers la Porte du Paradis, ils ne pouvaient pas les avoir manqués. Riis attendit que les autres cavaliers l'aient rattrapé, puis s'arrêta pour leur parler.

— De l'autre côté du passage, leur dit-il, son souffle se matérialisant dans l'air glacé, se trouvent une cavalière et ses six gardes qui se dirigent vers la Cité. Nous avons pour mission de les arrêter et de les tuer. Occupez-vous de l'escorte, mais laissez-moi la femme.

Des chuchotements coururent et certains hommes ricanèrent, mais Riis fit comme s'il n'entendait rien. Quelques cavaliers ôtèrent leur bonnet de laine et leur écharpe de feutre pour mettre leur nouveau casque d'argent. Riis vit la fierté se peindre sur leur visage et regarda son propre casque, toujours attaché à la corne de sa selle. Il ne l'avait même pas encore étrenné. À son tour, il retira son bonnet mais décida de ne pas toucher au casque. Il n'en aurait sans doute pas besoin.

Ils se remirent en route, en formation serrée. Alors qu'ils atteignaient la crête du Passage d'Arabie, Riis repéra, comme prévu, les petits points des cavaliers se dirigeant vers eux, dans la plaine qui s'étendait entre les collines et la rivière.

— Pas de prisonniers ! beugla-t-il.

La troupe descendit la pente dans un galop formidable.

Saroyan et sa petite escorte virent les attaquants de loin. Ils firent demi-tour et s'élancèrent vers la rivière Kercheval.

Exalté par la vitesse de Taillade et l'air glacé qui lui mordait le visage, Riis éperonna son imposante monture pour forcer encore son allure. Saroyan et ses gardes étaient en selle depuis un moment, et leurs chevaux n'avaient plus beaucoup d'énergie. Riis rattrapa les montures en fuite avant qu'elles n'atteignent la rivière et, de son épée, entailla la croupe de celle qui était à l'arrière. La bête ralentit en hennissant ; Taillade la contourna et reprit sa course. On aurait dit qu'il lisait dans l'esprit de son cavalier : il fallait atteindre Saroyan avant les autres.

En crue à cause de l'hiver, la rivière Kercheval devait être traversée avec précaution, et pas lorsque son débit était le plus élevé. Obéissant à l'ordre de leur Seigneur Lieutenant, les gardes du corps ralentirent et firent tourner bride à leurs chevaux, se déployant pour protéger la retraite de leur chef pendant qu'elle exhortait sa monture à retourner dans les eaux glacées.

Taillade se rua vers les gardes. Deux d'entre eux s'avancèrent à sa rencontre pour tenter de lui assener un coup d'épée.

Sentant son cheval contracter ses muscles pour charger sur la droite, Riis se pencha sur la gauche, abattant son épée sur les rênes de l'un des cavaliers avant de transpercer la mâchoire du deuxième. Un instant plus tard, les autres Faucons Nocturnes les avaient rattrapés, et les protecteurs de Saroyan livraient une bataille perdue d'avance pour sauver la vie de leur chef et la leur.

Contournant la scène de massacre, Riis força sa monture à plonger dans la rivière. La femme avait déjà atteint la berge d'en face : son cheval grimpait la rive peu élevée. Riis n'avait pas de véritable plan en tête. Il voulait seulement rattraper Saroyan pour la protéger, même s'il ne savait comment. Il entendit alors le sifflement d'une arme fendant l'air et vit une lance légère se planter dans le dos de la fuyarde qui, désarçonnée, tomba dans la neige. Il tira sur les rênes de Taillade et se retourna, considérant d'un œil noir le soldat qui affichait un sourire fier pour avoir si bien visé.

— Reste là-bas ! ordonna-t-il.

Riis sentit l'eau glacée s'infiltrer jusqu'à sa taille pendant que Taillade traversait la rivière profonde. Quand il atteignit l'autre berge, il claquait des dents. Il se jeta à bas de son cheval et courut vers la femme, qui essayait de ramper dans la neige, laissant une traînée sanglante dans son sillage.

— Saroyan, c'est moi, Riis ! s'écria-t-il.

Elle ne l'entendit pas. Il posa une main sur son épaule pour mettre fin à sa lutte.

— C'est moi, Riis !

Malgré sa blessure profonde et apparemment mortelle, Saroyan se tortilla pour se libérer de son contact.

— Ôte ta main de là ! cracha-t-elle, le visage tordu de dégoût.

Riis soupira. Même dans ses derniers instants, elle s'efforçait d'être désagréable. Il s'assit dans la neige à quelques pas d'elle.

— J'ai reçu l'ordre de te tuer, l'informa-t-il.

— De qui ? s'enquit-elle en se tournant avec peine sur le côté, ses lèvres maculées de sang. Qui veut me voir morte ?

— Les Vincerii.

— Je ne te crois pas, lâcha-t-elle.

— C'est pourtant la vérité, répliqua-t-il d'un ton las. Les Vincerii…

— Les Vincerii, répéta-t-elle sur le même ton. (La haine qui émanait d'elle était si puissante qu'il s'en étonna.) Tu ne sais même pas de quoi tu parles, imbécile. Je suis une Vincerus, dit-elle. On ne s'entre-tue pas, chez les Vincerii.

Il se contenta de la dévisager, ne sachant quoi dire.

— Tu es un imbécile, Riis, répéta-t-elle. Je le savais depuis le début. Tu aurais pu me prévenir et me laisser partir.

Riis, qui avait examiné toutes les options possibles, répondit :

— Si je t'avais laissée fuir, ils auraient voulu savoir pourquoi et, soumis à un interrogatoire, j'aurais fini par tout leur raconter. Nos chances de réussite auraient été réduites à néant. En procédant comme je l'ai fait, je survis, et peut-être notre mission survivra-t-elle aussi.

— Tu aurais pu fuir toi aussi, et ainsi nous sauver, la mission et moi.

Il resta silencieux.

— Vous avez tué mes gardes ?

— C'étaient des hommes courageux ; je regrette qu'ils soient morts.

Il leva les yeux. Les deux montures se tenaient côte à côte avec camaraderie, soufflant dans l'air glacé, leurs corps cachant Riis et Saroyan aux autres. Riis regarda entre leurs jambes. La bataille était apparemment finie.

— Je n'ai pas beaucoup de temps.

Elle continuait à le considérer d'un œil furieux, mais il décela dans son regard la douleur, l'épuisement et le renoncement qu'il avait si souvent vus dans les yeux d'un ennemi vaincu. Elle marmonna avant de demander, toujours incrédule :

— Qui t'a donné l'ordre ?

— Marcellus.

— Dans ce cas, nous avons tous été trahis, souffla-t-elle pour elle-même.

Comme Riis ne voyait pas du tout quoi répondre, il resta assis avec elle en jetant des coups d'œil sur l'autre rive. Deux de ses hommes s'étaient engagés dans la rivière.

— Allonge-toi, finit-il par dire, et ne bouge plus. Je vais leur dire que tu es morte.

Il savait qu'elle n'avait aucune chance de survivre avec une telle blessure, surtout dans des vêtements trempés et glacés, sans nulle part où s'abriter.

Elle posa la tête dans la neige, comme une enfant docile.

— Je suis désolé, s'excusa Riis.

Il remonta en selle, saisit les rênes du cheval de Saroyan et s'éloigna sur Taillade au trot. Jetant un coup d'œil en arrière, il vit un paquet de vêtements sombres sur l'étendue blanche. Puis la neige se remit à tomber.

Sur le chemin du retour, Riis sentit la colère monter : contre la mort inutile d'Amita, contre ce complot dans lequel il avait si peu foi. Contre la poignée de conspirateurs qu'il connaissait, dont deux étaient déjà morts. Dans cinq jours, une petite armée envahirait le palais et ses propres hommes lutteraient jusqu'au bout pour la repousser. Il ne doutait pas que Saroyan avait raison sur un point : si quelqu'un pouvait tuer l'empereur, c'était bien Arish. Sauf qu'Arish ne savait rien sur le palais, et surtout ignorait tout des pouvoirs des Vincerii. Le massacre du

Petit Opéra hantait ses rêves. Étaient-ils responsables d'avoir… pulvérisé tous ces gens ? Même l'amante de Marcellus ? Chaque fois que Riis y réfléchissait sérieusement, cela lui paraissait fou. Pourtant, dans l'air cristallin, il ne voyait pas d'alternative. La bouillie humaine qu'il avait vue étalée sur les murs du bâtiment lui avait paru suffisamment réelle.

Dans quoi Arish allait-il se fourrer ?

Quand ils regagnèrent la Porte d'Arabie, Riis avait pris sa décision. Il n'avait pu sauver ni Amita ni Saroyan. Mais il pouvait sauver Arish, Evan Broglanh, ses propres hommes, et peut-être des centaines de soldats loyaux envers la Cité. La tentative d'assassinat ne pourrait avoir lieu si l'empereur était déjà mort.

Riis avait donc jusqu'au Jour des Offrandes pour le tuer.

Sixième partie

Le Jour des Offrandes

Chapitre 35

Les dieux des vents et des eaux, aussi divers que nombreux, étaient d'humeur capricieuse. Dans la Cité, les anciens avaient vénéré les déités des quatre vents, mais le peuple moderne, moins enclin aux superstitions, priait seulement le dieu du Nord, dont l'omniprésence pouvait difficilement être mise en doute. Les gens plus simples vénéraient les dieux de la mer, des rivières, de la pluie, de la neige, des éclairs et du tonnerre. Quant aux paysans, dont toute l'activité dépendait des caprices du temps, ils priaient les mêmes divinités mais aussi celles du brouillard, du gel, et de la douce rosée matinale.

Allongé dans le fond du bateau, impuissant, pris dans les tourments du mal de mer, Elija les priait tous. Parfois, il pensait percevoir un changement dans les mouvements du navire, une légère accalmie dans les remous. Il se mettait alors à prier avec plus d'ardeur encore, imaginant que son calvaire serait bientôt fini. Mais le roulis reprenait de plus belle et retournait son estomac vide, hormis les quelques gorgées d'eau qu'il avait réussi à avaler.

Il avait passé la journée à scruter la planche de bois grise devant lui. Autrefois destiné à la pêche et désormais promu au transport de militaires, le vaisseau puait le poisson. Elija imaginait même les dessins des écailles imprimés dans le bois. Ils ressemblaient souvent à des visages.

Ils étaient à bord du navire depuis trois jours et trois longues nuits. La flotte de quatre vaisseaux naviguait seulement à la faveur de l'obscurité et, le jour, se cachait derrière des îles et des rochers pour échapper aux bateaux de la Cité. Le navire était large et bas, et à moins d'être près on ne risquait pas de le repérer. Parmi la cinquantaine de soldats à bord, rares étaient ceux qui n'avaient pas souffert du roulis et du tangage. Elija pensait qu'une fois sur la terre ferme il n'arriverait pas à tenir debout. Quant aux guerriers, comment diable allaient-ils pouvoir se battre ?

— Tiens mon gars, bois un peu d'eau.

Elija secoua la tête, misérable, mais il sentit une main le saisir fermement par le col et une outre se coller contre ses lèvres.

— Bois.

Il n'y avait pas moyen de refuser. Elija avala quelques gorgées d'eau au goût de vieille chaussette, essayant de ne pas la vomir aussitôt.

— C'est bien.

Stalker l'étendit doucement et le rassura :

— Il n'y en a plus pour très longtemps.

C'était ce qu'il disait toujours. Elija avait cessé de le croire depuis deux jours.

Le gros homme du Nord avait décidé de veiller sur le garçon, l'obligeant de temps à autre à mâcher un bout de pain ou un peu de viande séchée. Stalker lui-même ne paraissait pas affecté par les mouvements du navire. Il semblait même très à l'aise, et s'asseyait sur le pont pour contempler les vagues grises en humant la brise marine comme un vieux cabot. Ce matin-là, pendant que le soleil se levait et que le bateau tanguait toujours à son poste d'amarrage, Stalker avait brusquement ôté tous ses habits avant de grimper par-dessus bord et de sauter à l'eau, sans raison. Les autres soldats avaient crié et s'étaient moqués de lui tandis qu'il nageait. Quand l'homme du Nord était remonté, ses tresses dégoulinant, sa peau blanche marquée de taches rouges à cause de l'eau glacée, il avait marmonné d'un air penaud : « Fallait que je me lave un peu. » Mais Elija pensait qu'il l'avait fait par plaisir, et l'idée lui remonta le moral quelque temps.

— Regarde, dit Stalker en désignant l'est. La terre.

Elija avait déjà vu la terre et ne se laisserait pas avoir.

Il somnola un moment et rêva qu'il escaladait une haute falaise. Elle était faite de gâteau et il ne cessait de s'arrêter pour en manger. Quelqu'un en contrebas l'exhortait à poursuivre son ascension, mais il fallait à tout prix qu'il mange de ce gâteau, même s'il avait le ventre plein et que les plans enroulés sous son bras glissaient tout le temps.

À son réveil, il se retrouva dans le noir complet. Il se sentait un peu mieux : le bateau tanguait moins. Ils s'étaient sans doute arrêtés dans un endroit abrité pour la nuit. Le navire craquait et grinçait. Il entendait l'eau clapoter contre la coque, près de sa tête. Il faisait un froid glacial. La neige légère qui les avait accompagnés lorsqu'ils avaient quitté Adrastto s'était vite transformée en une pluie constante et pénétrante. Ses vêtements étaient trempés. Autour de lui résonnaient des ronflements. Il sentait l'odeur que dégageaient trop de soldats regroupés dans un petit espace. Et il entendait des chuchotements.

— Comment va ta cheville ? demanda la femme à Stalker.

— Ça peut aller.

Il ne s'étendit pas sur la question, comme s'il n'avait pas envie de parler de son membre infirme.

— Quand nous débarquerons demain matin, tu devras rester en arrière, lui dit Indaro. (C'était elle qui commandait le bateau.) Après trois jours passés ici, ta cheville se sera raidie. Si nous rencontrons un obstacle dès notre arrivée, je ne veux pas que tu sois en première ligne. (L'homme du Nord ne répondit pas, mais son silence était éloquent.) Tu auras l'occasion de te battre, ajouta Indaro.

— Tu veux que je joue les bonnes d'enfant ? s'enquit Stalker d'un ton bourru.

Indaro hésita. Elija savait que ce n'était pas ce qu'elle voulait dire.

— Non, répliqua-t-elle. J'ai affecté deux gardes à la protection d'Elija. Je veux que tu restes à l'arrière parce que tu seras un handicap pour les premières lignes tant que ta cheville ne sera pas échauffée. Et c'est un ordre, ajouta-t-elle brusquement.

Lors de leur première rencontre à Vieille-Montagne, Elija avait été légèrement effrayé par Indaro. Il ne connaissait pas de guerrières. Les seules femmes qu'il avait croisées dans les Halls étaient soit des catins, soit des vieilles biques, la plupart du temps avec un sourire plaqué sur la figure destiné à séduire ou à se faire bien voir. Indaro souriait rarement, et deux profondes rides verticales se dessinaient entre ses sourcils noirs. Elija l'avait évitée. Toutefois, le lendemain de leur rencontre, elle s'était approchée de lui, lui annonçant d'un ton rude qu'elle avait vu Emly avec Bartellus, après l'inondation. Elle lui avait raconté la scène dans les détails, et lui répétait son récit patiemment chaque fois qu'il le lui demandait. Il savait depuis un certain temps qu'Em était toujours vivante, mais c'était la première fois qu'il rencontrait quelqu'un lui ayant parlé, même si c'était huit ans plus tôt, et il absorbait chaque mot.

En échange, il lui parla de l'époque où il avait connu Rubin. Elle savait que son frère s'était réfugié dans les Halls, et c'était pourquoi elle l'avait suivi. Elle y avait passé deux ans sans jamais le retrouver. Elija regretta de ne pas pouvoir lui dire ce qui lui était arrivé.

Peu après, la nouvelle de la mort d'Amita parvint à Vieille-Montagne, suivie, plusieurs jours plus tard, des rouleaux de papiers abîmés : les plans du palais et des égouts pour lesquels elle avait sacrifié sa vie. Personne ne fut en mesure d'informer Elija sur les circonstances de son décès, mais il savait Amita intrépide et se dit qu'elle avait dû mourir avec courage, bien déterminée à lui donner une chance de réussir. Il avait passé de nombreuses nuits à pleurer la jeune fille, et tout autant de jours assis avec Indaro à étudier les plans dérobés, faisant apparaître murs de pierre, tunnels et canaux à partir des lignes froides à demi effacées dessinées sur le papier fragile étalé devant eux.

Il était à la fois impressionné et perturbé par la connaissance étendue des Halls d'Indaro. Il lui était impossible d'imaginer une femme comme elle vivant sous terre. Elle disait n'en connaître qu'une petite partie : le secteur sous l'aile sud du palais qui abritait la bibliothèque du Silence et le Hall des Veilleurs. Lui, de son côté, s'en était tenu aux axes principaux empruntés par les Habitants pour traverser le vaste réseau de tunnels, mais il n'y avait aucun endroit qui lui était très familier, hormis le Hall de Lumière bleue qui, comme ils le découvrirent, se trouvait sous la Grande Bibliothèque et par conséquent ne présentait aucun intérêt pour eux. Aucun d'eux ne connaissait les cavernes situées sous le Donjon, ni personne les ayant déjà visitées.

Un matin, ils avaient été rejoints par un soldat blond et trapu du nom de Garret, arrivé avec Indaro et Fell à Vieille-Montagne, et qui savait lire, contrairement à beaucoup de soldats. Après les avoir écoutés en silence un long moment, il leur avait dit en désignant les plans :

— Ce que je ne comprends pas, c'est que si le Hall des Veilleurs, qui mène au palais, est inondé, comme vous le supposez, alors les Halls entiers, tout ce que nous avons sous les yeux est immergé aussi.

Indaro avait répondu avec brusquerie :

— C'est plus compliqué que ça.

Comme elle n'en avait pas dit plus, Elija avait expliqué :

— Gil y a envoyé des éclaireurs au départ des grottes de l'Éperon. C'est par là que je me suis échappé des Halls. Ils ont trouvé quelqu'un qui vivait toujours dans les égouts, un Habitant. D'après lui, l'inondation et les trajets des débris de ces deux dernières années ont bloqué plusieurs tunnels et asséché des zones auparavant immergées. De même, certains endroits autrefois au sec sont maintenant sous les eaux.

— Et cet Habitant, ne peut-il pas nous indiquer le chemin pour atteindre le palais ? s'était enquis Garret.

— Je ne crois pas. C'est dur d'expliquer comment c'est, là-dessous. (Elija avait réfléchi un instant.) Tu vois, survivre est une lutte de tous les jours, dans les Halls. Chacun garde les yeux rivés au sol, à la recherche d'un « trésor », comme ils disent, ou bien surveille ses arrières de crainte d'une attaque. Il y a des zones où les Habitants ne s'aventurent jamais parce qu'elles sont trop dangereuses, ou étroitement surveillées. Personne n'est curieux de savoir ce qui se passe dans le monde extérieur.

— Mais il doit bien exister des issues de secours, en cas d'inondation.

— Chaque lieu de rassemblement, comme le Hall de Lumière bleue où nous vivions, ma sœur et moi, a sa propre issue de secours. Mais toutes débouchent dans la Cité, vers des canalisations verticales munies d'échelles qu'on appelle des entonnoirs. Les ingénieurs les utilisaient pour accéder à certaines parties des égouts. Ils servent aussi à aérer les Halls. Cependant, aucun n'arrive dans le palais – enfin, pas que je sache. Aucun ne figure non plus sur les plans. De plus, le palais est trop bien surveillé, du moins pour le moment. D'après Indaro, il existait autrefois un passage reliant le palais aux Cachots de Gath, et un chemin qui allait des cachots au quartier de Lindo, dans la Cité.

— Les Cachots de Gath ? avait répété Garret.

— Ce sont les plus vieux de la Cité, avait répondu Indaro. Ils se trouvent sous le Bouclier. Alors que les cachots du palais sont presque certainement immergés, les Cachots de Gath sont peut-être encore au sec.

— Le chemin est long entre le Bouclier et le Palais, avait fait remarquer Garret.

— Et, sous terre, c'est encore plus long, avait rétorqué Indaro. Du reste, il y a de grandes chances qu'une partie soit inondée aussi.

Elija et Indaro avaient échangé un regard.

— Du coup, nous avons écarté cette idée, avait repris Indaro. Nous chercherons un accès direct au Donjon. D'après le contact de Gil, il existe bel et bien, même si les plans que nous détenons ne comportent aucune indication à ce sujet.

— Et si cet accès n'existe pas ?

— Dans ce cas, nous échouerons, et Fell et Broglanh devront se débrouiller sans nous, avait-elle conclu d'un air désolé.

Une agitation soudaine à bord du navire tira Elija de sa rêverie. Il se redressa, engourdi par le froid. La faible lueur de l'aube les éclairait, mais il ne distinguait que la silhouette sombre d'une haute falaise se dressant au-dessus d'eux, à l'est. Après trois jours d'inactivité, les soldats firent gaiement leur sac, revêtirent leur armure et avalèrent une ration de dernière minute. Elija regarda le rivage rocheux par-dessus le plat-bord où le premier navire, chargé des réserves, était déjà amarré. On débarquait le matériel : des rouleaux de cordages, des armes, de l'eau et des vivres, du matériel médical, et des boîtes contenant les lanternes étranges que Gil leur avait récemment montrées.

Le bateau d'Elija fut le suivant à accoster. Des amarres furent jetées aux soldats sur la rive, et le bateau fut tiré vers les rochers, où des bittes d'amarrage avaient été plantées dans les fentes et les fissures. Elija vit que la première personne à bondir sur la terre ferme était Indaro, un léger sac sur son dos, brandissant son ceinturon. Puis les autres soldats arrivèrent en masse sur le plat-bord.

— Elija !

Désigné comme l'un de ses gardes du corps, Garret lui fit signe de venir. Elija se leva.

— Que tes dieux te protègent, mon gars, dit Stalker.

Elija se retourna et le salua d'un signe de tête, la peur au ventre. Il n'aurait jamais cru quitter ce navire à contrecœur.

Mais il était temps pour lui de retourner dans les égouts.

Bartellus ne priait plus les dieux. Il ne croyait plus, comme naguère, que les soldats morts avec courage seraient reçus par les dieux de la glace et du feu dans les Jardins de pierre.

Désormais, il croupissait à nouveau dans un cachot, sentant peser sur lui la terrible menace de la torture et d'une mort lente. Il pleurait pour ceux qu'il avait trahis. Il essayait de fermer son esprit, mais celui-ci n'avait pas de porte et le harcelait sans remords. Il imaginait sans cesse Em entraînée loin de lui, criant en se débattant. Et il revoyait, sans pouvoir y échapper, ses petits garçons lui disant au revoir de la main dans le jardin ensoleillé, le sourire fatigué de sa femme alors qu'il quittait les siens pour accomplir ses nobles ambitions militaires. Il avait beau implorer leur pardon, ces vieux fantômes du passé s'accrochaient à lui de leurs doigts poisseux et refusaient de le lâcher.

Tout son vieux corps était douloureux. Il ne s'était pas complètement remis du coup de couteau et de l'incendie, et le long trajet à travers les tunnels qui menaient à sa cellule avait été une torture. Dans la lutte qui s'était produite au moment de sa capture, il s'était cassé deux doigts de la main gauche et n'avait pas eu le courage de les redresser ni de les bander. Son esprit était embrumé, les chagrins du passé se mêlant à la peur de l'avenir. Il était le seul occupant de cette vaste cellule prévue pour une bonne dizaine de prisonniers, voire plus. Le sol de pierre visqueux glissait légèrement et la partie inférieure en était inondée. Bart restait recroquevillé dans le coin le plus sec, à l'écart de l'eau, berçant sa main fracturée, essayant de ne pas prêter attention au cliquetis des griffes des rats qui résonnait dans l'obscurité.

Ne pas savoir ce qui se passait le tourmentait. Il ignorait pourquoi on l'avait jeté en prison. Seuls les dieux savaient que les raisons étaient multiples. Le complot de Fell Aron Lee, et le rôle que Bart devait jouer, avaient-ils été découverts ? Sa véritable identité avait-elle été révélée ? Ou les deux ? L'avait-on mis derrière les barreaux simplement pour avoir caché l'âge d'Emly ? Quand il avait voulu parler aux gardes silencieux, sur le chemin tortueux qui menait à sa cellule, leur demandant pourquoi on l'emprisonnait, leur proposant toute sa fortune pour voir un avocat, on avait fait mine de ne pas l'entendre avant de lui mettre impatiemment les fers.

Le pire de tout, et de loin, c'était qu'il ignorait le sort réservé à Em. Dans le meilleur des cas, elle serait traitée comme déserteur, envoyée dans un camp d'entraînement puis à la guerre. L'idée que l'on force la douce et sensible Emly à revêtir une armure, qu'on lui fourre une épée dans la main et qu'on l'envoie tuer des soldats ennemis lui était insupportable. Mais c'était encore ce qui pouvait lui arriver de mieux. Dans le pire des cas, ils avaient deviné le rôle qu'elle tenait dans le complot contre l'empereur, ou découvert qu'elle était la fille du général Shuskara. Il lui était alors impossible d'envisager son avenir. Il ne cessait de se répéter, pour se rassurer, que Broglanh aurait vent de sa capture, qu'il la délivrerait comme il l'avait fait pour eux deux par le passé. Ce garçon courageux et plein de ressources avait tout un réseau d'amis. Mais, avant d'être capturé à l'aube, cela faisait déjà longtemps que Bart n'avait pas vu Broglanh. Il ne savait même pas s'il était encore dans la Cité.

Bartellus se demandait si on l'avait abandonné là pour le laisser mourir, sans eau ni nourriture. Ce serait une mort terrible mais relativement brève. Une partie de lui-même, traîtresse, l'espérait. Il ne supporterait pas d'être de nouveau torturé. Toutefois, il savait qu'il y avait une raison pour que ses ravisseurs prennent la peine de le conduire ici, à travers les cachots, alors qu'ils auraient pu l'exécuter sur place, chez lui. Si on l'avait amené ici, c'était pour une raison précise.

Il maudit son orgueil et sa vanité, deux péchés facilement exacerbés par les ambitions de Fell Aron Lee. On lui avait dit que lui seul était capable de sauver la Cité et, en vieux sénile qu'il était, il l'avait cru, oubliant la promesse qu'il avait faite dans les profondeurs des Halls : veiller sur Emly. C'était là sa tâche la plus importante, et il l'avait abandonnée dès qu'on lui avait proposé de redevenir Shuskara, le général victorieux à la tête de ses troupes qui le vénéraient.

Une fois de plus, ses souvenirs l'envahirent totalement, comme un mauvais spectacle de marionnettes : il revoyait le moment où l'on emmenait sa fille, vêtue seulement d'une chemise de nuit. Ils lui avaient lié les mains avant de la jeter dans une charrette comme une pièce de boucherie sur un billot. Était-ce la réalité ou un cauchemar ? Les gardes avaient frappé Bart à la tête, à tel point que son crâne n'était plus que migraines. Il se rappela qu'on l'avait obligé à monter dans un carrosse noir et fermé. De douleur, il serra ses vieilles paupières : les deux petits garçons continuaient à lui dire au revoir, et sa femme affichait toujours son sourire las. Mais, à présent, le visage des enfants se flétrissait et se tordait comme celui de lutins malfaisants, et les douces lèvres de Marta s'ouvraient pour darder une langue écarlate. Bartellus gémit.

Il sentit quelque chose bouger contre son pied. Sa jambe s'agita convulsivement. Il avait entendu dire que des prisonniers s'étaient fait dévorer vivants par des rats. Son courage l'ayant déserté, il pleura dans le noir.

Indaro sauta sur la terre ferme. Sous ses pieds, les rochers lui parurent merveilleusement stables. Elle attacha son ceinturon sur ses hanches et regarda autour d'elle. L'entrée de la grotte devant eux, de l'autre côté d'un ensemble de rochers pointus, était basse et très large, comme une balafre sombre dans la falaise, d'où s'écoulait une rivière noire. Elle fit la grimace en percevant la puanteur des égouts et se sourit à elle-même, l'air grave. Elle avait cru que cet épisode de sa vie appartenait au passé.

Levant les yeux, elle vit au-dessus d'elle les falaises gris foncé de l'Éperon se découper sur l'aube gris clair. La maison de son père se trouvait là-haut, même si elle était hors de vue. Jamais Indaro n'avait été si près de chez elle depuis des années. Pourtant, elle sut à cet instant, avec une triste lucidité, que jamais plus elle ne verrait sa maison.

Chassant cette pensée, elle se retourna pour voir débarquer les derniers de ses hommes. Stalker, à l'arrière, se déplaçait gauchement. Son groupe comprenait cinquante-cinq membres, Elija, Garret et Stalker inclus. Les autres étaient des Petrassi et des Odrysiens. D'après ce qu'on lui avait dit, les Petrassi, minces, les cheveux sombres, étaient des tueurs silencieux et impitoyables. Les Odrysiens, plus blonds, étaient plus turbulents. À bord du navire, ils avaient passé leur temps à plaisanter et à faire les pitres, apparemment insensibles à la peur et au mal de mer. Et dire qu'à peine quelques jours plus tôt Indaro les considérait comme des Peaux-bleues. L'ennemi. Voilà qu'elle s'apprêtait à les mener dans une bataille. Il n'y avait pas de guerrières parmi eux. Durant leur séjour en mer, elle avait surpris sur elle quelques regards curieux. À Vieille-Montagne, elle s'était demandé si on devait lui confier la responsabilité d'une équipe, mais Fell avait insisté et Gil avait poliment accédé à la requête de celui-ci.

La dernière fois qu'elle avait vu Fell Aron Lee, c'était trois jours auparavant, à la Porte du Paradis. Il lui avait fait ses adieux d'un austère signe de tête puis avait chevauché seul jusqu'à la porte, pendant qu'elle et les autres longeaient le mur vers le nord, en direction du port d'Adrastto. Ils étaient censés se retrouver si possible dans le Donjon du palais à midi, le Jour des Offrandes. Le lendemain. Indaro savait que leur mission consistait à éliminer l'empereur pour mettre un terme à la guerre. Telle était l'ambition de Fell, mais la sienne était de survivre pour revoir Fell et s'assurer qu'il s'échappe, sain et sauf. Si pour ce faire elle devait tuer l'empereur, qu'il en soit ainsi. Elle traverserait les Jardins de pierre et affronterait tous les guerriers du monde si cela pouvait sauver Fell.

Elle vit les premiers éclaireurs émerger de nouveau des grottes et grimper sur les rochers du côté nord de la rivière. Ils s'adressèrent à Gil Rayado, qui hocha la tête. Il fit un signe à Indaro. Celle-ci le rejoignit en courant.

— Apparemment, la voie est libre. Il n'y a ni lumière ni habitation. Et pas de garde en vue.

— D'après Elija, ce chemin n'était pas surveillé, à l'époque.

— Je suis tout de même étonné, répliqua Gil d'un air songeur. La sécurité dans la Cité a été grandement renforcée ces derniers mois. Je m'attendais à ce qu'on nous souhaite la bienvenue.

— Ce sera peut-être le cas plus loin, répondit Indaro.

Le chef acquiesça.

— Prenons ça comme une bonne nouvelle, conclut-il. Allons-y.

Tous deux avaient conscience, sans le dire, que si la caverne n'était pas surveillée, c'était peut-être parce que l'accès à la Cité par ce chemin-là était désormais impossible.

Le responsable du matériel et son équipe ouvraient des caisses pleines des lanternes de verre qu'Indaro avait vues pour la première fois à Vieille-Montagne. Longues, munies d'un étroit conduit, elles avaient une base remplie d'huile inflammable. Une fois allumées, elles devenaient brûlantes. Elles étaient intégrées dans une armature de bois et de métal qui pouvait être soit suspendue, soit posée sur une surface plane. Pendant les années passées dans les Halls, Indaro utilisait des torches pour y voir clair. Dangereuses et malodorantes, elles avaient en plus tendance à s'éteindre au pire moment. Ces lanternes étaient plus petites, éclairaient mieux et pouvaient être posées dès qu'on voulait faire une halte.

Mieux encore, chacune d'elles brûlait dans une durée précise ; elles pouvaient donc servir à mesurer le temps passé sous terre. Certaines avaient été allumées à l'aube. Le responsable du matériel et deux membres de son équipe avaient été désignés pour surveiller l'heure de manière à savoir quand il serait près de midi, le lendemain.

De plus, dans une bataille, ces lanternes pouvaient devenir des armes efficaces, songea Indaro.

Elle se tourna vers la lumière du jour et vit Elija à l'entrée de la grotte, manifestement indécis. Elle alla à sa rencontre sur les rochers pointus. Les yeux immenses du garçon se perdaient dans son visage couleur de cendre. Il ne parut pas la remarquer. Elle se demanda une fois de plus si on pouvait compter sur lui, ou s'ils allaient finir par devoir le porter – lui, leur guide, leur lumière dans les endroits sombres.

— Elija, dit-elle en le scrutant, partagée entre compassion et impatience. Est-ce que tout va bien ?

Il acquiesça, mais resta planté là. Elle regarda Garret et lui fit un signe de tête en direction des profondeurs de la grotte. Le soldat tapota Elija dans le dos.

— Allez, viens, l'encouragea-t-il gaiement, comme à son habitude. Ça ira mieux quand on y sera.

Dieux et les platitudes de Garret soient loués, songea Indaro en les laissant pour rejoindre ses troupes. Sa section avait été surnommée Aube. Accompagnée d'Elija, des deux gardes du corps du garçon, de Garret et d'un soldat petrassi du nom de Nando, elle devait aller en première ligne. Tous avaient revêtu une protection légère, car ils allaient devoir grimper souvent, et chacun portait, en plus des armes de son choix, un sac à dos imperméable. Un soldat sur trois tenait une lanterne. À mesure qu'ils progressaient dans l'obscurité de la caverne, Indaro réalisa qu'ils seraient vite repérés si des Habitants vivaient encore ici.

Elija avait des copies des plans dans son sac, mais ils avaient passé tant d'heures à les étudier qu'Indaro pensait les avoir tous en tête. L'itinéraire qu'ils emprunteraient dépendrait de ce qu'ils trouveraient, mais elle espérait que, sur les premières lieues, ils pourraient suivre la rivière en amont. Le cours d'eau s'écoulait d'abord plein ouest puis, lorsqu'il virerait au sud, ils remonteraient vers le nord pour, avec de la chance, tomber sur le grand canal nommé sur l'un des plans le Fossé Creux, et sur d'autres les Eaux Noires. Cette rivière passait sous le palais – du moins était-ce le cas autrefois. Selon elle et Elija, elle constituait leur meilleure chance de trouver un accès menant à l'intérieur du Donjon. Il leur fallait supposer que tous les canaux et tunnels étaient dégagés et praticables. Quand ils en trouveraient un inondé ou bloqué par des débris, alors ils chercheraient un autre passage.

Ils disposaient d'environ une journée et demie pour parcourir sept lieues sous terre à vol d'oiseau. Ce n'était pas si long.

Gil, Mason et Fell avaient été consternés en apprenant l'arrestation de Bartellus. Il y avait déjà eu la mort d'Amita, puis celle de Saroyan, et à présent ça! Le vieil homme n'était pas un élément capital de leur mission. Cependant, les espoirs que Fell nourrissait pour l'avenir de la Cité, à savoir qu'elle se remettrait de la mort de l'empereur et avancerait en paix, reposaient sur les capacités du général Shuskara à rallier ses anciennes armées, la Première Adamantine et la Quatrième Impériale, qui avaient tourné dans la Cité grâce à Saroyan, quelques jours avant son trépas.

Au fond d'elle, Indaro se disait que le vieil homme, s'il n'était pas soumis à la torture, était plus en sécurité dans sa prison qu'en participant à leur plan d'origine, où il devait entrer au palais avec Fell pour affronter l'empereur. Quand, ou plutôt si la mission était un succès et que l'Immortel meure, il serait temps de descendre dans les cachots retrouver Shuskara et le libérer avec les honneurs.

Jetant un dernier coup d'œil au ciel qui s'éclaircissait, elle avança dans l'ombre de la caverne et, à contrecœur, laissa l'air fétide emplir ses poumons. Les bateaux avaient accosté sur le côté nord de la rivière, la rive gauche. Ils s'étaient engagés à le faire plusieurs jours auparavant, car ils n'étaient pas certains de pouvoir traverser la rivière en amont. Elija avait parlé du pont qui desservait le village des écumeurs, mais il ignorait si l'édifice était toujours debout.

Le côté nord de la rivière était le moins praticable. Dans la pénombre, les berges boueuses au sud ondoyaient comme une plaine douce, à perte de vue. Celles au nord étaient plus abruptes. Indaro abandonna vite l'idée de rester debout et, enfilant ses gants, grimpa sur la berge à quatre pattes. Elle avait pleinement conscience de l'image qu'elle présentait à ses hommes, pensant qu'elle étrennait de manière bien fâcheuse ses fonctions de commandante. Elle les entendit échanger des propos dans leur propre langue, dont elle ne put que deviner le sens.

Au bout d'un moment, le terrain s'aplanit légèrement, ce qui lui permit de se redresser. Elle brandit sa lanterne et scruta l'est. Rien à l'horizon. Elle posa sa lumière et cligna des yeux à plusieurs reprises, essayant de distinguer quelque chose dans le noir. Elle finit par apercevoir ce qu'Elija lui avait décrit : de faibles rais de lumière qui filtraient du plafond invisible de la caverne et éclairaient, à l'autre bout de la rivière, un ensemble d'abris pressés les uns contre les autres. Elle se tourna vers le garçon, qui hocha la tête.

Ces rais de lumière représentaient un vrai mystère. Ils ne pouvaient pas provenir du sommet de la falaise, bien trop haute. Ils devaient prendre leur origine dans la façade, en diagonale. Mais qui avait pratiqué ces ouvertures, et dans quel but ? Certainement pas pour éclairer ce triste amas de taudis. Les rais étaient sûrement là les premiers, avant que la communauté ne s'étende dans leur lumière tiède. Cette communauté était d'ailleurs étrange, elle aussi. Puisque ces gens vivaient si près de la mer, pourquoi ne pas avoir établi le village à l'extérieur, ou à l'abri de l'entrée de la grotte, plutôt que dans les profondeurs des ténèbres, sur les berges des égouts ? Indaro haussa les épaules. Après tout, ce n'était pas son problème.

Elle ne distingua aucun mouvement dans les habitations. D'après le rapport d'Elija, la communauté grouillait d'activité, autrefois. À présent, les huttes et les cabanes paraissaient vides, et la seule trace de vie était celle des mouches omniprésentes et des rats, dont un groupe courait justement devant eux.

Indaro ramassa sa lampe et reprit sa route. Plus ils avançaient dans le noir, plus l'air devenait suffocant. Il était difficile de respirer normalement. Leurs pieds s'enfonçaient dans la boue et chaque pas était un combat. Elle entendit les hommes jurer derrière elle. Elija, plus petit et plus léger, était celui qui s'en sortait le mieux.

— C'est comme ça tout au long de la berge ? demanda Indaro.

Il haussa les épaules, mouvement à peine perceptible dans l'obscurité.

— Peut-être que, plus on s'éloignera de la rivière, plus le sol se raffermira.

Il leur fallut deux heures de plus, d'après la lumière des lanternes, pour atteindre le pont de bois qui desservait le village. Indaro brandit sa lampe.

— Je suis bien content que nous ayons choisi de ne pas passer par là, se félicita Gil, qui était arrivé derrière elle.

Elle hocha la tête. Le pont était brisé par endroits, des planches de bois pendant au-dessus de la rivière, au débit lent. Celles qui restaient étaient pourries. Les rats et les chats auraient pu traverser le pont, mais, selon Indaro, le bois moisi et visqueux n'aurait jamais supporté le poids d'un être humain.

— C'est peut-être pour ça que le village aura été abandonné, supposa-t-elle. Le pont ne devait pas être facile à reconstruire.

— Où se trouve l'entrée que tu utilisais depuis les Halls ? demanda Gil à Elija.

Le garçon tendit un doigt.

— Par là-bas. Directement à l'est de l'entrée de la grotte, car on voyait le soleil se coucher au travers. Ce chemin y mène. (Il regarda de l'autre côté de la rivière.) Je me demande ce qui a bien pu leur arriver, à tous.

— Ils ont dû se noyer dans les inondations, ou ont été éliminés par des patrouilles de la Cité, déclara Indaro dans un haussement d'épaules. Ils sont tous morts, maintenant.

Elle jeta un coup d'œil à Elija et crut distinguer l'esquisse d'un sourire sur son visage.

— Dommage que je ne puisse pas le dire à Amita, regretta-t-il.

Chapitre 36

Emly reprit peu à peu conscience. Elle était allongée sur une couche étroite, au chaud dans son lourd manteau d'hiver. Sous elle, dans la cuisine de la boulangerie où elle s'était réfugiée depuis trois jours, elle entendait les casseroles s'entrechoquer, quelqu'un aboyer des ordres et les jérémiades de la cuisinière et de son mari tandis qu'ils préparaient la fournée du jour. Rassurée par ces bruits, elle se rendormit.

À son second réveil, la pluie qui avait martelé le toit de tuiles toute la nuit avait cessé. Emly ouvrit les yeux et vit des rais de lumière s'infiltrer par la fenêtre crasseuse. La mansarde était baignée de rose. Poussant un soupir, Emly sortit son nez de sous les couvertures. C'était encore le cœur de l'hiver dans la Cité mais, une fois que les fours étaient mis en route en début de journée, la cuisine au rez-de-chaussée gardait la chambre au chaud. Malgré tout ce qui s'était passé, c'était la première fois depuis des semaines qu'Emly se sentait en sécurité.

Elle souleva la tête et tendit le cou. Evan était couché à plat ventre sur l'autre lit, le visage enfoncé dans l'oreiller, un bras sur sa tête et l'autre pendant, la main sur le plancher. Elle vit sa veste rouge délavé et ses cheveux blonds en bataille. Comme toujours, il dormait d'un sommeil de plomb.

Il lui avait dit un jour qu'un guerrier pouvait dormir n'importe où et être aussitôt en alerte si nécessaire. Elle roula sur le côté et tâta le sol poussiéreux. Elle ramassa un caillou dans sa chaussure qu'elle jeta sur le soldat endormi. Le projectile atterrit lourdement sur le haut de son crâne. Il ne broncha pas. Elle sourit.

— Est-ce toujours ton devoir de me sauver ? lui avait-elle demandé quand il l'avait trouvée cachée entre des tonneaux, à l'arrière de l'auberge des *Étoiles Brillantes.*

C'était leur point de ralliement au cas où les choses tournaient mal.

Il avait répondu d'un ton bourru :

— Ce n'est pas un devoir.

Mais elle savait qu'il s'en voulait de ne pas avoir pu empêcher l'arrestation de Bartellus.

— Il y avait six soldats, l'avait-elle gentiment consolé. Ils étaient trop nombreux. À quoi cela aurait-il servi que tu te fasses capturer, toi aussi ?

Impénétrable, il l'avait regardée longuement avant de dire :

— Tu n'as pas souvent eu l'occasion de fréquenter des guerriers, je me trompe, jeune fille ?

Elle avait secoué la tête. C'était le premier qu'elle rencontrait, en dehors de Bart.

Les soldats du palais étaient venus chercher son père avant l'aube.

Bartellus et elle s'étaient cachés dans une écurie abandonnée qui, autrefois, abritait l'une des unités de cavalerie, et qui ne servait désormais qu'aux couples d'amoureux. Ceux-ci s'ébattaient dans la paille moisie juste au-dessous des fuyards, qui attendaient en silence dans le grenier à foin, en haut. Evan leur avait fourni de la nourriture et des vêtements de rechange. Em suppliait qu'on les laisse sortir, même si Bartellus ne semblait pas très motivé à l'idée de quitter le grenier. Depuis qu'il avait été blessé, il avait vieilli et perdait la mémoire. Ses jambes tremblaient sous lui. Parfois, Emly le surprenait à regarder dans le vide, ses lèvres remuant comme s'il parlait à quelqu'un dans sa tête. Elle savait qu'autrefois c'était un grand général, et il était un grand homme à ses yeux, mais elle le croyait incapable de mener de nouveau des troupes.

Le matin de leur capture, Emly s'était levée tôt et était descendue dans la grange pour se changer en toute intimité quand, de l'autre côté du mur de planches, elle avait entendu le sifflement d'une épée tirée de son fourreau. Bartellus dormait toujours à l'étage.

Elle avait hurlé :

— Père ! Ils arrivent !

Elle s'était ruée sur l'échelle montant au grenier. Avant d'avoir pu l'atteindre, deux hommes avaient surgi par la porte et s'étaient précipités sur elle, épée à la main. Elle s'était retournée pour fuir vers le fond de la grange, mais la petite porte qui s'y trouvait s'était ouverte sur quatre hommes supplémentaires. Prise au piège, elle avait contourné l'un des boxes et s'était faufilée dans l'ouverture laissée par une planche mal fixée qu'Evan lui avait montrée le premier jour. Elle était assez large pour laisser passer un homme de petite taille, mais lorsque Em s'était retournée dans la rue, la peur au ventre, elle s'était rendu compte qu'ils n'avaient pas essayé de la poursuivre. Elle savait que ce n'était pas elle qui les intéressait. Ils voulaient Bartellus – ou plutôt Shuskara, le célèbre général.

Evan leur avait montré une autre issue de secours à l'étage, où une corde était attachée à une vieille poulie qui paraissait rouillée et hors d'usage, mais qu'il avait huilée au cas où ils auraient besoin de s'échapper. Mais Bartellus n'avait eu aucune chance de l'utiliser. Il dormait sans doute encore quand la pointe de la lame s'était posée sur sa gorge.

Terrorisée à l'idée que les soldats le tuent sur place, dans le foin, Em s'était postée plus loin, à l'angle d'une rue, jusqu'à voir le vieil homme, toujours en vie, entraîné vers un carrosse noir. Elle avait suivi la voiture cahotant dans les rues, mais celle-ci s'était dirigée vers la destination qu'elle redoutait : une porte de service du Palais Rouge. Em s'était alors assise avant de fondre en larmes, se sentant plus seule et plus abandonnée qu'elle ne l'avait jamais été depuis son enfance. Puis elle s'était relevée, avait séché ses larmes et s'était rendue à l'auberge des *Étoiles Brillantes*, où Evan avait fini par la retrouver.

Allongée sur le côté, elle regardait le soldat dormir. Le lendemain serait la journée qu'il attendait, le Jour des Offrandes, où il rejoindrait Fell Aron Lee, le commandant rebelle dont elle avait tant entendu parler. Il devait entrer dans le palais et tuer l'empereur. Bart était censé les accompagner, et au fond d'elle Em était satisfaite qu'il ne le puisse plus. Elle savait, comme son père le lui avait dit, qu'il s'agissait d'une mission suicide. Evan était du même avis, pourtant cela ne l'avait pas empêché de l'accepter.

Elle avait remarqué que le comportement d'Evan était différent selon qu'il s'adressait à elle ou à son père. Avec Bartellus, il était détendu et souvent spirituel. Même si Em n'avait jamais douté du respect qu'Evan éprouvait à son égard, il taquinait le vieil homme, le tournant parfois en ridicule comme s'il pensait que cela le pousserait à redoubler ses efforts. Ses conversations étaient souvent crues. Il divertissait Bartellus en lui racontant des histoires de guerriers qu'ils connaissaient tous les deux ou de batailles auxquelles ils avaient participé, et faisait des plaisanteries qu'Em ne comprenait pas la plupart du temps.

Avec elle, pourtant, surtout s'ils étaient seuls, il se montrait sérieux et poli, la traitant avec une déférence qu'elle estimait ne pas mériter. Quand elle essayait de le taquiner, comme elle le faisait avec Bartellus, il se contentait de sourire courtoisement sans réagir davantage. Une fois, elle lui avait demandé s'il avait des enfants. Il l'avait regardée longuement, insondable, et avait fini par nier de la tête.

Elle se surprenait à penser beaucoup à lui. Elle se sentait en sécurité à ses côtés, et, malgré les craintes qu'elle nourrissait pour son père, elle était heureuse.

Cette journée serait la dernière qu'ils passeraient ensemble. Le soir venu, à la nuit tombée, il devait l'emmener chez un vieil homme qui l'emploierait comme servante. D'après Evan, c'était un gentil bibliothécaire âgé qui avait besoin de quelqu'un pour faire le ménage et la cuisine. Elle serait en sécurité là-bas, sous une nouvelle identité.

Elle avait été horrifiée. Jusque-là, elle avait refusé de prendre les mots « mission suicide » à la lettre.

— Tu ne reviendras pas ? lui avait-elle demandé.

— Si nous survivons, lui avait-il répondu en la regardant dans les yeux pour vérifier qu'elle comprenait bien, je reviendrai te chercher dès que possible, mais il se passera peut-être un certain temps, alors il faudra être patiente. C'est vrai, il se peut que nous ne revenions jamais. Je connais un autre soldat digne de confiance. Il s'appelle Riis. Je lui ai dit où te trouver. S'il survit, il viendra te voir et veillera sur toi.

Il s'était tu. Elle l'avait dévisagé.

— Si personne ne se présente au bout de plusieurs jours, avait-il fini par dire, alors tu devras supposer que la mission a échoué et que nous sommes tous morts.

— Et père ? Qu'adviendra-t-il de lui ?

— J'imagine qu'ils l'auront emmené dans les cachots. Je le retrouverai.

— Les cachots ?

Un vague souvenir émergea dans son esprit.

— Il ne sera pas tué tout de suite, sinon ils l'auraient exécuté dans la grange. Et à partir de demain le palais sera dans une telle effervescence que personne ne se souciera du sort d'un vieil homme. Si nous réussissons, je le tirerai de là. Je te le promets.

— Nous te devons tant, avait-elle dit simplement.

Il avait haussé les épaules, comme si son avis lui importait peu. Il était si courageux ! Elle se demanda s'il avait déjà eu peur dans la vie, ou s'il s'inquiétait comme elle le faisait si souvent. Cela lui paraissait impossible.

Ainsi, allongée dans son lit, elle le contemplait dans son sommeil, priant pour que la journée passe lentement. La pluie s'était remise à tomber.

Bart avait le ventre vide quand il avait été arrêté à l'aube, et il ne tarda pas à souffrir de crampes d'estomac. Il endura la douleur de manière stoïque, essayant de l'ignorer en dormant sur la pierre froide et mouillée de la prison, faisant le vide dans sa tête. Les crampes s'atténuèrent lentement, comme il s'y attendait. Ce n'était pas la première fois qu'on l'affamait.

Toutefois, quand les tourments de la soif commencèrent à l'accabler, le vieux soldat abandonna l'idée de céder et de mourir. Il roula lentement sur le côté et s'assit. Il tira un pan de sa chemise et en déchira un lambeau pour s'en faire un bandage. La douleur, atroce, fut à peine supportable lorsqu'il remit ses doigts cassés en place. Il resta un long moment assis, nauséeux et transpirant. Puis, s'aidant d'une seule main, il rampa jusqu'à la porte, dont il examina l'embrasure à tâtons dans le noir. Il n'y avait aucun jour entre le battant et le sol. Il ne pouvait même pas y glisser un doigt. Cependant, il était évident que la cellule avait été inondée plus d'une fois. Mettant cette idée de côté, il découvrit un endroit où le bois était mou, presque spongieux, et entreprit de le gratter du bout de ses doigts épais, cherchant une prise. Mais il ne réussit qu'à enfoncer des échardes dans sa main valide. Il lui fallait une sorte d'outil. Il se mit à fouiller méthodiquement le sol de la cellule, d'abord la partie au sec, puis, à contrecœur, celle qui était immergée. Il trouva des débris à foison, tous pourris et visqueux, ainsi que l'extrémité d'un mince tuyau par lequel l'eau entrait et sortait de la pièce. Mais celui-ci était solidement cimenté.

Alors qu'il était sur le point d'abandonner, il sentit quelque chose de dur sous ses doigts. Il le prit et le retourna dans tous les sens pour en définir les contours. C'était un bout de métal à peu près de la longueur de son pouce, aussi fin qu'une épingle mais dont l'une des extrémités était évasée. L'objet semblait assez fragile, mais c'était tout ce dont il disposait. Il se traîna de nouveau jusqu'à la porte et recommença à gratter le bois.

Tandis qu'il était à l'ouvrage, il se prit à espérer qu'il ne se trouvait pas dans les Cachots de Gath, comme il l'avait cru au début. Ces affreuses cellules étaient destinées à recevoir les prisonniers que l'on voulait maintenir en vie pour les torturer, ou pour répondre à toute autre exigence de l'empereur. Pour survivre, les captifs devaient être nourris, même frugalement, et les portes, toutes renforcées à leur base par du métal, comportaient un guichet avec une grille mobile qui permettait d'y glisser de quoi manger.

Cette pièce, qui aurait pu contenir une dizaine d'hommes, était soit une oubliette dans laquelle on enfermait les prisonniers abandonnés purement et simplement à leur triste sort, soit une cellule pour une détention provisoire. Il avait entendu dire que les cachots principaux du palais étaient immergés, mais il existait d'autres prisons sous le palais. Il ne les connaissait pas toutes. Il s'autorisa brièvement à rêver que les soldats d'invasion de l'armée de Fell trouveraient sa cellule et le libéreraient, puis qu'il se joindrait à eux, remonterait les tunnels à toutes jambes, surgirait avec fracas dans le Donjon, capturerait l'empereur et le condamnerait à mort tandis que l'Immortel le supplierait en sanglotant.

Alors qu'il était assis dans le noir complet, grattant la lourde porte de bois à l'aide de la minuscule épingle, son courage l'abandonna brusquement et il resta un moment accablé par le désespoir. Puis il se ressaisit et reprit sa tâche.

Aucun son ne lui parvenait, ni hurlements lointains, ni ordres aboyés, ni conversations à voix basse. Rien que son souffle rauque, le glouglou sinistre d'un tuyau dans un coin de la cellule, la course précipitée et les grattements des rongeurs. Quand il entendit un bruit de bottes au loin, il s'arrêta et attendit. Les pas se rapprochèrent. Il s'écarta de la porte.

La lumière inonda la pièce, l'aveuglant douloureusement. Il se protégea les yeux d'un bras et se recroquevilla, pensant être frappé. Quelque chose tomba au sol avec un bruit mat, puis le battant fut refermé avec fracas et les pas s'éloignèrent. Bartellus tâtonna autour de lui et trouva un chiffon contenant des formes dures : des biscuits. Il les fourra dans sa chemise avant que les rats ne s'en emparent. Il y avait aussi une outre remplie d'eau. Il se désaltéra avec délectation, sachant désormais qu'on allait le garder en vie. Mais dans quel but ?

Lorsqu'il se remit à l'ouvrage, un sentiment d'urgence renouvelée l'animait.

Midi était passé. Descendu à la boulangerie, Evan en était revenu avec une miche fraîche. Em et lui mangèrent le pain tiède et âcre, chacun assis sur son lit, pendant qu'il lui faisait le récit d'une des batailles qu'il avait vécues avec son père – même si Bartellus était alors général et Evan simple troufion, précisa-t-il. L'histoire débordait d'héroïsme et d'humour. Emly en buvait chaque mot, les yeux écarquillés, les lèvres entrouvertes dans l'attente de la prochaine aventure. Certains passages, si ce n'était tout le récit, avaient sûrement été inventés, mais elle adorait l'écouter et savait qu'il aimait la voir si amusée.

À la fin, il éclata de rire. Elle se joignit à lui, ravie, même si le sens de la chute lui avait échappé. Puis Evan s'appuya contre le mur et picora les dernières miettes de pain tombées sur sa tunique.

— D'où viens-tu, Evan ? demanda-t-elle, désireuse de maintenir l'intimité ambiante.

Mais la bonne humeur du soldat disparut comme de l'eau dans une canalisation. Il plissa les yeux. Alors qu'elle l'observait, il se détendit de nouveau. Elle supposa que se méfier des questions était une sorte de réflexe, chez lui.

— D'un pays situé à l'extrême-nord-ouest. Son peuple l'appelle Gallia, mais dans la Cité on le nomme la Terre des Brumes.

— C'est beau, là-bas ?

Em ne se souvenait pas d'avoir vécu autrement qu'entourée de brique et de pierre. Elle jeta un coup d'œil par la fenêtre crasseuse et vit un rideau de pluie s'abattre sur le mur de briques à une longueur de bras à peine.

Il secoua la tête.

— Je suis parti quand j'étais petit. Je ne m'en souviens pas. Parfois… (Il s'interrompit, le regard perdu dans le passé.)

Parfois, je crois me rappeler un lac bleu et une chute d'eau. Mais c'est peut-être ce qu'on m'a raconté.

— Es-tu venu ici avec tes parents ?

Elle avait toujours aimé les histoires de pères et de mères, de familles unies.

Il ramassa quelques miettes sur sa poitrine.

— Non. J'étais otage quand on m'a amené ici. Nous étions de nombreux garçons, fils de rois et de chefs de tribu qui habitaient de lointaines contrées. Tous étaient des alliés de la Cité. On nous a conduits ici pour apprendre l'art de la guerre, et comme gages de la bonne conduite de nos seigneurs. J'étais le dernier. Le plus jeune. Avec mon frère.

— Et ton frère, où est-il ?

— Il est mort.

— Comment s'appelait-il ?

— Conor.

— Moi aussi, j'ai un frère. Il s'appelle Elija.

Puis elle ajouta :

— Es-tu déjà retourné auprès de ta famille, de tes parents ?

— Non.

— Que leur est-il arrivé ?

— Ils sont morts.

Il avait le visage triste, mais Em sentit un sentiment de satisfaction égoïste l'envahir. Ils avaient un autre point commun : tous deux étaient orphelins.

Elle réfléchit à ce qu'il venait de dire et l'interrogea :

— Pourquoi étais-tu le dernier ? L'empereur a-t-il finalement décidé que c'était cruel de traiter ainsi les petits garçons ?

Car ça l'était certainement, songea-t-elle sans se rendre compte qu'Evan n'avait pas connu les tourments qu'elle-même avait endurés dans son enfance.

Il lui sourit, recouvrant sa bonne humeur.

— Non, je ne crois pas que l'empereur ait compris ses erreurs. Il n'y a plus aucun allié, expliqua-t-il. Plus de rois tributaires. Ils ont tous été anéantis par les armées de la Cité.

— Tous ?

— Il existe des pays lointains, de l'autre côté de la mer, où, peut-être, on ne craint pas la Cité. Mais, à des centaines de lieues à la ronde, sur les terres que nous connaissons, ne règnent plus que mort et désolation. La Cité n'a plus d'alliés, seulement des ennemis, et bientôt elle les aura tous éliminés.

Elle n'avait jamais parlé de cela auparavant, car Bartellus refusait de discuter politique, comme il le disait, et le pauvre Frayling, la seule autre personne à avoir fait partie de sa vie sur une assez longue période, ignorait tout des événements qui se déroulaient à l'extérieur des remparts. Elle se sentait très adulte en évoquant ce sujet avec un guerrier de la Cité.

Elle hésita, de crainte de l'offenser, puis dit d'une petite voix :

— Mais tu es soldat. Tu as participé à tout cela.

Elle crut qu'il n'allait pas lui répondre, mais il finit par la regarder et s'enquit :

— Tu sais, ces grosses nuées d'oiseaux, à l'automne ? Ils virevoltent dans le ciel, comme un nuage, en tournant tous ensemble, tel un énorme oiseau de fumée. Tu vois de quoi je parle ? (Il attendit qu'elle acquiesce avant de reprendre.) Tu n'as jamais vu un seul de ces oiseaux décider d'aller à contre-courant, n'est-ce pas ? Car il mourrait, tout seul. Les soldats sont comme ces oiseaux. Ils font ce que font les autres, sinon ils meurent. Et, quand tu te bats tous les jours, simplement pour rester en vie, et pour que tes amis restent en vie, tu ne réfléchis pas à ce que tu fais. Tu ne te demandes pas si c'est bien.

Elle retint son souffle, ne voulant pas interrompre le fil de ses pensées.

— Il faut que quelque chose… d'important se produise pour t'ouvrir les yeux et te remettre dans le droit chemin, ajouta-t-il.

— Et t'est-il arrivé quelque chose d'important ?

— J'ai rencontré quelqu'un, confia-t-il d'un air absent en contemplant ses mains.

Elle attendit, mais il n'allait pas en dire plus. Il devait sans doute parler de Fell Aron Lee, le héros dont le destin scellerait leur avenir à tous. Evan affichait un visage tendre et songeur. Il s'éloignait d'elle. Il ne pensait plus à elle. Ses cheveux blond foncé, qu'il avait très courts comme tous les soldats lors de leur première rencontre, avaient poussé au fil des mois et bouclaient désormais dans son cou. Plus d'une cicatrice marquait son visage glabre. Elle se remémora la marque en forme de S sur son bras, et sentit dans ses reins un feu d'une intensité presque douloureuse. Elle quitta son lit pour s'asseoir à ses côtés. Elle passa les bras autour de sa poitrine et blottit son visage dans son cou. Il sentait la sueur, le pain et une odeur exotique toute masculine qui fit accélérer son cœur.

Il se raidit et se libéra prudemment de son étreinte avant de poser les mains sur ses épaules et de la reconduire sur son propre lit.

— Nous devrions coucher ensemble, Evan, dit-elle.

Elle essayait de paraître calme et impassible, comme elle aurait proposé une promenade sous la pluie.

— Non, répondit-il.

— Pourquoi ?

— Tu es trop jeune.

Après avoir grandi dans les Halls, Emly était très familiarisée avec les rapports sexuels sous toutes leurs formes. Elle savait qu'elle n'était pas trop jeune. Son corps lui hurlait qu'elle ne l'était pas.

— C'est faux, lui objecta-t-elle.

Elle lui sourit d'un air complice et crut déceler une lueur d'incertitude dans son regard.

— De plus, tu es la fille de Shuskara, insista-t-il. Il me couperait les couilles et m'en ferait un collier, avec mes oreilles et mes orteils.

Il lui sourit ; elle sut qu'elle ne le ferait pas changer d'avis. Puis il se leva brusquement.

— Il faut que j'y aille, dit-il. Je serai de retour avant la tombée de la nuit.

Il quitta la pièce avant qu'elle n'ait pu répliquer.

Il pleuvait si fort et la mansarde était si sombre qu'Emly eut du mal à savoir si cette longue journée touchait à sa fin. Elle attendit, rongée d'ennui et d'inquiétude, se rejouant en pensées ses avances au soldat et la réaction qu'elles avaient provoquée. Elle s'efforça d'imaginer sa nouvelle vie de domestique chez le bibliothécaire, en vain : cela voudrait dire que ni son père ni Evan ne s'en seraient sortis vivants.

Au retour d'Evan, la pièce, éclairée par seulement deux bougies graisseuses, était plongée dans une semi-obscurité. Il portait son ceinturon en cuir usé et un paquet en tissu qu'il lâcha au sol. Le ballot atterrit avec un bruit métallique. Em se dit qu'il devait contenir des armes – des couteaux peut-être. Evan se préparait à la guerre, et elle ne pouvait l'accompagner.

Elle était de nouveau allongée sous son manteau d'hiver : la boulangerie avait fermé depuis plusieurs heures et la pièce se refroidissait vite. Evan lui jeta un coup d'œil, inexpressif. À quoi pensait-il ? Elle porta une main à ses cheveux et dénoua le ruban qui les retenait. Puis elle s'assit, les laissant retomber librement sur ses épaules. Elle dévisagea Evan et, soutenant son regard, rejeta le manteau qui la couvrait et sortit de son lit, nue. Elle s'avança et se tint près de lui, ses mamelons frôlant sa poitrine. Il ne bougea pas. Elle passa les mains autour de son cou, se mit sur la pointe des pieds et l'embrassa. Il la dépassait largement ; elle dut lui baisser la tête. Pendant un instant, elle crut qu'il allait de nouveau l'éconduire, mais ses lèvres s'ouvrirent contre les siennes. Il l'embrassa longuement. Elle sentit contre elle la chaleur de son corps, sa dureté.

Il la souleva et la posa doucement sur son lit.

Chapitre 37

Tandis que Riis longeait en silence les couloirs du Donjon, à minuit, son cœur battait si fort qu'il crut que tout le monde l'entendait.

Il avait passé toute sa carrière de soldat à affronter ses ennemis à dos de cheval, fonçant sur eux en hurlant, protégé par son armure et une montagne mouvante de chair et d'os. Que ce soit en service ou dans sa vie privée, il n'était pas habitué à agir avec discrétion. Le profond silence l'oppressait plus que le noir et l'atmosphère de peur qui régnait dans le refuge de l'empereur.

Les deux gardes qui flanquaient les portes du Donjon ne lui avaient pas posé de problème. Ils étaient restés attentifs, regardant droit devant eux, quand le nouveau commandant des Mille s'était présenté. Il s'était placé entre eux, les saluant aimablement. En deux coups rapides, il avait égorgé l'un de son long couteau et s'était tourné vers l'autre, qui avait seulement eu le temps de lever son épée à moitié, lui enfonçant sa lame dans l'œil. *Du gâteau*, avait songé Riis. Ils avaient été trop longtemps à leur poste et s'ennuyaient à mourir. Quand avaient-ils été attaqués ici, au cœur du palais, pour la dernière fois ? Jamais.

Il s'était demandé s'il devait prendre la peine de se débarrasser des corps. L'absence des gardes devant les portes donnerait l'alerte aussi vite que la découverte de leurs cadavres.

Il avait fini par les traîner sous un escalier à proximité, dans un coin sombre. Cela lui ferait peut-être gagner un peu de temps.

À présent, il marchait d'un pas pressé dans des couloirs qu'il empruntait pour la première fois, s'attendant à entendre l'alerte à tout moment. Il ignorait totalement où se trouvait l'empereur, sur quelle surface s'étendait le Donjon, et si quelqu'un d'autre l'habitait.

Si j'étais l'empereur, où serais-je ? s'interrogea-t-il.

Dans les niveaux supérieurs, sûrement. Aucun empereur ne vivrait dans les bas-fonds du palais, près des canalisations, des égouts et des eaux montantes. Aussi, dès que Riis avait le choix, il montait. Pourtant, ce choix se présentait rarement : le Donjon semblait le conduire toujours plus profondément, ses couloirs en pente abrupte menant à des impasses. Plus il progressait, plus il s'enfonçait dans le noir. Au bout d'une heure, il se dit qu'il devait être à un niveau bien inférieur à celui d'où il était parti.

Il se glissa par une porte à doubles battants non surveillée et arriva dans une grande chambre vide, froide et humide malgré les nombreuses torches qui l'éclairaient. La pièce était ronde, haute de plafond et profonde. Un large escalier courait le long du mur incurvé et descendait en colimaçon. Riis se posta en haut, baissa les yeux et constata que les marches descendaient très bas. Un miasme froid semblait recouvrir le sol de l'étage inférieur. Il secoua la tête. Il n'avait aucune envie d'aller en bas. Il rebroussa chemin en silence.

Il avait cru devoir éviter des domestiques et des soldats, comme il l'avait fait en protégeant Amita durant ses escapades nocturnes. Mais le Donjon était désert, et le seul bruit qui lui parvenait était celui de son cœur traître et de sa propre respiration dans l'air tranquille. Il s'arrêtait souvent, à l'affût du moindre mouvement. Au bout d'un moment, il se prit à espérer percevoir un signe de vie.

Il se trouvait dans un couloir étroit, humide, qui sentait la viande pourrie et l'eau croupie. *C'est un endroit pour les morts*, pensa-t-il. Il se rendit compte qu'il était terrifié. Luttant contre l'envie de prendre ses jambes à son cou, il dégaina son épée. Le sifflement du métal et le contact du cuir ferme dans sa paume lui redonnèrent un peu de courage.

Puis il entendit du bruit : un glissement, doux et délibéré. Il venait du bout du couloir, où alternaient lueur des torches et taches d'obscurité.

Conscient qu'il retenait son souffle, Riis expira en silence puis s'avança, épée brandie.

Il distingua dans la pénombre une forme immobile. Avec soulagement, il vit que ce n'était qu'un gulon. Il inspira à fond et sentit sa poitrine se libérer d'un poids. Seulement un gulon. Qui lui barrait le passage. Il en avait déjà rencontré de temps à autre dans les rues de la Cité. Mais celui-ci était gros, bien plus que les autres. Son museau lui arrivait presque à hauteur d'épaule. Il portait un large collier d'or, comme un petit chien domestique.

La bête l'observait de ses yeux étrangement humains, ses longs cils semblant trembler dans l'air humide. Elle ne bougeait pas.

— Allez, oust ! dit Riis, sentant une envie de rire monter en lui. (Il leva son épée et, même s'il n'avait pas l'intention de lui faire du mal, s'avança.) Va-t'en de là, idiot !

Mais ces fanfaronnades laissèrent l'animal de marbre. Riis décida de forcer le passage, puis se demanda s'il allait se faire mordre. *Les gulons ont-ils des crocs ?* s'interrogea-t-il. *Il serait peut-être plus simple de le tuer, voilà tout*. Mais il n'en avait pas envie. La créature continuait à l'observer de ses yeux noirs et humains.

Elle ouvrit la gueule et émit un petit cri, pareil à celui d'un bébé. Son haleine puait autant que les égouts. Riis frissonna. Il baissa sa lame, ayant l'intention de le dépasser en courant. Il fit un pas de côté ; le gulon se décala en même temps en face de lui. Riis sourit. *Alors comme ça, tu veux jouer*, pensa-t-il.

Puis, comme si on venait de le libérer, le gulon se rua sur lui à une vitesse surnaturelle et referma ses mâchoires sur sa gorge.

Dans les cavernes profondément enfoncées sous le Donjon, les autres créatures qui vivaient et mouraient dans les Halls, les rats, interrompirent brièvement leur recherche constante de nourriture pour regarder passer l'armée d'invasion. Celle-ci progressait lentement. Même si le chemin était désormais plus plat et plus ferme, la boue glissante arrivait encore aux chevilles des soldats, et ceux-ci avançaient avec prudence, gardant à l'œil la rivière de vase qui s'écoulait sur leur droite. La puanteur était épouvantable, et certains de ceux dont l'estomac était resté insensible à la mer agitée et qui s'étaient moqués de leurs équipiers plus fragiles souffraient à leur tour, vomissant régulièrement sur le côté du chemin qu'ils longeaient. Tous portaient une bonne quantité d'eau, car Indaro les avait prévenus qu'ils pourraient être déshydratés au moment d'atteindre leur destination.

Elle marchait péniblement à l'arrière du groupe quand le silence s'abattit soudain sur eux. L'armée s'arrêta. Comme les autres, Indaro regarda devant elle. Son cœur se serra dans sa poitrine.

À cet endroit, la rivière tournait vers le sud, et une montagne de débris s'était accumulée, quand le débit était à son plus haut niveau, sur le côté extérieur du virage. Impossible de dire depuis combien de temps cet énorme tas se trouvait là : une heure, un an ? L'accès était complètement bloqué.

Indaro regarda l'autre rive, désormais inatteignable, où le chemin était plat et dégagé. *On aurait dû prendre par là*, songea-t-elle.

Gil se racla la gorge.

— Nous ne pouvons plus avancer et la rivière est impossible à traverser, déclara-t-il d'un ton las. Nous devons donc rebrousser chemin.

— Pour aller où ensuite, monsieur ? demanda un soldat petrassi.

— Elija ?

Gil se tourna vers le garçon.

— Il y a d'autres chemins. Plein, répondit Elija. Nous pensions que celui-là serait le meilleur, mais nous nous sommes trompés. Ils changent dès qu'il pleut un peu fort. Nous devons trouver un autre accès.

— Nous savions que ça risquait d'arriver, ajouta Indaro, s'efforçant de rester positive, comme si cela faisait partie du plan. C'est pourquoi nous nous sommes octroyé tant de temps.

Les uns après les autres, les soldats commencèrent à rebrousser chemin.

— Soyez prudents, ordonna Gil. Regardez bien où vous mettez les pieds.

Le plafond au-dessus d'eux, invisible, gouttait constamment sur leurs têtes, et la boue remuée sous leurs pieds était deux fois plus dangereuse sur le retour. Gil savait qu'on était toujours tenté de se dépêcher quand on revenait sur ses pas, afin de rattraper le temps perdu, et ils ne pouvaient pas se permettre de perdre des guerriers avant même que la bataille n'ait commencé.

C'était vrai : il leur restait encore beaucoup de temps. Malgré tout, Indaro se sentait atteinte par ce revers. Doon lui manquait. Son amie avait participé à toutes les batailles, et sans elle Indaro avait une étrange impression de vulnérabilité, comme si son armure ne la protégeait plus. Lorsqu'ils avaient quitté Vieille-Montagne, ils avaient d'abord chevauché jusqu'à la haute plaine où Fell avait laissé le corps de Doon. Ensemble, ils l'avaient enterrée, dans le sol dur, face à l'est, sous le regard de Gil et de ses hommes. Indaro avait prononcé l'habituel discours, faisant l'éloge de Doon auprès des dieux de la glace et du feu et, au fond d'elle, auprès d'Aduara, la déesse du sang des femmes, que les deux amies avaient vénérée. Tandis qu'elle marchait dans les égouts, Indaro rêvait qu'un jour, quand la guerre serait terminée, elle chevaucherait, Fell peut-être à ses côtés, jusqu'à la petite ferme dans le Sud où la mère de Doon vivait peut-être encore. Elle lui parlerait de l'héroïsme et du courage dont sa fille avait fait preuve en donnant sa vie pour la Cité. Les larmes lui montèrent aux yeux. Elle s'essuya les joues.

Elle fit quelques pas en arrière pour rejoindre Stalker. Les lieues supplémentaires qu'ils parcouraient seraient un calvaire, pour lui. Elle se posta à ses côtés, remarquant qu'il avait sorti le bâton auparavant rangé sur son sac et l'utilisait pour soutenir sa jambe droite.

— Nous allons bientôt faire une pause, l'encouragea-t-elle. Je suppose que Gil voudra que nous nous arrêtions quand nous serons revenus à notre point de départ.

— Qu'est-ce que tu veux, femme ? répliqua-t-il d'un ton irrité, observant le sol d'un œil furieux. Me renvoyer sur le navire ? Eh bien, n'y compte pas. Je préfère mourir dans le trou du cul de la Cité plutôt qu'être renvoyé à l'abri comme… comme une femme.

Elle lui sourit. Il finit par l'imiter, malgré sa colère, quand il prit conscience de ce qu'il venait de dire.

— Je m'apprêtais à dire que je pourrais refaire le bandage de ta cheville, si tu penses que ça peut t'aider, rétorqua-t-elle.

— Non, merci, répondit-il brusquement. Garret s'en chargera. Tu es aussi attentionnée qu'un singe-loup. (Elle attendit, haussant les sourcils.) Ils mangent leurs jeunes quand les temps sont durs.

Indaro sourit.

— Seulement les plus petits et les plus gentils, répliqua-t-elle.

Ils marchèrent, complices, pendant un moment. Indaro se surprit à éprouver une affection absurde pour l'homme du Nord, tout en sachant que les prédictions de Fell se réaliseraient peut-être : si le pire arrivait, ils allaient peut-être devoir abandonner Stalker dans les égouts, sans lumière. Curieusement, elle pensa à Broglanh, dont le rôle dans tout cela lui échappait à moitié. Son assurance et son humour permanent lui manquaient. Broglanh lui-même perdrait-il sa bonne humeur dans les ténèbres infinies des Halls ?

Quand enfin ils furent de retour au pont pourri, et que la lumière du jour fut de nouveau visible au loin, Gil ordonna une pause et tous se reposèrent sur un affleurement rocheux. Les soldats burent à leur outre et, à coups de pied, se débarrassèrent de la boue collante qui maculait leurs bottes. Gil appela Indaro et Elija.

— Et maintenant, par où allons-nous ? demanda-t-il.

Elija avait apporté les plans dans son sac. Il se débattit avec les grandes feuilles fragiles en les tirant de leur emballage imperméable.

— Là ! dit-il, un doigt pointé sur le papier. C'est un autre chemin. Il mène au Fossé Creux, qui va sous le palais.

— Mais sur le plan on voit bien que ça va sous l'eau, fit remarquer Gil, les sourcils froncés.

— Nous pourrions avancer aussi loin que possible, jusqu'à atteindre la partie inondée. Ensuite, il faudrait récupérer une route plus en hauteur.

— Indaro ?

Indaro étudiait le plan.

— Mieux vaut progresser sur un chemin incertain qu'en suivre un autre que nous savons immergé, déclara-t-elle. Le Fossé Creux se situe en hauteur, juste sous la surface. Il surplombe l'inondation. Et souvenez-vous qu'il pleut depuis maintenant trois jours. Nous devons emprunter la route la plus élevée pour y accéder. Je ne crois pas que cet itinéraire soit le bon.

Gil regarda le garçon.

— Elija ?

Il paraissait hésiter.

— D'après ces plans, de nombreux chemins mènent au fossé. Celui-là est vraiment très étroit, expliqua-t-il. Un chemin étroit a plus de risques d'être inondé que s'il est large. Il faut prendre par là, dit-il en tapotant de nouveau une ligne sur la carte. Je suis sûr de m'en souvenir.

Indaro était rongée par le doute. Elle ne pouvait compter que sur la parole d'Elija, qui prétendait connaître les égouts. Pourtant, plus ils avançaient, moins il semblait fiable. Elle observa les plans un long moment encore, essayant de graver dans sa mémoire le trajet jusqu'au Fossé Creux. Jusqu'à présent, son sens de l'orientation ne l'avait jamais trompée. Elle savait que le fossé se trouvait au nord-est. S'ils suivaient en gros cette direction, ils tomberaient forcément dessus. Elle approuva de la tête à contrecœur.

La route devint très vite lugubre, ponctuée de passages de tunnels étroits et abrupts. Gil avançait toujours en tête, tandis qu'Elija et ses gardes restaient au milieu de l'armée. Indaro et Stalker fermaient la marche. De l'eau s'écoulait constamment sur le côté – froide la plupart du temps, remarqua Indaro. Elle remplissait souvent la moitié des tunnels qu'ils franchissaient péniblement. L'eau était glacée ; les hommes étaient trempés et morts de froid. Les lanternes ne cessaient de s'éteindre et étaient rallumées avec difficulté. Indaro en vint à regretter ses bonnes vieilles torches vacillantes, mais rassurantes.

À l'arrière de l'armée qui progressait lentement, Indaro et Stalker devaient attendre longtemps, parfois dans des endroits très inconfortables, pendant que les soldats à l'avant négociaient un obstacle après l'autre. Chaque fois, les guerriers faisaient passer l'information d'une ligne à l'autre, mais l'attente dans l'eau était frustrante et semblait parfois durer des heures. Il fallait bien cela pour que deux cents hommes se faufilent par une minuscule crevasse dans la paroi d'un tunnel, ou le long d'une canalisation verticale. Au cours de ses années passées dans les Halls, Indaro s'était le plus souvent cantonnée aux chemins les plus fréquentés, une main brandissant une torche et l'autre posée sur son épée, gardant l'œil sur les rats et les écumeurs qui, effrayés, s'écartaient sur son passage. C'était la première fois qu'elle endurait une telle épreuve, à devoir se frayer un chemin comme une taupe dans la semi-pénombre – une taupe aveugle dans un tunnel gorgé d'eau, le poids énorme de la Cité pesant sur eux.

Elle savait Stalker bien plus en difficulté qu'elle. Il n'était pas souple, et ses larges épaules entraient à peine dans certains passages étroits qu'ils devaient franchir. Dès qu'ils arrivaient devant une nouvelle ouverture, Indaro l'évaluait du regard et se demandait si, cette fois, il parviendrait à passer, ou si elle serait obligée de l'abandonner dans le noir.

Enfin, quand elle commençait à croire qu'elle ne pourrait en supporter davantage, elle se faufila dans un long tunnel étroit et déboucha sur un espace ouvert, au milieu duquel s'écoulait un torrent. Par la pression de l'air, elle sut qu'ils se trouvaient dans un tunnel large et haut de plafond. *Sûrement le Fossé Creux*, songea-t-elle. Tous les soldats, assis, se reposaient sur les côtés du fossé, les attendant patiemment. Des acclamations lasses accueillirent Stalker, le dernier à arriver.

D'un signe de tête, Gil salua Indaro puis éleva la voix pour couvrir le rugissement des eaux.

— Nous avons avancé à une bonne allure. Nous allons manger et nous reposer pendant deux heures, avant de reprendre notre route. À partir d'ici, ça devrait être plus facile.

Elija alla s'asseoir aux côtés d'Indaro et adressa un timide sourire à Stalker.

— Est-ce bien là que tu pensais arriver ? demanda ce dernier.

Elija fronça les sourcils.

— La carte n'indique pas tous les passages étroits et les canalisations par lesquelles nous sommes passés, mais je crois que nous sommes dans le Fossé Creux. C'est donc la bonne direction.

— Cependant, intervint Indaro, si nous sommes bien dans le fossé, je trouve étrange que le niveau de l'eau soit si bas pour un canal si important. Quand nous sommes entrés dans les cavernes, il pleuvait depuis plusieurs jours.

Elija hocha la tête.

— Tous les tunnels devraient être pleins. Pourtant, l'eau ne nous a jamais empêchés de passer. Pas une fois.

Il sortit de nouveau les plans et les étala dans la faible lumière.

— Si je ne me trompe pas, nous sommes ici, dit-il en donnant un coup sec du doigt sur la carte.

Indaro scruta l'endroit qu'il indiquait.

— Alors nous ne sommes plus très loin du palais. Le fossé ne va pas sous le Donjon, mais il s'en approche beaucoup.

Elija avait le teint gris clair, presque translucide. Indaro se demanda comment un garçon si fragile avait pu endurer tout ce qu'il avait vécu. Elle s'inquiéta pour lui, comme elle s'inquiétait pour Stalker. *Quel piètre commandant je fais,* songea-t-elle, *à me ronger ainsi les sangs pour mes hommes alors que je devrais me concentrer sur la mission – ma mission : sauver Fell et me débrouiller pour que nous nous en sortions sains et saufs. Après quoi, Elija, Stalker, Garret, et le héros Shuskara : tous trouveront leur propre chemin pour rentrer chez eux.*

Chez eux. Chez moi. Quand elle y pensait, ces mots n'évoquaient plus la maison de son père sur l'Éperon. Cela faisait bien longtemps qu'elle l'avait perdue. « Chez elle », cela voudrait dire être en sécurité, pouvoir dormir chaque nuit sans épée à portée de main. Et cela incluait Fell. Au fond d'elle, elle croyait vraiment qu'elle veillerait d'abord à mettre Fell à l'abri, et qu'ensuite il l'emmènerait dans un refuge, chez elle – où que ce soit.

Sachant qu'elle approchait du but, la troupe se remit en route moins fatiguée et le cœur plus léger.

Toutefois, un peu plus loin, Gil ordonna une nouvelle halte et leva la main. Il prêta l'oreille, la tête penchée. Les soldats s'arrêtèrent et firent silence, essayant d'entendre ce que Gil avait détecté malgré le rugissement de l'eau. Indaro crut l'entendre aussi : un grincement, comme une maison de bois qui craque sous un vent violent. Gil avança à pas prudents, Indaro à ses côtés, tenant bien haut sa lanterne.

Puis tous s'immobilisèrent. Pendant un instant, Indaro ne comprit pas ce qu'elle voyait, et, quand ce fut le cas, elle sentit ses entrailles se nouer de peur.

Le tunnel qui leur faisait face était presque complètement obstrué par un énorme tas de débris qui laissait seulement passer un petit torrent sur un côté. Un gros tronçon de bois massif, peut-être un chêne, était coincé en travers. Des décombres s'étaient entassés derrière : branches, morceaux d'épaves, métal, bois de construction, parties de cadavres... Derrière, le ruisseau piégé faisait pression sur le bouchon. Tout le tunnel semblait résonner du grondement des débris torturés qui luttaient pour retenir le poids de l'eau. Sous leurs yeux horrifiés, le bouchon semblait bouger. Indaro aurait juré que l'arbre remuait. Elle l'imagina se débloquant, fonçant sur elle, suivi d'un mur noir d'eaux mortelles.

— Demi-tour ! ordonna Gil.

Les soldats commencèrent à rebrousser chemin. Indaro eut beaucoup de mal à détacher son regard du cauchemar qui leur faisait face, comme si quitter des yeux l'amas de débris lâcherait sur eux le poids énorme de l'eau.

L'armée se hâta. Ils étaient tous paniqués par le danger, mais personne ne fuit. Gil et Elija s'entretinrent tout en avançant. Elija regardait de part et d'autre du fossé, à la recherche d'une issue latérale. Plus ils s'éloignaient, plus le grondement dans leur dos paraissait s'intensifier. Indaro tenta de se convaincre que ce n'était qu'un effet de l'écho dans le tunnel qui les entourait. Malgré tout, elle craignait de ne disposer que de quelques secondes avant que le bouchon ne cède et que l'eau les emporte tous, comme des insectes dans un tuyau d'écoulement.

Midi approchait. Quelque part dans le monde, le soleil brillait peut-être, mais, au-dessus de la Cité, des nuages chargés de pluie cachaient la lumière du jour. Il pleuvait sur toute la région. Au nord, sur la côte rocheuse de la Petite Mer, la pluie s'abattait sur les campements des deux plus grosses armées encore en lice dans cette guerre interminable : la Troisième Impériale de la Cité et les Loups Odrysiens. Ce jour-là, Jour des Offrandes, serait le premier depuis dix-huit mois où les deux forces n'auraient pas à combattre. À l'ouest, il pleuvait sur l'Éperon et sur le seul bateau dont l'équipage attendait patiemment le retour éventuel de soldats perdus ou blessés. Ils attendraient encore une journée entière, puis rentreraient chez eux, à Adrastto, les cales vides. Au sud, la pluie martelait les armées petrassi qui occupaient les forêts et les montagnes appartenant à la Cité et les deux barrages dont le niveau déjà haut augmentait encore, bien au-dessus de la Cité, leurs murs affaiblis soumis à une pression de plus en plus forte. Et loin à l'est, il pleuvait sur la citadelle de Vieille-Montagne, de nouveau déserte. Seules les petites femmes à la peau brune dansaient joyeusement sous le déluge, fêtant leur déesse qui fertilisait la terre et lavait le sang versé par les hommes.

Quand vint l'après-midi, les ténèbres étaient un peu moins sombres sur la Cité.

Dans la lumière épaisse, Emly courait dans un large collecteur d'eau de pluie. L'eau grise lui arrivait aux chevilles. Elle avait conscience des éclaboussures projetées par ses fines bottes de cuir. Les soldats qui la pourchassaïent faisaient dix fois plus de bruit qu'elle, mais elle ressentait encore le besoin ridicule d'être le plus discrète possible, d'avancer sur la pointe des pieds. Elle ralentit puis s'arrêta, les poumons en feu. Elle s'adossa au mur de pierre mouillé. À mesure qu'elle reprenait son souffle, elle prêta l'oreille. Elle n'entendait plus que l'eau qui s'écoulait. Elle regarda en arrière, le long de l'interminable tunnel. Elle ne portait pas de torche mais, dans le plafond, des grilles de métal ouvragé laissaient passer une lumière crasseuse à intervalles réguliers. Seul le dessin des hautes arches de pierre disparaissant dans le noir, au loin, était visible. Il n'y avait personne.

Elle tendit le cou pour observer la grille au-dessus d'elle. Le fer forgé formait un entrelacs de fleurs et de bêtes. *Quelle belle décoration, tout ça pour couvrir un collecteur !* songea-t-elle. Était-elle sous le Palais Rouge ? Elle se félicita de ne pas avoir perdu le sens de l'orientation, avec les années. Une lumière attrayante filtrait vers elle, pleine de poussière et de saletés. Mais il n'y avait aucune issue par ici. La plaque d'égout était bien trop haute.

Elle se remit en route, courant si vite que les soldats en armure ne pourraient sans doute pas la rattraper. Il n'y avait pas de bifurcation dans le tunnel, pas de canalisation latérale où plonger pour échapper à ses poursuivants. Et, plus inquiétant encore, le chemin descendait, inexorablement.

Elle repensa à la journée de la veille. Elle avait quitté la maison de son nouvel hôte tôt le matin. Elle lui avait laissé un mot, mais elle se sentait toujours coupable d'avoir abusé de son hospitalité. Quand tout cela serait terminé, elle était résolue à y retourner et à présenter ses excuses. Le bibliothécaire, avec son dos bossu et douloureux, lui avait paru gentil.

Abandonnant derrière elle ses rares effets personnels, elle avait passé un pantalon chaud bien trop grand, maintenu à la taille par une ceinture, ainsi que plusieurs chemises et tricots de laine. Elle savait que, quelle que soit la température extérieure, il ferait plus chaud sous terre.

Durant sa vie tranquille avec Bartellus, elle en avait appris peu sur la Cité et, à la lueur de l'aube, elle avait eu du mal à trouver son chemin dans Gervain. Quand elle avait enfin atteint le dalot dont elle avait gardé depuis si longtemps le souvenir, elle avait poussé un soupir de soulagement. En vérifiant autour d'elle que personne ne la regardait, elle avait baissé la tête et était entrée. Sous terre, c'était elle la spécialiste. En tant que telle, elle avait repris confiance à mesure qu'elle avançait en territoire connu pour la dernière fois.

Malheureusement, elle était tombée sur une patrouille de gardes qui traînaient silencieusement, peut-être retournant à la caserne après un long service. Les six hommes l'avaient repérée au même moment. Avec des cris d'impatience, ils s'étaient lancés à ses trousses. Elle se savait pourchassée non parce qu'elle était conspiratrice ou Habitante, mais parce qu'elle était une fille. S'ils l'attrapaient, ils lui feraient subir toutes sortes d'ignominies auxquelles elle ne survivrait peut-être pas.

Le plafond était de plus en plus bas, et le tunnel s'assombrissait. Em sentit la panique monter encore d'un cran. Dans le noir complet, elle serait perdue, dans tous les sens du terme. Elle pataugerait jusqu'à se noyer dans une citerne obscure, tomberait d'un rebord glissant, ou finirait par être découverte par les soldats, recroquevillée dans un coin, les suppliant de l'emmener.

Apercevant un mince halo de lumière tremblante sur le chemin mouillé, elle s'arrêta une fois de plus avec espoir et leva les yeux. Dans le plafond, elle distingua l'ouverture d'un entonnoir. Il avait la taille d'un gros homme. De là filtrait une lumière lointaine d'un blanc laiteux. Elle battit des paupières et scruta de nouveau l'issue, croyant voir une barre solide d'un côté – peut-être le premier barreau d'une échelle de métal. Emly se hâta de détacher de sa taille une corde fine, volée au bibliothécaire, puis dégaina un couteau également dérobé et le noua à une extrémité de la corde. Inspirant à fond, elle se détendit. Puis elle jeta le couteau vers la barre métallique. L'arme ricocha et tomba sur le sol avec fracas.

Ce fut à cet instant qu'elle entendit les bruits qu'elle redoutait : le grincement lointain des bottes cuirassées sur la pierre du tunnel, les grognements des soldats toujours motivés par leur partie de chasse.

Elle lança de nouveau le couteau. Cette fois, il n'atteignit même pas la barre. Elle le ramassa et fit une troisième tentative. Le couteau tomba de l'autre côté de la barre et se coinça entre la barre et la paroi du conduit. Retenant son souffle, elle tira prudemment sur la corde. Le couteau se débloqua et tomba lourdement sur elle, au-dessus de l'œil gauche. Oubliant toute précaution, elle renversa la tête en arrière et hurla, le son étrange se répercutant sur les murs du tunnel, dessinant des rides à la surface de l'eau noire à ses pieds, faisant des vagues dans l'air fétide.

Essuyant vivement le sang qui coulait dans son œil, elle essaya de nouveau. Le couteau se coinça une fois de plus entre la barre et le mur. Elle inspira pour se calmer et tira d'un coup sec sur la corde. Cette fois, le couteau fut délogé, se plaça correctement derrière la barre et retomba dans sa main tendue. Elle se hâta de détacher l'arme, puis saisit les deux extrémités de la corde. Grâce à des années passées à manipuler de lourds panneaux de verre, elle avait acquis de la force dans les bras et les épaules, et souleva son poids sans effort. Elle ne s'était pas trompée : c'était bien une vieille échelle. Quelques secondes plus tard, elle était dans l'entonnoir, s'accrochant au rebord tout en remontant la corde.

L'instant d'après, les soldats passèrent sous elle, le pas lourd. Aucun d'eux ne leva la tête. Elle les entendit s'éloigner, leurs bottes projetant des éclaboussures.

Elle leva les yeux. À présent, elle avait le choix. Après des heures passées dans ce tunnel, comme un rat pris au piège dans un tuyau, elle pouvait enfin choisir. Redescendre et poursuivre sa route sous terre pour chercher les cachots, en priant pour ne pas tomber sur une autre patrouille. Ou grimper et trouver une sortie dans le palais. Malgré son inquiétude pour Bartellus, elle se persuada que la meilleure solution était de monter.

L'ancien entonnoir avait des parois irrégulières. Elle trouva des prises pour ses mains et ses pieds, mais celles-ci étaient friables et glissantes. Un centimètre après l'autre, se dirigeant vers la lumière, elle remonta l'entonnoir légèrement pentu mais trop large, à la manière d'une araignée, les jambes et les bras écartés dans une position maladroite. Sous l'effort, ses membres furent pris de tremblements, mais l'entonnoir rétrécissait, ce qui rendit son escalade moins ardue.

Enfin, elle atteignit la jonction de trois sorties. Appuyant les jambes contre un côté et son dos contre l'autre, elle reposa ses bras tremblants. La fatigue lui piquait les yeux ; elle ne cessait de battre des paupières pour ôter le sang qui coulait de la blessure de son front. Elle pouvait poursuivre son ascension ou choisir un des deux chemins latéraux, aussi sombres l'un que l'autre. De l'eau s'écoulait des trois côtés. D'un geste hésitant, elle nettoya une de ses mains sales, puis porta ses doigts à sa bouche. De l'eau de pluie. Elle mit ses mains en coupe et se désaltéra.

Finalement, elle opta pour le tunnel de droite, parce qu'elle avait bu l'eau qui en sortait et se dit qu'elle devait lui accorder sa confiance. C'était une raison comme une autre.

Très vite, le conduit se rétrécit et le chemin devint de plus en plus difficile. L'écoulement des eaux pluviales augmenta tant qu'elle dut pencher la tête de crainte de se noyer. Ses bras et ses jambes hurlaient de fatigue à mesure qu'elle continuait à monter. *Tu dois être bientôt au bout. La lumière brille de plus en plus.*

Puis la lumière disparut.

Son corps se pétrifia. L'espace d'un instant, son cerveau cessa de fonctionner. Elle se mit à gémir, et des larmes ruisselèrent sur ses joues, noyées dans les eaux de pluie. Elle tâtonna avec ferveur le long des parois et poursuivit son ascension sans réfléchir, envahie par la terreur.

Par-dessus le bruit constant de l'eau, elle entendit un bruit familier : un grondement. Puis la lumière reparut et Em leva les yeux. Elle avait atteint le haut de la canalisation. Au-dessus de sa tête se trouvait une grille de métal toute simple, à peine plus large que ses épaules. Et, au-delà, la lumière. Le bruit était celui d'une charrette qui s'éloignait en cahotant. Elle avait dû s'arrêter un instant sur la grille, occultant la lumière.

Grimpant petit à petit, les bras au-dessus de la tête, les pieds et les genoux appuyés sur les parois latérales, Em s'étira et, du bout des doigts, toucha les barreaux froids de la grille. Elle les poussa, en vain. Elle se rapprocha et fit une nouvelle tentative. Malheureusement, la grille ne bougea pas d'un pouce.

Un autre son lui parvint du monde extérieur : le tonnerre grondant au-dessus de la Cité. Une pluie glacée tomba à verse et s'engouffra dans la canalisation, trempant le visage levé d'Emly. Elle cracha et toussa, baissant la tête pour éviter l'eau, mais elle avait du mal à respirer.

Elle glissa les doigts à travers les épais barreaux de la grille, qu'elle secoua vigoureusement.

— Au secours ! hurla-t-elle, se moquant d'être attrapée ou pas. À l'aide !

Soudain, une force invisible arracha la grille ; une main ferme la saisit par le poignet. Elle fut tirée à l'extérieur, comme le bouchon d'une bouteille. On la posa sur ses pieds. Elle cligna des yeux dans la lumière, toussant pour cracher l'eau.

— Qu'est-ce que tu fichais là-dedans, gamin ? lui demanda son sauveur d'un ton jovial.

C'était un barbu de forte carrure, à la chevelure emmêlée, qui ne portait pas l'uniforme d'un soldat. Dans la faible lumière, avec les cheveux d'Emly plaqués sur son corps, il l'avait prise pour un garçon.

— Je me cachais, monsieur. Je cherchais à échapper à mon maître, expliqua-t-elle, tête basse.

— Là-dedans ? Tu aurais pu te noyer, bougre d'idiot ! Et qui c'est, ton maître ?

Emly réfléchit intensément.

— Le forgeron, marmonna-t-elle, en espérant que la réponse conviendrait.

Apparemment, ce fut ce qu'il attendait, car il grogna avant de répliquer :

— Le vieil Oren. Ce salopard.

Puis, très gentiment, il ajouta :

— Allez, file. Tu ne vas pas pouvoir lui échapper comme ça. Personne ne sortira du palais, aujourd'hui, mon petit gars. Toutes les issues sont bouclées.

Em hocha la tête avec reconnaissance, se retourna et courut se cacher dans le coin d'ombre le plus proche. Elle reprit courage. Elle se trouvait à l'intérieur du palais !

Chapitre 38

Les gros doigts courts de Bartellus étaient si froids qu'il ne sentait même plus l'épingle dont il se servait pour creuser. Il s'arrêtait de temps à autre pour la porter à ses lèvres et vérifier qu'il la tenait toujours. La tige de métal avait un goût de viande avariée. Bart se demanda une fois de plus combien de personnes étaient mortes dans cette cellule.

Au bout d'un long moment, le trou qu'il avait creusé à la base de la porte fut suffisamment large pour que Bartellus puisse y glisser un index. Il tira sur le battant et crut détecter un léger mouvement dans le bois pourri. Il se remit à l'ouvrage pour agrandir le trou. Il n'osait pas utiliser sa main aux doigts brisés, même s'il n'en souffrait plus. Il fut une époque où ses fractures auraient déjà commencé à guérir, mais ce temps était révolu. Il ne pouvait prendre le risque de les casser à nouveau. Il devait leur accorder au moins une journée pour qu'ils se ressoudent. Il travaillait donc d'une seule main, appuyé maladroitement sur un coude.

Comme toujours, son esprit vagabonda dans la période faste de son passé : les batailles du Ruisseau de Coulden et des Champs de Petrassa, quand il avait dirigé des armées composées de dizaines de milliers de soldats, Fell chevauchant à ses côtés. À l'époque, les armées de la Cité étaient invincibles, et Shuskara était le roi du monde. Quand Broglanh lui avait appris, à peine quelques semaines auparavant, que Fell se trouvait à la tête d'une mission visant à tuer l'empereur, et que lui-même avait un rôle à y jouer, il avait exulté. Le temps, et les ravages que celui-ci avait causés à son corps, l'avaient pendant huit ans forcé à endosser le rôle du vieux Bart, père aimant, maître de sa seule maisonnée. Se retrouver de nouveau à la tête d'une armée, épée à la main, comme un homme entier… C'était un rêve qu'il n'osait plus faire.

Il mit de côté ses doutes quant à la planification de l'assassinat. Il croyait en Fell et en sa capacité à tuer l'empereur. Si quelqu'un pouvait le faire, c'était bien lui. De plus, le plan jouait sur la curiosité et l'orgueil de l'empereur. À l'époque où Shuskara le fréquentait et le connaissait en tant qu'ami, l'Immortel s'ennuyait facilement et se laissait vite tenter par n'importe quelle distraction. À présent confiné au palais, vieux et malade selon les dires, il serait intrigué par Fell et l'idée qu'il puisse être son fils. Il serait incapable de résister à l'envie de le rencontrer, même s'il soupçonnait une ruse. Mais ce qui suivrait, à savoir deux cents Bleus inconnus s'infiltrant par les Halls pour prendre d'assaut les Mille ? L'effet de surprise, bien mince, ne ferait pas le poids face à ce corps d'élite, pensait le vieux général.

Ainsi, une fois l'empereur mort – et sans doute Fell aussi, et les Mille toujours maîtres du palais, il lui reviendrait de retourner deux armées, la Première Adamantine et la Quatrième Impériale, pour soutenir le nouvel empereur. Selon les plans de Fell, ce serait Marcellus. Cependant, Marcellus accompagné des Mille ne serait pas meilleur qu'Araeon. Au fond de lui, Bart pensait que Marcellus devait mourir lui aussi afin que Rafael monte sur le trône. Rafe et Boaz, le chef des Mille, ne s'appréciaient pas particulièrement. Le pouvoir serait donc divisé en trois : Rafe en tant que successeur légitime, Boaz et les Mille, et Shuskara et ses armées.

Tout son corps était glacé. Il mit longtemps à se rendre compte que l'eau était montée furtivement dans le cachot. Elle tourbillonnait autour de ses fesses ; ses parties intimes étaient gelées. Il était assis depuis si longtemps sur le sol mouillé que ses jambes ankylosées furent prises de spasmes douloureux. Il se traîna pour se mettre debout, s'aidant de la porte pour se soutenir. Il essaya de contrôler la panique qui l'envahissait, puis examina la cellule. Oui, il avait raison : dans la partie la plus basse de la pièce, l'eau avait monté et lui arrivait désormais aux genoux. Elle l'avait fait de manière si discrète que lui, vieil imbécile, n'avait rien remarqué. Posant la main à la base de la porte, il découvrit un léger courant. L'eau entrait par l'interstice sous le battant. Il gémit. En plus d'une mort par la torture ou la faim, une nouvelle option venait de s'offrir à lui.

Il se baissa et tira sur la porte dans l'espoir de la faire bouger, mais elle était bloquée. Il cogna sur le bois, appelant à l'aide, mais il n'avait aucune raison de croire que quelqu'un l'entendrait, ou se soucierait de son sort.

Il recouvra son calme. Peut-être cette inondation se produisait-elle tous les jours. Quand le niveau des eaux de la Cité montait, peut-être les cachots étaient-ils immergés, au rythme d'une marée naturelle qui ne tarderait pas à baisser de nouveau. Était-il là depuis plus d'un jour ? Il n'en avait aucune idée. Ou peut-être laissait-on l'eau gagner les cachots de temps en temps pour les nettoyer. Dans ce cas, elle allait bientôt se retirer.

L'eau lui arrivait à la taille. Il tenta de chasser ses peurs et de repenser à l'époque où il était libre. Il essaya de se remémorer le nom des généraux des deux armées qu'il allait devoir mener. Il connaissait le chef de l'Adamantine depuis des dizaines d'années. C'était un homme de petite taille, robuste, avec une barbiche. Il s'appelait… Bart le connaissait mieux que personne. Ils avaient combattu ensemble, bu et fréquenté les catins, joué aux jeux de hasard pendant plus de trente ans… Il avait une femme qu'il détestait, trois filles qu'il adorait et, autrefois, un chien à trois pattes du nom de Joker. Mais Bart ne parvenait pas à se souvenir du nom de cet homme. L'autre général, celui de la Quatrième Impériale, c'était… Oui, Constant Kerr. Il le connaissait très vaguement. C'était un lointain parent de Flavius, quelqu'un que l'empereur considérait comme un « ami », mais d'une génération plus jeune. Bart reprit courage après avoir réussi à se rappeler au moins ça.

Malgré tout, son esprit se remit à errer et il se retrouva de nouveau à s'interroger sur le sort d'Emly, craignant qu'elle ait été capturée. L'eau était montée jusqu'à sa poitrine sans qu'il s'en rende compte. Il fut surpris de la sentir s'infiltrer par son col et couler dans son cou. Il se redressa, se tenant aussi droit qu'un vieux soldat le pouvait. Il avait déjà pensé une dizaine de fois à se noyer, détendu, allongé sur le dos, laissant l'eau pénétrer sa bouche et ses poumons. *Une mort rapide et relativement indolore*, se dit-il.

Mais une vieille obstination immuable, la détermination qui, avec la chance et le courage, l'avait propulsé au rang de chef d'armée, l'empêchait de commettre un tel acte. La tête bien haute, la respiration contrôlée, il tint bon.

Près de mille ans auparavant, le nom d'un homme, un roturier étranger et fils de fermier, était connu de tous les enfants autant que celui de l'empereur en personne. Lazarides le Lapithe était un nom qui les faisait tous rire. Ils s'en souvenaient donc, même s'ils ignoraient qui il était. C'était un ingénieur que tout le monde savait être l'homme le plus important de la ville – mis à part l'Immortel.

À cette époque, quand la Cité était plus jeune et moins ambitieuse, et que par conséquent ses ennemis étaient moins nombreux, l'empereur se mit en tête de renforcer le cœur de la ville. Il ordonna qu'un nouveau réseau de canaux et de tunnels, pour les égouts et les eaux de pluie, soit érigé sur l'ancien système à moitié en ruine, construit plus de six siècles auparavant. Il demanda aux ingénieurs, architectes ou simples bâtisseurs, vivant à l'intérieur ou à l'extérieur des remparts, de concourir pour le poste convoité d'ingénieur de la Cité. Le précédent tenant du titre avait été pendu, éviscéré et démembré pour avoir manqué de respect à l'Immortel – crime réel ou imaginaire. Malgré tout, on se battit avec ardeur pour prendre la place du malheureux.

Lazarides le Lapithe était un génie. Un jour, il apparut à la cour de l'empereur au Palais Rouge, comme sorti de nulle part. Il avait moins de trente ans, et aucun architecte ni aucun ingénieur de la Cité n'admit avoir déjà entendu son nom. Pourtant, il possédait une connaissance exhaustive de la structure de la Cité, et les plans détaillés qu'il soumit pour le nouveau système firent passer les schémas des autres concurrents pour des gribouillages d'enfants.

De plus, ses plans étaient magnifiques. Établis sur un épais papier couleur crème avec de nombreuses encres différentes, ils étaient illustrés de centaines de minuscules dessins complexes représentant des barrages et des jonctions, des coupes transversales de tuyaux et de citernes géantes. Il avait même dessiné des chiens joyeux, des chats en chasse et des ouvriers, des érudits, des prostituées, des marins et des ingénieurs qui folâtraient dans les marges. L'empereur en fut charmé et, rien que pour ces illustrations, lui accorda le poste d'ingénieur de la Cité. Le jeune homme se révéla pourtant aussi un architecte de talent, ainsi qu'un excellent mathématicien, astronome et philosophe. Et certains se souviennent encore de son nom.

À cette époque, la Cité regorgeait encore de terres vierges : des prairies, des parcs et quelques fermes. Lazarides les fit évacuer pour creuser de larges et profonds trous dans lesquels il plaça l'ossature du nouveau système, les tunnels principaux comme le Fossé Creux, et les énormes et complexes barrages tels que la Porte Saduccuss, que les gens appelleraient plus tard la Porte Dévoreuse. Même si, au cours du millénaire, bien des tunnels et des citernes s'effondrèrent, usés par l'âge, le temps et l'eau, la Porte Saduccuss était une telle merveille d'ingéniosité qu'elle traversa les années sans presque aucun dommage jusqu'à ce jour, et ne commença à se détériorer que parce que le système n'était vérifié que deux fois par an et que les réparations furent abandonnées un siècle auparavant, au profit de la guerre.

La fonction de la Porte Saduccuss, ce que Bartellus aurait su s'il avait trouvé le nom dans ses lectures, était de broyer et filtrer tous les gros débris du niveau supérieur des égouts, afin de les empêcher de bloquer les tunnels plus anciens et donc plus vulnérables. Quand le premier tonneau de la porte se brisa et fut emporté, un désastre aussi inévitable que catastrophique fut enclenché. Les tunnels inférieurs se bouchèrent peu à peu, furent dégagés, puis s'obstruèrent de nouveau, et ainsi de suite pendant plusieurs années. Ils furent de plus en plus nombreux à céder sous le poids de l'eau, et les niveaux inférieurs se retrouvèrent inondés chaque automne et chaque hiver, devenant trop dangereux pour que les Habitants osent s'y aventurer, même en été. Ainsi, le niveau de l'eau dans la Cité commença à monter.

La porte était désormais dans un état critique. Près de la moitié des tonneaux avaient disparu, et les trous qu'ils avaient laissés étaient obstrués. Tandis que les pluies persistantes de l'hiver exerçaient une pression de plus en plus forte, les tas de bois et de vieilles pierres se mirent à bouger, d'abord d'un cheveu, puis d'un doigt.

Quand l'ancienne porte finit par céder totalement, personne ne se souvint de son nom, et personne ne le remarqua.

Bien en dessous de la Porte Dévoreuse, un peu plus à l'ouest, Indaro et l'armée couraient pour échapper à une menace non moins importante. Ils fuyaient le long du Fossé Creux, s'éloignant du barrage grinçant, à la recherche désespérée d'une issue.

Un soldat s'arrêta et leva sa lanterne.

— Là ! s'écria-t-il. Par ici !

Il avait repéré une haute et étroite faille dans la roche. Dans l'ombre, ils virent ce qui ressemblait à des marches abruptes, anciennes et érodées, mais qui montaient. Le soldat s'engouffra dans l'entrée. Ils virent ses bottes grimper, puis disparaître. Les autres se regroupèrent, jetant des regards en arrière, impatients de pouvoir se mettre à l'abri.

Elija saisit Gil par le bras.

— Non ! dit-il. Pas par là !

— Mais ça monte, lui objecta Gil. Nous pourrons ainsi échapper à l'inondation.

— Non ! insista Elija, au désespoir. Je l'ai vu sur la carte. Je sais où ça mène. Ça monte pendant un moment, puis ça redescend vers le Oùyva. Regarde…

Il tira les plans de son sac à dos. Les feuilles humides étaient à présent sales et collées les unes aux autres. Il s'écoula plusieurs secondes tandis qu'il essayait de les détacher. Les soldats se bousculaient, impatients.

— Ça monte. Pour moi, c'est tout ce qui compte ! s'écria l'un d'eux avant de grimper par l'étroite ouverture.

— Arrêtez ! ordonna Gil pendant que d'autres se pressaient pour s'engouffrer à leur tour dans l'interstice. Elija, es-tu sûr de toi ?

Mais le garçon avait déjà récupéré les plans et poursuivait sa course le long du fossé. Indaro regarda Gil, qui hocha la tête, puis tous deux suivirent Elija, bientôt imités par les autres soldats. Les grincements et craquements dans leur dos semblaient s'être intensifiés. Indaro était certaine que le barrage allait céder d'une seconde à l'autre.

— Par ici ! s'écria Elija en se jetant à plat ventre pour ramper dans une faille creusée dans le bas de la roche. C'est le bon chemin !

Sceptique, Indaro observa l'ouverture noire. Elle pourrait à peine s'y glisser, alors les hommes ? Et Stalker ? Elle tenta de se souvenir de cette zone sur la carte. Elija avait-il raison ? Mais sa mémoire lui faisait défaut, trahie par la peur et le besoin urgent de sauver sa peau. Essayant de ne pas réfléchir, elle se jeta à plat ventre et rampa en se tortillant dans le sillage d'Elija.

Elle avait du mal à avancer en tenant la lanterne, mais progressait aussi vite que possible, consciente que les soldats suivaient derrière. Avec les bottes d'Elija en point de mire devant elle, dans la lumière vacillante, elle s'efforçait de ne pas se laisser distancer.

Après quelques mètres, le tunnel s'élargit légèrement et commença à monter. Indaro put se remettre debout et accéléra son allure. De temps à autre, elle sentait quelque chose derrière elle taper sur ses bottes et se savait suivie de près. Ramper en se contorsionnant était un exercice épuisant. De plus, elle craignait que sa lanterne ne s'éteigne. Elle allait devenir folle si elle se retrouvait à ramper sous la terre dans les ténèbres, comme une taupe aveugle, écrasée par le poids de la Cité.

Elle eut l'impression qu'une éternité s'était écoulée, et ses muscles n'étaient que douleur. Elle ne pourrait aller plus loin. Elle perçut alors un changement dans l'air et, progressant maladroitement, tomba à genoux sur le sol d'un autre large tunnel. Elle s'écarta pour laisser passer le soldat qui la suivait et se releva. Elija, debout, observait un gigantesque pont de pierre qui enjambait le tunnel et un large torrent. Le pont, ancien, avait été conçu pour traverser une rivière bien plus importante que ce cours d'eau-là. Le garçon désigna quelque chose du doigt. Tous deux brandirent leur lanterne. Dans la faible lueur, de l'autre côté du pont, ils distinguaient à peine un imposant escalier de pierre allant vers le haut. Pour la première fois depuis des heures, Indaro se surprit à espérer.

La première marche du pont était si haute qu'on ne pouvait l'enjamber. Indaro fit donc la courte échelle à Elija. Des soldats émergeaient encore de la mince fente dans la roche. Sans faire de pause, ils commencèrent à grimper sur le pont, s'aidant les uns les autres pour franchir les énormes marches.

Plus de la moitié de l'armée, Gil Rayado inclus, était sortie, quand ils entendirent tous le bruit tant redouté : un grondement lointain. Même étouffée par plusieurs couches de roche, l'explosion qui retentit quand le barrage céda fit trembler les murs. Les guerriers qui émergeaient encore du tunnel avançaient avec la mort aux trousses. Une dizaine d'entre eux, enfin sortis, entreprirent d'escalader le pont.

Indaro et Elija avaient atteint le sommet. Selon Indaro, la rivière qu'ils traversaient devait rejoindre plus haut le Fossé Creux, car le niveau de l'eau commença à monter rapidement, l'écume en surface tourbillonnant sous des courants invisibles. Elle regarda la faille dans la roche, loin en contrebas. Un dernier soldat en sortit, suivi d'un puissant jet d'eau. Un homme fut emporté comme un insecte, battant des bras et des jambes, puis seuls des cadavres suivirent, noyés par les flots.

Indaro secoua la tête, n'en croyant pas ses yeux : le dernier homme à sortir en vie était Stalker. D'autres soldats tiraient l'estropié sur la première marche du pont.

Puis ils crièrent pour donner l'alerte quand une énorme vague apparut dans la lumière de leurs lanternes, s'engouffrant par le tunnel. Elle se dirigea droit sur eux et se fracassa sur le pont dans un bruit de tonnerre. Des soldats qui se trouvaient encore sur les premières marches furent emportés. D'autres, y compris Stalker, s'accrochèrent désespérément à la pierre pendant que l'eau déferlait sur eux. La peur au ventre, Indaro regarda l'eau monter. Étaient-ils à l'abri, alors même qu'ils se trouvaient au sommet ? Mais, au bout de quelques instants, le niveau commença à baisser, l'eau se retirant lentement, laissant derrière elle des guerriers à demi noyés qui grimpèrent, épuisés, jusqu'en haut.

Indaro redescendit pour rejoindre Stalker, assis sur le bord du pont, les yeux fixés sur les eaux bouillonnantes en contrebas.

— Il y a un escalier en pierre plus loin, lui dit-elle en s'asseyant. Nous allons monter et nous éloigner de l'eau.

— Tant mieux, répliqua-t-il. J'en ai ras le bol de jouer les vers de terre.

Indaro voulut lui dire combien elle était contente de le voir en vie, mais ne parvint pas à trouver les mots.

Le second de Gil faisait les comptes.

— Nous avons perdu quarante-deux hommes, rapporta-t-il d'un air grave.

Stalker leva les yeux.

— Certains ont paniqué, dit-il. Ils sont retournés dans l'autre sens pour rejoindre leurs camarades et prendre l'autre escalier.

Indaro secoua la tête.

— Ça devait être dur pour eux d'attendre que tous les autres soient passés, supposa-t-elle.

— Oui, admit Stalker. C'est toujours l'attente qui te met dedans.

Gil avait consulté la lanterne qui lui permettait de se repérer dans le temps.

— Nous allons nous reposer deux heures. Mangez, si vous le pouvez, ordonna-t-il à ses troupes. Je vais envoyer des éclaireurs. (Il désigna l'escalier suivant.) Des volontaires ?

Allongée sur la vieille pierre, Indaro remarqua les profondes rainures qui marquaient la surface du pont sur toute sa longueur. À quoi étaient-elles dues ? Sans doute pas aux roues de charrettes, ni aux chevaux, car ils n'auraient pas pu gravir ces marches. À l'eau ? Alors que la rivière s'écoulait dans l'autre sens ? Cela paraissait peu probable. Elle haussa les épaules et chassa ces questions de ses pensées. Elle cala son échine dans une rainure et essaya de se détendre, profitant de ce répit bienvenu.

Elle leva les yeux vers le plafond du tunnel, invisible dans la pénombre. Elle s'était déjà allongée ainsi des milliers de fois, durant les trêves sur le champ de bataille, mais elle avait toujours contemplé le ciel, s'interrogeant sur les étoiles et la lune, réconfortée par leur familiarité, leur indifférence sereine. Ici, il n'y avait pas d'astres. Elle essaya de faire comme s'ils brillaient, là-haut, obscurcis seulement par un nuage et non par d'épaisses couches de roche et de terre.

Pourquoi la lune courait-elle toujours après les étoiles ? Lorsqu'elle était enfant, ses tuteurs lui avaient raconté que la lune était un dieu, ou le chariot d'un dieu, ou peut-être encore un symbole divin. Tout le monde s'accordait à dire que les étoiles étaient les âmes des morts. Quand la lune était la plus grosse, les étoiles fuyaient dans le ciel, par peur ou par respect. Mais, petite, Indaro les avait observées avec attention, remarquant qu'il y en avait toujours autant. Pourtant, les gens mouraient sans cesse. Même un enfant le savait. Alors pourquoi y avait-il toujours le même nombre d'âmes dans les cieux ? Cette question l'inquiétait, mais personne ne semblait connaître la réponse.

Quand Archange l'avait sauvée, bien des années auparavant, elle avait tout réappris, et découvert que les étoiles n'étaient que des morceaux de roche projetés dans le ciel par des explosions terrestres. L'explication lui avait paru sensée. Mais pourquoi ces morceaux de roche disparaissaient-ils à la pleine lune ? Une réponse satisfaisante à une question ne faisait qu'en soulever une autre. Indaro avait l'impression qu'il en allait ainsi pour tout dans la vie.

Elle cessa de réfléchir et s'endormit.

Fell Aron Lee marchait vers elle dans une haute pièce baignée de lumière. Des tentures claires ondulaient dans la brise légère. Au loin, elle entendait le bourdonnement des insectes dans cet après-midi d'été. Fell portait une armure d'apparat en cuir rouge rehaussé d'or, dans laquelle elle ne l'avait encore jamais vu. Il paraissait si jeune, son teint éclatant de santé, sa démarche pleine d'énergie. Mais, à mesure qu'il approchait, elle vit que son regard, éteint et vieux, était empli de crainte. Elle tendit les bras vers lui. Elle voulait apaiser sa douleur, sa peine, pour qu'il redevienne lui-même. Elle était la seule à pouvoir le faire.

Fell la contemplait, mais soudain son regard dévia vers quelque chose derrière elle. Il blêmit et s'arrêta.

Elle ne se retourna pas et avança.

— Regarde-moi, dit-elle, même si elle ne s'entendait pas. Regarde-moi, et pas lui !

Mais Fell était comme hypnotisé. Elle fit un pas de plus tout en sachant qu'elle commettait une erreur.

— Regarde-moi ! Pas lui !

Des larmes de sang s'écoulèrent des yeux de Fell, ruisselant sur ses joues et gouttant sur le cuir rouge. Un liquide écarlate jaillit de sa bouche, et tout son corps fut pris de tremblements, comme s'il avait la fièvre.

Puis sa poitrine explosa.

La panique lui étreignant la gorge, Indaro se réveilla, comme chaque fois qu'elle faisait ce cauchemar, cherchant à agripper la pierre sous elle. Autour d'elle, tout était noir. Le silence ambiant était ponctué des ronflements des soldats endormis et du rugissement lointain de l'eau. Étendu à ses côtés, Elija tourna la tête vers elle et la contempla.

— Ce n'était qu'un cauchemar, la rassura-t-il.

Elle s'allongea de nouveau et plongea dans un sommeil sans rêves.

Au début, quand l'eau commença à se retirer, Bartellus pensa que son imagination lui jouait des tours. Au bout d'un moment, il sentit le courant tirer sur ses vêtements à mesure que l'eau quittait la cellule, le laissant transi et misérable, mais vivant. Il remercia les dieux de la glace et du feu, qui lui avaient fait subir maintes épreuves difficiles, mais avaient toujours fait preuve de clémence. Dès qu'il s'en crut capable, il se pencha et glissa trois doigts dans le trou qu'il avait creusé, dans la porte. Il tira et, cette fois, aurait juré l'avoir sentie bouger. S'accroupissant avec difficulté, il l'attrapa plus fermement et fit une nouvelle tentative, tirant de toutes ses forces, jusqu'à ce que son genou l'élance affreusement et que des lumières colorées et aveuglantes dansent devant ses yeux. Il grogna sous l'effort. Le battant grinça en même temps. Le bois pourri finit par céder dans un gros craquement. La planche verticale fut arrachée à hauteur de genou. Le trou n'était pas assez large pour qu'il s'y faufile, mais le vieil homme avait désormais une bonne prise sur les autres planches. Y mettant tout son cœur, il arracha de sa main droite les bords déchiquetés du bois, puis finit par dégager dans le battant un passage suffisamment spacieux pour qu'il puisse s'y glisser.

Une fois libre, il se retrouva dans le noir complet, de l'eau jusqu'aux chevilles. Il essaya de se repérer. À gauche, le couloir montait ; à droite, il descendait. L'eau s'écoulait rapidement sur la pierre. Grâce à ses lectures à la Grande Bibliothèque, il savait que les cachots avaient été construits sous le règne de l'empereur Saduccuss, le maître bâtisseur, à l'époque où le Palais Rouge fut érigé autour du vieux fort, le Donjon. Déjà, en ce temps-là, les cachots étaient inondés par mauvais temps. Il avait lu, alors avec un certain amusement, une lettre qu'un ingénieur en chef furieux avait adressée au général responsable de la garde du palais, dans laquelle il se plaignait que de l'eau coulait dans chaque nouvelle cellule en cas de fortes pluies et inondait les quartiers des gardes, situés à un niveau inférieur. Même si l'instinct de Bart lui hurlait de monter, il fit confiance à ses lectures et commença à descendre, prenant à droite. Ainsi, il espérait se diriger vers l'entrée. Il soupira, émerveillé de pouvoir se rappeler quelques bribes d'informations obscures glanées des années plus tôt, alors qu'il était incapable de se remémorer le nom d'un vieil ami.

Il avançait d'un pas traînant, une main sur le mur, l'autre tendue devant lui. Dépossédé de ses sens, il mourait d'envie de voir la lumière, même s'il savait que, si des gardes venaient vers lui pour vérifier l'état des prisonniers, il serait perdu. Il plia la main gauche. Ses doigts semblaient guéris, mais il doutait de son aptitude à combattre.

En arrivant sur une marche qui descendait, il trébucha et manqua de tomber. Il progressa ensuite plus prudemment, le long des marches basses, et s'enfonça plus profondément dans l'eau. Il commença à craindre de ne pas trouver de sortie, ou que l'entrée soit trop immergée, mais l'eau s'écoulait continuellement et ne semblait plus monter. Il atteignit de nouveau un sol plat. Puis il entendit quelqu'un parler, si près de lui qu'il s'arrêta, le cœur battant la chamade.

Une voix sèche déclara :

— Qu'est-ce qu'on en a à faire ? De toute façon, ils mourront bientôt. Mieux vaut la noyade, selon moi.

Une voix plus grave grogna :

— Moi, ce que j'en dis…

— Et qu'est-ce que tu voulais qu'on fasse ? demanda le premier homme. Qu'on prenne le risque de se noyer pour les sortir de là ? Désolé, mais je ne suis pas payé pour ça. On a déjà eu de la veine de s'en tirer.

L'autre marmonna quelque chose d'inintelligible. Bart, immobile, se demandait quoi faire. Il entendit le fracas du métal.

— Où tu vas ? Ne sois pas bête ! S'ils sont morts, on n'aura plus qu'à sortir les corps. Laisse donc la prochaine équipe s'en charger.

L'autre céda, car le silence régna un moment. Bart sentit alors un merveilleux parfum : celui du tabac. Il se pencha jusqu'à distinguer une faible lueur. Il avança de quelques pas, prenant soin de ne pas faire d'éclaboussures. Arrivant à l'angle d'un mur, il risqua un coup d'œil. À la jonction de trois couloirs, deux gardes assis fumaient la pipe, leurs pieds bottés sur une table pour les maintenir au sec. Sur la table étaient posées une miche de pain et une cruche. En les voyant, Bart sentit son estomac se contracter.

Les gardes n'étaient plus tout jeunes, mais Bartellus ne se sentait pas capable d'en affronter un, alors deux ! Il songea à attirer l'un d'eux en faisant du bruit, mais qui sait si les deux n'allaient pas venir ? De plus, il n'était pas armé. Visiblement, les surveillants n'avaient pas d'épées, mais sur la table étaient posés deux gourdins, à portée de main.

Tandis que Bart s'interrogeait sur la marche à suivre, le garde qui lui faisait face se leva avec un soupir, s'avança vers le mur et ouvrit son pantalon. Tous deux lui tournaient désormais le dos. Bartellus saisit sa chance. Essayant de se hâter sans remuer trop d'eau, il se dirigea furtivement vers le garde assis. Il était à mi-chemin quand celui qui se soulageait dut l'entendre, car il fit volte-face et cria.

Bart se jeta sur la table pour saisir un gourdin, mais dans le même mouvement, l'homme assis se retournait et se levait. Bart le percuta sans réussir à attraper l'arme et tous deux s'écrasèrent sur le sol inondé. Bart se redressa et, de toutes ses forces, assena un coup de poing sur la mâchoire de son adversaire. Le coup était cependant faible et n'eut presque pas d'effet. Le garde s'agenouilla, saisit son gourdin sur la table et visa Bart à la tête. Sans défense, le vieil homme se protégea d'un bras et tressaillit.

— Attends ! Arrête ! ordonna l'autre garde d'un ton calme, en reboutonnant son pantalon. On ne veut pas qu'il meure.

Le garde au sol se releva, se frottant la mâchoire.

— Je ne t'ai pas vu voler à son secours pendant l'inondation.

— Mort noyé, c'est une chose, dit son collègue. La volonté des dieux, ça ne se discute pas. Mais mort le crâne fracassé, c'est autre chose.

— Mais il m'a frappé ! geignit le deuxième garde.

— Regarde-moi ce vieux schnoque, dit le premier. Dommage qu'on ne puisse lui rendre service. Il aurait dû se noyer.

Mais Bartellus ne les écoutait plus. Il avait décelé un mouvement dans la pénombre, derrière le premier garde. Un garçon mince émergea des ténèbres et, armé d'une massue ou d'une batte, s'approcha de l'homme à pas de loup. Le deuxième garde le repéra à son tour.

— Daric ! s'écria-t-il.

L'autre tourna la tête pour recevoir aussitôt un grand coup de toute la longueur de l'objet en bois. Le coup ne fut pas assené avec force, mais le garçon avait bien visé et le nez du garde explosa dans une gerbe de sang. Le blessé plongea en avant, mais le garçon recula pour l'esquiver et, rassemblant toutes ses forces, le frappa à nouveau, sur l'oreille cette fois. L'homme s'effondra. Son collègue s'apprêtait à riposter quand Bartellus l'attrapa par le bras et le cou pour le retenir. Le surveillant essaya de se libérer d'une secousse et tapa le vieil homme sur le crâne, mais Bart tint bon et le garçon vint à sa rescousse. Ensemble, ils plaquèrent le garde au sol et lui maintinrent le visage dans l'eau, jusqu'à ce qu'il cesse de se débattre. Puis le garçon se redressa d'un bond, retourna vers le premier garde qui gisait, immobile, et jugea préférable de lui assener encore quelques coups sur la tête. Après quoi, il regarda Bart et sourit.

— Père !

Bartellus cligna des yeux, craignant d'avoir pour de bon sombré dans la folie.

— Emly ? souffla-t-il.

Chapitre 39

Il ne faisait ni jour ni nuit. Seulement gris. Les murs mouillés du trou reflétaient l'obscurité crépusculaire.
Le gulon était puissant, bien plus que Riis. Il l'avait traîné le long d'une infinité de marches, ses longs crocs profondément enfoncés dans le cou de sa proie. Enfin, il l'avait amené dans son repaire, un endroit nauséabond où régnaient la mort et la terreur. Puis Riis avait servi de nourriture à la créature qui, étendue sur lui, léchait ses blessures tandis qu'il gisait dans l'eau, sans défense. Riis s'évanouit un moment. Lorsqu'il reprit conscience, il ouvrit les yeux et gémit.

Rassemblant ses dernières forces, il prit une profonde inspiration et, à pleins poumons, hurla sa douleur, sa peur et sa répulsion. Enfin, le gulon s'écarta de lui, glissant de son corps pour rejoindre l'autre bout de la grotte.

Riis avait beaucoup saigné mais se croyait capable de tenir debout, à condition que la bête veuille bien le laisser tranquille. Il positionna un bras sous lui, essaya de se lever, puis vit avec horreur que son poignet était enchaîné au mur. Quelqu'un l'avait attaché dans son sommeil.

— Ne lutte pas. C'est ici que tu vas mourir, soldat, dit doucement une voix.

Riis tourna la tête, poussant un cri quand les plaies de son cou s'ouvrirent et que le sang se remit à couler.

L'empereur se tenait dans l'entrée du repaire. Sa chemise blanche était comme un phare dans la nuit. Il arborait une barbe blonde taillée avec soin. Il sourit à Riis, bien que ses yeux noirs fussent ceux d'un cadavre.

— Gardez-le éloigné de moi, supplia le soldat.

Il croyait qu'il perdrait la raison si la bête revenait. Il lui jeta un coup d'œil craintif. Elle s'était allongée dans l'eau à côté du corps d'un vieil homme et se frottait contre lui comme un chat.

— Deidoro, appela l'empereur.

Le gulon se retourna et le regarda, découvrant ses longs crocs jaunes.

— Il…, commença Riis, désireux de plaire à l'Immortel pour que le gulon reste à l'écart. (Il déglutit.) Il a un nom ?

— Nous les avions avec nous à notre arrivée ici. Ils étaient nombreux, expliqua l'empereur, esquissant un sourire comme au souvenir d'un ami. Bien sûr, ils ont fini par tous mourir. Ils ne sont pas faits pour ce climat. Toutefois, certains d'entre eux se sont accouplés avec des chiens et des renards, et leur progéniture vit encore dans les ruelles et les égouts – en nombre plus restreint.

Riis cracha une saleté.

— Et Deidoro ?

— Deidoro est spécial. C'est l'un des tout premiers, ou plutôt un reflet, ce qui revient au même. C'est l'animal domestique de l'empereur. Vois comme il lui est dévoué.

Il fit un geste vers la créature. Riis comprit avec dégoût que le corps qui gisait dans l'eau n'était pas celui d'un mort, mais d'un homme bien vivant, extrêmement âgé, vêtu d'une robe crasseuse, en loques. Il aperçut sa main osseuse caresser la fourrure du gulon. Riis essaya de battre des paupières pour y voir plus clair. Le vieil homme semblait attaché au mur du repaire avec des bandes de tissu mouillées.

Pendant un instant, sa douleur et sa terreur s'apaisèrent légèrement tandis qu'il se demandait : *Lequel des deux est l'empereur ?*

— Mais je doute que l'histoire des gulons t'intéresse, déclara l'homme blond d'un ton brusque. D'abord, tu vas me dire tout ce que tu sais au sujet des hommes marqués et de leur petit complot, ou je rappelle Deidoro. Nous avons tout notre temps, Riis, et le gulon a encore faim.

La rivière souterraine qui s'écoulait paresseusement sous le pont recommençait à monter. Gil Rayado ordonna à son armée de presser le pas.

L'escalier de pierre, ancien et abrupt, avait été érodé par les passages répétés, et rendu dangereux par l'eau qui y coulait à flots. Indaro grimpa rapidement, regardant où elle posait les pieds. Il y avait plus de deux cents marches. Une fois le sommet atteint, un seul chemin était possible : il fallait longer un couloir et traverser une salle ornée de quantité de colonnes. C'était de là que provenait l'eau, car le plafond de la salle la crachait par une centaine de fentes et de fissures. À certains endroits, elle jaillissait comme si la pression était énorme. Le plafond entier semblait s'affaisser, et nombre de piliers craquaient sous le poids.

Les soldats s'empressèrent de traverser la salle, jetant des coups d'œil nerveux en l'air. Indaro se hâta elle aussi et, à l'autre bout, rattrapa Gil et Elija alors qu'ils arrivaient au pied d'un nouvel escalier.

— Il y a de l'eau au-dessus et en dessous de nous, dit-elle. Logiquement, l'eau s'écoule toujours vers le bas. Comment se fait-il qu'il y en ait encore en haut ?

Elija secoua la tête.

— À mon avis, toute l'infrastructure de la Cité est en train de s'effondrer. Quand une porte cède, l'eau s'engouffre et coule vers le bas. Mais quand un tunnel est détruit, l'eau stagne au-dessus jusqu'à ce qu'elle trouve une autre issue. Je crois que la digue que nous avons vue, celle qui a cédé, n'était pas la seule. Je pense qu'une digue située plus haut a craqué en premier. Tu te souviens que, avant qu'on l'entende se briser, il y avait un grondement d'eau lointain ? Une porte d'un niveau supérieur, un barrage, a cédé et une autre située plus bas a dû rompre elle aussi. (Il fronça les sourcils.) Je n'en suis pas sûr, mais je pense que les niveaux supérieurs dans ce quartier de la Cité devaient être inondés depuis un moment, mais à présent une partie de l'eau a été libérée et commence à s'infiltrer dans les niveaux inférieurs.

— Dans ce cas, le Hall des Veilleurs est peut-être franchissable ? demanda Indaro, pleine d'espoir.

Elle avait hâte de se retrouver en terrain connu.

— Peut-être, répéta Elija, l'air peu convaincu.

— Sommes-nous déjà sous le Donjon ? s'enquit Gil.

— Je pense que oui, répondit Elija. Sinon, nous sommes tout près.

— Dans ce cas, tenons-nous-en à notre plan. Il doit y avoir un moyen d'accéder au Donjon par les Halls, même si ça veut dire grimper dans une canalisation d'eaux usées. Si nous ne trouvons pas d'accès, alors nous essaierons par le Hall des Veilleurs.

Stalker, qui les avait rejoints pendant qu'ils parlaient, sortit soudain un couteau et le lança. L'arme se planta dans un rat qui montait les marches, à leurs pieds.

— Les rats. Je peux pas les blairer, dit-il en se penchant pour récupérer sa lame, qu'il essuya sur la fourrure huileuse du rongeur.

— Avez-vous remarqué que les rats sont plus nombreux, maintenant ? demanda Gil. Pendant une demi-journée, on n'en a vu que quelques-uns. À présent, ils sont partout. C'est le signe que nous approchons de notre objectif.

— Les rats aiment la proximité des humains, confirma Indaro en observant une dizaine d'autres rongeurs qui grimpaient les marches.

Sur l'ordre de Gil, les guerriers commencèrent à enfiler leurs casques et leurs plastrons. Les archers sortirent leurs arcs de leur emballage graissé pour les encorder. Le chemin devant eux dégagé, Elija fut renvoyé au milieu des troupes. Des hommes en armure prirent la tête du groupe, épées brandies. Au sommet du deuxième escalier, ils arrivèrent dans un nouveau labyrinthe.

Enfin, ils atteignirent une porte profondément enfoncée dans un mur couvert de mousse. Robuste et cloutée, elle semblait ne pas avoir été ouverte depuis un siècle. La poignée de fer avait été mangée par la rouille, et quand Gil saisit le nœud en bois qui dépassait du trou où aurait dû se trouver la poignée, celui-ci lui resta dans la main. Il le jeta par terre, glissa ses doigts dans le trou et tira. Le battant s'ouvrit en raclant le sol. Il donnait sur une salle d'armes, petite et carrée, meublée d'une table et de chaises croulantes, bordée de râteliers de part et d'autre. Des chaînes en fer étaient attachées à un mur. L'armée traversa la pièce discrètement pour se retrouver face à une autre porte, moins ancienne et qui semblait avoir servi récemment.

Le doute assaillit Indaro. Était-ce bien le chemin qui menait au Donjon ? Après avoir passé une journée affreuse à affronter tunnels et inondations, cela lui paraissait trop facile. Elle tira son épée au clair.

Gil posa la main sur la poignée de la porte. Le silence s'abattit sur la salle, comme si les soldats retenaient leur souffle. Gil sourit, l'air grave.

— S'il y a des guerriers ennemis de l'autre côté, peu importe le bruit que nous faisons.

Il ouvrit doucement la porte, jeta un coup d'œil et se faufila par l'interstice, suivi de ses troupes. Ils se retrouvèrent dans un couloir, long et haut de plafond, mais étroit. D'un côté, le mur était en pierre et, de l'autre, en bois. Ils avancèrent discrètement en file indienne. Une lumière crue et brillante filtrait par les myriades de fissures du bois. Indaro comprit soudain que c'étaient des panneaux. Ils se trouvaient derrière le lambris d'une pièce – comme des rats courant dans les murs. Gil était arrivé à la même conclusion. Il s'arrêta et, d'un geste, ordonna le silence total.

— Sommes-nous dans le Donjon ? souffla-t-il.

Elija hocha la tête, sûr de lui.

— Voilà pourquoi nous sommes venus, dit Gil à ses troupes à voix basse. D'après mes calculs, il sera bientôt midi, Jour des Offrandes. Prenez le temps de faire la paix avec vos dieux, car nous avons peu de chances de survivre à cette journée. (Il regarda les soldats qui l'entouraient.) Gardez bien notre objectif en tête : tuer autant de Mille que possible, et faire gagner du temps à Fell. Votre sacrifice sera anonyme. On ne fera pas de récit sur votre courage. Tenez bon. Restez en vie aussi longtemps que possible. Tuez-les tous.

— Alors c'est parti, marmonna Stalker.

Gil lui sourit, brandit la poignée de son épée et l'abattit sur le lambris. De la lumière s'infiltra dans l'étroite ouverture, puis d'autres hommes arrachèrent la frêle paroi. En entrant par le trou, ils se retrouvèrent, battant des paupières, dans une vaste chambre baignée de lumière.

Indaro regarda autour d'elle. La pièce vide était ornée de tentures représentant des cieux bleus et des nuages blancs. Le soleil entrait par de hautes fenêtres. Indaro s'en reput : c'était la première fois qu'elle le voyait depuis des semaines.

Ne sachant guère où aller, Gil s'arrêta et se tourna vers Elija. Cependant, avant qu'il n'ait pu dire quoi que ce soit, un soldat de la Cité accourut dans la chambre. À la vue de l'armée d'invasion, il stoppa sa course et ouvrit la bouche pour crier. Plusieurs flèches se fichèrent dans son corps et il s'effondra. Les archers petrassi poussèrent des acclamations euphoriques.

Un deuxième soldat arriva alors et hurla :

— Ils sont ici ! Ici !

Lui aussi fut tué, mais tous entendirent le martèlement d'une course au loin. Quelques secondes plus tard, des guerriers affluèrent dans la chambre. Indaro vit le noir et argent des Mille, frais et assoiffés de sang.

« *Ils sont ici !* » songea Indaro. Étaient-ils donc attendus ? Un gong sonnant l'alarme résonna soudain dans le lointain.

Indaro para un coup d'épée qu'elle rendit, sa lame glissant sur le plastron de son adversaire. Déséquilibrée, elle esquiva un deuxième coup. Avec un cri suraigu, elle plongea son arme dans l'aine de l'homme, à la jonction de deux pièces d'armure. Il s'effondra, du sang giclant de sa blessure. Indaro recula, cherchant Elija du regard. Plaqué le dos au mur, apeuré, le garçon essayait de rebrousser chemin. Garret et le soldat petrassi Nando le protégeaient. Indaro vit Nando se faire éventrer. Elle bondit en avant et visa l'assaillant à la gorge. Sa lame glissa sur l'armure, mais l'homme fut distrait et Garret en profita pour planter son couteau dans son visage, au-dessus du protège-joue.

Pendant un moment, les Peaux-bleues tinrent bon, mais toujours plus de soldats des Mille entraient dans la pièce. Ils furent finalement si nombreux qu'ils durent attendre leur tour pour pouvoir se battre. Gil tomba au sol, la cuisse entaillée. Indaro se fraya un chemin dans la mêlée pour le rejoindre et s'agenouilla auprès de lui.

— Je dois trouver Fell, dit-elle.

— Emmène Elija, répondit-il dans un hoquet, du sang coulant à gros bouillons de sa jambe. Et aussi Garret et Stalker. Essayez de passer par le Hall des Veilleurs. Pendant ce temps, nous les occuperons.

Elle accepta d'un signe de tête. Ne sachant que dire, elle lui donna une tape amicale sur l'épaule avant de longer le mur, à l'arrière du combat. Elle ordonna à Garret et Elija de se retirer. Ils s'exécutèrent, mais, lorsqu'elle demanda à Stalker de les suivre, ce dernier secoua la tête.

— Tu laisserais ces braves hommes mourir ? s'offusqua-t-il, embrochant son adversaire.

Il s'arrêta pour reprendre haleine. La fureur explosa aussitôt dans la poitrine d'Indaro.

— Je suis là pour Fell, pas pour Gil Rayado ! s'écria-t-elle pour couvrir le bruit de la lutte. (Elle saisit son camarade par le devant de son surcot.) Ce n'est pas une poignée d'entre nous qui fera la différence, ici. Notre mission est de rester en vie jusqu'à ce que nous ayons accompli la tâche qui nous a été assignée !

Stalker baissa la tête pour esquiver un coup d'épée. Indaro sauta et poignarda l'attaquant. Une fois de plus, sa lame glissa sur le plastron. Cependant, son adversaire avait eu le souffle coupé. Au moment où il se penchait en avant, Indaro tint son épée à deux mains et l'enfonça au-dessus de l'armure. L'arme traversa la nuque et le cœur. Laissant l'épée émoussée fichée dans le corps de l'ennemi, Indaro s'empara de celle du mort et se tourna vers Stalker, qui acquiesça.

— Bon, d'accord, dit-il à contrecœur, mais pour une fois que je m'amusais !

Il boita derrière elle tandis qu'elle courait le long du mur pour retourner dans la salle d'armes.

— Elija, conduis-nous au Hall des Veilleurs, ordonna-t-elle.

Le jeune homme hocha la tête, puis partit au pas de course.

Dol Salida n'était pas croyant, mais cela ne l'empêchait pas de prier les dieux des soldats quand il se trouvait en danger de mort. À l'époque où il était prisonnier, il prenait part aux rituels religieux d'autres hommes, plus dévoués. Cependant, il pensait que le destin était écrit d'avance, peut-être dès la conception de l'être, et invoquer les dieux pour obtenir des richesses ou de l'aide n'y changerait rien. Il les croyait soit indifférents aux requêtes des hommes, soit inexistants. Que ce soit l'un ou l'autre, cela ne faisait aucune différence.

Lorsque, à seize ans, il intégra la cavalerie, impatient de goûter aux plaisirs du monde, il avait participé au rituel célébrant Rharata la Rayonnante, la déesse des Offrandes. Il avait été invité par une fille qu'il espérait impressionner, et dont la famille vénérait la déesse de l'hiver. La Fête des Offrandes marquait la naissance de Rharata dans sa forme humaine, le premier jour de l'hiver, quand il était demandé aux Familles d'apporter des offrandes à la divine enfant. À sa grande surprise, Dol Salida avait apprécié la cérémonie, composée de chants et de danses, ainsi que le vin épicé qui les accompagnait. Depuis, quand il le pouvait, il y participait chaque année.

Depuis son arrivée au Palais Rouge, il mettait un point d'honneur à y assister, car le Jour des Offrandes était un événement important pour les Familles. Aucun de ceux qui se souciaient d'être bien vus d'elles, surtout des Vincerii, ne pouvait se permettre d'y manquer.

Ainsi, Dol boitait vers la Tour de Rharata, dans l'aile ouest, quand il entendit le gong retentir dans le lointain, signe que l'alerte était donnée au palais. Un instant plus tard, une centurie des Mille le dépassa au pas de course dans un cliquetis d'armures, les bottes ferrées projetant des étincelles sur le sol. Il plaqua son dos au mur, reculant pour faire place aux soldats, avant de s'écrier :

— Que se passe-t-il ?

— Des intrus ! répondit quelqu'un.

— Où ça ?

Mais la troupe était déjà loin. Dol la suivit, satisfait de voir que les informations qu'il avait transmises se révélaient correctes. Il voulait voir ce qui allait se passer.

Les soldats s'éloignaient de l'aile ouest et se dirigeaient vers le centre du palais. Dol se laissa vite distancer. Entendant un martèlement de bottes, il descendit alors deux étages avant d'apercevoir une autre centurie qu'il reconnut pour celle des Chiens de Guerre. Elle se rendait au Donjon, avec à sa tête le commandant Leona Kerr Farra – une femme rousse à l'air hargneux.

— Où sont les intrus ? s'enquit-il.

Elle fit mine de ne pas l'avoir entendu.

Dol n'arrivait pas à suivre les soldats, mais, lorsqu'ils atteignirent les portes du Donjon, il n'était plus très loin derrière. Il n'avait jamais été au-delà des murs verts. Malgré tout, il n'hésita pas à entrer et, devant le spectacle, ouvrit des yeux émerveillés. Il avait entendu dire sans jamais y croire que les murs du Donjon étaient rehaussés d'or et de pierres précieuses, et que les sols étaient faits de cristal. La sinistre réputation du Donjon, où régnaient la mort et l'horreur, l'avait plutôt incité à imaginer un lieu austère fait de pierre dure et de métal froid. Il traversa pourtant des salles hautes de plafond, des pièces somptueuses pleines de meubles luxueux, ornées de bois sculpté et de feuilles d'or, de tentures aux mille couleurs et de statues au corps d'athlète.

D'autres soldats le dépassèrent, courant sur les épais tapis. Il les suivit le long de deux escaliers. À présent, il percevait le cliquetis des armures et des épées qui s'entrechoquaient. À quelle profondeur descendait le Donjon ? Pourquoi n'était-il pas inondé ?

Il vit passer des soldats blessés à côté de lui, évacués de la bataille, et se rendit compte pour la première fois qu'il était peut-être sage de se procurer une autre arme que sa vieille canne au pommeau d'argent. Il arriva enfin devant une haute porte donnant sur une chambre aux murs bleu ciel parsemés de nuages blancs. Des soldats peaux-bleues luttaient contre les Mille, qui les surpassaient largement en nombre. Comment une force ennemie si restreinte, composée de moins de cinquante hommes peut-être, pouvait-elle encore se battre ? Ils s'étaient retirés dans un coin, derrière un tas de morts et d'agonisants de leur camp. La progression des guerriers des Mille était tellement ralentie par le monceau de cadavres, dont ceux de leurs camarades, que selon l'œil aguerri de Dol la tâche serait longue et ardue avant qu'ils n'arrivent à bout de leurs adversaires.

Il eut soudain conscience d'une présence derrière lui. Il fit volte-face et vit les Vincerii. Il appuya son dos contre le mur ; les deux hommes passèrent devant lui sans lui accorder un regard.

Le combat perdit de son intensité puis cessa. Seuls le souffle des guerriers reprenant leur respiration et les gémissements des mourants troublaient le silence. Dol vit quelques-uns des Mille sourire et se détendre, comme si la bataille était déjà gagnée. Certains rengainèrent même leur épée.

Marcellus s'entretint avec Leona puis examina les Bleus assiégés.

— Gil Rayado ! dit-il de son ton affable. Je ne m'attendais guère à te voir ici.

Un guerrier grand et mince, avec une profonde entaille à la cuisse, le regarda.

— Ah non, Marcellus ? répondit-il plaisamment. Si je me souviens bien, la dernière fois que je t'ai vu, je t'ai pourtant dit que notre prochaine rencontre aurait lieu dans ta Cité.

— Si ma mémoire est bonne, répliqua Marcellus avec politesse, tu as dit « dans les ruines de ta Cité ». (Il balaya la scène du regard.) Des milliers de salles que renferme le Palais Rouge, celle-ci ne fait peut-être pas partie des plus belles. Ses statues n'ont jamais été de vraies œuvres d'art, même avant aujourd'hui, et les fresques ont été réalisées par des compagnons. Pourtant, je ne dirais pas que c'est une ruine, dit-il avec un humour lourd.

Rayado soupira.

— Tu as fini ? Je suis venu ici pour me battre, pas pour t'écouter parler.

— Tu es venu ici pour mourir, le corrigea Marcellus.

Rayado haussa les épaules.

— Du reste, nous ne nous laisserons pas duper par cette petite diversion, ajouta Marcellus. Ton assassin est déjà mort ou, s'il vit encore, il regrette de ne pas l'être. Tes hommes n'ont rien accompli en mourant ici, et nous ne souhaitons pas alourdir davantage les pertes chez nos guerriers. Rends-toi,

Gil, et je te promets que mes soldats ne toucheront pas à tes hommes.

— Je ne te crois pas.

Marcellus sourit.

— Je dis la vérité, et je t'assure que, quoi qu'il en soit, toi, tu mourras dans ce palais.

Dol éprouva de la compassion pour le chef peau-bleue. Si on lui donnait le choix entre se rendre pour être sûrement soumis à la torture puis voué à une mort certaine, avec le maigre espoir de sauver la vie de ses hommes, ou mourir avec eux, Dol n'était pas certain de ce qu'il ferait. S'il optait pour la mort avec ses troupes, il pouvait donner l'impression que sa peur de la torture, partagée par tous, était plus forte que son souci d'épargner leur vie.

— Que diriez-vous d'en parler entre vous ? proposa Marcellus avec sollicitude. Ou de procéder à un vote, peut-être ? Je crois que, chez vous, nombre de décisions sont prises selon la volonté du peuple.

Apparemment, l'homme était de fort bonne humeur.

Rayado s'adressa à un guerrier à ses côtés puis s'avança, grimpant maladroitement sur le tas de cadavres.

— Qui nous a trahis ? s'enquit-il.

— Ça s'appelle l'intelligence, répliqua Marcellus. Un concept qui t'est totalement étranger, manifestement.

— Dans ce cas, je n'ai rien de plus à te dire.

Marcellus lui assena une claque dans le dos.

— Allons, nous savons tous les deux qu'il n'en est rien ! dit-il d'un ton joyeux. D'ici à la fin de la journée, tu bafouilleras tout ce que tu sais à celui qui voudra bien t'entendre.

— Je te demande une seule chose, Marcellus.

— Je t'écoute.

— Je veux être autorisé à rencontrer l'empereur.

— Ça peut s'arranger, répondit Marcellus. De toute façon, l'Immortel voudra te voir. Il a eu une grosse journée, aujourd'hui, mais il a encore envie de compagnie.

Sur ces mots, il ordonna à Leona et à un petit groupe de soldats d'emmener le prisonnier.

Dol Salida se demanda si Marcellus tiendrait parole, mais ne le sut jamais. Au même instant, Rafe, se tenant dans l'entrée, l'avisa. Il hocha la tête en signe de remerciements pour le rôle que Dol avait joué dans cette journée, puis fit un geste en direction de la porte. Docile, Dol tourna le dos à la salle et s'éloigna en claudiquant pour regagner l'aile ouest et les festivités de Rharata. Il fut vite dépassé par des guerriers sortant de la salle et en conclut donc que, leur chef capturé, les derniers Bleus avaient été exécutés avec rapidité et efficacité.

Le niveau des eaux montait plus vite qu'Indaro ne l'eût cru possible. Avec ses trois camarades, elle courait le long de tunnels lugubres, gardant le cap à l'est. Elle reconnaissait certains endroits à mesure qu'ils émergeaient de l'obscurité : ici l'angle d'un mur, là le sommet d'un escalier. Mais, chaque fois que les souvenirs revenaient, elle était déjà loin. Qu'Elija sache exactement où il allait l'émerveillait.

Bientôt, ils se retrouvèrent de nouveau à patauger dans l'eau jusqu'aux chevilles.

— Le Hall des Veilleurs est-il à ce niveau ? demanda-t-elle au garçon.

Il nia de la tête.

— Il est en dessous.

Il lui jeta un coup d'œil. Elle devait paraître soucieuse, car il ajouta :

— Mais l'eau monte de manière irrégulière, comme dans les niveaux les plus bas. Nous pourrons peut-être encore y accéder.

Ils débouchèrent sur un couloir sec bordé de statues oubliées et luisantes d'humidité, qui les contemplaient du haut de leur piédestal. Au bout, ils tombèrent en haut d'un escalier. Elija le dévala à toutes jambes, Indaro sur ses talons. En bas, l'eau leur arrivait à la taille et, visiblement, continuait à monter. Sans hésiter, Elija se jeta à plat ventre et commença à avancer, pataugeant et nageant à moitié le long d'un tunnel sombre. Brandissant sa lanterne, Indaro n'en voyait pas le bout. Elle s'arrêta un instant avant de suivre le garçon, envahie par la peur. Après tout ce qu'ils avaient vécu, elle voulait mourir l'épée à la main, pas noyée comme un vulgaire rat dans un tuyau. Garret et Stalker échangèrent un regard, mais ils n'avaient pas le choix : jusqu'à présent, ils avaient fait confiance à Elija.

Le plafond s'abaissait de plus en plus. Ils perdirent pied. Indaro finit par nager. Elle avait du mal à garder sa lampe hors de l'eau, et luttait pour ne pas laisser Elija la distancer, pour ne pas le perdre de vue. *Il n'a pas besoin d'y voir clair*, songea-t-elle. *Il est ici chez lui*.

Enfin, le garçon fut obligé de s'arrêter. Ils étaient devant une arche basse qui touchait l'eau. Ils ne pouvaient aller plus loin. Indaro sentit la panique monter. Ses mains tremblaient de froid et de peur. Elle tint sa petite lanterne bien haut. La lumière tomba sur Stalker, qui avait le visage émacié et les traits tirés.

— Nous devons nager sous cette arche, dit Elija. Il y a sans doute un tunnel après.

— Sans doute, répéta Stalker.

— Cette voûte mène quelque part. Gardez le contact avec le plafond et nous finirons par sortir dans un endroit plus élevé – un hall ou un escalier. Nous serons sans lumière, mais maintenant je connais le chemin, même dans le noir.

Elija s'exprimait avec une telle assurance qu'Indaro sentit son calme revenir. Puis elle se rappela qu'il n'était jamais retourné dans le Hall des Veilleurs… Elle agita la tête dans l'espoir d'en déloger ce doute inquiétant.

Le regard fiévreux, le garçon lui adressa un signe de tête, plongea sous les eaux noires et disparut, ne laissant derrière lui que quelques grosses bulles éclatant lentement à la surface. Indaro passa la lanterne à Garret et, essayant de faire le vide dans son esprit, elle mit la tête sous l'eau et nagea sous l'arche. Il faisait un froid glacial. Elle sentit le plafond rugueux au-dessus d'elle et, avec une foi aveugle, battit des jambes pour suivre Elija, espérant que le tunnel allait tout droit et ne comportait pas d'issues latérales où elle risquerait de se perdre. Elle ne cessait d'agiter les pieds, une main tendue devant elle, l'autre au-dessus. Quelque chose remua soudain sous ses doigts. Elle pria pour que ce soit le pied d'Elija. Elle se souvint de la dernière fois où elle avait suivi ses bottes aveuglément, lorsqu'il avait franchi la fente dans la roche. L'expérience avait été terrifiante, cette fois aussi, mais au moins ils avaient eu de l'air et de la lumière. Sa poitrine était sur le point d'exploser tandis qu'elle continuait sa progression. La douleur lui martelait le crâne, ses membres faiblissaient, privés d'oxygène depuis trop longtemps. Elle avait terriblement besoin d'ouvrir la bouche et de laisser l'eau envahir ses poumons. L'eau froide, insouciante et paisible…

Elle sentit une main l'attraper. Dans un ultime effort, elle battit une dernière fois des jambes. Lorsque sa tête émergea, elle inspira à fond, douloureusement, hoquetant et crachant. Elija la tira par le bras.

— Fais de la place pour les autres ! s'écria-t-il.

Elle grimpa maladroitement sur le rebord de pierre, se tourna et tendit le bras. Elle vit une main s'agiter à la surface. Garret se laissa tomber à ses côtés, haletant. Plus qu'un.

— Stalker ? demanda-t-elle aux ténèbres.

Pas de réponse.

Ils attendirent. Ils comptèrent en silence jusqu'à cent. Indaro finit par se tourner vers Elija et ordonna :

— On te suit !

Tandis que, main dans la main, ils avançaient d'un pas hésitant dans le noir complet, comme deux aveugles suivant un guide inexpérimenté, Indaro sentit les sanglots monter dans sa poitrine. Malgré sa blessure, Stalker l'avait suivie partout où elle lui avait demandé d'aller. Elle savait que les hommes du Nord n'obligeaient pas leurs femmes à combattre, et le soupçonnait de n'éprouver que du mépris pour les guerrières. Pourtant, il l'avait suivie sans jamais se plaindre, se battant comme un diable quand il le fallait, se frayant un chemin dans la terre comme un ver, nageant vers sa mort dans une canalisation remplie d'eau, sous la Cité.

Elle sentit la main de Garret presser la sienne.

— Ce bon vieux Stalker, c'était quelqu'un, dit-il. Je croyais qu'il tiendrait jusqu'à la fin, quand nous autres serions tous morts. Comme Fell.

Elle avait très peu pensé à Fell ces dernières heures, et c'était bien de Garret de le lui rappeler. Sa mission dans ces lieux abandonnés était de sauver Fell, mais Garret s'attendait encore à ce que ce soit Fell qui les sauve, comme il l'avait toujours fait. Elle toussa, sans pouvoir s'arrêter, provoquant une vive douleur dans ses côtes. *Suis-je blessée ?* se demanda-t-elle. Impossible à dire avec tout ce corps endolori. Elle se souvint d'avoir esquivé un coup d'épée durant l'embuscade. Peut-être avait-elle finalement été touchée. Elle chassa cette idée de son esprit. Peu importait, du moment qu'elle continuait à avancer.

Devant elle, Elija s'arrêta. Puis il se remit en marche plus prudemment et lâcha sa main. D'après l'air autour d'eux, elle savait qu'ils avaient débouché dans un espace ouvert, et devina qu'il craignait de tomber dans un escalier ou dans une canalisation ouverte. De l'eau coulait à flots de toutes parts. Indaro fut envahie par un besoin impérieux de se hâter. Elle aurait préféré se trancher la gorge que de devoir nager à l'aveugle dans un autre tunnel.

— Où sommes-nous ? demanda-t-elle à Elija, tentant de masquer son inquiétude.

Mais il ne répondit pas. Elle entendait son pas traînant. Il explorait les environs. Elle lâcha la main de Garret et s'avança vers la gauche, posant le pied avec soin de crainte que le sol ne se dérobe sous elle. Elle sentit les rugosités du mur sur lequel elle laissa courir ses doigts. Un pilier se détachait de la paroi et se dressait fièrement devant elle avec au sommet, à hauteur d'yeux, une sculpture. Impatiente, elle la tâta : une tête lisse, des yeux globuleux, le bec pointu d'un aigle… Son cœur s'accéléra. Elle fit une grande enjambée le long du mur et découvrit un deuxième pilier, surmonté d'un autre oiseau de pierre. En esprit, elle voyait ces créatures, ainsi qu'une dizaine d'autres, veillant sur la chambre ronde vivement éclairée par les torches. Les oiseaux veilleurs.

Elle s'écria, triomphante :

— Nous y sommes ! Elija, tu l'as trouvé ! C'est le Hall des Veilleurs !

Chapitre 40

Dans le trou, le questionneur était à présent un garçon, un gamin de quatorze ans peut-être, perché sur les marches de pierre au bord du repaire, ses pieds bottés hors des eaux crasseuses. Il interrogea Riis sur les plans de l'ennemi et sur Fell Aron Lee. Riis avoua tout ce qui lui venait à l'esprit sur les otages, le procès et le marquage, comme si le flot de ses paroles pouvait maintenir à l'écart le gulon qui l'observait, toujours tapi auprès du vieil homme. Cependant, il ne dit rien à propos de ce qu'il savait sur l'invasion, et enterra au plus profond de lui le nom de Shuskara.

— C'est par où ? demanda Elija, manifestement soulagé.

Indaro réfléchit. Le Hall des Veilleurs était pourvu de deux entrées. Ils avaient dû tomber sur celle qui menait aux Salles Hautes, par laquelle elle avait autrefois aidé à porter le vieux Bartellus et la sœur d'Elija. Ils avaient dû franchir la porte sans même s'en apercevoir.

Elle attrapa le garçon par la manche, dans le noir.

— Par ici, dit-elle.

La deuxième porte, étroite, se trouvait à l'autre bout du Hall. Elle avança à tâtons, sentant sous ses doigts les oiseaux qu'elle connaissait si bien : une chouette, un goéland en plein vol, un oiseau chanteur, le bec ouvert. Il fallait suivre le couloir, puis on arrivait au pied d'un escalier en colimaçon qu'elle avait monté et descendu en courant une dizaine de fois par jour. Dans une autre vie.

Cherchant désespérément la moindre lueur, elle se dépêcha de grimper les marches, semant les autres dans sa hâte. Elle franchit une autre porte, puis gravit un escalier droit, plus large. Ensuite, elle s'arrêta, contenant sa joie. Elle attendit que les autres l'aient rattrapée, écoutant le bruit de leurs bottes. Ils montaient les marches de pierre mouillées beaucoup plus prudemment qu'elle.

— Elija ? appela-t-elle dans le noir.

— Je suis là.

— Dans un instant, nous serons dans la bibliothèque du Silence. (*S'ils n'ont pas scellé la porte pour se protéger de la montée des eaux.*) Tu dois rester en arrière : un comité d'accueil nous attend peut-être.

Elle essaya d'abaisser la poignée. Celle-ci bougeait difficilement sous la pression, et la porte, voilée, résista. Elle appela Garret. À deux, ils ménagèrent un passage assez large pour pouvoir s'y faufiler. Au-delà, il faisait toujours noir, et le silence régnait. Elle prêta l'oreille, les nerfs à vif. Tout ce qu'elle perçut, c'était un calme profond, l'humidité, ainsi que le grondement permanent de l'eau, au loin.

— Attendez, souffla-t-elle.

Elle avança, les mains tendues, et comprit qu'elle se trouvait entre de hautes étagères pleines de livres. Oui, la mémoire lui revenait : la petite porte, cachée dans le coin le plus reculé de la bibliothèque, donnait entre les rayonnages. Elle marcha avec plus d'assurance, puis, quand sa main rencontra un pilier, tourna à droite. À hauteur de sa tête, une torche était posée dans une applique. Elle était humide. Indaro espéra qu'elle s'enflammerait. Elle rebroussa chemin avec, écrasant sous ses bottes des livres gorgés d'eau.

— Lumière, dit-elle.

Une longue pause s'ensuivit. Elle entendit qu'on fouillait dans un sac. Garret craqua le bâton de phosphore que, par quelque miracle, il avait réussi à maintenir au sec. Celui-ci fit des étincelles et s'embrasa. Indaro approcha la torche tout près. Pendant quelques secondes inquiétantes, celle-ci refusa de s'enflammer. Enfin, la lumière fut. Elle leur donna le tournis et leur fit mal aux yeux, mais le trio retrouva le moral.

— Attendez, répéta Indaro.

Cette fois, elle traversa la bibliothèque d'un pas assuré, se remémorant la dernière fois qu'elle était venue ici. Elle avait fait d'amers adieux à Archange. La fois précédente, elle avait regardé une petite fille en haillons manger son premier repas depuis des semaines. Elle ouvrit la porte principale et risqua un coup d'œil dans le couloir. Sortant la torche, elle l'inspecta de chaque côté. Personne en vue. Elle appela les autres à voix basse.

Les corridors de marbre et de pierre du Palais Rouge étaient éclairés uniquement par de hautes fenêtres qui laissaient passer comme à contrecœur les rayons du soleil, le sol restant dans la pénombre. Comme des insectes rampant le long d'un mur, ils se dirigèrent vers le Donjon. De temps à autre, des serviteurs et des gardes passaient à côté d'eux. Dans l'immensité du palais, il était facile de se cacher dans des pièces à l'écart ou dans l'ombre d'une arche. Indaro collait son oreille à chaque porte avant de l'ouvrir doucement. Enfin, elle appela les autres. Ils se retrouvèrent dans une chambre opulente et élégante, agrémentée de profonds tapis et de doux tissus. Il y faisait froid et humide. La pièce semblait abandonnée.

— Ce sont des appartements pour les visiteurs étrangers, je pense, les informa Elija en regardant autour de lui, émerveillé.

— Nous pourrions nous y cacher pendant un an sans risquer d'être découverts, commenta Garret. Pourquoi sommes-nous là ? demanda-t-il à Indaro.

Elle fit rouler ses épaules et tourna la tête de droite à gauche pour soulager les tensions.

— Si je dois mourir aujourd'hui, expliqua-t-elle, je ne veux pas avoir l'air d'un rat couvert de merde.

Elle ouvrit les portes de l'appartement et trouva le cabinet de toilette, pourvu d'une profonde baignoire de pierre blanche, de bassins en cristal et de serviettes brodées. Dans un coin, il y avait une pompe à main ouvragée. Indaro sourit et referma la porte pour se protéger du regard des hommes. Elle se dévêtit et inspecta la blessure à son flanc. Elle saignait encore, mais pas assez pour l'inquiéter. Les bords de la plaie étaient à vif et enflammés. Elle les nettoya le mieux possible, puis lava le reste de son corps. Elle rinça tous ses vêtements sales, les essora et les remit avec difficulté, le tissu mouillé collant à sa peau. Enfin, elle se lava les cheveux et les sécha avec une serviette avant de les rattacher sur sa nuque.

Sur une table de marbre, elle vit un miroir à main rond orné d'or et d'ivoire. Elle s'en saisit et observa son reflet. Ses yeux étaient brillants et fiévreux, ses pommettes saillantes comme des lames de couteau. Et son teint était d'une pâleur mortelle. Elle reposa le miroir et se rinça de nouveau le visage, frottant sa peau. Elle se regarda une fois de plus dans la glace. Elle avait réussi à rosir ses joues, sans que cela lui donne bonne mine pour autant. Ce n'était pas mieux. *On dirait un cadavre de trois jours maquillé pour ses funérailles*, pensa-t-elle.

Elle laissa courir ses doigts au dos du miroir, dessinant les contours des fleurs et des oiseaux peints. C'était là l'objet le plus exquis qu'elle eût jamais vu. Elle s'apprêtait à le fourrer dans son sac quand elle se ravisa et s'assit par terre pour vider ses affaires. Il ne lui restait plus ni eau ni nourriture. L'eau et la boue avaient rendu son matériel médical inutilisable. Comme les bouts de papier dégoûtants sur lesquels étaient notées les adresses des familles des soldats morts – des informations qu'elle avait sur elle depuis des années dans l'espoir de pouvoir un jour apporter une certaine consolation aux mères et aux frères des défunts. À présent, ils étaient illisibles. Du fond de son sac, elle sortit un couteau affûté glissé dans un étui de cuir. Elle laissa le sac trempé s'égoutter sur le beau tapis et retourna dans la pièce principale.

Elija et Garret étaient allongés sur des canapés, qu'ils salissaient avec leurs vêtements crasseux et humides. Elija semblait profondément endormi. Elle se demanda s'il valait mieux le laisser là, Garret et elle s'éclipsant discrètement pendant son sommeil. Il pourrait rester longtemps sans être découvert, et, une fois les choses revenues à la normale, si cela arrivait, se glisser hors du palais sans être vu.

— Ils ont été prévenus de notre arrivée, dit Garret.

Il lui proposa du bœuf séché. Elle en prit un peu et le mâcha. Habituée au goût, infect, elle sentit l'énergie la regagner. Elle mangea encore un peu et but à son outre. Il ne lui paraissait pas utile de répondre à Garret. Il énonçait une vérité.

— Je me demande bien ce que ce vieux Brog prépare, déclara Garret d'un air songeur, sautant du coq à l'âne.

Indaro le regarda.

— Il est avec Fell.

Garret était-il donc toujours dans la lune ? Il représentait peut-être le guerrier idéal : elle avait simplement à lui ordonner de se battre et il se battait, sans hésiter et sans poser de questions.

— C'est ce que je veux dire, répliqua-t-il.

Elle comprit alors qu'il se montrait subtil, à sa manière, comme si mentionner directement la mission de Fell pouvait la faire éclater en sanglots. Cela lui remonta le moral. Elle lui sourit, puis secoua Elija pour le réveiller.

— La prochaine étape est d'aider Fell et Broglanh à tuer l'empereur et à s'en sortir vivants, leur rappela-t-elle. Si l'Immortel découvre pourquoi Fell est ici, ce qu'il doit savoir à cette heure…

— Pas forcément, la coupa Elija. Celui qui a prévenu les Mille de notre arrivée n'est peut-être pas au courant pour Fell, et, si oui, il peut avoir gardé l'information pour lui, pour une raison ou pour une autre. Divertir une partie des Mille pour qu'ils nous pourchassent joue en notre faveur. C'est pour ça que nous sommes là.

Elle secoua la tête, indécise.

— L'empereur n'est pas idiot. Il doit bien se douter que l'arrivée de son présumé fils le même jour qu'une attaque lancée contre le palais n'est pas une coïncidence.

— Nous ne savons pas ce qu'est l'empereur, dit Elija, l'air pensif.

Il avait raison. Indaro acquiesça donc, essayant de mettre de l'ordre dans ses pensées. Elle ne voyait pas l'intérêt de dire que certains des guerriers qu'ils avaient abandonnés, des Petrassi et des Odrysiens, capturés et torturés, les avaient peut-être dénoncés à l'ennemi.

— Rien n'a changé, dit-elle. Tenons-nous-en au plan initial. Nous allons nous diriger vers le Donjon pour trouver Fell,

Broglanh, et peut-être l'empereur. La force du nombre ne nous sera pas utile. La discrétion et le silence seront nos alliés. (Elle regarda Elija.) C'est à toi de décider de ce que tu vas faire. Tu n'es pas un guerrier.

— Je ne l'étais pas quand j'ai choisi de participer à cette mission. Je ne peux pas reculer maintenant. (Il jeta un coup d'œil à la porte par laquelle ils étaient entrés.) Plutôt mourir que de retourner dans les égouts. De plus, l'eau monte. Le chemin sera bloqué. Je reste avec vous. Qui sait, peut-être vous serai-je utile avant que tout ne soit fini ?

Indaro regarda Garret, qui hocha la tête. Elija ne comprenait pas que, ce faisant, il était possible qu'il les condamne tous. Désormais, ils allaient devoir le protéger, peut-être jusqu'à la mort, car il était des leurs. Il avait le visage blême, le regard désespéré. Indaro savait que, s'il s'était impliqué dans cette mission, c'était uniquement dans l'espoir de retrouver Emly. Et cela ne semblait pas près d'arriver.

— Nous retrouverons Emly, si elle vit toujours, promit-elle. (Tous deux savaient qu'elle ne pouvait le jurer, mais le garçon esquissa un pâle sourire et acquiesça.) Allons-y. Tu n'auras pas besoin de ça.

Elle désigna le sac à dos d'Elija. L'idée de laisser ses affaires sembla déplaire au garçon, mais elle ajouta :

— Les plans nous sont inutiles, désormais. Tu as de quoi manger ? (Il secoua la tête.) Alors viens.

C'était le matin du Jour des Offrandes, et il leur restait peu de temps pour trouver Fell.

Le rituel des offrandes commença par des chansons et des danses. Les enfants du palais, vêtus de cuir et de fourrures, incarnaient les créatures sauvages de la région, ou celles qui vivaient dans l'ancien temps, avant l'arrivée des dieux – Dol Salida ne se souvenait plus exactement. Son attention était distraite par la scène dont il venait d'être témoin. Il n'avait pas assisté à une vraie bataille depuis longtemps, et pas une simple échauffourée devant une taverne ou une bagarre entre la milice et des vendeurs de rues. Cela lui rappelait des souvenirs... déplaisants. Il ne regrettait pas sa jeunesse. Transpercer les chairs et arracher les tendons ne lui manquait pas, pas plus qu'être baigné du sang de ses ennemis. *Je me ramollis*, songea-t-il, car sa sympathie était allée aux assiégeants, qui luttaient courageusement alors qu'ils étaient voués à une mort certaine face à tant de défenseurs.

Pourtant, il était l'instigateur de ce massacre. Tôt ce matin-là, il avait reçu un message de son employeuse, rédigé dans leur langue codée, lui apprenant que le palais allait être attaqué. Au début, il était resté perplexe, se demandant pourquoi elle lui transmettait l'information au lieu d'alerter les autorités. Il avait attendu un moment avant de décider à qui parler. Le choix évident aurait été Dashoul, responsable de tout ce qui touchait à la sécurité du palais et qui n'impliquait pas les Mille. La garde aux entrées, les patrouilles sur les remparts, la surveillance des cachots étaient des tâches assignées aux simples soldats de la Cité. Leurs rondes avaient été modifiées récemment. Les années précédentes, le même régiment avait accompli son devoir durant des mois, parfois des années, ce qui avait émoussé les réflexes des soldats et diminué leur efficacité. À présent, surtout depuis l'attaque du Petit Opéra, ils étaient régulièrement relevés, toutes les deux ou trois semaines, parfois en provenance directe du champ de bataille. Seuls les gardes des cachots restaient les mêmes, car ces postes impliquaient une solide connaissance de la topographie complexe des tunnels, ce qui ne s'apprenait pas rapidement.

Dol respectait Dashoul, un homme du Nord mince et laconique, chauve et au nez crochu comme un vautour. Il savait que celui-ci lui serait reconnaissant pour avoir transmis une information si vitale, mais ce n'était pas aussi réjouissant que la présenter en personne. Ainsi, il chercha à s'adresser directement aux Vincerii. Il se vit accorder une courte audience avec Rafe tôt dans la matinée, avant que le seigneur ne quitte ses quartiers privés. Rafe et son épouse Fiorentina occupaient de hauts appartements dans l'aile nord, donnant sur la mer.

Dol Salida était entré dans un salon de réception clair et chaleureux, où régnait un délicat parfum de roses d'hiver. Rafael s'entretenait avec sa femme. De la main, Fiorentina avait adressé un petit signe familier à Dol avant de s'éclipser par une porte latérale.

— J'ai tendance à oublier que vous connaissez mon épouse, avait déclaré Rafe en repoussant ses cheveux noirs, encore humides de son bain.

Il avait parlé d'un ton neutre. Dol s'était toutefois senti obligé de s'expliquer.

— Nous sommes des amis d'enfance. J'étais beaucoup plus âgé, bien sûr. Je connaissais mieux dame Petalina.

Il avait conscience qu'il bafouillait.

— Quelle information détenez-vous, Dol Salida ?

Rafe avait enfilé une veste noire et s'époussetait les épaules, lui faisant clairement comprendre qu'il s'apprêtait à sortir et n'avait que peu de temps à lui accorder. *Tant mieux*, avait songé Dol. *Une minute suffira*.

— L'ennemi a trouvé le moyen d'entrer dans le Donjon en passant par les égouts. L'invasion aura lieu aujourd'hui.

Rafe avait interrompu son geste.

— Et comment le savez-vous ?

— J'ai des sources sûres. Des sources en lesquelles j'ai confiance.

Rafe avait fixé son regard sur lui. Dol en avait senti la pression sur son esprit, comme une force physique. Il avait eu la furieuse envie de tout avouer : ses activités secrètes, le nom de son employeuse, ses soupçons à propos du vieux Bart.

Au lieu de quoi, il avait craché :

— Sully. Il s'appelle Sully. (Ce mensonge avait semblé atténuer la pression dans son crâne.) Un vieux soldat, qui a lui-même de nombreuses sources. Je ne lui demande pas de noms. Si on commence à nommer les sources, elles se tarissent.

— Vous faites confiance à cet homme ?

— J'ai confiance dans la sûreté des informations qu'il me transmet.

— Vous croyez donc que le palais va être attaqué ?

— Je sais que le palais va être attaqué.

— Par les égouts ?

Dol avait hoché la tête.

— Dans ce cas, c'est votre jour de chance, car ce Sully et vous allez devenir des hommes riches.

Dol avait esquissé un sourire. Faire fortune ne l'intéressait pas. Il avait déjà de quoi entretenir sa modeste maison et subvenir aux besoins de sa famille, quels qu'ils soient. Il avait pour seul intérêt le bien de la Cité. Cela avait ennuyé Dol que Rafe le croie motivé par l'argent ou, du moins, par une récompense pour avoir simplement accompli son devoir.

Peut-être était-ce la raison pour laquelle il avait omis de transmettre un détail important. Ces derniers jours, il en était venu à penser que Shuskara, le héros des armées qui s'était mystérieusement évadé des cachots huit ans auparavant, y était de nouveau en ce moment même. Et que, d'une manière ou d'une autre, le général était impliqué dans cette invasion, voire en était l'instigateur.

De son côté, Rafael Vincerus ne cédait pas les informations facilement, car au cours de sa longue existence il avait appris qu'elles étaient bien plus précieuses que l'or et les diamants. Ainsi, il ne dit pas à Dol Salida – pourquoi l'aurait-il fait ? – que l'empereur avait accordé une audience à un individu qui prétendait être Fell Aron Lee et qui, notamment, avait été le bras droit de ce même général.

On ne devenait pas maître d'urquat sans un sens poussé de la compétition. Dol Salida avait organisé l'arrestation de Bart parce qu'il était le père d'un soldat déserteur, mais à présent il croyait qu'un tout autre homme se cachait derrière son vieux partenaire de jeu. Dol n'en voulait pas au militaire Shuskara, quelle que soit la gravité des faits qui avaient provoqué la fureur de l'empereur. Le général avait servi loyalement la Cité pendant des dizaines d'années ; c'était le plus grand soldat de sa génération, et personne ne pouvait lui enlever ça. Non, si Dol éprouvait de la rancœur envers le vieux Bart – si l'on pouvait appeler ça de la rancœur –, c'était pour des raisons plus personnelles. Il lui en voulait de l'avoir trompé pendant des années, se faisant passer pour un simple vétéran, le père aimant et inoffensif d'un maître verrier. Dol Salida avait beau se considérer comme un humble serviteur de la Cité, il n'en était pas moins un homme fier, qui n'aimait pas être pris pour un idiot.

Ce fut donc un mélange de curiosité et d'orgueil blessé qui poussa Dol à taire le nom de Shuskara, et à prendre la décision de réquisitionner un soldat de passage pour s'aventurer dans les cachots du palais et démasquer lui-même le général.

Emly avançait péniblement, un bras passé autour de Bart, essayant de maintenir son père droit. De l'autre main, elle tenait une torche. Ils progressaient lentement. Elle était terrifiée à l'idée que, à tout moment, des soldats puissent surgir pour les arrêter ou les tuer.

Bartellus fermait les yeux. Il semblait se concentrer de tout son être pour poser un pied devant l'autre. Emly ne cessait de jeter des coups d'œil alentour, surveillant nerveusement les recoins au cas où quelqu'un arriverait. Ils remontaient un couloir ascendant de pierre nue. Em avait facilement trouvé son chemin dans les cachots, son incroyable sens de l'orientation la conduisant aussi sûrement que si elle suivait un plan. Mais l'eau montait et il leur était désormais impossible de rebrousser chemin. Elle évoluait donc en terrain inconnu. Elle était certaine qu'ils allaient dans le bon sens, car de temps à autre des bouffées d'air frais lui parvenaient, couvrant l'odeur de moisi qui émanait des cachots.

Rongée par la culpabilité, elle était persuadée que tout ce qui était arrivé à son père était sa faute. Elle ne cessait de remonter le cours des événements qui les avaient menés jusque-là : l'attaque dans la grange, le feu auquel ils avaient échappé, l'arrivée d'Evan, l'incendie de la Maison de Verre, la mort du pauvre Frayling, Archange, le fils du marchand et le voile perdu. Avant cela, elle avait vécu dans une ignorante béatitude, se sachant protégée par Bartellus, quoi que l'existence lui réserve. Jamais elle n'aurait cru jouer un jour le rôle du protecteur, dans lequel elle se sentait inapte et terriblement vulnérable.

Elle n'avait qu'une vague idée de ce qui se passait. Cependant, elle savait que Bartellus n'aurait pas dû être en train de se traîner, à demi mort, dans les tunnels qui couraient sous la Cité, mais se trouver à la tête d'une rébellion contre l'empereur, Evan et le héros Fell Aron Lee à ses côtés.

Pour la première fois, elle regretta d'avoir quitté les Halls, où elle excellait pour survivre et aurait pu protéger son père comme il se devait. Une fois qu'ils seraient sortis de ces couloirs, dans la lumière crue du soleil, elle serait perdue. Elle ignorait où ils allaient émerger : dans le palais ou dans la Cité ? De toute façon, ils devaient trouver un endroit où se cacher.

Bartellus semblait avoir recouvré des forces : se tenant plus droit, il se reposait moins sur elle. Il se débattit pour qu'elle le libère.

— Je vais bien, marmonna-t-il. Lâche-moi. Où sommes-nous ?

— Je ne sais pas, avoua-t-elle, mais je sens de l'air frais. Nous devons continuer par là.

— Quel jour sommes-nous ?

Em réfléchit, indécise. Le moment où elle avait cherché à échapper à la patrouille semblait remonter à des semaines. Cela ne faisait pas plus d'une journée qu'elle marchait dans les tunnels ; pourtant, elle aurait dit que cela remontait à une éternité.

— C'est le Jour des Offrandes, finit-elle par répondre.

— Est-il déjà midi ?

— Je l'ignore.

— Nous devons rejoindre les casernes de la Quatrième Impériale, dit-il en regardant autour de lui comme si le bâtiment était peut-être en vue. Elle sera dans le palais, en service, à partir de midi. Nous devons y être avant qu'elle ne soit déployée.

Em le dévisagea, surprise. Tout ce qu'elle trouva à répondre fut :

— Nous n'y arriverons jamais.

— Nous devons essayer, dans ce cas, gronda-t-il.

— Nous devons nous enfuir, répliqua-t-elle avec insistance. Nous devons sortir d'ici, et nous cacher !

Elle avait envie d'ajouter : « Tu ne peux pas mener une armée. Tu peux à peine tenir debout. Ils se moqueront de toi et te tueront pour ton insolence. » Au lieu de quoi, elle répéta simplement :

— Nous devons trouver la sortie, puis nous cacher jusqu'à la nuit tombée. Alors, peut-être pourrons-nous aller…

— Où donc, petit soldat ? demanda-t-il.

Il avait parlé d'une voix ferme. Sur son visage, elle entrevit de nouveau l'homme capable de mener des guerriers dans une bataille.

— Quoi qu'il arrive aujourd'hui, reprit-il, je n'en verrai pas la fin. Je le sais au plus profond de moi. Si Fell tue Araeon, alors le chaos régnera sur la Cité. Il faudra un chef puissant pour rassembler les armées et les faire marcher de conserve. Ce sera peut-être Marcellus, ou Boaz, ou un autre général. Je ne connais pas ceux d'aujourd'hui. Ou pourquoi pas Fell, s'il survit. Mais, pendant ce temps, je ne me terrerai pas dans un coin. Toi, tu resteras ici. C'est peut-être ici que tu seras le plus à l'abri. Tu es douée pour te cacher dans le noir. (Dans sa bouche, cela ressemblait à une insulte.) Mais moi, j'irai au Donjon, et je m'en remettrai aux mains des dieux.

— Voilà qui est bien parlé, mon ami, intervint une voix.

Emly recula, effrayée, tandis qu'un jeune soldat, grand, musclé et armé d'une épée affûtée, surgissait d'un tunnel sombre et se dirigeait vers eux. L'homme qui avait parlé boitait en s'appuyant sur une canne. Il était vieux et ridé, avec une grande moustache blanche et des yeux profondément enfoncés.

Bartellus soupira.

— Je ne m'attendais pas à te voir ici, Dol Salida. Toi aussi, tu comptes me tuer ?

— Je ne me suis pas encore décidé, répondit l'homme. Même si tu sembles t'être fait beaucoup d'ennemis, pour un inoffensif père de maître verrier. C'est ta fille, Emly ? Que fait-elle ici ?

— C'est une enfant courageuse qui a essayé de me sauver des tourments des cachots.

— Courageuse, en effet, l'approuva Dol Salida.

— Quelles sont tes intentions, Dol ?

— Et quelles sont les tiennes, Shuskara ?

— Depuis quand sais-tu qui je suis ?

— Tu m'as bien eu, vieux filou. Je dois avouer que c'est gênant, étant donné que l'information est ma spécialité. J'ignorais totalement que, chaque semaine, je jouais à l'urquat avec un traître à la Cité.

— La traîtrise est une question de point de vue.

Dol Salida secoua la tête.

— Non, mon ami, c'est faux. Un homme qui complote contre l'empereur est un traître. C'est aussi simple que cela.

— La Cité se meurt, répliqua le général, parce qu'elle est sous l'influence du mal. Mon devoir est de servir la Cité avant tout, et non l'Immortel.

Dol Salida avança en claudiquant et demanda d'une voix douce :

— N'est-ce pas plutôt ta soif de vengeance qui t'aveugle ? Je le comprends. L'Immortel s'est servi de toi de manière très cruelle. Malgré tout, il reste l'empereur, et nous lui devons obéissance. Tu es un traître, et les traîtres doivent mourir.

Il fit un geste à l'intention du jeune guerrier, qui leva son épée.

— S'il te plaît, ne fais pas de mal à ma fille, le supplia Bart, le désespoir perçant dans sa voix.

Dol hocha la tête.

— Je veillerai sur elle, promit-il. Ceci n'est pas son combat.

— Non, souffla Emly, prête à bondir pour s'interposer entre son père et l'épée.

À cet instant, la vie de Bart lui parut plus importante que la sienne, car elle ne pouvait l'imaginer sans lui.

Stupéfaite, elle vit alors le jeune soldat retourner son arme et la présenter au vieux général, avant de poser un genou sur le sol boueux.

— Seigneur Shuskara, dit-il. Je vous offre mon épée et ma vie. Je suis à vos ordres.

Chapitre 41

— Nous devons descendre encore un étage, dit Elija. D'après les plans qu'il avait en mémoire, le Donjon n'était pourvu que d'une seule entrée. Il en existait sûrement d'autres, mais ils ne pouvaient se permettre de perdre du temps à essayer de les trouver. Sur la plupart des cartes, l'accès connu, situé à l'ouest du palais, était appelé la Porte de Porphyre. Elija s'en souvenait parce que le nom lui avait semblé étrange, et il se demandait ce qu'il signifiait.

Il mena Indaro et Garret dans un long et large couloir. Ils couraient : c'était clairement un axe majeur du palais, et à tout moment ils risquaient de tomber sur des ennemis. Sur sa gauche, Elija repéra un escalier et le dévala, ses camarades derrière lui. Une fois au pied des marches, ils entendirent des bruits de bottes. Une section de soldats apparut. Le chef cria avant de dégainer son épée.

Ils n'avaient pas d'échappatoire, à part remonter. Indaro força Elija à gravir quelques marches et se tourna pour faire face à la section, Garret à ses côtés. Les hommes étaient une vingtaine ou plus, mais ne pouvaient grimper l'escalier que deux par deux. Le binôme de tête allait les atteindre ; cependant, Indaro et Garret avaient l'avantage de la hauteur et la rage du désespoir. Ils tuèrent leurs deux premiers ennemis sans difficulté. Même Elija comprit vite que ces soldats n'étaient pas aguerris. Ils étaient plus jeunes que lui, à peine seize ou dix-sept ans, et venaient tout juste d'intégrer l'armée. Leurs uniformes rouges étaient immaculés, et leurs armes comme leurs bottes reluisaient.

Remontant une marche à reculons, Garret remarqua :

— De nouveaux Chats Sauvages.

Jetant un coup d'œil nerveux en haut de l'escalier, Elija se dit : *Nous n'allons tout de même pas rester coincés ici !* Il vit le chef parler à l'un de ses soldats, qui partit en courant. Quelques secondes plus tard, un gong résonna dans les profondeurs du palais. Elija remonta précipitamment les marches et retourna dans le couloir principal. Il regarda à droite et à gauche : personne. Cependant, il savait que, très vite, d'autres soldats rejoindraient les premiers.

Dans l'escalier, plus bas, Indaro égorgea une jeune recrue au moment où Garret enfonçait sa lame dans l'aine d'une autre.

— Maintenant ! hurla-t-elle.

Ils firent demi-tour et gravirent les marches en courant. Les soldats durent enjamber maladroitement les corps de leurs camarades pour se lancer à leur poursuite, offrant aux fugitifs de précieuses secondes.

— Par ici !

Elija prit la tête le long du couloir, puis emprunta un passage débouchant dans un deuxième corridor. Il se terminait par une porte qu'ils furent obligés de franchir. Ils se retrouvèrent dans une magnifique salle ornée de statues de pierre blanche et remplie de livres. Sur le mur d'en face, trois portes se dressaient. Elija hésita. Laquelle devaient-ils prendre ? Les plans tourbillonnaient dans son esprit, les tunnels, les portes, les escaliers et les salles s'entrecroisant tels les méandres d'un labyrinthe.

— Par où ? demanda Indaro avec empressement.

Le gong résonnait toujours ; des cris et un martèlement de bottes leur parvinrent.

Trop tard ! L'une des portes d'en face s'ouvrit avec fracas et des soldats en noir et argent entrèrent en courant. Elija jeta un coup d'œil à la porte par laquelle ils étaient arrivés : d'autres guerriers les poursuivaient. Il referma brusquement le battant et recula dans un coin. Indaro et Garret renversèrent une table de bois massif, derrière laquelle ils s'abritèrent.

Les guerriers attendaient les ordres. Leur chef, un homme à la forte carrure et au teint rougeaud, beugla :

— Nous devons les capturer vivants ! Ordres de Marcellus !

Les soldats s'avancèrent avec respect, quatre par quatre. L'un d'eux sauta par-dessus la table et fut embroché à mi-hauteur par la lame de Garret. Ce dernier, complètement à découvert, fut attaqué sur le flanc par un deuxième soldat qui visa son aisselle exposée. Garret fit un écart sur le côté ; l'arme le frôla avant de s'abattre sur le pied de la table, à l'horizontale. Indaro para une lame qui la visait au cou puis baissa la tête pour esquiver un coup assené avec force. Elle planta son arme dans l'œil du premier attaquant, mais ce geste la déséquilibra. Le deuxième assaillant, un gros guerrier roux, en profita pour enfoncer son épée dans sa hanche. Elle tomba sur un genou, du sang coulant abondamment le long de sa jambe. Contre toute attente, elle se releva brusquement et éventra le soldat roux.

Ces guerriers-là n'étaient pas jeunes, se dit Elija, mais ils se battaient aussi bien qu'Indaro et Garret. Du reste, ils étaient aussi plus frais, plus impatients. *Cette fois, nous sommes fichus*, songea-t-il, reculant derrière ses deux amis. *Ils nous feront prisonniers et nous tortureront.* Il se retrouva à regretter d'avoir quitté la pièce où ils s'étaient reposés, quand Indaro lui avait suggéré d'y rester. Il ne craignait pas la mort, mais la torture, si.

Selon lui, il n'y avait aucune chance pour que ses deux camarades parviennent à se défendre plus de quelques minutes. Il se précipita pour les rejoindre. Il ne savait pas manier les armes ; pourtant, il ramassa une épée tombée de la main d'un mort.

Indaro tua un autre homme, comme si sa blessure lui avait redonné force et énergie. Elle se battait comme une possédée et, lorsqu'un autre homme s'effondra sous ses coups, elle hurla son cri de bataille qui glaça le sang d'Elija.

S'ils étaient encore en vie, ils le devaient uniquement à la table renversée. Le commandant ordonna impatiemment qu'on l'enlève. Quand un soldat attrapa l'un des pieds de bois, Elija assena un coup aussi fort que possible sur le poignet de l'homme, lui tranchant à moitié la main. Un autre s'avança pour prendre sa place. Encouragé, Elija fonça sur lui, mais sa lame glissa sur l'armure sans causer aucun dommage. Le guerrier saisit le garçon à la gorge et, avec colère, le projeta dans un coin.

Elija heurta violemment le mur. Une douleur fulgurante le transperça. Groggy, il baissa les yeux sur son bras gauche. L'avant-bras formait un angle anormal. Pendant un instant, il ne reconnut pas son propre membre. Il gémit tandis que la douleur irradiait et torturait son corps. De sa main droite, il tint contre lui son bras blessé, augmentant sa souffrance. Sa vue se brouilla. Il s'effondra, incapable de bouger.

Quelqu'un aboya alors un ordre et la bataille cessa. Elija leva les yeux, terrifié. Pourquoi s'arrêtaient-ils ? Était-ce terminé ? Les guerriers s'écartèrent pour laisser entrer un homme. Le garçon vit qu'il était vêtu comme un seigneur et ne portait pas d'arme. Était-ce l'empereur ?

— Les derniers traîtres, déclara le nouveau venu d'un ton satisfait, les considérant avec un sourire comme si cela lui faisait très plaisir.

Elija sentit les battements dans ses tempes s'atténuer. L'homme avait parlé d'un ton posé. *Des traîtres ?* se dit-il. *Qui donc étaient-ils ?*

D'un simple coup d'œil, Indaro vit qu'Elija avait le bras cassé. Il ne pourrait pas continuer, fragile comme il l'était. Il devait se confectionner une écharpe – il le savait sûrement. Elle se souvint alors que c'était la première fois qu'il assistait à une bataille. Il n'y connaissait rien en blessures. Elle s'en occuperait plus tard.

Elle se sentait très calme. L'épée pesait lourd dans sa main. Elle la baissa, remarquant que Garret avait fait de même. Les guerriers en noir et argent nettoyaient leurs armes et les rengainaient. Certains aidaient des camarades blessés à quitter les lieux ; d'autres passaient en revue les nombreux morts. La bataille était terminée. Il ne restait plus qu'à remettre de l'ordre.

L'homme au milieu de la pièce observait Garret.

— Comment t'appelles-tu, soldat ? demanda-t-il.

— Garret, répondit-il.

Les yeux noirs de l'inconnu, désintéressé, se détournèrent de lui.

Indaro avait le sentiment de devoir agir, dire quelque chose. S'ils étaient là, c'était pour une raison spécifique. Mais laquelle ?

— Je suis Indaro Kerr Guillaume, parvint-elle à articuler, la voix rauque comme si elle n'avait pas parlé depuis longtemps. Et vous êtes ?

Il haussa les sourcils.

— Marcellus Vincerus, répliqua-t-il. Tu es la sœur de Rubin.

Elle hocha la tête, incapable de poursuivre la conversation. Que l'homme connaisse son frère lui faisait plaisir. Peut-être l'avait-il déjà rencontré. À présent que la lutte était finie, elle se sentait plus sereine, et reconnaissante envers celui qui y avait mis un terme. Elle ne se souvenait plus du motif de la bataille. *Sûrement une broutille*, se dit-elle en contemplant les morts et les mourants.

— Ainsi, ton père est responsable de cette entreprise vouée à l'échec, constata Marcellus. Je ne pensais pas qu'il avait encore assez de fougue pour ça.

Indaro fronça les sourcils.

— Non, rétorqua-t-elle.

Il se trompe, songea-t-elle. Désireuse de le corriger, elle s'apprêtait à parler de Mason, de Gil Rayado, de Fell et du général Shuskara, quand un soldat fit irruption dans la salle.

— Seigneur !

Marcellus se retourna. Indaro battit des paupières et se frotta les yeux. Comme si elle sortait d'un rêve, elle souleva son épée, se mouvant avec lenteur.

— L'Immortel ! s'écria le soldat. Il est attaqué, dans la salle des Empereurs !

Sans hésiter, le seigneur se dirigea vers la porte.

— Marcellus ! appela le commandant. Voulez-vous qu'on interroge ces trois-là ?

Après une pause, l'homme répondit :

— Non. Laissez-les partir.

Sur ces mots, il quitta la pièce, ses guerriers sur ses talons. Indaro regarda le battant se refermer et entendit le loquet retomber. Dans le silence qui s'ensuivit, elle dévisagea Garret, perplexe.

Septième partie

Le Voile du Gulon

Chapitre 42

La dernière armée petrassi était à l'abri dans les contreforts de la grande chaîne de montagnes nommée le Mur des Dieux, au sud de la Cité. Si les commandants avaient voulu y cacher les vingt mille hommes armés, ils y seraient parvenus, car après six mois sur place, la plupart du temps sous une pluie battante, l'armée s'était fondue dans le paysage. En effet, les hommes, les tentes, les chevaux et le matériel, maculés de gris et de marron, se confondaient totalement avec la terre, la roche et les broussailles. Autrefois, ces collines ondoyantes étaient recouvertes d'épaisses rangées de chênes et de hêtres, mais dans sa faim insatiable la Cité avait dévoré tout le bois, ne laissant çà et là qu'une végétation dense, presque impénétrable, entre des rochers nus. Un aigle cramoisi s'élevant avec insouciance sous les nuages chargés de pluie ne repérerait peut-être pas le campement de l'armée sur les pentes – mais il l'entendrait, car vingt mille hommes produisent un brouhaha perpétuel, même la nuit.

Il le sentirait sans doute aussi. Entre les lignes de front de l'armée et la plaine sud de la Cité gisaient des milliers de cadavres en décomposition, comme autant de tristes témoins des batailles livrées par la Cité pour reprendre aux Petrassi cette portion de territoire si cruciale. Les assiégeants avaient tenu bon, sans faiblir, malgré des pertes handicapantes, et l'armée de la Cité, frustrée et épuisée, s'était désormais retirée derrière ses remparts de pierre.

Midi était encore loin, par cette matinée comme toujours grise et humide. Quelque part, vers le centre du campement, un homme, assis sous sa tente, écrivait à la lueur d'une lanterne. Hayden Tisserand, commandant de la dernière grande armée à résister à la Cité, adressait chaque jour une lettre à sa femme. Parfois, elle était brève et rédigée à la hâte – une simple phrase pour lui signifier qu'il était toujours vivant. Mais souvent, comme c'était le cas ce jour-là, il avait le loisir de raconter à sa chère Anna les événements de la veille, les rumeurs qui circulaient parmi ses jeunes officiers, et même le déploiement des troupes, car il s'assurait toujours que la lettre du jour ne soit envoyée que le lendemain matin : il ne voulait pas que la nouvelle de sa mort soit suivie d'une missive au ton joyeux écrite de sa main.

Une grosse goutte d'eau tomba sur l'épais papier à lettres. Hayden lâcha un juron. Il ôta ses lunettes, leva les yeux et jura de nouveau. La toile de la tente était si solide qu'une véritable mare d'eau de pluie s'était formée dessus. Au milieu, elle s'affaissait de manière alarmante. Le général se leva, attrapa son épée dans son fourreau attaché à son ceinturon, puis, à l'aide de la poignée, donna un coup dans le plafond pour que l'eau s'écoule sur les côtés. Il entendit une bordée d'injures mêlées de cris venant de dehors et sourit intérieurement, recouvrant sa bonne humeur. Il reprit place à la table et signa son nom avec un geste théâtral avant de tenir la lettre devant la lanterne chaude pour la sécher.

Son frère entra sous la tente, l'air ravi.

— Bien joué, dit Mason. Grâce à toi, Pieter Arendt et ses auxiliaires sont trempés.

Ils échangèrent un sourire. Une longue histoire de rivalité opposait les deux familles.

— Il a bien trop d'auxiliaires, répondit Hayden.

Mason toussa.

— Ça pue, là-dedans, se plaignit-il. Cette lanterne fume.

Hayden se contenta d'un grognement d'approbation. Mason s'avança vers une petite table et se versa un verre de vin. Il en avala une grande gorgée pour se rincer la bouche, s'assit sur un siège de toile pliant et se mit à l'aise en étendant ses jambes. Il regarda son frère plier et sceller la lettre.

Mason Tisserand avait attendu que Gil Rayado, Fell et les autres quittent Vieille-Montagne pour rassembler ses affaires dans un petit sac, monter en selle et se diriger vers le sud-ouest, seul, voyageant de nuit lorsqu'il se trouvait en territoire ennemi, jusqu'à atteindre la garnison odrysienne au Mont Gargaron. Là, il avait tué le temps pendant deux jours interminables tandis que le commandant vérifiait ses certificats. On lui avait ensuite accordé l'autorisation de poursuivre sa route, en lui souhaitant bonne chance, pour rejoindre l'armée petrassi campée à dix lieues au sud.

À présent, le grand jour qu'ils avaient mis si longtemps à planifier était arrivé. Les explosifs avaient été posés. Tout le monde connaissait son rôle. Il n'y avait plus qu'à attendre. Mason s'installa plus confortablement sur son siège. Cela faisait quarante ans qu'il espérait ce moment. Il pouvait patienter quelques heures de plus.

Son frère posa la lettre sur la table, la tapota avec tendresse et regarda Mason. Les deux frères ne se ressemblaient pas. Hayden, l'aîné, grand et maigre, se tenait courbé et avait l'allure d'un universitaire. C'était Mason, robuste et carré d'épaules, qui ressemblait à un vieux soldat – même s'il n'avait pas combattu depuis très longtemps.

— Tu n'as jamais douté, n'est-ce pas ? demanda Hayden.

En réalité, la question était plutôt rhétorique.

— Tout le contraire de toi, répliqua son frère.

— C'est toujours resté entre nous. Jamais devant mes hommes.

Mason hocha la tête.

Un soldat entra sous la tente et s'ébroua comme l'aurait fait un chien. Hayden fronça les sourcils quand il reçut des gouttes.

— Désolé, monsieur, s'excusa l'auxiliaire, même s'il n'avait pas l'air contrit. (Peut-être avait-il été à côté de la tente, un peu plus tôt.) Un cavalier arrive du nord.

— Fais-le entrer.

L'auxiliaire acquiesça et ressortit sous la pluie. Hayden reprit, comme s'il n'avait pas été interrompu :

— Je soutiens que Marcellus empereur chercherait la paix, presque sans aucun doute. De nombreuses sources nous l'ont confirmé, y compris Archange.

— Presque sans aucun doute, répéta Mason. Et combien de milliers de vies, celle de notre propre peuple, reposent sur ce « presque sans aucun doute » ? C'est trop tard, cher frère. Des cités ont été détruites, des nations entières anéanties. Des générations de jeunes hommes ont été éradiquées. Les Petrassi sont au bord de l'extinction. Nos amis les Odrysiens périclitent, se meurent, leurs femmes se cachant en terre étrangère. J'étais au Palais du Lion, tu te souviens ? Il reste moins de deux cents Tuomi encore en vie.

L'émotion avait rendu sa voix rauque. Il s'arrêta un instant.

— Je connais Marcellus, poursuivit-il avec plus de calme, et je ne suis pas d'accord avec l'opinion que tu as de lui.

Les sourcils froncés, Hayden posa un doigt sur ses lèvres. Mason ne parla plus. Tous deux remarquèrent que le silence s'était fait à l'extérieur, les soldats s'étant tus pour écouter leurs échanges. Puis les mouvements et les conversations reprirent, et l'auxiliaire reparut dans l'ouverture de la tente. Il fit entrer un jeune homme en pantalon de cavalier en cuir et cape imperméable. Mince et pâle, il sortait tout juste de l'enfance, ses cheveux jaune paille plaqués sur son crâne. Il dégoulinait encore d'eau de pluie, observant d'un air désolé les flaques qui se formaient sur le plancher.

— Eh bien ? s'enquit Hayden.

— Il s'appelle Adelmus, l'informa l'auxiliaire. C'est un cavalier des éclaireurs odrysiens. Je me porte garant de son identité.

— Adelmus ?

— Monsieur, dit le cavalier, les yeux toujours rivés au sol. Les gongs donnant l'alerte ont retenti. Dans le Palais Rouge.

— Quand ça ?

La question sembla rendre l'éclaireur perplexe. Hayden se demanda s'il avait devant lui ce qui restait du meilleur des Odrysiens.

— Avant que je parte, monsieur.

Hayden réprima son agacement.

— Es-tu parti aussitôt ?

Le garçon acquiesça en reniflant. Il essuya son nez sur sa manche.

— Et tu es venu ici à bride abattue ?

— Oui, monsieur.

— Merci, Adelmus.

À l'auxiliaire, il dit :

— Veille à ce qu'on lui donne à manger et qu'il retourne auprès des siens en toute sécurité. Et, Tyler ?

— Monsieur ?

L'auxiliaire attendit.

— Comment se fait-il qu'un Odrysien nous apporte cette nouvelle avant l'un de nos propres éclaireurs ?

— Je l'ignore, monsieur. (Tyler parut sur le point de hausser les épaules avant de se ressaisir.) Peut-être que les nôtres ont été faits prisonniers.

— Peut-on faire confiance à ce garçon ? Il me semble… simplet.

Cette fois, Tyler haussa les épaules.

— Il n'a pas menti sur son identité, monsieur. Peut-être les Odrysiens choisissent-ils leurs éclaireurs en fonction de la vitesse à laquelle ils chevauchent plutôt que de celle à laquelle ils pensent.

Hayden lâcha un grognement et jeta un coup d'œil à Mason, qui regarda l'appareil à mesurer le temps sur le bureau avant de dire :

— Nous avons encore du temps avant midi. Nous pouvons attendre que l'information soit confirmée.

Le général hocha la tête. Il se leva et reprit son ceinturon, qu'il attacha autour de ses hanches. Puis il sortit sous la pluie. De leur abri, Pieter Arendt, ses frères, ses auxiliaires et ses partisans le suivirent des yeux. Il vit leur cou se tendre et leurs épaules se redresser. Les murmures s'éteignirent autour de lui à mesure que les soldats comprenaient que l'heure était venue. Des commandants d'unité surgirent soudain de la grisaille et l'observèrent, dans l'expectative. Certains tenaient par les rênes des montures fraîches, sellées et prêtes à partir.

Hayden jeta un regard à la ronde. De faibles rayons de soleil perçaient les nuages gris – les premiers qu'ils voyaient depuis des jours. Était-ce de bon augure ? Si le temps avait été dégagé, ils auraient eu vue sur trois panoramas, autrefois des plus charmants : sur la mer à l'ouest, d'un bleu ardoise en hiver et foncé comme du vin au plus chaud de l'été ; sur des plaines verdoyantes à l'est, où paissaient les chevaux ; sur la plus grande cité du monde au nord. Ce fut dans cette direction qu'Hayden porta son regard. Les contours de la Cité étaient à peine distincts. Elle se dressait sur la plaine désolée comme une croûte sèche.

— Tyler.

— Monsieur ?

— Donne l'ordre de détruire le barrage inférieur.

L'auxiliaire hocha la tête et s'éloigna dans la grisaille. Un long silence s'ensuivit, troublé par les mouvements, hennissements et ébrouements des chevaux, tandis que les hommes attendaient. Puis un signal lumineux explosa soudain dans le ciel, traversant la pluie en sifflant et crachotant. La lueur jaune projetée sur les visages levés des guerriers leur donnait l'apparence de spectres.

— Préparez-vous à avancer, ordonna le général.

Fell Aron Lee se trouvait dans la Cité depuis deux longues nuits. Il avait eu du mal à entrer. Après l'attentat du Petit Opéra, les mesures de sécurité avaient été renforcées et toutes les portes principales étaient verrouillées. Les commerçants, les étrangers et même les citoyens ordinaires devaient patienter, parfois pendant des jours, avant de se voir autorisés par des gardes revêches et soupçonneux à entrer ou sortir. Fell avait laissé Indaro, Gil et les autres à environ une lieue du mur avant de faire cavalier seul. Perplexe, il avait vu qu'un campement s'était établi devant la porte. Sous la pluie battante, plusieurs milliers de personnes attendaient de pouvoir entrer. Il avait présenté aux gardes les documents spéciaux fournis par Saroyan. Ils l'avaient laissé se tourner les pouces pendant des heures sous un auvent percé tandis qu'ils vérifiaient son identité. Finalement, ils l'avaient fait passer sans un mot d'excuses.

Il logeait dans une petite auberge bien tenue de Gervain, où on ne le connaissait pas. Le jour, il restait dans sa chambre où il dormait pour faire passer le temps. La nuit, il marchait dans les rues du quartier du Paradis. Il suivit une fois le trajet qu'Indaro avait elle-même parcouru jusqu'à la place devant le temple blanc d'Araeon, qui offrait une vue sans pareille sur le Bouclier.

À l'aube du deuxième jour, on frappa un léger coup à la porte de sa chambre.

— Oui ?

— Sami, chuchota une voix.

Fell ouvrit grand le battant. Broglanh et lui se regardèrent en souriant, sans trop savoir quoi dire : ils avaient tant à se raconter ! Pour la première fois depuis des jours, Fell sentit se desserrer l'étau qui lui comprimait la poitrine. Avec Evan Quin Broglanh à ses côtés, ses chances de réussite augmentaient de manière sensible.

Il se rendit compte que le soldat voyait toujours en lui son commandant. Par conséquent, c'était à Fell de poser les questions.

— M'as-tu reconnu quand tu as rejoint les Chats Sauvages ? s'enquit-il.

Broglanh grogna.

— Non, espèce de salopard ! Tu as beaucoup changé. Ça m'est venu plus tard. Nous étions à Brûle-Cuivre, tu te souviens ? Là où il y avait tous ces arbres. J'étais de garde. Toi et le général, celui avec les grandes oreilles, vous êtes passés devant moi en ne me prêtant aucune attention, bien sûr. Vous parliez du programme du lendemain. J'ai reconnu ta voix. Ensuite, la fois suivante, j'ai vu Arish dans tes yeux. Ça m'a fichu les jetons. Et toi, tu m'avais reconnu, comme simple troufion ?

— J'ai vu ton nom sur la liste des nouveaux venus.

Fell se sentait légèrement penaud. Pourquoi n'avait-il jamais évoqué avec lui l'époque où ils étaient otages, après toutes les épreuves qu'ils avaient traversées ? Pourquoi n'avait-il pas voulu lui confier sa véritable identité ? S'il avait dû le dire à quelqu'un, Evan aurait été le mieux placé.

— Quand as-tu pris le nom de Broglanh ?

— J'ai été adopté. À l'âge de dix ans.

— Et les autres, que sont-ils devenus ?

— Parr et Ranul sont morts, répliqua Broglanh sans s'appesantir. Riis est notre agent au palais. Il commande une centurie des Mille. (Il secoua la tête, émerveillé.) Il est dans les petits papiers de Marcellus – c'est du moins ce qu'il prétend.

Fell le considéra d'un regard pénétrant.

— Est-ce vraiment le cas ? Tu doutes de lui ?

— Je ne doute pas de son courage, répondit Broglanh, ni de son engagement.

— Mais ?

— Mais il n'est pas content de son rôle, qu'il juge mineur. Ça le démange de jouer les héros.

— Et en quoi consiste son rôle ?

— Faire diversion. Détourner l'attention des Mille. Les occuper, les éloigner de l'empereur. Si nous échouons, retourner ses Faucons Nocturnes contre l'empereur et lui régler son compte lui-même.

— Pas franchement mineur, comme rôle.

Broglanh renifla.

— Il est jaloux de toi. Il l'a toujours été.

Fell n'en crut pas ses oreilles.

— Jaloux de moi ?

Broglanh sourit.

— Nous, les otages, nous voulions tous être comme Arish : sûr de lui, doué dans tous les domaines. Ranul te détestait à cause de ça – du moins au début. Avant les chiens. Riis et Parr étaient toujours en train de fomenter un mauvais coup contre toi, mais en plus tu avais une veine de cocu !

— Et toi ?

Broglanh secoua la tête.

— Moi, je n'étais qu'un gamin. J'avais quoi, huit ans ? Tu étais mon héros. Puis tu t'es volatilisé. Nous te croyions tous mort, quelque part dans un fossé. (Il fronça les sourcils.) Tu aurais dû nous prévenir.

— C'était impossible. Shuskara a pris un énorme risque en me prenant sous son aile et en cachant qui j'étais.

— Il avait pris un risque en nous défendant.

— Et ça lui a coûté cher. Ils ont massacré sa famille. L'Immortel n'oublie jamais un préjudice.

— Oui, eh bien, il n'est pas le seul, rétorqua Broglanh d'un air grave.

Ce n'était pas la première fois que Fell se sentait honteux d'avoir enfoui dans sa mémoire le serment prêté dans son enfance, alors que Broglanh, le plus jeune de la bande, ne l'avait jamais oublié, gardant sa colère et sa détermination dans un coin de sa tête pendant toutes ces années.

— C'est pour ça que tu nous as envoyés en mission, Indaro et moi, dit son vieil ami. Pour saisir l'occasion de tuer l'empereur. Malheureusement, c'était encore une doublure.

Même là il se trompait. Si Fell lui avait confié cette mission, c'était pour une raison sentimentale : parce qu'une partie de lui-même le voyait toujours comme un petit garçon à protéger, comme il voulait protéger Indaro.

— Qu'est-ce qui t'est arrivé après qu'Indaro t'a laissé avec ton bras cassé ? s'enquit-il.

Broglanh haussa les épaules, comme si cela n'avait pas d'importance, et sourit.

— Comment va-t-elle ?

— Égale à elle-même.

Son cœur se serra lorsqu'il pensa aux périls qu'elle allait devoir affronter.

Comme s'il comprenait, Broglanh le rassura :

— Elle va s'en sortir, et Garret aussi. Elle arrivera sans doute à atteindre l'empereur avant nous. En fait, ajouta-t-il d'un ton joyeux, ce salopard est sûrement mort à l'heure qu'il est ! On n'a plus qu'à aller se soûler.

Quelques heures plus tard, Fell était assis sur un banc de bois dans la cour des Nordiques, jambes tendues devant lui, chevilles et bras croisés. Il bâilla et soupira. Broglanh et lui attendaient là, à l'intérieur de la Porte de la Paix, depuis le lever du soleil. Ils avaient épuisé tous les sujets de conversation légers, et tous deux faisaient attention à la grille de métal insérée dans le mur de pierre blanche derrière eux : elle empêchait toute discussion susceptible de les faire arrêter et exécuter. De toute façon, le plan se résumait à quelques mots : s'approcher autant que possible de l'empereur et le tuer avec la première chose qui leur tomberait sous la main. Rien de sensationnel. Mais efficace.

Aux portes du Palais Rouge, on avait pris leurs papiers pour les examiner de près avant de les fouiller pour chercher des armes. Fell avait un mince poignard cousu dans le cuir raide de son surcot, et un couteau caché dans sa botte. Ils reçurent l'ordre de secouer leurs bottes, mais l'arme, coincée dans une poche spéciale dans le cuir, ne fut pas découverte. Broglanh avait sur lui des boulettes de poison fournies par des Buldekki, alliés de Gil, qu'il avait dissimulées dans l'ourlet de sa veste rouge délavée.

La cour ombragée était l'un des lieux favoris de Fell dans la Cité, avec ses bas-reliefs de pierre blanche représentant des loups et des Vargynjur sautant le long d'un mur. N'étant encore jamais venu dans la cour des Nordiques, Broglanh avait observé la scène d'un air incrédule. Les femmes étaient dotées de crocs, d'une queue et leur dos était couvert de fourrure. Elles avaient aussi des seins d'une blancheur laiteuse. Elles bondissaient dans une jungle sculptée vers une meute de loups montrant les dents. On ne savait pas trop s'ils allaient s'accoupler ou s'entre-tuer.

Fell se leva. Ces derniers jours, lorsqu'il n'était pas en selle, il s'était souvent imposé de rigoureux exercices pour s'entretenir et rester calme et concentré. Il sentait ses muscles se contracter à force de rester assis. Balançant les bras, il se mit à arpenter la cour, chassant l'ennui et la frustration de son esprit pour se focaliser sur la détente des muscles de ses épaules et de son cou. Il n'aurait peut-être droit qu'à une seule chance, et il devait se tenir prêt.

Il vit Broglanh lever les yeux. Un serviteur du palais traversa la cour et les appela. Broglanh se leva à son tour. Ils suivirent l'homme dans le palais sombre. Ils furent conduits le long d'un dédale de couloirs puis descendirent deux escaliers. Les salles suivantes étaient éclairées par des torches ; l'air sentait l'humidité et le moisi. Fell sut que Broglanh le regardait, mais ne réagit pas. Il se concentrait pour tout retenir : la largeur des couloirs, la hauteur des appliques. Et le serviteur chauve dans sa robe blanche : était-il armé ?

Ils arrivèrent devant une haute porte de bois protégée d'une grille de fer. Le serviteur l'ouvrit et entra. Les deux guerriers échangèrent un coup d'œil avant de lui emboîter le pas, prêts à la confrontation. Ils se retrouvèrent dans une salle blanche et carrée, meublée d'un bureau couvert de papiers et de plusieurs chaises. Il s'agissait si clairement d'une salle d'étude – l'un des lieux où sévissait la lourde bureaucratie du palais – que Fell sourit.

Une autre porte s'ouvrit sur un homme de haute taille que Fell reconnut : Boaz, commandant des Mille. Fell l'avait mis en tête de la liste des personnes à éliminer après l'empereur, car il serait le seul à s'opposer sérieusement à la succession des Vincerii. Il était flanqué de deux soldats armés d'épées rangées dans leur fourreau.

Boaz observa les deux arrivants, puis adressa un signe de tête à Fell.

— Fell Aron Lee ?

— Oui, monsieur.

— Et lui, qui est-ce ?

Il désigna Broglanh.

— Mon auxiliaire, Garvy.

— Tu n'auras pas besoin de lui. Il sera raccompagné dehors.

Bien sûr, ils s'y étaient attendus. Broglanh était supposé rester dans l'enceinte du palais aussi longtemps que possible, dans l'espoir d'être utile. Fell le congédia d'un brusque signe de tête et Broglanh tourna les talons.

— Un instant, soldat, l'interpella Boaz. D'abord, retirez votre chemise, tous les deux.

Fell évita de regarder son ami. D'un coup d'épaule, il ôta son surcot qu'il lâcha par terre, puis enleva sa chemise. Broglanh fit de même. Le serviteur qui les avait conduits jusqu'ici examina attentivement la multitude de cicatrices dessinées sur leur poitrine et leur dos. Il regarda Boaz et secoua la tête.

— Vous avez de nombreuses cicatrices, ce qui est tout à votre honneur, déclara Boaz.

Fell sentit du respect dans son ton. Après tout, Boaz était lui-même soldat. Ils se rhabillèrent. Le commandant adressa un signe de tête au serviteur, qui escorta Broglanh hors de la pièce.

— D'après nos sources, tu prétends être le fils de l'Immortel, poursuivit Boaz.

Ses yeux se durcirent.

— Non, monsieur ! (Fell s'efforça de prendre un air gêné en remettant son surcot élimé et se rassura en sentant la dureté de la lame qui y était cachée.) Je suis le fils du Lion de l'Est – du moins à ce qu'on m'a dit. Ce n'est pas dans mes habitudes d'en parler, monsieur. Je suis un fils loyal de la Cité. Le passé ne compte pas, pour moi. Toutefois… (Il baissa les yeux comme pour cacher sa honte, alors que c'était plutôt pour masquer son absence de gêne.) Je buvais un verre dans une auberge, après la défaite de la Maritime, et j'ai dit que, comme la Cité était perdue, je retournerais dans mon vrai chez-moi. Je ne le pensais pas, monsieur – c'étaient des paroles en l'air. On m'a demandé si je me souvenais de mon père. J'ai dit que non : je suis né après l'attaque du Palais du Lion menée par l'Immortel. Quelqu'un a ri et a supposé que je devais être le bâtard de l'Immortel. (Il haussa les épaules.) Les propos d'un ivrogne, monsieur.

Boaz le dévisageait, impassible.

— De mon côté, je n'y ai plus pensé, reprit Fell, mais quelqu'un a dû rapporter ces propos au palais… (Il s'interrompit un moment.) Je ne prétends rien du tout, monsieur. L'identité de mon père n'a aucune importance. Je suis loyal envers la Cité. Je pense l'avoir prouvé.

— Pourtant, tu as changé de nom et caché à la Cité que l'enfant Arish était devenu Fell Aron Lee.

Se détestant pour cela, Fell se justifia :

— C'était l'idée de Shuskara. (Il jura intérieurement de réparer ce manque de loyauté envers son ami s'il le pouvait.) Il croyait me protéger.

— Fils d'un ennemi de la Cité. Ami d'un traître à la Cité. (Boaz afficha un air songeur.) Tu ne peux pas choisir ton seigneur, soldat, mais tes amis, si. Et tu n'as pas fait le bon choix.

— Shuskara a trahi la Cité bien des années après que nous nous sommes séparés.

— Qu'est-ce qui me prouve que tu es bien Arish ? (Fell secoua la tête.) N'as-tu pas une marque de naissance ? un souvenir de feu ta mère ?

— Le passé ne compte pas, pour moi, répéta Fell.

Boaz réfléchit. Il avait les yeux noirs, et une mine cadavérique malgré sa peau mate. Son visage était grêlé. Fell remarqua qu'il avait des doigts d'une longueur exceptionnelle, toujours serrés et tordus, comme à la suite d'une maladie ou d'une séance de torture. C'était un guerrier légendaire, même s'il n'avait pas mis le pied sur un champ de bataille depuis trente ans.

— Ta réputation te précède, dit le général au bout d'un long moment. Où souhaites-tu être assigné, maintenant que la Maritime n'existe plus ?

La question déconcerta Fell. Il n'y avait jamais songé, car il ne pensait pas survivre à sa mission.

— J'irai où l'on m'enverra, répondit-il, impassible.

Boaz le conduisit à travers un nouveau labyrinthe de couloirs. Flanqué des deux gardes, Fell s'interrogea sur les motivations du général. On le disait d'une loyauté à toute épreuve envers l'empereur. Cependant, si l'Immortel venait à mourir, il serait l'un des mieux placés pour lui succéder. Selon le plan de Mason, c'était à Marcellus que reviendrait le titre, et pourtant les Vincerii étaient de la même race que l'empereur, peut-être ni meilleurs ni pires. Dans tous ses entretiens avec Mason, Fell n'avait jamais réussi à lui faire dire ce qu'il pensait de la véritable nature des Serafim. Parfois, il disait d'eux qu'ils étaient plus que des humains, puis affirmait qu'ils étaient inhumains. Un jour, il les avait même qualifiés de démons. Il avait alors perdu patience devant les questions de Fell et avait mis un terme à la conversation en soutenant qu'une épée pourrait venir à bout des Serafim, comme de n'importe quel homme.

Fell avait peu d'espoir sur la réussite du complot dont il était le pivot, mais il était persuadé d'une chose : l'empereur mourrait avant la fin de cette journée. C'était son seul et unique devoir. S'il réussissait, de nombreuses décisions devraient être prises – mais pas par lui.

Il remercia les dieux que Broglanh et lui se soient fait entailler la peau à l'endroit de la brûlure en forme de S pour, à la place, arborer d'horribles cicatrices imitant des coupures récentes. Mason l'avait prévenu que les autorités du palais étaient au courant pour la marque, sans savoir ce qu'elle signifiait. Il se demanda si Riis avait aussi masqué la sienne, et espéra que oui.

Une fois les murs verts du Donjon franchis, ils suivirent un large couloir qui montait abruptement. Au bout se dressait une porte gigantesque recouverte de feuilles d'or et peinte en doré et cramoisi, gardée par deux recrues des Mille. Ce devait être une salle importante, car normalement les Mille n'étaient pas assignés à la surveillance. Il détendit ses épaules et visualisa la position exacte de son couteau à son flanc, imaginant son poids dans sa main.

— Nous voici dans la salle des Empereurs, déclara Boaz en entrant.

Fell balaya les lieux du regard. La vaste salle avait été conçue comme un cylindre vertical, arrondi et profond. L'entrée qu'ils venaient d'emprunter débouchait presque tout en haut. Un imposant escalier tapissé de rouge, éclairé par des centaines de torches, s'enroulait le long des murs incurvés de la salle, descendant lentement vers un sol rouge et luisant comme du sang frais. L'atmosphère de crainte qui régnait enveloppa Fell tel un manteau puant, étouffant ses pensées. Il secoua la tête pour recouvrer ses esprits et sentit aussitôt la migraine monter. Il respira prudemment : l'air était fétide, comme dans un charnier fermé depuis des siècles. Pris de nausée, Fell lutta contre l'envie de faire demi-tour et de quitter les lieux.

Des guerriers des Mille au visage menaçant étaient postés toutes les trois marches le long de l'escalier. Fell fut presque soulagé de les voir. C'étaient des hommes comme lui, normaux, de chair et de sang. S'ils supportaient de rester ici, alors lui aussi le pourrait.

Une fois au pied de l'escalier, Fell comprit que le sol n'était pas couvert de sang, mais d'eau. Grasse et dégoûtante, elle lui arrivait sous la cheville et recouvrait un tapis rouge. Fell y posa le pied à contrecœur. Il s'y força pourtant, provoquant quelques éclaboussures, et suivit Boaz jusqu'au centre de la haute salle.

— Attends ici, ordonna le général.

Il traversa la pièce inondée et disparut par une porte encadrée d'une matière pareille à du cristal, reflétant la lumière. En passant, Fell vit son reflet dédoublé maintes fois.

Il regarda autour de lui et sourit. Plus de deux cents guerriers montaient la garde dans la salle, et tous avaient les yeux rivés sur lui. Pourtant, seuls deux d'entre eux l'intéressaient : ceux placés derrière lui. Il se retourna l'air de rien et leur sourit. L'épée à la main, ils étaient tout près de lui, mais ne l'empêcheraient pas de tuer l'empereur si celui-ci s'approchait à moins de six pas. Recouvrant l'espoir, il s'autorisa à songer à sa sortie.

Une porte grinça. Il regarda vers l'embrasure de cristal : personne. Sa migraine avait empiré. Il se concentra pour détendre son cou et ses épaules, se focalisa sur ses jambes et ses bras puissants. *Pas besoin du couteau. Je le tuerai à mains nues. Je lui romprai le cou et, si je suis toujours en vie, le dos – juste par précaution.*

Un homme arriva par la porte encadrée de cristal. Il traversa la salle et s'arrêta à dix pas de Fell, qui sentit la déception l'envahir.

L'individu était d'âge moyen, grand, blond et barbu. Son regard fade était celui de quelqu'un qui a passé sa vie parmi les livres, ou à attendre le rôle joué par un autre. Une ardoise vide. Il gratifia Fell d'un sourire affable. *Rien qu'une des doublures.*

Fell mit sa déconvenue de côté. *Ce n'est qu'un obstacle de plus à franchir. Tu as réussi le test que Boaz te réservait. Maintenant, tu dois réussir celui-ci. Peut-être qu'alors tu auras l'occasion de rencontrer l'empereur – le vrai.*

— Seigneur, dit-il en inclinant la tête avec égards.

— Nous nous sommes déjà rencontrés, Arish, répliqua l'homme d'une voix normale et légère.

— Quand j'étais enfant. En effet, seigneur.

À l'époque, vous n'aviez qu'un œil.

— C'est incroyable ce qu'on peut faire avec le verre, déclara l'homme.

Il ne semblait pas avoir d'œil de verre. Les deux étaient noirs, et aussi chaleureux qu'un crâne. Il avait une paupière légèrement tombante, comme s'il s'apprêtait à cligner de l'œil. Fell savait que Mason lui avait dit quelque chose à propos de ses yeux, mais quoi ?

Un sentiment de peur et de confusion l'enveloppa. *Saurait-il lire dans mes pensées ?*

L'homme sourit.

— Non, je ne sais pas lire dans tes pensées, Arish, mais je me souviens de toi. Tu avais quoi, six ans ? Je t'ai montré la tête tranchée de ton père. Elle était déjà verte de pourriture ; pourtant, tu as fait preuve de courage et tu n'as pas pleuré. Je m'en souviens, même si je venais juste de perdre un œil et que je souffrais beaucoup. C'est ta mère qui m'a éborgné. Le savais-tu ?

Fell essayait de réfléchir, mais son mal de tête était devenu insupportable. L'homme semblait si raisonnable, si sympathique même, qu'il commençait à croire qu'il avait commis une terrible erreur en venant ici.

L'homme s'avança tout près de lui. Malgré ses douleurs et sa confusion, Fell perçut l'odeur épouvantable qu'il dégageait, semblable à celle d'un vieux cadavre, pourrissant lentement. Il remarqua que ses vêtements étaient crasseux, comme s'il les portait depuis toujours. Pris d'un spasme de dégoût, il recouvra un peu ses esprits. La créature se tenait tout près de lui. Fell savait que c'était capital, mais pourquoi ? Il lui fallut tout son courage pour ne pas se retourner et prendre ses jambes à son cou.

— Tu n'es pas mon fils, n'est-ce pas, Fell ? demanda l'homme. Nous l'avons toujours su. Tu es venu ici pour me tuer, comme tous les autres.

» Nous sommes au courant de votre plan, reprit-il après une pause. Tes amis t'ont trahi. Et vous mourrez tous – d'une mort lente. Parce qu'ils vont tous nous rejoindre dans cette salle, un par un. Tous ces petits comploteurs. Ils se jetteront sur moi et se briseront, exactement comme tous les petits pays, les cités insignifiantes, se sont jetés sur la Cité pour se briser contre ses remparts.

On aurait dit que l'empereur avait grandi. Fell se retrouva de nouveau dans la peau du jeune Arish. Il baissa la tête et porta les mains à son visage, se cachant les yeux pour se protéger de la douleur et de la stupeur, pour disparaître. Dans le lointain, il entendit un gong cuivré résonner inlassablement, comme en écho aux battements qui lui martelaient les tempes. Il appuya son index droit dans la cavité de son crâne, là où la lance l'avait frappé des lustres auparavant. Parfois, ce geste apaisait ses souffrances. Il appuya de toutes ses forces et sentit ses idées s'éclaircir un peu.

La raison de sa présence lui revint alors. Il leva les yeux. La créature lui tournait le dos et s'apprêtait à repartir par la porte encadrée de cristal. Fell cligna des yeux pour se sortir du miasme qu'était devenu son esprit. Il fouilla à l'intérieur de son surcot et toucha la poignée lisse de la dague. Ses doigts étaient gourds ; il n'arrivait pas à sortir son arme. Soudain, il la saisit et, d'un geste souple, mû par le souvenir plus que par habileté, il lança le couteau de toutes ses forces et le vit s'enfoncer avec un bruit mat dans le dos de la créature.

Personne ne l'avait empêché d'accomplir son méfait. Personne n'avait cillé. L'empereur s'arrêta. Il mit une main dans son dos, son coude se tordant dans un angle bizarre, et arracha la lame plantée dans ses côtes inférieures. Il la lâcha et, seulement à ce moment-là, se retourna.

— Ne le tuez pas. Je le veux vivant et indemne, ordonna-t-il à ses guerriers.

Il quitta la pièce. Les soldats parurent respirer de nouveau. Tout autour des murs, ils se mirent en mouvement, comme sortant d'un rêve glacé. Fell entendit le murmure du métal sur le cuir derrière lui. Il traversa la salle en courant, ramassa le petit couteau et fit volte-face, prêt à se défendre.

Chapitre 43

Depuis le barrage détruit, le gigantesque mur d'eau se déversa sur le flanc des collines dans un grondement assourdissant. Des arbres qui dataient d'avant l'apparition de l'homme se brisèrent comme des fétus de paille. Les animaux vivant encore là – quelques chevreuils faméliques et renards maigrichons – tentèrent de s'échapper mais furent vite rattrapés et submergés. Il ne resta rien sur le passage des eaux : seulement de la roche nue et une terre morte.

Symbole de pouvoir et d'arrogance, le Mur Adamantin se dressait face au sud depuis plus de huit siècles. Érigé pendant l'apogée de la jeune Cité, il défiait les royaumes des provinces du Sud, elles-mêmes enrichies grâce au commerce et possédant des armées. Il avait remplacé l'ancien Mur Sarantine, à quatre lieues au nord. Fait de blocs de calcaire habilement taillés pour être assemblés sans mortier, plus large à la base qu'au sommet, il culminait à huit mètres de hauteur par endroits et, tous les cent pas, était pourvu d'une robuste tour. Il ne comportait qu'une entrée à doubles battants. On le disait imprenable, car en près de mille ans aucune brèche n'y avait été percée.

Ce jour-là, les soldats qui patrouillaient sur les remparts étaient les derniers survivants de l'infanterie de la Quatrième Impériale, appelés les Têtes de Pelle. En faction depuis le lever du jour, ils rouspétaient entre eux comme le font les soldats.

Ils se plaignaient de la mauvaise nourriture et de l'affligeante pénurie de matériel, en particulier les armes et les armures. Ils n'appréciaient pas de devoir surveiller le mur, une tâche clairement inutile. Ils en voulaient à leurs commandants, à la pluie, à ces gros paresseux de Sept – l'infanterie de la Septième Lumière – qui auraient dû les relever à midi mais qui, sans raison, ne s'étaient pas présentés. Leur ration de bière avait été supprimée. Mais, ce qui les mécontentait par-dessus tout, c'étaient les Faucons Nocturnes, qu'ils avaient relevés à peine quelques jours plus tôt avant que ces baiseurs de chevaux ne soient promus si injustement aux Mille.

Ils ne virent pas le mur d'eau fondre sur eux : de gros nuages gris pesaient sur la Cité, et il pleuvait tant qu'on ne voyait pas à plus de quelques pas. En revanche, ils l'entendirent : tous se turent un à un. On aurait dit un coup de tonnerre, mais jamais aucun n'avait duré si longtemps, ou encore une cavalerie donnant l'assaut. Pourtant, même les cavaliers n'étaient pas assez stupides pour lancer une attaque contre le mur de la Cité. Quand l'énorme vague perça enfin les nuages et la brume, les soldats n'en crurent pas leurs yeux. Nombre d'entre eux moururent sans comprendre ce qui leur arrivait.

Quand le bord de la vague frappa le mur, avançant deux fois plus vite qu'un cheval au galop, il passa au-dessus. Tous ceux qui s'y trouvaient furent balayés en un clin d'œil. Le rempart bougea, gronda puis s'effondra à divers endroits, même si de nombreuses tours ne cédèrent pas tout de suite.

L'eau était désormais moins abondante, mais sa course n'avait pas été empêchée par le Mur Adamantin. Elle passa au-dessus des remparts et s'infiltra dans le Mur Sarantine, transportant quantité de branches et de débris mortels glanés sur son passage. Tous ceux qui se trouvèrent sur son chemin moururent. Les maisons et cahutes des pauvres des quartiers de Barenna et de Burman Sud furent englouties. Leurs occupants périrent noyés ou écrasés par le poids des eaux, qui descendaient toujours plus bas, inondant de nouveau les égouts et détruisant ce qui restait des anciennes machineries, noyant les derniers Habitants – même s'il en restait peu. Quand elles atteignirent le Palais Rouge, elles avaient perdu de leur puissance. Les gardes virent arriver la vague d'abord avec horreur, puis avec soulagement quand elle frappa mollement le mur sur lequel ils étaient perchés.

Quand ils entendirent un grondement de tonnerre, ils pensèrent qu'une tempête se préparait au loin, sans comprendre que les Bleus venaient de détruire le deuxième réservoir.

Fell pivota et, d'un coup de couteau, transperça le protège-menton d'un soldat avant d'en égorger un autre. Du sang chaud aspergea son visage. Tandis que les deux guerriers s'effondraient, il saisit une de leurs épées et se réjouit des grognements de colère de leurs camarades. Les Mille avaient reçu l'ordre gênant de ne pas blesser leur proie. La crainte de leur seigneur devait être si forte qu'ils osaient à peine prendre le risque de lui faire un bleu.

Il savait toutefois que cela ne durerait pas : d'un instant à l'autre, il serait vaincu par leur nombre.

Il se contorsionnait, tranchait, tournait sur lui-même. Il lui fallait rester en mouvement : il ne pouvait se permettre de se laisser toucher à l'aine ou à l'œil. Il tenait l'épée à deux mains, l'agitant sans cesse, découpant, entaillant et déchirant les chairs.

— Saisissez-le ! Tout de suite ! ordonna une voix grave.

Fell sourit intérieurement. Quelles délices de les voir si frustrés ! Il les entendait verser des bordées d'injures alors qu'ils essayaient de l'atteindre sans trop le blesser. Le gong résonnait dans le lointain. Il y en avait même deux à présent, sur lesquels on frappait alternativement, à un rythme plus soutenu. Fell se demanda s'il en était la cause.

La poignée d'une dague rebondit contre son crâne. Il chancela. Il ne devait pas tomber ; ils fondraient aussitôt sur lui. Il plongea en avant puis s'écarta, tranchant à demi une main et reculant quand la victime hurla de douleur. Il remercia les dieux de la glace et du feu qui veillaient à ce que les Mille gardent toujours leurs lames si affûtées.

— Tuez-le ! s'écria quelqu'un avec rage.

La voix grave lui objecta :

— Vous connaissez les ordres.

Fell souriait. Il exultait. Mais cette même voix ajouta :

— Cernez-le. Formez un mur de boucliers.

Entouré et protégé par les cadavres de ses ennemis, il en profita pour ramasser un écu par terre et le fixa sur son bras.

— À qui le tour ? lança-t-il.

Il regarda autour de lui puis, délibérément, marcha sur deux corps empilés. Cette offense provoqua des grognements de colère, mais les hommes devaient obéir aux ordres et Fell ne pouvait plus les inciter à venir l'affronter un par un.

Les guerriers se déployèrent régulièrement autour de lui, rapprochant leurs boucliers pour former un mur de métal. Ils avançaient inexorablement vers lui. C'était terminé. Ils l'attacheraient, le feraient passer par la porte encadrée de cristal pour subir le sort horrible que l'empereur lui réservait. Mais, avec un peu de chance, il aurait encore l'occasion de tuer la créature.

Soudain, l'atmosphère changea. Certains de ses assaillants levèrent les yeux. Fell risqua un coup d'œil lui aussi. Au sommet de l'escalier incurvé, les guerriers des Mille s'étaient retournés pour faire face à un nouvel ennemi. Fell entendit les armes s'entrechoquer, vit les reflets sur le métal en mouvement. Puis il aperçut une masse de cheveux roux, luisant comme de l'eau à la lumière des torches. *Indaro !*

En équilibre sur le dos d'un cadavre, il inspira à fond.

— À moi les Chats Sauvages ! beugla-t-il.

Il entendit Indaro répondre à son appel d'en haut, ainsi que deux autres cris. Il recouvra l'espoir.

Le corps d'un guerrier tomba du palier. Il s'écrasa avec fracas dans son armure complète, projetant des morceaux de métal coupant sur les soldats qui entouraient Fell. Plusieurs d'entre eux s'effondrèrent, laissant une brèche dans l'anneau d'acier.

Fell franchit avec légèreté l'amas de cadavres et de blessés avant de se précipiter vers la porte encadrée de cristal, sur les traces de l'empereur.

Indaro entaillait et tranchait dans la masse, l'air grave. Ses mouvements ne seraient plus gracieux longtemps, car la douleur et l'épuisement prenaient le dessus. Elle para une fente, sa lame s'enfonçant dans le cou de son adversaire, mais un soldat à la barbe rousse lui assena un violent coup de pied qui la fit chuter. En désespoir de cause, elle roula contre les mollets d'un autre guerrier et le déséquilibra. Il tomba sur elle, recevant à sa place le coup d'épée mortel du barbu roux. Après avoir ramassé une deuxième épée sur le tapis, elle se releva d'un bond et expédia son ennemi d'un coup au cou.

Broglanh luttait férocement contre deux assaillants. Indaro lui vint en aide, écrasant la trachée de l'un d'eux qui s'effondra, s'étouffant à moitié. Pivotant sur ses talons, elle éventra un attaquant tout en bloquant un coup d'épée assené par un autre. Broglanh lui régla son compte en l'éviscérant.

À eux trois, ils avaient débarrassé le palier et occupaient le sommet de l'escalier. Garret et Broglanh commencèrent à descendre en se frayant un chemin à coups d'épée. Comme les défenseurs, ils ne pouvaient se tenir qu'à deux par marche. Pendant un instant, Indaro n'eut rien à faire. Elle jeta un coup d'œil en contrebas. La salle, ronde, dans les tons rouge sang, était très profonde. L'escalier incurvé qui longeait le mur était plein de soldats. Tout en bas, sur le sol de la salle, une autre bataille faisait rage. Indaro baissa les yeux et battit des paupières. Était-ce Fell au milieu de la mêlée ? Elle entendit alors l'appel qui fit battre son cœur : le fameux cri de ralliement de Fell ! « À moi les Chats Sauvages ! »

Rejetant la tête en arrière, elle hurla :

— Chats Sauvages !

Fell était toujours vivant, et ils allaient le sauver ! Ses deux amis répondirent à leur tour et reprirent leur lutte avec une ardeur renouvelée.

Elle n'avait qu'une envie à présent : retourner au cœur de la bataille. Elle s'empara d'une épée abandonnée et la lança vers les rangs ennemis, par-dessus la tête de Garret et Broglanh. Elle entendit deux pièces de métal s'entrechoquer, puis un cri de douleur. Un soldat bascula et tomba. Il atterrit tout en bas dans un fracas de ferraille mêlé de hurlements de colère. Folle de joie, Indaro sourit et ramassa une autre épée. Cette fois-ci, elle visa avec précision et frappa un soldat posté derrière les deux défenseurs actuels. Il tomba en avant, percutant le camarade qui se trouvait devant lui. Celui-ci fut déséquilibré, ce qui permit à Broglanh de glisser sa lame sous son protège-menton. L'homme s'effondra vers Broglanh, qui posa son pied botté sur son épaule et le fit basculer sur ses camarades. Deux d'entre eux tombèrent. Pendant un moment, les défenseurs furent désorganisés. Épaule contre épaule, Broglanh et Garret descendirent plusieurs marches.

Indaro remonta en courant sur le palier, regagna l'entrée et regarda dans le couloir. Personne en vue. Elle referma les lourds battants qui grincèrent comme s'ils n'étaient pas ouverts souvent. Puisqu'il n'y avait pas moyen de les bloquer ou de les barrer de l'intérieur, elle tira trois cadavres ennemis contre les portes, en espérant qu'ils suffiraient à empêcher de les ouvrir. Elle n'avait pas la force d'en faire plus.

Elle retourna précipitamment vers l'escalier et observa de nouveau l'espace en contrebas. Fell avait disparu, et des soldats s'engouffraient en grand nombre par une porte. Terriblement frustrée, impatiente de revenir dans la bataille, elle descendit les marches au pas de course et se posta derrière ses deux amis, qui luttaient comme jamais.

— Garret, recule, laisse-moi une chance ! cria-t-elle pour couvrir le vacarme. Je prends la relève !

Garret fit comme s'il n'avait pas entendu. Elle le regarda continuer à se battre, manifestement infatigable, invulnérable. L'estomac presque vide, manquant de sommeil, il se battait depuis le matin sans avoir reçu la moindre blessure. Elle observa avec fascination ses mouvements précis et gracieux, sa lame étincelante.

Puis le temps parut ralentir. Subitement lucide, elle sentit l'atmosphère se charger de mort. Elle vit l'épée de Garret s'abattre sur celle d'un ennemi, projetant des étincelles. La lame de Garret se brisa. Indaro vit une moitié s'envoler au-dessus de leurs têtes et tournoyer dans les airs, au ralenti. Déséquilibré, Garret para un deuxième coup de son épée brisée et tenta de la planter dans le ventre de son assaillant. Mais l'arme était trop courte et il dut s'avancer. Indaro vit son adversaire saisir sa chance et plonger sa propre épée dans l'aisselle de Garret. La lame s'enfonça profondément dans sa poitrine, cherchant à atteindre le cœur. Broglanh tua l'homme aussitôt, mais il était trop tard. Garret se recroquevilla sur le tapis taché de sang. Indaro l'enjamba et reprit sa place dans la bataille.

Emly avait peine à le croire, mais cette journée était la plus étrange de sa vie, pourtant déjà mouvementée, et elle avait été préparée à croire à l'impossible : Bartellus reprenait des forces à vue d'œil.

Presque agonisant quand elle l'avait découvert, le vieil homme n'avait ni dormi ni mangé, et n'avait avalé qu'une petite quantité d'eau croupie. Pourtant, il se tenait plus droit, avançait d'une démarche plus assurée. Elle le tenait encore par le bras, mais se demanda qui d'elle ou de lui soutenait réellement l'autre tandis qu'ils se hâtaient le long des cachots.

C'était le soldat – un Faucon Nocturne, avait-il dit – qui avait initié ce changement. Bartellus semblait réagir en présence des guerriers. Le Faucon Nocturne, nommé Darius, leur avait appris que Riis avait été arrêté pour être ensuite conduit au Donjon. À l'annonce de cette nouvelle, Bartellus avait pris un air grave.

— Sais-tu pourquoi ? avait-il demandé, mais Darius avait secoué la tête.

— On nous a dit qu'il était accusé de trahison. Les Faucons Nocturnes n'y ont pas cru et prévoyaient de le secourir avant qu'il ne soit soumis à la torture. Mais le boiteux m'a ordonné de l'accompagner aux cachots. Je suis descendu avec lui dans l'espoir de tomber sur Riis.

À présent, le guerrier marchait devant eux, la pointe de son épée posée sur le cou du vieil homme à la canne. Ils avançaient lentement, à l'allure de Dol Salida. Bartellus avait refusé que

Darius le tue. Em sentait l'impatience monter chez le soldat. Grand, mince, il avait des cheveux roux très courts. Il portait une armure noir et argent qui luisait à la lumière des torches. Il lui rappelait un peu Evan. Elle se demanda où se trouvait son amant et si lui aussi avait été capturé par l'ennemi.

Sortis des cachots, ils longeaient désormais les couloirs du Palais Rouge. Em regarda autour d'elle, stupéfaite. Les lieux étaient inondés. Ils avaient de l'eau jusqu'aux chevilles. Ils entendaient aussi comme un bruit de tonnerre qui semblait venir de l'intérieur des murs, et auquel se mêlaient des cris lointains et le cliquetis du métal. Ils ne croisèrent que des serviteurs, un soldat de temps à autre, mais tous avaient l'air de fuir et aucun ne s'intéressait à eux. Ils arrivèrent à un endroit où le palais s'était effondré et furent obligés de grimper sur les gravats et les murs détruits. Le soleil les éclairait à travers un trou dans le toit. Les hommes regardèrent autour d'eux, étonnés, ignorant ce qui avait pu causer de tels dégâts.

Fatiguée, effrayée et désorientée, Emly avançait comme en transe. Elle ne savait pas du tout où ils étaient, ni où ils allaient. Elle fut surprise de voir la lumière du jour.

Bartellus demanda une pause et se tourna vers elle.

— Nous allons au Donjon, Emly – s'il est toujours debout. Seuls le sang et la mort nous y attendent. Nous allons d'abord te mettre à l'abri.

— Et la Quatrième Impériale ? s'enquit-elle, se raccrochant au plan initial.

Le général afficha un air gêné.

— Il semblerait que mes sources datent un peu. La Quatrième a été dissoute il y a deux ans. (Il sourit. Elle retrouva un instant son père, l'homme qui l'avait sauvée des Halls.)

Nous te trouverons un endroit sûr, répéta-t-il. Dans tout ce chaos, personne ne fera attention à une simple fille.

— Regarde autour de toi, lui objecta-t-elle avec une pointe d'agacement. Le palais s'effondre ! Il n'y a nulle part où s'abriter. Je préfère rester avec toi, père.

Il hocha la tête d'un air absent, sa décision prise, son esprit déjà occupé par autre chose. Il s'adressa à Darius, qui attendait en s'impatientant.

— Sommes-nous loin du Donjon ? Je ne saurais dire.

— Plus très loin, répondit sèchement le guerrier.

— Reste bien à l'écart, dit Bart à Em, et, si une bataille éclate, sauve-toi. Si nous sommes séparés, retourne à la Maison de Verre.

Elle le dévisagea, effrayée.

— La Maison de Verre a brûlé, lui rappela-t-elle.

Il secoua la tête, ennuyé par cette défaillance de sa mémoire.

— Eh bien, va chez Meggy. Si la pension existe toujours.

— Et si ce n'est pas le cas ?

— Alors, je te retrouverai.

Il n'était plus temps de discuter : ils entendirent derrière eux un martèlement précipité de bottes. Bartellus et Darius levèrent leurs épées, mais, un instant plus tard, ils furent cernés par des guerriers en noir et argent.

Chapitre 44

Quand Hayden Tisserand grimpa sur les décombres du Mur Adamantin, la pluie avait enfin cessé. Pour la première fois cet hiver-là, un soleil aqueux brillait sur les ruines de la Cité. Hayden n'était pas superstitieux. Il ne croyait pas aux signes mais, si cela avait été le cas, il aurait pu prendre ce changement de temps pour un bon présage.

Il était difficile de croire que, ce matin-là, deux énormes vagues avaient frappé ces lieux. Toutes les surfaces de pierre, de bois et de brique luisaient dans la lumière. Les rues étaient désertes : il n'y avait ni hommes, ni animaux, ni débris. Cependant, l'eau avait disparu, s'engouffrant dans les égouts et les canalisations. Peut-être que, dans quelques heures, quand les avenues mouillées auraient séché, personne ne pourrait dire qu'une telle catastrophe s'était produite ici, tuant tant de gens et détruisant nombre de bâtiments. La plupart des cadavres avaient été emportés par les eaux, probablement dans les canaux et les caniveaux, ou reposaient en silence dans les maisons où ils s'étaient noyés. Ou peut-être la Cité était-elle déjà déserte, songea Hayden, nombre des hommes ayant depuis longtemps péri sur les champs de bataille, et les autres – enfants, jeunes mères et vieux croulants – ayant sans doute pris la fuite depuis.

C'était surtout le sud de la Cité qui avait été touché, entre les deux grands murs et le Palais Rouge, à dix lieues de distance.

Le palais lui-même, déjà affaibli par l'effondrement des égouts, était censé ne pas résister à la violence des flots, ainsi que l'avaient prédit les ingénieurs du général. Cependant, plissant les yeux dans la lumière de plus en plus vive, Hayden vit que l'édifice tenait toujours debout, même si quelques-uns de ses tours et minarets semblaient avoir disparu.

— Mason ?

Il chercha son frère autour de lui. Celui-ci connaissait mieux que tout autre la Cité et ses bâtiments.

— Il est parti pour le palais, l'informa Tyler.

— Et tu l'as laissé faire ? demanda Hayden avec colère.

— Il n'a pas d'ordres à recevoir de moi, seigneur, répondit l'auxiliaire avec sa froide politesse habituelle. Il s'apprêtait à y aller seul. Il ne voulait pas attendre. J'ai envoyé un peloton de soldats avec lui.

Hayden hocha la tête. Mason avait quitté le campement à la hâte avec une troupe de cavalerie légère – les meilleurs petrassi –, chevauchant à bride abattue pour être le premier à franchir le mur. Hayden l'avait suivi avec la cavalerie lourde, désireux d'établir une tête de pont à l'intérieur du Mur Sarantine avant que le gros de l'infanterie n'arrive. Que son frère ait décidé d'aller au palais ne le surprenait pas. Cela ne faisait pas partie de leur plan, mais, comme l'avait dit Tyler, son frère n'avait pas d'ordres à recevoir d'un auxiliaire. Hayden était seulement ennuyé de ne pas l'avoir prévu pour l'empêcher.

Jusqu'à cet instant, les plans des deux frères n'avaient pas changé : exécuter l'empereur avec la complicité des guerriers mécontents de la Cité, et frapper un coup mortel en détruisant les barrages. Toutefois, ils se disputaient depuis longtemps sur la suite à leur donner. Mason voulait voir la Cité anéantie. Il ne serait satisfait que lorsqu'elle ne serait plus qu'un champ de ruines. Il avait ses raisons et Hayden les respectait. Mais Hayden et Gil Rayado croyaient tous deux que la mort de l'empereur ainsi qu'une importante démonstration des forces alliées suffiraient à inciter la Cité à se rendre. Marcellus était un homme raisonnable qui, voyant les citoyens à la merci de l'ennemi, n'hésiterait pas à demander la paix. Hayden et Gil étaient les chefs militaires : en fin de compte, Mason devait se soumettre à leur autorité. Mais cela ne lui plaisait guère. Il voulait non seulement la mort de l'empereur, mais aussi celle des Vincerii. Hayden avait donc deviné où son frère était parti.

Cependant, comme il ne pouvait se permettre de penser davantage à Mason, il n'y songea plus.

Les premiers éclaireurs revenaient déjà avec des nouvelles de l'amphithéâtre, que le général, dans la suite des plans, avait désigné comme base des opérations. Les murs étaient presque indemnes et l'eau s'évacuait lentement. Les lieux seraient utilisables avant la tombée de la nuit. Hayden hocha la tête. Il se retourna et regarda ses troupes. Plusieurs milliers de soldats se rassemblaient déjà dans le vaste espace ouvert entre les deux murs. On dégageait des gravats et menait les chevaux de cavalerie, en file indienne, à travers une brèche du Mur Adamantin.

Tyler ouvrit une table pliante devant le général, sur laquelle la carte familière de la Cité fut déroulée. Les officiers se pressèrent autour de lui en se bousculant pour avoir de la place. Hayden procéda à un rapide comptage : aucun ne manquait à l'appel.

— Cette zone de la Cité, dit-il en indiquant la carte, est celle qui selon nos prévisions devait être la plus rudement touchée par l'inondation. Barenna, l'amphithéâtre et une partie de Burman Sud. Pieter, dit-il en faisant un signe à Arendt, prends tes cavaliers et crée une première ligne sur cette frontière, ici.

(Il fit courir son doigt le long d'une rangée de bâtiments dont ils avaient déjà discuté.) Si la topographie se révèle totalement différente de ce que nous pensions, prends des initiatives. Tuez tous les soldats de la Cité que vous croiserez dans le secteur.

— Et les civils ?

— Laissez-les évacuer la zone.

Hayden envoya une partie de son infanterie lourde derrière la cavalerie d'Arendt pour sécuriser la première ligne. Les forces demeureraient là-bas tant qu'ils n'auraient pas de nouvelles du palais – comme, pourquoi pas, une offre de reddition.

On lui avait amené Rosteval, son cheval. Il l'enfourcha et se dirigea lentement vers l'amphithéâtre inondé. Il connaissait ce quartier de la Cité comme s'il y avait vécu toute sa vie, même s'il n'avait jamais franchi les remparts auparavant. Le soleil brillait de plus en plus et de la vapeur commençait à monter des routes pavées et des pierres luisantes des murs. Tout autour de lui, des femmes et des enfants sortaient prudemment des bâtiments, fuyant devant l'arrivée des soldats. D'autres gisaient sans défense dans les rues trempées, blessés, suppliant qu'on leur vienne en aide. Hayden comprit pourquoi il ne les avait pas vus plus tôt : maculés de boue, ils avaient la même couleur que les pierres autour d'eux. Il aperçut un enfant – une fille, pensa-t-il, mais c'était difficile à dire – dont les jambes avaient été écrasées par l'effondrement d'un mur. Elle leva vers lui un regard implorant quand il passa devant elle, perché sur sa monture. Il ferma son cœur. Ce n'était pas la première fois qu'il assistait aux tourments des civils. Les innocents souffraient toujours en temps de guerre, et bien des femmes et des enfants petrassi avaient eux aussi péri sous la lame des soldats de la Cité. Malgré tout, cette arme qu'ils avaient utilisée – la destruction de deux énormes réservoirs – était une atrocité qui continuait à lui peser. Cela contribuerait à mettre un terme à la guerre si la mission de Fell réussissait, et même si elle échouait, mais le prix à payer paraissait très élevé. Son frère avait passé des dizaines d'années à imaginer avec impatience son défilé triomphal parmi les ruines de la Cité, épée à la main, mais lui avait un compte personnel à régler. Hayden Tisserand n'était qu'un simple soldat, et au fond de lui il croyait que, en temps de guerre, seuls les soldats adverses devaient être des cibles.

Il vit quelques guerriers de la Cité se rassembler pour former une unité de combat. Ils devaient être une dizaine – une troupe d'infanterie d'élite d'après leur uniforme. La plupart étaient blessés. La cavalerie petrassi, fraîche et galvanisée par l'élan de la bataille, se rua sur eux. Tous furent tués, sauf deux. Les survivants s'étaient réfugiés derrière les ruines d'un bâtiment. L'un avait le bras à moitié tranché. Ils injuriaient les Bleus, responsables d'un crime si horrible. L'un d'eux mourrait dans l'heure, songea le général, et l'autre serait délogé avant la tombée de la nuit. Petits drames et actes de bravoure seraient légion dans la Cité. Peu importait le courage dont les assiégeants feraient preuve, jamais ils ne seraient considérés comme les héros du jour.

Une fois arrivés dans l'amphithéâtre, ils découvrirent également une poignée de héros défendant un pan de mur – des soldats, hommes et femmes, ainsi que quelques hommes âgés qui auraient dû être dans la tombe depuis longtemps. S'entretenant à voix basse avec son auxiliaire, le général attendit jusqu'à ce que les Bleus viennent à bout de chacun d'eux, puis entra, toujours perché sur sa monture. Même Rosteval, une bête expérimentée, tressaillit légèrement lorsqu'un enfant maculé de boue se dressa soudain devant eux, parmi les décombres.

— S'il vous plaît, seigneur, venez aider ma mère. Elle est blessée. Je vous en supplie !

Hayden baissa les yeux vers lui, son expression implacable masquant l'émotion qui lui serrait la poitrine. Le garçon avait environ huit ans, le même âge que son plus jeune fils, pour l'heure en sécurité auprès de sa mère. Le général exhorta son cheval à avancer, puis se retourna sur sa selle en entendant derrière lui une certaine agitation. Le garçon avait sorti un petit couteau et l'avait planté dans la poitrine de la monture qui suivait Rosteval. L'animal, surpris par la douleur, avait d'une ruade assené un coup de sabot dans le visage du petit garçon. Celui-ci gisait, immobile, dans la boue. La troupe passa à côté de lui sans émotion apparente pour s'engouffrer dans l'immense amphithéâtre.

Quand le soleil frôla l'horizon à l'ouest, une activité grouillante régnait sur le campement petrassi. Les tentes étaient dressées, les latrines creusées, les rations distribuées. Tout s'était parfaitement déroulé, et les pertes étaient moindres que prévu. Ils allaient désormais patienter jusqu'à l'aube, et voir si Fell avait réussi. Hayden espérait des nouvelles de Gil Rayado et de son armée, sans y croire vraiment. Le lendemain, ou le surlendemain peut-être, ils y verraient plus clair.

Le soleil disparut des cieux lavés par la pluie, laissant place à la lueur dorée du crépuscule. Hayden Tisserand était assis sous sa tente avec trois de ses commandants, ainsi que le vigilant Tyler. À la nuit tombée, Hayden se leva en bâillant et congédia ses hommes pour qu'ils aillent se coucher. Il savait qu'aucun d'eux ne parviendrait à se reposer correctement, mais ils arriveraient à trouver le sommeil, car, en tant que soldats, ils dormaient dès que l'occasion s'en présentait. Les cinq hommes allaient partir quand un soldat fit irruption sous la tente, manquant de tomber dans sa hâte.

— Général ! Votre frère a été fait prisonnier !

Le soldat, maculé de sang, avait le visage gris, en sueur. Il était à peine capable de tenir debout.

— Où ça ? demanda Hayden d'un ton sec. Dis-moi.

Tyler avança brusquement une chaise pour le soldat. Hayden donna son consentement d'un signe de tête et l'homme se laissa choir sur le siège, ses jambes cédant sous lui.

— Nous étions dix. Des Vestes Jaunes. Votre frère, monsieur…

— Mason.

— Oui. Il s'est précipité avant nous tous. Nous essayions de surveiller le terrain, mais, comme il paraissait oublier notre présence, nous avons dû lui courir après. Nous avions ordre de le protéger.

Il évita le regard d'Hayden. Le général devina ce que le soldat pensait de cette mission.

— Que s'est-il passé ?

— Nous avons eu de la chance, au début – ou bien les Rats n'ont pas eu le temps de se regrouper. Nous n'avons vu que des civils, la plupart morts ou noyés. Ensuite, nous sommes arrivés au palais. Il se trouvait de l'autre côté d'un lac. Mason s'est arrêté au bord. Il y avait au milieu un bâtiment, rond et blanc. Il s'est effondré juste sous nos yeux et a sombré dans l'eau. Après, nous avons vu le lac se vider. Le niveau baissait à une vitesse incroyable. Ça n'a pas plu à nos hommes ; on aurait dit de la sorcellerie ! Ils ne voulaient pas aller plus loin, mais Mason s'est mis en tête de contourner la berge. Du coup, nous avons dû le suivre.

— Comment a-t-il été capturé ? s'enquit Hayden avec impatience.

— Trois hommes sont venus à notre rencontre. Ils sortaient du palais. Un seigneur, sans armes, et deux gardes.

— Et ils vous ont battus, tous les dix ? demanda Pieter Arendt.

Hayden ne dit rien, mais la terreur lui étreignit le cœur.

L'homme secoua la tête, l'air perplexe.

— Le seigneur nous a ordonné de déposer nos armes. J'avais une sorte de bourdonnement dans les oreilles, et un mal de crâne si puissant que j'ai dû lâcher mon épée. Je n'avais pas le choix. Je ne pouvais rien faire. C'était de la sorcellerie, monsieur.

Il porta les mains à ses oreilles, se remémorant la douleur. Le général vit que du sang en avait coulé et séchait dans son cou.

— Je me suis évanoui. J'ignore combien de temps. Quand je suis revenu à moi, j'ai vu que mes camarades étaient tous morts. Et votre frère, monsieur, avait disparu. (Il leva les yeux vers le général, le regard inquiet.) Était-ce réellement de la sorcellerie, monsieur ?

— Ce n'était pas de la magie, soldat, répliqua Hayden. Les alchimistes de la Cité ont découvert une herbe qui, quand on la brûle, endort les gens. Nous devons nous prémunir contre elle. (C'était un mensonge bien préparé, et le soldat parut rassuré.) Tu peux disposer, à présent. Veille à ce qu'on soigne tes blessures.

Une fois le soldat parti, Hayden resta silencieux un moment.

Arendt demanda :

— Quels sont vos ordres, général ?

Le général sortit de son mutisme.

— Ce sont les mêmes. Cet événement ne change rien.

— Nous supposons que, si cet homme a été épargné, c'était pour vous transmettre la nouvelle, déclara Arendt.

— Bien entendu. Mais si Marcellus croit ainsi m'impressionner, il se trompe.

Il n'y avait rien à ajouter. Les commandants, tous des hommes âgés et fatigués au service de Petrus, quittèrent la tente avec soulagement pour rejoindre leur lit. Quand il ne resta plus que Tyler, l'auxiliaire prit son verre de vin à moitié plein et s'installa sur un siège.

— Vous voulez connaître mon avis ?

— Non, mon garçon, mais cela ne t'a jamais empêché de le donner.

— Je pense que l'empereur est mort et que c'était là la dernière tentative de Marcellus pour sauver sa peau. Il a l'intention d'échanger votre frère contre sa vie. Et Mason s'est jeté dans le piège.

Voyant qu'Hayden ne répondait pas, l'auxiliaire reprit :

— La Cité s'écroule.

— Nous avons lâché les eaux retenues par deux barrages, tu te souviens ?

— Mais l'empereur ne laisserait jamais le palais s'effondrer, s'il était toujours vivant. Il a le pouvoir de l'empêcher.

Hayden lui objecta :

— Et que connais-tu des pouvoirs de l'empereur, mon garçon ?

— Seulement ce que j'ai appris en prêtant l'oreille lors des conseils des riches et des puissants, rétorqua Tyler, indifférent.

Hayden secoua la tête.

— Cela ne change pas nos plans.

— Allez-vous envoyer une équipe secourir votre frère ?

— Le sort de Mason a été scellé il y a quarante ans. Il est déjà mort, ou mourant. Nous ne nous reverrons plus, déclara le général.

Il songea à sa famille, sa femme et ses trois garçons, désormais à l'abri dans l'Ouest, hébergés par un vieux roi régnant sur une île balayée par les vents et n'attisant la convoitise de personne. Il n'avait pas vu Anna depuis neuf ans, et cela faisait vingt ans qu'il n'avait pas marché dans les montagnes de sa région natale. Petrus avait été conquise par la Cité un siècle auparavant. Hayden et son frère étaient nés et avaient grandi sur de hautes terres inhospitalières appartenant à des tribus qui se moquaient de savoir qui possédait Petrus. Elles ne s'intéressaient qu'à leurs cols et leurs sommets montagneux, qu'elles défendaient avec une telle férocité que la Cité avait été contrainte de les laisser tranquilles. Trente ans, ou plutôt presque quarante ans plus tôt, les armées de la Cité avaient commencé à évacuer la région. Après une période de forte présence militaire, seules quelques garnisons subsistèrent, jusqu'à ce qu'elles aussi partent pour de bon. Les rares derniers Petrassi avaient dû de nouveau se battre pour leur territoire, et se battaient encore contre des hordes d'envahisseurs venus des pays plus froids et plus sinistres de l'Extrême-Nord, attirés par les plaines verdoyantes et les riches rivières encaissées de Petrus.

Le général observa le jeune Tyler, confortablement assis sur sa chaise, tenant son verre vide du bout des doigts. Il lui posa une question qu'il n'avait encore jamais formulée, car le simple fait de prononcer ces mots paraissait provoquer le destin :

— Que feras-tu quand nos guerres seront terminées ?

L'auxiliaire leva les yeux. Hayden se rendit compte qu'il n'avait plus un jeune homme en face de lui, mais un homme d'âge moyen, aux joues creuses et au regard sombre.

— Je resterai à vos côtés, général.

— Et si je te congédie ?

— Je n'ai nulle part où aller.

— Ne comptes-tu pas retourner à Petrus ?

— Je ne peux pas y retourner, vu que je n'y ai jamais mis les pieds. J'ai combattu dans plus de pays que je ne m'en souviens, mais pas à Petrus. Et je n'ai pas de famille. Personne ne sera là pour m'accueillir chez moi – pas plus que je n'ai d'endroit que je peux qualifier de « chez-moi ».

Les guerriers des Mille se ressemblaient tous dans leur armure noir et argent. Au bout d'un moment, Indaro eut l'impression de tuer sans cesse le même soldat. Quand une femme bondit dans l'escalier pour l'affronter, passant au-dessus des corps de ses amis, Indaro en fut presque soulagée. Malgré sa grande taille, la femme faisait une demi-tête de moins que ses camarades. Elle avait des yeux d'un bleu perçant et une cicatrice blanche lui barrait la joue.

— Une femme, marmonna Broglanh sur sa droite, signalant à Indaro qu'il l'avait remarquée sans pour autant quitter des yeux son assaillant, un géant à la barbe noire.

Indaro savait ce qu'il pensait. La femme soldat, ayant moins d'allonge, serait obligée de s'approcher d'Indaro pour l'atteindre et offrirait une cible facile à l'épée de Broglanh – si Barbe-Noire lui accordait une demi-seconde de répit.

Dans cette bataille, Indaro et Broglanh avaient l'avantage sur tous les plans, sauf un. Perchés sur deux ou trois marches au-dessus des défenseurs, ils bénéficiaient d'une position élevée. Ils n'étaient pas non plus gênés par les cadavres de leurs amis, ni poussés par-derrière par des camarades. Indaro se rendit compte que, dans leur hâte de les atteindre, les Mille en oubliaient leur discipline.

En revanche, ils étaient épuisés, surtout Indaro. La bouche et les yeux pleins de poussière, et le corps douloureux, elle avait de plus en plus de mal à rester concentrée et souffrait déjà de deux blessures légères aux bras ainsi que de la plaie à son flanc.

La guerrière rugit et, avec son épée, visa Indaro au cou. Celle-ci s'écarta, puis recula d'un pas comme si elle était déséquilibrée. La femme s'avança et tenta de l'éventrer, le genou plié et le bras tendu. Broglanh en profita pour prendre son épée de la main gauche et l'enfoncer sous l'armure de la femme, qui présentait un interstice à l'arrière de l'épaule. Au même moment, Indaro se posta derrière le corps tendu de Broglanh et, à deux mains, abattit sa lame sur le casque de Barbe-Noire. Le géant s'affaissa. Broglanh recula et, avec un grognement de satisfaction, le décapita. Le corps en armure bascula en arrière, et Indaro donna un coup de pied à la femme blessée, qui dégringola dans l'escalier. Avec Broglanh, elle descendit encore deux marches. Ils échangèrent un regard. Indaro sentit une vague d'énergie la traverser.

Dans leur dos retentit alors le signal qu'ils appréhendaient : un poing dans un gant de fer martelant les imposantes portes. Indaro savait que les corps entassés devant n'empêcheraient leur ouverture qu'un bref instant.

— Ils arrivent ! cria-t-elle à Broglanh.

— Je les entends, répondit-il en lacérant le visage d'un adversaire.

Elle jeta un coup d'œil à gauche, par-dessus le bord de l'escalier. Ils étaient désormais assez proches du sol pour pouvoir sauter sans se briser les jambes, mais des dizaines de guerriers les attendaient en bas, épées brandies. Elle les entendait jubiler. Les Mille savaient l'issue de la bataille proche.

— Quoi que nous fassions, faisons-le vite ! marmonna Broglanh en parant un coup d'épée.

— Quand les portes s'ouvriront, nous remonterons et essaierons de sortir.

Il avait l'air sinistre, et quoi d'étonnant à cela ? S'ils faisaient volte-face et remontaient l'escalier, ils n'auraient que quelques secondes d'avance sur les guerriers en bas. S'il y avait plus de trois ou quatre personnes derrière les portes, Broglanh et elle se retrouveraient coincés entre deux groupes et finiraient découpés comme des chiens. Les battants s'ouvrirent en grinçant.

— Maintenant ! hurla-t-elle.

Tous deux se retournèrent et grimpèrent l'escalier à toutes jambes. Ils avaient lutté pour descendre la moitié des marches et, tandis qu'ils couraient dans le sens inverse, côte à côte, ils entendirent les insultes des soldats des Mille dans leur dos.

Ce qu'elle avait craint se produisit. Plusieurs guerriers en noir et argent s'infiltrèrent entre les grandes portes entrouvertes. Broglanh et elle étaient piégés au milieu. Seules la mort ou la capture les attendaient. Devaient-ils se rendre ?

— Broglanh ! cria-t-elle.

Il s'arrêta alors qu'il était presque au sommet de l'escalier. S'ils se jetaient dans le vide, ils mourraient tout en blessant sans doute quelques-uns des défenseurs. Elle ouvrit la bouche pour parler.

— Broglanh !

La voix, plus grave, avait répondu comme un écho à son appel.

Perplexe, Broglanh leva les yeux.

— Faucons Nocturnes ! Ces deux-là sont des amis. Défendez-les !

La voix était celle d'un vieil homme, mais elle était ferme et autoritaire. *Et aussi familière*, songea Indaro.

Dans l'encadrement des deux battants se dressait un vieil homme à l'air miteux, sale, pas rasé et vêtu comme un mendiant. Une jeune fille mince se tenait à ses côtés. Autour d'eux, les nouveaux soldats des Mille s'étaient arrêtés, obéissant aux ordres. Indaro cligna des yeux. Des Faucons Nocturnes ?

La centurie des Faucons Nocturnes, qui avait cerné Em et Bartellus dans le couloir, dehors, se dirigeait vers le Donjon, cherchant à secourir Riis. Darius leur expliqua rapidement qui était Bartellus puis se tourna vers lui.

— Nous sommes tous avec vous, seigneur Shuskara. Nous avons l'intention de sauver notre chef, mais, si vous nous en donnez l'ordre, nous tuerons l'empereur d'abord.

Un vétéran maigre et grisonnant s'approcha de Bartellus, hésitant. Dans son regard brillait un respect que Bartellus n'avait pas vu depuis dix ans.

— Je m'appelle Chevia, général, se présenta-t-il. Nous avons combattu ensemble à la dernière Bataille d'Araz. J'étais avec les Piquiers à Cochon, la Quatrième, dans la dernière vallée.

Bart recouvra soudain la mémoire.

— Je me souviens, Chevia, répliqua-t-il. Nous nous sommes terrés dans cette grotte pendant trois jours interminables, tous persuadés que nos heures étaient comptées. Comment va ta main ?

— Très bien, répondit Chevia avec un sourire.

Il montra sa main où il ne restait que deux doigts, visiblement ravi qu'on se souvienne de lui.

— Me soutiendras-tu aujourd'hui, soldat ? Quelles qu'en soient les conséquences ?

— Oui, seigneur. (Chevia regarda autour de lui.) Comme nous tous.

Certains Faucons Nocturnes hochèrent la tête ; d'autres crièrent leur accord. En les regardant, Bartellus se rendit compte que nombre d'entre eux étaient des hommes d'âge mûr, depuis longtemps au service de la Cité. Sentant ses yeux le piquer, il se traita d'idiot. La dernière chose dont ils avaient besoin à cet instant, c'étaient bien les larmes d'un vieil homme. Il chercha Emly et la trouva à côté de Darius, l'air perdue.

— Guerriers, dit-il, voici ma fille Emly. Vous la protégerez comme si elle était votre propre enfant, ou votre sœur. Em, reste à l'arrière et préviens-nous si d'autres soldats arrivent.

Elle acquiesça d'un signe de tête. Il vit dans ses yeux qu'elle avait un peu moins peur maintenant qu'une tâche lui avait été assignée.

— Qu'y a-t-il derrière ces portes, Darius ?

Le guerrier secoua la tête.

— Nous sommes nouvellement nommés ici, Shuskara. Les Faucons Nocturnes ne sont jamais allés dans le Donjon.

— Dol Salida ?

Bartellus l'avait gardé avec eux dans l'espoir qu'il pourrait leur être utile, mais le maître d'urquat hocha négativement la tête. Bart ignorait s'il ne savait pas ou refusait simplement de les aider.

Contre toute attente, Chevia prit la parole :

— On l'appelle la Salle des Empereurs, général. C'est le cœur du Donjon. Tous les couloirs y mènent. C'est une salle ronde très haute, avec un escalier incurvé le long des murs. En bas, il y a une porte de cristal. On dit que c'est l'entrée des quartiers privés de l'Immortel.

— Ça me suffit, répliqua Bartellus en tirant son épée au clair. Ouvrez les portes.

Des hommes se ruèrent en avant et poussèrent les battants, mais quelque chose bloquait de l'autre côté. L'un d'entre eux, frustré, frappa du poing sur les portes de bois sculpté. D'autres vinrent en renfort s'appuyer contre les battants, qui finirent par s'ouvrir lentement, écartant les trois corps entassés derrière. Bartellus entra et se retrouva sur un vaste palier où ne gisaient que des morts. Il reprit courage en voyant que la défense de l'empereur avait déjà été percée. Était-ce l'œuvre de Fell ? Un gigantesque escalier en colimaçon descendait sur sa droite, encerclant la salle couleur de sang. Lui aussi était couvert de cadavres vêtus de noir et argent. À mi-chemin dans l'escalier, deux guerriers livraient bataille contre deux recrues des Mille, lesquels occupaient en grand nombre les marches plus basses et le sol circulaire. Au moment où le général s'avança, les deux combattants abandonnèrent la lutte, se retournèrent et grimpèrent l'escalier à toutes jambes. Quand ils s'approchèrent, Bartellus vit que l'un d'eux était une femme. L'autre était Evan Broglanh.

La joie l'envahit.

— Broglanh ! appela-t-il. (Le guerrier s'arrêta et leva vers lui un regard étonné.) Faucons Nocturnes ! Ces deux-là sont des amis. Défendez-les !

Épuisés, les deux guerriers s'échappèrent, protégés par les Faucons Nocturnes qui s'avancèrent sans ciller pour s'opposer à leurs poursuivants.

— Attendez ! aboya une voix d'en bas.

Les défenseurs s'interrompirent. Les Faucons Nocturnes se tournèrent vers Bartellus, dans l'attente de ses ordres. Celui-ci hocha la tête. Épées brandies, ils virent un guerrier robuste et barbu monter l'escalier et se diriger vers eux, enjambant au passage des corps d'hommes et de femmes.

— Où est Fell ? demanda Bartellus à Broglanh à voix basse pendant que le guerrier approchait.

— Il était vivant la dernière fois que nous l'avons vu. Il est passé par cette porte, en bas, indiqua-t-il, à la poursuite de l'empereur, sûrement. Nous avons essayé de le suivre, pour le soutenir. Mais ils étaient trop nombreux pour nous.

Bartellus afficha un faible sourire, les yeux rivés sur les tas de cadavres dans l'escalier et sur le sol en contrebas.

— Oui, dit-il, une bien triste performance, Evan.

Le commandant des Mille les rejoignit, les sourcils froncés, le teint rubicond.

— Assez de sang a été versé aujourd'hui, dit-il d'une voix rauque, telle une vague roulant sur les galets d'une plage. Guerriers des Mille... (Puis, contemplant Bartellus, il s'arrêta, le choc et l'incrédulité se peignant sur son visage.) Shuskara, souffla-t-il. De tous les hommes...

Le nom murmuré de Shuskara se répandit tout autour de la salle, résonnant contre les murs incurvés de l'immense pièce. Bartellus laissa l'écho se renvoyer jusqu'à ce qu'il se taise.

— Fortance, dit-il alors, élevant la voix pour qu'elle se répercute sur les murs. Ça fait des années que je ne t'ai pas vu. Tes enfants ont-ils tous bien grandi ?

— J'en ai perdu deux, répondit Fortance en rengainant son épée et en grimpant les dernières marches, les sourcils toujours froncés. Morts au service de la Cité.

Bart inclina la tête, l'air grave.

— Nous sommes là pour mettre un terme à tout ça.

Fortance cracha par terre.

— En tuant mes meilleurs éléments, des hommes et des femmes qui autrefois étaient tes camarades ?

Il jeta un regard venimeux à Broglanh et sa compagne aux cheveux de feu. Bartellus prit soudain conscience qu'il s'agissait d'Indaro, la femme qu'il avait vue pour la dernière fois avec Archange dans les profondeurs des Halls. *Tu es donc bien la fine lame que tu prétendais être*, songea-t-il. Au même instant, il la vit s'affaisser au sol, la tête inclinée. Il se retourna et la chassa de son esprit.

— La Cité se meurt, Fortance, reprit-il. Cette guerre doit prendre fin. Seule la mort de l'empereur le garantira. Marcellus est un homme d'honneur. Nous le savons tous. Il fera un empereur juste. Il mettra un terme à la guerre, et sauvera la Cité.

Le vieux soldat rétorqua :

— Nous sommes la garde personnelle de l'empereur. Nous ne renonçons pas à notre devoir. Ce ne sont pas un vieil homme rancunier et une poignée de rebelles qui nous feront changer d'avis. Tes hommes, ajouta-t-il en lançant un regard dédaigneux aux Faucons Nocturnes, ont eux aussi été recrutés pour défendre l'empereur.

— Ces hommes, lui objecta Bart, sont les véritables défenseurs de la Cité. Ils sont prêts à se battre pour son avenir...

— En se rangeant du côté de l'ennemi ? le coupa Fortance en criant, le visage couleur sang-de-bœuf.

— Une fois que l'empereur aura été éliminé, les Bleus se retireront.

— Ne me dis pas que tu y crois, vieil imbécile ! s'écria Fortance, perplexe.

— Ils n'ont aucun intérêt à s'emparer de la Cité ou à tuer son peuple.

— Dans ce cas, pourquoi les nôtres ont-ils perdu la vie par milliers, aujourd'hui, noyés et emportés dans les égouts comme de vulgaires rats ?

Bart resta silencieux. Il ne voyait pas du tout de quoi l'homme parlait, et son cœur fut assailli par le doute. Malgré tout, il garda un visage impassible. Fortance poursuivit :

— Et maintenant, voilà qu'une armée de Bleus a opéré une percée dans nos remparts pour attaquer Barenna et l'amphithéâtre. Et tu prétends qu'ils ne nous veulent aucun mal ? Aurais-tu perdu la tête, Shuskara ?

Bartellus était perplexe. Rien dans les plans que Broglanh lui avait exposés n'indiquait qu'une invasion en masse de la Cité était prévue. Il commença à se demander s'il avait effectivement perdu la raison. Toutefois, concentrant ses pensées sur la situation actuelle, il décida de rayer de son esprit cette information sur laquelle il n'avait aucun pouvoir. Deux cents guerriers voire plus les attendaient en bas de la salle. Lui avait moins de cent hommes. Ils ne pourraient pas lutter pour avancer. Les défenseurs ne pourraient pas lutter pour sortir. Tout ce que Bart et ses soldats pouvaient faire, c'était les occuper pour faire gagner du temps à Fell.

Il soupira.

— Retourne auprès de tes hommes, Fortance. Aujourd'hui, nous mourrons en combattant chacun pour un camp différent.

Chapitre 45

Indaro se rendit compte qu'elle était assise par terre. Entouré de soldats qui semblaient être dans son camp, son corps avait décrété qu'il était temps de se reposer. La bataille n'avait pas commencé. Bartellus ne devait guère avoir envie d'envoyer ses quelques soldats lutter contre une armée deux fois plus importante, se dit-elle. Le vieux soldat ronchon du Hall des Veilleurs. Qui aurait cru qu'elle le reverrait un jour ?

Avec difficulté, elle inspecta la plaie de sa hanche et vit qu'elle sécrétait un liquide clair. Ses bords étaient rouges et enflammés. Elle la recouvrit de sa tunique pour l'oublier. Elle ne pouvait rien y faire. Elle avait été touchée à divers endroits : son bras d'épée avait reçu deux entailles et une légère coupure lui barrait le haut de la poitrine. Toutes ces blessures saignaient, rendant ses vêtements poisseux. Quand elle se serait reposée, elle étancherait les saignements puis partirait à la recherche de Fell. Elle ferma les yeux. La douleur lui vrillait le crâne. Avait-elle reçu un coup à la tête ? Sans doute. Soudain, elle se pencha en avant et vomit.

Une main lui tendit une outre d'eau. Elle s'en empara et avala l'eau tiède, qui remonta aussitôt.

— Désolée, murmura-t-elle. Un vrai gâchis.

— Bois à petites gorgées. Tu arriveras mieux à la retenir, lui conseilla la fille.

Indaro leva les yeux. Qui était cette enfant ? Manifestement, elle n'avait rien d'une guerrière. Minuscule et jolie, elle avait un visage en forme de cœur qui lui rappelait quelqu'un. Indaro supposa qu'elle devait appartenir au palais, ou à l'un des guerriers.

— Je suis Emly, souffla la fille. Nous nous sommes rencontrées dans les Halls. Tu m'as donné à manger.

Indaro fouilla son esprit embrumé.

— Je m'en souviens, mentit-elle. Que fais-tu ici ?

— Je suis avec Bartellus. Et Evan.

— Evan Broglanh ? s'enquit Indaro, complètement perdue.

À ce moment, Broglanh s'accroupit à ses côtés. Malgré son état de faiblesse, Indaro reconnut le regard plein d'adoration que la fille posa sur son camarade. *Ah !* songea-t-elle. *Pauvre petite.*

Sans cérémonie, Broglanh fouilla sous les vêtements d'Indaro, à la recherche de blessures. Il trouva la plaie profonde sur sa hanche et fronça les sourcils. S'approchant tout près, il la renifla. Tous deux savaient qu'elle était grave. Il la nettoya avec de l'eau et l'examina de nouveau.

— Tu as toujours ton baume qui ne sert à rien ?

Elle nia de la tête.

— Tout ce que j'avais sur moi a été emporté par les eaux. On a eu un peu de mal à arriver jusqu'ici, ajouta-t-elle, pendant que Fell et toi entriez tranquillement par la grande porte.

Broglanh pansa la coupure sur sa poitrine avec un linge propre. Il se leva et prit quelque chose dans l'ourlet de sa veste tachée et crasseuse.

— Tiens. Avale ça.

Il lui tendait une pilule ronde, noire et duveteuse.

— Non, répondit-elle avec une grimace. Qu'est-ce que c'est ?

— Du poison.

Elle lui jeta un regard noir.

— Tu veux m'empoisonner ?

— C'est un truc de Buldekki, expliqua-t-il, agacé. (Broglanh détestait les explications.) Deux pilules te seraient fatales, mais, avec une, tu t'endormiras pour un bout de temps. Tu peux aller t'allonger dans une des salles vides. Elles sont toutes abandonnées. Tu te sentiras mieux à ton réveil.

Si je me réveille ! songea-t-elle. Elle secoua la tête.

— Je dois trouver Fell. Et nous avons un combat à livrer.

— Tu ne tiens même pas debout ! Que comptes-tu faire ? Les mordre aux mollets ?

— Si j'y suis obligée, oui.

Elle laissa sa tête reposer contre le mur et regarda autour d'elle. Elle observa Bartellus, puis la jeune fille. Ses souvenirs la projetèrent brusquement dans le Hall des Veilleurs.

— Emly ! s'écria-t-elle dans un souffle, se rappelant soudain la fillette qu'elle avait rhabillée un siècle auparavant.

— Oui ?

La jeune fille se pencha vers elle, pensant qu'elle désirait quelque chose.

Indaro voulut lui montrer qu'elle se souvenait d'elle, mais ne trouva rien à dire. Elle vit Broglanh et l'enfant échanger un regard. Ils croyaient qu'elle perdait la boule.

— Indaro. (Tout l'espace autour d'elle fut envahi quand Bartellus s'agenouilla pour lui parler. Broglanh écarta Emly.) Indaro, tu es tout ce que tu prétendais être, lui confia le vieil homme. Je regrette les paroles dures que j'ai eues envers toi quand nous nous sommes vus la dernière fois.

On aurait dit un discours d'adieu. Indaro en avait déjà entendu maintes fois. Elle en avait même prononcé quelques-uns.

— Je ne suis pas mourante, protesta-t-elle malgré ses idées confuses. (Elle luttait pour rester consciente.) Je vais m'en remettre. Je m'en remets toujours.

— Tu as agi magnifiquement pour arriver si loin, dit-il. (Il se pencha en avant, pressé.) L'accès est bloqué par ici. Nous devons atteindre l'empereur par un autre chemin. En connais-tu un ?

Elle secoua la tête, n'ayant entendu que les premiers mots.

— Ce n'est pas grâce à moi, lui objecta-t-elle. C'est le garçon, Elija.

Elle voulait parler de Fell, dire au vieil homme qu'il était passé par cette salle et qu'ils devaient le suivre, mais fut incapable d'en dire plus. Elle ferma les paupières. Les ténèbres l'engloutirent.

Sur les traces de l'empereur, Fell Aron Lee descendait précipitamment un escalier de pierre en colimaçon, suivant la puanteur que la créature dégageait. L'escalier croulant se rétrécissait, mais les murs étaient éclairés d'une étrange lumière, comme le soldat n'en avait encore jamais vu. Elle était vert pâle, de la couleur d'un noyé. Fell ne se posa pas de questions. Elle l'aidait, car il n'avait pas de torche, et il ne voulait pas savoir d'où elle provenait. Il poursuivit sa descente jusqu'à se retrouver au plus profond des entrailles de la Cité.

Pourquoi les lieux n'étaient-ils pas inondés ? se demandait une partie de lui-même. Bien au-dessus de lui, l'eau recouvrait tout alors qu'ici presque tout était au sec. Mais l'autre partie de lui-même s'en moquait. Il savait que l'empereur était devant lui. Il n'avait nulle part ailleurs où aller. Pas d'issues, pas de tunnels latéraux. Fell finirait par le rattraper, et cette fois il s'assurerait qu'il était bien mort.

Il se noyait.

Il s'enfonçait dans des eaux profondes, son corps se tordant dans les violents courants. Voici une belle façon de mourir, songea-t-il, mieux que de hurler de douleur en sentant ses os se fracasser, mieux que la torture ou la gangrène. Seulement la paix et le calme. Se laisser couler. Abandonner. Lâcher prise.

Il semblait ne pas y avoir de fond. Il sentit la pression sur lui augmenter, pesant sur sa poitrine comme une catin ivre. La panique commença à monter. Il remua ses membres, tentant d'échapper à la pression pour recouvrer sa sérénité. Sa tête l'élança ; ses poumons étaient comme prêts à exploser. Il retenait son souffle. Pourquoi retenait-il son souffle ?

Il se noyait.

Fell sortit brusquement la tête de l'eau, repoussant fébrilement le poids mort qui lui écrasait la poitrine. Il inspira de grandes goulées d'air, puis s'étouffa à moitié : l'air, épais et répugnant, avait un goût de viande avariée. Il toussa et cracha dans l'eau. Assis dans le noir, il était immergé jusqu'à la taille. Il y avait de la pierre sous lui, et une eau poisseuse l'entourait. D'après l'odeur infecte qui régnait, il devina qu'il se trouvait dans une canalisation d'égout. Il se mit péniblement debout, essayant de s'éloigner le plus possible de ces eaux écœurantes.

Il était déconcerté. *Comment suis-je arrivé là ?* Il secoua la tête pour remettre de l'ordre dans son esprit, mais l'épais miasme qui faisait pression sur lui engourdissait ses pensées. Il avait descendu en courant un long escalier de pierre qui lui avait paru interminable. Il avait dû chuter, s'était fendu le crâne ou avait été attaqué. Impossible de s'en souvenir. Il se pencha et chercha son épée à tâtons dans l'eau. Il la trouva. Ses forces lui revinrent.

Sa vue s'accommoda à l'obscurité. Sur les murs, il distinguait la lumière étrange qui l'avait guidé. Il la scruta et, avec précaution, toucha les parois. Une substance molle et visqueuse les recouvrait. Il la sentit bouger sous sa paume, comme une matière vivante. Il retira brusquement sa main, frissonnant, et chercha une sortie autour de lui.

Non loin, quelque chose remua furtivement. Fell dégaina aussitôt son épée, la peur lui nouant la gorge. Avançant et reculant la tête, à la recherche d'une forme dans la pénombre, il finit par distinguer une silhouette plus sombre dans le gris ambiant. Il cligna des yeux.

Il prit une inspiration en voyant un homme, une créature, allongée à demi dans l'eau à seulement quelques pas de lui. Dans la faible lumière, on aurait dit un vieillard en haillons, avec une longue barbe. Des cheveux fins et clairsemés étaient plaqués sur son crâne dégarni. Il semblait attaché au mur derrière lui par d'épais liens d'une substance gluante qui luisaient comme les parois. Fell sentit son estomac se retourner. L'homme leva les mains vers lui en signe de supplication. Fell fit un pas en avant. La lumière devint plus vive ; à présent, il voyait que l'inconnu était âgé, sa peau marquée de rides profondes, coulant comme de la cire chaude. Les bandes d'épais mucus paraissaient sortir de son corps, le retenant au mur et au sol de pierre sous ses pieds.

Un autre mouvement perturba les ténèbres. Fell repéra une deuxième silhouette, tout près du flanc de la créature. C'était une bête, un chien peut-être, avec de grands yeux. Elle ouvrit la gueule et dévoila ses crocs, crachant et grognant après Fell. Le soldat remarqua qu'elle portait un lourd collier, luisant dans la faible lumière. L'animal leva la tête et donna un coup de langue sur le visage pourrissant de son maître. Puis il se retourna et reprit la contemplation de son lugubre repaire. Fell suivit son regard et aperçut un autre soldat, en uniforme des Mille. Il gisait, noyé, dans l'eau. *Que les dieux lui viennent en aide*, pria-t-il.

Le vieil homme émit un gargouillis mouillé. Fell comprit qu'il essayait de dire son nom. *Fell.*

— Que me veux-tu ? demanda-t-il.

Il entendit la terreur percer dans sa propre voix, la rendant plus dure.

En bougeant, la créature produisit un bruit de succion, comme si quelque chose sous l'eau cédait. Écœuré, Fell recula.

— Aide-moi, dit la chose, très distinctement.

Fell resta planté là, sans savoir quoi faire. Il était persuadé qu'il devait tuer cette créature, surtout qu'elle gisait devant lui, vulnérable. Mais la pitié le submergeait. Quoi que cette chose fût, elle souffrait, ou était estropiée d'une manière ou d'une autre. Il devait s'avancer et la transpercer, pour l'arracher à sa détresse, mais n'en était même pas capable. Il se rappela son rêve, le poids qui lui écrasait la poitrine, et se demanda si la chose avait rampé sur lui pendant qu'il était inconscient. Il frissonna à cette pensée, s'obligeant à ravaler sa bile.

Il brandit son épée.

— Fell. (Une autre voix avait parlé clairement derrière lui. Elle était aussi rafraîchissante que la brise par une journée étouffante.) Araeon ne peut pas te faire de mal, et toi non plus. Viens.

Il se retourna. Marcellus Vincerus se tenait à ses côtés, comme s'il avait toujours été là. Fell vit qu'il n'était pas armé. Il contemplait la créature avec, peut-être, une certaine compassion. Puis il répéta :

— Viens par là.

Il tourna le dos au guerrier et franchit une porte voûtée dans les ténèbres. Fell rengaina son épée et le suivit.

Fell marchait derrière Marcellus en traînant des pieds. Ils montèrent un escalier en colimaçon. Était-ce le même qu'il avait emprunté un peu plus tôt ? Non, celui-ci était plus large, plus haut, et éclairé par des torches. L'ascension lui sembla durer des heures. Marcellus grimpait sans difficulté. Il se mouvait devant Fell avec la vigueur d'un jeune homme. Fell, de son côté, était fatigué. Il avait du mal à ne pas se laisser distancer. Quand verrait-il la fin de cet escalier ? Se rendant compte qu'il avait faim, il essaya de se rappeler à quand remontait son dernier repas.

Malgré tout, il se sentait calme, tranquille. Jamais il n'avait ressenti une telle paix. Il savait à présent que Mason avait raison : Marcellus ferait un bon empereur ; grâce à lui, la Cité recouvrerait sa splendeur d'antan. Quant à la créature en bas, ce n'était qu'un vieil homme triste et sénile, désormais incapable de régner. Il allait bientôt mourir, ou serait tué. Ce serait lui rendre service. Fell songea à redescendre pour s'en charger, mais le charisme de Marcellus l'incitait à poursuivre sa route. La lumière du jour commença à filtrer d'en haut. Les bruits lointains d'une bataille lui parvinrent. Il pensa avec émotion à Indaro, Broglanh, Garret, Doon, et tous ceux qui s'étaient battus si vaillamment à ses côtés. Bientôt, tout cela serait terminé et la paix régnerait.

À mesure qu'il montait vers la lumière, il se dit que jamais il n'avait été si heureux.

Enfin parvenu au sommet de l'escalier, Fell vit que le matin était là. Le soleil se levait, magnifique, dans un ciel d'un bleu estival. Il se trouvait sur une haute tour carrée dont le sol était recouvert d'un vieux plancher. Les murs crénelés étaient de brique claire. Au milieu du plancher se dressait un étrange bâtiment de verre. Fell s'approcha. Il vit que cela avait été une pyramide, mais une bonne partie du verre était brisée, et celui qui restait était sale et couvert de mousse.

Fell regarda à l'intérieur. Marcellus y était déjà, une main posée sur un appareil de métal fixé au sol. C'était un manche, aussi grand qu'un homme, surmonté d'un tube métallique fixé par une charnière. Fell ignorait à quoi il servait. Il entra à son tour, du verre brisé crissant sous ses bottes. Marcellus leva les yeux.

— Ceci est un observatoire, expliqua-t-il. Nous regardions les étoiles, d'ici.

— Pourquoi ?

— N'as-tu jamais contemplé la course des étoiles, la nuit, en t'interrogeant sur elles ?

— Je ne me suis jamais interrogé sur elles, car elles ne changent jamais, et mes questions n'auraient servi à rien.

Marcellus sourit.

— Voilà qui est très pragmatique, Fell. (Il le regarda.) Savais-tu que la lune recule ? qu'elle rapetisse et s'éloigne de plus en plus ?

Fell haussa les épaules. Il l'ignorait et s'en moquait.

— Quand je suis arrivé ici, la lune dominait le ciel. Maintenant, elle fuit pour se réfugier dans le noir et le froid.

Marcellus ressortit dans la lumière du jour et se dirigea vers le côté sud de la tour. Fell lui emboîta le pas. Ensemble, ils regardèrent en contrebas. Par-delà les nombreux minarets et tours du palais, la Cité s'étendait devant eux. Au sud, une grande partie était détruite. Les murs et les bâtiments s'étaient effondrés. De cette hauteur, Fell ne voyait aucun corps, mais tout était recouvert d'une épaisse couche de boue. Il fronça les sourcils, perplexe sans pour autant être troublé. Quelque chose clochait, mais il n'aurait su dire quoi.

Marcellus l'observait.

— Ah ! dit-il. Tu n'étais pas au courant pour ça. J'en suis heureux.

— Que s'est-il passé ici, seigneur ?

— Tes amis ont détruit les grands barrages et inondé la Cité. Des milliers de personnes ont péri hier, noyées, et des milliers d'autres mourront aujourd'hui des suites de leurs blessures. Le palais lui-même est en train de s'écrouler. (Il tendit un index.) Là-bas, au sud, se trouve une armée de deux cent mille Bleus. Ils ont percé une brèche dans le mur et pourtant ils maintiennent leur position. Ils attendent quelque chose. Qu'attendent-ils, Fell ?

Fell secoua la tête.

— Je ne sais rien à propos de ça.

— Que sais-tu, alors ?

— Mon rôle était de tuer l'empereur, avoua Fell, ravi de pouvoir se montrer utile.

— Deux assassins, dit Marcellus en haussant les sourcils. Deux invasions. Double redondance.

Il réfléchit un moment, puis ajouta :

— Une double attaque fait partie des stratégies de base sur le champ de bataille. Tu le sais. Il y a aussi la triple attaque, plus subtile et bien plus difficile à mener. Mais je n'avais encore jamais vu de quadruple attaque, sauf au jeu d'urquat. J'imagine que la tête pensante de cette opération joue à l'urquat. (Il semblait parler à lui-même, mais Fell acquiesça poliment.) Ça ne peut pas être Hayden Tisserand. C'est un bon général, le seul à avoir assez d'autorité pour mener une armée si près de l'ennemi tant détesté et la maintenir en position sans donner l'assaut. Pourtant, ce n'est pas un homme subtil. Qui est à l'origine de ce plan ?

Fell fut reconnaissant qu'on lui pose une question à laquelle il pouvait répondre :

— Mason.

Marcellus secoua la tête.

— J'ai déjà parlé à Mason Tisserand. Il est plein de fiel et aurait déjà massacré tout le monde dans la Cité s'il avait pu le faire. Il en sait plus que toi sur ce grand projet, mais il ignore qui a eu l'idée de trahir l'armée censée faire diversion. Cette partie du plan – impitoyable, je dois dire – a failli causer la mort de l'empereur.

Il ajouta d'une voix plus sèche :

— On s'est joué de toi, soldat. On s'est joué de vous tous : Mason, Gil Rayado, et ton amie Indaro.

Fell s'en moquait. Sa mission était terminée, et il n'avait rien à dire au seigneur qui puisse l'aider. Il se sentait serein et apaisé.

Sous leurs yeux, un fin minaret – une pointe de marbre rouge et vert sculptée avec minutie – s'inclina sur le côté comme un ivrogne puis s'écrasa sur un toit en dessous dans un fracas de pierres et de tuiles.

— Les fondations du palais ont été fragilisées, expliqua Marcellus pendant que le bruit s'éteignait. Les structures qui servaient à l'entretien des égouts et à contenir l'eau du fleuve ont été laissées à l'abandon. Ma faute. Notre faute. Manque de concentration. Des siècles de décadence. Et voilà que l'eau lâchée par les barrages nous a assené le coup fatal. Le palais va bientôt devoir être évacué.

Il se tourna pour examiner un coin de la tour. Fell suivit son regard et vit la silhouette d'un homme recroquevillé. C'était Mason. Fell l'avait vu à Vieille-Montagne à peine quelques jours auparavant. Il fut intéressé mais pas surpris. Plus rien ne le surprenait en ce jour si important.

Ils s'avancèrent vers Mason. Malgré ses graves blessures, il vivait toujours. On lui avait arraché les yeux. Ses paupières, ses oreilles et son nez saignaient. Fell vit le flot vital s'écouler faiblement de son flanc, où un mince couteau était planté. D'une main ensanglantée, il cherchait la lame à tâtons.

Marcellus s'agenouilla, prit sa main et l'écarta.

— Ne fais pas ça, dit-il doucement. Ne le retire pas.

Il contempla son ennemi. Dans son regard, Fell ne décela que de la compassion.

Le visage tordu de douleur, Mason marmonna :

— Ma mort est inévitable, Marcellus. Je préfère partir sans avoir un bout de métal logé entre les côtes. Faut-il vraiment que tu prolonges mes souffrances ?

— Mason, dit Fell.

Le blessé grogna au son de sa voix.

— Fell ? murmura-t-il. Il t'a eu, toi aussi ? Dans ce cas, je suis déjà mort, Marcellus. Tu as gagné – comme toujours.

— D'abord, dit Fell en s'accroupissant, dis-moi la vérité. (L'emprise sur lui s'estompait. Il commençait à recouvrer ses esprits.) Tu nous as menti dès le début, Mason. Tu me dois la vérité, maintenant que tu es mourant et que je vais moi aussi bientôt quitter ce monde.

Marcellus les regardait en silence.

— Tu voulais voir l'empereur mort, tout comme moi, reprit Fell. Tu voulais voir la Cité détruite, balayée par les flots. Je peux le comprendre. Ton peuple se meurt à cause de la guerre. Et la Cité se mourait elle aussi, même si je sais que ça te faisait plaisir. Mais pourquoi nous avoir trompés avec ce plan élaboré ? Gil Rayado était-il au courant ? Et Saroyan ? Les as-tu envoyés tous les deux à la mort pour faire diversion ?

— Tu as vu de quoi sont capables ces créatures – ces Serafim, souffla Mason. Si toutes les armées de la Cité et ses ennemis se retournaient contre elles, nous ne serions toujours pas sûrs d'arriver à les tuer. C'était notre ultime tentative, Fell. Si nous échouons, nous n'avons plus rien. Nous devions avoir recours à toutes les armes possibles.

Il ajouta en marmonnant :

— Essaie de mettre les choses en perspective.

Marcellus s'assit.

— Tu as échoué, dit-il à Mason. La Cité survivra. Une grande partie tient encore debout. Les palais sur le Bouclier braveront la tempête, sous le regard intéressé des Familles. Araeon avait de nombreux ennemis parmi elles, mais aucune n'osait se rebeller contre lui. C'était leur frère. À présent, elles se rassembleront et donneront l'assaut à tes armées. Il y aura encore des morts et de la souffrance, mais la Cité survivra. Comme toujours.

— Tu étais prêt à détruire la Cité entière dans l'espoir de tuer un seul homme ? demanda Fell à Mason. Tu serais prêt à abattre une maison pour tuer un seul rat ?

— Un peuple bien mesquin et bien égoïste, déclara Marcellus en se levant. (Il contempla le ciel.) Vous ne voyez jamais plus loin que vos petits besoins et vos petites passions. Ma sœur, ajouta-t-il en se tournant vers Fell, celle que vous appelez Archange...

Fell fronça les sourcils. Il se rappelait la grande femme qui avait défendu les otages au procès, il y avait si longtemps. Indaro ressurgit dans ses pensées. Elle connaissait Archange, avait travaillé avec elle. *Qu'a-t-elle à voir avec tout ça ?* s'interrogea-t-il.

— Autrefois, Mason aimait ma sœur, expliqua Marcellus. Et, à sa façon, elle l'aimait aussi. En ce temps-là, c'était un jeune soldat, de la noblesse petrassi. Nous n'étions pas ennemis à l'époque. Elle l'a épousé, malgré nos exhortations.

— Ils étaient bien décidés à me tuer, intervint faiblement Mason. Ils nous traitaient de primitifs.

Marcellus le regarda avec tristesse.

— Si nous avions voulu te tuer, nous l'aurions fait alors. D'ailleurs j'aurais dû, pour la Cité et tous ses ennemis. C'est l'une des nombreuses erreurs que nous avons commises. (Il se retourna vers Fell.) Il a été exilé de la Cité, et de Petrus. Il ne pouvait entrer au service d'aucune nation. Il a perdu sa femme, sa famille, et son nom. Il a passé quarante ans à préparer sa revanche.

Mason sourit.

— Et quel goût délicieux elle a, dit-il.

— Il était amoureux d'une déesse, précisa Marcellus à Fell, comme si cela expliquait tout. Un destin affreux. Il n'a jamais pu s'en remettre.

— Elle m'aimait, souffla Mason d'une voix brisée.

De son œil aguerri, Fell jugea qu'il n'en avait plus pour longtemps.

Marcellus soupira.

— Nous t'aimions tous, répliqua-t-il. Tu rejettes la faute sur nous, mais tout ce que nous avons fait, nous l'avons fait par amour.

Mason sembla se reprendre un peu. Du sang coula de sa bouche.

— Nos terres sont stériles et nos champs puent la mort. Un million d'hommes et toute une génération de jeunes femmes ont péri sous les épées de nos ennemis. Dans la Cité, il n'y a plus que des enfants, des vieilles biques et de vieux estropiés qui vivent dans la misère. Est-ce ainsi que les dieux prouvent leur amour ?

Marcellus regarda au loin, comme perdu dans ses pensées, et ne répondit pas. Pendant un long moment, le silence fut seulement troublé par la faible respiration sifflante de Mason. Puis elle cessa. Marcellus s'agenouilla de nouveau et prit le pouls à la gorge de l'homme.

— Il est mort.

Chapitre 46

Assise par terre, Em tenait la main de la mourante. Ce geste avait sûrement plus d'importance pour elle que pour Indaro, qui paraissait inconsciente de sa présence. La main était froide et inerte, même si, de temps à autre, la jeune fille percevait un pouls faible et lent. Elle se sentait engourdie, épuisée au point de ne plus pouvoir bouger. Son ambition et tous ses espoirs s'étaient résumés à libérer son père malade des cachots. À présent, il avait tellement changé qu'elle le reconnaissait à peine. Le regard vide, elle l'observait marcher avec détermination, allant et venant sur le vaste palier, inspectant les activités des guerriers ennemis en contrebas, consultant ses soldats, donnant des ordres. Il portait une armure, un plastron et un ceinturon où pendait une épée. Qui était cet homme ? Evan restait aux côtés du général, les yeux rivés sur lui. Il l'écoutait, le conseillait. Pas une fois il ne l'avait regardée. Elle se sentait perdue, et seule.

Puis Bartellus s'était accroupi pour parler à Indaro. Il avait jeté un coup d'œil à Emly, la gratifiant d'un petit sourire qui l'avait un peu réconfortée. Indaro avait alors prononcé le mot qui avait ramené l'âme d'Emly à la vie.

« Elija. »

— Elija était avec vous ? demanda Bartellus, surpris. (Indaro acquiesça.) Broglanh, tu le savais ?

Evan secoua la tête.

— Où est-il ? s'enquit Emly d'un ton pressant. Est-il vivant ?

— Blessé, marmonna Indaro. (Elle désigna les portes derrière eux.) Par là-bas.

Elle sembla perdre à nouveau conscience. La jeune fille résista à l'envie de la secouer.

— Où ça ? Et sa blessure, c'est grave ?

— Bras cassé, répondit la femme, les paupières closes.

— Où ? Où est-il ? Je t'en supplie, Indaro, ajouta Em.

La femme fronça les sourcils. Une longue pause frustrante s'ensuivit, puis elle rouvrit les yeux – ses yeux qui ressemblaient à des fleurs.

— Par là-bas, répéta-t-elle avec fermeté malgré sa voix ténue. En haut du couloir en pente. En haut de l'escalier de pierre. Avance avec le mur vert sur ta gauche. Non, je veux dire… ta droite. Prends la première… Non, la deuxième à droite. Le couloir a un sol de marbre blanc et un plafond bleu. La pièce…, hésita-t-elle, recouvrant la mémoire. La pièce est sur la droite. Des portes sculptées, près d'une fontaine avec des dauphins. Je lui ai dit de se cacher.

Em se leva d'un bond, sa léthargie balayée telle la fumée dissipée par la brise.

— Je le retrouverai, affirma-t-elle à son père.

Elle ramassa une outre à demi pleine qui gisait par terre et regarda autour d'elle, cherchant un objet pour se défendre.

Bartellus la prit par le bras. Elle crut qu'il allait l'empêcher de partir, mais il se contenta de dire :

— Je ne peux envoyer personne t'accompagner.

— Je serai mieux seule, le rassura-t-elle, même si c'était faux.

Evan lui tendit un couteau à longue lame. Elle la coinça dans la ceinture de son pantalon, voyant à peine son amant. Elle prit une profonde inspiration.

— Dépêche-toi, conseilla son père. Le palais est en train de s'écrouler. Si tu le trouves, reviens ici si tu le peux. Le Donjon est la partie la plus ancienne de l'édifice. C'est peut-être aussi la plus sûre.

Em baissa les yeux vers les centaines de guerriers en armure. Elle se dit que la salle des Empereurs était sans doute l'endroit le plus dangereux qu'elle eût jamais connu, mais elle hocha simplement la tête, ne pensant qu'à son frère. Si elle le retrouvait et qu'il soit toujours vivant, alors elle déciderait quoi faire à ce moment-là.

Bart la serra contre lui un moment.

— Bonne chance, petit soldat, souffla-t-il.

Il la libéra et retourna auprès de ses troupes.

Em remonta le couloir en courant, heureuse d'avoir une tâche à accomplir. Elle repéra aussitôt l'escalier de pierre en colimaçon. Elle gravit les marches, la main posée sur le couteau à sa ceinture. Une fois en haut, elle suivit le corridor en gardant le mur vert sur sa droite, comme on le lui avait dit. Le couloir, incurvé, n'en finissait pas. Elle le longea discrètement, nerveuse, jetant des coups d'œil dans tous les coins de crainte de voir surgir d'autres soldats. Elle ne rencontra personne, même si elle entendait des cris et le bruit lointain d'une bataille.

Elle s'arrêta et tendit l'oreille. Quelque chose approchait. Quelque chose de terrifiant. Ses membres se mirent à trembler et son cœur s'affola. Elle regarda autour d'elle mais ne trouva nulle part où se cacher : des murs nus couraient dans un sens comme dans l'autre. Elle gémit. Ses jambes commencèrent à céder sous elle.

Un garçon, grand et blond, vêtu de vert, apparut au détour du couloir. Plus jeune, il paraissait encore plus effrayé qu'elle. Em sentit sa peur s'estomper. Le garçon craignait-il lui aussi la chose inconnue ? Elle s'avança vers lui. Ils se croisèrent, longeant chacun un mur du couloir, échangeant un regard plein d'incertitude. Em fut tentée de lui parler, mais le garçon demeurait silencieux et se contentait de l'observer. Il avait des yeux d'un noir profond. Après l'avoir dépassé, elle reprit sa course.

Elle avisa un premier couloir sur sa droite et emprunta le deuxième. Elle se retrouva non dans un corridor au plafond bleu, mais face à un tas de gravats, une partie du bâtiment s'étant écroulée. Les dégâts étaient récents, car une poussière compacte flottait encore dans l'air. La lumière du jour pénétrait à flots par en haut. Elle se fraya un chemin parmi les décombres, regardant droit devant elle. Quelque chose remua sous son pied. Elle s'arrêta, écoutant le bruit de la pierre qui bougeait. L'air se dégagea un peu. Plus loin, elle distingua un trou béant. Les pierres du plafond, en tombant, avaient fait voler le sol en éclats, passant au travers. Em avança prudemment jusqu'au trou. Une fois au bord, elle regarda au fond et vit que les planchers de plusieurs étages avaient cédé. Tout en bas, de l'eau s'écoulait, noire et menaçante.

Elle regarda devant elle. De l'autre côté du trou, le couloir continuait. Elle aperçut le plafond bleu dont Indaro avait parlé. Elle devait prendre par là. Un rebord cassé tenait à peine au mur. Vu sa largeur, elle pouvait le longer. Mais, au moment où elle prenait sa décision, un pilier incliné bascula de l'autre côté du trou et s'effondra, emportant dans sa chute une partie supplémentaire du plafond. Elle se recroquevilla et se protégea la tête, de crainte que tout le plafond ne lui tombe dessus.

Elle entendit un fracas et des éclaboussures quand les débris atteignirent l'eau.

Une fois la poussière retombée, Em se redressa et avança avec précaution. Elle se mit à longer le rebord, testant le sol avant chaque pas. Sur le mur de pierre, elle trouva de petites prises pour ses mains. Elle osait à peine respirer. Elle jeta un bref coup d'œil au fond du trou et aperçut des corps pâles flottant dans l'eau. Revenue sur le sol ferme, elle se hâta de nouveau, sautant du rebord sur le marbre blanc du couloir.

Elle reprit sa course, observant chaque porte au passage. Nombre d'entre elles étaient sculptées. Elle chercha la fontaine dont Indaro avait parlé, en vain. Avait-elle été détruite au moment de la chute du toit ? Puis elle la repéra. Elle s'attendait à trouver un imposant bassin, comme ceux des places publiques. En fait, c'était une petite fontaine à boire encastrée dans le mur, ornée de trois dauphins de pierre en plein saut. Impatiente, elle regarda autour d'elle. Il y avait plusieurs portes sculptées dans les parages. Elle courut vers la première paire et poussa les doubles battants, qui s'ouvrirent en grinçant. Elle risqua un coup d'œil à l'intérieur.

— Elija ? souffla-t-elle.

Puis, plus fort :

— Elija !

C'était une chambre à coucher. Des draps blancs avaient été jetés sur les meubles, leur donnant une allure spectrale. Une épaisse couche de poussière recouvrait le sol. Sa voix résonna dans le vide. Personne n'était venu ici depuis des années. Elle courut dans la pièce voisine, puis la suivante. Elle regarda en arrière dans le couloir. La fontaine était presque hors de vue. Qu'avait dit Indaro ? Que la pièce était sur la droite ? Quelle droite ? La sienne ? Em retourna en courant près de la fontaine, puis vers une double porte sculptée profondément enfoncée dans un recoin sombre. Elle poussa les battants. Ils s'ouvrirent en silence.

À l'intérieur régnait l'odeur du carnage. Pendant un instant, elle eut l'impression que son cœur s'était arrêté. Des corps d'hommes armés jonchaient le sol. Les meubles avaient été aspergés d'hémoglobine. Une odeur de sang et d'excréments rendait l'air irrespirable. Em porta une main à sa bouche. Ce devait être le bon endroit, mais restait-il quelqu'un de vivant ici ?

— Elija ? dit-elle à voix basse.

Un grognement s'éleva sur sa gauche. Elle tressaillit en voyant un bras en armure remuer. Haletante, elle s'obligea à avancer et tomba sur un guerrier mourant. La moitié de son crâne avait été réduit en bouillie, mais il bougeait encore. Elle recula et détourna les yeux de l'homme au supplice.

— Elija ! appela-t-elle.

Au désespoir, elle fouilla la salle du regard. La plupart des cadavres se trouvaient du même côté. Dans un coin, une table avait été renversée. Elle avança vers le meuble, enjambant nerveusement les corps. Elle ne voulait pas marcher dessus de peur que l'un d'eux revienne à la vie et l'attrape.

Elle jeta un coup d'œil par-dessus le bord de la table. Dans un coin, elle avisa la silhouette d'un homme, sans armure, grand mais aussi maigre et frêle. Allongé, il tenait son bras d'une main. Sa tête brune était affaissée sur sa poitrine. Il ne ressemblait pas à un soldat. Était-il mort ou endormi ? Elle contourna la table, s'agenouilla et examina le visage sale du blessé. Elle ne le reconnut pas. Avec un soupir, elle se leva et regarda autour d'elle, ne sachant où aller.

En l'entendant, l'homme s'agita comme il l'aurait fait dans son sommeil. Il serra son bras plus fort et gémit tout bas. Le cœur d'Em fit un bond dans sa poitrine.

— Elija ? demanda-t-elle, hésitante. (Elle toucha son épaule indemne.) Elija ?

Il ouvrit les paupières. Lorsqu'il leva les yeux vers elle, elle décela la peur sur son visage. Ce fut alors qu'elle le reconnut. La joie l'envahit. Elle s'agenouilla à ses côtés et essaya de le prendre dans ses bras, de le tenir tout contre elle, pour le réconforter.

— Emly ?

Il la regardait, incrédule. Puis l'hésitation céda le pas à la certitude, et son frère fondit en larmes.

Le champ de bataille semblait n'avoir pas de fin. Très ancien, il était jonché de milliers de cadavres entassés les uns sur les autres – de simples coquilles desséchées et poussiéreuses, leurs tourments rendus muets et adoucis par le temps, la pluie et le vent. Il n'y avait pas de couleur : leur sang avait depuis longtemps séché et disparu. Même les insectes, scarabées, mouches et asticots, étaient repartis, rassasiés. Des siècles auparavant.

Seule une brise chaude venant du sud troublait le silence, chuintant à travers une cage thoracique saillante, fouettant un étrange bout de tissu, soufflant du sable sur les plaques de métal corrodées.

Et des bruits de pas, crissant sur la terre craquelée.

Ses bottes étaient déjà usées quand elle s'était mise en route. Elles ne lui dureraient plus très longtemps. La tête baissée, elle les regarda entrer tour à tour dans son champ de vision puis disparaître – gauche, droite, gauche, droite. Autrefois, chaque orteil était orné d'une silhouette estampée : serpent ou scorpion. Où étaient-elles passées ? Elle se souvint alors que ces bottes ne lui appartenaient pas. Elles avaient été celles d'une femme inconnue, dont la carcasse avait été déchirée par les armes des hommes avant de servir de nourriture et d'abri à des animaux sauvages. Seules ses bottes étaient restées intactes, leur surface polie par le sable. Indaro avait eu du mal à les lui retirer, puis les avait secouées, écrasant l'énorme mille-pattes qui en était tombé en se tortillant. Elles lui allaient plutôt bien. Elle avait marché longtemps avec.

Elle avait conscience que quelqu'un avançait à ses côtés. Craignant que ce ne fût Maccus Odarin, elle détourna la tête. Elle ne voulait pas le voir tituber sur sa jambe pourrie. Elle ne voulait pas le voir mourir de nouveau.

— Où allons-nous ? demanda son compagnon d'un ton joyeux.

Constatant avec soulagement que ce n'était pas Maccus, elle regarda autour d'elle.

— Où allons-nous ? répéta Rubin.

Il avait les cheveux plus longs que dans son souvenir, et elle fut choquée de constater que ses mèches rousses étaient striées de gris. Quel âge avait-il ? Dix-huit, vingt ans ? Le fait que l'âge de son frère lui échappe la perturbait. Elle n'arrivait même pas à se rappeler qui d'elle ou de lui était l'aîné.

À présent, c'était son père, Reeve, qui marchait à ses côtés. Il disait :

— Vincerus, Sarkoy, Broglanh, Gaeta, Khan et Kerr. N'oublie pas ces noms. Ils sont ton passé et ton avenir. Ce sont tes ennemis.

On lui avait souvent répété ces paroles dans son enfance.

— Tous craignent les Sarkoy et les Vincerii, reprit son père, les yeux baissés sur les nuages de poussière qu'il soulevait. Mais seuls les Gaeta connaissent le véritable pouvoir du voile.

Elle se réveilla en sursaut. Le rêve s'accrocha à elle un moment. Elle se dit qu'elle ferait mieux de se lever. Mais le temps passa et elle restait avachie par terre. Elle se redressa pour s'asseoir plus droite contre le mur. La blessure à son flanc ne lui faisait plus mal. *C'est soit très bon, soit très mauvais signe*, songea-t-elle.

La bataille avait repris. Elle entendait les épées et les boucliers s'entrechoquer, les terribles grognements de douleur, les cris d'encouragement, de joie et d'horreur. Elle sentait l'odeur du sang fraîchement versé. Ce n'était plus le sien. Devant elle, le palier fourmillait d'hommes. Elle regarda des jambes aller et venir – des jambes protégées par des grèves de métal et des kilts d'acier, des jambes dans des pantalons de cuir, de coton ou de lin ; d'autres nues et poilues. Elle se surprit à les compter machinalement et s'interrompit. Ce n'était pas à elle de faire l'état des pertes. Voir qu'il n'y avait aucune femme parmi les guerriers l'étonna. Apparemment, elle était la seule. Elle se souvint alors que les Faucons Nocturnes avaient été une unité de cavalerie. La Cité comprenait peu de cavalières. On considérait que les femmes avaient du mal à monter et à se battre en même temps. Elles étaient tout juste bonnes à se faire massacrer dans les rangs de l'infanterie.

Elle se frotta les yeux pour les débarrasser de la saleté. Une paire de jambes dans un pantalon de soie vert foncé se dirigeait vers elle. Le tissu chatoyait dans la lumière vacillante des torches. Elle eut envie de tendre la main pour le toucher, sentir sous ses doigts le lustre de la matière, qui la changeait de la laine et du coton crasseux.

La silhouette vêtue de vert s'accroupit pour lui parler. Elle reconnut le jeune garçon qu'elle avait sauvé des débris du carrosse de l'empereur. Il avait le teint pâle et les cheveux blonds. Ses sourcils formaient un arc gracieux au-dessus de ses yeux noirs.

L'une de ses paupières était légèrement tombante, lui donnant un air paresseux. Il n'avait pas d'armes. Il ne devait pas avoir plus de seize ans.

— Sais-tu qui je suis ? l'interrogea-t-il.

— Je t'ai aidé à te sortir du carrosse de l'Immortel, répliqua-t-elle en se collant contre le mur.

Ses yeux étaient d'un noir brûlant.

— Savais-tu qui j'étais, à ce moment-là ?

— Non, répondit-elle.

Elle se raidit devant sa proximité et son aura sinistre.

Elle n'était plus armée. Pour la première fois, elle remarqua que l'inconnu dégageait une puanteur semblable à celle d'un cadavre d'une semaine. Elle regarda autour d'elle : les soldats ne paraissaient pas avoir remarqué la présence du nouveau venu.

Il hocha la tête.

— Malgré tout, tes intentions étaient nobles. Je vais donc t'épargner aujourd'hui. Es-tu mourante ?

— Non.

— Non, sans doute pas. Tu es Indaro Kerr Guillaume, et je devrais vraiment te tuer.

Il paraissait hésiter.

Indaro jeta un rapide coup d'œil par terre, à la recherche d'une arme. À portée de main, elle avisa un bouclier abandonné. Elle pouvait s'en servir pour se défendre, et même pour le tuer. Il avait l'air si délicat, avec ses bras et ses jambes tout maigres. Mais elle n'arrivait pas à bouger. Il se leva et s'éloigna. Elle eut envie de crier un avertissement, mais personne ne l'entendrait dans le vacarme de la bataille. Et ce n'était qu'un garçon. Elle le regarda donc traverser le palier d'un pas souple, se frayant un chemin entre les hommes armés, sans que personne fasse attention à lui. Comme invisible. Il disparut dans l'escalier.

De son point de vue privilégié, depuis le haut du palier, Bartellus observait le déroulement de la bataille. Les Faucons Nocturnes attaquaient les Mille avec une fureur renouvelée. C'étaient de féroces combattants, revenus récemment de trois ans passés sur le champ de bataille, lui avait-on dit. Bart se souvint de sa chevauchée au sein de la Première Adamantine, des dizaines d'années auparavant…

— Général, l'exhorta Broglanh, laissez-moi y aller.

Ce n'était pas la première fois qu'il le lui demandait. Il débordait d'énergie, et Bart savait que ne rien faire pendant que des hommes luttaient et mouraient à quelques pas lui causait une douleur presque physique.

— J'ai besoin que tu restes à mes côtés, grogna-t-il. (Il jeta un coup d'œil au soldat.) C'est un ordre.

Quelle ironie ! Evan Broglanh savait mieux que personne que ce n'était qu'un vieil homme fatigué. Ses hardes de prisonnier dépassaient encore sous son armure lustrée. Broglanh avait consacré les dernières semaines à le protéger, le traînant d'un abri à l'autre, lui remontant le moral quand il se sentait déprimé, allant parfois jusqu'à l'obliger à manger. Pour lui, il avait fait office de garde du corps, de nourrice et de fils. Désormais, il n'était qu'un lieutenant dévoué. Tous deux savaient qu'il ne saperait pas l'autorité de Shuskara, même si ce n'était qu'une fragile illusion, en désobéissant à ses ordres. Ainsi, Broglanh, fulminant, patientait à ses côtés.

Bart observa la porte de cristal tout en bas. Fell avait disparu depuis plusieurs heures. Rien n'indiquait qu'il vivait toujours, ni qu'il était mort. Tout ce que le général pouvait faire, c'était occuper les Mille. Dans sa tête, il reprenait sans cesse ses calculs. Grâce à Saroyan, trois centuries de gardes du corps étaient hors de la Cité. Selon Indaro, l'armée de Gil Rayado avait décimé presque une centurie entière. Il devait y avoir deux cents morts voire plus dans cette salle. D'autres avaient dû être emportés par les flots ou tués dans l'effondrement du palais. Il avait beau retourner le problème, ils allaient manquer d'hommes. Jusque-là, aucun simple soldat n'avait reçu l'ordre de s'attaquer aux Faucons Nocturnes. Pourquoi ? L'empereur et les Vincerii ne leur faisaient-ils pas confiance ? Bart n'en avait aucune idée.

Une vague de lassitude le submergea. Il aurait aimé s'asseoir. Cependant, il força ses genoux à se verrouiller, redressa le dos et continua à regarder d'un air grave de braves hommes périr. Les Faucons Nocturnes avaient réussi à descendre l'escalier jusqu'aux marches que Broglanh et Indaro avaient atteintes lorsqu'il les avait vus en arrivant. Ils avaient perdu une quarantaine d'hommes. Soudain, Bart fut envahi par le désir de se joindre à eux pour lutter lui aussi. Il avait fait tout ce qui était en son pouvoir. Sa fin serait honorable. Il leva son épée et ouvrit la bouche pour parler à Broglanh.

Un cri résonna alors depuis les portes derrière lui, où des hommes blessés avaient été postés pour surveiller le couloir.

— Ils arrivent, général !

Il se retourna. Son sang ne fit qu'un tour à la vue des autres guerriers. Broglanh se lança joyeusement dans la bataille. Bartellus hurla un ordre. La moitié des Faucons Nocturnes qui se trouvaient dans l'escalier remontèrent les marches en courant. En avançant dans la mêlée, Bartellus vit que, malgré ses blessures, même Indaro s'était relevée.

L'un des nouveaux venus perça la première ligne de défense et se jeta sur le général. Bart brandit sa lourde épée et para le coup. Le choc résonna dans tout son corps et le déséquilibra. Tandis qu'il tombait sur un genou, l'attaquant leva sa lame pour lui assener le coup fatal. Avec un grognement déchirant,

Bart enfonça son arme sous le plastron de l'homme. Ce dernier tomba. Le vieux général se mit debout et frappa son assaillant à la gorge jusqu'à ce qu'il rende l'âme.

Il regarda autour de lui. Leur position était désespérée. Encouragés par l'arrivée des renforts, les guerriers d'en bas se frayaient un passage dans l'escalier et les Faucons Nocturnes semblaient ne plus pouvoir les retenir. Sur le palier, d'autres hommes en armure essayaient d'entrer. Les défenseurs épuisés avaient du mal à tenir leur position.

Quelqu'un aboya un ordre, qui se répercuta le long des murs de la salle circulaire. Soudain, leurs adversaires reculèrent. Les nouveaux venus commencèrent à battre en retraite, en rangs, pour ressortir par les grandes portes. Aucun des défenseurs épuisés n'eut l'énergie ou la volonté de les poursuivre. Bart observa Broglanh. Son épée dégoulinait de sang et il avait l'air perplexe. Lui aussi regarda Bart, haussant les sourcils. *Qu'est-ce qu'ils préparent?* lisait-on dans ses yeux. Les guerriers des Mille refermèrent les hautes portes derrière eux. Quand ils les verrouillèrent, Bartellus entendit le grincement d'un mécanisme qui s'enclenchait.

Il baissa les yeux. Les Mille s'en allaient par la porte de cristal où un homme, seul, était apparu. Mince, les cheveux noirs, il portait la livrée des Mille. Il s'avança gracieusement, observant les alentours avec intérêt. Levant la tête vers le palier, il regarda le général droit dans les yeux.

Ce ne fut qu'à ce moment-là que Bart reconnut Rafe Vincerus. Il se pétrifia d'horreur. Tout espoir le déserta, remplacé par une noire résignation. Comment avait-il pu se croire capable une seconde de vaincre ces gens?

Un bourdonnement grave résonna dans ses oreilles, rapidement suivi d'une douleur vive à la base de son crâne. À présent, il savait pourquoi tous les guerriers avaient reçu l'ordre de sortir : Rafe avait l'intention de tuer tous ceux qui se trouvaient dans cette salle. Obligeant ses pieds à bouger, Bart tituba vers le bord du palier. Il ouvrit la bouche, mais il n'en sortit qu'un cri incohérent.

— Shuskara ! appela Rafe.

Rafe avait dû être surpris, car la douleur s'estompa et Bart réussit à parler.

— Lâche ! Tu te rabaisses en utilisant tes pouvoirs maléfiques contre de braves guerriers, Rafe.

Rafe haussa le ton :

— Alors, Shuskara, tu es sorti de ton trou ? Nous pensions te voir avant la fin. Marcellus avait bien dit que tu étais à l'origine du déroulement de cette journée !

— Affronte-moi comme un homme, Rafe, et non comme un magicien de pacotille !

— Avec joie, traître !

Rafe se pencha et arracha une épée du poing d'un cadavre. Il traversa la pièce en courant et gravit l'escalier à toutes jambes, sautant avec légèreté par-dessus les morts vêtus de noir et d'argent, les blessés de son camp et ceux du camp ennemi. Il avait la force et l'agilité d'un homme de vingt ans, et Bart savait qu'il ne pourrait tenir longtemps face à lui. Malgré tout, la détermination envahit son cœur. S'il pouvait accorder à ses soldats un répit face aux pouvoirs de ce démon, alors peut-être… *Peut-être quoi, Bart ?* se demanda-t-il. Au fond de lui, il savait qu'il n'y aurait pas de bonne fin à cette journée.

Rafe atteignit le vaste palier et s'arrêta, saluant formellement son adversaire de son épée. Puis il plongea sur lui, le visant au ventre. Le vieux militaire l'esquiva maladroitement ; la pointe de la lame dévia sur son ceinturon de cuir. Il abattit son épée sur le cou de Rafe, mais avec trop de lenteur. Le guerrier para facilement l'attaque puis entailla les jambes de Bart. Une douleur fulgurante traversa Bartellus, qui faillit basculer en arrière. Il recula d'un pas. Il était en sueur ; son cœur battait la chamade. *Reste debout*, ordonna-t-il à son corps. *Si tu tombes, c'en est fini de toi*. Rafe sourit et fendit l'air avec son épée avant de fondre de nouveau sur lui. Bart savait que son adversaire jouait avec lui. Il ramassa un bouclier abandonné et le fixa à son bras.

Rafe secoua la tête.

— Tu n'aurais pas dû quitter ton trou de souris, vieil imbécile.

La lame de Bartellus l'atteignit brusquement sur le côté de la tête. La coupure était superficielle, mais Rafe en fut ennuyé. Son visage se durcit et il redoubla de férocité. Bart para et contra ses coups avec désespoir, peu à peu contraint de reculer maladroitement vers le bord du palier. Il chancela au-dessus du vide. Son corps le trahissait, mais son esprit était toujours vif. Il laissa sa tête s'affaisser. Rafe avança. Bart chancela vers lui. Comme il s'y attendait, Rafe l'éventra. Bartellus ne chercha pas à éviter le coup. Sans prêter attention à l'atroce douleur, il enfonça sa lame sous le menton de Rafe, cherchant à atteindre la gorge. Sous le choc, le guerrier ouvrit grands les yeux et s'effondra, du sang jaillissant de son cou.

Bartellus resta là un moment, tenant son ventre qui saignait abondamment. Un silence de mort s'abattit sur la salle, seulement troublé par les battements de son cœur et sa respiration saccadée. Bart avait tout le temps devant lui. Il songea à Emly et espéra qu'elle avait retrouvé son frère. Ses pensées retournèrent vers le jardin ensoleillé, avec ses deux garçons qui lui faisaient signe de la main.

Puis il bascula en arrière, tomba de l'escalier et s'écrasa sur le sol de pierre tout en bas.

CHAPITRE 47

Indaro se releva. Rafe Vincerus n'était pas mort, même si sa gorge saignait à gros bouillons. Accroupi sur le palier, il avait porté la main à son cou pour chercher à endiguer l'hémorragie. Tandis qu'elle faisait un pas vers lui, il leva les yeux vers elle. Elle détourna la tête. « *Ne les laisse pas te regarder dans les yeux* », lui avait dit Mason. Pourtant, cela ne lui parut pas d'une grande aide : elle avait l'esprit embrumé, et ses jambes étaient comme encastrées dans du fer.

Il n'était qu'à sept pas d'elle. Indaro garda les yeux rivés sur ses pieds, voulant les mettre l'un devant l'autre. Un pas. Deux. Elle risqua un coup d'œil. Rafe n'avait pas bougé et saignait toujours abondamment. Il devait forcément s'affaiblir. Elle adressa une prière à Aduara : que cet homme, ce bout de viande, verse tout son sang en hommage à la déesse. Elle avait l'impression d'avoir la tête pleine, que sa conscience lui échappait. Trois pas. Quatre. Elle leva son épée.

Elle jeta un autre coup d'œil à son ennemi. Incroyable : il était désormais debout, son épée brandie.

Elle pensa à Stalker et Garret, et à tous ceux et celles qui étaient morts ce jour-là, dans un camp comme dans l'autre. Elle pensa à Bartellus qui gisait, brisé, sur le sol de la salle. Et elle pensa à Fell. *Je ne me laisserai pas vaincre par cette créature*, se dit-elle.

De la main droite, elle assena un coup d'épée à Rafe. Celui-ci le fit dévier sans difficulté. Elle en profita pour lui plonger dans l'œil le couteau qu'elle tenait dans la main gauche, l'enfonçant jusque dans son cerveau.

Dans les hauteurs de la tour, Fell et Marcellus laissèrent derrière eux le corps de Mason et marchèrent sur les remparts, à l'est. Fell offrit son visage au soleil, sentant sur sa peau sa chaleur purifiante. Il avait l'esprit clair. Marcellus n'avait plus de pouvoir sur lui. Ils étaient ensemble, comme de vieux amis.

Fell avait besoin de comprendre.

— Qui est l'homme que j'ai rencontré dans la salle des Empereurs ? s'enquit-il.

— Araeon, celui que vous appelez l'Immortel – l'empereur.

— Dans ce cas, qui était la créature dans les ténèbres ?

— C'était aussi l'empereur.

— Peut-il changer d'apparence ?

Marcellus secoua la tête.

— Dans ta bouche, on dirait un tour de passe-passe. Il ne s'affuble pas d'une fausse barbe ! Mais, aux yeux des autres, il peut prendre diverses formes.

— Et vous ?

— Non, c'est l'attribut d'Araeon. Il peut aussi créer… d'autres formes de lui-même. Comme nous tous. Je précise que ça demande énormément d'énergie et que celle d'Araeon se dissipe depuis longtemps.

— Vous pouvez tous le faire ? Mais qu'êtes-vous, exactement ?

— Nous nous appelons les Serafim. Nous sommes arrivés dans la Cité il y a de nombreux siècles, Araeon et moi. Ainsi qu'Archange, et beaucoup d'autres.

Fell réfléchit, puis déclara :

— Indaro m'a dit qu'elle avait vu le carrosse de l'empereur détruit par l'une des explosions magiques des Bleus. Pourtant, il a survécu. Peut-il être tué ?

— Malgré le titre, nous ne sommes pas immortels. Du sang coule dans nos veines, comme dans les vôtres. Nous pouvons mourir, comme vous.

— Mais alors…

— L'homme dans le carrosse, et celui que tu as vu dans la salle des Empereurs, étaient chacun un reflet. Un reflet véritable, de chair et de sang, qui vit et respire, mais qui mourrait si Araeon périssait.

Fell revit l'empereur dans son repaire lugubre, donnant hideusement naissance à des créatures comme lui. Il frissonna ; de la bile monta dans sa gorge. Il vomit et s'essuya la bouche. Il se sentit plus calme. Après toutes ces années de guerre, c'était un soulagement pour lui de voir que les barrages retenant ses émotions cédaient. Lors de certains épisodes de son existence, il avait désiré recouvrer sa capacité à être dégoûté.

Marcellus l'observait.

— Cela te répugne, déclara-t-il.

— Bien sûr. Et que va-t-il se passer, maintenant ? Qu'adviendra-t-il de la Cité ?

— Ta petite armée a été piégée dans la salle des Empereurs. Elle va être exécutée. Le Palais Rouge restera longtemps inhabitable. Nous nous retirerons donc sur le Bouclier, dans notre palais, le Serafia. Ensuite, nous attendrons de voir ce que fera Hayden Tisserand. Nous avons tout le temps devant nous. Nous pouvons nous permettre de patienter. Ou bien nous nous allierons avec les derniers Serafim et l'obligerons à quitter les lieux.

— Les derniers Serafim ?

— Cela fait trop longtemps que le poids du règne pèse sur nos épaules. À d'autres de prendre en charge ce fardeau.

— D'autres comme vous ? demanda Fell avec aversion.

Marcellus rit.

— Ne nous juge pas, Fell. Toi, tu n'es pas comme nous, car tu n'es pas de la Cité, mais nous ne sommes pas si différents de tes amis et camarades. Nous avons procréé ensemble pendant des siècles. Notre force vitale coule dans les veines de la plupart des habitants de la Cité. En fait, nous leur ressemblons plus que toi. Sais-tu pourquoi les Bleus nous détestent tant ?

Fell afficha un sourire sardonique.

— Parce que vous avez détruit leurs villes, éradiqué leurs peuples et rendu leurs terres stériles ?

— Parce que nous ne sommes pas comme eux. Les gens ont peur de ceux qui sont différents. Si tu tranches le bras d'un Bleu, il cessera de combattre, et, faute de soins rapides, il mourra. Il en faut plus pour venir à bout d'un guerrier de la Cité. Au cours de tes années passées sur le champ de bataille, tu as dû remarquer avec quelle facilité les Peaux-bleues meurent. Ce sont de bien frêles créatures, surtout quand elles sont soumises à la torture.

— Je suis l'une de ces frêles créatures.

— Et, si tu survis à cette journée, tu vivras jusqu'à quatre-vingts ans environ. Le peuple de la Cité vit bien plus longtemps que ça.

— Jusqu'à quel âge ?

Marcellus fit une pause, comme s'il rassemblait ses pensées.

— Ton ami, Shuskara. Quel âge a-t-il ?

« Quel âge a-t-il », et non « avait-il », songea Fell. *Alors c'est vrai, Shuskara vit toujours*. Il répondit :

— Je n'en sais rien. Soixante-dix ans ?

— Il a plus de deux cents ans, répliqua Marcellus.

Fell secoua la tête, mais tout ce qu'il apprendrait désormais ne le surprendrait plus.

— Et Indaro Kerr Guillaume ? l'interrogea Marcellus.

— Eh bien, quoi ? demanda Fell d'un ton sec. Vous allez me dire qu'elle a trois cents ans ?

Marcellus sourit.

— Non, elle a l'âge qu'elle semble avoir, c'est-à-dire une trentaine d'années. Je le sais parce que je l'ai connue lorsqu'elle était enfant. Tu ne trouves pas incroyable qu'elle ait survécu à des années de guerre alors que tous ceux qui l'entouraient sont tombés les uns après les autres ? Elle se remet de blessures qui seraient venues à bout d'hommes forts.

— J'ai survécu plus longtemps qu'elle, rétorqua Fell. Et pourtant, comme vous dites, je ne suis pas de la Cité.

— Oui, mais tu es un commandant.

— Je mène mes troupes dans les batailles.

Il se sentait jugé.

— Je ne remets pas ton courage en question, Fell. Mais tu n'es pas un simple soldat. Tu es une légende parmi tes guerriers. Tu arrives à les rallier ; ils t'adorent. Ils t'ont protégé.

Fell pensa au soldat qui s'était précipité vers lui avec un plastron, et à cet autre qui, au cœur d'une bataille, lui avait lancé une épée. Il dut reconnaître que c'était vrai.

— Qu'êtes-vous en train de me dire ? Qu'Indaro est aussi une Serafim, comme vous ?

— Non, je dis seulement que le sang des Familles coule dans ses veines, comme pour la plupart des habitants de la Cité. Sa mère est une descendante de la Famille Kerr, celle d'où vient feu Flavius Randell Kerr, le général qui ne manquera à personne. Son père, Reeve – un Guillaume –, est bien plus âgé que Shuskara. Si Indaro survit à cette journée, elle pourrait mener une très longue existence. Elle n'est pas facile à tuer.

— C'est une femme comme il y en a peu, admit Fell.

— Ah ! je vois que tu l'apprécies. Elle est fille unique, maintenant.

— Elle a un frère.

— Elle avait un frère. Rubin est mort.

Fell s'en doutait, mais Marcellus l'affirmait comme un fait établi.

— Vous êtes au courant de tout ce qui se passe dans la Cité ? demanda-t-il.

— Loin de là. Par exemple, j'ignore ce que représentent les hommes marqués. J'espérais d'ailleurs que tu m'éclairerais à ce sujet.

Et pourquoi ne le ferais-je pas, alors que c'est la fin de tout ? s'interrogea Fell.

Marcellus reprit :

— Ranul le messager arborait une marque en forme de S. Comme ton ami Riis. Je te soupçonne d'en avoir eu une toi-même.

— Riis est mort ?

— Oui.

— Enfants, nous étions des otages, expliqua Fell. Riis, Ranul et moi. Ainsi que d'autres. L'empereur a ordonné que notre ami soit exécuté, brûlé vivant, en public. Il s'appelait Sami.

Marcellus le regarda, émerveillé.

— Je ne cesserai jamais d'être surpris par votre étrangeté, peuples primitifs. Mason et toi avez nourri votre rancœur pendant toutes ces années, avez conspiré pour vaincre une grande Cité à cause d'un ressentiment personnel…

— Je n'étais qu'un enfant, se justifia Fell.

Il y réfléchit et ajouta :

— Ça l'a fait rire de voir un garçon mourir dans les pires souffrances. Un tel être ne devrait pas avoir le droit de vivre, qu'il soit empereur ou mendiant.

— Et la foule, a-t-elle ri ?

— Oui. Pour elle, c'était une distraction. C'était pour ça qu'elle était venue. Parlez-moi de Ranul. Comment est-il mort ?

— Il a essayé de tuer l'empereur et a presque réussi. C'était il y a huit ans. Il s'était déguisé en messager panjali, une tribu qui vit dans les plaines arides à l'extrême-nord-est de l'Odrysia. Ils conservent les vieilles traditions, qui incluent un système rigide de castes. Leurs messagers sont des saints, élevés dès leur naissance pour accomplir une mission sacrée en période de grand danger, quand l'existence de la tribu est menacée. Ils ne savent ni lire ni écrire. Ils ne peuvent pas non plus parler : on leur coupe la langue quand ils atteignent la puberté. La tradition veut que, pour leur mission, on leur rase le crâne sur lequel est ensuite tatoué un message. Le messager laisse alors ses cheveux repousser puis est envoyé à la cour d'un pays étranger. Le chef étranger lui fait raser la tête et découvre le message.

— Ranul a choisi de se faire trancher la langue ?

Fell repensa au garçon replet et sans pitié qu'il avait connu, et à la détermination mêlée de haine farouche qui lui avait fait prendre un tel chemin.

— C'est grâce à son aspect plus vrai que nature qu'il a pu être conduit en présence de l'empereur. Il a failli réussir.

— Comment est-il mort ? répéta Fell.

— Je l'ignore. Je n'y étais pas. Il était malin et s'est battu avec courage, à ce qu'on m'a dit. Mais il a été grièvement blessé. Il a réussi à voler un objet aux Serafim et a menacé de le détruire.

Araeon a préféré le laisser s'échapper dans les égouts plutôt que de risquer de voir l'objet anéanti.

— Et cet objet, quel est-il ?

— Le Voile du Gulon.

Devant l'air perplexe de Fell, Marcellus ajouta :

— À première vue, ce n'est qu'un accessoire féminin. En réalité, il a de grands pouvoirs. Sa perte a causé à Araeon une blessure irréparable.

— Comment Ranul a-t-il entendu parler de ce voile ?

Le visage de Marcellus s'assombrit.

— Avec la complicité de quelqu'un d'ici.

Fell secoua la tête.

— Vous octroyez une grande valeur à un bout de tissu alors que, chaque année, vous envoyez des milliers d'hommes et de femmes dans des batailles perdues d'avance, pour atteindre un objectif impossible. Et c'est nous que vous appelez « étranges créatures » !

— Nous sommes tous des êtres complexes, répondit Marcellus avec une pointe de fierté. D'après Mason, Araeon est maléfique. Ce n'est pas le cas, même s'il a souvent très mal agi. Il sait aussi faire preuve de grande gentillesse, de compassion, et même de regret. Tout comme moi.

— Que regrettez-vous, seigneur ?

Marcellus prit un air songeur.

— Je regrette d'avoir tué la seule personne qui m'aimait totalement. Les paroles de Mason m'ont rappelé une chose que j'avais oubliée depuis longtemps. C'est l'amour qui nous a fait rester dans la Cité, auprès de ceux qui nous considéraient comme des dieux. Pourtant, j'ai fait le choix de tuer mon amour pour sauver ma vie. Jusqu'à maintenant, je pleurais sa mort et la regrettais, mais je la voyais comme une nécessité, si malheureuse fût-elle. À présent, je me demande ce que valait réellement mon amour pour m'en être débarrassé si facilement.

Fell sentit une haine froide l'envahir. *Nous voici,* songea-t-il, *contemplant une Cité en ruine, et le Premier Seigneur pleure son amour perdu plutôt que tous les innocents, hommes, femmes, enfants et loyaux guerriers, qui ont péri ce jour.*

— Mason m'a dit qu'il voulait que ce soit vous qui succédiez à Araeon. Que vous seriez un bon empereur – dans la mesure du possible.

Marcellus avait les yeux rivés au sol. Puis il secoua la tête.

— Il a menti, répondit-il. Les talents de Mason étaient multiples, et l'un d'eux était son sens du discernement. En toi, il a vu un guerrier qui croyait au concept de l'honorable soldat. Ton besoin personnel de vengeance n'était pas suffisant, alors il t'a offert un objectif plus ambitieux : tuer l'empereur et le remplacer par un honorable soldat.

Il resta silencieux, tête baissée, épaules affaissées. Puis il leva les yeux, comme après avoir pris une décision difficile.

— Est-ce là votre seul regret ? demanda Fell d'un ton formel. La mort d'une femme ?

— Oui.

Fell leva son épée. Marcellus l'imita. Les deux hommes se tournèrent autour. Le duel commença avec une série de coups, parades et ripostes. Fell sut presque aussitôt que son adversaire le surpassait, mais il resta serein, persuadé que, quoi qu'il arrive, sa lame atteindrait le corps de celui qui lui faisait face. Les deux guerriers luttèrent, avançant et reculant sur le rempart, leurs épées étincelant dans le soleil. À trois reprises, celle de Marcellus entailla la peau de Fell – deux fois sur le haut du bras et une fois sur la joue. Du sang goutta sur son menton. Marcellus était bien meilleur que lui au combat à l'épée, mais Fell était rapide et agile. Son adversaire ne parvenait pas à trouver une ouverture pour lui porter le coup fatal.

— Tu te débrouilles bien, commenta Marcellus d'un ton affable.

Le doute troubla la tranquillité d'esprit de Fell. Cette créature pouvait-elle être tuée ? Il chassa cette question de ses pensées. Toute son existence ou presque, il s'était préparé à cet instant. Il laissa une vie d'entraînement et l'expérience d'un millier de batailles faire leur œuvre.

Marcellus se lança dans une nouvelle attaque. Fell bloqua sa lame, fit pivoter son poignet et enfonça profondément le bout de son épée dans l'épaule droite de son ennemi, tranchant les muscles et les ligaments. Le bras engourdi, Marcellus lâcha son épée mais, à une vitesse surnaturelle, la récupéra de la main gauche avant qu'elle n'atteigne le sol.

Sans perdre une seconde, il reprit son attaque. Fell para puis tourna pour s'écarter, en quête de place et d'équilibre. Marcellus le suivit et le visa à la gorge. Fell para le coup et en bloqua un deuxième. Il chancela et tomba sur un genou. Il plongea sur sa droite, roula sur lui-même et se releva juste au moment où Marcellus abattait son épée sur lui dans un arc de cercle meurtrier. Tenant son épée à deux mains, Fell la fit remonter brusquement et trancha les doigts de la main gauche de son assaillant. Ce dernier cria, lâcha son épée et tomba à genoux.

Haletant, Fell recula, de la sueur coulant sur son visage et ses bras.

À tâtons, de sa main invalide, Marcellus chercha à récupérer son arme, sans pouvoir la lever. Il porta son regard noir sur Fell, qui n'y décela ni remords ni regrets. Fell fit tourner sa lame et la planta de toutes ses forces dans la poitrine de Marcellus. Elle le transperça profondément et y resta coincée, oscillante.

Marcellus grogna de douleur mais ne s'effondra pas. Fell s'avança vers lui et ramassa l'arme de son adversaire.

Marcellus luttait pour parler. Il rejeta la tête en arrière et rugit comme un taureau à l'agonie. Le son paraissait monter du centre de son cœur. Il prit une longue inspiration mêlée de gargouillis. Il avait le visage écarlate. Soudain, ses couleurs disparurent comme de l'eau dans un tuyau. Il s'immobilisa. Fell se demanda s'il était mort. Il baissa la tête pour s'approcher. Un son s'échappa des lèvres de Marcellus. Fell tendit l'oreille pour l'entendre.

— Tous les dieux ont la vie dure, souffla-t-il.

Fell hocha la tête. Il se redressa et abattit son épée, le décapitant.

— Pas assez, il faut croire, conclut-il.

Au-dessous, au cœur des entrailles du palais, dans un lieu où régnaient les tourments et l'horreur, Riis vivait toujours.

Il aurait dû se noyer. Il gisait immergé, sauf sa tête : dans sa chute, elle avait frappé un morceau de pierre effondré. Il gémit en comprenant qu'il était toujours en vie. Il souffrait le martyre, au point qu'il était près de sombrer dans la folie.

Il ne voyait rien, mais le mouvement qu'il entendit non loin le fit tressaillir. L'eau clapotait, tandis qu'un sifflement ténu s'élevait. Riis essaya de bouger, de se dégager, mais il avait trop mal. Il resta allongé là, terrifié, sans défense, à attendre le gulon.

Sentant un effleurement sur son genou nu, aussi léger qu'une plume, il sursauta de panique malgré ses blessures et tenta de retirer sa jambe. Sa vue s'accoutuma à l'obscurité. Dans la faible lueur qui baignait le repaire, il distingua la forme tout près de lui, avançant de biais pour grimper sur son corps. La créature avait une respiration sifflante. Il sentait sa fourrure grasse glisser sur sa peau. Il parvint à lever une main et voulut chasser la bête. Des crocs lui éraflèrent le bras, puis s'enfoncèrent dans ses chairs. Comparée aux souffrances qu'il endurait, cette morsure n'était rien, mais elle lui permit de rassembler ses pensées et de ranimer sa volonté. De sa main valide, il voulut attraper le museau de la bête, mais celle-ci le mordit de nouveau au bras avant de s'écarter, hors de portée. Il tenta de lui décocher un coup de pied, en vain, et manqua de s'évanouir une fois de plus sous la douleur fulgurante que ce mouvement provoqua. Dans un effort surhumain, il se hissa légèrement contre le mur, tout son corps protestant, ses sens l'abandonnant. Il essaya d'inspirer profondément, de rassembler ses forces.

Le temps passa. Il somnola, se réveilla, en proie à la peur et à la panique, puis dériva de nouveau. La douleur le berçait comme une amie. Il se savait mourant et se sentait en paix.

Fell se pencha et ramassa la tête coupée qu'il jeta de toutes ses forces par-dessus les remparts. C'était peut-être de la superstition, mais il voulait s'assurer que Marcellus Vincerus était bien mort. Il observa le torse. La lame avait tranché les os pâles du cou. Du sang en avait jailli brièvement. Le corps ressemblait à celui de n'importe quel guerrier décapité, et Fell en avait vu beaucoup.

Il contempla un peu plus loin le cadavre de Mason, petit et ramassé sur lui-même. Un simple tas de haillons. Après tous ses mensonges, Fell ne ressentit pour lui que de l'indifférence.

Il se tourna pour faire face au soleil. Il lui restait toujours une ultime tâche à accomplir. Sa seule tâche. Il allait redescendre dans le repaire et exécuter l'empereur, ainsi que tous les reflets qu'il trouverait. Ensuite il rejoindrait Indaro, si elle vivait encore, et quitterait cette Cité maudite pour de bon.

Il se dirigea vers l'escalier. Dans son souvenir, tandis qu'il montait, sous la coupe de Marcellus, les marches menaient directement des profondeurs du palais à cette tour. Il n'y avait ni tunnel ni déviation. Mais, lorsqu'il les descendit, il arriva vite à une bifurcation. L'escalier se divisait en deux. Il prit à droite, puis encore à droite quand il dut de nouveau faire un choix. Il atteignit un couloir plan, qui plus loin se mit à monter. Il rebroussa donc chemin, mais se retrouva bientôt perdu dans un vrai labyrinthe, avec de l'eau jusqu'aux chevilles.

Enfin, il perçut avec bonheur une faible lueur. Il avança vers elle d'un pas chancelant, soulevant des paquets d'eau. La lumière de la torche brilla plus vivement. Il constata avec soulagement qu'il avait retrouvé la porte de cristal. Au-delà, il y avait la salle des Empereurs et, peut-être, Indaro. Il ralentit et prêta l'oreille. Aucun bruit de bataille ne lui parvint. Étaient-ils tous morts ? Il s'avança dans l'embrasure.

La salle ressemblait à un charnier. Le sol circulaire et l'escalier incurvé étaient jonchés de centaines de corps entassés. Des cris et grognements s'élevaient des hommes et femmes blessés. Quelques guerriers épuisés, au regard vide, passaient parmi eux pour achever les plus grièvement touchés. Tous semblaient porter l'uniforme des Mille. Fell n'y comprenait rien. Parmi les cadavres, il aperçut un éclat de cheveux cuivrés. Son cœur bondit dans sa poitrine. Il s'agenouilla et retourna le corps. C'était une femme d'âge moyen, avec plus de gris dans sa chevelure que de roux. La gorge tranchée, elle avait le visage serein.

Il se leva et balaya la salle du regard. Il repéra Broglanh, assis sur les marches, la tête entre les mains.

Puis il la vit. Elle l'avait déjà repéré et descendait péniblement l'escalier, s'appuyant contre le mur, les yeux rivés sur lui.

D'une main, elle se tenait le ventre ; de l'autre, elle serrait mollement une épée qui traînait et rebondissait sur le tapis des marches. Maigre et pâle à faire peur, maculée de sang, elle semblait à peine tenir sur ses jambes. Alors qu'elle soutenait son regard, il décela dans ses yeux une lumière intense.

Il rengaina son épée et marcha vers elle. Ils se retrouvèrent au centre de la grande salle, entourés par les morts. Les yeux violets d'Indaro étaient rivés sur les siens, comme pour l'éternité.

— Ils nous attendaient, dit-elle calmement. Quelqu'un les a prévenus de notre arrivée.

— Vous n'étiez qu'une diversion, fit-il remarquer. Quel intérêt de créer une diversion si personne n'est au courant ? (Elle sourit.) Tu as du sang sur les dents, ajouta-t-il.

Derrière elle, un jeune garçon apparut et se dirigea vers eux. Fell l'observa par-dessus l'épaule d'Indaro. À peine sorti de l'enfance, il était vêtu de soie verte – un contraste étonnant avec les soldats trempés de sang. Les guerriers s'étaient tous arrêtés pour le regarder se frayer un chemin entre les corps. Pétrifiés, ils paraissaient ne plus respirer.

Le garçon ne cessait de jeter des coups d'œil à Fell, un sourire hésitant sur le visage, comme s'il le connaissait, comme s'il avait quelque chose à lui dire. Il était déjà tout près quand Fell vit que ses yeux étaient du noir le plus profond. L'une de ses paupières tombait légèrement, comme s'il s'apprêtait à cligner de l'œil. Fell voulut s'emparer de son épée, mais sa main était comme plongée dans de la mélasse. Il ouvrit la bouche pour prévenir Indaro. Aucun son ne sortit. Tournant le dos au garçon, elle commençait tout juste à se rendre compte que quelque chose n'allait pas. Au désespoir, Fell observa la créature, incapable de détourner le regard.

Voyant le reflet de la créature dans les yeux de Fell, Indaro reprit ses esprits. Elle leva la main qui tenait mollement l'épée. Sans quitter Fell des yeux, elle fit tourner la lame pour la tenir de manière qu'elle pointe vers l'arrière puis, avec toute l'énergie qu'il lui restait et sans se retourner, elle enfonça son arme dans la poitrine de la créature.

Quand la bête revint pour lui, Riis se tenait prêt. Il savait quoi faire. Il sentit un poids remonter sur sa poitrine, et de longs crocs effleurer sa gorge. Il rejeta la tête en arrière. De sa main valide, il attrapa la créature par le cou. Sous ses doigts, il sentit le large collier d'or qui protégeait la gorge de l'animal. Maîtrisant sa panique, il modifia sa prise et laissa le gulon s'étendre sur lui. Tandis que ses crocs commençaient à s'enfoncer dans ses chairs, il serra de toutes ses dernières forces. La bête se débattit, lâchant sa gorge. Elle sifflait comme un serpent. Son haleine fétide frappa Riis de plein fouet. Essayant de s'échapper, le gulon lui griffait la poitrine et les jambes. Les mâchoires crispées, le soldat serra encore plus fort. Il visualisa ses doigts refermés sur le cou de la bête. Ils y seraient sûrement encore une fois que Riis serait mort. Un os se brisa, puis il sentit quelque chose céder. Il tint bon. Le gulon fut pris de spasmes avant de pousser un profond soupir. Puis il cessa de bouger. Riis attendit, s'obligeant à ne pas desserrer sa prise. Mais la créature était morte.

L'épée d'Indaro se mouvait avec une lenteur extrême, s'approchant, un centimètre après l'autre, de la poitrine de l'Immortel. Araeon baissa les yeux et observa avec intérêt la progression de la lame. Nombreux étaient ceux qui, au fil des siècles, avaient essayé de le tuer. Ses réflexes n'étaient plus aussi affûtés qu'auparavant, il fallait l'admettre, mais ils restaient mille fois plus vifs que ceux des primitifs présents dans cette salle. La pointe de la lame se dirigeait avec précision vers l'aorte descendante, ce qui était remarquable étant donné que la guerrière le visait en se fondant sur le reflet dans les yeux de Fell. *Le reflet*, songea-t-il. *Quelle ironie.* Araeon décida qu'il ferait un pas de côté, lui arracherait l'arme et lui trancherait la tête, devant son amant.

Une partie de lui-même, celle qui malgré tout demeurait logique et désintéressée, se demanda si Marcellus avait raison : avait-il perdu toute compassion ? La mort du Premier Seigneur l'attristait un peu. Celui-ci avait été un bon ami, et un membre précieux des Serafim. De toute façon, il aurait bientôt été dans l'obligation de le tuer lui-même – ainsi que la Chienne. Après quoi il pourrait faire prendre un nouveau rythme à la guerre et assurer le triomphe de la Cité. Il retournerait au Serafia, un lieu défendable qui deviendrait la base de ses opérations, comme autrefois. Et, dans ses vieux jours, la petite-fille de la Chienne serait un réconfort pour lui.

Il sentit la lame lui effleurer la poitrine.

Soudain, un hurlement de terreur déchira la structure de son esprit qui se désagrégea. *Deidoro ! Le gulon !* Il ressentit les derniers tourments de son reflet tandis que l'animal hoquetait, une main enserrant sa gorge, l'étranglant, empêchant tout passage d'air.

Durant cette fraction de seconde, Indaro enfonça son épée dans la poitrine de l'empereur. Elle transperça la grande artère, provoquant sa rupture.

Riis laissa sa tête retomber en arrière. Il sentit du sang frais couler de son cou, emportant avec lui la souffrance et l'horreur.

Perché sur un grand cheval blanc, il traversait une plaine verdoyante et se dirigeait vers des montagnes, au loin. Le ciel était d'un bleu glacé et l'air cristallin de rosée matinale. Il rentrait chez lui, où ses parents et son frère l'attendaient.

Riis sourit.

Indaro n'osait pas se retourner. Son regard affolé était toujours rivé au visage de Fell.

— Il est mort ? Il est mort ?

Fell acquiesça en silence. Elle se retourna.

Le corps gisait sur le dos, l'épée plantée dans la poitrine, les membres, vêtus de vert, en étoile. Fell l'observa, s'attendant presque à voir se reformer la silhouette de l'empereur d'âge mûr, ou celle de la créature sénile du trou plein de matière visqueuse. Mais non : le cadavre resta celui d'un garçon aux fins cheveux blonds qui flottaient dans l'eau. Il avait l'air parfaitement inoffensif.

Les jambes d'Indaro cédèrent sous elle. Fell la rattrapa et la serra fort contre lui.

— Je t'aime, murmura-t-il.

Chapitre 48

Quintos, sergent des gardes de la Porte du Paradis, souleva son cache-œil de cuir et frotta doucement son orbite vide. Celle-ci le démangeait pendant la sécheresse de l'été et le faisait souffrir le reste de l'année. Quintos s'aspergea le visage avec de l'eau puisée à la citerne de la porte. Sa fraîcheur soulagea beaucoup le tissu fripé de sa cicatrice.

Il avait perdu son œil plus de deux ans auparavant, au cours d'une rixe avec les Bleus, dans une vallée isolée profondément enfoncée entre les Montagnes de la Lune. C'était sa faute. Ils étaient en passe de remporter le combat : les soldats peaux-bleues, de moins en moins nombreux, battaient en retraite sous leurs assauts. Quintos avait dû reconnaître que la détermination de l'ennemi, pourtant largement inférieur en nombre, n'avait pas faibli. Ils perdaient tout de même du terrain, pas à pas, un mort après l'autre. Son camarade et ami Kallin Barbenoire avait foncé sur eux, balançant sa vieille épée longue, tranchant les gorges, les poitrines et quelques dos. Quintos s'était placé trop près de lui, se penchant pour frapper mortellement un Bleu blessé. Au moment où Kallin avait basculé son épée en arrière, la pointe de la lame avait crevé l'œil de Quintos aussi sûrement qu'elle aurait crevé un œuf au vinaigre. Le chirurgien avait essayé de le sauver, mais au bout de quelques jours l'organe avait commencé à pourrir. Il n'eut donc pas d'autre choix que de le faire retirer.

Au cours du retour vers la Cité, il s'était fait de multiples fractures à la jambe en tombant d'une falaise rocheuse qu'il n'avait pas vue dans le noir. Elles avaient mal guéri.

Son général, Marcus Rae Khan, était venu lui parler après l'accident. Le seigneur avait annoncé à Quintos qu'il était réformé. Seul Marcus pouvait prononcer ces mots et les lui faire accepter. Le général percevait les combats de la même manière que les simples soldats, et comprenait la fierté qui animait les guerriers. Marcus promit de lui trouver une place honorable au service de la Cité et respecta sa parole. À présent, Quintos gardait la porte qui protégeait la Cité. Il n'aurait pu espérer une tâche plus honorable.

En boitant, Quintos gravit les marches à côté des imposants battants de bois, pour monter sur le rempart. Là-haut, tout était plongé dans le silence. *Un silence étrange, comme si quelque chose avait été interrompu*, se dit-il. Une pause entre deux batailles.

À l'annonce de l'invasion de la Cité, les autres gardiens avaient pris les armes et s'étaient mis en route, déterminés, pour aller combattre au sud. Quintos ne leur en avait pas voulu et n'avait pas non plus tenté de les arrêter, mais lui avait préféré rester fidèle à son poste. Les grandes portes étaient closes, barrées et verrouillées. L'armée de réfugiés qui patientait dehors et avait essayé d'entrer quelle que fût la saison s'était évaporée comme la rosée dans la nuit. Les quartiers du Paradis étaient vides depuis l'été, les maisons abandonnées, les rues peuplées seulement d'ordures. Cependant, personne n'avait essayé de fuir par cette porte. Depuis le début de la journée, Quintos n'avait pas vu âme qui vive.

Tournant le dos à la plaine déserte qui s'étendait devant la porte, il balaya la Cité du regard. Il détecta un mouvement et bougea la tête pour mieux voir. Un homme encapuchonné, menant un cheval, traversait une place au loin et se dirigeait vers la porte. Il disparut dans le méli-mélo d'habitations. Quintos s'assit et attendit de le voir émerger de nouveau. L'homme et la bête n'étaient pas pressés et mirent un certain temps à réapparaître dans une allée proche. Vêtu d'une cape et chaussé de bottes, l'homme s'apprêtait visiblement à prendre la route. *Un déserteur*, songea Quintos, qui descendit pour aller à sa rencontre.

De près, il vit que l'animal était un bel étalon bai, plus tout jeune mais puissant et bien nourri. Il était maculé de boue séchée, comme s'il avait traversé une rivière. Les jambes et les bottes de l'homme étaient dans le même état, même si sa cape, neuve, sentait l'argent et le pouvoir. Le cœur de Quintos se durcit ; il posa la main sur son épée.

L'inconnu ôta alors sa capuche.

— Me reconnais-tu, soldat ?

Quintos lutta pour ne pas tomber à genoux.

— Oui, seigneur, souffla-t-il.

L'homme regarda les rues silencieuses alentour, le rempart désert.

— Tu es tout seul ?

Quelque chose dans son ton apaisa la terreur qui avait envahi Quintos.

— Oui, seigneur.

Puis, pensant que le seigneur pourrait croire que ses amis avaient déserté, il ajouta :

— Les autres sont partis combattre les assiégeants. Nous avons appris qu'une brèche avait été percée dans les remparts, au sud.

— Pourtant, tu as choisi de rester.

Se sentant obligé de se justifier, le soldat répliqua :

— Le général Marcus m'a confié ce poste. J'accomplirai mon devoir jusqu'à ce que lui ou l'empereur en personne m'ordonnent le contraire.

Gêné par ce qu'il venait de dire, il soulagea son inconfort en demandant :

— Vous quittez la Cité, seigneur ?

L'homme l'observa de ses yeux d'un noir d'encre.

— Comment t'appelles-tu, soldat ?

— Quintos, seigneur. Mais on me surnomme Œil-de-Cuir.

— Bien entendu. Veux-tu bien m'ouvrir les portes, Quintos ?

Le soldat courut s'exécuter. Il vérifia prudemment le judas avant de tirer les deux verrous inférieurs, aussi gros que des poignets. Puis, de toutes ses forces, il souleva l'imposante barre – une manœuvre difficile pour un seul homme. Il y réussit toutefois et replaça la barre dans son réceptacle. Un air chaud et humide leur parvint de la plaine, charriant une odeur de métal et de boue. Légèrement essoufflé, Quintos s'écarta sur le côté.

Au moment où le cavalier franchissait la porte, tenant les rênes de sa monture docile, il s'arrêta tout près de Quintos. Le soldat sentit la force qui émanait de lui comme les brisants de l'océan.

L'homme demanda :

— As-tu vu qui que ce soit quitter la Cité aujourd'hui, Quintos ?

— Non, seigneur, absolument personne.

Le Donjon s'effondra avec une lenteur infinie. Tout en bas, sous terre, des salles désertées depuis des siècles s'effritèrent avant de se désintégrer. Des statues sculptées par des artistes, dont la mort remontait à mille ans, posèrent pour la dernière fois leurs yeux aveugles sur les ténèbres et furent réduites en miettes, écrasées par la couche la plus profonde de la Cité, oubliées par le temps, ne faisant plus qu'un avec la terre rocheuse. Les machines conçues par les hommes pour retenir le flot d'eaux usées et l'empêcher d'envahir le Donjon hoquetèrent et finirent par s'arrêter complètement. L'eau s'infiltra peu à peu dans les recoins les plus sombres du vieil édifice, pénétrant par les fentes et les fissures, gravissant les escaliers les plus raides, se déversant par les portes et les couloirs abandonnés depuis des lustres.

Quand le niveau commença à monter dans la salle des Empereurs, les guerriers qui avaient survécu ramassèrent Shuskara agonisant et le transportèrent jusqu'à une cour pleine de roses. Il fut placé sur un brancard face à l'est, entre des piliers blancs. Un à un, les soldats défilèrent devant lui pour lui dire adieu. Fell, Broglanh, Darius – le nouveau chef des Faucons Nocturnes – se tenaient à sa tête. Elija et Emly étaient assis à ses pieds. Encore secouée par les événements terribles de la journée, Indaro pansait ses blessures, allongée sur une banquette de pierre recouverte d'un lit de roses d'hiver.

Ce fut là, pour la dernière fois, qu'Archange vint à la rencontre du vieux général.

Elle posa une main sur son bras. Il ouvrit les paupières. Il ne la reconnut pas tout de suite mais, quand ce fut le cas, il sourit.

— Pas de joute verbale entre nous aujourd'hui, ma dame, déclara-t-il.

Elle resta silencieuse un moment, écoutant le sang vital ralentir dans ses veines. Puis elle prit la parole :

— Cette fois, je ne peux pas vous sauver, Shuskara. Vos blessures sont trop graves. (Elle jeta un regard sévère à Emly, qui sanglotait.) Ne sois pas triste, ma fille. Hier, ton père était un criminel condamné à la torture et à une mort solitaire. Aujourd'hui, c'est le héros de la Cité, redevenu le triomphant Shuskara. Son nom survivra à travers les âges, et les hommes l'évoqueront avec fierté. Pas un guerrier ne voudrait renoncer à une mort pareille.

— Je n'ai rien fait, souffla le général. C'est Indaro l'héroïne. Elle a livré des batailles qui semblaient perdues d'avance et a tué l'homme qui ne pouvait l'être.

Le visage de marbre, Archange se tourna vers la guerrière.

— Oui, dit-elle. Parce que je crois que tu n'étais qu'un pion dans ce qui a été accompli aujourd'hui, je me montrerai clémente envers toi, Indaro. J'oublierai t'avoir vue ici aujourd'hui. Cependant, dès le coucher du soleil, tu seras considérée comme une criminelle et pourchassée par tous les soldats de la Cité, et tu mettras en péril tous ceux chez qui tu chercheras à te réfugier.

Des cris de colère éclatèrent parmi les autres guerriers, mais Indaro se contenta de hocher la tête.

— Je ne retournerai pas chez mon père. Inutile de m'y chercher.

— C'est plus sage, en effet.

Fell se sentait mal.

— Allons-nous tous être traités comme des criminels ? s'enquit-il.

Archange posa son regard sur lui. Lorsqu'elle vit les siècles accumulés dans ses yeux noirs, sa fureur s'apaisa. Il était impossible de se fâcher contre ces gens-là, pas plus qu'on ne se fâchait contre le tonnerre et les éclairs. Pourtant, il y avait eu tellement de morts ! La peur que Marcellus ait peut-être été le meilleur de tous l'étreignit.

— J'ai été historienne, parmi bien d'autres choses, répondit-elle. C'est la mission de l'historien que de distinguer les traîtres des fidèles, les assiégeants des libérateurs, les combattants de la liberté des terroristes. Et c'est aussi son rôle d'accuser les fautifs.

L'Immortel a été assassiné. Indaro l'a tué. Qui d'autre serait responsable ?

— Elle faisait partie d'une armée. J'aurais tout aussi bien pu porter le coup fatal, la contra Fell.

— Mais tu ne l'as pas fait, répliqua-t-elle. Quand l'occasion s'est présentée à toi, tu as ressenti de la compassion.

— J'ai tué Marcellus, avoua-t-il.

Elle l'observa. Pendant une seconde, il se demanda s'il lui apprenait la nouvelle.

— Crois-tu vraiment que tu en aurais été capable s'il n'avait pas choisi de mourir ? demanda-t-elle.

Elle se détourna de Fell et posa la main sur le cœur de Shuskara. Après un long moment, elle déclara :

— Un héros de la Cité est mort aujourd'hui.

Emly poussa un petit cri et fondit en larmes.

Archange regarda les soldats rassemblés autour d'elle tête basse.

— C'est aussi l'historien qui désigne les héros et les félons. On se souviendra longtemps du nom de Shuskara, tandis que celui de Vincerus sombrera dans l'oubli.

— Pardonnez-moi, ma dame.

Dans un coin, un vieil homme s'appuyait lourdement sur une canne. Fell ne l'avait encore jamais vu.

— La femme a tué un garçon, à peine sorti de l'enfance. Était-ce lui, l'empereur ?

Archange regarda autour d'elle, les sourcils froncés. Darius se hâta d'apporter un siège. Elle s'assit aux côtés de la dépouille du général, arrangeant ses jupes autour d'elle.

— Là d'où je viens, Dol Salida, répondit-elle, il est possible de créer la vie, et de la placer dans des corps faits de chair et de sang. Nous appelons ces créations des reflets. Leur vie dépend de leur créateur. Araeon, l'empereur, en a créé de nombreux au fil des ans – des centaines, je dirais. La plupart étaient des répliques de lui-même, mais certains ne lui ressemblaient pas. D'autres n'étaient même pas humains. Araeon pouvait aussi, en usant de la même… magie, se créer des apparences différentes. Ces dernières années, il avait souvent recours au garçon en vert. (Elle soupira.) C'était un géant parmi nous. Le plus âgé d'entre nous, notre héros et notre père. Mais même les plus forts finissent par s'affaiblir.

Elle se tut un moment. Fell se demanda si elle allait cesser là ses explications, quand elle reprit :

— Quant à Marcellus, c'était l'un des plus jeunes – un génie, à sa manière. Un orphelin. Il souffrait de la solitude, je suppose, même au sein du groupe uni que nous formions jadis. Au cours de sa longue existence, il n'a créé qu'un seul reflet. Un frère.

— Rafe ? s'enquit le vieil homme. Que lui est-il arrivé ?

— Un reflet ne peut exister sans l'original, l'informa-t-elle. Rafe a expiré au même instant que Marcellus.

Soudain, Fell se rendit compte qu'il mourait d'impatience de quitter cet endroit, ce palais peuplé de créatures maléfiques qui vivaient ensemble depuis des siècles, égocentriques, incestueuses, infligeant leur sang empoisonné à la Cité entière. Il regarda Indaro. Elle fronçait toujours les sourcils après avoir entendu la sentence d'Archange. *Nous allons partir d'ici,* songea-t-il, *et ne plus jamais revenir*.

Archange ne disait plus rien et jouait avec le voile argenté qu'elle portait autour du cou.

Pour la première fois, Emly se décida à parler :

— Mon voile ! s'exclama-t-elle. (Fell trouva sa voix grinçante, comme si elle était rouillée et n'avait pas servi depuis longtemps.) Comment l'avez-vous retrouvé ?

Archange baissa les yeux. Les minuscules animaux de métal et de verre qui ornaient le voile brillaient dans la lumière du soleil.

— Il m'appartient, dit-elle à la jeune fille. Il m'a toujours appartenu.

Elle laissa glisser le voile de ses épaules et, d'un geste circulaire, le déposa par terre, de manière que tous puissent admirer la ronde des animaux. Fell s'accroupit. Le voile semblait fait de milliers de fils d'argent d'une extrême finesse. Au milieu était brodé un gulon assis, sa queue touffue enroulée proprement autour de ses pattes.

— Il avait disparu pendant des années et s'est beaucoup abîmé, dit Archange à la fille. Comment, toi, l'as-tu trouvé ?

Emly baissa la tête, désormais consciente d'être le centre de l'attention.

— Dans les Halls. Père l'a trouvé sur un cadavre.

— Un cadavre au crâne tatoué ? (Emly acquiesça. Archange fronça les sourcils.) Dans ce cas, Bartellus l'avait sur lui lors de notre première rencontre dans les Halls ?

— Oui.

La vieille femme afficha un sourire triste et secoua la tête.

— De nombreuses vies auraient pu être épargnées si je l'avais su à ce moment-là, déclara-t-elle. C'est l'objet le plus précieux au monde. C'est aussi le plus ancien. Seules les montagnes éternelles sont plus âgées. J'en viens parfois à croire qu'il est doté d'une âme.

— Est-il magique ? s'enquit Emly.

— À tes yeux, on peut le dire, oui. Ses fils proviennent d'une coquille, semblable à celle d'un cocon de papillon, dans laquelle les reflets viennent au monde. Mais le cocon a été détruit il y a cinq cents ans, réduit en poussière. Il nous a fallu beaucoup de temps pour trouver le moyen de refaire les fils et les tisser à nouveau ensemble. Il n'a jamais fonctionné correctement depuis, mais cela finira par marcher.

Elle gratifia Em d'un sourire, se leva et remit le voile sur ses épaules.

Comme un fait exprès, des soldats des Mille arrivèrent. Le chef à la barbe noire balaya du regard les guerriers rassemblés. Il s'arrêta un instant sur Fell et Indaro, puis s'adressa à voix basse à Archange.

— Je dois m'entretenir avec mes conseillers, annonça-t-elle. Nous avons beaucoup de choses à passer en revue.

— Et maintenant, ma dame ? demanda Fell. Allez-vous rendre la Cité ?

Comme elle paraissait ne pas avoir envie de répondre, il reprit :

— Marcellus prétendait que les derniers Serafim chevaucheraient jusqu'au Bouclier et poursuivraient la bataille.

Elle jouait avec le voile comme une vieille dame maniaque.

— Ne me pose pas de questions, finit-elle par répliquer.

Il laissa la colère percer dans ses paroles :

— Si nous avons livré cette bataille, c'était pour mettre un terme à la guerre, affirma-t-il. Nous veillerons à ce que cet objectif ne soit pas trahi.

— Mais à qui crois-tu donc t'adresser ? demanda-t-elle.

Soudain, elle parut plus grande. Ses yeux brûlaient d'une puissante noirceur qui le déséquilibra. L'air dans la cour se mit à crépiter comme si la foudre venait de la frapper. Un éclair éblouissant aveugla Fell.

— Comment oses-tu parler de trahison ? C'est vous, les traîtres, et si vous êtes encore en vie c'est uniquement parce que je le veux bien !

Quand sa vision redevint normale, Fell s'aperçut que toutes les roses de la cour étaient noircies, comme calcinées. Un vent froid s'engouffra entre les piliers blancs, réduisant les fleurs en poussière. Il entendit un enfant sangloter de peur, puis un gémissement. Il regarda Indaro : ses blessures venaient de se rouvrir. Il se précipita vers elle.

Archange avait repris place sur son siège et recouvré une apparence normale : celle d'une belle femme âgée en robe bleu clair.

— Vous avez gagné la bataille d'aujourd'hui, dit-elle doucement. Araeon et Marcellus ont tous deux péri. Je ne suis pas soldat et ne souhaite pas prolonger le massacre. Les Serafim ne lutteront pas, j'y veillerai. Toutefois, la Cité ne se rendra pas à ses ennemis.

— Vous ne lutterez pas, mais vous ne vous rendrez pas, constata Fell d'un ton plat.

— Je suivrai l'exemple de la femme à travers les âges et ploierai, tel le roseau, sous les vents de l'histoire, décida-t-elle.

Menteuse, songea Fell. *Vous serez sans pitié et forcerez les autres à accomplir vos quatre volontés, comme vous l'avez toujours fait.*

— Il y a un million d'années, dit Archange d'une voix si ténue qu'elle était à peine audible, vivait dans un lieu appelé Cumae une femme qui avait le don de clairvoyance – une sibylle. Sa renommée parvint aux oreilles des dieux qui, comme à notre époque, étaient jaloux et pouvaient, au même moment, se montrer à la fois capricieux, rusés et cruels. Le dieu soleil apparut à la femme sur une plage, au lever du jour. Il lui parla avec respect et, soi-disant impressionné par sa sagesse, lui proposa d'exaucer un souhait. Elle se pencha et ramassa une poignée de sable. Elle demanda au dieu de lui accorder autant d'années à vivre qu'il y avait de grains de sable dans sa main. Il accepta, détenant la preuve – du moins à ses yeux satisfaits – qu'elle n'était pas aussi sage qu'il le croyait. N'ayant pas voulu la jeunesse éternelle, elle était condamnée à vieillir, à souffrir et à se rabougrir au fil des siècles.

Fell se demanda si, par là, elle plaidait pour qu'on la comprenne. Cependant, comme Marcellus dans ses derniers instants, elle ne lui inspirait que de l'aversion.

Archange se leva et se tourna vers la jeune fille.

— Viens avec moi, Emly. Je veillerai à ce que ton frère reçoive les soins dont il a besoin. Dol Salida, je te remercie de ton aide pour aujourd'hui. J'ai désormais une autre tâche à te confier.

Elle quitta la cour, ses robes balayant le sol, une troupe de soldats cliquetant derrière elle. Il ne resta plus que Fell, Indaro et Broglanh auprès de la dépouille du vieux militaire.

— Je me demande si Shuskara serait heureux de savoir que sa mort faisait partie du petit jeu de cette femme, dit Fell.

Broglanh répondit d'un ton joyeux :

— Nous sommes soldats. Nous faisons toujours partie du petit jeu de quelqu'un. Mais nous sommes en vie, et l'empereur est mort. Le voilà, le plan d'origine. Il a fonctionné. La journée a été bonne.

Il regarda Indaro ; son sourire s'évanouit.

— Où comptes-tu aller, la Rouquine ?

— Je n'en sais rien.

— Tu dois te faire soigner.

Elle secoua la tête d'un air las.

— Je n'ai pas le temps. Je dois être loin de la Cité quand l'aube se lèvera.

Fell lui prit la main. Elle était si menue, sa peau râpeuse et calleuse sous le sang et la crasse. Il la porta à ses lèvres et l'embrassa.

— Nous serons tous les deux partis à l'aube, dit-il.

L'intérieur du carrosse cahotant était éclaboussé de couleurs : des bleus doux, des verts et des roses ornaient les parois et le plafond. Emly avait passé si longtemps dans l'obscurité qu'elle avait oublié jusqu'à l'existence de ces teintes. À côté d'elle, une peinture représentait un cheval qui trottait dans un champ de blé, dans le soleil couchant. La jeune fille suivit les contours de l'animal, sentant sous son doigt les minuscules coups de pinceau de la queue en l'air.

Après avoir jeté un coup d'œil à la vieille femme, qui semblait endormie, elle ôta ses bottes d'un coup de pied et étendit ses jambes sur la banquette du carrosse. Sur sa peau nue, la sensation du tissu doux, pareil à de la fourrure de lapin, était un délice.

Allongé sur la banquette d'en face, Elija était plongé dans un profond sommeil, provoqué par le lorassium qui l'aiderait à guérir. Son bras maintenu par une attelle avait été remis en place par un homme grave et gentil qui l'avait assuré qu'il se remettrait bien grâce à son jeune âge.

Puis Archange était revenue la voir et lui avait posé la question pour la troisième fois. « Me laisseras-tu veiller sur toi, Emly ? » La remerciant, celle-ci avait enfin dit « oui ». Son père était mort, et elle n'était qu'une jeune femme perdue dans une Cité en ruine grouillante de soldats. De plus, elle devait penser à son frère. Elle avait songé avec nostalgie à Evan, mais, dans un éclair de lucidité, elle avait compris qu'elle ne pouvait compter sur le guerrier pour la protéger. Elle accepterait l'offre d'Archange et s'en montrerait reconnaissante.

Ils traversaient donc la ville dans un carrosse tiré par six chevaux, encadrés à l'avant et à l'arrière par une escorte de six cavaliers. Ils se dirigeaient vers l'est, vers la grande montagne appelée le Bouclier de la Liberté. Em passa la tête par la fenêtre.

Cette partie de la Cité avait été épargnée par l'inondation. Des gens se pressaient, transportant des affaires personnelles sur leur dos, sur des ânes ou de vieilles charrettes. Nombre d'entre eux levèrent des yeux vides ou envieux vers le carrosse impérial. Ils devaient sûrement quitter la Cité assiégée, car tous semblaient se mouvoir avec détermination. Cependant, certains allaient dans un sens, certains dans l'autre, sans logique apparente.

Emly releva la tête. Sur les flancs abrupts du Bouclier, le soleil de l'après-midi éclairait des palais entourés de sombres forêts. Elle distingua une route blanche, montant sans cesse en serpentant, visible un moment avant de replonger entre les arbres. Allaient-ils l'emprunter ? Elle l'espérait. Elle tendit le cou pour apercevoir le sommet de la montagne – en vain. Y avait-il un palais tout là-haut ? Était-ce là qu'Archange vivait ?

Elle avait pensé à informer Evan de sa destination, mais, comme il avait été aux côtés d'Archange depuis qu'ils avaient quitté le Palais Rouge, il saurait sans doute où la trouver. Les funérailles de Bartellus auraient lieu dans deux jours. Il y assisterait certainement.

Em prit conscience d'un martèlement de sabots qui s'intensifiait. Elle regarda dehors. C'était apparemment une petite armée, composée de cavaliers et montures en armure grise. La panique l'étreignit : l'ennemi ! Elle rentra la tête dans le carrosse et jeta un regard inquiet à Archange. La vieille femme semblait dormir paisiblement, la tête soutenue par un coussin moelleux dans un coin du carrosse. Sans ouvrir les yeux, elle déclara :

— N'aie pas peur. Ils ne te feront aucun mal.

Elle se redressa, remit en place une mèche échappée et arrangea l'encolure de sa robe.

Rassurée, Emly regarda de nouveau dehors et vit qu'un cavalier s'était détaché des autres et s'entretenait avec le chef de la garde d'Archange. Impatiente, la femme attendit pendant un moment, puis se pencha devant Emly et appela d'un ton sec :

— Général !

Les hommes se tournèrent vers elle. Elle s'écria :

— Laissez-le passer, bande d'imbéciles !

Le cavalier portait une tenue de voyage sombre et tachée – une sorte d'uniforme, songea Emly. Il arborait un insigne sur sa poitrine. Il était vieux, avec de longs cheveux gris emmêlés, et semblait n'avoir pas dormi depuis des jours. Visiblement, il n'était pas armé.

— Salutations, ma dame, dit-il en s'avançant vers la portière du carrosse.

Il l'ouvrit mais resta dehors, dans la poussière. Il parlait d'une voix rauque, comme s'il avait inhalé du sable, mais s'exprimait sans accent aux oreilles d'Emly.

— Hayden, le salua Archange.

Elle tendit une main maigre aux doigts pâles qu'il prit dans la sienne, épaisse et sale.

— Je suis au regret de t'annoncer que ton frère est mort, déclara-t-elle brusquement, sans avoir l'air contrite.

— C'est ce que je craignais, répliqua-t-il avec calme. (Emly pensa toutefois voir une lueur s'éteindre dans son regard.) Comment est-il mort ?

— Marcellus l'a tué.

Le soldat hocha la tête.

— Cela me paraît logique. Marcellus aussi est mort, m'a-t-on dit.

— Il s'est tué.

Le soldat fronça les sourcils.

— Marcellus est bien la dernière personne que j'aurais crue capable de se suicider.

Elle haussa les épaules.

— Tu le connaissais mal. J'ai parlé au soldat qui était avec lui. Pour moi, il ne fait aucun doute qu'il a choisi de mourir.

L'homme ne répondit pas. Au bout d'un moment, Archange reprit :

— En mille ans, on accumule beaucoup d'actions dont on ne se vante pas. Je pense que les siennes pesaient trop lourd sur sa conscience. Il vivait depuis trop longtemps. Je ne crois pas qu'il l'avait prévu. À mon avis, ça l'a pris subitement. Un coup de tête au cœur de la bataille.

Les fenêtres du carrosse s'assombrirent quand deux soldats ennemis s'approchèrent d'Hayden. L'un s'adressa à lui brièvement tandis que l'autre lui tendait une coupe en cuir. Il donna des ordres à voix basse, se rinça la bouche et cracha par terre.

— Cela ne change rien, Archange, déclara-t-il. Notre pacte tient toujours. Mes armées commenceront à se retirer demain.

— « Commenceront » ? répéta-t-elle. Il ne t'a fallu que quelques heures pour envahir la Cité. Tu feras aussi vite pour la quitter.

— Crois-moi, je n'ai aucune envie de rester dans ce charnier. Mais une longue route nous attend, et nous avons beaucoup de blessés dont il faut s'occuper.

— Nous en avons déjà parlé. Ils seront en sécurité chez nous si tu nous laisses tes médecins – pour tes blessés comme pour les nôtres.

— J'ai confiance en tes paroles, ma dame, mais pas en tes armées.

— Et pourtant, il va falloir leur faire confiance – comme je dois moi-même faire confiance aux tiennes. J'ai entendu parler de rapines et de pillage, lui reprocha-t-elle.

— Les responsables ont été exécutés. C'étaient tous des mercenaires. Notre guerre à venir est sainte. Nous la commencerons comme nous avons l'intention de la mener : dans l'honneur et la justice.

Archange soupira et jeta un coup d'œil aux deux jeunes soldats. Le cavalier regardait Em et Elija comme s'il les voyait pour la première fois.

— Qui sont-ils ?

— De jeunes membres de ma famille que je vais mettre à l'abri. Ensuite, je retrouverai Marcus.

— On m'a promis son armée.

— Et tu l'auras. (Elle se pencha en avant.) Hayden, tu as libéré notre Cité. Désormais, son peuple t'aidera à libérer ton propre pays. Je t'en donne ma parole. Mais avec la mort d'Araeon, de Marcellus et de Rafael, j'ai beaucoup à faire. Il faudra du temps aux miens pour les remplacer. Retrouvons-nous au coucher du soleil, comme convenu. Marcus sera avec moi. (Elle se renversa en arrière et lissa les pans de sa robe.) Ainsi que son armée.

— Qui as-tu choisi comme premier conseiller ?

— Un homme du nom de Dol Salida. C'est un vieux soldat, comme toi. Quelqu'un de subtil et intelligent. Il te plaira ; vous pourrez faire des affaires ensemble.

— Et les généraux d'Araeon ? Comptes-tu en garder ?

— Certains. Ceux promus par Marcellus. La plupart sont morts. Quant à ceux qui ont survécu, c'est principalement parce qu'ils ont pris la fuite. Mieux vaut oublier ces incapables.

J'ai mes propres hommes. (Elle jeta un coup d'œil vers Em, qui l'écoutait attentivement.) Nous en discuterons plus tard.

Il acquiesça et, alors qu'il allait partir, se retourna.

— C'est bon de te revoir, Archange.

Elle sourit.

— Et toi aussi, mon vieil ami.

Le silence régnait dans le carrosse pendant que ses occupants écoutaient les Bleus s'éloigner sur leurs montures. Em réfléchissait à ce qu'elle venait d'entendre.

— Qui est Marcus ? finit-elle par demander.

— Marcus Rae Khan est général. C'est l'un des nôtres – un Serafim.

Em songea à ce qui avait été dit au sujet des généraux. Elle s'enquit timidement :

— Et Evan, sera-t-il promu général ?

Archange ricana.

— Non, ma fille. Il a bien trop de valeur à mes yeux pour être ainsi gâché. (Elle sourit.) Tu entendras souvent les hommes parler d'honneur et de loyauté, qu'ils soient soldats, marchands, amants ou voleurs. Sois prudente. Si un homme te parle de son honneur, souviens-toi que c'est la partie la plus égoïste de son cœur qui s'adresse à toi. Evan Broglanh a-t-il employé ces mots-là pour te mettre dans son lit ?

Em baissa légèrement la tête et réfléchit avant de répondre, comme elle avait vu Archange le faire :

— Est-ce que ça veut dire que vous ne faites pas confiance à votre ami Hayden ? l'interrogea-t-elle.

Archange esquissa un sourire.

— Je lui fais confiance pour servir au mieux ses propres intérêts, qui aujourd'hui sont en accord avec les miens. (Elle se tourna et tapota le coussin derrière sa tête pour l'y poser.)

Maintenant, tais-toi, ma fille. Ma journée sera chargée et je ne suis plus toute jeune.

Elle ferma les yeux, insinuant que la discussion était close.

Em s'installa de nouveau confortablement et prit la boîte posée à côté d'elle sur la banquette. Archange la lui avait confiée. D'un bois blanc sculpté et lustré, c'était une vraie merveille. Elle la tint sur ses genoux et ouvrit le minuscule fermoir d'or. À l'intérieur, le Voile du Gulon chatoyait, comme une matière vivante. Il avait été soigneusement plié pour rentrer dans la boîte et deux de ses figurines reposaient au-dessus : la vouivre dorée, fabriquée pour Em par l'orfèvre de la rue des Adieux, et le lapin de verre créé par Frayling. Elle caressa le petit lapin. Ses yeux s'embuèrent quand elle repensa au jeune domestique.

— Emly.

Elle leva la tête. Elija, réveillé, l'observait. Elle s'agenouilla aussitôt à ses côtés, tenant sa main valide dans les siennes.

— Où sommes-nous ? (Il fronça les sourcils en regardant le carrosse en branle.) Où allons-nous ?

— Il n'y a rien à craindre, le rassura-t-elle. Nous sommes en sécurité. L'impératrice veillera sur nous.

Il acquiesça, mais elle était certaine qu'il n'avait pas compris. Il ferma les yeux et sombra de nouveau dans le sommeil. Elle resta assise à lui tenir la main un moment, puis sa tête bascula sur la poitrine de son frère et elle s'endormit à son tour.

Épilogue

Ils fuirent la Cité. Toutes les cités. Ils traversèrent la terre, la mer, se mouvant avec légèreté, se cantonnant aux routes les moins fréquentées, laissant leur passé derrière eux.

Les jours avaient raccourci quand ils débarquèrent sur une île rocheuse dans le Nord brumeux. Les étés y étaient frais, les hivers rigoureux, et le vent hurlait toute l'année sur les plaines désolées. Les insulaires, des sauvages discrets, ne dépendaient d'aucune cité ni d'aucun gouvernement. Les seuls pouvoirs qu'ils reconnaissaient étaient ceux de leurs dieux rudes et des tempêtes hivernales. Ils regardèrent de travers les nouveaux arrivants sans le sou, avec leurs cicatrices et leur regard hanté, mais les laissèrent tranquilles. Personne ne savait d'où ils venaient. Personne ne s'y intéressait.

À l'abri d'un petit cimetière, cet homme et cette femme trouvèrent une maison de pierre grise et moussue qui penchait sous les vents. Ils y virent une certaine ironie, mais l'endroit était calme, même pour cette île, et tous deux se sentaient à l'aise en présence des morts.

Ils n'évoquaient jamais le passé et craignaient de se projeter dans l'avenir. Ils se parlaient peu, et quand ils le faisaient c'était à propos du temps ou des marées. Ils étaient fiers de leurs premiers semis – ces pousses vertes qui crevaient un sol noir et impitoyable – et de leur petit bateau de pêche qu'ils avaient construit ensemble au cours de ce premier hiver.

Le printemps était là quand elle tomba malade, mais ce ne fut que lorsque son ventre s'arrondit et se durcit qu'ils comprirent, stupéfaits, qu'elle portait un enfant. Avec les blessures qu'elle avait reçues, ils n'auraient jamais cru cela possible. L'accouchement fut difficile, mais quand le nourrisson glissa hors du corps de sa mère, aussi minuscule et aussi frêle qu'un levreau, et quand Fell vit que c'était une fille, il pleura pour la première fois depuis son enfance. La petite avait les yeux bleu ciel et les cheveux noirs de son père, et le caractère de sa mère. Elle grandit, mince et forte, sur cette terre rude, et, au fil des ans, pansa leurs âmes et soigna leurs blessures.

Achevé d'imprimer en mai 2016
N° d'impression 1603.0342
Dépôt légal, juin 2016
Imprimé en France
81121712-1